梦想树文学丛书

青春富锦

妙 瓜 著

中国華僑出版社
·北京·

图书在版编目（CIP）数据

青春富锦 / 妙瓜 著 . -- 北京 : 中国华侨出版社，2021. 11（2024. 7 重印）.（梦想树文学丛书 ; 1）.

ISBN 978-7-5113-8621-2

Ⅰ . ①青… Ⅱ . ①妙… Ⅲ . ①随笔—作品集—中国—当代 Ⅳ . ① I267.1

中国版本图书馆 CIP 数据核字（2021）第 207992 号

青春富锦

著　　者：妙　瓜
责任编辑：刘晓燕
封面设计：汇文书联
经　　销：新华书店
开　　本：880 毫米 ×1230 毫米　1/32开　印张：12.75（本册）字数：232 千字（本册）
印　　刷：三河市嵩川印刷有限公司
版　　次：2021 年 11 月第 1 版
印　　次：2024 年 7 月第 2 次印刷
书　　号：ISBN 978-7-5113-8621-2
定　　价：240.00 元（全 5 册）

中国华侨出版社　北京市朝阳区西坝河东里 77 号楼底商 5 号　邮编：100028
发 行 部：（010）64443051　传　真：（010）64439708
网　　址：www.oveaschin.com　E-mail：oveaschin@sina.com

2009年7月，众多镜头聚焦了一场青春的祭奠，记录下亲历者们内心的波澜和人性的善美。渗透了感情的事物必然会有生命，它将与岁月永恒。

——题记

如　果

如果时间是一条高铁
我想买一张五十二年的回程票
去那个皑皑的雪原
捧一把洁白的雪品咂

如果梦可以预约
我想梦见踏上原野的那一刻
去看一群初生牛犊
在甸子里四顾的茫然

如果我是一片云
那就请风送我去那里
化作江南三月的雨
亲吻那块土地

如果时空把一切隔断
我希望心里
仍有一条路可以通达
去重拾那段似懂非懂的年华

如果这不是奢望
我想重新感受化冻的泥泞
倾听黑土裸露的欣喜
闻丁香花扑鼻的芬芳

松花江用半年的等待
来迎接排山倒海的冰排
我用穿越时光的思线
穿起昨天和今天

2021 年 3 月 10 日

富锦市中心广场一角

富锦市万余群众载歌载舞，欢迎杭州知青回访团回访富锦

欢迎队伍中的摄影师们

欢迎队伍中献花的少先队员

一下车就收到少先队的献花

父老乡亲们扭着秧歌敲锣打鼓欢迎老知青们回访第二故乡

知青三代也来了

回来了！ 我魂牵梦绕的黑土地

到达目的地——富锦市东方大厦

手捧鲜花，灿烂的笑容

在富锦市东方大厦门前合影留念

在富锦市东方大厦门前合影

在富锦市东方大厦门前合影

当年的小伙子现在已经开始秃顶

知青代表们向贫困学生赠送助学捐款

纪念知青下乡四十周年纪念品

为纪念杭州知青赴富锦支边40周年而立的“知青石”，等待揭幕的一刻

知青代表陈少珠在揭幕仪式上发言

揭幕仪式结束，老知青们争先恐后在这块大红盖头上签字留念。这块红盖头被富锦市博物馆收藏

知青三代也要在上面留下印记

原头林公社知青在“知青石”前合影留念

原大榆树公社知青在“知青石”前合影留念

原二龙山公社知青在“知青石”前合影留念

原富民公社、兴隆公社知青在“知青石”揭幕仪式上

原兴隆公社知青在“知青石”前合影留念

原永福公社知青在“知青石”前合影留念

原西安公社知青在“知青石”前合影留念

原大榆树公社、富民公社知青在大榆树镇和镇领导合影留念（原两公社曾更名为乡，后又合并，撤乡建镇）

盛大的文艺晚会，图为知青演出现场

老知青游览富锦别拉音子山风光

富锦黑鱼泡国家湿地公园一瞥

游览美丽的富锦黑鱼泡国家湿地公园

游览富锦文化圣地——松花江碑林

碑林长廊内，导游在解说碑林文化渊源

参观富锦农村现代化示范村——工农新村

拍照留念

参观富锦市博物馆

参观百年富锦摄影中的“杭州知青回望青春”专栏

看到自己四十年前的老照片挂在展览馆里，兴奋之情难于言表

看，那张照片就是我，不说，还真认不出来

这就是四十年前的我们

当年，我曾是地道的农民，干农活也是把好手

当年，还兼任过“猪倌”

讲述当年照片里的故事

那时候打水、担水都是体力活

想起那些年的苦中作乐，现在还有什么不满足的

回村了，各种相拥而抱，各种喜极而泣，都源自曾经那段刻骨铭心的共同生活经历，以及在那段日子里结下的深厚友情

二龙山公社荣胜大队知青朱邑生见到了当年的老搭档大队党支部委员、团支书、民兵连长沈永贵，朱邑生当时是大队团支部副书记

头林公社兴林大队知青徐利明和原大队民兵连长李金发热情相拥

刚一下车，就被老乡认出来了

扑进当年老队长的怀里

相拥而泣，就像当年分别时一样

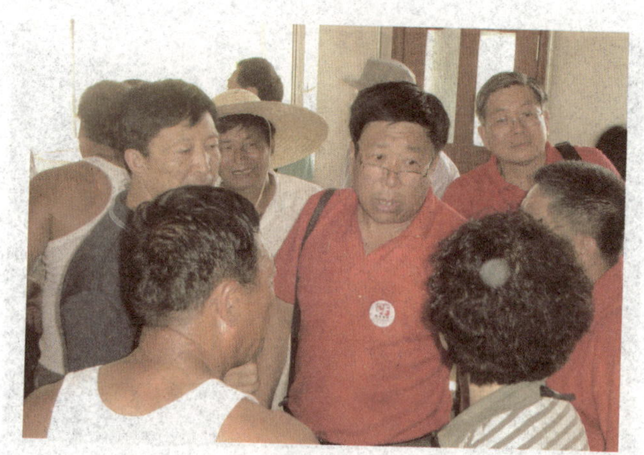

一进屋就被乡亲们包围了

知青陈爱瑞（前左一）又见到了当年一起劳动的好朋友

原兴隆公社东悦大队知青在曾经的知青点前与老乡合影留念

又回到青纱帐里

这是兴隆公社知青筹资修建的知青路

二龙山公社荣胜大队回访知青看望当年的大队党支部书记刘富（拄拐杖者）。前排着红衣者是知青顾晓红、马柏春；后排知青从左到右依次是周援朝、朱邑生、邹春光、李静、郑浙民、刘兴民、商华民（白衣免冠者为村民，姓名不详）

身后是知青筹资建设的新学校，乡亲们把它命名为春晖楼

头林公社东林大队知青和乡亲们合影留念

头林公社二林大队知青在村委会与乡亲们合影留念

活动组织者在“知青石”前合影留念。一排左起：姚南平、王宏焮、赵蓉、王招官、缪东荣、王田、陈少珠、徐朗中；二排左起：朱邑生、徐乃安、马颂民

《青春富锦》歌谱

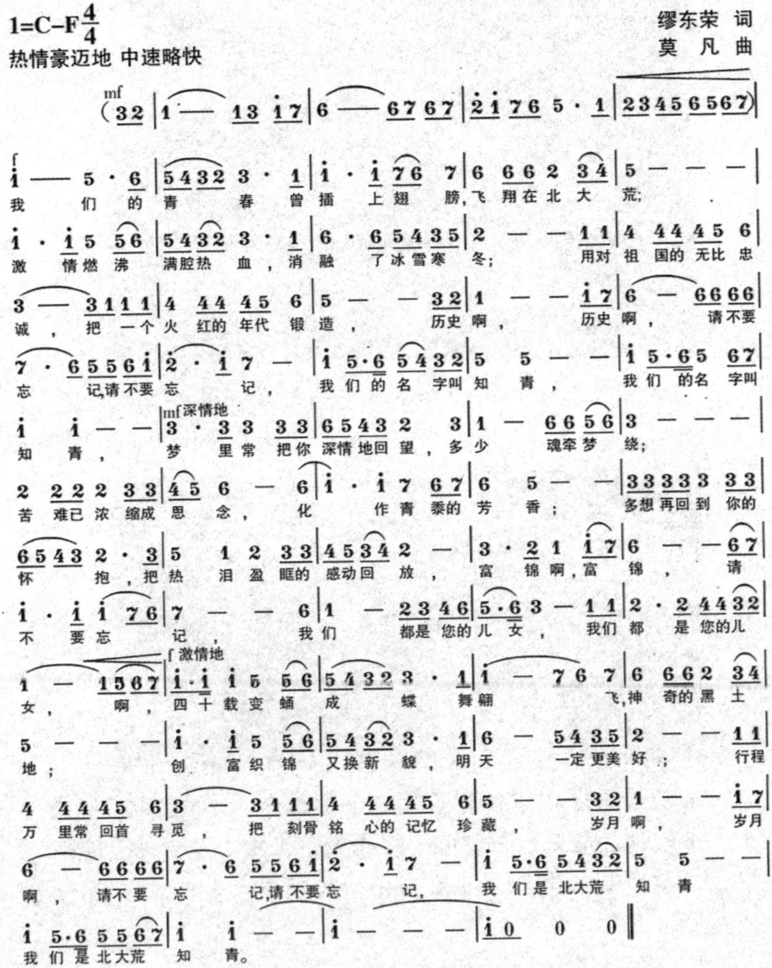

1=C–F $\frac{4}{4}$

热情豪迈地 中速略快

缪东荣 词

莫 凡 曲

mf (3 2 | 1 — 1 3 1 7 | 6 — 6 7 6 7 | 2 1 7 6 5 · 1 | 2 3 4 5 6 5 6 7) |

f 1 — 5 · 6 | 5 4 3 2 3 · 1 | 1 · 1 7 6 7 | 6 6 6 2 3 4 | 5 — — — |

我们的青春曾插上翅膀，飞翔在北大荒；

1 · 1 5 5 6 | 5 4 3 2 3 · 1 | 6 · 6 5 4 3 5 | 2 — — 1 1 | 4 4 4 4 5 6 |

激情燃沸满腔热血，消融了冰雪寒冬；用对祖国的无比忠

3 — 3 1 1 1 | 4 4 4 4 5 6 | 5 — — 3 2 | 1 — — 1 7 | 6 — 6 6 6 6 |

诚，把一个火红的年代锻造，历史啊，历史啊，请不要

7 · 6 5 5 6 1 | 2 · 1 7 — | 1 5 · 6 5 4 3 2 | 5 5 — — | 1 5 · 6 5 6 7 |

忘记，请不要忘记，我们的名字叫知青，我们的名字叫

1 1 — — | mf深情地 3 · 3 3 3 3 | 6 5 4 3 2 3 | 1 — 6 6 5 6 | 3 — — — |

知青，梦里常把你深情地回望，多少魂牵梦绕；

2 2 2 2 3 3 | 4 5 6 — 6 | 1 · 1 7 6 7 | 6 5 — — | 3 3 3 3 3 3 3 |

苦难已浓缩成思念，化作青黍的芳香；多想再回到你的

6 5 4 3 2 · 3 | 5 1 2 3 3 | 4 5 3 4 2 — | 3 · 2 1 1 7 | 6 — — 6 7 |

怀抱，把热泪盈眶的感动回放，富锦啊，富锦，请

1 · 1 1 7 6 | 7 — — 6 | 1 — 2 3 4 6 | 5 · 6 3 — 1 1 | 2 · 2 4 4 3 2 |

不要忘记，我们都是您的儿女，我们都是您的儿

1 — 1 5 6 7 | f激情地 1 · 1 1 5 5 6 | 5 4 3 2 3 · 1 | 1 — 7 6 7 | 6 6 6 2 3 4 |

女，啊，四十载变蛹成蝶舞翩飞，神奇的黑土

5 — — — | 1 · 1 5 5 6 | 5 4 3 2 3 · 1 | 6 — 5 4 3 5 | 2 — — 1 1 |

地；创富织锦又换新貌，明天一定更美好；行程

4 4 4 4 5 6 | 3 — 3 1 1 1 | 4 4 4 4 5 6 | 5 — — 3 2 | 1 — — 1 7 |

万里常回首寻觅，把刻骨铭心的记忆珍藏，岁月啊，岁月

6 — 6 6 6 6 | 7 · 6 5 5 6 1 | 2 · 1 7 — | 1 5 · 6 5 4 3 2 | 5 5 — — |

啊，请不要忘记，请不要忘记，我们是北大荒知青

1 5 · 6 5 5 6 7 | 1 1 — — | 1 — — — | 1 0 0 0 ‖

我们是北大荒知青。

目录

北大荒，你又重新点燃了我们

——“青春富锦”知青回访活动侧记

缪东荣

作者简介：缪东荣，杭州市第十一中学生，1969年赴黑龙江省富锦县插队务农，1971年参加农村供销社工作，1975年抽调到县供销社。1978年后在县委、县政府（1988年撤县建市）有关部门及市政协、市政府任职。退休后返回杭州，受聘于杭州市退休干部大学、《浙江通志·外事志》编辑部等单位。网络诗人，青年作家网签约作家。

在历史的长河中，任何波澜壮阔的伟业或惊心动魄的壮举，都不过是这条岁月之河激起的一朵小小浪花。

发生在20世纪六七十年代的那场轰轰隆隆的知青运动，如过眼烟云般地在共和国前进的途中稍纵即逝。这个曾影响千千万万个家庭，改变了1700万青年人命运，几乎波及全国农村及农民的历史事件，在时间的冲刷下，早已曲终人散，淡出了人们的视线。

今后的人们会怎样评价知识青年上山下乡运动，未来的历史学家会怎样描述这段复杂的历史，对每一个知青个体而言，已不再重要了。作为亲历者和见证人，只能根据我们的亲身体验来叙述自己的真实感受。因为这段生活，已真实地存在于我们心中，成为我们人生经历的一部分。只有亲历者才会刻骨铭心。

1969年3月9日，杭州市有1018名中学生，告别美丽的西子湖，奔赴祖国的东北边陲，那个传说中“棒打狍子瓢舀鱼”的北大荒——黑龙江省富锦县插队落户。

当时，他们中年龄最小的才15岁，在充满童真的年龄里，稚嫩的脸庞就面对了北大荒肆虐的暴风雪和恶劣的生存环境，尚未成熟且柔弱的肩膀扛起了共和国的艰难岁月。

在祖国版图最东北角那片广袤荒芜的亘古荒原上，流淌着一条汹涌澎湃而激情四射的母亲河，那就是松花江。这条时而汹涌咆哮，时而千里冰封，时而翻江倒海充满野性的大河，让人感受到这片土地厚重与苍凉的历史。松花江带着刺骨的寒冷从长白山一路奔来，在下游与黑龙江汇合前，却有意放缓脚步，轻轻地绕进别拉音子山与乌尔古力山之间那块肥沃的土地。那里就是拥有8229平方千米面积的富锦县，当时建县仅60年的富锦县城就坐落在母亲河的臂弯旁。

就是这块土地和它的人民敞开温暖的怀抱，接纳了这批来自南国，被誉为天堂般城市的孩子们，他们被分配到7个公社、44个大队插队落户。

真正的人生就从这里开始，知青这个名字也就伴随了他们一生。

后来的大返城使他们的经历前所未有地复杂曲折，许多人的生活具有大起大落和悲欢离合的情节。对命运的反思、理想的渴望和人性的伸张在压抑数年后，终于迎来希望的曙光。他们中有一部分人及时扼住了命运的咽喉，获得进入大学或在社会上展示才华的机会，而成为社会的中坚力量。他们中间走出了各级党政部门的领导干部，以及专家、学者、商海成功人士达百人之多。仅1000余人的中学生队伍，却涌现出如此之多的社会精英，北大荒那段生活经历，或多或少地让他们汲取了营养。

但更多的还是普普通通，甚至还在为生存挣扎的草根。他们的人生与国家命运同生共进，注定要承担一些苦难。

活得更沉重的是扎根在那块黑土地上的知青。他们献完青春献终生，献完终生献子孙，年迈返回故土时，却发现已成为故土的外人。“身在他乡望故乡，故乡如今是他乡”的感叹恰似他们的写照。

只有经历过那个时代的人才会有这么多的传奇以及人生命运的跌宕起伏！

40年过去了，他们现在生活得好吗？他们与那块黑土地又有怎样的情结呢？

一、来自黑土地的邀请

改革的春风终于吹醒了那片荒芜的冻土带，黑龙江省富锦县于 1988 年撤县建市。

2009 年，是富锦建县 100 周年，也是杭州知青赴富锦支边 40 周年。富锦市委、市政府在筹划百年庆典活动时，把邀请杭州知青回访富锦纳入内容之一。2 月 2 日，大年初八，富锦市主要领导千里迢迢赶到杭州，与部分知青举行了见面会，热情邀请知青在支边 40 周年之际回访富锦。会上，富锦市有关领导向知青介绍了富锦市的经济社会发展概况，播放了为邀请知青回访制作的专题纪录片。

富锦市地处三江平原腹地，松花江下游南岸，是佳木斯东部区域的中心城市。1909 年设县，2009 年总人口 46 万。富锦市是铁路、公路、水路三路相通的国家一类开放口岸城市；是“中国大豆之乡”“中国东北大米之乡”，享有“北国粮都”之美誉；先后获得“全国粮食生产先进市”“全国绿色农业示范区”“全国文化先进市”“全省农业农村工作先进市”“全省农村基层组织建设先进市委”等几十项国省级荣誉。当时，富锦市利用民间秧歌活动群众基础好的优势，正在倾力打造“中国北方秧歌城”。

双方商定这次回访活动取名为“青春富锦”。拟于 7 月 24 日晚知青从杭州市出发，26 日晚到富锦市，30 日上午结束返回。知青自愿参加，可携带配偶和子女，旅途费用自理。在富锦市活动期间的吃、住、行等费用，由富锦市政府承担。会上还举荐部分知青成立了《富锦市杭州知青联谊会》负责具体筹划。随后，1000 余封带着黑土地人民滚烫的心愿，盖着富锦市委、市政府鲜红大印的邀请函从富锦寄往杭州，送到每个知青手中。

富锦市委、市政府在《关于邀请杭州知青回访的公开信》中写道：

岁月不居，时节如流，2009 年是你们下乡到富锦 40 周年。曾记否，在 20 世纪那激情燃烧的岁月里，你们满怀报国之志，告别都市，拓荒支边，用稚嫩臂膀与富锦人民一道，爬冰卧雪、披荆斩棘，历经无数的艰难险阻，把青春和热血都献给了这片土地，留下了富锦创业史上光辉的业绩，你们坚强的毅力和无私的奉献为富锦人民留下宝贵的精神财富，为国家建设和富锦繁荣建立了不朽的功勋。

40 年弹指一挥间，乌尔古力山青翠如故，松花江涛声依旧，富锦人民与知青们的情谊历久弥深。值此杭州知青下乡富锦 40 周年之际，市委、市政府代表 46 万富锦人民向你们发出真挚邀请，邀请你们回第二故乡考察访问，回首青春难忘岁月，开展经贸文化交流，在富锦和杭州之间架起一座相互沟通、相互协作、共同发展的平台。

一石激起千层浪，感情的闸门顿时被汹涌的回忆打开。40 年光阴似流水，当年风华正茂、同学少年，如今都已是两鬓斑白。当年的黑土地，如今又是什么样？黑土地上的父老乡亲们，你们好吗？

《都市快报》闻讯，热心地进行了采访报道。标题就很让人心动：《40 年前奔赴黑龙江富锦的 1018 名杭州中学生 7 月下旬想不想回富锦去看看？》

《都市快报》用了一整版图配文，生动再现了那段历史的片段，选摘几段如下：

"富锦市杭州知青联谊会最近在筹划一个大活动——组织当年的知青，7 月下旬重回第二故乡富锦踏访，……昨天下午，求是路 8 号公元大厦 3 楼新洲集团接待室，富锦市杭州知青联谊会临时办公地点，组织者翻出知青们提供的老照片和资料，讲起那段青春岁月。"

第一张照片，是 1969 年 3 月 9 日拍摄的。知青出发，同学相送（照片略）。

"照片拍摄者徐乃安说：'那天飘着小雨，地上很泥泞，熟悉的同学都赶来送行，家长来送的倒很少。原先计划，我们是在城站上火车，因为人太多了，就改到了闸口车站，那里有个货场，比较空旷。'1000 多号人，杭一中到杭十四中都有，另外还有拱宸中学、艮山中学、杭大附中（现学军中学）的学生。"

“刚上车，大家蛮激动，汽笛一响，有人开始哭了。火车走了三天三夜多，整整 86 个小时，终于到了佳木斯福利屯车站。”

“徐乃安分到富锦县大榆树公社长发岗大队，和当地人一样，春天播种，夏天去草甸子割喂马草，秋天收庄稼、扛麻袋，冬天修水利，一干就是8年。1977年，他回到杭州，进了杭州通信设备厂（东方通信前身），现已退休。

“知青们在富锦创下不少业绩，富锦第一座钢铁厂，就是知青和当地工友一道在瓦砾上建起来的。”

第二张照片，拍摄于 1969 年。6 名知青在田间手持各式乐器（照片见本书 049 页）。

照片提供者说，别看大家手里有乐器，其实弹的时候不多，农活太累了，经常回来躺倒就睡。富锦的夏天，太阳 3 点钟就升起来了，晚上 7 点还不落，经常一天要劳动 18 个小时。问 58 岁的照片提供者，现在弹不弹吉他了？他哈哈大笑，“年轻时自学的一点儿乐理，早忘掉了。”当年那把吉他，也找不到了。照片里的 6 个人，4 个已正式退休。照片提供者仍在担任富锦市人民政府顾问。

“第三张照片是长发岗大队书记王长发写的诗：离钱塘九载即日回还 / 却百感交织无可言传 / 愿风吹杨柳春意盎然 / 莫自乐天堂朋友忘怀。”（照片略）

“这是首送别诗，题为《送王田赵蓉回杭州》，是大榆树公社长发岗大队书记王长发写的。王田和赵蓉，是留在长发岗大队的最后两个杭州知青。1978年，大批知青返城，这对知青夫妇也准备回杭州。特意待到3月13日走，因为9年前的3月13日，是他们到达富锦的第一天。”

“王田说，当年老乡和干部对知青特别好，分别时依依不舍。王长发高中学历，口才和文才都不错，说起话来滔滔不绝。临走时他找了支笔，在本子上即兴写了这首诗送我。

“去年春节，王田（杭州七中校办工厂最后一任厂长）退休，和老伴赵蓉回了一趟富锦，一住30多天，和王长发促膝叙旧。”

“老书记喝酒厉害，伤着身体了，我们都劝他好好保重。”王田说，7月份如果家里没特殊事情，他还想去东北，当年一个屯里三十八九个知青，想再见面好好聊聊。

二、爱到深处情正浓

2009年2月5日，老知青代表在杭州松木场尔雅茶楼举行了第一次筹备会议，通过讨论达成了四点共识：一是尽快建立起知青联络网，联谊会成员分别担任各公社联络员，每个知青点也确立一名联络员，共组建起55人的联系网络（公社15名、知青点40名），联络员一律自愿参加，不计报酬，义务服务。二是确定这次知青回访活动的主题为《青春富锦》回访第二故乡活动。三是向知青发出倡议，集资在富锦中心广场修建知青纪念性标志物，作为回访的礼物。捐款坚持自愿。四是对活动全程录制《青春富锦》电视纪录片，编纂纪念画册、回忆录、通讯录，简称“三书一碟”。同时在富锦市举办《知青文化及摄影、书画作品展》。为便于联系，设立临时知青联络点。

原兴隆公社东风大队知青傅建中已是集团公司老总，热心地在公司设于杭州公元大厦的办公场所中腾出一间办公室和一间会议室，用作联谊会的临时办公地点。筹备工作是琐碎的，从2月开始张罗到7月末成行，联谊会工作人员没休息过一天，先后召开了六次工作会议，参与了数十次知青活动，用心血在知青与第二故乡之间架起了一座感情的桥梁。

每个细节都必须考虑周全。从寻找失散的知青到建立起联络网；从报名登记到确定活动日程；从分配车次座席到落实住宿、用餐；从统一服装到制作横幅标语；一切都有条不紊，准确细致。精心设计的徽标LOGO图案简洁明快，以“青春富锦”四个字汉语拼音开头字母组成主体图案，点缀红心、小花，喻意一颗颗报效祖国的红心，花样年华，把青春献给边疆。专门为回访活动创作的歌曲《青春富锦》也是知青作词、谱曲，一切都贴上了知青的标签。

大家在报名参加回访活动的同时，纷纷解囊捐款，要为第二故乡尽一点心意。在这一过程中，联谊会工作人员也时时被感动，老知青们一颗颗明亮的心，滚烫的热血，金子般的赤诚，撩拨着组织者敏感的神经。

那天，大榆树知青杨晨音前来捐款，还为英年早逝的哥哥杨钟音及身处异乡的姐姐包晨曦也各捐了一份。问她为什么？平淡的回答中只一句："这是我们兄妹对富锦的一点心意"，顿时大家眼里噙满泪花。杨钟音的事迹早就在知青中传颂，使人想起《北大荒人之歌》里的那句："即使明朝啊我逝去，也要长眠在你的怀抱里。"这不是悲怆，是一种豪放！经历了漫长的四十年，长到青丝变白发，长到部分知青已逝去，永远不变的是对富锦的一往情深，对黑土地深深的眷念！

之后，杨钟音遗孀裘洁把她在整理丈夫遗物时发现的手稿《我的人生小结》传给了联谊会，大家读着读着都泪流满面。在向富锦市委、市政府汇报筹备工作进展情况的《情况通报》第一期，就刊载了此文（节选），设标题为《我无愧于一个北大荒人》（见本书 211 页）。富锦市一位市领导打来电话，说他曾在下乡搞路线教育时认识了杨钟音，知晓他的优秀品质，在读这篇文章时，眼睛一直是湿润的。

头林知青盛清远也为已故的知青丈夫陶大贤捐上了一份来自天国的心意。这对知青夫妻当年是活跃在北大荒文艺战线上的骨干，而今准备再回旧地重现当年时，却少了朝夕相伴的另一半。多少酸甜苦辣只能淬成一壶带着浓浓思念的北大荒感情酒。更叫人难以平静的是原兴隆公社知青张世均遗孀张桂香的义举。张世均已去世好几年，其妻张桂香是富锦下岗职工，靠做家政服务换取微薄收入供养两个孩子上学。去年她又患乳腺癌动了手术，家徒四壁且负债累累。前些日子孩子大学毕业有了工作，领取到第一个月工资，就马上替丈夫送来200元捐款，态度坚决叫人难以婉拒，工作人员几乎呜咽着接过这份无法用数额衡量的沉甸甸的心意。这哪仅仅是捐款，分明是对养育过他们的黑土地捧出一颗滚烫的心啊！我们这辈从最初的青春理想到苦难、执着，转变为今天的思考和感恩，岁月将其沉淀为丰厚的精神沃土。曾经的苦难已浓缩成思念，今天的捐献是对黑土地深深的爱恋。

联谊会办公室的门又一次被轻轻地推开，走进一位步履蹒跚的老人，笑呵呵地说："儿子在北京工作忙，我替儿子来捐款。"原来是著名作曲家莫凡86岁高龄的老母亲。大家赶紧上前搀扶老人家坐下，当老人颤颤巍巍从兜里掏出叠得整整齐齐的500元钱时，当得知老人是从城市的大东边坐了一个多小时公交车找到这里时，所有人都抑制不住内心的翻涌，控制不住夺眶而出的泪水，只好背过身或离开片刻去拾整过于激动的心情。老人完成心愿踟蹰欲离时，眼神中那一抹慈祥，是世间最耀眼的光茫。当年莫凡从田野里传来的歌声不仅激荡着我们，也一直在滋润着老人家沉寂的心田。

富民知青蔺汤溪那天从外地赶来，以他独有的儒雅风度及手术后几近失声的哑嗓子谈起了心中的黑土地。交谈中也获悉了他几次与病魔抗争的经历，临别时他掏出千元捐款。我们说：“不，你身患病残，大家应该为你捐款。”他笑笑，一句话如电流让我们热血沸腾：“那块黑土地上倾注过我们的爱！”在这个快速致富的功利时代里，这群生长在保尔·柯察金流行的年代，听着雷锋的故事成长起来的人，有着不一样的襟怀。当年北大荒上那场旷达野性的黑土文化与婉约的江南城市文明邂逅所撞击出的火花，至今仍闪烁出夺目的光彩。蔺汤溪的话被写在我们回访富锦时打出的横幅标语上。

二龙山知青周炎曾患癌症动过手术，他积极地抢早捐了款后，却迟迟没有来报名。当获悉他是因经济拮据而放弃朝思暮想的富锦之行时，头林知青徐利明欣然表示赞助之意。大榆树知青徐乃安、西安知青沈铭涛、头林知青陈少珠、马颂民、志愿者徐朗中也都纷纷要求解囊相助。后来只好由联谊会协调，照顾大家的积极性，以徐利明为主，其他人都出一点的办法，解决了周炎的旅费问题。真是黄金有价情无价！一声“知青”，所有的爱就能凝聚在一起。虽然都表现在一件件小事上，但连成一片就汇聚成一股无穷的力量。

西安知青沈铭涛在为联谊会工作途中遭遇车祸，左小腿三处骨折住进医院。躺在病床上仍用电话联系事情，继续为组织这一活动在操劳。他说：“当年在北大荒时淘得出格，是黑土地以宽阔的胸怀包容了我。现在多做些事情，才能感恩富锦，回报乡亲。只要伤势好转，坐轮椅也要回到第二故乡去。”或许，只有在离得最远的时候，才能把曾经走过的那段日子看得最真切、最清楚。曾经的那些年少轻狂，那些不谙世事，已永远地保留在他的纪念册里。谈及往事，他只淡淡一笑，但眼眸早已湿润，待转过身去时，已泪流满面。

组织回访活动的部分联谊会工作人员，从 2 月份开始到 7 月末成行，他们没休息过一天，起早贪黑，没有报酬，义务奉献。他们用热情和心血在知青与第二故乡之间架起了一座感情的桥梁。2009 年 8 月 29 日，杭州网记者李建刚在系列报道《重温激情燃烧的岁月之十“知青幕后联络人”（组图）》中报道了他们。摘录几段（图略）如下：

“热情似火的徐乃安”“徐乃安，杭七中高三学生。到富锦后分配到大榆树公社长发岗大队务农，后抽调到富锦钢铁厂工作。因擅长篮球被选入县篮球队并成为核心。当年叱咤球场的精湛技艺至今仍在富锦很多人心里留有深刻记忆，并为此津津乐道。1977 年回杭进入杭州通信设备厂（东方通信前身），现已退休。在联谊会里徐乃安不仅是年长的老大哥，也是最热心的人，几乎把联谊会当成了自己的家。他与富锦有着特殊的感情，每天都要与富锦的

‘哥们儿’通几次话，唠感情嗑。活动结束已快一个月了，他仍留在富锦，乐不思杭。”

“热情认真的陈少珠”“陈少珠也是当年富锦的插队知青，也是此次知青联谊会的联络人之一。一听说我要采访她，热情的她主动提出来，想自己写点东西，现将她写的《我们的足迹》原文刊登：（略，见本书第196页）”

“志愿者徐朗中”“她不是知青，因嫁给了知青，也就理解了知青，与知青有了共同语言。丈夫朱邑生常念叨的黑龙江富锦县二龙山公社荣胜大队，成了她此生一定要去看一看的地方。听说富锦知青成立了联谊会，马上与丈夫风风火火地赶来，要当志愿者，为知青做一点事情。从此，每天早出晚归，从三墩赶来‘上班’，从不耽误，成了联谊会里最忙碌的人。在富锦的日子里，她与丈夫一起经历了无数的感动、激动与兴奋，她为丈夫曾经有过北大荒知青的经历而自豪。回到杭州的当天，她就回到联谊会办公室报到，因为她知道，活动结束了，但知青与第二故乡的联系不会结束，很多有意义的工作等着她去做。”

“默默奉献的王宏焮”“王宏焮是杭十一中初二学生，当年去富锦后分配到头林公社东林大队插队落户。参加工作后先后在富锦县广播电视大学、县委组织部、市委宣传部任职。1996年提前退休后返回杭州。在联谊会里，王宏焮算得上‘高科技’人才，照相、电脑等方面知识、技能都高人一筹。联谊会那台旧电脑常常耍脾气，时而‘罢工'，时而'卡壳'，王宏燃便是'排忧解难'的'及时雨'。回访时他既打前站，提前到富锦打点一切，又压后阵，随团返回杭州全程服务，功不可没。当采访他时，他一脸认真地连说好几遍：'不要报道我'，那架势有点像当年在单位评先进时推让荣誉的情景。"

联谊会还有许多忙碌的身影，也有许多来临时帮忙的热心人，正是众多知青朋友们的奉献和支持，使筹备工作得以顺利圆满。

6 月 14 日，杭州已经骄阳似火，时任富锦市副市长的刘丽带着摄制组风尘仆仆地赶来，带着富锦市委、市政府的关怀，带着富锦人民的问候，来看望大家，采访知青，了解筹备工作的进展情况。还未成行已见亲人，对第二故乡的思念靠简单的汇报难以尽述，也不是采访镜头前的只言片语可以概括。40 年过去了，青春已变成记忆，乌丝也变成白发，曾经的苦难早已浓缩成思念，这是知青精神的又一次升华。爱可以缩短时间与空间的距离，那就让我们共同期待着那一天："7 月 26 日，富锦见！"

面对富锦电视台的记者，联谊会成员们的语言虽还平静，但内心早以翻滚，情绪的燃点再次激活泪腺功能，已不是一次这样泪眼模糊。想起艾青的诗："为什么我的眼里常含泪水？因为我对这土地爱得深沉。"

是啊，人生就像一首诗，有甜美的浪漫，也有严酷的现实，有高亢的欢歌，也有低旋的沉郁，更少不了些许愧疚或悔意。当年黑土地的豁达，父老乡亲们的关怀，件件往事，已经成为浓得化不开的情怀。有一天我们老得走不动路的时候，记忆深处还能保留着那个感动和大爱的地方，那一定是富锦。

时任富锦市副市长刘丽（左六）在杭州公元大厦听取联谊会工作汇报后与工作人员合影

老知青蔺汤溪（左）拖着病体来捐款。右为组织者缪东荣

参加回访的知青在报名现场

下乡时的光荣证（左），联谊会为回访活动精心设计的徽标LOGO图案（右）

三、我们是富锦知青

2009年3月9日是杭州知青赴黑龙江富锦市插队落户40周年纪念日。

40年在历史长河中只是弹指一挥间，而对于他们，却是人生旅途中漫长的跋涉，就像一队跋涉在戈壁大漠中的驼队，行程万里，而始于富锦。

3月9日对于富锦市的每个杭州知青来说，是一个比生日、节日更重要、更特殊的日子。任何语言或文字都难以表述知青们在这个日子里复杂的心境。因为，他们把一生中最美好的青春留在了那里。在中国版图最东北角那片广袤荒凉的黑土地上，倾注了他们沸腾的激情，也记录了他们的迷茫无奈和拼搏抗争。而今留给他们的有那么多的反思和深情的回望。

想起富锦的岁月，知青心里就会产生许多激动。有人说：生命中有了北大荒知青的经历，生命之河就不会风平浪静，人生旅途更变得丰富多彩。这样的日子能不值得纪念吗？你看，就连在外地的知青也都不期而至，从宁波、上海、江西、哈尔滨，甚至美国、加拿大赶来，这个日子对他们来说，太重要了。

3 月 9 日早晨，富锦市委、市政府给全体知青发来贺电。联谊会工作人员以最快速度送达各知青联谊场所宣读。富锦的乡亲们无时无刻不在记挂着当年曾被当作孩子一样呵护过的知青们。北大荒的父老乡亲想念你们啊！别拉音子山上风车齐刷刷地在向你们招手，青翠的乌尔古力山张开了欢迎的怀抱。回家来看看吧！富锦 8229 平方千米的土地永远是你们的家！

3 月 7 日上午，曾经在富锦钢铁厂工作过的部分知青在杭州尔雅茶楼相聚，拉开了富锦知青 40 周年纪念活动的序幕。老友重逢，分外亲切。知青们把珍藏的老照片、相册，还有当年的“光荣证”都带到了现场。睹物思旧，沉睡的往事一件件被记忆唤醒。当年，县领导为了振兴富锦的文体事业，有意利用钢厂招工之机招贤纳才。于是，知青中一批小有名气的“文艺明星”“球星”聚集到钢厂这个大家庭中。大家难忘当年与富锦工友们一道创业，同住一条铺，同吃一锅饭，白手起家在荒芜的瓦砾上建起了富锦第一座钢铁厂。当年创业的艰辛如今历历在目，与富锦人民的友情铭刻在心。他们说，北大荒的艰苦是一种财富，这片黑土地更是给了我们好多滋养，使我们的性格融入了北大荒的粗犷与豪爽，内心也多了一份富锦人的刚毅与坚强。正因为有了这段经历，后来无论走到任何地方，遇到什么样的困难，都能从容不迫地去面对。

3 月 8 日上午，曾经留在富锦各部门工作最后返杭的知青和二龙山公社龙阳大队的知青们在杭州“东北一家人”饭店庆祝他们的 40 周年纪念日。他们中大多数人已经成为富锦的“姑爷”，有的已“献完青春献终生”，与富锦结下了不解之缘，在感情上也就对富锦多了一份牵挂。他们中的许多人在富锦工作期间曾创下过骄人的业绩，有的还产生过重大影响。富锦人至今还记得他们，记得他们叱咤赛场的矫健身影及精湛技艺所带来的无穷魅力；记得他们忘我的工作热情和突出的智慧才能；记得他们在工作中创造的许多个“第一”。一切都记忆犹新，恍如昨日。

尽管他们都已到了花甲之年，然而，就像黄昏是一天中最辉煌美丽的时刻一样，当年的青春岁月已在他们身上转换成一种深沉和成熟。大家说：知青是一段历史，老三届的命运是与那个时代联系在一起的，而我们的命运又是与富锦紧紧相连的。在这个年龄和这个日子里，回望青春足迹、回顾富锦往事，是人生一种美妙的享受。想起他们过去的执着与付出，通过这些已经不再年轻，甚至几近苍老的脸庞回忆他们的青春，悔与无悔都那么淡定。

忽然觉得，在他们身上涌动着的是青春似火的激情和夕阳满天的宁静，如春的绿与秋的金黄，两种颜色交相辉映而融成一抹炫目的辉煌。品味他们，如同品味一杯上好的龙井茶。他们被艰难磨砺出的宽阔襟怀，将生活中的苦涩一一沉淀下去，漂在上面的便是淡淡的清香。

3 月 9 日上午，曾经在双鸭山矿务局系统工作过的知青们也在杭州华侨饭店欢聚一堂。老知青相遇，思绪又回到那段难忘的岁月。是啊，当年我们牵着青春去飞翔，怀着理想下井矿，命运却以太多的坎坷和不公光顾。但正是那段艰苦的岁月，磨炼了我们的意志。后来无论走到哪里，生活中没有吃不了的苦，工作上没有过不去的坎儿，人生也不缺少遗憾。

看到他们今天欢聚时的笑脸，你能想象出这些面孔后面的故事吗？你可知道他们曾经在被大烟泡搅得天昏地暗的绝寒之地挑战过生命极限吗？你可知道他们曾在灾难可能降临时，在地层深处互相紧握对方的手，那一刻的心情，那一刻的团结吗？经历了这么多的磨难，他们却很少抱怨和遗憾。走近他们，你会发现，他们的热情、执着、乐观、团结，足以令人刮目。他们可以把苦难咀嚼粉碎，把逆境变成财富。时至今日，他们身上还有那么多的活力，那么多的梦想，那么多人继续用辛劳在打造着新的希望。

他们的经历，不仅是他们的财富，也是留给后代珍贵的“人生宝鉴”。煤是黑的，但燃烧起来却是红的，就像他们一颗颗赤诚的心。

富民、西安、二龙山、永福、大榆树公社的知青也都以原知青点为单位，分别在杭州玉皇山庄、陆军疗养院、茅家埠、灵隐白乐桥、武林门心源茶楼、石屋洞桂庭楼等地举行了纪念活动。忆往昔大家感慨万千，对第二故乡的父老乡亲们无限怀念。当年的那些人和事，都再次浮现在脑海里，如银屏回放，那样亲切，那样清晰。记得第一年的端午节，乡亲们分别从家里送来了“猪肉炖粉条”“韭菜炒鸡蛋”“酸辣土豆丝”和油饼，让我们第一次品尝到人生的“百家宴”。记得那年分下来上学、招工指标，你们说:“让杭州的娃娃们先走，我们的孩子以后还有机会。”老书记的公正；老队长的关爱；老房东的慈祥，老乡们的热情；这一切就像北大荒色彩对比强烈的远山红日、雪地草房、炊烟白云一样已深深地烙在知青们的心上，定格在脑海里永难消逝。当得知富锦市已建立了自然保护区，建了森林公园、湿地公园，大家都恨不得立即插上翅膀，飞回第二故乡看看。激动之余，载歌载舞，那分明是一群得意忘形的老顽童。我们今天杯中斟满的是北大荒酒，满桌子摆的是东北菜，我们的心儿已经飞回富锦，纵情欢乐吧！在欢歌笑语的背后，是知青们对人生的深刻思考：“我们虽然离开了富锦，但与富锦的那段缘，已经成为一种情结，越结越深。”

3 月 9 日晚，头林公社全体知青及兴隆公社部分知青也分别在杭州庆春人家饭店及名人名家饭店举行联谊活动。头林公社知青是返城以来的首次相聚，很多人相见不相识，待相互介绍后恍然大悟，重新对号，思绪也随之回到魂牵梦萦的北大荒。当年这 77 名来自同一学校的知青共同落户在头林这块土地上，从这里开始走向各自不同的人生。尽管返城后很多人之间失去了联系，但大家的心里仍珍藏着彼此之间的青涩印象，那是记忆深处最珍贵的照片。大家清晰地记得，隆冬季节挖河开渠修水利，劳动竞赛争掀高潮，挑灯夜战而写下“土抛云霄惊孤月，镐震太空动醉星”的诗句。还有，在风雪交加的大烟泡里，是老乡们全村出动才把我们从迷失方向的大甸子中救出来。更难忘的是，那年连降大雪，成群结队的狍子在白雪皑皑的雪原里蹿跃，有的狍子闯进村庄，甚至撞入农舍，那几乎是壮观奇异得有些虚幻的梦境，没到过北大荒的人是永远不会见到如此真实的几近世外桃源的情景的。还有，北大荒那天地一色的冰封世界里，村头那间被大雪快要压塌但仍默默矗立的小马架；孤独地守望在结满冰溜子的井台上的辘轳；夏天那条须涉齐腰深水十几里才能通向外面的唯一道路，都是根植在知青们心中的一道道挥之不去的风景。看到一张张当年写满童趣而今刻满岁月年轮与沧桑的面孔，想到有些已经永远逝去的音容笑貌，很想再道声：珍重！龙江哥们、姐妹们，愿一生平安！

兴隆公社部分知青在联谊中还组织了自编自演的节目，那一首首熟悉的老歌曲再次把大家带回那个激情燃烧的年代。尽管大家已皓首银鬓，但此刻心灵深处却激情涌动，青春似火。大家说："知青运动是一段无法绕过去的历史，是我们一遍遍回望时必然要触及的岁月。"尽管历史的浪潮使我们这代人经历了前所未有的复杂和曲折。尽管我们的"青春期"很短而幼稚期很长。尽管我们一辈子仿佛都在不断地错过各种好时机，一辈子都在为家庭社会而负重累累。但我们从未消沉，更没有自暴自弃。我们中的许多人，在逆境中奋发拼搏，把种种的人生经历变成财富。有的成为各级领导干部，有的成为专家学者、商海精英。他们中的很多人当年在黑土地上表现出来的胆识与魄力、智慧与才干、无私与奉献，都是那个时代的骄傲。当然，更多的还是普普通通的，甚至还在为生存挣扎的草根。但无论处境优劣，大家一直没有忘记自己是富锦知青。我们虽然年逾花甲，但我们没有老，因为我们对青春岁月有着超乎寻常的眷恋。与富锦父老乡亲的感情，就像北大荒的雪一样洁白纯净；对第二故乡的思念之情，就像卧虎泉酒一样醇厚浓烈。放声歌唱就是对那个时代最深刻的思念，让我们的青春旋律永远回荡在那片广袤的黑土地上。

我们不仅要唱，歌唱我们的青春，因为我们的名字叫知青！而且还要大声地喊，告诉人们，我们是富锦的知青！我们还要说，谢谢你，富锦，给了我们与众不同的人生。我们还要告诉富锦，你是一块神奇的土地，我们好想你。等到青青的大草甸开出紫色、红色、黄色、白色的美丽花朵，当蜿蜿蜒蜒的豆角秧爬满篱笆墙的时候，我们一定回去看望您！

四、回访日记

2009 年 7 月 24 日

望眼欲穿的这一天来到了。晚 19:00，回访知青陆陆续续来到杭州火车东站广场集合。晚 20:42，308 名知青回访团成员终于登上 K552 次列车，北赴哈尔滨。

40 年前的今天，也是北去的列车，大多数人互不相识。列车启动时的那声汽笛犹如催泪瓦斯，每个人都泪流满面。挥泪告别故乡和亲人，踏上一条革命征程。当时，中苏对抗已升级成武装冲突，珍宝岛正在浴血奋战，大家奔赴的就是距珍宝岛仅二百千米的反修最前线，一腔热血，一身豪情，义无反顾……

今天，同样是北去的列车，同一个目的地，心情却天壤之别，内心的兴奋写在每个人的脸上，我们之间也不再陌生。所谈都是北大荒的往事，笑谈之间竟不知不觉地唠上了东北嗑，那些田间炕头的事儿也都想了起来。旅行箱里装满了带给老乡们的礼物，也装满了40年的思念。

昔日的老照片已被岁月翻阅得泛黄，在列车单调的行进声中，许多知青又把这些照片拿出来，摆满了车厢里窄小的桌子和卧铺上，如数家珍般讲起照片承载的陈年旧事，勾起的不仅仅是对那段坎坷岁月的苦涩回忆，还有当年零下四十几摄氏度的严寒，曾冻结了多少年轻人心中的梦想。

回访演出团的成员也利用这段时间练唱，进一步熟记歌词。为了这次回访，他们专门排练了大合唱《青春组歌》，特别是这首《青春富锦》歌曲是知青自己创作的歌曲，是他们40年来对生命反思后的真情表达，是大家的共同心声。思念的心就像陈年的酒，在心中酝酿着沉香。车窗外一掠而过的田野、村落，与40年前一样急匆匆地向后远去，思绪早已飞出窗外，穿越时空，回到四十年前那个激情燃烧的岁月。

2009年7月25日

下午15:38，途经天津，停车10分钟。站台上为何如此喧嚣？原来原大榆树长发岗知青茹耘龙居住在天津子女家，因故不能参加回访活动，但一直与插友们保持着联系。在获悉知青回访团乘坐的车次后，已在此“恭候”多时，只为与大家见上一面。暂短的见面结束，大家牢记这位龙江哥们儿的嘱托："荒友们！请把我的问候捎去。"是的，同时我们也会把你的心带走，就像我们的青春一样插上翅膀，到北大荒去飞翔。

2009 年 7 月 26 日

早上6:54　列车到达哈尔滨车站

出站口，铁路部门已提前获知有知青回访团到达，专门为知青们开辟了绿色通道，踏上龙江大地的第一刻，便感到一种回家的温暖。提前安排好的龙江客运六辆大巴已在哈尔滨火车站站前广场等候。

事隔这么多年又第一次出远门，秩序有点凌乱，集合、清点人数到坐车至餐厅，已是 7:50 时，差不多用了一个小时。黑龙江的第一顿早餐在某饺子城，餐厅门脸其貌不扬，走上二楼却也宽敞亮堂。早餐刚端上桌，知青们就狼吞虎咽，吃相有点难看。其实不是太饿了，而是太亲切了，饺子、馒头、面条、鸡蛋、咸菜，连粥都觉得特别香，真正的北大荒餐饮。有知青说，现在北大荒生活也好起来了，一顿普通的早餐，比当年老乡们送别时的"丰宴"还要好。

上午8:30　换乘大巴赴富锦

早餐后的知青们按出行手册指定的车号和座席，分乘七辆大巴，沿哈同公路（哈尔滨—同江）浩浩荡荡奔赴富锦，还有 500 千米路程。一路蓝天白云用强烈对比的色彩，向他们奉献出北大荒淳朴的妩媚和妖娆，满目沃土绿野用厚重底色，尽情地向他们倾诉 40 年来黑土地的沧桑巨变。

下午 14:08　车队抵达佳木斯

车队驶入佳木斯宾馆。富锦市已派出由市领导带队的迎接组前迎 135 千米，在佳木斯宾馆等候，并设立了接待处接待个别经由其他交通路线提前到达的知青。又给每辆大巴配备了联络员、导游员，负责接待和解说沿途风光，并安排警车开道，新闻采访车跟随。由于路途时间较长，知青们觉得有些饿，下车便直奔餐厅。中午这顿午餐虽然晚了点，但丰盛程度让大家又一次领略了北大荒的质朴与盛情。

下午 15:00　从佳木斯出发

稍事休息后，老知青们依然按原序分乘大巴，在富锦市派出的各种车辆护送下驶向富锦。原来颠簸的沙石路不见了，取而代之的是水泥高速路。17:11 时，进入富锦市境内，分界线上的巨幅牌匾上醒目地写着八个大字："诚信的富锦欢迎您！"眼睛顿时一亮。导游也开始一路解说沿途风光和农业发展以及新农村建设的基本情况，使大家对第二故乡日新月异的变化有了大体的印象。

下午 17:50　抵达富锦市区

北大荒夏季日头很长，快傍晚6 点了，太阳离地平线还有一竿子高，金色的阳光斜射过来，正好洒满东西走向的富锦市中央大街。很多知青说，阳光似乎也代表了天意，是为迎接知青们回来而夕霞满天的。富锦市级班子的全体领导及万名群众已在市中心广场等候。十里长街张灯结彩，锣鼓喧天，载歌载舞，盛况空前，黑土地上的人民以史无前例的隆重，用最高规格的礼遇，迎接知青们回家。

入城路口，六位交警齐刷刷立正，向车队肃穆地举起右手，敬礼！一代知青！你们为国家承受过苦难，你们为黑土地献出了青春，你们用自己的努力在改变个人命运的同时，也推进了时代的进程，从而改变着国家的命运。人们有太多的理由向你们表示敬意！

从那一刻起，整座城市的热情被点燃了，整座城市顿时沸腾。车内知青与下面迎接的人相互挥手致意。下车伊始，盛装的小学生依次向每一位知青献上一束鲜花，扬手一个标准的少先队礼，让人从心底里涌起感动。紧接着，市委书记和市长上前跟大家一一握手问好。然后陪大家共步这欢乐的长街，享受乡亲们的热情。

绵延一千米，上万人夹道欢迎，又是鲜花，又是锣鼓，又是秧歌。街道两边布满了欢迎知青的热情标语："北大荒的父老乡亲想你们”“欢迎兄弟姐妹回家”等。知青们也纷纷拿出早已准备好的数十条横幅回应。“魂牵梦绕的黑土地我来了”“千山万水隔不断思乡情”“我们心连心”“黑土地上有我们的爱”“富锦富锦我爱你”……

街道两边，除了手拿鲜花的小朋友和狂扭秧歌的大妈大爷外，很多市民也自发前来迎接，甚至有理发、做头发的，做到一半，也跑出来看个究竟。热情欢迎的人群向知青们不停地招手并高喊：“欢迎！欢迎！”

当鲜花扑面而来，当富锦市四大班子的全体领导成员陪同我们同步前行，当秧歌汇成欢乐的海洋，当我们像功臣一样受到上万群众的夹道欢迎，满载着一路走来的幸福与感动，谁还能抑制住自己的血液不大量涌向心脏？谁又能抑制住大量含氯化钠的溶液不从双眼排泄出来！

那是激动的心跳，那是幸福的泪泉。爱，迷漫在载歌载舞的十里长街上。出行前，我们曾精心做了准备，统一了服装，一条条横幅上表达的是我们对富锦的无限思念和真情倾诉，导旗上“青春富锦”四个大字是对那段经历最简洁的概括。我们想以我们的风采感动富锦。

但错了，今天被感动的是我们，一种从来没有过的酣畅淋漓的感动！人生有很多东西靠时间是无法冲刷干净的，即使淡忘了，也会在某个时候以另一种方式回来。当年洒在黑土地上的青春热血，今天就以这种方式与我们相遇了。命运在把我们的青春与苦难结伴后，又将我们的晚年与幸福同行，“蚌病成珠”，这也许是较为贴切的比喻。

有的老乡一眼就从知青队伍里认出了40年前的伙伴，人群中时不时有人开始往队伍里闯，然后就是拥抱，紧紧地拥抱，接着喜极而泣。40年了，大家依然可以清晰喊出对方的名字。

儒雅的浙江大学博士生导师郦剑，此时的步伐快乐得像舞蹈，用他的话说：“高兴啊。”一位跳着秧歌来助兴的老大妈说，当年他们家就有知青，遗憾的是，她没有在队伍中找到熟悉的面孔。

快举起手中的相机聚焦这一刻，沸腾的富锦、鲜花的海洋、火热的激情、初秋的金黄，春华与秋实在这里举行了一场跨世纪的美丽聚会。这一刻，老知青们都像个孩子，他们含着眼泪用相机保留下这一幕幕感人的场景。今天的一切值得收藏一生！苦难不值得颂扬，但经历苦难也并不一定是坏事，当你战胜了苦难，它就是你的财富。今天，我们每个人的嘴角都是上扬的弧线，我们在收获人生最宝贵的精神硕果！

队伍中还有几位“小知青”，有知青二代，还有三代，他们睁大好奇的眼睛看到的正是这个时代最稀缺的东西。他们也许永远不会再经历父辈、祖辈们的苦难，幼稚的心灵实难懂得感恩的含义。现在，把一份黑土地上的感动与感恩，把一种或许他们一生都不可能见识到的生活经历，就这样轻轻放进孩子们的心里，让他们多了解一些父辈、祖辈们的青春理想与磨难，还有那一代人对祖国的忠诚和对民族的奉献，无疑是一次最有效的精神蓄能。

此时此刻，你切切实实地感受到了传说中那东北人的热情豪迈。富锦市委书记刘臣对知青们说：“东北人很热情，对于朋友是绝对的，尤其是对于有恩于我们的朋友，这份热情我们更是发自肺腑的。当年，你们给我们带来了知识，带来了希望……这样的好朋友，我们的热情为什么就不能淋漓尽致一点！”

这气势、那热情，是这座城市百年来头一回发生的最感人的一幕。用东北话讲：“心里敞亮、激动！杠杠的！”

晚 19:00　欢迎晚宴

富锦市委、市政府在东方大厦为回访知青举行了热情洋溢的欢迎晚宴。原计划 18:30 时举行的晚宴由于知青们一直沉浸在激动中迟迟不能入座，延迟了半小时。东方大厦是富锦市最豪华的宾馆，二楼宴会厅座无虚席，知青们身着红、黄两色 T 恤成为亮丽的风景。满桌佳肴盛满了富锦人民火一样的热情，特酿的卧虎泉酒散发出浓郁的醇香，空气中就像飘满了流动的蜂蜜，洋溢着黏稠的甜蜜。

市长周宏充满激情的欢迎词换来了知青们经久不息的掌声。而后，知青代表、原浙江省发改委主任孙永森也代表回访知青致答谢词。

富锦市为迎接知青回访，专门设计制作了铜质纪念品。知青们则把寄托着对富锦美好祝愿的书法作品赠送给富锦。

整个晚宴都沉浸在祥和的气氛及欢声笑语中。道不尽的思念，唠不完的嗑，千言万语都在杯中，干杯！这就是北大荒人的风格，干杯！这感情就像卧虎泉酒一样醇厚浓烈。这场晚宴，更像是一场感情的盛宴！吃喝不重要，最主要的是回家了，一种说不出来的亲切感。

天下没有不散的筵席，却有解不开的情结。宴会结束了，知青们徜徉在富锦的夜色里，虽有些陌生，但气息还是那么熟悉，感觉分外亲切。五彩缤纷的华灯把锦城的夜晚装扮得无比璀璨绚丽，从人们悠闲的表情上可以解读出他们安居乐业的幸福生活，举目所及，一幅和谐社会的图卷。第二故乡以神奇的变化向远方游子倾诉着黑土地的无穷魅力，市中心广场石刻上镌刻着“天下富锦绣中华”七个大字，传递出一种美好的预示，也把富锦的未来写进了每个人心里。看来，从县到市不只是一个行政地位和作用的提升，真正提升的是富锦人心中的理想与希望。

7月27日

上午8:00—11:30　**参观魅力富锦**

富锦市安排回访知青参观考察了阔别40年的第二故

乡面貌。先后参观了农业科技服务中心、农业科技示范园区、西山风力发电场、富锦黑鱼泡国家湿地公园、工农新村等地。改革开放30载，富锦发生了翻天覆地的变化，第二故乡已是百业兴旺，城乡面貌日新月异，人民生活和谐幸福，处处呈现出快发展、大发展的良好势态。

大巴车在蓝天白云的簇拥下驶上别拉音子山山顶，奇观立即映入眼帘。排排风车如玉树临风般错落有致地矗立在山梁，与山风轻吟，与脚下广袤的旷野对望，如无声的诗歌浅吟低唱，以独特的方式向知青们致意。放眼望去，绿野无垠，山峦苍翠，风车携着一丝现代气息，给粗犷的北大荒原野注入了一种诗情画意般的风骨。热气流从风车面前掠过，坠入山的尽头。远处阳光折射所产生的熠熠光华，正如一个群体逝去的青春在向他们顾盼回眸，这钟灵毓秀的大地与他们的胸腔间一定还跳动着一条殷红的血脉。

知青们边走边看，边用手中的相机和摄像机记录身边的美景、美色，把看到的山山水水都记录下来，知青们在惊叹第二故乡惊人的变化的同时，更是对第二故乡建设规模、造林绿化、城乡环境整治以及湿地在开发与保护中的科学做法表示赞许，并把对第二故乡美好的祝福默默地放进心里。

湿地就像一位楚楚动人的妙龄少女，风情万种，以几乎千年不变的身姿，吸引了大家惊叹的目光。水鸟掠过水面，像在表演超低空飞行绝技；野鸭悠闲地拨动清波，不时用脚蹼轻点水面玩一把“凌波微步”；蒲草倒映在碧波里，花儿在绽放中吐露芬芳。虽然没看见狍子与野鸡的身影，但盛夏的大草甸水天一韵，明亮、清爽而安静，就像诗句里的景色，一幅原生态的画卷。

看现在的巨大变化。知青们难免会回忆昔日的情景。在知青们的眼里，湿地并不只是一道风景，它是黑土地的孕育之源，没有湿地，就没有这块黑土地。就像他们，没有黑土地的哺育，就没有现在的思念和回归。此刻，穿着红、黄相间服装的他们早已融化在蓝天碧绿之中了，恍惚间让人迷惑，这是天上仙境，还是人间天堂？走在弯弯曲曲的栈道上，就像人在画中游。疲惫的心终于可以驻足，尘世间的烦恼暂且忘却，沐浴灵魂，滋润心灵，悠悠意境，令人陶醉不知归路……

下午 13:30—17:30　**参观魅力富锦**

继续参观工业园区、富锦经济社会发展成就展、百年富锦摄影、书法、美术作品展、富锦博物馆、富锦港、松花江书法碑林及沿江风光带建设。

老知青们最感兴趣的是参观博物馆和百年富锦摄影中的“杭州知青回望青春”专栏，展出了 40 幅由知青联谊会征集并精心挑选的历史老照片，每幅照片都配备了文字说明，形象地再现了那段难忘的岁月。没有什么比看到自己的老照片被收藏在博物馆或挂在展览馆里更兴奋了。

看，那就是我！那就是我们！尽管眼前的苍老憔悴与照片上的稚嫩青涩有着强烈的反差，但又有什么关系，关键是我们的青春美丽过！人生是不能回头或重复的，照片可以永恒地留住生命中的那个瞬间，引起每个人的共鸣。知青岁月是如此刻骨铭心，难以磨灭。今天，这些老照片又一次翻开了大家悲喜交集的集体回忆，命运中的坎坷与精彩，生活中的苦涩与欢乐，生命中的平凡与绚丽，都在这挥手谈笑之间释然了。

然后，知青们又参观了富锦市近年新建的松花江碑林及沿江风光带建设。碑林以古朴、大气、极具民族特色的建筑风格和浓郁的文化气息，展示了本土文化的厚重底蕴与多姿，它美丽的色彩、别致的造型、恢宏的气势，无一不是富锦人在打造“魅力富锦”中所呈现出来的精彩。碑林就建立在江畔。松花江泛着粼粼波光从这片文化森林旁流过，丰赡的文化传承便奏响悠扬的旋律汇入大江东去的雄浑，一条集自然美、人文美、创意美于一身，多元文化交相辉映的文化长廊便穿越时空，被传播悠远。

晚 19:30—21:30　杭州知青回访文艺晚会

热情的富锦市委、市政府为知青举行了盛大的“杭州知青回访文艺晚会”，特意从省城请了龙江剧团来增色添彩。观众席上，不仅有富锦市领导，还有我国著名作曲家付林老师和著名龙江剧表演艺术家白淑贤老师。

开场戏就是知青的大合唱《青春富锦》组歌，这是我们 40 年后首次在舞台上向富锦人民亮相。组歌一共由三首歌曲组成，配以诗朗诵组合。其中最后压轴的《青春富锦》一歌，由知青自己创作，自己谱曲。知青们在朗诵中深情地吟诵道："四十年，对于我们，已不仅仅是一个时间的概念 / 曾经，那是一种苦难 / 后来，是一种思念 / 再后来，成为一段珍藏的记忆 / 大雪虽然无痕也无言，但雪花已溶化在我们心坎里！ / 北大荒虽然有冰雪有隆冬，但黑土地给予的却是温暖的乡情 / 今天，我们穿越尘世间最昂贵的时光隧道，来寻找当年的感动 / 来重温青苞米的芳香 / 来看望你——梦中的富锦！ / 我们用岁月谱曲，我们用真诚作词 / 谱写一曲：《青春富锦》!"

富锦啊，梦里常把您深情地回望，多少魂牵梦绕；苦难已浓缩成思念，化作青黍的芳香；即使用尽世界上最美好的语言，也表达不尽我们今天的心情；即使唱响天地间最动听的乐曲，也唱不尽我们心中的诉说。歌声从心底飞出，震撼了全场，心灵随着旋律在激荡，这是感动我们的也是生命中最重要的音乐，那跳动的音符是在与那个时代沟通，那深情的歌声是在与富锦人民水乳交融。

今晚，我们与逝去的青春再度在富锦邂逅。

原头林公社知青盛清远也即兴表演了舞蹈，尽管年逾六旬，这位当年县文艺宣传队的"明星"风采依旧，优美的舞姿柔若无骨，但骨子里却是对脚下这片土地深沉的爱。

男高音仍然不减当年，原富民公社知青王效良，这位曾担任过浙江小百花越剧团团长的老知青，用声情并茂的演唱告诉你，他歌唱的北国就是心中的富锦。是啊，我们是穿越了尘世间最昂贵的时光隧道才来到您的身边——梦中的故乡。

一首气势磅礴的《长江之歌》再次把晚会气氛推向高潮。这位当年乡亲们眼中的“老丫头”程珊，就是唱着“田野里的歌声”走进大学，步入军旅的。即使在经历中越自卫反击战生与死的考验时，她胸中也始终澎湃着两条大江，热情奔放的松花江和大潮汹涌的钱塘江最终都东流入海，汇入浩瀚的太平洋。今晚，这两江情就在她荡气回肠的歌声中化作一片故乡情。

晚会气氛几度进入高潮。用老知青们的话说：“用尽世界上最美好的语言，也表达不尽我们今天的心情；唱响天宇间最动听的乐曲，也唱不尽我们心中的诉说。”当知青合唱团在台上集体朗诵道：“千言万语汇成一句：富锦、富锦，我爱你”时，台下观众集体起立回应，高喊“知青、知青，我爱你!”就像事先排练好一样。多年后，知青们回忆起这一幕，眼眶里还会闪烁泪光。

7月28日

上午 8:00—9:00　“青春富锦”纪念石刻落成揭幕仪式

此次知青们回访第二故乡时，向故乡捐款10万多元用于教育事业。另外，大家还共同出资，选购了一块花岗岩彩色巨石，安放在富锦市文化广场，以志纪念。知青们亲切地称它为“知青石”。为了选择一块满意的石头，联谊会有关人员跑遍了浙江各地，察看了数百块石头，均未如意。后来在业内有关人士指点下，在河南郑州相遇此石，遂成心愿。我们集体拟好碑名与铭文，请来杭州市著名书法家俞德明老先生书写。“知青石”正面书写“青春富锦”四个大字，来表达大家对第二故乡的眷恋和感激。

石碑背面上首写着“我们的名字叫知青”八个大字。铭文简洁明了，全文如下：

1969年3月9日，杭州市1018名中学生告别家乡，赴黑龙江省富锦县支边，分配到二龙山、永福、富民、大榆树、头林、兴隆、西安7个公社44个大队插队落户。

时值支边40周年，特组织《青春富锦》回访第二故乡活动，由知青捐资，富锦市人民政府批准，在此立石刻铭，永志纪念。

富锦市杭州知青联谊会

2009年7月

揭幕仪式前，“知青石”被一块巨大的红色绒布静静地覆盖着，全体回访知青及富锦市数千党政机关干部、群众在石前肃立，所有目光都聚焦在这块蒙着大红盖头的石刻上。每个人的青春都值得用一场仪式来纪念，更何况我们如此刻骨铭心的青春，怎么会“春梦了无痕”。记得一位哲人说过：“如果生活给了你一块石头，你要自己决定把它建成一座桥或一堵墙。”而我们，把它铸成石刻去见证历史，把它变成青春礼赞，让岁月去思考知青文化生成的价值。

市长周宏主持揭幕仪式，市委书记刘臣作了热情洋溢的讲话，头林公社知青陈少珠代表全体知青发言，表述了“知青石”的含义及回访知青的心声。随后，市委书记刘臣、市长周宏、知青代表孙永生、徐乃安共同为“知青石”揭幕。

揭幕后，按拟定程序，请知青们在大红盖头上签名留念。大家都争先恐后地拥上前去签名，激动的心情无以言表，带着朝圣般的虔诚，留下自己的印记。这块见证历史的大红盖头，被富锦市博物馆收藏。未能参加回访的许多知青也纷纷打来电话，委托同队知青代签，以致联谊会工作人员几次去找博物馆负责人协商，“走后门”为他们补签名。

上午 9:00—11:30　“回首、展望、发展”主题座谈会

激动之余，也要对第二故乡的经济和社会发展状况作冷静的思考，提出切实可行的建议。智囊的作用是不可忽视的，丰富的阅历、成功的经验、满腹的才学，都倾囊而出，还有什么比金玉良言更可贵。揭幕仪式后，40 名来自各行业的知青精英参加了富锦市委、市政府举办的“回首、展望、发展”主题座谈会。会上，刘臣书记笑着跟大家说：“今天我就是来学习听课的学生，大家就当给我上课，一起很随意地唠唠嗑。”然后，自己先抛砖引玉，畅述了对富锦未来建设的构想。知青们也畅所欲言，对富锦的建设发展提了很多切实可行的建议，列举了许多国外名城，如何根据自己的城市特点科学发展的实例。尤其是城市建设方面，讲述了自己的不同看法，提出城市建设当以长远为主，本着不破坏环境，不给后人遗留麻烦的建设思路发展城市。有些知青提出建议利用太阳能来发电。对城市房屋建设也提出了一些可行方案。富锦四个班子的领导不仅认真地听，而且都做着笔记，那样子真的好似听课的学生。

会上，知青代表还对 40 名贫困学生进行了捐款资助。送到贫困学生手上的每一个信封上都写着这样的话：“资助你们的并不多，但寄托着老知青们的希冀；融入你的勤

奋，去步入知识的殿堂；用你的成绩，来诠释富锦的地灵人杰。”

7月28日13:30—7月29日17:00　回村探望乡亲

老知青们分赴各自插过队的村庄探望乡亲，市里统一安排车辆接送，每个乡镇都有三名市领导陪同。一路上，过去那些须涉水才能通往外界的道路，早已被平整的水泥路所替代，两边曾开满美丽花朵的大草甸已开垦成农田，青纱帐正悄悄地涂染着苞谷的嫩黄。

村里的老乡们以北大荒特有的热情欢迎我们回家。鞭炮锣鼓在农村是视为最隆重的欢迎形式，袒露出北大荒人粗犷张扬的个性。鲜花更代表了黑土地质朴的情怀，也传递出这块曾充满野性的土地已融入诸多文明因素，正在发生质的改变。市领导分赴乡镇加入欢迎队伍，这是乡亲们眼中最高的接待规格，我们又一次被当作贵宾，受宠若惊。

我们也把事先准备好的标语打开，似乎这样才能表现此行的凝重。记得那年抗旱，我们举着“天大旱、人大干，气死龙王战胜天”的标语，挑水保苗，把泡子里的水都舀干了。而今天我们在标语上写的却是对40年生命反思后的真心话：“父老乡亲们你们好吗？”

一下车，当年的伙伴紧紧地拥抱在一起，梦里千万次出现过的回归，多少朝思暮想，满腹的话儿此时只有用泪水来表达。泪腺功能既然被激活，那就尽情地宣泄吧！人生难得几回这样不加掩饰地真情流露。

教授的手与农民的手紧紧地握在一起，时代虽然改变了我们各自的生活方式，但改变不了我们的乡情。那些深藏于心灵深处的人性之真、善、美，这一刻又重现了光辉。想起贺敬之写的《回延安》，今天就是最真切的现场版。

头林公社二林四队的老队长已八十高龄，见到这些当年被呵护过的孩子们，便一把搂进怀里，止不住老泪纵横。眼前浮现出当年老队长为改变这个贫穷生产队面貌而操劳的情景，不禁让人想起臧克家笔下的老马："背上的压力往肉里扣，它把头沉重地垂下！这刻不知道下刻的命，它有泪只往心里咽，眼里飘来一道鞭影……"今天的老队长除了号啕大哭，始终没说一句话。踏进老房东的院子，那坚挺的向日葵如40年前那样身影依旧，就像永远不落的太阳。那幅铁质的毛主席像已锈迹斑斑，仍挂在墙上，草房已换成砖瓦房，但伟人像没舍得换，因为那是当年知青送给房东的珍贵礼物。

旧地重游不仅是来怀旧，也是来感恩的。回访知青都为村里准备了精心挑选的礼物，有大屏幕电视机，有学校教学设备、图书、杭州特产等。西安公社的知青行前特意在杭州选购了一柄大型"玉如意"，一路小心呵护带到这里，多么希望养育过他们的黑土地和它的人民天天如意，事事如意，永远吉祥如意！富民公社福胜大队的知青看到村里的道路状况，一次捐资 20 万元为村里修路，还给全村 65 岁以上老人每人发放了 500 元慰问金。

知青们始终没有忘记回报这块黑土地，近年来许多知青自发集资为村里修路、打机电井、引自来水、建学校、捐资助学。宏胜镇东风村的路就是知青投资按乡级公路标准修建的，被命名为“知青路”，在上面走一走，感到踏实。阳光照耀着厚重的土地，身后青纱帐深处，曾挥洒过我们的汗水，播种过我们的希冀，当然，也忘不了收工路上沉重的步履。

富民乡新立小学教学楼也是知青筹资建设的新学校，乡亲们把它命名为“春晖楼”。“谁言寸草心，报得三春晖。”当年就是乡亲们送知青上大学，创造了学习深造的机会，知青们多么希望第二故乡的孩子们从小就受到良好教育，他们是黑土地的希望和未来。

许多村当年的知青点，乡亲们当作文物一样把它保留了下来。老房子虽有点破旧，但园子里弥漫着黄瓜、豆角及秧苗的嫩绿气息，瓜秧与支架之间的藤藤蔓蔓，咋这么像知青与乡亲之间的友情，就这样纠缠不尽。

农家饭是他们几天来吃得最香的饭菜。这一次，知青们所到之处，主人家的桌子总是满满当当的，盘叠盘、碗压碗。过去逢年过节才能吃到的猪肉炖粉条、锅包肉、小鸡炖蘑菇，在城里也吃不到的甸子里的活鲫鱼，还有土豆、苞谷、大饼子、大葱蘸大酱……有人开玩笑说："上天很公平，当年受苦了，没吃着好的，现在可以放开吃了。"当然这只是戏言，饭菜多，酒话更多，酒一杯一杯地往嘴里噘，饭菜反而变成了摆设。老少爷们，干杯！既然当年的豪情又回归了，再醉一回又何妨。

今晚，知青们要在村里过夜，还像当年一样盘腿上炕唠家常。虽然村村都通了电，但知青们还是点亮了那盏思念已久的油灯，曾经无数个黑夜，就是它点燃每个人心中的希望。此刻，无声胜有声，任似豆灯火如泣如诉，讲述当年我们各自的故事。

7 月 29 日下午　回城

按照回访日程，7 月 29 日下午 5 点前，知青们须返回市区驻地。要走了，大家都依依不舍，来合个影吧，相互间好留个念想，想念时看看照片也是种享受。这收割机是乡亲们富裕起来的见证，留个影带回去给没来的知青也饱一下眼福。又是各种相拥而泣，各种拉着手不放的场面。还有老乡挎着篮子匆匆跑来，刚出锅的大鹅蛋塞进你的怀里，炙手的滚烫是乡亲们最淳朴的热情。

7 月 29 日 17:30—18:30　欢送晚宴

市委、市政府在东方大厦举行了盛大的告别宴。市级班子的主要领导都出席了告别会。市领导的讲话还是那样热情洋溢，充满了慈母般对游子的关爱。知青代表，原浙江省发改委主任、西安公社知青孙永生，浙江拉唯太阳能设备有限公司董事长、富民公社知青程瑞生分别代表知青向东道主表达了发自肺腑的感动、感谢和感恩。此行的收获出乎很多知青的意料，来前，很多知青只想了却一个心愿，给自己与这块黑土地的牵挂画上一个完美的句号。来了才知道，我们与这块黑土地之间永远没有句号，心中再也放不下这块黑土地，满载而归的是感动，心里想的是感恩，画上这个句号注定要用尽余生！

告别宴开始了，给市领导和知青代表预备的主桌竟然成了空桌，因为市领导都跑到知青中去敬酒，干脆坐到知青中间去了。敬酒是一种礼节，碰杯是一种形式，但传递的是感动，这种互相传递的一而再的感动，就会形成生命感动的传承。回访活动可以结束，而这种感动将继续传递下去，心怀感恩，长存思念。

7 月 30 日上午 8:30　告别

老知青们结束了此次回访活动，就要踏上归程。

十里长街依旧锣鼓喧天，载歌载舞，乡亲们专程从农村赶来送行，市级领导班子成员也列队相送。知青们就要离开富锦了，依依惜别，难舍难分。莫道日月长，只恨相逢短，黑土地博大的胸怀，奔放的热情，又一次激发起我们生命深处产生积极情感的因素，激情燃烧的岁月没有过去，将伴随我们一生。

亲爱的富锦，思念时，您是刻骨铭心的记忆；相逢后，您是热泪盈眶的感动；离别了，您是大家心中永远的牵挂！现在，我们怀着一颗感恩的心，用最真诚的祝福向您告别！要走了，为什么如此恋恋不舍，一步三回头？为什么眼泪一触即发，总是无声无息地溢出来？因为脚下这块土地曾经是我们的家。别哭了，上车吧，想家了就常回来看看。车走了，心还在，就如古老的民谣："去时把你的魂留下，我把魂压在席底下……"

依旧警车开道，交警列队肃穆敬礼，这是黑土地认为最尊贵的客人才可以享受的礼遇。再见了，亲爱的第二故乡，一定还会再来看您！黑土地上的热血与青春，曾经的风雨与悲壮，如今的思念与感动，已经成为跨世纪的话题。

风把远方吹成一片惆怅，也写在了每个人的脸上。在富锦的日子犹如一场精神的及时雨，给了我们醍醐灌顶般的顿悟，过去一些对命运的叹息在不知不觉中被新的思考湮没，一种人生豁然洞察的醒悟在悄悄萌发，黑土地又一次给我们深度递进地输入了生命的精神之"钙"，我们的灵魂在热泪盈眶中被再度升华。

我们与富锦的故事没有结束，我们与富锦之间还会发生什么？如果有人问你，假如再组织一次回访，你还想去吗？亲爱的父老乡亲们，下一次重逢会在什么时候？还是引用艾青的一句诗来结束这次富锦之行："去问开化的大地，去问解冻的河流。"这大地与河流，不在别处，就在我们每一个人心中。

《北大荒，你又重新点燃了我们》的作者缪东荣在知青队伍中

头林公社二林大队知青，摄于 1970 年。前排左起：李国桓、郁庆鑫；后排左起：陶三贤、俞铁夫、吴达维、缪东荣

后排从左至右第二位至第四位是知青，依次为缪东荣、徐利明、毛国生

在县政府财贸办公室（与县委财贸政治部合署办公）工作期间与同事合影，后排右一为缪东荣

富锦湿地风光　　　　摄影：王卫东

富锦市别拉音子山风光　　　　摄影：王卫东

写给富锦的父老乡亲

童芍素

作者简介：童勺素，杭州一中1966年高中毕业，1969年赴黑龙江插队，在当地小学和中学任教5年。1973年考入杭州大学生物系，毕业留校任教并任职于中共杭大党委。1988年起相继当选为中共浙江省委8届和9届候补委员、10届和11届委员。1993年后依次调任中共浙江省委高校工委、浙江农业大学、浙江大学和中共浙江省委宣传部任职。2007年当选浙江省人民代表大会10届、11届常委会委员和省人大科教文卫委主任委员。退休后被省政府聘为《浙江通志》副总编。

不经意间，居然我们这批“知青”已经赴黑龙江富锦县插队40周年了，真是“日月如梭，光阴似箭”，人生苦短啊！富锦市的市委书记刘臣同志率团专程来杭，要将纪念杭州1000余名知青赴富锦40周年活动纳入富锦建县100周年的系列纪念活动中。此中，现任领导对历史的尊重和对富锦未来的信心溢于言表，让我们这些曾经把青春留在富锦的当年的知青不能不感动，负责此项工作的缪东荣同志几次约我写点文章，以志怀念。但苦于近来手头工作任务十分繁杂，未能静心撰文，只得找出 10 年前，1998 年写的一篇文章《真正的人生从北大荒起步》以聊表心迹。

这 10 年来，尽管我们的祖国处于社会转型期，发生了深刻的变化，我个人的生活、工作也随着社会的潮流发生着变化。在中国高等教育力求创办世界一流大学的同时又迅速大众化的潮流中，我随着浙江大学、杭州大学、浙江农业大学和浙江医科大学四校合并而从浙江农业大学进入浙江大学任职。经历了四校合并初始的艰难复杂的五年后，我又随着文化大省建设的潮流而调入中共浙江省委宣传部任职，亲历了国家文化体制改革综合试点省份先行一步的探索，体验了文化宣传工作“贴近实际、贴近群众”的时代价值，感悟了文化大发展大繁荣对中华民族伟大复兴的不可替代的历史作用。两年前，随着我国政治体制改革的稳步前进，我又“华丽转身”到浙江省人大教科文卫委员会任职，我现在集中精力做的是如何更好地反映民意、集中民智，在推进社会主义法治进程中发挥绵薄之力。尽管这 10 年我又经历了许多，但与黑龙江、北大荒、富锦的人往、神往却一如既往。而且随着人生阅历的增加，越发地珍惜青春记忆，越发地珍惜一生中真正社会底层的生活经历，越发珍惜与北大荒父老乡亲朴实无华的友谊。

2006 年夏天，中共浙江省委宣传部与中共嘉兴市委在中宣部的指导与帮助下，举办了“开天辟地——纪念中国共产党建党85周年”大型展览。除了在北京、杭州展出外，又选了全国四个城市去巡展。其中第一站选了哈尔滨。同志们让我带队去，理由是我离开北大荒30多年没有回去过，可以顺便去富锦看看。到哈尔滨开展的第一天，电视台记者来专访我：“为什么这个展览巡展第一站到哈尔滨?”我回答她：“哈尔滨是我国省会城市中第一个迎接太阳的城市，开天辟地、日出东方的展览第一站在这里正合适；第二个原因是黑龙江省与浙江省在经济社会发展方面有着长期的紧密的联系，尤其是30多年前浙江大批知识青年来到北大荒，这里的父老乡亲给了他们胜似亲人的关爱，使这一代人得以在黑土地上开始他们人生的坚实脚步，无论他们走到哪里，走得多远，都永远怀念人生起步的黑龙江的黑土地，所以，巡展第一站到哈尔滨也表达了几代浙江人对黑龙江的感情。”许多朋友看这个电视专访，说很让他们感动，是啊，真情总是能感动人的。

展览告一段落，我便安排去富锦。黑龙江省委宣传部和哈尔滨市委要安排车送我去，但富锦我以前的学生现在一个国营农场的领导杨忠奎却执意要专程派车到哈尔滨接我，理由是他们熟悉路况，而且开的是上好的吉普车，绝对保证安全。我怕给黑龙江省、市党委添麻烦，就选择了让忠奎派车来接我。一进入富锦我便兴奋不已，以后在富锦与兴隆乡的两天时间，一直处在兴奋与感动的状态。我为富锦的飞速发展与现代化建设的成就而兴奋，我为兴隆的父老乡亲浓得化不开、忘不掉的深情厚谊而感动，而且我时时有一种将此景此情写下来的冲动。但一回杭州，便又陷入忙碌的日常工作。记得1971年我从兴隆乡东风村调到兴隆公社中心中学教书去时，东风村的孩子们流着眼泪，拉着我的手不放，送了一程又一程，直到大泡子边，那是小孩子们会陷进去的沼泽地，孩子们再也无法送了，便站在那里号啕大哭，那撕心裂肺的一群孩子的哭声，让我永生难忘。同一知青点的朋友袁晓燕对我说："你以后一定要写一部小说，把他们都写进去，才能报答他们对你的感情。"是啊，我用我的一生实践写一部为人民服务的书卷，不知能否报答我们的人民群众对我们的养育之恩？！

我在1998年7月曾写过一篇《真正的人生从北大荒起步》的文章，现附后，以怀念那段刻骨铭心的北大荒生活。

2009年6月于杭州

真正的人生从北大荒起步

我已经好久不参加“知青”的活动了。工作忙也是原因，但主要是感到“知青”虽说是拥有一段共同经历的，因而也拥有一份共同的人生财富的同龄人，但毕竟这段经历已过去四分之一世纪了。人生苦短，不能总在回忆中度日，更不能拿一段经历作为一生的本钱，何况“知青”经历也决没有当年革命老前辈投身民族解放事业的经历那样的光荣内涵。生活明明白白地告诉我，“老知青”只有善于超越自己，善于更新自己的观念、调整自己的能力结构和心态，才能有所作为，从而无愧于自己的“知青”经历，无愧于曾经用他们朴素无华的言行帮助我们度过艰苦岁月的北大荒的父老乡亲，无愧于世纪更替的时代。但前天热心于“知青事业”的一位老同学非常诚恳地说我被“知青”同志们推荐为“首届百名北大荒知青新闻人物”，嘱我写2000字左右的经历、现状与感悟。我对炒作为新闻人物的事从来退避三舍，也无意挖掘自己的“新闻价值”，但女人天生的菩萨心肠终于被苦口婆心的劝说感动，于是便动笔反思那段刻骨铭心的北大荒生活。

虽然离开北大荒的20多年里白天没工夫去回想，但在工作超负荷、身心难以支持的日子里，晚上常常会梦见北大荒。原来，它是如此难以磨灭地烙在我的灵魂深处、融在我的血液里了。毕竟，我的真正的人生，是从北大荒起程的。

15年前走上领导岗位时，遵省委组织部之嘱写了12000字的自传，而其中北大荒近五年的“知青”生活占了3000字的篇幅。摘录几段：

1969年3月，我和同学们终于告别了父母、学校，离开杭州，北上六千里，到黑龙江富锦县兴隆公司东风大队第一生产队集体插队落户。北大荒的五个年头令我终生难忘，以至于现在还常常梦见。我们把青春年华献给了北大荒。在质朴无华的农民中间，在甚至难以忍受的艰苦的劳动、工作之中，我们实实在在地认识了革命、社会、人民以及自己。北大荒那暂时荒凉的土地留下过我们这一批知识青年的追求、探索、理想、欢乐和苦恼，可以说，我是在北大荒开始了自己真正的人生旅途的。

……我们的公社是个在沼泽地中的新建公社，方圆几十里不见人烟。我们生产队是傍着树林建立的自然村，交通极不便利。邮递员半个月甚至一个多月来一次。有线广播刚刚装上，当然没有电灯照明。只有28户人家，都是从外地公社迁来不久。村里有二十几个学龄儿童，却没有小学教师。一到那里，我被生产队的“知青点”推选为小学教师。从此，只要我一走在村里那条唯一的泥泞大道上，就会传来乡亲的热情亲切的呼唤：“老师，你忙啊！”我深深为乡亲们渴求文化、渴求教育的心情所感动，同时，有生以来第一次感到内疚；我从小在那么优越的条件上学受教育，而年复一年创造着物质财富的农民却没有文化，他们的孩子缺乏起码的受文化教育的条件，就像列宁在苏维埃政权建立初期说的，大意是莫斯科大剧院里人们欣赏着“天鹅湖”，而在广大农村有许多农民却不会写自己的名字。我们这代人倘若不能改变这种情况，乃是我们的耻辱！我有心把党和人民给我们的文化知识还给人民，还给我们共和国的基石——农民及其子女。然而，办学的时间与空间极不利：时间——对文化进行“革命”的年代；空间——沼泽地中的穷乡僻壤。而这对当时血气方刚的我是不在话下的困难。乡亲们是我办学的靠山，三间草房是办学的基本物质条件。清晨五点，我到学校，孩子们已经在我讲桌上摆好了一瓶还带着露水的山花，并且在用心早读了。二十几个学生，七岁到十五岁，五个年级的复式班。语文、算术、珠算、政治、自然、常识、图画、唱歌、体育，全由一人承担。尽管条件极差，但我总想让孩子们德、智、体全面发展。孩子们愿学，我愿教，每天傍晚到五六点钟了，孩子们还不愿放学。我有时累得嗓子失音，但看到孩子们不加掩饰的渴望、期待的目光，我怎么也不忍心休息而耽误上课。乡村教师的艰辛是城里人难以体验的，乡村教师的幸福也是城里人难以享受到的，这幸福就是孩子们对他们质朴的信赖和淳厚的热爱，就是孩子们点点滴滴的进步。农村的孩子很能干，每到星期天和农忙假，我去地里劳动，他们便成了我的老师。除了办学，凡是乡亲们有求于我的，我都乐意为之：针灸治疗、写信读报，甚至给新生的孩子取名。每天忙忙碌碌，但是高高兴兴。为人民服务的思想在乡下变得如此具体、充实……

……在那有些人靠说瞎话飞黄腾达的岁月里，农民、农村党的基层干部以他们踏踏实实的行动和实实在在的言语给我以最生动具体的历史唯物主义教育与实事求是的思想路线教育。我真正理解了：是人民群众年复一年、锲而不舍地创造着社会物质财富，创造着历史，实践是检验是非的标准。而真正无产阶级的革命理论是高度地通俗简单，能被人民群众心悦诚服地理解接受，因为它必定反映人民群众的利益与要求。青年人可以以不同的方式追求真理，但归根结底必须和人民群众想法一致。特别是那些勤勤恳恳的农村基层干部和党员，他们不尚空谈，却非常善于将党的方针政策变为群众的行动。

他们克己奉公、任劳任怨，勇于自我牺牲，为群众谋利益，不少农村党员是1946年东北土改时的老党员，长期以来为党做了大量的工作，从不计较个人名利地位。他们宁肯自己受委屈，却要千方百计维护党的威信及群众的利益。从这些共产党员身上，我对党的认识具体化了、深刻化了。于是，在1971年隆冬，我向东风大队党支部递交了入党申请书。1973年初夏，由东风大队党支部审查发展为中共党员。在北大荒我开始把自己的命运真正地与党的命运、国家和人民的命运联系在一起了。

……1973年9月，经当时群众推荐，统一文化考试，我被杭州大学生物学系录取。临走前，我特意为公社办公室放大制作了兴隆公社地形挂图。挂图所示，我们公社只要搞好水利灌溉、做到防涝排涝，农业就可丰收。我恋恋不舍地告别了学生、乡亲和领导。我的入党介绍人东风大队党支部书记姜守清给我送行时语重心长地说："我们农村太需要你们了，但国家更需要你们。你们日后能成个人才，也是我们村送出去的，没给我们农村丢脸。不管到哪里，可以忘了我，但不能忘了农民，不能像有些人作起报告来，'贫下中农'放在最前面，做起事情来，就把咱农民丢到脑后去了！"我铭记不忘！五年的农村生活结束了。在极"左"路线盛行的时候，农村培养了我们求真务实的精神，培养了我兢兢业业为大多数人谋利益的生活宗旨，而这将左右我今后的生活道路……

我们这批“知青”如今已经迈过或迈向“知天命”之年的门槛，历史既然让我们经历了社会实践的磨炼和考验，也必将把承先启后的历史责任落在我们这一代人肩上。为了让老一辈共产党人放心，为了让下一代不再受穷、受折腾，为了中华腾飞，我们自信，不论在哪个岗位上我们都会不遗余力、不负众望。

《写给富锦的父老乡亲》作者童芍素近照

1969—1971 年初在兴隆公社东风一队小学当教师，童芍素和学生在大草甸上讲北大荒的未来

2013 年 8 月，返富锦看望乡亲，在佳木斯知青广场知青题词石刻前留影：“北大荒是我们人生之路起步的地方。童芍素 2008 年 7 月 20 月”

一个令人难忘的夜晚

陈定芬

作者简介：陈定芬，女，原杭州女中66届高中毕业生。1969年3月，赴黑龙江富锦县兴隆公社隆胜三队插队务农。曾在生产队任非脱产会计兼大队团支部副书记。1972年春调至隆胜大队初中部任教兼初一班主任。1973年9月赴哈尔滨读大学，1987年调回杭州。

那是1970年夏季的一天上午，我接到大队党支部书记通知，要我参加一个团支委会议，当时我任团支部副书记。我在第三小队太合屯，还兼任会计，白天下地干活，晚上抽空做账。由于业务生疏，工作中经常会遇到难题，我便利用会后时间去拜访大队会计丁大爷，向他请教。

我从丁大爷家告辞出来时，发觉天色已经不早，夕阳西斜，我得赶紧回家了。隆胜大队所在地又叫集合屯，那里住着一队的八位知青。临走前我顺路去那里作了告别，她们一再挽留我住一夜再走。

“天都快黑了，你不怕遇到狼啊！”来自杭州一个母校的知青小章脱口而出。

“没事的，这路我很熟。”我满带自信地回答。大队离我们小队有 8 里地，按我平时行走的速度和时间推测，一个钟头就能到达目的地。

我开始向三队太合屯走去，沿途尽是荒草野地，脚下是被人踩踏出来的一米多宽的所谓乡间小路，这让我不由想起鲁迅先生的那句话："其实地上本没有路，走的人多了，也便成了路。"的确是这样。

夜幕渐渐降临了，金色的太阳从西边沉了下去，一轮皓月将光辉洒向大地，天空繁星闪烁，大地万籁俱寂，偶见几只带绿光的萤火虫从眼前掠过，还有那嗡嗡作响的蚊虫簇拥在身前背后。四周的空气新鲜极了，青草散发出诱人的芳香，柔风飘过来阵阵凉爽……啊，多么美妙的一个夏日夜晚！

走着走着，我忽然感到脚下的小路越走越狭窄，越走越陌生，以至于看不清路的界线了，我才有些惊慌起来。糟糕，会不会走错路啊？又一想，怎么会呢？这条路我已走过好几趟了，不过都是在白天。再说方向没错，朝南一直一直走，就能看到小队的黄豆地、苞米地，最后能看到青年点和小学一共五间新盖的土坯房烟囱，那就是到家了。

对，没错！我乐观地做出这样的判断，不由加快了脚步。

可是不知怎的，我心里的一块石头却一直放不下，走出这么远，怎么还看不到我熟悉的庄稼地和我再熟识不过的屯子影儿呢?

越疑惑越走不到头，我意识到，我在荒草地里迷路了。

怎么办?我踌躇不定，返回集合屯，不甘心。因为我已走出一个多小时的路程，继续前行，可脚下的路究竟通向哪里?我不知道。

处于山穷水尽边缘的我，真希望前方突然传来拖拉机的轰鸣，哪怕听到几声狗叫，也会令此时的我欣喜不已。但是没有，什么也没有。唯一能听到的微弱动静就是荒野里的蚊子嗡嗡叫。烦死了，它好像专跟我作对，数量越来越多，声音越来越大，我实在受不了了，脸上、头皮、四肢裸露的部位都被叮出一个个包，瘙痒难忍。此时，我才真正体会到什么叫精神崩溃，举步维艰，走投无路，难道真应了小章的那句话，今晚要喂狼了吗?不行，不能这样想。我瞬即脱下外面的上衣裹住自己的头和脸，咬着牙向前行。

约莫又走了半个时辰，正当我高一脚低一脚走到一大片坑洼不平的地方，感到进退两难有些绝望之时，突然眼前一亮：远处隐隐约约有一处房子!是幻觉还是眼目昏花?再往前走几步，借着皎洁的月光，我分明看到的是房子——一间孤零零矗立在荒野地里的房子!这是哪儿?我怎么走到这里来了?

我不相信自己的眼睛，定定神又瞅了片刻。天哪！我总算看清了，前方稍远处确实是一间亮着幽暗灯光的小屋。我像捞到一根救命稻草，内心异常激动，朝那亮灯处飞奔而去。

“汪，汪汪，汪汪汪——”两条凶恶的看家大狗几乎在我即将靠近小屋的一刹那，突然从角落里蹿了出来，吓得我一身冷汗接连后退好几步，心怦怦跳个不停。遇到这可恶的家伙，难道我又一次要倒霉了。

提起狗，我自来到农村就怕它，不管是大狗小狗，家狗野狗，看到它我就发怵。

有一次，我去大队办事，回家途中路过屯边一户农家，被突然蹿出的小狗“悄悄”地咬了一口。它不声不响的攻击让我毫无思想准备。过了好久，我才感觉到被咬的疼痛。回到青年点，我才发现裤管被咬破，小腿肚留下了两个浅浅的牙血印。从此以后，我不免对此种动物多加提防，避而远之。

谢天谢地，两狗的狂吠惊动了小屋主人，很快出来一人，我一看，是个青年男子站在门口。我二话没说，一个劲地朝他喊：“快把狗看住！”只听他几声吆喝，两只大狗就乖乖地退了回去。我喘了口气，壮了壮胆，直接告诉他：“我是太合屯的杭州知青，从大队来，要回三队去，现在走错了路，请老乡帮个忙，送送我。”他听后笑了，连声说道：“快进屋坐会儿吧！”

我随后进了屋，屋里还有另一位老乡。从他俩口中得知，这里是二队的开荒队住所，我确实是走偏了方向。直觉告诉我：这两位是自己可以信赖的好人。他们答应护送我回家。我心中的疑虑、恐慌，身上的疲惫、饥渴，顿时烟消云散。最后，我只说出一句话："太谢谢你们了！"

说来也怪，余下的路好像走得特别顺当。在他手提汽灯的照明下，不一会儿就到了青年点，家里的伙伴们正等得着急呢。我把这一晚有惊无险的经历跟她们一说，她们都说："好险啊，亏你命大，遇到了好心人！"

是的，这个特别令人难忘的夜晚，我活了大半生只遇到过这一次。如今虽已过去40年，但我心里始终抹不掉当年那个场景，忘不掉那位送我回家的东北老乡。

2009年5月

《一个令人难忘的夜晚》作者陈定芬近照

2009 年 7 月，陈定芬与其他两名知青和乡亲在原东风大队田间合影。左起：陈定芬、陈友杰（村民）、于志刚、刘淑荣（村民）、郑志海

1972 年，陈定芬出席全县优秀教师表彰大会与兴隆公社出席会议代表合影。前排右一为陈定芬

2019 年 10 月，陈定芬摄于杭州西湖

北大荒的第一个冬春

刘　亭

作者简介：刘亭，1951 年 12 月出生于杭州，先后就读于安吉路小学和杭州市第一中学，1966 年初中毕业。1969 年 3 月赴黑龙江省富锦县兴隆公社东风大队第二小队插队支边。1973 年就读黑龙江大学，毕业后曾务农、教书。1979 年返杭从政，退休前长期担任浙江省发展和改革委员会副主任、省发展规划研究院院长、省政府咨询委员会副主任、省政协经济委员会副主任。现为浙江省政府咨询委学术委副主任、浙江大学区域与城市发展研究中心主任、中国区域经济 50 人论坛正式成员；任清华大学公共管理学硕士、研究员，浙江大学等多所院校兼职教授，曾获省部级奖多项，撰写专著和主编书籍各 10 余部。

开场白

3 月 9 日，恰好是插队支边的 35 周年。我收到了一封久未谋面但还联络的友人来信，邀我为《青春岁月丛书》

之《生于五十年代》写篇回忆录，理由是我“素有文学功底与人生感悟”。

我很惶恐。虽说是曾经学过中文的，还划拉过几篇东西，但终未成器，以后便也罢了。20 多年来终日在公文和事务堆里忙忙碌碌，早已销磨了往日的激情。友人的话纯属溢美之词，真正靠得住的，倒是我那杆尚属勤快的秃笔，总算还留下了一些记忆的碎片。

冬

1968 年 12 月 22 日，伟大领袖毛主席向着我们发出了伟大号令：知识青年到农村去，走与工农相结合的革命道路。

领袖的教导激动着年轻的心。1969 年 3 月 9 日，汽笛一声长鸣，北去的列车缓缓驶出了杭州车站。

告别了送别的人流，离开了美丽的西子湖畔，怀着投身革命实践的炽热渴望，我们来到了反修前哨、祖国的北大门——黑龙江。

我们 31 名杭州一中（现为杭州高级中学）的同学，被分配到合江地区富锦县兴隆公社东风大队（现佳木斯市富锦市兴隆岗镇东风村）插队落户。第二小队共 12 名知青，六男六女（后调整为七男七女），老乡们说我们是“配好了‘对’来的”。

兴隆公社是建点才四年的新公社，当地老乡俗称“沟里”。人口约有 1 万人，分布在 1000 多平方里广袤的土地上。这里布满了丰饶的草场，拥有大量待开垦的荒原，还有成片的树林、苇塘。这里有一米多厚肥沃的黑土层，正所谓“北大荒，油汪汪；不上粪，也打粮”。还是在伪满洲国的时候，这里是土匪和种大烟的人肆虐恣睢的地方。

由于遍布沼泽、泥潭和草甸子，当时还未建设通往县城的公路。在冰冻开化以后，从我们大队到 30 多里地以外的公社，还必须蹚过两处没膝乃至齐腰深的水洼子。照明要靠点煤油灯，知青爱看书，结果擤出来的鼻涕都是黑的。老乡倘若要买点油盐酱醋，八里地以外的供销社就算最近的去处了，平信也常常是个把月后才能够收到。

但是就在那几年，大量的人口涌进了这块土地。甩手无边的大草甸子，铧犁片子翻过来点种黄豆三年以后，就是肥得流油的熟地。靠树林，能狩猎；种黄烟，发大财，况且又是“天高皇帝远、政策没人管”的地界。建社以前，这里简直就是一个世外桃源：农民把整袋整袋的粮食喂猪，这是因为交通不便和没建粮库，而国家又嫌这点粮食太少、花费却很大而不愿加以征购。

东风二队则是这个公社的一个典型缩影。它集百病于一身，穷破不堪。这个队没有一分钱的公共积累，仅有的一台胶车还欠着银行的贷款。没有一匹马，甚至队里还拿不出一根赶车的鞭子！

初来乍到的生疏感刚过去，水土不服的溃疡不久前才结痂。倏忽之间，寒冬来临了。早霜打坏了成片的庄稼，叶子发黄，继而枯萎——在这粮食上浆长成的最关键时刻。社员们的情绪一落千丈。根据经验，年长的老农掐指一算，今年的工分又“打了水漂”。于是他们放弃了生产队的活计，跑到树林里，放了木头墩，拉回来刨板打箱柜。或是整日地窝在家里，竖偏厦、盖仓房，经营自个儿的小家园。主管生产的副队长撂了挑子，地里干活的社员，常常只有两三个人——队长和另外一个副队长。剩下就是知识青年，有时是十个，有时是八个。

这时正是一年中最紧张的秋收，然而国家配给知青的白面吃净了，去年的好苞米也“造完”了，剩下的只有今年园田地（自留地）里刚冒了点浆的苞米棒子。

起先，大师傅把它磨成面吃，结果反而更不好熟。况且一个人连拉磨带做饭，又怎么能供得上十来个人吃。不少社员推说头痛生病不干活，为的是拿队长“好看”。如果知青再留下一个人来做饭，就意味着地里的收割又要慢上一分。为了全力以赴能赶在大雪的头前，好歹把庄稼收割到家，大家决定：无论如何“对付”，也要将就这一秋。

大师傅起先拿萝卜丝擦子搓，如果来不及，就煮上一锅还没有去皮的苞米粒。掀开盖帘，几乎成了黑乎乎的

"猪食"。虽然难以下咽，但又不得不吃。这时仅仅是为一种起码的责任感所驱使，大家不顾生病、发烧，不顾由消化不良引起的肚子疼和拉稀，由恶劣的饭食引起的虚脱无力和极度疲劳，至于割伤和出血，也从未耽误生产队派出的一个工。

一面在卖命地干，一面有的社员却在悠闲地抽着手卷的"炮筒烟"闲侃大山。他们当着我们的面，带着嘲讽的口气说："咱小队垮不了。俺们不干，青年（当地对'知青'的叫法）还会干呢……"我们的肺，都快要气炸了！但是我们冷静着自己，绝不能感情用事。落后的社员这样说，也不能全归罪于他们。就是出气，也不能往生产队或者他们身上出。

不久，在家中来信的催促下，女同学离开了小队；另外两个男生也被电报叫回。在极晚的时候，也就是我们用光手从雪地里把苞米棒扒出来，冒着严寒把最后一车谷子拉回场院之后，生产队开始打场了。

起先是打豆子、糜子，这是懒场。一起铺，一起起，换班赶碾子，不久就完事了。以后就打谷子，六垧（公顷）多地的谷子是唯一除了麦子之外唯一长成的粮食。

打谷子是五个人一班，最苦的莫过于捆谷子。无论如何天寒地冻，即使是零下三四十摄氏度的低温，也必须赤手空拳。谷秸上的毛刺，拉得腕底道道血痕。这个活，都是青年主动来要求干的。

剩下的四名知青，除了一人做饭喂猪之外，三个人成天干活。因为我们一休息，就有使打场停摆的可能。的确，在当时出工干活成了最大的问题。这里既有天灾的因素，同时更有开始公开化的“人祸”。

坐地户老高放肆地夺走了生产队打场用的牛，拉着满爬犁的黄烟上“山外”卖钱去了，但没有一个人敢惹他。另外一个老吴头和他的儿子，赶着猎狗，在草甸子里抓冰耗子、逮黄皮子，在树林里下夹子放药，诱杀狐狸，仅凭着这些毛皮就足够吃香喝辣的了。在这些人的公开怂恿下，原先还在集体干活的人也倒了胃口：“连个受冻钱都抵不上，谁伺候这份活儿!”撂下工具，扬长而去。

多少次我们回到青年点里大发牢骚，多少次我们又决意用我们的行动去影响农民。我们把个人的一切困难都置诸脑后，就是毫不停歇地干，毫无怨言地干。为了小队，为了一个年轻人起码的责任感，我们回绝了家里催促速回的来信，排除了一切可能动摇我们决心的情绪。在一切突发的事件面前，我们都义无返顾地做出了牺牲：集体的猪在猪倌手里死了六成，当他撂下剩下的病猪不管时，我们揽下来了——我们绝不能看到集体的财产受到损失。冬天修工（修路筑坝等义务工)，没有一个社员愿意离开自己的热炕头，我们二话没说又扛起行李走了——但是这一切，又能起到什么作用呢?

巨大代价换来的一切，开始清醒了我们的头脑。我们从来也没有感到自己是这样的软弱无力、这样的束手无策；也从来没有这样深刻地认识到，以往得以沾沾自喜的一些高谈阔论，究竟有多少真正的价值！

在严峻的事实面前，我们意识到，自己决不是一个振臂一呼、应者云集的英雄。我们的想法，也绝非农民兄弟的想法。我们单纯地以自己的拼命去感动别人，实质上是一种变相的恩赐观点。在你还没有真正和民众打成一片、真正得以互相影响的时候，你们的自我牺牲，能使好人对你们产生一定的好感，而对另一些人来说，却成了他们偷奸耍滑的绝好机会。

我们有牢骚、有议论，对不合理的一切有反抗的意念，但这始终是几个知青在自己小屋子里的作品。脱离广大群众而几个人凭着热情蛮干，终究会因为工作的毫无进展和出击的屡次失败，被那挫折磨尽了锐气，最后宣告败退的。

过年了，生产队还没打完场，备耕工作更是了无头绪。三户社员因为小队的前景暗淡、没有奔头而搬走了。这些举动影响着人们的情绪，几个黑鱼屯的老户也打算回“山外”。再加上打算迁往邻队的，惶惶然全队好像只剩下了几个知青。几个老乡说到后来，索性鼓动我们也跟他们一起走。

“这鬼地方没个好！”

"'山外'开钱高，像你们这样的整劳力，一年好赖还不得有个四五百挣的?"

小队到了最后的时刻，我们是坚持还是动摇?

终于，我们在春雪前把场院的活干利索了。3月12日的夜，安宁的夜，乡村的夜。夜幕下飘落着密集的雪花，给静谧的房屋、草垛、谷堆，给沉睡的大地，笼罩上了一层神秘的色彩。

亮着煤油灯微弱光芒的屋子里，炉子上坐着的水壶咕嘟着，大家又捧起久违的书本——多少天来，我们才有这么一个休息和放松的日子啊……

春

千里沃壤，已经苏醒，风儿传递着鸟儿欢愉的鸣叫，农人辛勤播种的春季来临了。

然而，随着时节的迫近，我们的心就更加着急起来。

生产队的仓库里，仅仅只有谷种和糜种，大部分还缺着呢。犁杖只有一把能使，耪耙没有踪影，播种机的零配件还散乱地躺在犄角旮旯里，一切备耕工作都没有抓起来!

社员各自出外奔波，想另寻门户落脚。一些人容不得眼前的一点点个人利益有丝毫触动，他们在大声为着小事争得面红耳赤。最后居然自己也不明白，怎么就和生产队赌起气来了：凡事破罐破摔，而且仿佛摔得越碎越解气似的。

生产队长，两个副队长，会计、记工员、出纳，甚至到了生产队的牛倌、猪倌，都接二连三地撂了挑子，互相“拿把”，互相示威。仅仅不过十来户人家的小队，还分成两伙人明争暗斗着。生产队群龙无首、一盘散沙——眼看着就要“黄摊子”（完蛋的意思）。

知识青年不愿看着小队垮台，一些社员甚至开始拥戴我们“出山”，但更多的是挑战和压力：

“瞧他们那小样，还啥都想干呢！让他当个县长，他都敢要……”

“青年待不长，往后还是咱几家。抬头不见低头见嘛，何苦捧着他们？”

“让他们干，咱别理他！豁出今年一个子儿不挣，骑驴看唱本，走着瞧！”

当即有的老乡反驳，事后又把当时的情景告诉了我们。言语之中，已经开始责备：“生产队都这个样了，你们还说‘不干不干’的！”

“你们老说在下面干，帮着管，这能有个好吗？”

“你们难道就眼睁睁地看着，生产队在他们手里给整垮了？！”

当我们知道一年春播即将来临，然而一切却还毫无着落时，我们就多少次地焦心过："人误地一天，地误人一年"——农时不等人啊！

如今，我们又面对这些人的挑战。一切的一切，已经到了"最危险的时刻"：或坚决不干，和生产队一起完蛋；或和还有正义感的老乡们一起，把小队的担子给勇敢地挑起来。

"首先让无情的斗争来解决选择道路问题吧。如果我们不利用群众这种盛大节日的活力及其革命热情，来为直接而坚决的道路无情地奋不顾身地战斗，那我们就会成为背叛革命和出卖革命的人。"（列宁语）

当我们决心应战以后，开始为此做大量的准备工作。于小平去到山外，把大队原一把手、后因班子闹派性不愿待在"沟里"的赵洪年大叔给请了回来。在我们跟他坦率地交谈，并再三地做了赵大婶的工作之后，他答应了。他为我们的热情和诚意所感动——"我就是抛家舍业，也要帮着青年干一年！"

于小平把整个身心都投入了生产队，青年点里已经很难再看到他的身影。他从这家处理纠纷回来，转身又上那家请教农活去了。完事儿又上生产队，看看播种机安装得怎么样了。种子怎么串换？耲耙得马上找回来收拾上，小学校还没蒙上窗户纸……科学种田要打破沟里种地不上粪的旧习惯，他拿起洋镐、铲子积肥去了。

为了解决小垄黄豆平播后起垄的问题，他利用上县里开会的机会，绕了个弯子去山外永阳大队倒腾了三个小犁尖，扛着几十斤重的铁家伙，硬是徒步走了百十里地回到队里。

每天早晨，从炕上蹦起，他就去招呼头遍出工了。回来扒拉两口饭，转身再去安排农活。

晚上得想着明天的活计，中午又得想着晚上的会议。所有的工作，像数不清的绳索，开始缠绕得他心烦意乱。这时，他才深刻地体会到：知识分子多么善于把革命斗争简单化啊！当我们还没有深入实际时，我们总是说：这种小队的领导还不好当，只要给我舞台——事实证明，那些大话说得未免太轻松了！

紧张的劳动和繁重的工作，消耗着我们的体力。于小平经常感到肝部疼痛，而且愈来愈厉害了。起先他还想掩饰，但是终于被同学们看出来了。

大家再也没有允许他为青年点挑一担水、劈一根柴，甚至连切猪菜的刀，再也不会被他拿到手里。

每次来到地头，同学们都抢先一步，把特别“荒”的田垄给占下来，留给他相对干净的。挨着一边的同学，还时不时地帮他带上一段。或一到地里，就握上播种机的操纵杆，同时把最轻松的扳闸留给他。

他虽然没有过多的话语流露在外，但在心里却被深深地感动着：周围是一批多么好的战友啊！他懂得，一切推让和争抢都是没有用的，同学们也不允许自己这样做。唯有一点——把小队的工作搞上去，才对得起周围这批患难与共的战友。

于小平又收到家信了。他打开信，父亲熟悉的笔迹映入眼帘——“还是在去年冬天，我就向你们队回杭州的同学打听过。当我一听说你常感精力不支时，我就三番五次地写信要你回来。你以冬天同学们回家了，小队又有困难为由，说要坚持到同学们回去……

“如今，同学们陆续回去了，你也可以设法回来一趟，休息一下了。

“你要知道，你已经是生了两次肝炎的人了，况且自己又不注意保养身体。你如若因为疲劳过度再犯上第三次的话，那就没有什么……”

显然，老人也不愿意再往下写了。于小平收起信，陷入了沉思。

往日的生活道路，像电影一样回放在他的眼前：党的教育和革命家庭的熏陶，在他那短暂的生活经历中，已经使他过早地意识到了接班的责任感，并且把立志为共产主义而奋斗的思想种子，埋进了自己的心田……

老人的心情是可以理解的，或许他在过去碰到这种情况，也是不允许自己退让的。但在今天，仅仅是从自己子女的身体出发，就允许自己吃苦而后代享福吗？

他决定马上给父母回信说明这一切。

“……父亲对于孩儿的关爱，我是懂得的。但我更加深深懂得，对于子女真正的爱，应该是鼓励他们在革命斗争的暴风雨中锻炼成长。

“毛主席曾经说过：‘我们的干部子弟很令人担心，他们没有生活经验，但有很强的优越感，要教育他们不要靠父母，不要靠前辈，而要完全靠自己。’

“毛主席还说过《触龙说赵太后》的故事，‘位尊而无功，俸厚而无劳，而挟重器多也’。这也是过去不少干部，包括他们子弟的状况。‘君子之泽，五世而斩’，因此触龙说赵太后把长安君送给齐国去做人质，这才是真正地爱他。‘一旦山陵崩’，长安君方可以有功安国。

“这个故事讲的是封建社会的事情了。在今天，在毛泽东思想时代，我们要做的事情，是要把艰苦斗争和敢于牺牲的精神代代相传。

“身体虽然有点劳累，但精神却很愉快，请家里放心吧……”

为了让于小平更多地管理一些生产队的事情，郭小牛和其他的同学承担起了全部的后勤工作。在春播最紧张的日子里，他们没有歇一个工，起早贪黑，围好了前后园子，种上了蔬菜瓜果，收拾好了整整够烧一年的柴火。

男同学是根本没有工夫洗衣服了，紧张的程度竟然让他们经常忘记了洗脸和刷牙。他们把好房子换给了女同学，自己住进了新盖的、没有后窗的、潮湿和阴暗的屋子里，整夜整夜被无数跳蚤和虱子咬得辗转难眠。他们和泥、脱坯、搭灶和烧柴火，沉重的田间劳作回来，一头倒在炕上就睡了过去。但当猛然惊醒、看见屋子里再没有第二个人时，他又为自己的偷懒感到沉重的自责：别人一样出工干活，我为什么要比别人更多地得到休息呢？

紧张的劳动和生活，普遍使得人们的脸庞消瘦了。郭小牛的脸色坏极了，简直就是一个病人，他还周期性地发着低烧。

郭小牛是一个极平静、极友爱的同学，他常常宽以待人，严于责己。他极好学而且极刻苦，但为了大家的事，他又会毫不犹豫地放下手中的书本。

我们想起来了，还是在那个大雪初晴的早晨。两个社员拉着仓库保管员，吵吵嚷嚷地上青年点来评理。社员指责保管员在三番五次提醒以后，还不把牛套放进仓库里去。保管员耍无赖说，谁扔在门口谁负责。于小平很明白这场争吵的后果，果然保管员跳了起来："哼！谁得意这玩意儿，谁乐意干谁去干！"说着把钥匙往于小平面前一扔，就要往外走。坐在一旁的郭小牛突然站起来喝道："站住！你耍什么横！想为难队里吗？告诉你，少了你一个，生产队黄不了！你不干？我干！"事后人们都议论到，一向很温和的他，那一天怎么会如此声色俱厉。事实证明，他不但敢干，而且干得比以往任何一个保管员都要负责，都要有条理，都要好！

我们又想起来了，在那春耕的日子里，大家都在为一个共同的目标而埋头苦干着。青年点的一位女同学，原来分配她在家务活里管喂猪，可是她没干几次，却都是郭小牛默默无闻地承担下来了。有一天，分配她和另外的女同学去种园田地，她执意不去。别人愈劝，她反愈加肆意起来:“我不高兴去！我自己的口粮够吃，谁不够吃谁去种！”通往女生宿舍的门打开了，郭小牛走进屋子里：“你就这样说话吗？你难道仅仅以为，你个人所付出的劳动所得，就应当你自己一个人完全享用吗？你又难道仅仅以为，这个青年点，还是以往那个由你撒娇、由你任性，而别人不得不看你脸色的家庭吗?”还是他的说话声:“很早的时候，男生就很关心我的身体，埋怨我为什么揽下应该由你干而实际上我在干的那份活。我想你还太小，过早地离开父母家人，来到几千里外的北大荒，或许情绪是容易波动的。我们都是你的大哥哥，理应多干一些，哪怕是再累也要照顾到你。但一个人应该有起码的责任感和自爱心，别人照顾你，你难道就允许自己理所当然地少出些力？别人说你年纪小，你难道就能够倚小卖小，要求更多的人来为你操心吗？！”别的人没有再说上一句，她就拿上点种口袋下地去了。尔后她常和人们讲起：“以前多少次别人说我，我都听不进去。但从那次被‘骂过’以后，我算是真正知道自己错了。”

我们还想起来了，因为体弱无力而在铲地时被远远落下的他，如何艰难而又百折不挠地、一直坚持到最繁重而又最紧迫的头遍地铲完。我们更想起了，他如何以自己平凡的行动，实践着他早就写下的那段深沉感人的文字："我们从未想做政客所渴望的'伟人'，也不是什么'天才''能者'，我们只不过是勤勤勉勉探索革命途径的一代。只要我们把自己的一生，都献给壮丽的共产主义事业，把个人的一切利益、荣誉、享受，都交给人民去支配，那我们在为理想而奋斗时，纵使被压成粉身碎骨，也会希望能去铺平人类走向共产主义大道上的每一个坑洼。"

结束语

"堕入平庸的生活愈久，我就愈对早年那种不计利害、近乎鲁莽的献身热情一往情深。一个人的生活，如果没有这种英雄主义的美感，就会变得苍白而空虚。"这是我在1983年5月2日，写给《黑龙江文艺》杂志社李家兴老师信中的一段话。

此前此后，我曾陆续写过几个短篇，诸如《还魂草》《手绢的记忆》《迷蒙的雨雾》，以及一个中篇《乍暖还寒时候》。这与其说是为了发表，还不如说是为了宣泄。直到有一天，我在人为设计的冲突中写出了这样一段话，心里才好受了许多："一个人，为什么要那么不负责地自己去否定自己呢？10多年来他做过很多蠢事、错事——因为幼稚轻信，因为狂热偏激，甚至因为个人英雄主义，因为病态的高傲和自尊，但决不是全错了，连个狗屁都不值。没有追求和向往的生活本身，就是错的，而且是全盘的错！”

对于20世纪50年代出生的人，插队支边或下乡务农，是那段青葱岁月的一道深深的印记。我们当时坚持的信念和为之奋斗的理想，随着时代的变迁，现在都已经很难再用褒扬的词汇来肯定它们了。但浸润了那段生活并永远无法被掩盖的理想主义、吃苦精神和社会责任感，却只会因为岁月的流失而日见它的人文光辉，日感它的弥足珍贵。

2004 年 4 月 3 日

《北大荒的第一个冬春》作者刘亭退休前的工作照，摄于2011年

2019年8月，刘亭（左）和夫人周晓杭（同一公社下乡知青）重返富锦，摄于富锦市松花江畔知青林公园内。廊门的楹联为刘亭所撰

1972年，刘亭（右）送别同一知青点的倪明江（左）上大学，在田野合影留念

1970年，兴隆公社东风大队第2小队5名杭州知青在荒野中引吭高歌。左起依次为：刘亭、陈同海、郭小牛、傅建中、倪明江

故乡纪行

张世均

作者简介：张世均，杭州九中初中生。富锦县兴隆公社兴民大队第二生产队知青、生产队长。1976年招工进入县柴油机厂，1977年调入县发电厂，担任7号机组组长。2003年因患癌症去世。

我喜爱农村，喜爱这天高任鸟飞、海阔凭鱼跃的广阔天地，我更喜爱我的第二故乡——我为之奋斗了八年之久的兴民二队。我喜欢那里勤劳朴实的乡亲，喜欢辽阔富饶的田野，也留恋那里的山山水水、一草一木。社员们选我为队长，但由于父亲参加过国民党，因阶级出身问题一直入不了党。

后来公社书记说："你入不了党也提不了干，还是招工进工厂去吧。"

1976年，我以亦工亦农身份到县柴油机厂当工人，1977年调入县发电厂，担任7号机组组长。当我进入城镇，成为梦寐以求的工人阶级一员后，却更留恋起农村生活，想念那里的一切。

离开小五队已经两年了，但我对它的思念不仅没有丝毫减弱，反而越来越强烈了。每逢见到农村来的熟人，我总要打听那里的情况，队委会的一班人怎么样？社员情绪高不高？庄稼长势好不好？集体经济是否又发展壮大了？甚至连社员的生活情况也问到。毋庸讳言，我对小五队有着深厚的感情。社员们说，这种感情或许更甚于我的杭州故乡。这么说，也不算太夸张。对于在这里生活、战斗了整整八个寒暑的我来说，这里的山山水水、一草一木都能使我感到亲切，更不用说那同甘苦、共患难的社员群众了。

前几天，有人从小五队出来，告诉我老丛头不幸亡故的噩耗。当时，我简直不敢相信自己的耳朵。但的的确确，老丛头是离开了人间，而且是死在了他摆弄了 40 多年的马车轮子底下。我非常惋惜，哀伤之情油然而生。

在我的印象中，老丛头是永远不老的。他今年 69 岁，身材魁梧，结实得像头牛。别看他年近古稀，可要论干活，比力气，两个好小伙也未必是他的对手。他长得方脸垂耳，浓眉大眼，一脸络腮胡子，配着一副永远慈祥的笑脸；他耳不聋眼不花，动作敏捷，走路生风，庄稼活儿样样拿得起，放得下，在队里是数一数二的好把式；他不抽烟、不喝酒，勤劳朴实，身上有着中国农民的典型特征。人们都说他是吃了灵丹妙药，会返老还童。只有这额上的道道皱纹，记叙着他苦难的童年和饱经沧桑的生活。最令人惊奇的是他的牙齿，以他的古稀高龄，还和小青年比赛嚼炒苞米粒，我仿佛看到一台粉碎机在工作。大家伙儿都说，老丛头要不得病，能活 100 岁。可是，谁能想到，他竟会突然死于非命呢？！

追忆的思绪，渐渐地把我带回到冰天雪地的南沟里。我认识老丛头是在八年前的初冬。那天，刚在公社参加完一个会议，我在回生产队的路上。初冬时的白天特别暂短，才下午 2 点多，却眼见红日西沉，暮色苍茫了。离天黑还有个把钟头，我还要赶三十来里路，贪黑是毫无疑问的了。心下着急，脚步不由自主地加快，刚走完一半路程，夜幕就笼罩了大地。下乡两年多来，走夜路已不是第一次了，但由于要急着回去传达会议精神，只想早一点到队里，这也是我要贪黑往回赶的原因。

正在暗自着急，忽然，西北风送来一阵马蹄和铃铛声，很快就来到身后。我急忙闪身道旁，好奇地打量着这不速之客。

“吁！”马车停在了我的身旁，黑黝黝的像一座小山。

从车上跳下一位身材魁梧的汉子：“小伙子，黑灯瞎火的往哪儿闯？”他活动了一下手脚，声如洪钟。

我信口答道：“上底窑。”

“上车吧！”不等我坐稳，他大鞭一挥，三套车奔驰起来。

这时，我才注意到，车上装的竟是满满一车家具。借着他抽烟时的光亮，才发现赶车的是一位老汉。他从容自如地驾驭着马车，绕过坎坷不平，踏碎重重黑暗，向前疾进。看得出，是一个好把式。

“老大爷，您从哪儿来，去哪儿？”怀着感激，我启口问道。

“噢，我从砚山公社来，到小五队去。”他兴冲冲地答道。

他说的小五队，就是我们兴民二队。可是，在队里三个年头了，我从来没见过这个老头。“大爷，贵姓？拉一车家具去干吗？”

“免贵姓丛，大家都叫我老丛头。这次，小五队收户，我就直接把家给搬来了。家人也来了，可能已经到了，我中途去办了点事，才耽搁了。”

原来，他是来落户的。接着，他又问了一大串关于小五队的问题。我发觉，他是个十分健谈的人，话匣子一打开就滔滔不绝。正聊着，忽然一片黑暗迎面压来，原来是底窑到了。马车转了一个弯，向层林环抱中的兴民二队驰去。

经历了无数艰难曲折后，老丛头一家终于在小五队安下了家。由于他谦恭热情，精明能干，逐渐获得了人们的好感，也增进了我对他的了解，并建立起相互的信任。

老丛头身体特棒，好像有着使不完的劲。他天天参加集体劳动，从不误工。收工后还从事多种副业生产，家里常年保持十头以上的猪群，养了两箱蜂，还打草纺绳，编筐织篓，打鱼摸虾，还会在地头地脑搞点“小开荒”。冬天，他还是上山“撵皮子”的好手，在他家仓房里能经常看到挂着各种兽皮。

然而，在那个“形而上学”猖獗的年代里，他成了搞资本主义的典型，阶级斗争的大棒无情地光顾了他。不过，老丛头并不屈服，总是我行我素，“你说你的，我干我的！”

如今，笼罩在960万平方千米上的乌云被驱散了，春回大地，正当的家庭副业合法了。但老丛头却永远离开了我们。这又怎能不使我感慨万千呢？！老丛头九泉有知，当瞑目矣！

10月底，我陪伴刚从杭州回来的同学，踏上了回乡之路。汽车在坎坷不平的乡道上颠簸，不时把人从座位上弹起来，发出阵阵尖叫，脑袋撞在顶棚发出“咣当”的声音。然而，人们却意兴盎然，车厢里谈笑风生，丝毫不为恶劣的环境所干扰。尤其是我那同学，一路上兴致勃勃地谈论着故乡杭州的变化，谈论着踏上这阔别六年之久的边壤的感想，回忆着在兴民二队的往事。他谈论六年前的事情，就像在谈论昨天。

经过三个多小时的旅程，我们在“底窑”下了车。相传过去这里是“胡子”窝，至于“胡子”到底是抗联战士还是土匪，众说不一，也无从考证。现在这里是宏胜公社兴民大队队部所在地，离我们二队已不远了。

金秋十月，天高气爽，天上一丝云彩也没有，太阳和蔼地斜射在身上，感觉暖融融的。林子里静悄悄，光秃的树木寂然挺立，准备经受大自然一年一度的严酷考验。偶尔有几片霜叶丹枫在微风吹拂下，发出沙沙的声音。兴民二队坐落在层林环抱的高冈上，村子三面被树林包围，西面是一片开阔的耕地，通过北边树林，就是一望无垠的大草甸，蜿蜒的七星河从大草甸中间流过。村子里静悄悄，没有人声，也没有犬吠，几家烟囱里的缕缕炊烟，说明这里尚有人烟。面对凄凉萧瑟的景象，我们不仅感到一丝诧异。

终于在一户相熟的老乡家里落了脚。通过他及其他老乡的叙述，我们知道了这两年里尤其是今年所发生的事情……

两年前，担任生产队长的我被招工，卸职离任的前夕，围绕谁来接任的权力之争，在暗地里也是比较激烈的。不幸的是，一个私欲较重的人通过各种关系当上了队长。由于他缺乏管理能力，又利用职权损公肥私，仅两年时间，就把好端端的生产队搞得满目疮痍。田野里杂草丛生，荆棘遍野；社员中怨声鼎沸，人心思变；仓库里空空如也，多年的集体积累一扫而尽。我离任时，队里存款逾万，如今却负债累累。听老乡们说，这两年里，队里没添过一头牛、一匹马，也没建过一间房，或置过一点家底，却把社员们数年艰苦创业的家底子败了个精光。

耳闻目睹了兴民二队的变迁，我既心疼又激愤，同时也深深地自责，如果我当初不离开生产队，也许就不会这样，心里有一股当了逃兵的愧疚。

吃完午饭，在老乡的陪同下，我们一起走进生产队的院子。昔日宽敞整洁的四合院一片凄凉，粪土当院，墙体出窟，屋顶露泥。牛栏里，牛儿停止了咀嚼，把犄角顶在墙上，生着闷气。马厩里积粪甚厚，马儿不耐烦地刨动蹄子，不住地嘶鸣，仿佛在向我倾诉满腹的委屈。更叫人揪心的是猪圈，两年前，全体社员艰苦创业，辛辛苦苦发展起来的百头猪场，只剩下一头种猪，三栋猪舍倒塌废弃了。猪舍前原知青点三间房子也破败不堪，只有成群的家雀在里面栖居。甚至连社员们千辛万苦用树根堆砌起来的大围墙也被拆得七零八落，大都当柴烧掉了。心疼啊。晚上，我躺在炕上怎么也睡不着，老乡们的叹息总在耳鼓震响。

回到县城后，我怀着沉重的心情，一气呵成了《故乡纪行》，也将兴民二队的问题反映给了县委。我虽无力回天，但却期盼着兴民的乡亲们能早日脱离困境。因为，我爱他们，也爱那块土地。

隔年，传来了好消息，那个殃民的队长终于被撤职查处。我高兴之余，独自举杯，竟酩酊大醉。总算为乡亲们松了一口气。

1978年12月5日于富锦

《故乡纪行》作者张世均，左图摄于1969年下乡前，右图2001年摄于黑龙江省同江市

1980年，张世均回杭探亲途中摄于上海人民公园

如歌岁月

张 丽

作者简介：张丽，杭州一中学生，富锦县兴隆公社东风大队知青。

一

2009年7月27日晚，“青春富锦”知青返乡40周年文艺演出在富锦市艺术剧场举行。这是一场由我们知青和黑龙江省龙江剧院白淑贤艺术基地共同演出的节目。富锦市党、政、军领导、群众与我们300余名回访知青，一起观看了演出。

第一个节目，就是我们知青的合唱：《青春富锦》。近60名知青激情演唱了《我们年轻人》《革命人永远是年轻》《青春富锦》三首歌。我和知青合唱团的同学们一起，把自己对青春年代的追寻，对北大荒的深深热爱，用歌声释放：“我们年轻人，有颗火热的心，革命时代当尖兵”；“革命人永远是年轻，他好比大松树冬夏常青……”这一曲曲熟悉的歌，就是我们当年的写照。这些歌，唱出了我们的理想，唱出了我们的抱负。40年前，我们把自己最美好的时光洒在了北大荒。特别是唱起《青春富锦》这首歌，更是震撼了全场观众："我们的青春曾插上翅膀，飞翔在北大荒；激情燃沸满腔热血，消融了冰雪寒冬……历史啊，请不要忘记，请不要忘记，我们的名字叫知青……富锦啊，请不要忘记，我们都是您的儿女……岁月啊，请不要忘记，请不要忘记，我们是北大荒知青！"这是一首由我们知青自己作词、作曲的歌，唱出了我们的心声。

40年前那一幕幕刻骨铭心的记忆，随着"青春富锦"回访活动的进行，一件件在我脑海中浮起。挥之不去，抹之不掉。今年，是我的甲子年。人生走过了60载，生日也过了60个，但大多已记不清了。只有40年前的这个生日，让我终生难忘。1969年3月10日，在北进的知青专列上，我静静地坐着想心事。因为，这天是我的20岁生日。周围没有鲜花，没有生日祝福，桌上没有生日面，没有生日蛋糕。但我一点也不感到沮丧，我是自愿报名支边黑龙江的。这条路，我选择了，走定了，没什么好后悔的。我是在想长辈的话，父亲说，他17岁就闯关东，在蜜蜂站当了个小学徒，抗战爆发后，他参加了革命。母亲说，她15岁就跑到解放区，在革命学校学习，解放战争开始后，她参加了解放军。我明白他们的意思，我会走好我的人生路的。心情明朗了，情绪也会明朗的，我轻轻地唱起了《到农村去到边疆去》："到农村去，到边疆去，到祖国最需要的地方去……祖国啊祖国，养育了我们的祖国，要用我们的双手把你建设得更富强。”邻座的同学们也一起唱起来。唱到起劲时，我拿出了挎包里的鸡蛋，分给大家吃。同学们也互相分吃各自带来的食品。真开心呀！就这样，我在火车上度过了自己 20 岁的生日，简单但令人难忘。

二

到了黑龙江省富锦县，我被分配到兴隆公社东风大队。生产队的干部来给我们上课了。没有课桌椅，没有教室，就在我们知青点住的地方，集中起来讲讲话。东风大队“一把手”赵洪年主任的一席话，实实在在，和蔼可亲。他把我们当成自己的孩子，很体谅我们这些从城市来到这偏远农村的年轻人。他要求我们学会坚强勇敢，克服困难，扎根在这片土地上。他把接受贫下中农再教育的道理讲得既亲切，又通人情，让我一下子就觉得乡亲们可亲可爱、纯朴厚道。这儿就是我的第二故乡。

当雪开始融化，大地解冻时，我们被派下地干活了。这第一次干的庄稼活就是“踩格子”。天还漆黑一片，我们睡眼蒙眬地起来下地干活。啥叫“踩格子”？干了才知道，简直就像在“走猫步”。一步一步地在垄上踩，把前面人播下的谷子种踩进土里。既不能踩歪了，也不能踩斜了，两脚要成一条线，前后几个人踩的脚印要互相衔接，不能留有空隙，要把种子全都踩（埋）进土里。刚开始踩还行，小心别踩歪了就行了。可一天干下来，就有点儿吃不消了，两条腿变成了两根棍子，又累又乏味。我真不喜欢干这种活，机械运动，闷气死了！这种憋屈人的活，偏偏都是派我们女同学干的，真可恶！

我爱干“通气”的活，就是铲地、间苗、收割。东北的地垄长啊，站在地这头望不到地那头。干活时，快的与慢的之间能拉开好长距离。你可别小看了庄稼活，光凭力气是没有用的，还有技巧呢。这就要请教当地的老把式们了。我的老师就是赵主任、二丫还有孙喜文这些干活能手。只要你虚心，肯花力气，他们是会手把手地教你的。

先说铲地吧，二丫是我的老师。她比我小好几岁，可每次干活，都把别人落在后面。我就紧紧地跟着她，不抬头，不直腰，不歇气，连汗也没工夫擦。二丫见了，就接我的垄，并告诉我，你人高手臂长，拿铲子时，手握在铲把的最上边，这样伸出的距离就比别人的长一点，几铲下来，就与别人拉开一铲了，而且一步跨出的距离，正好是已铲的长度，这样就避免了重复铲土，提高效率。照她的办法干，有效果。几天干下来，我也快起来，有工夫去接别人的垄了。干活爽快了，精神也来了。每天清晨，当我扛着铲子下地，就会情不自禁地唱起歌来。“迎着晨风，迎着阳光，跨山过水到边疆！伟大祖国，天高地广，中华儿女志在四方。哪里有荒原，就让哪里盛产棉粮，哪里有高山，就让哪里献出宝藏，嗨！革命的重担扛在肩膀，毛主席的指示记在心上。红在边疆，专在边疆，在斗争中，奋勇前进，朝着共产主义的坚定方向！”歌声如心声，歌言志啊。

再说间苗的技术，是赵主任教的。要领就是一会“看苗”，二会“挑草”。看准了要留的两苗之间的距离，将铲子在两苗之间斜着交叉铲去杂草和弃苗，再把好苗边上的杂草用铲角轻轻一挑除去。这一挑可是要屏住气的，一不小心会把好苗碰折了。当然，熟能生巧，干多了也就会了。当你把一垄苗间好后，回过头来看看这些茁壮的玉米苗，间距均匀地挺立着，在微风中向你摇曳时，好舒展，好有成就感呀！

春、夏两季很快就过去了，眨眼就到了收获的时节。北大荒的秋天是美丽的。麦穗黄了，苞米吐缨，谷子沉甸甸，大豆粒饱满。那林子的树叶，渐渐由绿色被染成红、黄、褐色，好美好美啊！但是，秋收是紧张的，必须抢时间，把成熟的庄稼收割归仓。否则，西北风一吹，天气一变化，那一年的汗水可就全白洒了。这时，我又拜了一位老师，就是孙喜文。他干起活来，两眼发光，一镰刀下去，几行麦子齐刷刷地倒下，被他整齐扎成捆，立在身后，真让人羡慕。要学会这一招，就勤快点干活吧。只要你不偷懒，老师就愿教的。他让我记住：磨刀不误砍柴工。要想干活快，手中镰刀先得快。每天早上起来，花些时间，把刀磨快了。要快到把小草放在刀刃上，吹口气，小草断了才行。他帮我挑了一把镰刀（因为刀的钢口要好），我天天把它磨得锃亮。刀快了，一镰下去，就能省好多力气。而且在割麦时，一镰下去要同时压三行（一般人只能压一行、二行，孙喜文能压四行，因为多压一行就要多用一份力气），刀要贴着地皮平拉，不能上提。要做到这几点，就得一口气猫着腰，鼓足劲猛干一阵子。这就叫气不可泄，劲不可松。累是挺累的，可也挺灵的，三下五除二，一下子就把别人落出几十米远。此时，就可松口气，帮助边上的人接一下垄，待两人到齐了，歇歇气，再继续干。

经过艰苦的劳动锻炼，磨炼了我的意志，渐渐我成了“打头”的。每当我率先干到地头，直起腰，仰望着蓝天白云和这一片片丰收的庄稼，心中不由得会涌出一股热流，伟大的祖国我爱你！辽阔的北大荒我爱你！我会放声高歌《祖国颂》，这首壮丽的歌曲让人豪情满怀：“太阳跳出了东海，大地一片光彩，河流停止了咆哮，山岳敞开了胸怀……江南丰收有稻米，江北满仓是小麦，高粱红啊棉花白，密麻麻，牛羊盖地天山外……”天高任鸟飞，海阔凭鱼跃。我们的足迹，留在了北大荒，我们的汗水，洒在了北大荒，我们的青春，献给了北大荒！

三

今年7月26日至30日，跟随“青春富锦”回访团，我又回到了北大荒。在富锦市参观游览了之后，28日、

29 日两天，我踏上了兴隆公社东风大队这块熟悉的土地。我们由衷地唱起了《北大荒人的歌》："第一眼看到了你，爱的热流就涌出心底，站在莽原上呼喊，北大荒啊我爱你！"

40 年过去了，今非昔比。改革开放 30 年，农村富了，农民富了。如今村村通了公路。这里有我们知青筹资兴建的"知青路"，村里有"知青水房"，乡亲们喝上了自来水。多数村民盖起了砖房，玻璃窗明净透亮。家家有农用拖拉机，下地干活基本机械化。农民不愁吃、不愁穿，基本生活有保障。富锦的农民，向小康生活迈进。

这次回访北大荒，我见到了我的"农把式"老师赵主任和二丫。只是孙喜文不在了，见到了他爱人大丫和他的儿子。我们合影了许多照片作纪念。如今看到这些照片，就想起了乡亲们。

老乡见老乡，两眼泪汪汪。乡亲们杀猪请客，唠嗑聊天，迟迟不愿散去。第二天一大早，3 点多钟（东北夏天日头出得早），天就大亮，乡亲们又来了。这话呀，总也说不完。40 年了，攒下的话能堆成山。

相见终有离别时。要走了，那泪水又止不住地往下淌。再见了，乡亲们！再见了，北大荒！我永远爱你们！

2009 年 10 月

2009 年 7 月，《如歌岁月》作者张丽又回到阔别 40 年的兴隆公社东风大队

张丽（二排中红衣者）和乡亲们一起合影留念

张丽在田野里

张丽（后排右二）和老乡一家合影

难忘3月9日

刘小杭

作者简介：刘小杭，富锦县富民公社福胜大队知青。1972年分配到双鸭山煤矿，1973年就读黑龙江交通学校，1975—1986年，宁波港务局，中国人民保险公司浙江分公司高管。

一

准备：去黑龙江的时间终于确定，1969年3月9日，该做准备工作了。

身体：一切健康，我身体一向很好，连统筹医疗都不参加，老爸想省那几毛钱的统筹医疗费。只是个子小，年龄17岁，身高1.54米，体重37公斤，属一个还未发育的小毛孩。

心理：没有什么前途、理想、人生目标之类的东西，要有的话，一是想远离老爸，远离管教，老爸对我的教育只是做错什么两耳光，以致看见老爸就有心理障碍；二是对黑龙江的概念是遥远、神秘、荒凉，棒打狍子瓢舀鱼，野鸡飞到饭锅里，冬天打猎，夏天打鱼。读书时由于个子小，成绩中等，靠几个好同学才能免遭别人欺侮，有点自卑。

经济：家里兄弟姐妹九人。老爸收入高但人多，条件并不好。爷爷用过的一只破的包皮小木箱，把皮撕掉贴上纸，再用红色一涂，清漆一刷，旧貌新颜将就着用，箱内装几件旧衣服。老妈给了 20 块钱，花了 8 块买了唯一的新东西：一条棉毯、一把手电筒，还剩 10 块钱，这是我闯关东安身立命的所有资本。

临别前，我班辅导员、高中学长去虎林的顾荣章领着我去找一位女性军代表，说我小，去福胜又没一个人认识，要求我跟他一起去。那位军代表用了一个冷冷的眼光后又用了一句话打发了我们："小，又不会把他放到口袋里。"临行前，想去看看已关了两年"牛棚"的老爸，听取临别赠言，遭拒。

二

离家：那天天刚放亮就起床，全家一起七手八脚地帮我准备。老爸关牛棚，二哥已下乡，老妈、妹妹静静地坐在桌旁看我吃饭，眼睛通红，默默无语。由于我怕离别的眼泪，强烈反对家人送我，只是同学华国强推着自行车送我上火车。妹妹送我下楼，讲了一句："小哥哥保重！"3 月 9 日那天早晨我只听到的所有话语。

出发：那天早上一列知青专列，静静地停在一个好像叫白塔岭的无名小站，山色空蒙，阴雨绵绵。车上，坐满知青；车下，送别的亲友，维护秩序的解放军，汇成人头的海洋。阴沉的表情，强装的笑脸，泪汪汪的眼睛，忐忑不安的心情，这一切都深深地印在脑中。

火车快开了，华国强眼眶里充满泪水，强忍着不流下来，遵守不哭的诺言，说一声再见，扭头就走。

上午 10 点 20 分，火车一声长鸣，缓缓起步。顿时，车上、车下一片哭的海洋。再见杭州，再见我的故乡，再见父老乡亲，我们闯关东去了！

三

华国强：我这铁哥们儿、好哥们儿，送完我后，他又去了我家去安慰我那已哭成一团的家人，拿出 20 斤粮票送给我妈。我的天！要知道在 1969 年，五口之家拿（偷）出 20 斤粮票意味着什么？第二年，华国强也去了黑龙江，兵团二十八团，这家伙身体一直不行，心脏病，在学校连体育课都不上；为了姐姐能去余杭插队，去兵团体检时还找人冒名顶替。好人哪。

2009 年 8 月 25 日

当年，刘小杭是他们那一批知青中个子最矮的，身高 1.54 米，体重 37 公斤，“属一个还未发育的小毛孩”。右为刘小杭，摄于 2009 年

刘小杭与当年房东的儿子合影

2019 年 10 月，刘小杭在加拿大温哥华

曾经走过

叶子挺

作者简介：叶子挺，杭州六中初中生，富锦县富民公社福胜大队知青。先后在浙江省政府机关事务管理局、莫干山管理局、省政府办公厅、省政协办公厅工作，退休前任浙江省政协副秘书长、机关党委书记。

福胜位于三江平原松花江下游南岸，北距松花江约3千米，是当年黑龙江省富锦县的一个村。福胜是个小村，当时有370多口人，400多垧地。现在，福胜共有550余口人，570多垧地。

1969年3月，28位杭州知识青年，响应党的号召，来到此地插队支边。1979年春节，在我们支边10周年之际，28位知青以各种不同的方式先后离开了福胜。我们的知青生涯是10年，福胜的知青历史是10年；知青打破了福胜往日的沉寂，福胜深深地镌刻在我们心中。

"上山下乡"的洪流，更把我们送到了北国边陲。1969年3月，1018位风华正茂的杭州知青，踏上了北上的征程，奔赴黑龙江省富锦县插队支边。据悉，在那个年代，曾有1700多万名知青散落在神州大地。至今，尚有不少专家学者，在对此进行研究；更有众多作家，用手中的笔，刻画着那个“火红的年代”。

40年已然过去。作为个人，“知青运动”的是非功过，已不再重要了。重要的是，我们磨砺了意志，感悟了人生，了解了社会，学到了知识。不论对错，我们曾经走过！

40年后的今天，我们相聚在一起。难以忘怀那三江平原的沃土，那荒凉无际的草甸子，那江天苍茫的景色和那低矮阴暗的马架子。我们谈论着乡情，乡亲之情、村庄之情、泥土之情、战友之情，还有那黄澄澄的大豆小麦，以及那烧熟了的青苞米的芳香。在这片土地上，流淌过我们的汗水，留下了我们的青春。因为，我们曾经走过！

我们收集当年的足迹，汇编青春的闪光，留下曾经的希冀，以珍藏人生的记忆。因为，我们曾经走过！

我们经历了40年的风风雨雨，我们有着不同的人生轨迹，我们在各自的岗位上书写着自己的人生。我们中有不少人已经退休，更多的“我们”即将退休。但是，请不要忘记，我们拥有一段共同的人生历程。

不管经历了多少艰难曲折，不论以后还将会发生些什么，我们永远不能忘记，那就是，我们曾经走过！

看青纪事

1973年初秋，三江平原呈现一派成熟的景象。福胜大队紧挨村西头的庄稼地里，间种的玉米和大豆果实累累，又一个丰收年即将到来。

但大家伙却心事重重。虽说“丑妻近地家中宝”，但谁都知道，村边地里的庄稼长得再好，也没有多少收成。“罪魁祸首”就是各家各户散养的猪。一到人们下地，村西边咔嚓咔嚓的声音就响个不停。多好的玉米、大豆被糟蹋了。大队也下了几次决心，规定：猪下地一次扣一天的工分，并轮换着派了几批看青员看守，但收效甚微，祸害依旧。

一天傍晚，负责生产的副队长刘志财三叔来到村西头的知青点，把看青的任务交给了我。

第二天一大早，我就拎着镰刀上任了。清晨，平安无事。但当太阳升起一竿子高时，咔嚓咔嚓的声音就从庄稼地深处响起，这是猪在啃咬玉米秆的声音。农村放养的猪，其实是很听话的，只要你在后面一赶，它就乖乖地朝自己家里跑。一天下来，我共送了大小七八头猪回家，其中就有生产队长刘振江家里的三头猪。

看青谁都会，活儿也比下地轻松多了，关键是抓住了猪，或抓住了人，怎么办？先前屡禁不止，正是因为没有当真处理。但要处理起来也很难，都在一个村子里住着，生产生活都在一起，乡亲们对知青也挺关照的，再说农村里又是亲碰亲、亲连亲，得罪一个人，伤害半个村，况且，乡亲们挣一个工也不容易，顶着大太阳在地里干十几个小时，我们深有体会。思考再三，我决心先抓典型，不及其余。为排除干扰，书记、队长那儿我一概没有汇报，知青点里也没有说。

第三天凌晨，天刚蒙蒙亮，生产队里的钟声当当响起，人们急匆匆地向队里走去，等待队长派工。当着七八十人的面，我当众向刘志财副队长报告了看青一天的"战绩"，抓获刘振江队长家里三头猪，其他几头猪就没报了。

两个刘队长，一门好亲戚。当着大家伙的面，刘志财队长严肃表示要按大队的规定办理，当即告诉记工员扣除刘振江家三个工。

这是清晨的事，当时的通信手段很落后，可这事很快就传遍了全村。一整天，我没逮到一头猪，哪怕是猪崽子。

当天晚上，我找到了刘志财副队长，表示西面这块地不用看了，我早上起来转一下，下地回来再转一下就行了。第四天我就跟着大伙下地了。实际上，这次我只看了两天青。

自此之后，名义上看青的仍是我，实际上我在地里干活，但猪却不下地了。村西头这块地，秋后取得了好收成。只是刘振江家的三丫，只要看到我就瞪眼睛，扭头就走。

几个月过去了，此事我已淡忘。

年底，生产队召开社员大会，大家一起评大寨工分。

当评到我时，意见有了分歧。有人认为叶子挺应该评一等工，有人认为只能评二等工。这时，刘振江队长起来说话了，他认为，根据叶子挺的表现，应该评一等工，一锤定音。

当时，我已被抽调到县委工作队工作，不在村里。春节前回村，大队书记周海青大叔对我谈起此事，他说，在评工分时，老贫农、老党员为你说话了。听闻此事，我深为感动。这是一个普通的农民，一个农村的共产党员，一个最基层的农村干部，对一个初涉世事知青的"忤逆"之举，非但不刁难报复，反而挺身而出，多加关照。这只是一件小事，但在当时偏远落后的农村里，是难能可贵的，从中折射出一个老农民、老党员的宽广胸怀和高尚情操，这使我深受教育，久久难以忘怀。

36 年后的今天，当我对知青战友们谈及此事时，仍不胜感慨。听说刘振江二叔至今康健，风采依然，思念之余，遥祝他健康长寿。

重访福胜村

2012 年 8 月，我有幸重访福胜。田野乡村，故地重游，粗粗领略了村情民意，感受到福胜几十年来所发生的变化。

当年，福胜是一个贫穷落后的小乡村，房屋破破烂烂的，还有不少阴暗潮湿的小马架；村里都是泥路，高低不平，一到雨天就泥泞不堪。我们到的当年，一个工才 0.63

元，正常年景为1元多钱，乡亲们辛苦一年还挣不到400元钱。到了年底，不少村民还要倒挂。

现在不一样了。福胜变富了，环境变好了，一扫当年的贫穷脏乱模样。乡亲们说，现在人均年收入有8000多元。村里的道路经水泥硬化，十分平整，路两旁还有排水沟，再也不会泥泞了。新修缮的村部门前还有一块水泥硬化的小广场，2000多平方米，种植了绿树，布置了花坛，是村民们的活动中心。村民们的住房也有了很大的变化，低矮阴暗的小马架再也看不到了。

福胜的生产方式基本上还是一家一户的单独经营，仅有少数村民因家中缺少劳动力或疾病等因素而将土地流转出去。近年来，粮价上涨很快，2012年玉米的价格为1斤0.74元。因实施了高产密植技术，每垧地能产1.7万～1.8万斤，高产地能产2万多斤，务农收入不少。现在村里小麦、大豆和水稻都不种了，基本上种的都是玉米，还有少量的白瓜和烤烟。把土地流转出去的村民，每亩年租金为400元，1垧地就是6000元，也能过得不错。有一些村民在跑运输，还有不少村民到邻村的烟厂去打工，一天有百十元。一路上，看到不少村庄都有烟厂，竖着烟囱。据说，富锦的烟叶产量较大，质量较好，点着率高，经分拣、烘干、捆扎后，提供给云南烟厂配套使用，实际上是烟叶的粗加工。

村民们的劳动强度降低了。现在，几乎家家都有农业机械，农业的机械化水平和劳动效率大为提高。当年生产队里只有一台“东方红”履带式拖拉机，生产上主要靠的是马和牛，现在马和牛都不养了，马车、牛车也没有了。生产力水平的提高，使人们的劳动时间大为减少，但解放出来的生产力却无所事事，没有得到发展，人变懒散了，村里小店中聚集了许多打麻将的村民。

随着生产的发展，村民的生活方式有了较大的改变，生活质量得到了明显的提高。

一是改炕。有史以来，东北农村的南北大炕已很难看到了。原来贫穷落后，为了保暖省柴火，一户人家住一个屋，南北两个炕，头对头地横着睡；一个炕睡四五个人，不分男女老幼，来客人了也挤在一起睡。大儿子结婚了，老俩口和其他子女睡南炕，小俩口睡北炕，北炕炕沿上面挂上一个布幔子加以阻隔，也有嫂子和小叔子、大伯子和弟媳妇同处一屋的，睡觉时不敢有大动作，常有尴尬事发生。我当时在农民家里住，南炕北炕都睡过。一般来说，女人们晚睡早起，待男人们睁开眼女人们早就起来了。南北大炕这种现象随着经济的发展和社会的进步，已经一去不复返了。现在，屋子里的布局结构已向城里靠拢，不少人家已有了单独的客厅，放上了成套沙发和电视机。屋子里还隔起了小间，有了个人的私密空间。南炕再也不是首选，一般人家都睡北炕，而将南面布置为客厅。吃饭也不在炕上的小炕桌上，而在独立的餐桌上用餐了。随着南北大炕的消失，南北大灶也有了根本的改变，灶的形式也多样化了，外屋地更宽敞了。

二是改厕。以前所谓的"厕所"就是用秸秆搭建的简易茅房，大多连简单的门都没有，"人拉屎，狗在看"是真实的写照。夏天上茅房蚊子叮咬，冬天上茅房屁股贼冷，上完茅房一起身，或猪或狗一拥而上，吧唧吧唧地将屎舔尽，经历者至今难以忘怀。现在的厕所比以前已有很大的改进，位置大多在后院，离正房有几十米，不是用秸秆遮挡，而是比较正式的比较宽敞的厕所了，有一个小门，还带搭扣，厕所的正中间挖了一个长长的坑，足有两米多深，踏脚处是两块长长的宽宽的水泥预制板，十分稳当，坑旁还有一个小筐，筐里备有手纸。要知道，当年农民解手是不用手纸的，"屎棍"这个名词不是瞎编的，当然也有用土疙瘩、苞米骨头或苞米叶的，手纸是知青的专利。然而，正房里面却没有洗手间，这与浙江农村就有较大的差距了。我与镇里的同志探讨过这个问题，为何屋里不建洗手间、不使用抽水马桶？他们说，要用抽水马桶，需要挖一个化粪池，冬天要冻住，因此必须挖在房子下方，每年还要淘一次粪，比较麻烦。抽水马桶的使用，在当地已经试验成功，但推广缓慢，农民接受程度不高。我相信，福胜会接受抽水马桶的，这不是过高的要求，社会毕竟还在进步。

三是改水。当年我们在的时候，饮用的是井水。村子中央有一口大井，大多数人家到这口井里去挑水。那口井井口直径有一米多宽，井下垒着石壁，井口四周打着木框，上面架着个大辘轳，挺粗的井绳，下面系着一个柳罐斗，挺沉的，打上来水后，倒在铁皮水桶里往回挑。刚到农村，什么都要学，就说这打水也不简单。开始的时候，往往有点手忙脚乱、顾此失彼，就着辘轳用双手把柳罐斗摇上来后，还要一手把着辘轳把，一手去拎柳罐斗。我有一次没把住辘轳把，哗啦啦——“砰”的一声，刚打上来的一柳罐水掉到了井里，辘轳被柳罐斗带动飞快地转着，辘轳把还差点打到我头上。尤其是冬天结冰，井台冻得又高又滑，打水时颤颤抖抖的，确实有点危险。除了在大井里汲水外，也有少数村民在家里打有手压式的机井，这在当时已算是“奢侈品”了，但这种机井里打出来的水，有一股铁锈味。

三江平原腐殖层厚，水位高，无论是地表水还是地下水，都有些问题。福胜这一带区域就是地方病甲状腺肿大的多发区、重发区，俗称大骨节、粗脖子病，不少村民有大骨节，走路干活都受影响。甲状腺肿大的病因至今仍有争议，普遍认为是饮用水的原因，缺少碘、硒和其他一些什么微量元素。为此，福胜也曾打过几口深井，但没起什么作用。

几年前，开展新农村建设，在这个偏僻的小乡村里居然也有了自来水，还通到了家家户户，极大地方便了村民的生产生活，有效地提高了生活质量。大冷天的再也不用到户外去打水了，再也不用上那个大井台了，只要在家里把龙头一拧，清清的水就哗哗地流淌出来。由此，洗衣机也基本得到了普及。那口大井完成了历史使命，现在就连遗迹都找不到了，手压式机井也淘汰了。自来水经过了处理，对防治地方病也应有所帮助。

南北大炕的消失和厕所及饮用水的改进是黑龙江农村的一大进步，是农民生活方式改变的明显特点，福胜只是一个缩影。

还有一个改变是冬天的取暖方式。东北由于环境气候和条件使然，非常注意住房的保暖功能，尽可能不使一丝热气外泄。秋天要涂抹外墙，冬天要用砖把北窗户砌起来，门里还要用厚厚的帘子挡风。屋里烧火炉漏出的烟味、土炕的泥土气息、一家老小浓厚的生活气息、抽旱烟的气息和烧猪食的气息等，混合而成一股异味，空气质量很差。哮喘是当地的一种多发病、常见病，这与冬天屋内空气混浊有很大的关系。现在，烧炕取暖仍是重要途径，但是火炉和炉筒子却少见了。许多人家注意了通风，烧起了小锅炉，用起了暖气片，东西两屋三间房省着点用，一冬约需3吨煤2400元左右。钱不多，但有效地改善了冬天取暖时屋内的空气质量，减少了哮喘病的发作，真不简单。

这次重访，我一家一家地看望了当年的老乡亲，感到十分欣慰。我到过的几户人家，都用上了冰柜，城里卖冷饮的那种冰柜，里面保存着满满的食物，随时可以改善生活。几乎家家都有了彩电和电话，不少村民还用上了手机，这对于一个偏远乡村来说确实是不简单。

村民们的文化素质也有了较大的提高。当年乡亲们受教育程度较低，我们这些知识青年被称为“文曲星”下凡，和我们一起干活的一群半拉子都只念过小学，有些就连小学也没念完。现在，村里有了不少大学生，有的大学生毕业后在上海、杭州等大中城市找到了工作，成为新市民。

我切身体会到，福胜还有一个明显的变化，很值得一提，那就是那些可恶的吸血虫没有了。现在的年轻人所感受不到的那些该死的臭虫、跳蚤、虱子和蚊子们，当年可让我们深受其苦。我们住在村民家里，炕席一掀，那臭虫一排排的，就像法西斯的坦克一样，横冲直撞；内衣内裤里，都是白白的虱子和虱子卵，特别是还要寄生在毛衣里，非常可恶；白天干活时，那个蚊子、小咬到处叮咬，忍无可忍；还有那个跳蚤，东蹦西跳的特别难抓。在农村生活，只能入乡随俗。在地头休息或生产队里开大会时，我们也会与老乡一样，把手伸进衣服里或把衣服翻开来抓虱子，这就是存在决定意识。记得回杭州时，我妈第一件事就是把我的衣裤都扔到大脚盆里，用滚烫的开水浇，烫死那些虱子。现在不同了，不知是人的生活方式改变了，还是湿地退却了，反正臭虫、跳蚤是没有了，蚊子也很少了，虱子有没有，尚待考证。这是关系到人的健康和生活质量提高的一个很大的变化。

40多年前，当我们来到福胜时，满地都是猪粪、牛粪、马粪，一到下雨天或春天化冻时，走路都没地方下脚。点的是油灯，一股油烟，两个鼻孔都被熏得黑黑的。那时最亮、最方便、最清洁的是马灯，只有生产队有。当年，因为福胜村是知青点，县里决定给福胜拉电，我们都去挖过埋电线杆的坑，这算是沾了知青的光。现在一看，真是不可同日而语了。福胜的巨大变化，彰显了改革开放的成就，见证了党的农村政策的成功。真的为第二故乡的日新月异而感到由衷的高兴。

福胜的变化，在党的领导和改革开放的大背景下，主要得益于自然条件的优越、粮价的提高和新的生产技术的推广。我们不仅要解放生产力，而且要发展生产力，这才是农村发展、农民致富的必由之路。福胜如要获得更大的发展空间，就要创新农业生产经营体制机制，不断提高农民的组织化程度。首先要引导农村土地承包经营权向专业大户、家庭农场有序流转，发展适度规模的经营；其次组建农民专业合作社、村集体经济组织，甚至于股份制经济合作社，在更大范围里集中各种资源进行现代农业生产，使农业生产规模化、规范化、机械化，进而实现科技化、品牌化、产业化。果真如此，福胜还将迎来一个巨大的变化。

真诚地祝福福胜，祝福乡亲们！

2012年10月

《曾经走过》作者叶子挺，分别摄于1969年（左）和2009年（右）

1970年春民兵训练，部分知青在村西头树岗子前的合影。从左至右为龚祖棠、叶子挺、张自强、蒋学峰、龚坚

部分知青当年在拖拉机上合影，前排左一为叶子挺

2012 年 8 月，叶子挺（前排左三）又重返福胜村，与老乡们在一起

难忘知青生涯

张自强

作者简介：张自强，富锦县富民公社福胜大队知青。杭州六中67届高中毕业生。大学毕业后在浙江省邮政部门工作。高级工程师。

1969年春天，我们千里迢迢地从杭州来到美丽富饶的北大荒，在原富锦县富民公社福胜大队插队。40年岁月匆匆流去，而那一年的种种经历，却历历在目，让人永远难以忘怀。

分伙，合伙

青年点的伙房，是知青共同生活的“家”，是知青“团结”的纽带。刚下乡时，吃的是国家供应粮，有面、有米。队里还派了厨师，这个“家”还有保障，可是到了那年的下半年，就全要自己操办了，于是这个“家”就岌岌可危，我们轮流烧饭，每个人都有过烟熏火燎过的经历。这个“家”要想让知青三餐吃饱吃好，除了会烧饭，还必须养猪、养鸡、种菜、储菜，这对当年的我们来讲都是相当艰难的事情。

5月，大队派我到抚远县的中苏边境抢修战备公路，10月又参加了县里组织的毛泽东思想宣传队，等到年底回到生产队，发现我们队的青年点的情况十分不妙，原来28个知青一个伙房，由于闹意见，一下分成了5个伙房，灶具分得七零八落，过冬菜没有储备，更可怕的是连过冬的柴火也没打成。那年是个灾年，粮食歉收，由于长期在外，我工分还算多，但年终分红也只有38元，连回家的路费都不够。北国边陲冬日，夜长日短，也没有多少农活，于是那一年冬天，能走的，该走的，都走光了，只剩下我、郦剑、徐杭君、邹一达、刘小杭、程本烈、龚祖棠七人。好在我们都是有志青年，为了来年生活有所改善，为了未来能有所作为，我们决定重新合伙。社员们听说我们重新合伙十分高兴，他们拿来自家的锅、碗、勺、盆，送来了过冬的蔬菜，帮我们腌咸菜做大酱，借给我们猪圈、鸡窝……队里还破例让我们上江沿砍江柳作为过冬的柴火。就这样，来年知青生活的基本条件有了着落。

初养母猪

春节前，我们花80元买了一头带崽的母猪，消息传到杭州，回去的同学们高呼："明年能吃上自己的猪肉了。"

母猪下崽的那天，我们高兴极了，我们在自己住的屋里为猪铺了个草窝，7个人围着它团团转，母猪也争气，一气下了10个小猪崽，我们小心翼翼地剥去猪崽身上的胎衣，放到炕上烤干乳毛，再把它们放回母猪身边，让它喂奶，可是很快就发现，小猪们吃不上奶，母猪得了产后疯，像狗一样蹲着，大口大口地喘着气，把它按倒也不行，兽医打了许多针也无济于事，我们把自己带来的奶粉泡上进行人工喂奶，这让老乡们感动得不得了，可最让我们感动的是房东罗大娘的儿媳妇竟然把喂自己女儿的奶水挤出来，让我们喂小猪。

第一次养猪失败了，母猪的肉有痘，不能吃，结果只剩下一张皮了。

智套“野”狗

年底快到，没钱置办年货，真烦人。可就在几天前，小程、小刘发现：每天总有一只大白公狗围着房东大娘家养的那只母狗转，冬季是狗、猫交配的季节，也正是吃狗肉的好时光，当然自己队里的狗是不能杀的。野狗，那就另当别论了。于是小程、小刘反复询问了房东大娘和许多社员后，决定智杀这只“野狗”。那是冬季里一个少有的晴天，当他们把母狗放出去之后，那只野狗就兴奋地紧跟而来……于是智套野狗成功。这只野狗成了我们春节的下酒菜。

第二年开春后，我们还是发现那只所谓的野狗是有主的，它是村小学张老师家养的狗。此事我们大伙内心一直十分内疚。以至于40年后的今天，当我们一进村，就急忙找到张老师，当面向他道歉，以了却一桩当年的心愿。

格杀（猪）勿论

记得那一年粮食大丰收，看着一车车拉进生产大队场院里黄澄澄的粮食，大伙儿心里都喜滋滋的，可是没几天忧愁又涌入人们的心头。那是因为每到下晌傍晚时分，各家的猪、禽就会涌向生产队的场院，偷吃队里的粮食。虽说队里开过几次会，宣布了纪律，但好了没几天，就又老方一贴。换了几个看场院的人，也不行。问其原因，他们说：“是谁家的老母猪，都认得，就是下不了手。”终于有一天，生产队下定了决心。在全村社员大会上，大队书记当众宣布：“丰收的粮食绝不能糟蹋。从今天起，再发现谁家猪、鸡偷吃队里的粮食，格杀勿论！”我们派“老杭”看场院。

第二天，我被第一个派去上岗，为了不辱“光荣使命”，我找来一把标枪。我把标枪磨得快快的，戴上久已不戴的眼镜，全副武装去场院护粮站岗。

也许昨天的社员大会真有效果，整个下午没见到一只猪崽、鸡鸭，但是天快黑就要吃饭的时候就又见一只老母猪颠颠地从西南角跑来。它机敏地蹿过围栏，径直冲向玉米堆，大快朵颐。我拾起一块石头朝它砸去，它猛地一惊，侥幸地逃走。也许它太有经验，太知道人们不敢拿它怎样，一转眼，它又掉头冲向场院。我举起标枪杆把，狠狠地在它身上打了一下，它嚎叫一声向我冲来，我一闪身，它又冲向玉米堆。此时的我终于忍无可忍，想起那句"格杀勿论"的命令，高举起标枪，瞄准它肥胖的屁股，狠狠地把标枪投去，那标枪也真争气，一下就扎进老母猪的腹部。受了伤的母猪这回终于尝到厉害，它拖着标枪颠颠地朝西南方向逃去，嘴里还哼哼唧唧叫着。

吃晚饭时分，我刚回到青年点，就看到许多社员围在我们青年点门口，一见到我回来，队长的小舅子就朝我大声喝道："是不是你伤了我家的老母猪？那是我家的全部家当！你要赔！否则就有你没我，有我没你！……"收工回到家的同学们见状就立即把我围到中间，知青葛藤大叫："这是大队里的决定！你敢动动看！"这时人越来越多，大伙说什么的都有，气氛顿时紧张起来，我第一次碰到这种场面，紧张得连话也说不出来。聪明的程瑞生立即跑到大队部，打电话向公社宋志兴书记汇报了情况。十几分钟以后，大队书记赶到青年点，向大家宣布公社宋书记的两点意见：一、生产队的粮食一定要保护，大队的决定一定要执行；二、知识青年是毛主席派来的，谁要敢动知青一根毫毛，我们决不客气！

人们渐渐散去。这一夜我无法入睡，“生产队的粮食”“老母猪”“全部家当”……我想了很久、很久。

第二天一早，公社公安特派员小关同志背着枪赶到大队，把队长的小舅子押解到公社。我们也紧紧跟在后面，站在村外的西官道上望着他们远远走去，都默默无言。那一年是我走向社会的第二年。

文曲星下凡

老实讲，插队第三年，我们进入了“意志消沉”期，我当时的一首仿杨万里的打油诗“毕竟东北六月中，日照不与四时同。接天长垄无穷尽，映日锄头别样沉”就反映了我们当时的心情：无穷的长垄，一望无际的庄稼，凌晨3点多就下地，晚上七八点才收工回家，一天下来累得我们连上炕的力气都没有了。那时，我们还处在发育期，活又累，自然就特别能吃，队里分下的粮食早就吃完，油也吃光了，干锅炒土豆是常有的事。

身体上的折磨还好说，精神上的压力更烦人，“文革”中受冲击的父母还没“解放”，我们去不了反修防修的第一线，传说中的最高指示：“知识青年不要动，我有用。”迟迟不见传达。记得在一次知青会上，一位“文革”前曾被内定保送去法国留学的孙同学曾悲观地预言道："今后我们这些人只能在以福胜大队为圆心，以佳木斯为半径的范围内蹦跶。"特别是那些当老师的，去煤矿、钢厂当工人的，病退回杭州的，都走了以后，我们剩下的知青，就更感孤独，以至于我们懒得连饭也不想烧，常去老乡家蹭饭。

那是冬日的一个傍晚，天空飘着雪花，屋里还没有烧炕，我们又冷又饿，于是几个人又决定去房东罗大娘家蹭饭，开饭的时候，望着我们狼吞虎咽的样子，罗大娘盘着腿正襟危坐在炕头上，手里一边卷着蛤蟆烟，一边把碾碎的索密痛药片撒在烟丝上，点着烟郑重其事地对我们说了一句骇世真言："我看，你们这帮老杭啊，是文曲星下凡，别看你们今天吃苦受累，只要好好干，甭怕苦，熬过这道关，迈过这道坎儿，你们都是会有出息的。"一席话让我们大吃一惊，刹那间我仿佛觉得一切都凝固了、定格了。四周静极了，静得都能听到雪花落地的声音。

许久我才回过神来，"文曲星"下凡？！它犹如冬日的一声劈雷，透过历史的天空我好像看到了当年"煮酒论英雄"中刘备闻雷而惶恐落箸的窘样，耳边响起了孟子"天降大任"的说道。

"心理暗示"也许真的有作用，慢慢地我们走出了意志消沉的低谷，重新振作精神。不久队里派程瑞生去学习生产"920"植物生长素。很快一个小实验室自建成功。

第二年，我们用自制的“920”喷洒在实验田的玉米、大豆上，丰收那是肯定的。

那一年，清华大学出版的《微积分》是我学习高等数学的第一个版本。叶子挺教我学的第一个英语单词是flag。葛藤躺在炕上，望着烟筒，和我们争论烟筒拐脖的平面展开图是什么形状。刘小杭看完《红与黑》以后，就在我们面前大声背诵其中的大幅篇章。煤油灯，是我们晚上学习的唯一照明工具，那时候煤油质量差，长时间在煤油灯下看书，能把人熏成黑脸包公。

记得有一段时间，贺家箴和程瑞生在自学三角函数和立体几何，几天几宿连续不断地学习下来，他们还真成了黑脸包公，连流出的鼻涕也都是黑的。

徐杭君当起了代课老师，每天到三里外的福利屯执教。重新拿起了书本的她，勤奋、执着，不管是盛夏的狂风暴雨，还是数九寒冬的“大烟泡”，她都准时得像一口闹钟，出发、上课。精心培育着下一代。

我们的学习风气也极大地吸引同村的许多农家子女，一放学，他们就往青年点钻，摊开书本，问这问那，慢慢地他们的学习成绩也突飞猛进。老支书的孙子田泰春就是一个很突出的例子。几年下来，他已成为方圆几十里出名的优秀学生。……那氛围，那气势，真叫人难忘。

许多年后，特别是改革开放以来，我们有 20 名同学完成了中专以上的学业，我们这 28 个知青中有浙大的博导，省政府的高官，学校的书记，公司的董事长、老总，高工，医生……葛藤在美国的一家电脑公司当CEO，我们的子女几乎全是大学毕业，8个硕士毕业生中有5个是在国外完成学业的。我们已经能够在全球范围内“蹦跶”了。同村的农家孩子们也取得了非常可喜的成绩，田泰春现在是富锦市教委的干部，他的孩子们全都考上了全国重点大学，儿子、儿媳、女儿、女婿学的都是建筑专业，目前全在上海市工作，说句玩笑话，都可以开个建筑事务所了。罗大娘的侄孙女罗珊珊在杭州公益中学当教师，年年评上先进……他们赶上了好时候，成了中国城市化大潮中杰出的弄潮儿。

“文曲星”是中国古代神话中的一个传说，是指北斗七星中的第一颗至第四颗，古人称魁星，我们这里泛指对人民对国家有贡献者。其实我想，我们每一个人来到人间都有可能成为“文曲星”和“武曲星”的，无论是什么年代，无论在什么环境，关键在于你肯不肯坚定不移地去努力！当年罗大娘的那番话，我会永远记住的。

难忘那年春节

说句心里话，东北老乡还真够意思（这也许是当年他们闯关东情结所系），但凡有“上调”机会总先想着我们这批杭州知青。在东北插队的第三年我们大队上调去当老师的、去钢厂的、去铁矿的、去煤矿的包括因病退回杭州的就走了十几个。这一年（1972年）风调雨顺，队里粮食收成不错，有钱了，有盘缠了，许多同学就提前回了家。到年底只剩下了——刘小杭、叶子挺和我准备留下在北大荒过年。

过一个好年就要早备年货。队里分了猪肉、牛肉、白面、豆油、粉条、白菜、萝卜……我们又上街买了不少年货。叶子挺兴奋地告诉我们："他妈妈已经给他寄来了非常丰富的年货。"一切都在喜悦之中进行。突然有一天叶子挺十分肯定地说："他决定回杭州过年。"说完了话就急忙整装行李，搭便车赶往福利屯火车站。临行前还特意关照说："妈妈寄来的年货就吃不上了，你们过年就吃了吧。"

事情也真巧，他走后的第三天，公社邮递员大王就通知我们：你们屯知青有一大纸箱食品寄到了，快来取。很快我们就把纸箱取回来并端端正正地放在北炕的正中。那个年头常有家里给知青寄食品，消息很快就会传播出去，于是一帮要好的知青就很快聚到一起胡吃海塞一顿吃光。

果不其然，第二天一早邻家大小子跑来说："西边官道上来了你们三个知青老杭。"我急忙迎了出去。只见三个身穿黄色知青军大衣，每个人肩上背着一个沉甸甸的背包。为首的一位见到我就说："我是正东大队的知青张敬华，听说你们不回家过年，咱们一起过年怎样？”我忙不迭地说：“当然。”

那年头，天下知青是一家，走到哪里都能有饭吃，都能有地方住，不请自来是常有的事，更何况他们是有名的“正东大队知青文艺三剑客”，平日里请都请不来！

大剑客：张敬华酷爱摄影、绘画。父亲当年是上海进步青年，早年投奔延安参加了抗日队伍，一生喜爱摄影，这个爱好自然就传给了他。停课闹革命时空闲多，许多同学开始学摄影，弄个照相机（135、120 型）就出去拍照；弄个鞋盒子、灯泡、毛玻璃，买点显影定影药水就能自己印照片。他给我看过一张“首都红卫兵批斗彭真的现场照片”。我吃惊地问：“你拍的？”“当然。”他说。“那你怎么进去的？”“那个年代，挂上个红卫兵臂章就是记者”。他家住在西湖边，站在一楼的阳台上就能钓鱼钓虾。他痴迷摄影，用父亲喝剩下的酒瓶子装了显影定影药水。一次他父亲顺手拿起一瓶放在床下的装了显影定影药水的酒瓶喝了一口，一尝不对味儿就把他好一顿损（骂），顺手把酒瓶扔向湖中……

二剑客：张大伟是个文学爱好者，中西方文学名著几乎看了个遍，早早就跟我谈了他的文学构思，创作的打算。诗，字写得那个漂亮，他给我的书信珍藏至今视如珍宝。

三剑客：蔺汤溪酷爱自然科学，他背了一包“神秘”的书。

一进门，我就嬉皮笑脸地说："是不是听说我们有东西寄来了？"张敬华不屑一顾地说："我们也不会白吃你们的，看看这是啥？"说着把一大包东西全倒在炕上。哇！全是罐头、猪肉、牛肉、鸡鸭肉还有午餐肉。张大伟笑嘻嘻地从书包里摸出一瓶瓶酒，有北大荒、青梅酒、杏花村、绍兴花雕……只是蔺汤溪悄悄地把他那只神秘的书包放到炕尾角落一边。

此时我不能再犹豫了，想起叶子挺临走时说的话，迅速把北炕上的纸箱打开。我看到的是年糕、糯米、咸鱼、腊肉、酱鸡、酱鸭、笋干、蜜饯，还有一大包粽叶。我还看到了一个母亲深深的爱和她的良苦用心，要我们自己动手学会做南方美食。

包粽子是一件细工慢活，粽叶要浸泡煮软，粽肉要早早用酱油腌。还有八宝饭。好在这些年前我们都准备齐毕，年三十只剩下包饺子一件大事。相对而言，包饺子我们还是比较顺手。一路包下来我们发现，年纪最小的刘小杭心灵手巧动手能力极强，擀饺子皮十分麻溜，我们四个大小伙拼命包也赶不上他一个人擀得快。傍晚时分，够吃十来天的饺子全部包完。

此时福胜屯节日气氛正浓，家家户户的烟囱正冒着节日特有的炊烟。只要你在村里走一圈，你就能闻到从门缝里冒出来的"猪肉炖粉条的味道，油炸江鱼的香味，酸菜饺子的味道"。我们最想吃的是糯米粽子。急急地把粽子倒进滚烫的锅里，很快一股南方特有的粽叶清香就从门缝里飘了出来。

突然有人拉开门，说："啥好吃的这么香？"进来的是大队书记王广义。他接着说："我打村东头就闻到了这股清香味了。"说着就掀开锅盖，看了许久疑惑地说："是粽子？""是的。"我说。他老兄也不见外，拿起一个就吃起来，然后朝屋里望了望。只见几个不认识的外村杭州知青也就不多待了，转身向门外边走去，还边吃边说："我到各家各户走走，看看安全防火啥的。"最后又加了一句"别忘了来家串门"。

1972 年 2 月 15 日，农历正月初一，我们在东北农村的春节大餐就这样开始了。炕桌上摆满各式美味佳肴，北菜南味，各色酒水。火炕烧得滚烫，五个人围坐一起举杯畅饮其乐融融，忘掉了烦恼，忘掉了一切。酒过三巡，不胜酒力的我们全都倒在炕上昏昏睡去。

春节的第一个节目说了你们别笑，是打老 K。那时奖励输赢的办法非常简单：谁输了就在耳朵上挂衣架，打到最后衣架不够了就在脸上贴纸条，哈哈哈哈哈。

我们第二个节目是心算"24"点。一副老 K 去掉大小王、K、Q、J，每人一次出一张，在最快的时间内算出数 24 来。搏杀是十分激烈的。开始是用"加、减、乘、除"，很快"乘方、开方"也用上了！

春节的第三个节目最为"神秘"，是阅读。当蔺汤溪把一大包旧书籍倒到炕桌上时，我和刘小杭顿时惊呆了，全是世界名著：《红与黑》《牛虻》《基督山伯爵》《福尔摩斯探案集》《堂吉诃德》《威尼斯商人》《战争与和平》《斯巴达克斯》等。渴望知识的我们拿起来就读。

漫天的白雪从天上纷纷飘落，仿佛把天空都过滤了一遍，无尽的雪花细孔仿佛又把万物的声响都吸了个干干净净。雪后无风的日子一片雪白，一片寂静。此刻躺在炕上的我们手捧热茶兴趣盎然地看着书，心里不知有多少惬意。很快刘小杭就看完了半本《红与黑》，一旁的张大伟吃惊地问道："你看得嘎快？里头都讲了啥西（什么）？"小杭不屑一顾地说："看得快有啥稀奇！""噢？""那我们打个赌，你再看一章考考你，敢不敢？""赌就赌。"刘小杭应道。后面的故事更让人称奇，读完一章以后，刘小杭气定神闲地复述了故事情节，有些地方甚至是一字不差地背了出来。年轻就是好，求知欲旺盛，记忆力充沛。我们在寂静无声的日子里趴在炕桌上，躺在火炕边，如饥似渴地翻阅这些书籍。

读后交流是我们最愉快的事情，像是说大书，像是侃大山，又像是吹牛，想到哪儿说到哪儿，天花乱坠，倾你我所知。我们围坐在炕上喋喋不休，甚至忘了吃饭。

那些天整个人都像生活在云里雾里，走起路都飘飘然。真应了苏东坡那句诗："……明月几时有？把酒问青天。不知天上宫阙，今夕是何年？"不知过了多少天，记得那一天轮到我烧早饭，推开房门到院子里抱柴火，忽然听到天上一阵阵急促的响声，抬头一见一排大雁“人”字形地向北飞去，嘴里还不停地嘎嘎叫着。此时耳边响起了各家各户房上的喇叭声：“中央人民广播电台，现在是《新闻联播》节目……今天是（1972 年）3 月 8 日……农历正月二十三……”啊？我惊叫着，这个年都过到了 3 月 8 日？“时间过得真快”！

2009 年 9 月

左图为作者1969年刚下乡时，右图为2007年作者摄于纽约联合国大厦门前

2016年摄于新西兰海滨

2007年，张自强（左二）与同队知青葛藤（左一）摄于堪萨斯市

书记送我们上大学，临行前在车前合影。车前左起：徐杭君、当地干部（姓名不详）、张自强、宋志兴（富民公社党委书记）

我当老师

王卫东

作者简介：王卫东，1948年10月5日出生于浙江慈溪，中共党员，大学文化。杭州十二中67届高中生、富民公社正东大队知青。曾任中学教师、中心校副校长，富民、太平川公社副主任、党委副书记，江西化工设计院公用设计室、办公室、规划室副主任、主任，江西石化厅党组秘书，浙江省政府办公厅副处长、处长、副巡视员。2009年2月5日退休，2012年被省政府聘任为《浙江通志》副总编。

一日，大队刘忠义书记找我：卫东你过来，有事与你商量一下。知青点里大家推选我管集体伙房，有困难总去找刘书记，他找我以为是改善知青伙食的问题。谁知见面后一听，原来是推荐我到县师训班学习。隔日，公社文教组王校长（文教组王景春，大家都尊称他为王校长）到村里找我面谈，你想学啥？听我说想学化学或数学，他说孙建民要求学化学、虞连法想学数学，卫东，我看你就学中文吧！1969年9月初，作为尚未高中毕业的老高二学生的我身背行李步行20里地到设在向阳川的富锦四中富锦师训班开始新的学习生活。同期参加学习的还有本公社富海大队回乡知青于文禄和同样来自杭州的高三学生孙建民、虞连法三人。1969 年 1 月结业后我到富民中学当了一名语文老师，1973 年调公社中心校，1975 年离开教育岗位。从教时间不长，但刘书记的这次谈话改变了我一生的轨迹。历经 40 余年辗转多地多岗位，但让我永远难忘和怀念的是这段教师生涯。

我的老师

师训班学生基本上是富锦一中和三中的 1966 届高中生，还有我们 10 多位来自各公社的杭州下乡知青。不论富锦还是杭州的学生都十分佩服敬重我们的老师，因为他们在富锦教育界可都是赫赫有名的。孙兆圣是师训班校长，县文教科傅振岩老师实际负责。短短的三个月，我在贺长伏、孔宪格和马雨生三位老师门下完成了中学语文师范速成教育。贺长伏教现代文学、孔宪格教语法修辞、马雨生教古汉语。师训班其他老师记得有教数学的董奎学、教理化的沙见常等老师。每次回富锦，学生见到我都会动情地说，没有你们就没有我的今天。可我要说的正是这些老师教了我，我才有走上课堂的胆量。我永远记得师训班的各位老师。

我的校长

富民中学前身是公社五七农中，二位对工作极为负责的老教师李德富、东生金分别任校长、教导主任。自1971年富士中学的傅廷全调任富民中学校长后，学校面貌发生了很大的变化。教学秩序井然、勤奋学习蔚然成风。中学有了声誉，老乡纷纷将孩子送富民中学读书。说富民中学的变化就一定说说老校长，公社文教组长即中心校校长王景春。胖胖的身材、微笑的圆脸，20世纪60年代初曾出席省的文教群英大会，尽管在“文革”中受到迫害，落下一个“王罗锅”不雅外号，但在教师、学生和全乡干部群众眼中却是德高望重的王校长。1971年冬天，我们三个杭州知青教师回杭探亲，因大雪铁路误车返校已是开学第四天了。王校长让文教组何绍有老师扣了我们一个月工资，一气之下我们跑县里告了他一状。他知道后找我，“卫东，人家把孩子放到学校来读书，你不来可说一声，我找代课老师。这三天倒好孩子放羊，这不误人子弟吗，我不扣你钱?”几个月后见我们工作努力，说你们也不易，就让何老师把钱如数还给了我们。一扣一还，尽在情理之中。简洁明了、语重心长的这番话让我牢牢记了一辈子，鞭策着我一生勤奋，也成了我与下属谈话的好教材。工作上王景春是我的严师。当我调中心校后，他带着我走遍了公社每一个中小学，让我了解每个学校及教师的情况，熟悉业务，让我独立负责全公社的自制教具工作。生活上是长辈。一日见我自己在翻棉袄，第二天就让他夫人到学校，硬将我的棉衣拿回了家。在那个年代，十分强调政治态度和家庭出身，但他对知青倾注了很强的同情。推荐工农兵上学，实际是由文教组具体负责，何绍有老师管政审。有公社书记老宋头（宋志兴）明朗态度，更有王景春的关心和何绍有的“从宽精神”，从卢展工第一个开始，以后周奋进、张自强、徐杭军、汪以忠、蔺汤溪等一大批杭州知青走出农村，离开富锦去上学。别看他平日总是笑眯眯的，但在重大关键时刻，挺身而出从不含糊。1974 年，全国批师道尊严时，富民中学出了黄帅式学生事件，县里派来工作组，又开现场会。在十分严肃紧张的高压气氛下，王景春主动揽过、做检讨，为受牵累的老师挑肩膀的情景让人终生难以忘记。

我的同僚

当年，中学学制初高中均为两年。我刚进富民中学时，四个班三个年级，高一、初二各一个班，初一两个班。老教师有东生金、刘东耀和惠兆荣等老师。以后逐渐发展，但连食堂爱唱的小魏、小山东王守山和赶车老李头在内，员工仅有 18 人。其中，杭州知青有黄有璞、孙建民、虞连法、周美芬夫妇和我，我调中心校后原兴隆公社杭州知青万大瑶佳木斯师范毕业分配来富民中学，五位知青占了教师三分之一多。在王校长和傅廷全的领导下，我们与曾希林、徐亚权、徐德立、窦延军、于文禄、张廷贺等老师一起团结一致，为改变学校面貌、提高教学质量做了大量的工作，付出了自己的心血，也取得了较好的成绩。学生十分喜欢听孙建民和万大瑶深入浅出的物理课和虞连法、周美芬细致入微的数学课。黄有璞教语文兼教体育，以他为主成功举办了首届全校运动会。像模像样的入场式和激烈的各项比赛吸引了公社各单位和当地老乡前来观看。体育运动、自制教具等多项工作在全县均取得较好的成绩。公社有富士、福来和七桥三所初中各一个班，高中只我校才有。1972 年春季，高一招两个班，面临五选二的比例，是选拔还是考试，我们讨论一致认为：招生考试。这个决定得到王景春的支持。招生考试采用“文革”前的模式，统一填报名表、交报名费，统一印制语文、政治、数学和物理试卷，一人一桌，一室两位教师监考。不依成分、只凭分数高低录取。一些出身不好但成绩优良的孩子有幸进入我校就学，这在当时是不容易的，也是富民中学学生成绩普遍较好的主要原因。恢复高考后，我校应届和历届毕业生的高考率在全县名列前茅。

我的学生

我当老师时与学生年龄相差不大，为壮胆我特意穿上深色对襟棉袄。一次，一个调皮学生拿三个牛、三个羊、三个鱼念啥的难题来考我，我夜翻《康熙字典》穷对付。此事成了我初为人师时的笑话。我曾经当过少先队辅导员，通过讲故事、逐户家访，一起挖沙脱坯盖校舍、同上坝外校办农场春耕秋收，与学生慢慢建立了深厚的师生情谊。学生常说有杭州知青老师是他们的幸运，而我认为那么多东北农村孩子成为我们的学生是我一生的骄傲。数数富民中学毕业的学生，真可谓桃李满天下，那感觉就比吃糖还甜。各地各岗位都有我们教过的学生。有远在美国、南非的，国内有北京、广州、上海、哈尔滨、佳木斯，更不用说富锦，连身边杭州都有我们的学生。我从教时间不长，但对自己教过的学生却记忆犹新。恢复高考那年，我在太平川公社工作。已当大队书记的学生顾绍臣来征求我报考志愿意见。根据他在学时的成绩，我建议他报中文专业。他却立志报畜牧专业。问其故，他说有一次我带他们到坝外（松花江堤外）劳动，问草肥牛群为何瘦弱，老师曾说是近亲繁殖，所以为改变家乡面貌，我要学畜牧。该学生大学毕业分配到省畜牧局后，先后赴加拿大、美国攻读动物营养学博士后毕业，现在北京中关村兴办企业。林长春当兵转业后一步一个脚印，现在佳木斯当区政协主席；聂洪有从水利施工员开始，当过镇委书记、林业局长，现任职市人大副主任；姜其山、肖亚军、高学军等一批学生在富锦各岗位上发挥自己的作用。尤春发、张思杰和田清文等一批学生继承我们的事业，在教育岗位上辛勤耕耘。还有不少留在农村的学生成了养殖和种粮专业户。富兴村的一位学生承包了300亩瓜地，西瓜远销北京、河南，说不定哪天我可在家吃到他种的西瓜呢。

当老师有甜也有苦。想到那个非常年代里一些学生的遭遇就会潸然泪下。我记得矮小个头、来自江边三合大队，聪明灵巧、说话诙谐、因病失学早早离开了人世的刘锵；腿脚不好但乒乓球打得好、成绩优秀、乐于助人，毕业后等不及恢复高考（他一直期待着）就因出身工作等原因自缢的王广训；更记得虽然成绩优秀，但受政治牵连只能读中专的杨春田。

40年后回富锦，有教和没教过的、不同年级的几十个学生团聚在一起，气氛热烈。有绘声绘色学我讲课的，有说在我指导下出黑板报的，有含泪说当了老师后按我的方法批改学生作文的……听到这里，酒虽未入口，但我的心已醉了。

我为学生的今天而骄傲，为曾是教师而自豪。

《我当老师》作者王卫东近照

1972 年，富民中学的杭州知青教师。左起：周美芬、虞连法、黄有璞、孙建民、王卫东

1974 年 7 月，富民中学教职员合影。前排均为杭州知青教师，左起：虞连法、王卫东、孙建民、黄有璞、周美芬、万大瑶

北大荒黑土地，我们永远是你的孩子

郦 剑

作者简介：郦剑，富锦县富民公社福胜大队知青，双鸭山市七星矿掘进工，浙江大学材料科学与工程系研究生，剑桥大学访问学者，浙江大学材料科学与工程学院教授，博士生导师。

1969 年 3 月 9 日，我们一行 28 位知青奔赴富锦插队，上山下乡，保卫祖国的边疆。在北大荒广袤的黑土地上，在松花江畔的福胜屯里，迈出人生的第一步，度过一段难忘的岁月。

人生的第一步

插队知青无任何固定收入和社会保障，与农民一样，要用自己的双手养活自己。按照当地的习惯，过上日出而作，日落而息的生活。种大地的季节里，昼长夜短，一连几个月每天要工作十几个小时，长期睡眠不足，有的知青在干活歇气的时候就在地垄沟枕着锄头柄就能睡熟。晚上就着煤油灯读书，不小心碰洒灯油，渗到土豆囤里，做的菜里就会有很怪的煤油味儿。吃水要到大队门口的大道边的大井打，用辘轳把柳罐斗绞上来，井台上是溜滑的厚冰，井中的冰要到 5 月才能化尽。屯里的土路在积雪融化的季节里，昼化夜冻，一片泥泞。没有像样的厕所，猪、鸭、鸡、鹅散放在村里，夏天，屯里总有一股淡淡的酸腐的气息……

就这样，我从满怀理想主义的书本中一头扎进了社会的最底层，开始了我的人生。几年里，我在福胜大队与知青伙伴们一起在黑土地上耕耘；在浓江河畔开山取石，在抚远的三江沼泽里修筑战备路；在完达山老林的皑皑深雪中伐木；在七星河边下矿开掘井巷……跋涉了黑土地的山山水水，走过大大小小的市镇和村落，见识了多少勤劳、善良、诚实、朴素，也被多少愚昧、懒惰、邪恶、欺诈、贪婪所困惑；见证多少乡亲和知青们的痛苦和无助，也被他们与命运抗争努力改变人生的精神所感动。

40 年后又踏上黑土地，遥望远远的地平线，那苍天低吻的绿色原野一望无际；波涛滚滚的松花江一如既往，静静地流淌；飒飒作响的白杨树，辽阔夜空中的璀璨星斗；江畔渔人，牧羊老汉……一切又在记忆中复活，我的第二故乡呵，我和你分别太久远！尤其是看到欢迎仪仗中小学生稚嫩的脸庞，洋溢的欢笑，我眼睛里滚落了泪滴。

北大荒黑土地，无论是美是丑，是善是恶，是文明是落后，都已经融入我的生活，成为我的生命，我们永远是你的孩子。

我在抚远修公路

1969 年春天，铲三遍地的时候，公社下达上级赴抚远修筑国防公路的任务。每个大队按比例派出民工，福胜大队也出四名民工，我是其中一名。

按照规定时间准备好了行李，全公社装了两辆解放牌卡车，包括人员、工具和炊具，打着红旗，开赴抚远工地。过二龙山不远有个哨卡，经过检查就进了抚远境内。从富锦到抚远有 300 多千米，这是一大片未开垦的处女地，平缓的漫岗子间隔大片的沼泽。岗子上生长成片的白杨林、柞树林、白桦林和柳树林，每个岗子长一种树，大小粗细划一，可能是沼泽水位涨落引起，同一年长出来的，还有一片片密密的榛子林。银色的白桦树，笔直的树干冲天而起；哗哗作响的杨树林，总是那么喧闹。道路穿过树林，是新砍伐出来的，路边本来互相依附的树木失去支撑，歪歪斜斜地倒了，露出盘状的树根。太阳光映在沼泽里，塔头墩子长满青草，水面静静地开着各色的花，突然可以看见绒球似的灰褐色的野鸭崽子飞快地游过，钻进草丛里。

沿路看见好多兵团知青，穿着绿军装，在和泥脱坯盖房子，大概也是新到的城市中学生，不停向我们的卡车挥手，想来在荒无人烟的大甸子里，见到人就亲切。道路情况很差，泥泞不堪，土路上两条深深的道辙，甚至有时卡住解放牌的底盘，人员就要下车垫道推车，还借来兵团的履带拖拉机拉过一次车。

一路颠簸，傍晚赶到寒葱沟，这是抚远的一个交通要道，三岔路口有接待民工的兵站，我们安顿下来，吃完饭在周边散步。这是北大荒最美的季节，太阳下山了，夏走十里不黑，余晖映照，就像俄罗斯大作家笔下描述，树林、屋舍、年轻兵团战士的脸抹上金色光彩，有一种动人的美。

第二天，到达目的地浓江公社，浓江是黑龙江的一条支流，沿浓江岸是到抚远县城的公路，再往里就是采石的山场。我们在山坡上搭起工棚，用榛柴条子架起大通铺，盘好灶台，安顿下来了。吃的是玉米碴子，喝的是浓江水，点的是马灯，但比起直接筑路一线的伙伴来说，条件很优越了，因为我们在山坡上，至少不受潮湿之苦。上级拨下来一批物质，大锤、钢钎和胶皮轮胎，还有炸药。我们砍来木头，配上胶皮轮胎做好手推车，准备就绪，开始开采石料。每天工作内容是打眼放炮，出“货”，即把炸出来的石料码成石方进行计量。然后筑路队派汽车拉走，修筑公路。

浓江公社离县城不远，但有哨卡，随便不能过去。我们在采石场可以瞭望黑龙江，看到苏联的水翼船，每天从伯力往上游跑一个来回。大家十分惊异水翼船的速度，比我们的大明轮蒸汽机船快多了。浓江公社也有知青，他们是挣工资的全民所有制的农民，我们还是很羡慕的，好像他们也有优越感，交往不多。

生活艰苦又单调，就说晚上睡觉，跳蚤老是捣蛋，不像蚊子，防不胜防。后来终于想出一个法子：睡觉前把毯子铺开到最大，到晚上九十点钟，跳蚤们进入被窝了，人就起来，用毛毯把所有的被子衣服包起来，拿到很远的地方，彻底抖落一遍，然后重新铺床睡觉，果然有效，跳蚤们没了，估计在野地里喝露水了。

北大荒那么冷，蚊子竟冻不死。一到天气变化，和小咬一起攻击所有热血动物和人。大便时最好准备一把筲条，抽打屁股赶蚊子，并且时间尽量缩短，减少蚊子攻击机会。

1969 年的冬天来得特别早，国庆节那天，和新立大队的王效良去团结大队玩。屯子离县城 18 里，隔着通江河就是黑瞎子岛，那时被苏联占领，因此是“反修”最前线。记得那天已经下雪，我们徒步从县城出发，一路上没有遇见一个人。屯子前面有一条河，河水特别清，透着黑色可以看到水底的水草随波摆动。团结大队必须摆渡才能进村，我们扯着嗓子喊出人来，渡了进去。他们都是基干民兵，还配了枪，使我们很羡慕。那天我们和团结大队的民兵一起站岗，觉得国庆 20 周年过得特别有意义。

去抚远修工，是北大荒生活的一部分。时间已经过去 40 年，中国和俄罗斯解决了边界问题，黑瞎子岛边界也已划定，成为和平边界。我们修筑的公路，不再是为了兵戎相见的战备路，而是经济建设的动脉，作为这条公路的建设者前驱，感到十分欣慰。

寒夜拉练

1969年的冬天异常寒冷。这一年，边境上发生了“珍宝岛事件”“八岔岛事件”等一系列冲突。入冬后大地封冻，原先的天然屏障江河沼泽，为机械化装备良好的苏军军事突袭提供了良好的机动条件。边疆形势十分紧张，树岗子、草甸子里经常发现发射信号弹。我们知青作为民兵，经常集训，随时做好准备，参加战斗。

过了冬至进入数九寒天，公社民兵按日程进行拉练，福胜大队民兵的行军目的地是约50里外的一个公社。不料前一天天气发生变化，西伯利亚袭来的寒流横扫三江平原。灰暗的云层几乎压到地面，飞速移动着，天和地混沌一片。一阵一阵的暴风雪呼啸着袭来，细沙一样的雪粒子击打着大地、树林和村落。暴风翻卷着，把雪聚集到车辙、壕沟、墙根，甚至封住茅舍的大门。

但是，拉练仍旧按计划进行。福胜大队民兵出动两挂大车，每挂车除了辕马、外套、里套外，还加了长套共四匹马，装上了武器、干粮和马料；民兵都穿上所有的御寒服装，我们知青就是发的一身草绿色棉袄、棉裤、棉大衣以及狗皮帽和棉胶鞋，当地民兵穿上羊皮大氅，獾子皮帽，有的还蹬上毡筒靴。集合整队后，一行人就扎进寒夜的暴风雪，直奔目的地。

手电的光柱刺破夜色，地面上留下一个圆圆的光斑，队伍急速前进。凛冽的寒风很快就穿透知青民兵的御寒衣裤，寒气似乎浸入骨髓，棉胶鞋很快冻透了。大家赶紧下车列队小跑，直到身体发热再上车，因为队长说："暖和就行了，不能出汗，一出汗就要感冒。"拉车的马在鞭子的驱赶下奋力向前，口鼻喷出阵阵白雾，身上冒出的汗凝成白蒙蒙的霜；民兵的帽檐胡子上也挂了霜。就这样，在暴风雪呼啸的寒夜里，我们这支队伍连跑带走，在午夜按时到达拉练的目的地。

列队解散后，民兵们开始卸套、喂马，进屋暖身子。进屋不久，我感到鼻子和耳郭有针刺的感觉，原来这些地方冻伤了。大家赶紧舀来一盆雪，用雪在伤处搓了好长时间，才觉得缓过来。因为救治及时，伤处后来起了几个白疱，痂脱落后没有留下瘢痕。

40 年过去了，北大荒的气候变暖和了，中俄边界解决了争端，成了和平边界，但是在那个紧张的岁月中，那个暴风雪寒夜和战友们的共同经历，永远留在我的记忆中。

2009 年 8 月 7 日

《北大荒黑土地，我们永远是你的孩子》作者郦剑教授近照

2017 年 6 月，郦剑教授摄于金山岭长城

2009 年 7 月，郦剑教授回福胜村看望阔别多年的乡亲们

忆当年

倪安福

作者简介：倪安福，杭州六中初中毕业生，黑龙江省富锦县富民公社福胜大队知青。1972 年病退回杭州。先后在文华印刷厂、小商品市场筹建处、市城市建设发展公司工作，电气技师。2010 年退休后又被公司破例返聘。

1969 年 3 月 9 日，我们登上北上的专列，开始了漫长的征途，谁都不知道我们要去的是一个什么样的地方。下了火车转汽车，当汽车在大队部门口停下，我们一下车，傻眼了，很多同学哭了，这里能生活吗？第一眼看到的就是路边的一口大水井，井沿边的大“冰包”显现了北大荒的威力，再看看草房、油灯、牛车、马车，哪来的双层窗户的砖房、电气化、机械化。不过既来之则安之，我们大队的 28 名知青三五个人分成一组住在老乡家。我们是北大荒的农民了。

东北人很热情也很豪爽，我们这些知青一直得到他们无私的关怀和帮助。刚开始我们下地干活跟不上“打头”的，在田间休息总有老乡放弃休息，过来为我们接垄（当时干活是排着队每人一条垄跟着“打头”的干，我们跟不上，干得快的人从前面帮我们干过来和我们对接叫接垄），特别的是那些“半拉子”，他们比我们还小，干不了大人的活就两个人合起来干一个人的活，拿一半的工分，他们干完了自己的也来帮我们这些挣全劳力工分的人接垄，这使我们至今难忘。

我们住在万大爷家，万大爷是名老党员，也是个赶车的好把式，不高的个子平时不爱多说话，办起事来总是那么的认真。有一次，我跟着他赶马车去山上拉石头，看别人已装完车走了，我说我们也差不多了吧，他说这么远的路来一趟不容易再多装点吧，我们把车装得满满的，回来时天快黑了，我嫌马太慢，就给了它一鞭子。

“有你这样打马的吗?”我愣了一下不敢吱声。

“我们队里有几匹好马被打瞎了，太可惜了，赶车的一定要爱马。”说完他又教我一些赶车的技巧。他的大儿子是打鱼的，比我大两岁，小儿子那时才10岁，我们第一次进他家的门就看见他点着自己卷的烟冲着我们笑，问我们要不要卷一支。他家的房子不大，和大多数人一样，进门是厨房，一间住房被南北两炕给占了，只剩下中间的一溜成为活动的空间。我们去了就住在北炕。万大娘是一个很爱说俏皮话的人，说起话来一套一套的，中间不时会夹杂着一些歇后语，她是一个很精明的人，我们什么事也瞒不过她，我们有什么困难她都会主动地帮忙。后来我们知青分伙了，她知道了说，你们就别忙活了，和我们一起吃得了，但我们不好意思麻烦她，可以说是分开吃实际上和在她家吃没什么两样，吃的菜都是从她家的地里摘的。她有什么好吃的总少不了我们的，她做得一手好菜，特别是她烙的油饼想起来就让人嘴馋。后来她家的大儿子要结婚了，我们才搬出来，但她有好吃的总不会忘记我们，热情地请我们去分享。

第二年夏天我自感乏力，去医院检查才知是患了肝炎，刘队长知道后对我说：你还年轻要注意身体别太累了，先休息几天，等好点了你就去放马吧，这活轻松些。放马这可是个轻巧活啊，每天把一批小马和需要休养的马匹带到草地里一放就没事了，马在悠闲地吃草，我坐在草地上晒晒太阳看看书，天黑前赶着马匹回家，真是神仙过的日子。经过了几个月的"疗养"身体好了，我也不好意思再去放马了，又下地干农活了。

那时候村里没有理发店，旁村有一个理发的过几天会挑着担子来给村民们理发，我在去黑龙江之前买了一把理发推剪，想着在那里可以相互理理发省点钱，可是从来没用过。有一天我在整理东西时拿出了推剪，被施如山大叔看见了，一个劲地要我给他理发，我说不会，他说推剪都带来了还说不会，我心里直打疙瘩，怎么办呢？不给他理吧，人家以为我不够朋友，给理吧又怕理不好，他看我傻眼了心想也许真的不会吧，就对我说大胆剪吧没事的，反正要戴帽子的，理不好也不要紧，我只好拿起梳子推剪在他的头上开工了。经过了一番努力，成功了！他对着镜子笑着说，剪得这么好还说不会，比剃头挑子那人剪得好多了，我心里想，你可是我的试验品啊！我再认真地看了一下，尽管不是很好但还不至于要戴帽子，接着房东万大爷也坐下来要我给他也剪一下，这回我胆子大了，顺利地理好了他的头发。消息传出，村里不少人来让我理发，由于那时凌晨4点就要下地，晚上7点半后才收工，晚上又没有电灯，所以只能是利用中午休息时给老乡和同学们理发。中午是大伙休息的时候，我多想躺一会儿，但只要有人要理发我从不回拒，因为老乡们对我太好了，在工作和生活中他们都给我无微不至的关怀，我只是把这个力所能及的事当作对他们的一点小小的回报吧。

由于特殊的生活环境，当时我们知青男女之间没有了学生时期那样的腼腆，也没有现代青年这样开放，男女同学之间保持着一种纯洁又真切的友情，大家相互帮助、相互鼓励共同克服种种困苦。下乡三年后一个同学对我说张晓玲你看怎么样，我看你们两人挺般配的。“别瞎说了”，当时我根本没想过要找对象就回绝了他，他又说了很多我也没多搭理，受到他的提醒后，张晓玲的身影老是进入了我脑海，她是和我一起下乡到福胜的，她人长得漂亮也很机灵，为人友善也很实在，慢慢地我们恋爱了，后来我们都回到了杭州，1980年我们结束了八年的恋爱结婚了，成了福胜唯一的知青夫妻，同学们都很羡慕地笑着说“后悔当初没下手”。

这次回访第二故乡，富锦的热情成了我们又一个难忘的记忆，我们这辈子都没有接受过这么隆重的接待，我们回到富锦的日子成了富锦建县百年最热闹的一天。富锦人民太重感情了，是富锦磨炼了我们，是乡亲们培育了我们吃苦耐劳和坚韧不拔的精神，年轻时我们受到乡亲们的关怀和照顾，现在倒成了“富锦感谢你们”，我们的心不能平静啊。我们真不知道能再为他们做点什么。富锦的乡亲们：有需要找知青，我们会尽力的，携起手来共同创造富锦美好的明天。

2009 年 9 月

《忆当年》作者倪安福，摄于 1969 年 3 月

2009 年 7 月，倪安福和同队知青在福胜村合影留念。右二为倪安福

2019 年冬，倪安福和夫人张晓玲（同队知青）在广西南宁

难忘“老宋头”

周奋进

作者简介：周奋进，富锦县富民公社新立大队知青。中共杭州市委党校、杭州行政学院行政管理教研部主任；中国行政管理教学研究会常务理事；省行政学会常务理事；浙江省妇女研究会理事；杭州市上城区十一、十二届人大代表。2016年因病去世。

如果不是纪念知识青年上山下乡40周年应富锦市委、市政府之邀返回当年插队的乡村，许多往事只会深埋记忆的深处，轻易不会流露。40年前，我们去富锦插队的杭州知青相比去黑龙江其他地方插队的知青来说，更有一番愁滋味在心头。就中苏边境而言，富锦县不是处在第一线而是处在第二线。抚远县地处中苏边境最前沿，后面是同江县，再后面是富锦县。

“文革”时期“血统论”盛行，家里有点“问题”的知识青年不能去地处边境的抚远县和同江县插队，只能留在作为“二线”的富锦县插队。命运对于这一部分杭州知青来说似乎更难以预料。40年过去了，当年的忧郁不再，留下的只有温馨的记忆。感谢当年富锦县的干部和父老乡亲们以宽阔的胸怀接纳我们，在人生暗淡的旅途中为我们照亮前程。回想起来总有一种挥之不去的感恩情怀。

对于在富锦插队的杭州知青来说有两个干部是不能忘记的，一个是富民公社的“老宋头”，一个是兴隆公社的赵书记。“老宋头”真名宋志兴，时任富民公社的党委书记。“老宋头”其实并不老，当时50岁还不到，这个称呼是全公社上上下下对他的爱称。老宋头经常叼着个大烟斗，一年四季都戴着一顶黑帽子。他下乡从不骑自行车，总是一个人风风火火地从一个大队走到另一个大队，走村串户，了解民情。

每次下乡，只要到有杭州知识青年的大队（村子），就必然去“青年点”看望大家。他一进门，把鞋子一脱，上炕盘腿一坐，就和知识青年唠家常。遇上知识青年开饭，他也会和我们一起吃顿饭。他一点都不见外，点着名要吃小葱蘸酱、大馇子粥、玉米面饼子。吃完饭把嘴一抹，就上大队部与大队干部们谈工作去了。

我刚下乡那阵子，父亲被定为“叛徒”投入监狱，我思想压力很大，有自卑感，不愿意做出头露面的事，唯恐被别人议论。有一次，老宋头点名要我参加宣传队，宣传队在当时是很风光的事，主要的任务是到其他公社和大队宣传中央文件，传达上级部门的指示，可以不下地干活，还可以拿到比较高的工分。我因为父亲的事怕被人议论不肯去宣传队，老宋头打电话问我为什么不去，我说出了心中的顾虑。老宋头在电话里很激动地对我说："我们没有看不起你，是你自己看不起你自己。"他还说："别人打不倒你，只有你自己才会打倒你自己。"这些话让我记了一辈子，受用一辈子。

最令人终生难忘的是1973年大学恢复招生，"老宋头"一心一意要把我们公社的杭州知青送出去上大学，当时我们公社还有一些富锦知青，但他却极力主张让杭州知青先走。他认为杭州知青比本地知青困难更大一些，当然也有他爱才惜才之心在里边。那一年考试我和妹妹都入围了，我妹妹在富锦县兴隆公社插队。在县里平衡的时候，有人提出我们是两姐妹，是不是先走一个？老宋头当场拍案而起说："当初插队时咋没人说两姐妹只去一个？"这事我是后来才听说的。我和妹妹分别进了黑龙江大学和哈尔滨医科大学，上大学改变了我们的命运，我妹妹成为颇有声望的妇产科主任医师，我也成了杭州市委党校的教授。我想我们没有辜负老宋头的殷切期望，老宋头若地下有知，他会感到欣慰的。

"文革"对于我们来说是一场苦难，在这场苦难之中我们富民知青遇到了"老宋头"，遇到了许多和老宋头一样的富锦县的干部和乡亲们，这又是一种幸运。老宋头因病去世多年使我们无法相见，写下这些文字，为怀念他，也为感谢他。

2009年8月13日

《难忘“老宋头”》作者周奋进 2009 年回访富锦时摄于新立村

周奋进在新立村和乡亲们在一起

周奋进（右前）在杭州知青向富锦市贫困学生捐款现场

在当年的知青点前合影，房子已经翻修过了，但基础和轮廓没变。前排左起：周奋进、陈定一、张双辉、胡向阳、顾再东、应天籁；后排左起：徐海明、韩经世、李泰山、杨侃（周奋进之子）、杨晓杭

别后四十年再聚会

徐杭君

作者简介：徐杭君，富锦县富民公社福胜大队知青，小学教员。1973 年入学哈尔滨医科大学，1977 年毕业后，在延边和龙县医院。1986 年调回杭州余杭县医院，2003 年从余杭市中医院退休。

1969 年，我们 28 名杭州知青，有缘相聚在那遥远的东北边疆富锦县的福胜大队。随着太阳出，伴着月亮归，面朝黑土背朝天，一起相伴走过了不太长，又不太欢愉的过程，味浓而易醉总也不会忘记。

人生真正的 20 岁只有一次，但“心灵上的 20 岁”却可以永远长存。拥有一颗平淡的心，一种品味人生的从容，诚待天下，与人为善是我 40 年人生路的廾悟之点——不知不觉中学艺精进。别后 40 年再聚会，聚会没有功利，是一种友情的互动、无私的牵挂和惦记的话疗。聚会也许只是生命中某一段时间的一个过客，要珍惜这份缘，珍惜一同曾经度过的青春年华。

四十年后今天，别后重回美丽富饶的北大荒，面对欣欣向荣的富锦市，我站在老宋头墓前，而今富民犹在人而非。思恩万千，痛惜伤感，一段尘封心底的往事，一段刻骨铭心的“再教育”情，几十年来的感恩，突然倾泻而出，老宋头不仅送我们上大学，也是一个感动我们的人，对很多知青有知遇之恩。

当年，我从南方城市来到东北边陲乡村，一切从零开始。老宋头身为领导，总是头戴着一顶褐色的帽子吸着烟斗，百忙之中常与我们知青同吃、同劳动和学习，用实际行动感染着我们，榜样的力量使我感到，老宋头的身影是那么魁梧高大。

曾记得在冰天雪地的冬天，我们知青第一次去江边捡拾烧火用的柳条，返回路上马受惊翻了车，我从车上摔下来，老宋头知道后，迅速赶来看望，关心伤痛，并批评生产大队对我们关心不够。这一件事至今记忆犹新，难以忘怀。

还记得那一年，我和几个知青没有返回杭州，选择留在福胜过年。老宋头得知后，与老乡们对我们格外嘘寒问暖，给我们送来各种年货，怕我们寂寞想家，春节几天几乎天天有人陪伴我们，老乡们也热情邀请我们去老乡家过年。东北寒冷、条件艰苦，但我们几个杭州知青也第一次过了一个别有风味愉快的大年。老宋头像兄长，更像长辈，总是时时关爱着我们。

忘不了老宋头对我们的培养，发挥我们的积极作用。

下乡第一年，推荐我参加全县征粮、建党工作组，与农民同吃、同住、同劳动，见风雨、见世面，开展农村政治工作。当农村教育缺少师资时，又积极举荐，让我挑重担，担任乡村教师，为农村、为农民服务。为了培养我们，真是用心良苦。

当我有了一些进步，老宋头极力鼓励我向党组织靠拢，前进路上碰到挫折时，总是及时向我指正方向，常教导我不但要争取组织上入党，更要在思想上入党。在党组织的帮助关怀下，1972 年我光荣地加入了中国共产党，老宋头真是我的良师益友。

当我进了哈尔滨医科大学后，老宋头到省里参加人代会，还要抽空看望我们几个上大学的知青，谆谆告诫，勉励我们要好好珍惜机会，努力学习掌握为人民服务的本领。老宋头一席话语，使我们终身受用。

想起刚刚热播过的电视剧中的顺溜，顺溜遇到了司令员陈大雷。在富民我们遇到了如兄长、似长辈的公社党委书记宋志兴。他用淳朴的农家感情让我感动，值得我反思和回味，今天的人恐怕很难体会，但我依旧怀念老宋头。

往事如烟，在农村的几年知青生活，仿佛定格在脑海中，令人受益匪浅，艰难困苦是人生磨砺的教科书，铸就了我在工作、生活中吃苦耐劳、坚韧不拔的品格。今天可以告慰老宋头的在天之灵，我们无愧于你的期望，天道酬勤，我已将自己投身给伟大祖国的建设。在祖国60周年国庆之际，我们缅怀、纪念难以忘怀的好领导老宋头。

2009年9月10日

《别后四十年再聚会》作者徐杭君，摄于 2020 年

徐杭君 2018 年摄于浙江奉化

1970 年，富锦县斗批改（整党工作组前站，包括 1969 年底征购粮工作组）工作组富民公社全体女同志合影。二排右一为徐杭君

春蚕吐丝思不断

万大瑶

作者简介：万大瑶，兴隆公社永林三队知青，1972 年赴佳师学习，1973—1978 年在富民中学和富锦一中任教，1978 年底调杭州教育局。

岁月虽如流水般无情，但又如春蚕吐丝般绵绵不绝，将无限情意交织在漫长的 40 年历史画卷中，待你华发满首，还你一份凝厚隽永、刻苦铭心的回忆。

赴黑龙江富锦参加杭州知识青年插队落户 40 周年纪念活动已是一月有余了，在这一个月的日子里，我一直被在富锦所发生的点点滴滴所感动着，除了那份浓浓的乡亲情，更是长久地被那火热的、如酒醇般的师生真情激动得热泪盈眶、夜不能寐。

永远的师生情

感谢富锦市政府和杭州知青联谊会，给我和我的学生们圆了这场梦。说实话，40 年前在富锦农村，我们常常是遥望南方，怀念着家乡和亲人。但在 40 年后的今天，我怎么也没想到经常使我魂牵梦萦的却还是那北大荒的风雪，以及和我整整分离了30年那黑土地上的乡村学子。几度梦回富民，重忆那一段刻骨铭心的浓浓师生情。

这次让我感到欣慰和骄傲的是，在我教过的几十个乡村学子中走出了富锦市银监局的局长、同江海关的科长、桦南县工商银行的行长、市中心医院的副院长、市国资办副主任、市纪检委的干部、大庆油田的高级工程师、富锦市的创业大户、商界强人，还有哈工大航天学院的博导及各学校的教学骨干。部分在农村的，有的是公社的基层干部，有的担任了村长、乡村医生等。我以我别样的青春，在激情荡漾的知青岁月中，实现了为辽阔的北大荒培养人才的人生理想。正如学生常忠元、于泽滨这次献给我的诗中所说："抛洒青春应无悔，桃李遍在龙江中。"

7月26日晚上，在东方大厦门口，初见面时那一个个深情的泣泪相拥，一声声"老师"的热情呼唤，把我的思绪又带回到那30年前的悠悠岁月中。我班学生在原团支书、班委的召集下几乎全来了，我们朝夕相处共聚一堂。真是忆不尽那师生几年间的苦辣和酸甜，也道不完那胜似亲人的师生真情。我们一起为经历过的所有情感而感动，也为经历过的所有事物而眷恋。我永远不曾忘，初为人师的第一天，同学们望着瘦弱的、声音细小甚至也讲不好东北话的我，马上就来了个下马威。

第一天，我在上面讲课，后面的男生早已头破血流打起了群架；中午时又有同学来告状：不知是谁竟在他的饭碗里撒满了尿！我震惊于农村学生如此野蛮、无知和愚昧！第二天，在科学种田种玉米的劳动中，我要求学生点一棵双株的玉米苗，但唯有我班个别同学却一埯点了100多棵，面对着一望无际的茫茫苗海，我却不知怎么寻找那个恶作剧的学生。我当时在地头愣了很久，耳边一直想着校长的批评，怎么连个初一学生都管不了，我第一次体会到什么叫欲哭无泪！

为了教育他们，我也学着其他东北一些老师整天拉着脸批评不绝，但一点效果都没有，甚至有的同学凭着自己的小聪明和势力，拉帮结队和我对着干。白天挨了批评，晚上到我宿舍来捣乱。更有个别的公社干部子女自以为是，时不时要和我较劲。面对着这一批懵懵懂懂、对前途还很迷茫的、对世事无知，甚至有些愚昧的乡村少男少女，我改变了教育方式，在传授知识的同时，着重教会他们如何做人。我发现他们很喜欢听故事，于是每天上课前，我讲一个青年人如何励志的故事，只要是能反映奋发向上的、刻苦学习的、努力成才的、宣扬现代精神文明的、古今中外的我都讲。他们特别喜欢听那些如何用知识改变命运、报效祖国、服务人类的故事。渐渐地，他们被书中的英雄人物和外面的世界所吸引，开始有了求知的渴望。

为了进一步培养、陶冶他们的情操，引导他们读一些中外名著、名人名言也是每天必不可少的。另外，我也深知教师的情感也是一种教育力量，对学生有直接的感染力。首先我要先做到热爱学生，才能受到学生尊敬，在教育过程中才能真正起到主导作用。所以，我利用一切休息时间，跑遍了学生家所在的所有屯子。每次去一户学生家，同吃同劳动。在培养感情的同时，深入了解他们的性格特征，对那些较落后的同学，我的感情投资更多，一方面仔细剖析他们的消极因素，另一方面更看到他们的优点和乐于挖掘他们的积极因素。我经常对他们讲一些人生哲理，晓之以理、动之以情。讲事实，讲道理，由近及远，逐层深入，感情贯通。激发他们的自尊心、好胜心和上进心。因注意了个性的心理特征，在教育上能有的放矢，往往能事半功倍。

在生活上我也是无微不至地关心他们。你知道 30 年前的农村学生有多穷吗？不但缺少学习用品，而且在寒冬腊月中，因缺少一双棉胶鞋而无法来校上课的学生也不在少数。我不知道用自己的微薄工资给多少同学买了棉鞋，送去了学习用品。记得我班边永丽同学在高一时因母亲生病，家中经济特别困难，又赶上刚学立体几何，一时没掌握好空间概念，怎么也做不好证明题，学习上没有信心，再加上生活困难，当时大雪纷飞，她家没有钱买棉鞋，所以就有了退学的念头，我知道情况后马上送去了棉鞋。可她是铁了心要退学，一开始躲着不见我，可在我冒着大雪多次登门反复劝说下，终于感动了她和她的家人，一个月后她复学了，在我的帮助下顺利毕业。如今她在家开了一家诊所，已是当地小有名气的乡村医生，生活富足幸福。她说当年正凭着扎实的学习基础，在佳木斯考取了为数不多的医生资格证书，在拿到资格证书的那一刻，她真是百感交集。她说这 30 年，她一天都没忘了我对她的教育帮助。在我的坚持下，我班学生无论是学习上或生活中遇到多大困难，没有一个中途退学的。

在我渐渐走进他们的心扉后，为加强班级的凝聚力、团队合作精神，我又策划了不少主题班会和有益的游戏，采取多种形式把思想道德教育寓于有益的活动中。例如，在学习组织的文艺演出和比赛中，我虽不会唱和跳，但在知青王效良的帮助下，同学们学会了杨柳青、紫竹调等众多江南小调，我们一起自编了很多反映国内外大好形势、学校班级好人好事，用江南小调演唱。我班这台别具一格的表演形式获得了比赛的一等奖，同学们受到很大鼓励。在通过多次类似的活动后，在我导而不训、感化和陶冶的各种教育手段下，逐渐熏陶了我班学生热爱集体、热爱人民、尊师守纪、自立自强的品格，也使他们找到了自身价值，激发了他们强大的学习动机和求知欲，和我共同创立了一个奋发向上的、宽松和睦的教学环境。慢慢地，在美丽的松花江畔，有了我和同学一起游戏、一起漫步，畅谈理想的美好情景。我不但是他们的严师更是他们的挚友。

终于我用自己的深情厚谊、强大的责任心开启了他们的心扉，也换来了学生对自己的爱戴和尊敬。

我也永远不会忘记1975年8月的一个早晨，王凤英同学拿了一个手帕包了好几层的鲜果，走到我面前说：“老师这是我家果树上结的第一个鲜果，我献给你，老师，您辛苦了！”当时我就感动得热泪盈眶。还有同学们知道杭州人爱干净，可学校的井水有锈迹，谷宝庆同学每天给我从远处挑来干净的井水，三年如一日。同学们也知道学校的伙食不好，永远是苞米饭和土豆汤，他们就千方百计去河里捞鱼，当我晚上回宿舍时，饭桌上经常有新炸好的小鱼，和新摊好的煎饼。鸡蛋、咸鸭蛋，更是常年不断，到今天我都不知道这些到底是谁送的。冬天，办公室的火炉是教师轮流生火的，但只要轮到我值日，一大早学生早就悄悄给我生好了。他们这么有心，使我非常感动。每天一早，我班教室都是书声琅琅，各种活动比赛也都是名列前茅。即使是繁重的劳动也是完成得又快又好。

20世纪70年代的农村中学，学生每天还得带着粪来上课，因为我班还承包着不少土地，不但种玉米、土豆、黄豆，还种烤烟。开始我就像一个盲目的生产队长根本找不着北，后来还是学生教会了我各种农活。那个曾经带头捣乱的学生早已成了班长——我的得力助手，在他的调动下每次的任务都完成得又快又好，常受到学校表扬。每次劳动时，学生都体贴我不让我参加，总说老师您体格不好，要多休息，多点时间备课，多教点知识吧。

在同学们对我的关心体贴和激励下，我当时唯有更加呕心沥血尽心辛勤教育。因此，我每次从杭州探亲归来，很少带生活用品，带来大量数理化自学丛书、参考书和杭州各学校的考卷和参考资料。直到今天，同学们还清楚地记得我班考卷和别的学校不一样，都是杭州学校出的。我常常在晚上点着蜡烛给学生补课，因为当时学校的劳动实在太多，有时一星期都上不了一天课，就这样我带着学生不但学完了黑龙江的省编教材，还学了杭州“文革”前的多本数学参考书。我不但教数学，其他课也尽量辅导，但是农村也从来没有实验室，学生们看着那有机化学说简直是在看天书，我也尽自己所知讲解，有时一天竟然上了5节课。

虽然当时还是知识无用论的年代，但我总觉得农村学生要改变命运，建设家乡唯有靠知识。在我和同学们的共同努力下，终于在富锦县“文革”后的第一次数理化竞赛中，我班学生庞宝君获得了理化第二名，我们富民中学获得集体总分第三名。当年获个人奖的庞宝君同学现在是哈工大航天学院固体力学和航空宇航科学与技术学双学科的博士生导师，国防科工委空间碎片专家组防护工作组组长，是个低调的科学家。那个带头捣乱的学生徐文龙，由当我们班班长的锻炼开端，现在已成长为市中心医院的副院长。这次他带我参观了这个合江地区最先进的医院，我发现他已成了一位优秀的企业管理者了。

另一个班长王喜龙后来考上了上海海关学校，现在是同江一名优秀的海关科长，同江市的十大优秀公仆。这次他对我说："虽然曾走遍世界各国，有许多美好的留恋，也曾在上海北京学习进修多年，碰到过不少好老师，但最留恋最感谢的还是我这个启蒙老师。是我在他那个懵懂时代的学习教育的点点滴滴，垫下了他们今天奋进的基石。"当年那个点了 100 株玉米苗恶作剧的公社干部子女周振祥，后来成了我班的文体活动活跃积极分子，现在是富锦铁路局的一名优秀公务员。最让我想不到的是当年那个性格最内向的女同学赵春屏，大学毕业后也选择当了老师。这次她深情地对我说："老师，您当年对我的影响太深了，长大后我就成了你。"她如今已是富锦三中的骨干教师，她爱人代表学生家属给我敬了酒，说自结婚的第一天就认识了我，了解了我，感谢我对春屏的培养。

同样长大后就成了我的还有赵春燕、卢军、董世军、陆海波、付淑波、尤春波、张兴发、于泽滨等中学教师，还有和我们一起复习三个月的宫玉禹、宫玉卓弟兄也成为中学的负责人。那个开学第一天就因饭碗被撒上尿没吃上饭的常忠元同学是我班第一个考上重点大学的，如今是大庆油田的一名开发地质高级工程师了。同时考上银行学校的张玉华现已是市银监局的局长。因他们高中毕业时恰逢恢复高考，赶上了好时候。这次常忠元同学百忙之中从大庆赶来见我，这个五尺高的汉子一见我就拉着我的手久久放不下来。是啊，他曾是我最喜爱的学生之一，我和他之间曾有过太多的感叹和故事。还有那个曾经给我挑了四年水的劳动委员谷宝庆现在可是富锦的创业大户，用他的勤劳、智慧、坚强和改变命运的进取心，成为富锦市先富起来的人。那个不太吱声的女同学吴彦也成了大庆的养殖大户。还有同样是个体老板的李春萍正积极建立和维护了我们各个同学微信群。

2009 年 6 月，市政府组织知青支边 40 周年回访，徐文龙班长听到这个消息后，马上去市政府看了名录，立即与范淑云、于泽滨等开始筹备，首先通知了部分外地同学，最漂亮、最能干的团支书范淑云同学组织和策划我们师生相聚的日程和活动。在这富锦的六天六夜中，我一直被同学们火一样的热情包围着，从第一天的欢迎酒会上同学们挨个给我深深地鞠躬，到乌尔古力山上同学们热情地献花，再到最后一个晚上，富锦歌舞厅内同学们对我深情地献歌，这分离了整整 30 年的师生情是那么的淳厚、那么的热烈。几个班干部还召集同学们集资了 2 万多元，让我游遍了同江、富锦的大好河山，尝遍当地最高级别的美食，还精心准备了近万元的珍贵礼品。虽然我再三阻止学生们别花钱，太奢侈了，但他们异口同声地说，我们可没忘了 30 年前您给我们买的书和本。比起您当年为我们献出的青春和所做的一切，学生们做什么都是应该的，老师只要您开心就好。

在这里我还特别感谢范淑云同学，是她圆满组织和策划了这次活动。这个曾是我一手培养的团支书当年是我班最漂亮最能干的女生，但她的生活之路却没有其他同学顺利，由于某种原因，生活曾给了她太多的磨难和挫折。但她一直牢记我曾给团干部的教导，年轻人一定要学会艰苦奋斗、独立思考、勇于开拓、自立自强，终于坚强地走了过来。如今她不仅是富锦商界的女强人，还一直是女同学们心中永远的书记，因为她在女同学中还是那么有号召力。30 年了，在她和几个班委的调动下，这个班还是有超强的凝聚力和团队合作精神，她还是那么精明能干，办事永远是那么得体。

她给我讲了一个最近发生在同学中的真情故事。我班同学张兴发因病在几个月前逝世，他也曾是我最喜爱的学生之一，是我班口才最好的学生，是班里最活跃的文体活动积极分子，曾给我班带来了太多的欢乐，也带来了最多的荣誉，后来成为富锦平安保险公司的一位优秀中层干部，因出众的口才在富锦乃至合江地区都小有名气，在他离开人世的最后日子里，是陈保金同学像亲人一样日夜陪伴着他、照顾他，是范淑云一直带领同学一次次探望他，他是带着同学们的真情和温暖走的。他最后对范淑云说的是真想再见老师一面。是啊，没见到张兴发最后一面也是我这次回富锦唯一的遗憾。

8月1日晚上，在全班同学《难忘今宵》的歌声中，我满载着同学们的深情厚谊，满含热泪离开了我亲爱的学生，我想在遥远的东北有这么一批敬我爱我的学生，我青春无悔、一生无悔。

同学们还和我相约，以后要像举办奥运会那样经过班委会审批，每隔几年再去大庆、哈尔滨、佳木斯、同江、抚远……去所有有学生工作的地方，还特别叮咛一定得带上家人。这次他们还透露了一个30年前的秘密：学生们一直很关心我的个人问题，当年看我年近30还未成家，可把他们急坏了。多么朴实可爱的乡村学生，我笑着对他们说，请放心，爱人也是富民知青，也是通过知青之歌的旋律相识的。女儿虽出生在80年代，但也是听着知青之歌的旋律长大的，她也继承了我的事业，如今也是一名浙江高校的年轻教师，连续几年都是学院最受学生欢迎的教师之一。我没想到我们这一代刻骨铭心的经历，它不但影响了我们的一生，也影响了我的下一代、我的学生，甚至学生的下一代。这次学生们也都很骄傲地告诉我，他们的子女很多都考上了大学，其中也不乏"211""985"大学的硕士生、博士生和留学生，我听了感到非常欣慰。

最后值得一提的是当年我所在的富民中学曾是富锦唯一的杭州知青老师最多（6人）、教学时间最长（10年）

的一所农村中学。在我 1973 年从佳木斯师范分配去时，王卫东、黄有璞、孙建民、虞连法、周美芬已在那儿奋斗了好几年，打下了良好基础。特别是后来在王卫东和黄有璞的领导下，学校的教学质量更上一层楼，20 世纪 80 年代至 90 年代，不仅是我带的班，他们所带的班同样是人才辈出。富民中学连续多年在富锦市中考名列全富锦升学人数榜首，在富锦教育界享有很高声誉。

刻在心中的歌

从北大荒支边回到杭州已 30 年。当年写血书报名到黑龙江的那份狂热，远在县城最边远的荒草甸子改天换地的那份虔诚，以及在失落了理想后无所适从的那份颓丧与沉沦，早被历史的尘埃所湮没。但唯有一首歌却一直烙印在灵魂中，有时节奏极为鲜明强烈，有时却是若隐若现。一唱起它，于是那流逝的岁月，跋涉的坎坷，探寻的迷茫，苦涩的爱情，又犹如缕缕雨丝，慢慢又滋润了我的灵魂。

“告别了妈妈，再见吧故乡，金色的学生时代已满载青春的诗篇一去不复返。未来的道路多么曲折，多么漫长，生活的足迹踩踏在这偏僻的异乡——迎着太阳出，伴着月儿归，沉重地修理地球，是我光荣神圣的职责，用我们的双手绣红地球，赤遍宇宙，美好的日子相信吧一定会到来。”

普通的歌词，普通的旋律，但就在这普通的歌词旋律中却刻画了当时知青群体的“灵魂状态”，感伤，忧郁，但却不哀怨。教我学会这首《南京之歌》的是原杭州女中的两位知青。那是 1970 年的冬季，我已担任了大队的民办教师，因为第一年教课，需要在假期中好好备一下课，所以那一年的冬天，我没有回杭，整个青年点只剩我一人。

记得那天傍晚，我备完课，倚着门望着门外的大雪及一望无际的雪原，怔怔地发呆，任凭风雪抽打着脸庞，那时只感觉到心灵特别空虚，心里抑制不住地想呜咽，想抽泣。

这时，雪原尽头走来了两个人影，从穿着打扮上一眼就看出了那是两个杭州人，我的同乡。果然，她们一进屋子，不用介绍不用客套，我们就自来熟地讲到一块儿。这是两杭女中的知青，还记得其中一个姓钱，我们站在窗前，遥望着南方，怀念着家乡，想念着亲人和同学，谈论着知青坎坷的命运。

突然那位姓钱的同学说：“来，我教你唱一首歌，这是在目前知青中最流行的，唱着它，或许可以……”就这样，这首歌就在窗外雪风的伴奏下，在她那略略沙哑的嗓子里流了出来，感伤忧郁却不哀怨，就像当时我们的命运。我们一直唱了一个晚上，我不知道，天是什么时候亮的，外面的雪又是什么时候停的，她俩又是什么时候走的。

从此，这首歌就一直留在我的记忆里，每当我怀念家乡和亲人、忧郁寂寞时，就会在心里默默地唱起它。更当我彷徨、苦恼和心滴血的时候，以及后来对生活无奈时，这首歌的旋律更是萦回不已。回杭后，也是凭着这首歌的旋律，我找到了能互相理解和信任的朋友。更是凭着这首歌的旋律，把我们曾一起挥洒过青春的几十位荒友的情谊，始终牢牢地系在了一起。

虽然我们在北大荒失去了许多，但是我们也收获了许多，在那里我们理解了农民，懂得了中国，更丰富了人生。繁重的劳动，艰苦的环境，已把我们的气质和性格永远与艰苦奋斗、自强不息、勇于开拓的精神联系在一起。

女儿虽生于20世纪80年代，但也是和着知青之歌的旋律，听着知青的故事长大的。在兴隆知青50周年返乡活动中，女儿也随我远赴北大荒，走进了父母曾经生活过的小乡村，体验着当年知青挥洒青春、岁月激荡的人生，也体验着那豁达、野性的黑土地文化。我觉得我们的知青生涯已深深影响了知青二代，使他们的生命具有了某种特别的意境。

山河岁月，能够留住的东西太少，但用生命吟唱的知青岁月的旋律终究是刻骨铭心的！

2009年10月

《春蚕吐丝思不断》作者万大瑶知青时期的照片

2018 年 8 月，万大瑶摄于贵州兴义万峰林景区

万大瑶（二排左起二）在兴隆公社永林中学任教时师生合影

万大瑶（二排左起五）在富民公社中学任教时师生合影

我们的足迹

陈少珠

作者简介：陈少珠，杭州十一中初中生，富锦县头林公社兴林大队知青。1978 年返杭后一直从事企业财务工作。

循着黑土地的气息，听着久违的青纱帐拔节的响声，在盛夏的浓绿中，我们终于回到了魂牵梦萦的第二故乡。梦里百度寻觅，今日终于成真！

这两天，对往事点点滴滴的回忆，唤醒了沉睡在生命深处的青春旋律。回到第二故乡的怀抱，激情与感动时刻与我相拥，让我更深刻地体会到了幸福的滋味。40 年前那场轰轰烈烈的知青运动，我们有幸见证并亲历其中，成为富锦的儿女。不仅收获了人生中最宝贵的精神财富，历史也记录下我们的足迹——知青纪念石刻的落成，就是最好的见证！

这块来自南方的五彩玉石，上面镌刻的是我们的青春理想，承载的是我们一代人沉重而刻骨的记忆，寄托的是我们对黑土地无限的感恩和思念。那条条五彩斑斓的色彩，是知青岁月的年轮，是花样年华的印记，是火红的青春在萌动。那厚重得像山一样的石体，象征着今天的知青群体，如晚霞般的从容与淡定。因为，它是经历了地下的岩浆无数次的涌动才孕育出今天的多彩身姿。

在这块石刻上，凝聚着知青这个特殊群体所承受的历史苦难与革命理想。我们虽然经历了人生的“大起大落”，但我们不平庸；我们虽然经历了苦难岁月，但我们不悲哀。在艰苦的环境中，我们朗读过“高尔基”；在播种的田野上，我们唱过“红梅赞”。能够把承受变成享受，把苦难浓缩成思念，是我们知青精神的又一次升华！

现在，这块石刻坐落在美丽的富锦市中心广场上。它根植于曾经滋养过我们，给予我们力量的黑土地，它会永远沐浴在富锦人民慈爱的目光中，会永远处在第二故乡父老乡亲们的呵护下。我们也将与这块石刻一道，永远根植富锦，永远心系富锦，永远不忘为第二故乡的经济建设和社会发展尽绵薄之力！同时，也要祝福我们的第二故乡富锦市，也像石刻上所写的那样，青春永驻！永远充满活力和魅力！

2009 年 7 月 28 日

《我们的足迹》作者陈少珠，17 岁时和 70 岁时的照片

2009年7月，兴林大队知青在富锦别拉音子山上合影。前排左起：鲁小平、陈少珠、姚南平；后排左起：屠庆祥、徐利明、毛国胜、霍克克、吴荣兴

1969 年 3 月，陈少珠和一起下乡的同队知青合影。前排左起：郭云、陈则民（后文《在富锦过的第一个春节》作者）；后排左起：钱志红、陈少珠、鲁小平

2009 年 7 月，回访富锦时与当年工作单位头林供销社部分同事合影。二排左起四为陈少珠、五为鲁小平（二人均为原头林供销社职工）

在富锦过的第一个春节

陈则民

作者简介：陈则民，杭州十一中高中生，富锦县头林公社兴林大队知青，曾在兴林学校当老师，任初中二年级数学老师兼班主任。20世纪70年代返杭后在杭钢中学教书至退休。

岁月如梭，我们这代当年的“老三届”知青，都是年近花甲的人了。回首往事，追忆当年在北大荒富锦县头林公社插队落户、屯垦戍边期间贫下中农对我们的关怀和教育，心中充满感激之情。

我们不会忘记在富锦过的第一个春节。

1969年底，我们兴林大队十个同学分三批回杭州过年去了，就剩下我们三个女生和一个男生。青年点没有了往日的喧闹，我们四个人常在一起聊天，想象着回杭同学与家人团聚的喜悦，我们也想念着自家的亲人啊。

农历腊月十八（1970年2月4日）是立春，屯子里家家都在忙着做过年的准备。住在附近的王老五家、老吕家热情地给我们送来了杀猪灌的血肠，做的皮冻。男宿舍的房东是大队长王守义，他整天忙着大队的事，也不太照面，他的弟弟王守全正在读小学五年级，每天带着家里的一只小黄狗到男生住的西屋玩，我们都会毫不吝啬地拿自己的饭菜给它吃，不到半年小狗养成大黄狗了，看见我们直撒欢。

有一天，我们几个早上起来，发现鲁小平不见了，我和钱志红、屠庆祥急得够呛，正张罗着要出门去找。却见鲁小平拎着一桶鱼推门进来，脸上挂着冰霜，脸颊冻得通红。原来，鲁小平为了让大家过年能吃上鲜鱼，一大早就冒着大雪和房东的小儿子王守全兄弟去泡子里打鱼，脸都冻僵了，却还是开心地向我们讲述捕鱼的经过。还说过年有鱼吃，意味着年年有余的吉祥之意。而我们几个的心都要疼碎了。很多年后，我们提起这些，都会热泪盈眶。

临近年关那几天，房东王玉满大叔夫妇忙着蒸黏豆包、馒头，刚出锅的馒头带着麦子的香味，也把我们吸引到厨房。我们也商量去各自生产队再要几斤白面好过年（注：知青的白面由国家供应到 1969 年 10 月，新粮下来，就按社员标准由生产队分配了）。第二天（1970 年 2 月 5 日除夕），屠庆祥去八队要了五斤面粉，我与鲁小平去三队要了十斤；钱志红去四队要面粉，队长为显示公正，说她的两位队友回杭州了，不能单独照顾她，只能空手而归。

我们和好了面，将调好味的酸菜肉馅端到桌子上，一人揉面，一人擀皮，两人包。在互帮互学中，大家的新鲜劲热乎起来，说话就不知轻重。我说小钱没有领到面粉不说，包的饺子也没有样子。也许是远离亲人的思念，也许是少年茫然的经历，这一年生活的沟沟坎坎在过年时百感交集，小钱差点哽咽出声，跑到院子里去了。天正下着鹅毛大雪，零下三十几摄氏度的气温会使眼泪结冰的。我和小平追出去总算把她劝回屋里。小屠是她三（5）班的同窗，见我们回屋调侃说："风过了，雨过了，雪花飘飘年来了，我们快下饺子吃吧。"

一场"暴风雪"过后，我们的情绪都恢复了平静，先吃"忆苦饭"，再下饺子吃。这时屯子里依稀响起爆竹声。

我们三个女生回到康大娘的西屋，房间里特别冷，墙上挂着霜，小钱在外面灶里塞了两把草，算是烧过炕了（当地农民告诉我们不烧炕会受风寒的，第一年我们打的草少，女生宿舍也不做饭，因此炕是凉的）。

第二天是正月初一，早晨起来我们还进行了"天天读"，小屠穿戴整洁，最像个过年的样。我们一起去大队部向老孙头（老贫农，孤老）拜年，他早把炕烧得热乎乎的。大队部已经有不少人，见我们进来都热情地招呼我们上炕，并关切地问我们想不想家，邀请我们上家玩，吃饺子去。那个年代饺子是属于奢侈的食物，只有逢年过节才能吃到，我们可不能多吃多占贫下中农的口粮啊。

我们在北大荒过的第一个春节，简单而平淡。回忆起那段生活，总会沉浸在那不能忘怀的大雪、大烟泡和老乡们对我们充满人间真情温暖的感受中。这些点点滴滴永远镌刻在脑海中，又化为我们的精神财富，不论时代的潮流和社会风尚怎么变化，总在鼓舞我们追求理想和真理。

2013 年 7 月，我和一起插过队的知青毛国生夫妇、徐利明夫妇、吴荣兴一起，又重返第二故乡，回了一趟富锦。我和吴荣兴住了五天，其他四个人住了十天，然后在哈尔滨会合，一起返杭。2019 年 7 月，我和屠庆祥同学为纪念下乡 50 周年庆，又回了一趟富锦，沿途天天都能碰到杭州、上海、北京、哈尔滨、天津的知青朋友和知青的儿女到东北寻根溯源。那一路上也是心潮激荡。在哈尔滨去绥芬河的列车上，碰到浙大附中一位姓李的知青，我们在互相交流回乡的情况时，过来三个从山东来的知青子女，他们也是回父母插队的地方去寻根，非要和我们合影，说回家要把我们的故事讲述给爸妈听。到北大荒农村插队落户，是我们人生的第一步，锻炼了我们这代人坚韧不拔的勇气和毅力，我还是非常珍惜这段日子的。

2009 年 3 月

在新建成的知青点屋前合影。左起：陈则民、陈少珠、钱志红、鲁小平

《在富锦过的第一个春节》作者陈则民在富锦“知青林”碑石前，摄于 2019 年 7 月

1990 年，兴林大队知青在杭州合影。前排左起：陈少珠、郭云、陈则民、鲁小平、钱志红；后排左起：霍克克、姚白苹、徐利明、毛国生、吴荣兴、徐航、屠庆祥

在文艺演出队的那一段生活

盛清远

作者简介：盛清远，杭州十一中高三学生，富锦县头林公社二林大队知青，1971 年到富锦钢铁厂工作。1979 年返回杭州。

富锦，对于我们这批 1969 年 3 月从杭州到那儿去插队的知青朋友来说，一直有着那么纯、那么深的情结，至今 40 年整了。在这块土地上，我整整待了十年！这是我最美好、最年轻的十年。虽然在那个时代，那块土地上，生活是艰苦的，但也锻炼了我，现在回忆起来又是那么美好。其中，在文艺演出队的经历，在黑土地上那段丰富多彩的生活，是那么的难以忘怀。

当年我所在的头林公社二林大队，在那儿不算是最苦、最穷的地方，可对于我们这些城市里来的学生来说，却觉得是那么的不习惯、那么的艰苦。但我们一样起早贪黑，在长长的一眼望不到头的地垄沟里，跟着老乡学种地、铲地和收割等农活。

一天，传来了县里要举行文艺调演的消息，要各个公社组织表演。我们大队抽调我们几个知青参加了公社表演，我们欣然接受。

我们几个在学校文艺队待过的同学，马上组织起来，先是讨论节目内容、排练方案，然后不辞辛苦，认真排练起来。就这样，在大队礼堂，在知青住房旁的空地上，都留下了我们排练的汗水和足迹。

经过大家的努力，我们终于排出了一台比较像样的文艺节目，有歌舞、表演唱、笛子独奏等，还有革命样板戏片段，如《红灯记》《智取威虎山》等。当时根本没有老师教，也没有伴唱带，完全是听收音机，凭感觉唱。大家都是自拉自弹，有些道具还是自己动手做的。我当时是演京剧《红灯记》中的李铁梅，没有李铁梅穿的红大襟上衣，就去老乡家挨家挨户借，借到了当时姑娘们常穿的红色小碎花绒上衣，穿在身上，装上假长辫子，也蛮像样。而《智取威虎山》中小常宝的背心，是知青张美琴自己动手在棉背心袖口边缝上狗皮毛做成的。另外，少剑波小分队战士的披风，是知青用自己的白床单撕开做成的。道具都很简陋，但也很像样、实用。每人还要是多面手，既要上台唱，还要下台敲铃打鼓之类的。在大家的共同努力下，我们这支文艺小分队终于能上台演出了。我们先在几个大队和公社给老乡们演出。

记得在我们大队演出那天晚上，大队会场小小舞台被几盏马灯照亮了，礼堂里外都挤满了人，全村老乡都来看我们的演出，像过年一样热闹。在当时文化较落后的农村，能看到有点模样的文艺演出，老乡们都很高兴和新奇，我们也为能给老乡带来欢乐、带来精神食粮而欣慰。

后来我们参加了县里的文艺调演，那时我们每个人心里真的有说不出的高兴和激动。我们认真演出，得到了县有关部门的鼓励和支持。县里又从各表演团队中选出了优秀节目，与县剧团一起为县领导和群众进行公演，我们头林的《红灯记》《智取威虎山》片段被选中，我们又投入了联合排演和演出。

后来由于刚刚兴建的富锦钢铁厂的需要，我和其他几个知青抽到了钢厂，作为工厂文艺队伍的成员，在那里我们又在新的环境中工作、生活，排练新的节目。

虽然四十年很快过去了，如今我们都已是花甲之年，但当时的情景仍历历在目。回忆起这段不平凡的人生，觉得今天的生活值得好好珍惜，也相信将来的生活一定更美好。四十年的生活，使我领悟到：人生最实质、最内在、最主体的内容，在于奋斗、拼搏，在于抓住机遇，它能滋养人生、丰富人生、实现人生。为此，常常在午夜梦回，回味无穷，刻骨铭心。

《在文艺演出队的那一段生活》作者盛清远，摄于2005年3月

2009 年 7 月，盛清远在知青回访演出中表演独舞

2018 年 7 月，盛清远又重返第二故乡，在富锦火车站前留影

我无愧于一个北大荒人

杨钟音

作者简介：杨钟音，杭州二中学生，富锦县大榆树公社庆胜大队知青。务农期间担任过生产队长、大队民兵连长、治保主任、团总支书记等职。参加工作后曾担任绍兴市东湖中学校长、市教育局科长、市财税局党组副书记、纪委书记、国税局副局长等职，2005年因病去世。

一、下乡

1968年12月21日晚上，毛主席发表最新指示："知识青年到农村去，接受贫下中农的再教育，很有必要。"听毛主席的话，到农村去，接受贫下中农再教育，是我们革命青年的唯一选择。第二天，学校就开始办学习班，动员我和姐姐、大妹同时去黑龙江支农。所谓的领导小组多次找我谈话，并说铁路分局领导对我很重视，让我发扬革命精神带头到农村去。我知道以我们家情况，如果我不主动去农村，特别是不去黑龙江支边，他们就会对被监押的爸爸妈妈施加压力，爸爸妈妈将会受到更多折磨。到农村去是毛主席的指示，走这条路不会错。为了减轻那些别有用心的人以这件事情对爸爸妈妈的迫害，我和姐姐、大妹决定到艰苦的农村去。

1969 年元旦，我到学校去报名，同时姐姐和大妹也报了名，很快我们被批准为杭州市首批赴黑龙江插队知青。

报名后回到家里，看着 83 岁高龄的奶奶和年仅 13 岁的小妹，我们不忍心把去黑龙江支农的消息告诉奶奶。爸爸妈妈都关在牢房里，我们走后，家里剩下年迈的奶奶和年幼的弟弟妹妹，怎么办？我们的许多同学来了，他（她）们很同情我们的境遇，让我们放心，家里有事他们一定会帮助照顾的。

3 月 9 日，我和姐姐、大妹三人告别了奶奶（没想到这一别却成了永别），告别了弟弟妹妹，告别了生活了四年的杭州，告别了同学们，登上了北去的列车，我将要走向生活，走向农村，到中国社会的最底层，去了解那里的贫下中农，向他们学习，接受他们的再教育。我坚信自己是一个革命后代，会像父辈那样，无论环境怎样艰苦，道路怎样坎坷，我也要革命到底。

3 月 13 日凌晨 2 时，历时三昼夜零十四个小时，我们乘坐的列车终于到达了福利屯车站。上午 10 时，我们乘坐的客车驶进了佳木斯地区富锦县大榆树公社庆胜大队，贫下中农早已为我们准备好了饭菜，腾出了自家的热炕，热情地迎接我们的到来。这北国的初春，等待我们的将是全新的战斗生活。

二、北大荒人

离开了杭州，离开了江南鱼米之乡，我们来到了祖国东北反修前哨，人称“北大荒”的三江平原，黑龙江、松花江、乌苏里江在这儿汇合。这儿并不像我们想象中的那么荒凉，也不像人们传说中“棒打狍子瓢舀鱼、野鸡飞到饭锅里”那样有丰富的野味。虽是初春季节，却还是冰天雪地，知青们初来乍到，刚过了欣赏北国风光的新鲜劲儿，面临的就是彻骨的寒冷，吃不惯、住不惯，艰苦的生活无情地摆在我们面前。

到清明时，我已和社员们一起干了20天活了，但社员们还是把我当外人，许多累活脏活不让我干。于是我向队长提出：分配我干重活吧！我们不是来享受的。队长乐了：“要干活有的是，我是怕你们累坏了。”正好第二天播麦种，拖拉机后跟着播种的人不够，在我的坚决要求下，队长让我去了。这活的确又累又脏，拖拉机后面挂着播种机，开动时，尘土飞扬，我跟在后面照看，呛得呼吸困难。到了地头，要把二百来斤重的麻袋扛到机器上，倒入播种箱，忙得浑身是汗，才一会儿我就成了大花脸，一天下来，我累得腰酸腿疼胳膊肿。收工后队长来看我，我在洗脸，他看到一盆泥浆似的水，笑着问我："在杭州的洗脸水有这么脏吗？"我对他微微一笑摇了摇头算是回答了，他接着又说："小杨，算了吧，明天干点别的吧！看你累得连腰都直不起来了。"我确实感到浑身难受，但我不能退却，我要以毅力去战胜困难，要以我的行动让人们知道，我无愧为革命者的后代。第二天、第三天……我坚持跟机播种，休息时，还跟拖拉机手一起学着干点机修活。1500多亩地的麦播任务，只用了6天时间，整整5万斤麦种啊，通过我们的肩膀扛上了播种机，播入沉睡了一冬的黑油油的沃土。过了一个月，麦子破土发芽了，每当我路过麦地，看着一大片绿油油望不到边的麦苗，心里有说不出的喜悦，我现在也是一个劳动者了，我要用我的双手，要用我的整个身躯去建设北大荒。

夏天很快到了，北大荒的夏天虽短，却是最繁忙、最使人难熬的季节。我们江浙称夏收夏种季节为"双抢""双夏"，而北大荒却称之为"三夏"，可见其繁忙程度。夏至是白天最长的一天，太阳凌晨3点钟就从地平线上升起，也许是留恋这儿的夏季，她在空中慢慢挪动，直到晚上7点还露着她那笑口，迟迟不肯归去。这是一年中最忙的季节，也是丰收的季节，人们顶着星星上工，背着月亮回家，从凌晨两点到晚上八点，一天18个小时的劳动时间，加上洗澡、吃饭，每天最多只有五个小时的睡眠。在地里劳作还要遭到蚊子、小咬和瞎虻（牛虻）的袭击，这三种小虫总是轮番骚扰，早晨小咬值班，中午变成瞎虻的天下，傍晚耳边总能听到一架“飞机”在轰鸣。北大荒的蚊子个大、狠毒，只一天工夫许多知青的脸和脖子就被咬肿了。这种小畜生，特欺生，专找我们知青咬，那些农民似乎没挨咬，社员们说：“你们杭州人血香，蚊子、小咬都让你们引去了。”有几个青年动摇了，他们躲进屋子里，想躲过这几天“蚊灾”（我们这样称呼，以后老乡们也学会这样说），但我全没有理会，坚持天天参加抢收、抢种，说也怪，几天以后，我也觉得只听到头上“飞机”轰鸣，不觉蚊子咬了。我把这个现象对社员们说了，他们高兴了：“小杨，你也成了咱北大荒人了。”“北大荒人”多么骄傲的名字，这是社员们对我的肯定，我的心已经与劳动人民融合在一起了。

秋天，田野里一片金黄，大雁开始南飞了，一年一度的收获季节开始了，拿起镰刀和社员们一起收割成熟的庄稼，我感到特别的喜悦，也特别有劲，自己亲手种下的粮食丰收了！可无论我怎么使劲地割麦子，却总是远远落在后面，是什么原因呢？休息时，我虚心向老农请教，才知道是我割麦子的姿势不对。在农民的指导下，我勤学苦练，在干中学，找窍门，慢慢地我能跟上了，甚至能撵到社员们前面了。

这一年从3月中旬到年底，我在生产队干了270天活，几乎天天出工，挣了3000余分工分，顶一个整劳力一年的劳动量，当年我就能靠劳动养活自己，并能分红，到年终我还被大伙选为记工员。

这一年冬季，我没有回家，尽情“享受”了“北大荒”的寒冷与艰苦。老天爷对我这个南方人毫不客气，我的手指冻起了泡，一连几天，社员们说啥也不让我出屋，但我是记工员，不参加劳动，怎么为社员记工分呢？我要和社员们在一起战胜寒冷，做一个真正的“北大荒人”。

三、奶奶去世

1969年8月初的一天，我正在紧张地参加“三夏”麦收，突然有社员给我送来一份电报：“奶奶于7月31日病逝。”我的眼睛模糊了。奶奶！多好的奶奶！解放前为了支持爸爸妈妈干革命，您默默地忍受了多少痛苦；爸爸妈妈忙工作，您承担起养育我们的责任，全家人的生活都是您操劳……如今却在爸爸妈妈被关押，我和姐姐、大妹三人远离家乡的困境下，您老人家竟与我们永别……我眼前一阵发黑，差点跌倒，在大庭广众面前，我忍不住流下了眼泪，社员们劝说安慰又顶得了什么？我仅仅是因为失去亲人而难过吗？奶奶是被那伙迫害爸爸的人逼死的呀！我强忍着悲痛回到屯里，姐姐和大妹已经泣不成声，她们见我回来，哭得更厉害。在极度悲伤稍过之后，我们商量着是否回去料理后事。在炎热的夏天，奶奶的尸体肯定已经火化了，回去也赶不上趟；我们相信，朋友、同学们会帮助我们和弟弟妹妹，办好奶奶的丧事。我们斟酌再三决定不回去，但又怎样说服和安慰年幼的弟弟妹妹呢？我们只能写信了。

很快就收到了弟弟妹妹的回信：奶奶去世时，二妹正在上海住院；奶奶突然发病时，弟弟到铁路机关找分局领导，要求他们让爸爸回家看望，狠遭拒绝；奶奶咽气时，身边只有两个最小的弟弟妹妹；奶奶逝世后，弟弟又找铁路分局有关人员，他们才把爸爸押送回家，但仅让爸爸在奶奶身边站了半个小时。奶奶的后事全由我们的同学帮助办的，那天，一大批同学送一位老人，殡葬工作人员误认为这些同学都是奶奶的孙儿，说：这老太太真有福气，孙子孙女一大群。这样的好奶奶，临终时一大家子人却只有两个最小的孙儿在身边，让我心中怎能不悲伤。

四、打击

我不知辛苦、不怕劳累，起早贪黑地坚持和社员们一起参加劳动；担任记工员后，认真负责地为社员们记清楚每天的工分，社员们和大队、公社的干部对我的表现给予肯定。1970 年秋，县里召开知识青年代表会议，我被公社大队推选为知青代表，在填写代表资料证时，我照常在家庭出身一栏内填上了“革命干部”，这下可惹了祸，县里不仅取消了我的代表资格，还两次派人找我谈话，让我与家庭划清界限。在县里我强忍着眼泪，回到大队后，我一个人偷偷地哭了，我没有想到，远在边疆，也躲不开这重重的阴影……

从此我变了，变得沉默，上工与社员们一起干活时，很少能听到我的声音；休息时我一个人记完工账，就躲到一边去了。谁能知道我的苦闷？我对谁诉说我的满腹冤屈？我告诫自己：绝不能被打垮，要继续努力干，用我的决心和韧性，让人们相信我是好样的。

五、成长

从1969年春到1972年春，我在北大荒和贫下中农一起度过，春节都没回家，在这儿整整干了三个冬春的农活。我习惯了东北农民的生活方式，学会了北大荒的种植方式，学会了用他们的方法开发这儿大片的“处女地”，我可以像社员们那样不合眼地连轴干三天三夜。是什么力量使我能这样坚持不懈地苦干呢？难道仅仅是为了争口气吗？我懂得，像我们这样的青年，如果不在劳动中锤炼，不在艰苦环境中摔打，就不能打掉“骄”“娇”二气。所以，三年中，我总是抢着干连社员都犯怵的活：春天跟播种机，夏天去草甸子里割喂马草，秋天收割庄稼、脱粒时扛麻袋，冬天修水利时熬炸药、放炮……这样的危险活计，我总是毫不犹豫地去干。到了1972年春节，富锦县1000多名杭州知青中，只有我一人还没有回过家。

妈妈总是惦念着我，1971年春节，妈妈结束隔离回家，希望我能回家看看，但我没回去；1972年春节，妈妈又叫我回家，我又没回去。是我不想家吗？是我不想见妈妈？恰恰相反，我很想妈妈。我们兄妹六个，妈妈最偏爱我，我和妈妈在一起总有说不完的话，屈指一算，我和妈妈已经四年没有见面了，能不想吗？有人说："是因为爸爸问题没有解决，你不愿意回去。"我否认这种说法。我只是认为自己要有志气，要干出点成绩再回家去。另外利用冬闲，还可以多看点书，学习一些知识。

1972年初，社员们推选我担任生产队会计，说我办事公道，认真负责，社员们对我都很放心。但是有一回由于我不注意工作方法，也引起了一些人的不满。

那是一个社员外出买煤，占用了生产队200多元钱，生产队长由于讲情面，同意作为借款下账；我当时就认为这不符合财会制度，没给记账，并且坚持若200元钱不还上，煤款不予报销；谁知他不讲理，说是队长批了，你就得给我办，见我不理他，骂骂咧咧强拉我要去见队长；占了公家钱还这么横，我火冒三丈，当时就顺他下巴打了一拳，使他摔了个仰面朝天。这下我可惹了大祸，他到公社告状，说我行凶打人。说实在的，那一拳打得很重，下巴肿了，嘴角出血了，他再把血往脸上一抹，看起来是挺可怕的。公社来人处理了，当然批评我打人不对，不过还算公平，对我坚持财会制度予以肯定，责令他立即将 200 元钱归还生产队。事过之后，这家伙却因此对我怀恨在心，到处造谣，说我贪污，还把不知从哪儿听来的消息及说我爸爸是反革命等话到处宣扬。我一气之下，把账本拿到大队书记那儿：我不干了。大队书记耐心地做我的思想工作，让我仔细想想打人对不对，想通了，再接着干。在领导和社员的信任支持下，我又担负起会计的责任。由于那一拳，我在大队甚至公社里都出了名，并且一传十，十传百，传得走了样，说我会武术，轻易不打，只一拳就够人受的；有些人来问我，我一笑了之，人们又以为我默认了；从此一些较蛮横的社员不敢惹我，而另一方面却使我与这些社员疏远了。

六、第一次回杭

1972 年夏天，繁忙的“三夏”刚结束，妈妈派二妹来了，她此行的任务是拉我回杭州。我算了一下，麦收后到年终分配，还有一段时间，再加上妈妈信里说，爸爸快回家了，我就更想着要回家看看。

8 月初，我和二妹一起回杭，踏上了三年多我第一次回家的行程。乡亲们听说我要回家，像送自己的孩子一样，给我和妹妹带了许多吃的，有煮鸡蛋、煎饼……由于天热，车没到北京，鸡蛋就放不住了，我和妹妹尽着吃，吃得打嗝都一股鸡蛋味。

回到杭州，同学们都来看我，由于三年多没见面，谈起来总是很有兴致。但是我没有见到爸爸。省委对爸爸的事很重视，打倒了林彪在浙江的代理人，省委由谭启龙、铁瑛政委主持工作，但铁路分局一小撮人却拒不执行省委的指示，说省委管不了他们，就这样爸爸一直没能回家。到了10月底，我要回生产队做年终粮食分配方案，无法再等，只得告别妈妈回黑龙江。

回到大队，我听到了大妹晨音要病退返杭的消息，原来这是当年支边青年“曲线”回城的一条途径。我帮她准备行李，送她上火车。从福利屯火车站回来收到了家里来信，告诉我爸爸11月10日回家了，让我年终结算后立即回家。全家人终于团聚了。

七、和爸爸一起上四明山

1973年除夕那天，我和弟弟跟随爸爸一起来到了浙江慈溪西蔡村，这里是爸爸参加革命的地方，爸爸在这儿加入了共产党，在这儿组织和领导农民运动；解放前夕，又从上海（地下党）东撤在这儿坚持游击战争，与游击队员们一起跑遍了四明山的每一座山峰。我们一到这儿就受到了当地群众的盛情款待，在近一个月的日子里，每天都有许多群众老远赶来请爸爸。爸爸走遍了慈溪、镇海、余姚等当年他战斗过、居住过的村庄，许多老游击队员深有感触地说："当年国民党花1000银圆买杨政委的头，有我们四明山群众保护，敌人抓不走杨政委，而在林彪反党集团统治下，国民党想干而干不了的事，却成了事实。杨政委您就留下吧，还像当年一样，只要有我们在，他们就别想打倒您。"爸爸听后，感谢地笑了，他说："林彪及其余党都得到了应有惩罚，有毛主席领导，浙江省由谭、铁政委主持工作，我的问题很快会得到解决的，要相信党，相信群众。"

在四明山区，我亲眼看到了爸爸与群众的鱼水之情，我感到在爸爸身上体现了许多老干部在党的领导下、在敌人的白色恐怖中和群众紧密联系同呼吸共命运的革命传统，正因为有着千百万真心实意支持革命的群众，中国革命才会胜利。同样，今天的社会主义革命，有毛主席领导，有广大群众参加，也一定会取得伟大胜利。我这几年所坚持的信念是对的，我走的路也是正确的，我要像爸爸那样和群众心连心，向群众学习。

和爸爸在一起的日子里，他很少说到自己被关押时期的遭遇，可我知道在那些日子里，爸爸肉体和精神上遭受了很多的折磨和摧残，但他非常坚强，不卑不亢；据拘留所民警透露，爸爸在被关押期间还每天坚持锻炼，打太极拳，以顽强毅力活下去；爸爸始终有着坚定的信念，甚至当他被整得几次昏迷，生命垂危，还是坚信组织上一定会把他的问题搞清楚。他在一首仿陆游《示儿》诗中写道：“人死原知万事空，但悲冤作叛特反。冤案何时得昭雪，家祭毋忘告毅翁。”爸爸说这诗差一点成了遗作。

八、被拒考场

1973 年高校招生开始了，遵照周总理的指示，那年高校招生实行考试择优录取制度，我听到这个消息特别高兴。紧张复习，准备迎接考试，让祖国挑选。可是在公社例行政审时，出了问题，明确告知我父亲有“重大叛徒、特务嫌疑”，就这样我被剥夺了参加考试的权利。遭受了人生中的又一次打击，但我已能够坦然面对，而且将这一次次的挫折看作人生的挑战、考验。

这次高考中，出了个“白卷英雄”张铁生，《辽宁日报》登载了张铁生的答卷，他的理化考试交了白卷，还在考卷背面写了一篇批判这次考试的“论文”。我真想不通，像我这样不能参加考试，交了白卷的人却能成为“英雄”，难道科学文化没有用了吗？那还办什么大学？中国的前途由谁来掌握？我又想到自己，爸爸的问题已经多次连累到我，难道我就因此而低头吗？不！不让进大学，我可以自学。

认准了方向，我开始着手制订学习计划，在政治学习方面，近几年我利用农闲学习马列、毛主席著作，已经有了些基础；接下来，我准备学习毛主席的《自然辩证法》。学习中遇到困难，我就到新华书店去找参考书。一次，我在书店的仓库里找到了一套《高等数学》，高兴极了，就又开始自学高等数学。由于每天要出工干活，我在生产队工作又多，所以学习时间很少，只能利用晚上休息时间，挤时间学；我从小喜欢数学，做数学题能带来很大的乐趣，每当我解出一道难题，我就感到愉快；后来我担任生产队长，学习时间更少了，有时学了几页，就有人来找我，等我再拿起书来又得重新开始。困难多了，但这并没有阻止我学习的劲头，我觉得越是在这样艰难的环境里，越是能培养人的毅力。从 1973 年到 1977 年的四年中，我每天学习，克服了种种困难，除自修了高等数学，还挤时间学习了《资本论》《自然辩证法》《帝国主义是资本主义最高阶段》和其他系列丛书，通读了《毛泽东选集》一套四卷，作了许多读书笔记。这些年，我没有虚度光阴，从劳动和学习中不仅获得了许多知识，也丰富了自己的生活和人生。

九、筑路工地

1973 年冬天，我因病住院，在此期间，我请辞生产队会计工作，大队领导考虑到我身体不好，同意了。身体复原回大队后，刚开始干了几天活，县里就来大队里组织民工，修筑福前铁路，我报名参加了。

在筑路工地上，我担任排长，按团部规定，排长可以半脱产，我不以为然，每天与大家一样分土方，挑重担。一百多斤的土挑在肩上，对我这个刚刚病愈的人来说是够呛，但我不会退却。扁担把肩膀压肿了，不久就出了脓，肩膀一接触扁担就火辣辣地疼，为了不让大家发现，我戴上垫肩就不再拿下来。脓和血出了又干，干了让扁担一压一挤又出，垫肩都粘在肩膀上了，我还是不停地挑着。路基逐渐增高，我的担子逐渐加重，我们排的施工进度在悄悄地加快，大家你追我赶，日土方量从每人每天三立方米逐步增加到五立方米。

秘密终于被发现了，我们大队的社员闫成义奇怪我每天回住地总是先穿衣服后解垫肩，解下后还迅速地往枕头底下塞，就有了怀疑。那天晚上，他趁我去连部开会，从枕头底下取出了我的垫肩，送到了团部，团长捧着带血的垫肩激动地说："真是个顽强的好青年啊！"团长不动声色，让小闫把垫肩放回我的枕头底下。第二天，他到工地上，看到我挑着满筐的土，就叫住我："小杨，来歇会儿。"说着就走过来，把我的垫肩解开了，看着已经长上疤的伤口，他心疼地对我说："你要注意自己的身体啊！"团长在工地召开了现场会，号召全团干部向我学习，他要求连排干部都能拿起扁担，到群众中去，争取在雨季前完成修筑路基的任务。

工地上开始了紧张的竞赛，班与班，排与排，连与连，整个工地热火朝天，原定五个月的施工任务，我们用100天就完成了，提前了50天啊。竣工以后，我们站在高达三米的路基上，心情别提有多高兴。这100天，我又增长了许多知识，除了练就一副铁肩膀，也看到了勤劳的中国劳动人民的力量，还使我体会到：我一个人的力量是有限的，只有大家一齐努力才能创造奇迹，眼前这条“土龙”就在我的脚下，这是一条战备铁路，修成以后，将对我国东北前哨有非常重大的战略意义。

十、爸爸又被拘留了

正当我甩开膀子为社会主义新农村大干苦干的时候，收到姐姐的来信，她告诉我一个不好的消息，1974年5月，爸爸又被隔离审查了，又被关进了杭州铁路公安拘留所。妈妈怕我知道这个消息影响情绪一直没有告诉我。接着有关杭州的消息越来越多，大字报点了省委谭启龙、铁瑛的名，又听说王洪文点了爸爸的名，并且指令谭、铁收回1972年浙江省委关于撤销对爸爸隔离审查的决定。消息传来，我更加担心了，这是怎么了？林彪反革命集团被粉碎，这天怎么还是乌云密布？我找到了公社党委副书记党兆洪同志，对他开诚布公地谈了父亲的情况，并表示我不相信父亲有问题，对于浙江省内和杭州铁路分局某些人一再迫害我父亲，我明确表示了不同的意见。同时期，我还写信给周总理、中央组织部、铁道部、《人民日报》，请求中央派人去杭州调查爸爸的问题，可是信发出后却如石沉大海，杳无音信，爸爸也一直没有回家。是爸爸真有问题吗？我又一次仔细回顾了自我记事以来爸爸对我们的各种教育和他每天辛勤工作的情形，我还是不相信爸爸会是反革命。

公社党委书记找我谈了一次话，他说现在社会上阶级斗争复杂，党内斗争也很复杂，他希望我要站稳立场，跟毛主席革命到底，他这些充满了原则的话，仍使我感到茫然。但我坚定一个信念，坚信总有一天，组织上会把问题查清，目前我绝不能因为爸爸的境遇而停滞不前，而应放下思想包袱，继续积极参加生产队的劳动和政治活动。对于自己的学习，特别是政治学习，我抓得更紧了。

1974 年底，以县委宣传部周作均副部长为首的县委"基教队"进驻了大队，我也立即把我的情况向周队长做了汇报，周队长做了大量的调查、走访工作，并且多次和我谈话，认定我是一个有志气的革命青年，就几次找县委组织部谈我的组织问题。

十一、入党志愿书

我早就渴望成为一名光荣的共产党员，但苦于一直未能如愿。1975 年 2 月，周队长做了大量的工作，终于把志愿书发给我了，他亲自把志愿书交给我，对我说："小杨，要参加共产党，首先要有为共产主义奋斗终身的决心和共产主义必胜的信念，你要挺起胸，永远向前。"我手捧着志愿书心情非常激动，我知道我填写的不是一张普通的表格，它凝结了一个革命青年对党的赤胆忠心。我在志愿书上写道：我决心把自己的一切，无条件地全部贡献给人类最美好的事业——共产主义，为解放全人类，我要一辈子艰苦奋斗，我坚信共产主义一定会在全世界胜利。

但是，志愿书交到公社后，却受到县委内个别常委的反对，还把周队长找到县里谈话："你把一个走资派的儿子捧得这么高是什么用意？"并要他立即撤销对我的入党考察，尽管周队长一再向他介绍我的表现，但是在高压下，公社党委被迫停止了讨论。

周队长从县里回来了，他语重心长地对我说："小杨，要坚强些，革命者是不怕高压的。"接着，又心事重重地告诉我："也许我在这儿也待不久了，我走以后，你要多与支部领导谈谈，好好工作，认真接受再教育，不要灰心，要向前看。"我知道，是我连累了他，我强忍着的眼泪，禁不住流了下来，周队长的眼圈也红了。不久，周队长被调出了宣传队，他被调走了，我记住了他临走的话，没有因此而沉沦。

十二、担任生产队长

1975 年 3 月，在社员大会上，大家选举我担任生产队长。来到东北农村六年了，十八般农活不说样样精通，也能算个把式；我一心为公，正直无私，社员群众们都看在眼里，记在心里；我吃苦耐劳，好学肯干，知青和社员们是一致公认的；我肯钻研，爱动脑筋，懂得农时节气、春播秋收等。但是真要担任生产队长，领导整个生产队，我深知困难重重。贫下中农的信任和期望，感动着我，鼓舞着我，激励着我勇敢地担负起这一重任。

就任以后，即开始了紧张的备耕。第一个难题摆在了我的面前，由于去年东北遭遇秋旱，整个冬天又没下几场雪，地里干得到处是裂缝，没等解冻，地里已经有三四寸厚的干土面了。我决心要带领社员战胜干旱，可是怎么干才能解决这个难题呢？我每天找有经验的老农请教抗旱的办法，老农们告诉我几种抗旱的措施：一个办法是打井。打井好是好，但缺点也不少，井水缺少有机质，灌水受益面积小，平均每 20 亩地就要打一眼井，1000 亩麦地要打五十眼井，费工太多，而且井水太凉，麦子容易受病……经过对几种方法比较分析，我决定：

全队社员到湖泡里刨冰，往地里拉。我们出动了全队十几辆大车没日没夜地拉冰，把准备种麦子的1000多亩地全铺上了厚厚的一层冰。

一分耕耘一分收获，到麦子成熟时，我们队的麦子获得了大丰收，除留下种子和社员口粮外，还卖给国家60吨，超额完成征购任务38吨，而其他三个生产队由于干旱，最多的只卖了28吨，有一个队只卖了6吨。这一季全大队共卖小麦120吨，其中我们队占了一半，多大的差距啊！社员们见有了好收成劲头更足了，大家把劲使在大秋作物后期田间管理上，这一年，我们队共完成征购粮201吨，超额完成116吨。

第一年旗开得胜，社员们对我更加信任，然而我却在成绩面前产生了骄傲情绪，我不常与社员们一起干活了。社员们开始有了意见，有些好心的社员对我说："小杨，别成官僚主义者啊！"我不但听不进，还以为他们挖苦我。

一天社员们从地里干活回来，我正在队里干零活，见大家回来，就问那块地铲完没有，大家说："早着呢！"我一听就火，说："就这一点地还要干到大秋？"谁知人家冷冷地说："别瞎冒泡，你到地里看看再发言！"下午，我与大家一起去铲地，到地里一看才知道，这片地很荒，草多难铲，这几天社员们干累了，上午有10多个社员没来，所以活干不完，而我不深入群众，在大家面前要态度……我当时向大家检讨了自己不深入群众，脱离劳动的不良作风，并表示今后一定要改。从此我又每天和社员们一起干活，社员们缺勤也少了，有许多事大家也不瞒着我了。我一心想着生产队和社员们，社员们也非常关心我，有时因为我有病或干活太累，社员们就常劝我注意休息。

1976 年夏天，我和社员们一起脱麦粒，已经两天两夜没有睡觉的我，正往麦机里送麦，让砍麦腰的女社员把麦腰砍开（捆麦把的绳子），我一把把地往机器里送，突然我觉得手背上有什么东西钩了一下，也没在意，继续干活，站在我对面的一个女社员忽然发现了麦捆上有血，惊叫起来，这才发现我的手被砍伤了，并且露出了雪白的软骨，由于发现得晚，整个手已经全是血了。麦机停了，社员们问我伤势怎样？我笑着说："没啥，只划破块皮，我去包一下就来。"说完安排另一个社员替我，我自己一个人去卫生所包扎上药，好在没有伤着骨头，我让卫生员粗粗包了一下，又回到脱谷场。社员们说啥也不让我干了，副队长叫我立即回宿舍休息，并交给我一个任务，每班换班时，去叫叫人，并说："你如果信不过我们，在这儿监督我们也行。"我怎能信不过大家呢？回到宿舍，由于连日的疲劳，我沉沉地睡着了。

几天的病假，我除了按时去各户叫社员们换班，也使我有闲暇回忆我七年的成长经历，仔细考虑爸爸最近一段时间的来信：爸爸要我回浙江去。我用砍伤的手吃力地给爸爸妈妈写了封长信，表示我扎根农村的决心，我知道，在北大荒是有许多困难，是很艰苦，但这儿有社员们，有许多工作需要我去做，农村很需要有知识的青年，更重要的是我需要在艰苦的环境中进一步锻炼自己。

爸爸回信了，他支持我选定的道路，妈妈也在给黑龙江老战友的信中写道："孩子有志于农村，是在走我们年轻时所走的道路，我们不应该阻止他，只是他还年轻，对复杂的斗争体会还少，就请你多帮助了。"

有爸爸妈妈的理解和支持，我打消了一切杂念，决心在农村好好干一番事业，把我们生产队的面貌改变一新。那一年，我们队又获得了大丰收，粮食产量刷新了历史纪录，到年底卖公粮230吨，不仅大大超额完成了征购任务，还留了20吨储备粮；我们队里建起了砖窑，办起了豆腐作坊、铁匠铺，我还带领社员们植树造林；社员们的收入也逐步提高，那几年，我们生产队的分值达到两元多，领先于其他队。

1976年元旦刚过，电台里传来了惊人的噩耗，敬爱的周总理离开了我们。听到消息，我忍不住心头的悲痛，眼泪涌出了眼眶。我又想到了爸爸，1975年，周总理亲自过问了有关爸爸的冤案，派中央调查组到杭州，爸爸才又被释放回家，现在总理去世了，爸爸将会怎样悲痛啊！我找到公社党委书记，要求在冬天农闲时回杭一次，党委书记理解我的心情，批准我回去，让我把生产队的事好好安排一下，清明前返队。

回到杭州，我每天总感到很忧虑，不是为自己，而是为爸爸，时局的发展令人担心，报刊上已经不点名地批判邓小平同志，有些地方甚至在影射周总理；我费劲地想从各方面来理解中央的精神，但是总不解其中之谜；爸爸似乎比我乐观；社会上的小道消息，许多似乎对老干部有利。

3 月底，我动身返回黑龙江。

1976 年，这一年中国发生了多少令人难忘而痛苦的事件：周总理去世、朱德委员长与我们告别、唐山大地震、最使人民痛苦和担心的是 9 月 9 日毛主席逝世的噩耗……中国一年中失去了三位领袖，怎么不使人们心痛、担忧。

十三、担任民兵连长

因为工作需要，我不再担任生产队长，调大队任治保主任和共青团总支书记。社员们都要求我留下继续担任队长，可是公社党委已经决定，大队支书也找我谈了，我服从党的安排。我到了大队后，有空还是回生产队去干活，我认定只有和群众在一起，才有力量；只有和群众在一起劳动，我才不会感到无聊。

5月初，公社武装部决定任命我为大队民兵连长，这样我身上的担子就加重了，除了负责大队治保工作、青年团工作，我还要经常与民兵一起外出巡逻。我们大队地处中苏边境、反修前哨，武装民兵巡逻都是荷枪实弹，责任重大，来不得一点麻痹。工作量大了，我坚守自己的岗位，感到充实。

一天，县里通知我们沿江的各大队民兵立即赶到江边，封锁江面，说是捉拿特务。那天我有点感冒，接到命令，立即鸣枪集合民兵，带着他们一起去沿江的草甸子里巡逻。从大队到江边有八里路，太阳晒着我们，我们急匆匆赶到江边，一个个已经是满头大汗了。江边的蚊子特别厉害，嗅到人的汗味就围上来叮咬，当我们伸手去拍后脖时，感到手上像上了一层胶水似的。

北大荒的夏天说变就变，刚才还是烈日高照大晴的天，却忽然下起了瓢泼大雨，我们的巡逻队员成了一群落汤鸡，我本来就感冒，让雨一淋，更感到头昏脑涨，但我不动声色，带领民兵警惕地注视着江面的每一点变化。雨过天晴，太阳一晒，衣服上的湿气直往身上钻，闷得让人难受，江边齐胸高的茅草沾满了水珠，刚干的衣服人一走动又湿半身，有几个民兵受不了，我就耐心地向他们解释，但他们还是不以为然地说："我们这儿是第二线，是松花江，离黑龙江还有六七十里路，特务过来早就让一线给抓住了。"我见他们的敌情观念不强，就把大家集中在一起，派出岗哨站岗，把武装部长平时讲解的战备知识和今天任务的重要性又对大家强调了一遍。

天快黑了，离交班时间还有一个多小时，忽然从小道上走来一个年轻人，他走到岗哨跟前，主动与我们民兵说话，民兵一听口音是南方人，就叫我："小杨，你们老乡来了！""老乡？"这时候江边哪来的知青？我走过去与他搭话，他一口流利的上海方言，说是某农场的知青，我问他要证件，他说忘带了，并说他刚从上海回来。我从他这副打扮看，一点也不像刚从上海回来的样子，我没因为他是上海人就放松了警惕，让民兵把他送到指挥部去。他见我要送他到指挥部去，就说："你这个人怎么一点义气也不讲？还是老乡呢！"我说："你没有证件，我也不认识、不了解你，等到指挥部查清你是好人，我们再认老乡、交朋友。"到了指挥部一查，原来这是个想偷越国境未成，被民兵撵到这里的某农场上海知青，农场管理局来人把他领回去了。县武装队因此表扬了我们，通过这件事，我们的民兵巡逻时不再吊儿郎当了，大家非常认真地对待每一次巡逻，虽然我们没有抓住过特务，但大家都知道正是因为有无数像我们一样警惕的守卫边防的解放军战士和民兵，敌人才不敢胡作非为。

十四、人生的转折

1977 年，我在黑龙江富锦县大榆树务农已整整八年了。生产队知青点同来的二十几个青年已所剩无几，大多已经返城，姐姐和妹妹也已返杭了。我认定，当年自己选择了响应毛主席号召，来边疆务农这条路是正确的，虽然那时在一定程度上是被迫的，但这些年的坎坷磨难使我获得了许多人生的宝贵经验和精神财富，我不后悔。如今，“四人帮”垮台了，中央对下乡知青的政策也起了变化，以后的路将怎么走？妈妈又来信了，她让我回去一趟，我想正好利用这一机会给大队买一些农机和零件。回家去，到家里与爸爸妈妈商量一下再说吧。

深秋季节，杭州的气温还很高，我回到了杭州。爸爸生病住院了，我每天守在爸爸身边。爸爸说：“我理解你扎根边疆的决心，但是眼前的一切使我担心啊，你一人在外没人照顾；你快三十了，个人问题也没解决，我放心不下呀！”在这期间，开始了“文革”后第一届全国大学高考招生，爸爸知道我爱读书，顺势劝我去参加高考报名。看着爸爸过早衰老的面容，体会着“文革”中遭受诸多迫害、摧残的父母心，以及自己这些年在人生途中所受的不平、委屈、挫折，我禁不住哭了。我知道，在六个兄弟姐妹中，爸爸妈妈一直对我偏爱，也对我期望较高，这些年来，他们无论受到多大的不平遭遇，却始终支持我的选择，鼓励我要有志气；当我干出点成绩时，他们也为我高兴；他们总是觉得因为自己的境遇给我造成了太多的牵连而感到内疚，可我这些年来又给过爸爸妈妈多少安慰和照顾呢？爸爸妈妈对祖国、对人民有过很大贡献，这些年来又受到接二连三的残酷迫害和无情打击，身体被搞垮了，年纪也渐渐大了。多么需要晚年儿女们在身边照顾、安慰。我不愿再让爸爸妈妈伤心，答应了爸爸的要求，参加高考。

高考考试，我的政治和数学考得特别好，这是我多年来一直坚持自学的结果。但生产队里劳动繁忙，我又不肯请假，复习时间少，其他科目考得不理想，但我的总成绩很好，超过录取线很多。然而我最担心的问题果然又横在我面前：爸爸的问题尚未有结论，我又被政审卡住未被录取。我虽对此有一定的思想准备，可还是有一种茫然、失落的挫折感，我的大学梦又一次破灭，人生又面临无情的打击。我冷静地返回队里继续参加劳动，但我的心却无法平静。

1978 年春，中央有了一个大快人心的政策，放宽对高考青年的政审，扩大招生。一些像我这样受父母问题牵连的青年又重新获得了进入大学的资格，我终于得以录取进入黑龙江省佳木斯师专数学系，但此时我的心已很平静。

1978 年 4 月，我就要离开大榆树庆胜大队的社员们，离开我生活、战斗整整九年的农村，社员们依依不舍地送我。我的心情无法用言语形容，唯有将自己这些年来的回忆、体会以拙笔写下，告诫自己不能忘记农村，不能忘记在我最困难时爱我、关心我、帮助我、养育我的乡亲们和这块黑土地。今后无论走到哪里，我都会自豪地说，这里是我的第二故乡，我无愧于一个北大荒人，我没有虚度在黑龙江的岁月。

杨钟音　写于 1978 年 4 月

裘　洁　整理于 2005 年夏

《我无愧于一个北大荒人》作者杨钟音，摄于 1969 年

下乡前兄弟姐妹合影。后排右起：杨钟音、包晨曦、杨晨音（三人一起赴富锦支边），前排是他们的弟弟妹妹

杨钟音 2002 年夏季摄于绍兴市国税局办公室

田野的歌声

莫 凡

作者简介：莫凡，杭州七中高中生，富锦县大榆树公社长发岗大队知青。1976年返杭，在杭州四中任教。1979年考入上海音乐学院。1984年毕业到北京中国广播艺术团。国家一级作曲家。多年来致力于严肃音乐创作，涉猎的创作领域较广，至今已积累了上百部不同类型的作品。多部作品在国内、国际音乐评比中获奖。

北大荒的田野，那么广阔，有时让你感到它是那么无边无垠。我们春天播种踩格子、夏天铲地、秋天收割，当我们早晨（确切地说应当是凌晨）出工站在地垄头，强睁开长期严重缺乏睡眠的惺忪的双眼望去，真有一种绝望的感觉，何时才能干到头？我们有时会憎恨这长长的田垄，这傻大傻大的田野，你榨干了我们的青春，你看不到边际，就像我们难以预料的未来和前途，一片扑朔迷离！当我站在地垄边，我却未曾想到，我站在了此生音乐生涯的起跑点！

在长长的田垄干活儿，千万次机械而单调的重复劳作，枯燥乏味。头两年为赶上"打头"的速度，我们呼哧带喘，拼尽了全力。后来娴熟了，一面干活儿，一面可以在脑子里想事儿了，可以嘴里哼点小曲儿了。起先我们唱样板戏，从序曲唱到终曲，社员们都喜欢听我们唱，直夸我们"真噪一阵！"

慢慢地，有人发现最喜欢唱歌的我变得沉默寡言了，"是不是有什么心事？"大叔们关切地问我。其实他们不知道，我正一边干活，一边在心里默想着准备新写的歌曲呢！怎么会呢？你小子怎么会开始写歌了呢？

那是一次知青们在公社开会的时候，我认识了邵店大队的杭州知青施航，他戴着一副黑边眼镜，相当学者的风度。施航喜欢哲学，当时正研究黑格尔，他温文的外表下却有一种激情，当时他热烈地向我建议，"写一首歌吧！写一首知青的歌！"应当说，这相当触动我！我生长在一个教师的家庭，家里没有人搞音乐。从初中起，我喜欢上唱歌，听了《克拉玛依之歌》《花儿为什么这样红》这些抒情歌曲，燃起了我对音乐的热情。在北大荒，我们一帮年轻人也总喜欢唱歌，吹着口琴、敲着茶杯盖伴奏。

我很快自己写了词，谱了曲，再一次碰到施航时，他高兴极了，"寄给哪个专业的人看看吧，请他们提提意见！"施航的提议让我略感为难，寄给谁呢？我谁也不认得。突然想到，当年样板戏交响音乐《沙家浜》不是有个指挥叫李德伦吗？对，就是他了！二话没说，把歌寄到北京中央乐团李德伦，还写了一封信。

过了一阵儿，冬天农闲该回家探亲了，我买了一张慢车票一路闲逛回杭州，也到了朝思暮想的北京。玩了两天，突然冒出一个念头，为什么不去中央乐团拜访一下李德伦呢？走！我径直去了和平里中央乐团，他正好下班了，有好几个人（当年样板团的演奏家们）热情指点我去了他家。敲门进去，李德伦的母亲，一位极为热情的老大娘迎接了我，李德伦正在打电话，一会儿他胖胖的身子从拥挤而窄小的床和柜子中间挤了过来和我握了手。当我自报家门后，他热情地告诉我已收到信和歌曲了，他交给了创作师田丰，建议我去听听田丰的意见。

田丰？我一点也没听说过这个人。他会是什么样子？对我会是什么态度？当时我穿一身灰黑的棉袄裤，满口习惯性地露出“嗯哪，嗯哪”的东北土话，一路在火车站过夜，想必也是风尘仆仆、狼狈不堪的样子。田丰是一个很慈祥的中年人，智慧的宽脑门，大而亮的眼睛，他见到我非常热情，说是收到我的歌曲了，他很喜欢。他热情地留我吃饭，听说我睡火车站，亲自安排我住在一位“五七干校”的同事处。田丰鼓励我多写，在干中学，还送给我一本瞿希贤写的歌曲简明写作法的书。

我的热情被点燃了！我遇见了那么多好人，他们完全没有当今一些“名人”的架子，更没有瞧不起无名小辈的势利眼！我怀揣着田丰送我的书，走在中央乐团旁的白杨树林荫路上，心想，将来要是能在这儿工作有多好！这在当年绝对是痴人说梦，但毕竟，我开始有了梦想，尽管是在那个令人绝望而窒息的年代！更重要的是，学习写歌成了我的一种精神寄托，我可以说是疯狂地爱上了这件事。

“在干中学”，这是田丰老师给我最大的启示。我到处搜集歌词，或者干脆自己写。我的热情不可遏制，在田野里畅想，在油灯下写歌，不管好赖统统寄给了田丰老师，也不管人家是多么地忙碌！后来，我从收音机里听到了田丰作曲的五首毛主席诗词交响大合唱，我震惊了，太棒了！我懂得了，作曲是要有技术的，我要从最基本的理论学起！田丰有时会给我寄信来，都不长，却极为诚恳，每次都有“迟复为歉，盼谅”的话，这令我大为感动！

有一天，我们在田野里干活，一个农民从大老远跑来，边跑边喊：“莫凡！莫凡！中央来信啦！”原来是田丰的来信，他用的信封上面有红红的“中央乐团”四个大字，对于我们远在边陲的小村子，这可真是了不得的事啊！有一次，田丰给我寄来一个北京部队业余宣传队的剧本，让我谱写这个名为“送鸡蛋”的小歌剧。我激动极了，这是他对我的极大信任！我买了一大包大蜡烛，挑“灯”夜战，几天写下了平生第一部小歌剧。我唱给知青们听，请他们提意见。事后田丰告诉我，战士们喜欢我的音乐。为了提高创作水平，他亲自帮我找了一位老师引导我学习和声。我第一次见到斯波索宾的《和声学》，我借来书花了好多时间全部抄下来，坚持着学习五线谱，每天做和声习题。

1979年，当我30岁的时候，我怀揣着梦想走进了上海音乐学院的考场，结果奇迹般幸运地考上了理论作曲本科。事后老师们告诉我，我的年龄大大超过22岁的限制，是否让我进复试曾有过争议。大部分老师认为我下过乡、当过知青，不容易，看看我复试会有什么表现。业余学作曲的人大多会倒在相当专业的“和声”考试上，我却考得不错，一问才知是用手抄的书坚持每晚在油灯下练就的。更让他们欣赏的是面试，一般每个考生只唱几分钟的民歌或戏曲，却让我足足唱了半小时多！我在考场时突然觉得我就站在北大荒的田野上，唱了一支又一支天南地北的民歌、戏曲。老师们感兴趣的还有我背来的满满一书包的“作品”，“你怎么会有机会写那么多作品呢？”的确，从下乡插队开始，我真写了好多如今看来很业余却又很珍贵的东西。北大荒给了我很多机会，县文化馆的老师们对我很器重，让我参加过多次创作，还写过小舞剧呢！我有幸成为大榆树公社第一任文化站站长，当时开整个黑龙江先河。我到各生产大队普及文化，当时是普及样板戏，连续几个冬天不回杭州，教社员们唱、演，我自己也编写各类歌曲、戏曲，吃百家饭，睡各个大队部，浑身长满虱子。印象很深的是，有一次县里开大会，仿效当时中央人民广播电台“革命歌曲五首”的做法，隆重推出“革命歌曲二首”，那就是我写的两首知青歌曲。

大学五年毕业，我婉言谢绝上海音乐学院的挽留，执意到北京工作，那是我梦想的地方！我在中央乐团的白杨树旁，结识了我的终身伴侣，36 岁成家立业了。引领我走上音乐道路的人很多，给予我鼓励与帮助的人也很多。施航一辈子兢兢业业忠于教育事业，过早地因病去世，他作为优秀的知青代表曾有不少报道。田丰老师后半生致力于抢救中国的文化遗产，白手起家到云南开办文化讲习所，他的选择，是他历来关心底层的人文情怀的必然，最后殚精竭虑，撒手人寰！我一直感谢这些成为我生活楷模的人们，包括后来重又聚首、今已仙逝的李德伦、瞿希贤老师。我努力学习他们，尽力保持着艰苦奋斗的传统，不让自己懈怠于安逸。生活条件越来越好了，但精神上的追求永远不能停。我常常会记起油灯下的勤奋，勉励自己继续为理想而努力。我总认为，一个人要有梦想，它会给予你动力与方向。例如我的歌剧梦，在当今最不景气的歌剧艺术环境里，由于自己的坚持，付出十年心血的歌剧《雷雨》十度修改，已被上海歌剧院演出几十场。从当年北大荒烛光里诞生的“送鸡蛋”到《雷雨》，这是梦的跨越。

田野，永远寄托着我的一片情。记得当年考上大学坐火车去上海时，我望见窗外一片片田野上头戴草帽的农民在地里辛勤劳作，我忽然有一阵强烈的感动，心里狠狠地发誓：“一定要为你们创作！”那是在嘉兴的地界。多年后，嘉兴方面邀请我创作了音乐剧《五姑娘》，当地的老百姓非常喜欢那些经过我加工改编的嘉善田歌。

去年，我受文化部聘请担任首届中国农民歌会的音乐总监，我决心好好为农民做点实事，参与策划创作了一台唱农村、唱农民，名为“希望的田野”的农民歌会。我写的歌曲《中国农民》，台上台下几千人引吭高歌，“中国农民是改天换地的人！”雄浑豪迈，真是令我激动不已！我真的总会想起我们的田野，我们辽阔无边的北大荒的田野，我们也曾在那里引吭高歌，那是我们的青春之歌，永远逝去却是难以忘怀的知青之歌！

2009 年 10 月

《田野的歌声》作者莫凡

1974 年 1 月，以杭州知青为台柱子的长发岗文艺宣传队代表大榆树公社参加全县文艺会演，获得第三名。中排右三为莫凡

2010 年 3 月，莫凡（右）与《青春富锦》歌曲词作者缪东荣于杭州合影

往事依稀

王　田

作者简介：王田，杭州七中学生，富锦县大榆树公社长发岗大队知青。1978年返城进杭州解放电子仪器厂工作，后任厂长兼党支部书记，经济师。

岁月荏苒，一晃距下乡已48个年头，返城也38年了。翻看影集，睹物思人，内心深处的记忆总会决堤而涌，往事依稀浑似梦，都随风雨到心头。

1970年冬，富锦下起了罕见的大雪，早晨起来，厚厚的积雪封住了屋门，睹满了窗台。大家费了好大的劲，才把门打开。刚清理完院子，邻村庆胜大队杭州知青陶自立、楼健两人来串门。庆胜大队离我们只有八里地，他俩背着相机踏着没膝深雪走了两个多小时才到。有照相机，好兴奋，我们也顾不上寒风刺骨，就在房前村头一口气拍了很多。可惜年代久远，照片大多遗失，只剩下几张。

1970年冬，大榆树公社成立文艺宣传队，当时以杭州知青为台柱子，主打节目是现代京剧《智取威虎山》片段。为了演好这出剧，在得知二龙山公社当晚要露天放映这部电影时，我们全体队员骑着自行车冒着严寒去观看学习。顶风时骑不动了，就推着走，汗湿透了内衣，眉毛睫毛胡子和皮帽上全挂满了冰溜子。来回百把里地，回到公社已是后半夜了。在剧组里，杭州知青莫凡（后考入上海音乐学院，现国家一级作曲家，《青春富锦》曲作者）饰少剑波，扮相唱腔赶上专业演员，每当唱“朔风吹林涛吼”这段时，台下总会爆发出热烈掌声和喝彩声。文化站站长杨万春是侦察兵复员，饰杨子荣形神皆备嗓子更亮。我们经常去农村、工厂演出，还受邀在同江县城演过一场。1973 年冬，学习小靳庄，全国普遍开展并成立毛泽东思想文艺宣传队。以杭州知青为主要编导、台柱子，召集大队青年才俊成立了长发岗毛泽东思想文艺宣传队，节目多为自己创作，利用农闲走村串屯为社员演出，并代表公社参加全县文艺会演，获得第三名的好成绩。后来我调到公社文化站工作，除组织文宣队排练演出还到各村开展文化活动。有一天夜晚，在邵店大队俱乐部教社员唱歌后，背着手风琴骑自行车回公社，天黑路滑，壕沟里的积雪和大道齐平，我骑着骑着，一下子出溜到大壕里，就像掉进冰窟，扑腾半天爬出来，再拽出自行车和手风琴，黑灯瞎火瘫坐在雪地上好长时间才缓过劲儿来。

那时候，虽然环境艰苦，但始终还有梦想。一直没有丢掉阅读学习的习惯，努力充实自己。队里会木匠活儿的一个社员，非常热心地帮我打造了一个简易书柜。夜晚点着自制的小油灯学习。那年代，煤油也经常买不到，就到机耕队讨点柴油代替，常常熏得睁不开眼睛，两个鼻孔也熏得墨黑墨黑的。纸张也很金贵，一本练习簿总要写得密密麻麻才肯罢休，一点都不敢浪费。

1974 年 5 月，我参建福前铁路任桥梁施工队团总支副书记、青年突击队长，在工地上与依兰县杭州知青赵蓉相识、相恋，并结为伉俪。赵蓉也随后迁入长发岗大队，担任大队出纳员。

1978 年 3 月 13 日，我们来到长发岗插队整整九周年，我们夫妻俩获准返杭。那天寒风呼啸，卷起道上屋顶雪粒细土，漫天昏暗。坐上马车，乡亲们用棉被把我俩捂严实，围着马车依依告别。原大队书记王长发已是公社副主任，闻讯后特意赶来送行。他在随身小本子上即兴写就一首离别诗《送王田赵蓉回杭州》："离钱塘九载即日回还，却百感交织无可言传。愿风吹杨柳春意盎然，莫自乐天堂朋友忘怀。"撕下来递给我。当马车起步时，乡亲们在后面哭着、喊着、撵着，我俩早已泪眼模糊，黑压压的人群越来越远，渐渐与屯子模糊成一片。我手里紧紧攥着这小纸片，珍藏至今。

妻子赵蓉聪明能干热心，在大队里家家户户大事小情不是找她吃就是求她帮，人缘极好。返杭后，我们家便成了东北老乡接待站。1989 年，曾饰演杨子荣的杨万春来杭探望杭州知青，住在我家，跟我睡一个床，晚上他呼噜震天响，我好几天睡不好，但很开心。后来，我们夫妻于

1998 年、2008 年两度返回长发岗探望乡亲们，那份情，实在难以割舍。与老乡们喝酒，兴奋又伤感。

这次回访，我们再次与乡亲们团聚。40 年过去了，物是人非，我和妻子赵蓉在一些年轻人嘴里也成了太爷太奶。

2009 年 10 月

《往事依稀》作者王田和妻子赵蓉在杭州，摄于2019年春

王田（左二）和同队知青在富锦黑鱼泡国家湿地公园，左三为赵蓉

当知青时的王田，1969年摄于劳作归来途中

摄于1978年3月，王田、赵蓉返杭前夕。左起，前排：赵蓉、大队妇女主任宋丽青；二排：大队贫协主任金振波、一队队长张殿福、二队队长张福；三排：大队书记王长发、王田、公社书记邓有余、长发岗大队长有屯书记于达元在一起合影

双胞胎

周晓珠

作者简介：周晓珠，富锦县大榆树公社长发岗知青，1972年底返回杭州。退休后爱上文学，喜欢唱歌跳舞。

2009年，各大电视台热播连续剧《北风那个吹》，我很喜欢看，抽空断断续续看了好几遍。那些风景，那些场面，多么熟悉，多么迷人啊！万里无云的蓝天，一望无垠的雪地，错落有致的矮草房，构成了北大荒特有的朴实、温馨的天然美景。看着，看着，我仿佛又回到了那里，回到了久违的青春年代，多么想伸开双臂深情地拥抱一下，它仿佛又让我回到青春年代。

20世纪70年代在北大荒，我有一个“双胞胎”姐妹，名叫李彩英。不过我们俩的姓氏连不起来，既不是同母生也不是同父生。1969年3月9日离开杭州第七中学后，我和她一起来到黑龙江省富锦县大榆树公社长发岗大队第一小队。从那天开始，两人成了“双胞胎”，同吃同睡同进同出，形影不离，亲如姐妹。很少有人知道其中原因，为什么两个在学校时年级不同、阶级出身不同的人竟走在一起，还成了知心密友。

原来小时候14岁起我和李彩英就经常在一起了，女孩子们踢毽子、跳皮筋、躲猫猫，疯玩起来常常忘了做功课。在彼此熟悉、彼此信任中她喜欢我刚强稳重的性格，也佩服我身上的机灵劲儿。我呢，喜欢她温顺、朴实、厚道的脾气。做事情我拿主意，她不反对。记得有一次我想去县城玩，她二话没说立刻陪我走。路上我说走不动了要搭车，她立马同意。公社门口空荡荡的公路上我们没有找到公交车，只见有辆大卡车停在路边。两人不管三七二十一偷偷地爬上车，等了几分钟卡车还真的往县城跑。车上我们兴奋极了，一边傻笑一边扬扬得意地唱:“蓝蓝的天上白云飘，白云下面马儿跑……”那时的女孩单纯幼稚，我们一点儿也不担心这汽车会驶向何处。

在县城尽情地玩够了以后又重施故技爬车回去，当奔跑的汽车停下来的时候开始后悔了，因为汽车已经把我们带到一个陌生的地方——二龙山公社。等驾驶员关门走了后我俩才慌慌张张地下车。那天运气真不错，天黑前我们找到了那里的知青。因为大家都是杭州老乡，见了面相互一介绍就熟悉了，他们像久违的老朋友马上盛情设宴款待我们，大家一边吃马肉一边吃苞米大饼子开开心心过了一夜。第二天清晨我们两个傻姑娘告别了二龙山的朋友们，匆匆地赶回长发岗大队。

李彩英和我还有一个共同点：勤劳。凡是遇到脏活重活大家会争着干，谁也不会走开，好像都是活雷锋。当我们俩手牵手出门的时候有点引人注目，许多老乡会多看我们几眼，特别是一些老大娘会亲切地问道："多好的闺女啊，是双胞胎吧，来咱们这儿离家多远啊，可要把你们爹娘想死了。"李彩英抿着嘴咯咯咯地笑个不停，而我一边调皮地对她眨眨眼一边高兴地回答："是的，是的。"

我的天真的大妹子在那时也会问："小珠儿，我们真的很像双胞胎吗?""是的。"爽朗的我详细给她分析了一番："你仔细看看仔细想想吧，咱俩的个头一样高，还长得不胖不瘦。咱俩的短发也一样，齐刷刷的。最有特点的是咱俩都有一张红扑扑的娃娃脸和一对乌黑发亮的大眼睛。"

20世纪70年代，老百姓的生活水平普遍很低。家里拿不出多余的钱给我们做新衣服，各自的母亲给我们做的中式蓝布罩衣一模一样，就连五颗用布编的扣子也是一模一样的。现在回想起来也难怪有人会把周晓珠当作李彩英。

记得有一个晚上，长发岗大队要开群众批斗大会。男知青接到了通知：让他们以民兵的身份去把村里的阶级敌人带到会场上，同时维持大会的秩序。刚吃过晚饭，人们就纷纷出门，向会场涌去。因为气温骤降，寒冷彻骨，我把所有保暖的服装全都套上，穿起大头鞋，戴上狗皮帽，捂得严严实实，只露出两只眼睛，一个小鼻子，活像一只大狗熊。

生产大队的会场有点大，周围的墙是泥砖砌的，很厚很厚，屋顶铺着密密层层的高粱秆和麦秆，里面大约可容纳三百来人。会场里还有一个小小的台，几个被批斗的地富反坏就低着头站在上面。不一会儿，社员们陆续进场，会场慢慢热闹起来。说话声、喧嚷声搅成一团，像一个集市。我想找个地方坐下，但觉得很冷，就在一边拼命跺脚，做运动。这时我发现会场旁边还有间小屋，于是转身溜了进去。那小屋 20 多平方米，早就挤满了人。头顶有一盏煤气灯忽明忽暗，有气无力地亮着。四面密不透风，那缕缕青烟无法散去，屋里一片浑浊昏暗，简直看不清谁是谁了。

进去了一会儿，身上渐渐暖和起来，于是我开始东张西望不安分起来。因为站着总不如坐着舒服吧，我马上蹦到长凳前的空位上坐下。谁知坐在我旁边的竟是公社整党建党工作队队长曹 ××。他见到我好像高兴得很，高高瘦瘦的个儿主动站起来哈腰让座，弄得我不好意思赶紧说：“谢谢！”望着那张堆满笑容的脸，我心中暗喜：又碰到好人了。

然而也就在一刹那我被他吓得魂飞魄散，心惊肉跳。你猜猜怎么回事？原来他给我定了一条大罪。他一本正经地拍拍我的肩膀，同时清清楚楚一字一句地说：“李彩英同志，你们队的周晓珠出身不好，有严重的政治问题。我们工作队知道她一直拖你的后腿，腐蚀你的思想。你是我们党培养的妇女干部，在入党以前你必须与她划清界限……”

见鬼了，我立刻感觉到一种极度的恐惧，胸口好像被一把锋利的尖刀刺伤，一阵一阵地疼痛。那个年代人们通常把政治生命视为自己的性命，“文化大革命”中我亲眼见过一些老师、一些熟人被无故打成阶级敌人，隔离审查、受尽屈辱。谁受得了精神上和肉体上的摧残？眼前这位慈眉善目的曹队长，我想他是富锦县委派来的，绝非在开玩笑。后来他又说了什么，我一句也没听进去，只觉得脑子一片空白。“怎么办？怎么办？”我不断地问自己。假戏演下去会穿帮，那只会将事情搞得一塌糊涂不可收拾，还是面对现实吧。

于是，我慢慢地站起来，死死地盯着他的眼睛，用力摘下帽子，无可奈何地说：“老曹同志，请你看看清楚，请你记住这张脸，告诉你，我是周晓珠，不是李彩英。”没等他反应过来，我已经头也不回地夺门而去。此刻，会场内群情激奋，“打倒阶级敌人”的呼声震天，会场外，我浑身哆嗦，拖着沉重的双脚跌跌撞撞回到了住处。

批斗大会结束后，同伴们进屋就发现我闷闷不乐、愁容满面，大家立刻感到十分不安。我想祸水来了，要躲也躲不过，干脆一股脑儿把事情的经过告诉给李彩英、陈晓云、纪慧钰她们听。至于是否划清界限由每个人自己决定。讲完了，四个人先是沉默不语，后又唉声叹气。虽说心里万分难受，但我还是从一双双清澈的眼神中看到了患难真情，看到了希望。我深信同伴们不会弃我而去，李彩英不可能与我划清界限。

那一夜真难熬啊，我失眠了，想来想去想不明白，一个老师眼里的好学生，一个母亲眼里的乖孩子，一个贫下中农眼里的好青年怎么会变成了打击对象？天快亮的时候，我又瞎猜了，那位曹队长会不会也跟我一样睡不着觉？他把周晓珠当作李彩英是一个不小的失误啊，他的下一步计划是什么呢？

日子一天一天过去，人渐渐在变化，后来李彩英经过自己的努力被评上富锦县知青模范，去县里工作了。从那时起我们这对“双胞胎”自然就不存在了，也没有人会稀里糊涂把我当成李彩英了。我再也没有见到那位曹队长，再也没有遇到心惊肉跳的事了。大队干部和贫下中农仍旧像以前那样关心和照顾我。其实我在农村的表现挺好的，妇女队里算一个能手，动作既勤快又麻利，出勤率也很高。不论是老人还是姑娘们都喜欢我，大家经常说说笑笑，逗逗乐乐。东北姑娘赵芳、余永华和我至今还有联系。

北风那个吹，雪花那个飘……熟悉的歌声又在我耳边响起。在北大荒的经历虽然各有不同，却深深地打上时代的烙印。如今，阶级出身的命运反差早已淡化。我和李彩英都回到了美丽的西子湖畔，我们同样过着幸福安逸的晚年生活，仍然像姐妹一样亲密地常常来往。回忆这段岁月，常使我产生无限感慨。

2010 年 10 月

2017 年 11 月，周晓珠（右一，《双胞胎》作者）与曾一起插队的女知青合影。右起：周晓珠、熊季平、董小英、陈晓云、熊仲平、李彩英

“双胞胎”20 世纪 80 年代于杭州。左为李彩英，右为周晓珠

2019 年 5 月，原长发岗大队的杭州知青摄于杭州解放路正大酒家门口。前排左一为周晓珠

那些年

金　鸥

作者简介：金鸥，杭州第五中学学生，富锦县西安公社诚信大队知青，1978 年返杭，1988 年浙江省广播电视大学毕业，浙江省城乡建设材料设备公司，经济师。

一晃快 50 年过去了，60 多岁的我已经满头白发，但每当闭上眼睛，回想起青春的那些年，往事还是历历在目。

离　家

1969 年 3 月 9 日，我 18 岁生日刚过四天，天仍下小雨，那是个有些阴霾的日子。

镜前，母亲流着泪在为我梳理头发，母亲梳得那样仔细、那样小心，仿佛指缝间的每一缕青丝都是如此精美的艺术品……不记得母亲上次为我梳头是什么时候的事情了，是 10 年前？或许有 15 年了吧？这种感觉，很近，仿佛又很远；母亲没有说话，我也没有……

大卡车从通江桥边杭州市第五中学的操场驶出，刚开出校门只听有人在喊“等等我”，车子停下，那个男生飞一样地跑来，快速爬上卡车，他就是李昌，我们后来说他是拼死拼活要去富锦的人。从学校大门口出发经六公园、少年宫广场、钱塘江大桥、路边送行的人群从眼前掠过……

响应毛主席“知识青年到农村去”的号召，我汇入了1018名同龄人的队伍中，登上了那辆驶往北大荒（富锦）的列车。车上的我们顾不上整理行李把头伸出车窗哭喊着告别，车下送行的人们顾不上撑伞拼命地从解放军拉起的人墙中向列车涌来，父母的哭声叮嘱声，朋友、同学的告别声，车上车下的哭声喊声连成一片，已分不清是谁跟谁在道别。随着汽笛长鸣列车驶出闸口车站，从此我们的名字前有了特殊称谓“知青”。

命　运

车开了，同学们渐渐地安静下来，开始聊起天互相慢慢地熟悉起来。

列车一路向北驶去，望着窗外祖国的大好河山，长江、黄河、山海关……像是出门旅游，忘了一切，能坐这么长时间的火车，真好！

突然，列车上杭州“一司”和“三司”的同学在为“文革”的派系打斗，只见受伤的同学跑到列车卫生室去包扎，听说后来他们干脆拆下凳子上的木条挡住车厢门……列车开了三天三夜后到了黑龙江省佳木斯市，夜间天色很黑，不知是由于前两趟列车上的杭州知青出了点情况还是由于我们列车上的打架，突然上来了一批穿着大头皮鞋的解放军封住每节车厢，说是“军管”维持秩序，同时宣布本次列车上所有知青全部去农村插队。蒙了，霎时间大脑一片空白！——不是说好“四个面向”的吗？怎么成了全部去农村插队？家里经济条件不太好，本想如能去兵团或农场，能有工资收入可减轻父母的负担，没想到还是去了最差的地方……然而已经到这一步，杭州已没有户口和口粮了，人也回不去了，无奈只能接受。接着又告知杭五中的同学到富锦县西安公社的诚信大队和渔场大队。同学们三五成群地围在一起开始讨论和谁去哪个大队。

3 月 12 日深夜，列车到了终点站——福利屯车站。下了列车我们登上等候在车站外的大客车。车上没有暖气，3 月的北大荒让我们这些南方的孩子知道了什么叫寒冷，尽管我们身上穿着厚厚的棉袄棉裤，脚上穿着棉鞋，头上戴着狗皮帽，棉大衣也紧紧地裹上，但仍无法抵御寒冷，同学们蜷缩着，只能把棉大衣再裹得紧一点，车上鸦雀无声。也不知汽车将把我们拉向何方。

诚信屯

也不知道过了多久，天亮了，车停了下来。“到了”，不知道是谁说了一声，同学们挪动着冻僵了的躯体慢慢地下车，车下这一片土地便是我们的目的地。我也就这样来到了祖国的边疆，来到了富锦县，来到了诚信屯。这一天——1969 年 3 月 13 日。

富锦地处黑龙江省东北部，松花江下游南岸，是三江平原腹地的中心城市，周边与桦川县、同江县等 7 个县（市）相邻，全境面积 8227 平方千米。诚信屯位于富锦县西面，离县城约 45 里地，过屯子北面 2 里地的“毛道”后可从 026 乡道去县城。

眼前是一间间的小土屋，屋顶上没有瓦片只有厚厚的草，一概都穿着黑色棉袄棉裤的男女老少用惊奇的眼光看着我们，我们也用惊讶的目光打量着这里的一切。“进屋，进屋，上炕暖和暖和”，老乡们热情地邀请着。进屋，上炕，头便被顶棚无情地“压下来”，根本无法直起腰，这是啥地方呀！？

“吃饭了”，炕桌上摆上了一大盆高粱米饭和一大盆酸菜汤。什么呀？简直是猪食。冰天雪地的北大荒自然无法与风光秀丽西湖比美；粗糙的高粱米更使吃惯大米的我们无法下咽。然而，命运却残酷地将我们和这里连在一起。“哇！”女生们哭了，男生们也抽泣着流泪，这一回我们全体都哭了，谁也没落下，几天来的委屈和无奈终于一并爆发。大家开始翻行李拿出从家里带来的饼干、点心，含着眼泪吃下了到诚信屯的第一顿饭。

高　金

我们的生产队保管员高金大叔，是个残疾军人，解放战争中炮弹穿过他的胸膛。永远记得您佝偻的身子，像父亲一般慈祥的面容，记得您每年的中秋节都会从自己子女的口中腾出一份，给我和杨浣声一人一个月饼。也许在现在看来，一个月饼算得了啥。但在那个物资匮乏的年代里，在那个贫困的村子里，别说是月饼，就连一颗糖那都是稀罕物，一个月饼，不仅缓解了我们这些孩子的思乡之情，更让我们感觉到了长辈的关怀，家的温暖。

1970 年 1 月，响应毛主席“深挖洞，广积粮，不称霸”的号召，富锦也村村都挖起了防空洞。在一次挖防空洞的工作中，我不幸从洞口摔了下去，摔到八九米深的洞底……当晚我头痛得厉害，又是恶心又是吐。是高金大叔让他儿子高贵有连夜套车把我送去十几里外的公社卫生院。临行前大叔一再嘱咐儿子：“人摔坏了不能套马车，要套爬犁车，可不能再颠了，要走平道。”北大荒的冬夜，零下 30 多摄氏度，冰天雪地，从大队到公社的路上没有一盏路灯。16 岁的高贵有硬是借着月光，冒着寒冷，赶着爬犁，小心翼翼地把奄奄一息的我送到公社卫生院。事后据抢救我的富锦医院王院长（当时下放在公社卫生院）说，当时我瞳孔已经放大，幸亏送得及时，否则肯定性命不保。那年我 19 岁。高金大叔是你给了我第二次生命。

1978 年，我接到病退回杭州的调令，我从福利屯富锦钢厂赶回公社办手续，大叔帮我把所有的口粮拉到县里换上全国粮票，念叨着不知啥时候还能回来，大婶忙着换面给我包饺子，对我说有机会就回来，大叔摇摇头说："嘿，难哪，这么老远，记着常来信啊。"那些天我天天住在高金大叔家，真舍不得离开他——父亲一样的大叔。

要走了，我哭了，是那么的不舍，"走吧走吧，家里老人都惦记着呢！"大叔送了一程又一程，叮嘱了一遍又一遍：一路上多加小心，到家就来信。没想到这一走就再也见不到他了——我的高金大叔。忘不了您的身影，您的面容；忘不了在那蹉跎岁月中享受到您慈父般的爱……您的恩情永世难忘，如果有来生，我愿再回到您的身旁。

逃 票

自发生第一年留在队里挖防空洞摔坏之事后，高金大叔就叮嘱我别一个人留下，要像大雁一样随群，每年冬天队里反正也没活就随大伙儿一起回家，来年春天再回来。可是年年都回家哪来那么多的钱？一年的工分分红，扣除口粮钱等已所剩无几。“逃票！”念头油然而生，现在不逃票就像“文革”没串联一样以后肯定要后悔。1970 年冬天，我们四个女同学在福利屯车站用 5 分钱买了一张送客人的站台票，开始了我们每次回家的逃票生涯。上了从双鸭山开往三棵树的列车，在车上我们结识了一位铁路工人大叔，他说一看就知道我们是逃票的，知青嘛哪来的钱！然后他告诉我们一路回去千万别扒货车，东北天太冷，前几天有几个知青扒煤车冻死了。“人民列车人民坐，干脆上快车查票少，碰到查票的好好说，人心都是肉长的，哪家没知青，这么冷的天不能把你们撵下车。”车到哈尔滨没出站他又把我们送上三棵树开往上海的列车。我们进了卧铺车厢躺下，车一路南下过了天津，山海关……快到家了，我心中暗喜。“查票了！查票了！”列车快到徐州时有人从前面车厢跑来，“怎么办？”“到徐州下！”于是赶紧收拾行李，列车刚停稳我们就赶紧下了车。离开列车我们不知道该从何处出去，要知道这可是我们人生第一次从遥远的北大荒回家。只知道不能从站台出去，因为我们没有车票。我们毫无目标地瞎走着……“你们几个怎么回事？怎么跑到这里来了？”我们一阵惊吓，接着就哭了。那位师傅从我们的哭诉中知道我们是知青逃票回家，便说不哭不哭，我送你们出站。第一次逃票就到徐州结束了。后来几乎每次回家都逃票，但是办法却多种多样，那时的车票都是一大张纸上面印着起始站和终点站以及一路所经过的主要站点，到了终点站车票就作废了，车票上的时间是用钢笔写上去的。于是我们就买1月1日从福利屯到萧山的票，到杭州下车，车票不作废，用航空信寄给下一个同学用，年初用完了保存好，年底改成12月1日又能这样用，第二年用褪色灵改一下还能用……家长们都吓得“半死”，返回黑龙江时是绝对不允许这样的，大部分父母借钱买好联票，让我们从上海坐船到大连，再从大连坐火车回去。因为这样的路费最省。当年我弟弟说：“姐姐回趟家，我们要吃一夏天的冬瓜，今日冬瓜明日冬瓜吃得我头昏眼花。”

赵连奎

我们的生产队长赵连奎大叔，由于是队长，我们都喜欢喊您“赵官儿”。

“下地了！下地了！”记得每当农忙时，您总是喊着，拿着锄头或镰刀到处追赶着我们，“逼”着我们下地干活。即使我们累得都不能动弹了，您也从来没有一点“同情心”，哪怕给我们放一天假。时至今日，我们仍忘不了您在工作上对我们的“严苛”，当然我们一个也没有忘记您在生活上对我们的“纵容”和关怀。

当农作物都还没成熟的时候，我们不是跑去田里拔毛豆吃，就是窜进苞米地里掰青苞米吃……跑到相邻的生产队偷菜，要知道那时候，社员每人每年的口粮，上缴国家的公粮全指望地里的那些庄稼。在别人眼里，我们简直就是一群“祸害”。

邻队的质问，本队社员的告状，您全都给担了。您说：“都还是些孩子，远离父母几千里地，到这里来不容易，都跟咱自家的孩子一样，吃点用点又能咋样，你家的孩子跑出去，你指望别人怎样对他？！”北大荒的冬天特别的冷，零下三四十摄氏度，屋里的墙上都挂满了霜，柴火又不够烧，晚上我和邬水珍俩冻得实在无法入睡，便互相抱在一起取暖，盖上了两条棉被、棉大衣和所有可以盖的东西但还是冻得够呛。没办法，第二天天一黑我们俩跑到马棚去“偷”谷草来烧。而谷草几乎是牛、马一个冬天的口粮……得知此事后您不但没有“惩罚”我们，反倒给我们拉来一车柴火，叮嘱我们天气冷别冻着。每当我回想起这些质朴的语言，总能感受到您质朴外表下博大的胸怀。

上街基大伯

其实我至今都不知道你的姓名，记得那是一个冬天的深夜。

由于中苏边境形势紧张，我和杨浣声决定跟着生产队的马车到县城转车去福利屯火车站把当时我们认为最值钱的帆布箱和好一点的衣物托运回家。等我们从福利屯办完事回到县城，天已黑了，生产队的马车也早已回村，县城里的商店全都关门了，我俩身边连住宿的钱也没有。商量再三决定连夜走回村去。

县城离村子有40多里地，我俩又困又饿，走着走着便睡着了，一不留神一头栽进了壕沟。许久，我们被冰凉的结雪冻醒了，爬出壕沟，看着漫天的星星和漆黑的车道，我俩不禁真的有些害怕……“你们两个姑娘怎么这么冷的天，半夜了还在道上走？”一位素不相识的大伯从后面赶了上来，看我们身上穿的黄棉袄说，“是知青吧！赶紧跟我走，要冻坏的，再说遇上狼啥的咋办？到马棚里去暖和暖和，等天亮再走。”接着把我们带进上街基村的马棚里。我们在马棚靠着过了一夜，只记得大伯把炉子烧得旺旺的，暖暖的，我们围着火炉睡着了……等我们醒来，大伯已给我们做好了早饭，没说别的，只是非得让我们吃了饭再回村。陌生的上街基大伯啊！虽然我不知道您的姓名，但我会永远记住那晚温暖的炉火，和您比炉火还温暖的心！

小　董

1976年，同学们都“八仙过海”地离开了，整个诚信屯只剩下我一个知青，知青点的房子也已成为大队部。在尹令旦的帮助下，我去了西安公社的砖瓦厂，吃住在公社供销社。但在供销社食堂吃饭要凭粮票，高金大叔帮我拉着粮食去县粮库换回粮票。于是我每天去砖瓦厂干活，三餐回供销社食堂吃饭。从砖瓦厂到供销社有一段路，而且和供销社上下班时间也不一样，供销社食堂的大师傅小董是退伍军人，他看我是杭州知青平时对我很照顾，不管我去多晚，每次都能吃到他为我热着的饭菜。有一次我发高烧，浑身酸痛，躺在炕上起不来。他发现我有几天没去吃饭，便跑到宿舍来看我，问我说："姑娘，好几天没来吃饭了，是不是没粮票了？没粮票没关系，你告诉我，我给别人少盛一点就够你吃的了，咱们不能饿着，不能跟自己身体过不去，父母不在身边，要自己照顾好自己。"当他得知我这几天病了，便说："先躺着，我一会儿再过来。"等他再过来时，只见他端着一盘热腾腾的包子："吃，刚做的。"我的眼泪情不自禁地落下来，"慢慢吃，好几天没吃了，别吃得太饱，小心撑着。"他走了，我含着泪水吃着他为我做的包子。几十年过去了，我始终也不知道他的名字，但他那憨厚的样子一直在我的脑海里。2009年回富锦也没能找到他，向别人打听供销社食堂的小董，都说原先供销社食堂的老董头，现在不知道去哪儿了。

在那些艰难的岁月里，有着那么多令我难忘的"人""事""情"，深深地刻在我心里，永世难忘。

2009年10月

《那些年》作者金鸥，左图摄于1969年3月下乡时，右图摄于2009年7月回访富锦时

2019年，金鸥（右）全家又重返富锦，在农田留影。左为金鸥丈夫蔡自听（原富锦县头林公社知青），中为儿子蔡啸

2009 年 7 月，金鸥与丈夫回访富锦，返程前摄于富锦市中央大街

2009 年 7 月（支边 40 周年），与诚信大队老乡合影。前排右起四为金鸥

磨 炼

丁家正

作者简介：丁家正，籍贯江苏南京，1952年生于杭州。杭州市第三中学初中生。富锦县永福公社二桥大队知青。1971年参加共青团。1974年4月参加福前线铁路建设。1975年底返杭，进入浙江机械厂（后更名为浙江塑料机械总厂）工作。1987年浙江省电大“工业企业经营管理”专科毕业。1988年加入中国共产党。

一

1969年冬，知青屋里格外冷清。生产队打完场后，大部分知青都回杭了，只剩下黄福伟、吕煌、我等五人。吕煌是下定决心不回杭过年的，其余的人和我却犹豫不决是否选择回杭。一天，二十五米桥检查站李指导员迈进我们知青点大门，一阵招呼寒暄后道：检查站一直没安电话，以前是条件不成熟，不得已，通信很不方便。现在上级批下来，今冬要拉专线，接通电话，就从我们村南边的二龙山公社共荣大队接，那里有小总机，距离检查站七八千米地（二十五米桥是边境检查站，离我们村北，沿公路约二千米地，过了检查站就属同江县地界，属边境县）。经过快一年的与检查站各位公安人员的相处，我们与李指导员的关系处得很融洽，按现在的话说“很铁”。李指导员又道：这任务是比较艰巨的，天气又那么冷，挖坑、竖杆、埋杆、架线由专业人员干，每天给四角钱补贴，问我们干不干。我们道：我们正闲在家里没事，有你李指导员的信任，为国家的边防安全、通信畅通，没有补贴我们也干。

这个冬天特别的冷，下了好几场大雪，气温在零下30摄氏度左右。电线杆子走的是一条直线，并不沿公路走，全走的是山岗、树林子。那时林子里的积雪已很厚，一脚下去就没过小腿肚。冻土一镐下去嘭嘭响，已冻至1公尺以下，再加之电杆坑有要求，长度1公尺，宽度0.5公尺，深1.5公尺。一个坑越往下挖就越难挖，空间的狭小人在坑内无法使劲儿。就这样，在这冰天雪地、天寒地冻的日子里，我们扛着镐，迎着朝阳出门，踏着晚霞归屋。有时候运气不好，碰上恶劣的气候大烟泡寒风凛冽也照常出门。这艰巨而光荣的任务有时间要求，不能因为气候条件略差而耽误工期。于是有冻坏鼻子的、冻坏脸颊的，我冻坏了三四个脚指头。

七八千米地按标准每50公尺1个电杆，总共挖了约160余个坑，电杆要从公路的马车上人工运至坑处并将其竖起来埋好，浇上水给冻上。30多天的艰辛努力，终于将这项任务完成了。李指导员对我们提前完工和工作质量大加赞赏，美美地犒劳了我们一顿表示感谢。

40年后的今天，二十五米桥的检查站已不复存在，山岗子大片大片的树林也不复存在，到处是绿油油的庄稼地，一眼望不到边。也许这条电话专线也已不存在，但留下的是我们曾经的足迹，留下的是那段难忘的回忆。

二

7月26日回到了阔别40年的第二故乡——富锦。回到了我们人生迈进社会第一步的这片黑土地。30年的改革开放，第二故乡的面貌发生了翻天覆地的变化。天天遇到意外，时时透着惊喜。与老乡们说不完的话，与战友述不完的情。处处是欢笑，处处是碰杯，处处是热泪。

在杭州出发前就得知二桥村现归属二龙山镇，原二桥小学已并归了新建中心小学。我们考虑再三，趁此40周年回访之机，为第二故乡的孩子们办点实事。我们选择购买了一大批适应小学生阅读的历史、文学、科普、趣味、奥数等门类的书籍及学习文具用品，赠送给学校，赠送给孩子们。

7 月 29 日上午，我们一行与二桥的乡亲们兴高采烈地踏进了新建中心小学大门。顿时锣鼓、唢呐的乐声奏响了，孩子们活泼欢快的秧歌舞起了，热烈地欢迎着我们这些爷爷奶奶辈的知青们。哦！崭新的教学大楼和生活大楼展现眼前，仿佛是走进了大城市中的学校，教学硬件的先进程度使我们倍感惊讶，教师队伍的素质状况亦令大家很欣慰，可见当地政府对教育事业的重视。小小的捐赠仪式开始了。刘校长热情洋溢的话语在耳边回响，我的思绪却回到了 30 多年前的一段往事里。

那是我们下乡的第二个年头。仲夏的一天，大队书记张广禄把我叫到大队部与我协商一件事：二桥小学（唯一的）周老师生病了，学生已经停课，能否让我去代一阵子课？当时我寻思，做孩子王的经验一点儿都没有，但孩子们的学习不能耽误啊，虽存犹豫，但毅然领受了这份特殊任务。

第二天，我去东面莲花村周老师家探视了他。回来的路上边走边寻思，从东方取了真经，侍候这些个毛孩子应不在话下。忐忑不安的情绪才稍有安定。

清晨满怀信心，猫着腰跨进了小学教室的大门。这里需要说明的是，当时的二桥小学唯一的一间教室，简陋程度是现代人难以想象的。它整栋屋比较偏矮，其门楣与横梁齐我的眼眉位子（我 1.8 米的个子），课桌椅都比较破旧，南墙有窗北墙则无，光线较差。我稍一不慎，额头撞在横梁或门楣上，成了孩子们的笑料。

面对着这些年龄形成五个年级的20余个孩子们，我故意做严肃状，开场白：同学们，大家好，今天由我这位青年（但凡当时的老乡、小孩都这么称呼我们知青）来替你们的周老师代课，从今天开始我是你们的丁老师，直至周老师康复回来，希望咱们能相处愉快。你看，下面鸦雀无声，还真能镇得住的。

老天，这五个年级的课如何上，虽说得到周老师真传，但临到现场不免手忙脚乱。先让高年级的几个学生做数学题，让中年级的学生抄写课文，腾出空来让低年级学生跟着我朗读生词、拼音。晕啊！一天下来比下地干活出的汗都多。依据真经将体育课、唱歌、绘画、劳动均合在一起上。充分发挥自己在篮球、乒乓球、口琴、小提琴相对特长，以及拿得出手的绘画专长与黑板上工整流畅的字，赢得了孩子们的喜欢，尤其是几个高年级孩子的信服。几天后看似杂乱无章的现象终见起色，渐渐进入计划中的理想轨道。自此，白天与孩子们欢笑在一起，晚上备课，批改作业到深夜。虽说辛苦，但其乐融融。

这次返乡，有个当年的学生认出了我，叫我一声丁老师，心里涌出阵阵温暖。对着媒体的镜头，我说：二桥是我们这批人的第二故乡，我们深深地爱着这片土地，是她和乡亲们培育了我们吃苦耐劳、艰苦奋斗的精神，终身受用。而孩子们是祖国的花朵，是国家的未来，我们愿意，也有责任为第二故乡教育事业的发展尽自己的一点微薄之力，献出自己的一片爱心，让二桥的明天更美好。

2009 年 10 月

左图为《磨炼》作者丁家正青年时期的证件照，右图为 2009 年 7 月丁家正在富锦黑鱼泡国家湿地公园

2009 年 7 月，丁家正（左二）和同队知青钱雨生（右一）回到二桥村，与老乡合影

二桥大队知青在富锦西山风景区锦台合影。后排左起四为丁家正

2019 年 7 月，和二桥村老乡合影。后排中着绿色 T 恤者为丁家正

隆冬的梦

阎克平

作者简介：阎克平，金陵生人，长于杭州。20岁赴北大荒务农。1974—1980年攻读石油化工及化学催化机理高等学业。其后相继在高等院校和石化企业任职。退休后读史学诗，并专攻先秦文学。

1973年9月，长发岗插队青年点只剩下我一个人。

那年春夏间北大荒出现了一波大批返城的浪潮。病退的、参军的、上学的、调转务工的名额如淅淅春雨落下。于是，当年诵着保尔名句的人开始打点行装，当年暗自落泪的人开始抬头张望——一个方向，离开农村。

与几年前下乡的高潮相比，这种波涛回返的背景，谁也不清楚。之后才听闻，上层有“右倾翻案”“右倾回潮”之说。但无论大潮还是回潮、左还是右，普天下的父母确为此而愁眉一舒。

队里的大地已割了一半，我在这熟秋的金色中静静地等待，期望下一年能有大学招生的名额。

一天，队长刘占生喊住我：“老九，上面通知让你上大队教学去。”

“教学?”我迟疑了。

“你自个儿一人，下地干活谁给你做饭哪?赶紧找个媳妇吧!”他调笑着。其实也是带着组织上对我的关心。

教学与找媳妇，我当然选择教学。于是我铺盖一卷就上大队成了解河学校的教师。

在农村当教师的好处确实不少。除了不用在夏天的毒日头下边铲地边跟小咬鏖战15个小时、不用在冬夜零下四十摄氏度仍汗流浃背地往脱谷机里扔小麦捆子之外，每天面对那些坐在课桌前的孩子，我可以让他们懂得“X,Y,Z”是咋回事，让他们知道也可以把他们的爸妈写成一篇作文。我还可以把红领巾——拴在这帮小嘎的脖颈上，领着他们在少先队旗下大声宣誓：“准备着：为共产主义事业而奋斗!”我可以让向往加入共青团却因家庭成分而自卑的老姚家二小子真的成为一名共青团员，由此点燃他的自我感。我还可以在长夜里对着煤油灯独自冥想，而不用顾及天不亮还要下地。油灯下的冥想向黑色旷野任意驰骋，带着我叩击人生初途上的每一个疑问：这块广袤边地的人们日出而作，日落而息地默默辛劳，与我生长的城市生活究竟有什么本质的不同?与京城“其乐无穷”的斗争究竟有怎样的关系?他们艰辛而顽强地遵循着“恒之秬秠，是获是亩；恒之穈芑，是任是负”的天则，却未必知晓，连年举国拮据的口粮之患，恰是依赖他们负重的腰杆才能得以苟安，得以有言“心中不慌”。可惜，“国以民为本，民以食为天”这一禹夏祖训，历代帝王谁都不敢漠视，却在如今以斗为纲的沸腾顶点被遗失。

坐在我面前的学生都算是幸运的。那会儿全大队按四个自然屯分成四个生产队，小学教育的低年级分散在各屯，高年级和初中教育集中在解河大队。我约莫计算过，初中适龄孩子中仅有四分之一能来解河念书，小学也不是该念的都能念。不来念书的丫头小子们是因为要在家充劳力挣工分，帮爸妈过日子。他们从呱呱坠地直到耄耋之年，全部生命都将打发在这漫长的黑土地垄沟里，一代重复一代。

我常自忖：我教的这茬孩子往后的命运能有所改变吗？身为他们的老师我没有多少成就感，因为他们的命运并不取决于他们是否读过书、是否成绩优秀、是否包含我的辛勤。那片大地里，成天在扒垄沟的老梁家老宋家大小子，不都是在关里家读过书的吗？如今还不是随父母跑到这里开荒度日。

还有，那些肯定有书读的杭州城里的孩子，不也无法预知自己的命运吗？前不久听说杭城一大批刚毕业的学生，就在家待着，叫作待业。有些幸运地到了街道工厂，以糊火柴盒开始自己人生旅途的第一步。糊一只纸盒几厘钱，一个月能有十四五块钱，那在同学中就是幸运的了。

就在不久前，哈尔滨火车站熙熙攘攘的候车厅里，一个神色略显疲惫的女子突然走到我面前，轻声唤了我一句“大哥”。她衣着朴素，面容虽显憔悴却难掩其温婉。旁边有几个人告诉我，她失业了，暂时没有收入来源，只有靠别人施舍过日子。她只是一位因时代变迁而暂时失业的工人，她的眼神里充满了不屈。在经济转型的当下，新中国涌现出了第一批下岗女工，而她们正是我们这一代人中的一部分。面对生活的挑战，她们需要的不是偏见，而是我们的理解和关怀。

这些芸芸众生的影子，鲜活而现实，时而令人茫然或隐痛，他们都不过是呼啸而过的历史车轮下的粉尘，都不过是共和国史册中无字的省略。我能知道他们的命运吗?

那天正值放学前，陈志安骑着那辆总是擦得锃亮的公车，敞着那件邮政绿的短皮袄从北岗过来。刚进学校当院就被一群学生"叽叽喳喳"围住了。在北大荒这穷乡僻壤，邮递员的身份可了不得。这旮旯的大多数人家大多分两股来路，一股是早先从关里先跑到败落的旗人后院长白山脚一带，然后又跑到这里；另一股是直接从关里跑过来的。跑过来的缘故无非是头十来年的大饥荒，或在老家经不起成分不好的折腾。跑来了，有了生存的指望，但从此新家故土隔相望，两茫茫，空思量。多少心头的事儿、孝悌的情，全仗官家邮递员这一根线来回送喜报忧了。这不，陈志安刚一钻进学校办公室，又被一帮老师聚拢来翻包索信。他一边从邮袋里掏信出来，一边却眼瞅着墙角，那边孙老师正在"呜呜"鼓捣着脚踏风琴。

"孙老师还能整这玩意儿啊，有两下子!"

孙老师，也是先我不久刚调来解河分校的，除了教初中年级的语文课，还担任小学部的音体美课。

“嘿，瞎鼓捣，山中无老虎，猴子称大王!”

老孙扭过身来边搭腔边伸出手竖起一只大拇指，这是他的特征姿势。

“俺们阎老师也能整这玩意儿，公社宣传队待过的。”陈志安跟我们长发岗知青特熟，我来解河教书后，他这是第一次遇上我，边说就边笑着凑我身边来。

“老九也行！老九是阳春白雪，咱是下里巴人!”老孙眯缝着眼笑着瞅我。

老孙笑中自有得意的缘由。前几日我跟老孙一块儿鼓捣这风琴，我弹了几句匈牙利的《波尔卡》，崔老师在一旁皱眉说：“咋瘆得刺的，整一身鸡皮疙瘩。”老孙却边弹边唱出了一首完整的歌：

“五月的鲜花，开遍了原野，花丛中遮掩着志士的鲜血……”

老孙这一弹一唱，周围的老师立马都投过来钦佩的眼光。那歌声洋溢出的春暖直逼向窗外的秋寒，鲜花和着鲜血，带给这土屋里一种异样的感觉。我奇怪以前自小在城里倒从没听过这首歌，听那音调像是20世纪三四十年代新文化时期的风格，热情而缥缈，但被老孙沙哑的嗓音用东北土腔憋出来，听似密密雪林深处雾凇压抑住的嘶喊。

我问：“这是啥歌?”

“《五月的鲜花》，老歌，抗日的！”老孙跷着拇指自豪地说。后来我才知道，那是一支在东北地区流行了几十年的歌，文化人作的，而后融入了这片黑色的土地。

老孙是个很开朗又诙谐的人，正宗辽宁人，五十多岁了，在学校里年龄最大，衰顶环髡，老是端端正正扣着一顶洗得发白的假军帽，农家袄子的领口永远扣得紧紧的，维系着不知该称为亲切还是陈旧的师道之尊。他颇有才华，文笔、口才、唱歌和一手漂亮的粉笔字都挺抓尖儿，平时一开口都是逗嗤的词儿，加上那满脸褶子中一双小眯眼透射出晶亮的神光，一说话女学生们就笑。在他身上你可以体验到什么叫中国当代的“土秀才”。

他常把我拽到他家炕上，总让我坐炕里，他坐炕外。炕烧得烫屁股，小酒盅连串儿递上来，甚至还没到过年就能端上香喷喷的酸菜淖肉来。他家酒也神奇，我这不习惯喝酒的人一入口，不知怎的身子就暖洋洋的，满嘴沁出甘醇的酒味儿。

“阎老师，”他端着小盅开口了，就他这起首的称呼，我知道下面是郑重的推心置腹了。

“咱是国小出身，丹东老家念的，……国小知道不？满洲国都这么叫，都教小日本的书，可花花了。”

“教不教武士道？”我好奇地问。

“那不教，教孔孟之道，王道！”老孙显然对我的无知有些高兴，“滋儿——”一盅入口，然后话锋一转：

“咱这国小出身，不算啥；不过我教学可有年头了，初中也教好几年了，……来，喝！滋儿——”看来老孙酒兴来了。

“解河学校的初中，咱俩可是好搭档啊，”他慎重地对我点切着手掌，接着跷出拇指来，在小炕桌上空高高摇晃着，明确表示这一方炕桌旁的俩爷们，正是解河学校的栋梁。

“老九，我岁数赶你俩，算你长辈儿；你是知识青年，城里来的，”那根拇指继续在空中晃着，“咱不卖老，咱俩整个平杵……来，喝！”这时他一双笑眼盈盈地睁着，似为说出自己的资格而感到满足。我指间的酒盅也就随着他的节奏不断往嘴里灌。

我那时并不懂成年人的沧桑心迹，但听得出他对自己身份的珍视。同时心下也明白，他能在共和国这偏僻旮旯的一个公社分校担任初中教师，比之于那些扒垄沟的广大土脸爷们，已是很有尊严的立命之本了。

想到这儿，我暗自有些惭愧，我只是他眼中这把神圣交椅的匆匆过客而已。

这时陈志安已凑到我身边：“老九，冬天回家过年不？”他那双老是笑盈盈的眼睛此时尤其明亮，正盯着我。

“哟，还没寻思呢……”我愣了一下，答道。

“你要不打算回去，就在俺家过年。俺们今年呀也组织个宣传队，你和孙老师挑头，整一台节目，整得热热闹闹地过年，方圆几个屯都走他一圈！”又偏头冲着里座：“董校长，咋样啊？”

原来他心里在动这个点子哪。不管咋说，他也算个官家人，总该出来为大伙挑头办事，何况是这等文化事儿。

陈志安说的“宣传队”是官话，农村话就是“演剧的”，再早叫“戏班子”。他说的“俺们今年”是比照1971年春节前后公社组织的那支文艺宣传队。当时一批杭州插队青年在公社党委的组织下抱团折腾了两月，我也在里边待过，不过那是两年多前的事了，后尾儿公社就没再组织过。

孙老师此时两只胳膊果断地平伸出来，竖着的一双巴掌上还夹着半截卷烟：“咱不能干，咱家老蒯不能让。”

董校长笑着开口说：“老陈你……真能扯，主意倒是……不错，有那条件吗？就要……小阎……老师他个人哪？”董校长说话总有点磕巴，但是个能干务实的人，很受乡亲们尊重。这解河分校就是他一把一把张罗起来的，一溜七八间大排屋再加一个大操场，在全公社各分校中也算是气势恢宏的。

马老师这时在一旁插话了：“哎呀你别说，在早过年，咱农村里可热闹啦！那唱二人转的，各屯子走，到哪儿都吃香的喝辣的，管够！从腊月二十八一气儿唱到正月十五！”

“二人转是啥？”我问。

孙老师斜科插进来："老九我告诉你，二人转就是'东北二人转'，你们南方人没见过。那二人转唱起来可带劲啦！是台上唱得嗷嗷叫，台下大姑娘笑弯腰！"大伙一听轰然一笑，一边旯刚凑上来想听热闹的两个小女老师尽着往回捎，老孙这边却一脸正经。

董校长又加个注脚："再早东北这旮，农村都兴二……二人转，过年过节，上边下来的、自个儿聚堆儿的，到处都唱，可热闹了。这几年……不唱了。"

"为啥？"

"文化大革命呗！"邵老师在身后蹦出几个字儿。二人转的话题戛然而止。

"咋样啊？老九？"陈志安又盯着我，紧追不舍，显然雄心不小。

"我再琢磨琢磨吧……不过，啥家钵式儿也没有，咋整啊？"我一时有点犹豫，不是因为回不回家过年，而是感到我那点儿阳春白雪根本凑不起来他们的热闹。

"那好办！"陈志安赶紧说，"当年陈嘉在宣传队使的那台手风琴还在公社撂着呢，我去把它整来，就说你要用。那家伙比你小提琴动静大，拉起来鼘鼘的，大伙儿乐意听！"看来他琢磨这事也不是一天两天了。

打那后过了些日子，陈志安果然把公社那台手风琴给背下来了，正是三年前陈嘉使的那台，那是当时公社领导为宣传队专门买了替换盐巴那台旧琴的。红色的玳瑁烤漆还是那样锃亮，簧片依然敏感，风箱叠折里竟微尘不染。看来这三年是束之高阁，冷落了它。

手风琴接了，就等于许诺了，赶鸭子上架也得整出一套节目来。我琢磨一番之后，决定按照在城里见过的“忠字舞”形式编排一个舞蹈：设计若干个姿势，通过换位组合串连起来，与配乐的时间凑够长度，不就是一台舞蹈了吗？找几个学生跳熟，训练难度应该跟学会一套课间操差不多。伴奏嘛，在我们青年点住屋的破纸堆里还有不少歌曲集，总可以找出一首来。

于是我抽空赶回长发岗找那些曲集。

解河到长发岗，往东南斜跨地垄沟也就三里来地儿。长发岗屯紧西北角的一幢三间土坯屋就是我们知青的住房，那是 1969 年春天公家出木头队里出工给盖的。据说逃荒的老乡们刚到此地，头两年都是住的集体窝棚，然后有了收获，才慢慢盖上各家的土坯房的。相比之下，我们初来乍到的待遇要好得多。

整整四年半，那屋里总能传出我们的阵阵欢歌笑语。老乡们闲暇时最爱往这屋跑，借粮的、债钱儿的、嬉闹的、瞎唠的、听新鲜话儿的、送时鲜蔬菜的、干仗找理儿的、代字儿念信的、闻到味儿赶来吃肉的，还有来学武把式的……咱这帮秃脑亮除了下地干活、轮流烧饭和听痫子讲革命道理，就在这屋里跟老乡们扯淡。——几年下来，咱这跑腿窝就是屯子里的第二马号，热闹得没完。

而此刻，那幢土坯房在初冬的冷风中孑然静卧，显得有些萧条。我开门进去，从西屋北炕弃物凌乱之中很快搜寻到一本手风琴曲集，是当年咪胖还是谁带来充浪漫的，一直闲撂着。再去东屋瞅瞅，外屋张张，才三两月没人气儿，锅台边的土皮子都冷清得开裂，令人不忍流连。我揣着曲谱出来锁上门，走出几步，再回望一眼，心中忽然明白人去无复归，这屋子里是断不会再有歌声飘出来了，也再不会有油子领工回来一进门就嚷嚷“肚子都饿瘪瘪了”的嬉闹，再不会有陈嘉站在炕上颐指气使地纠正别人说话，再不会有咪胖跟铁嘴老苗逗嗤，再不会有大洋马每晚趴在炕头写笔记，再不会有孙头拎着野鸡进屋给大伙补元气，再不会有高潮在煤油灯下似睡似醒地读书，再不会有我们整宿整宿困极不知的精神探讨，……一切都过去了。唯有那熟悉而激情的歌声：“听吧战斗的号角已经吹响！共青团员们穿好军装拿起武器奔赴战场！”那年轻心灵的鼓点，依旧在这土坯的山墙上环绕震荡。

我转身正欲离去，忽又听似乎有人招呼，回头只见老李头正远远颠儿过来，拎着一只榛条篮子，里面装满了鸡蛋。想起来了，临上解河教学时我把知青点的几只鸡交付给老李头照看，他家挨我们房近。这不，他瞅见我回来，赶忙把攒的鸡蛋给我拎来，还尽着说天凉鸡不爱下蛋。哈，今天这是双丰收啦！我夹着琴谱提着篮子兴高采烈往回跑。

刚到学校操场，远远瞅见学校大排房东头宿舍屋角那边，腆着大肚子的小王老师正由小鲍老师搀着，站那儿一边说话一边抹眼泪儿。小王老师和小鲍老师也是下乡青年，词头加一个“本地”。她们一般都不下到生产队，大多在乡下学校任教。小王老师家是外公社的，在学校住单身搭伙。那期儿住家的还好过，可以自家养鸡下蛋、喂猪杀肉吃。住单身吃伙房的几个小老师可就苦了，长年累月的糙子饭就咸菜疙瘩，连大酱都吃不着。偶尔尝点儿白面肉腥，都是董校长和有家的同事往家领。赶上像她这样一有喜，那清苦更不待说了，那段时间总见她抹眼泪。这下顿感手中篮子的分量增加几成，于是喊了她一声，走过去顺势把一篮子鸡蛋递给了她，竟造得她一脸大红。嗳，那粉嘟溜圆的一篮子鸡蛋呀，足有 50 多只，悔不该道上没吞下一只，一场欢喜只赚了一嗓子口水。

我寻思，舞蹈动作的设计和加编其他什么节目，可以找南边泰和屯的于晓兰帮忙。泰和队青年点是清一色十个女生，但这几年我们跟她们很少有来往，只听闻她们干农活很认真、很坚韧。按老乡的感慨话，这几年她们能在北大荒挨下来，“姑娘家真都是不易了！”于晓兰早两年已嫁给泰和屯的社员肖会计，有了一个自己的家，而且有了一个女儿叫青松。那天我抽了个空赶了七八里路，到泰和屯问到了于晓兰家。

进了她家一瞅，院外屋里炕上地下东西都有条不紊，那才真叫一个利索。有文化的与没有文化的，住家过日子的方式就是不一样。老肖不在家，我跟于晓兰说明来意，邀她出山，当节目总导演。她那双白框眼镜的后面闪出了光，像是许久没有听过这一类的话题，却又无奈地摇摇头："家里走不开，你看，要照顾青松，还要照看那两头猪……现在，哪能跟你们比了。"她喃喃地说，言语中已把自己排除在下乡青年这一类群之外。

"那么老肖呢?"我问。

"老肖就顾着队上的事，家里的活都是我一个人干，做饭洗衣侍弄园田地，瞅空还上队里挣点工分……"她用不甚地道的当地土腔说着。听着她用无所甘苦的语调细数着过日子的琐事，看着她清秀的脸庞已被短暂岁月磨砺出朦胧的细皱，一边说一边还里外屋拾掇着什么，我忽然意识到我兴冲冲来找她的整个概念已错了。她现在需要做的，是当好一个正经八百维系家务的村妇，村妇的天职就是她诉说的这些。还能是什么?

然而，她这样一步一步向村妇演化过去，需要付出怎样的割舍和代价，已完全不是我们在腰间扎上一根粗草绳那样浪漫豪迈的气概可以与之相比。

青松漂亮得像一朵白色的兰花，清秀得甚于她妈妈。不避人也不缠人，问什么答什么，一声一动便可牵出晓兰一笑一颦。那天她已过早地穿上一身絮绗得再紧实不过的碎花面棉袄（那是东北农村妇女持家过日子的露脸功夫），两只小辫梳得溜光，小脸上全然没有东北农家孩子常见的两挂鼻涕。我不禁捏住她小手，愈加仔细地打量了她一会儿，从头到脚，从发际到指尖，竟然找不出一丝潦草的痕迹。莫非晓兰真要在这大荒北地的土坯屋里养出个王谢堂上燕？呜呼！沉沦乎，憧憬乎，凄楚兮，庄严兮……

“一帆风雨路三千，把骨肉家园齐来抛闪。恐哭损残年，告爹娘，休把儿悬念。”一场史无前例的伟大光环，折射在她一个无辜少女身上的，恐怕也只剩下这一句无声的喟叹了。但，因国事跌宕而致家室凋残的，又岂止她一家一事，又该如何喟叹？

晓兰还是给我示范了一些基本舞步，告诉我舞蹈的站位换位要注意什么，边说边演，眉宇间隐隐又恢复出一股稚气。我想她一个村妇家这般手舞足蹈大概也不甚方便，时候差不多就告辞了。出了院门，听她在后面喊了一声“祝你成功！”——这唯一一句纯粹的学生腔，随之便被身后袭来的凛冽寒风撕碎，刹那飘散殆尽。

学校放寒假了，排练也开始了。舞蹈的伴乐最后选定《井冈山上太阳红》，那是一支节律明快的曲子。一开始想搞男女生混合舞蹈，没承想农村小小子成日里猴蹦，干这个实在不争气，搁丫头们旁边一站，浑身筋都没了，个个呆若木鸡，只好改用清一色女生。农村丫头跟城里女孩的天性其实是一样的，爱美，爱表现美，美的自尊心特别敏感。区别是她们几乎没有一点在众目睽睽下表现美的勇气，稍一声“不对!”就低头红脸甚至抹眼泪。手忙脚乱成了头两天排练的内容。好在爱美的天性使她们没有一个人退却，在规定的排练时间，她们顶着寒风跟斗把式穿过冰甸赶到学校，晌午还得在学校多搭一顿伙食费。这是她们背后爹妈的支持。

下晚，我就在宿舍里抓紧练琴，一是要尽快加入伴奏排练，二是要增加一个手风琴独奏的节目。我已给家里写了一封信，告诉父母我不回去过年了。此时他们是否又进了牛棚，此信他们是否能及时看到，我全然不知。煤油灯下，手风琴孤独地吟唱着一段段曲调，一会儿是流行的颂歌，一会儿是佚名人的遗曲，那些豪情或幽思与窗缝中呜呜风唳混杂成一种古怪的和声。和弦的噪声有时还会将炕上熟睡的老方惊醒，惹得他痛苦地挤开惺忪的睡眼嘟囔一声：“都啥时候了阎老师，该睡了”，然后缩起脑袋继续用他的鼾声跟我的琴声协奏。

老方跟我的关系可不一般，我在解河教学的一年中，他一直担当我的半拉衣食父母——学校伙房的厨子。他是条山东汉子，长我十来岁，大高个，长胳膊长腿长脸，有一手能把苞米面饼子发得很松软的手艺。他家就住解河屯，却兴冲冲把铺盖卷抱到我这一米五见宽的小屋来，跟我挤一个炕凑热闹，说是冬天早起熬糙子粥方便。于是他每晚找话茬跟我聊天便成了我的生活内容之一。

“啧啧，阎老师，看你在学生本上老判这么些个字，不累吗?”每晚一进屋，老方总好冲着我正在批改的作业本张几眼，评说一两句。他有资格作这评说，是因为早先他在关里老家识过些字；更重要的是他闺女是个学习很不错的学生，对满是洋文字母的代数领悟力极高，在她作业本上我难得画上几个叉，这一点老方很是自豪。其实农村孩子跟城里孩子在天分上没有差别。

“哎呀，这炕滚烫，真舒服啊!”每当老方先我钻进被窝，总要不甘寂寞地哼哼一阵，似乎他躲开老婆孩子热炕头挤这小炕真的就找到一种幸福。滚烫的炕是老方的功劳，自打他搬过来，每晚上炕前定会抱些柴火往炕洞里塞几把，入冬后更把个小屋烧得暖烘烘的。算起来，这北大荒的第五个冬天我还真没睡过一宿冷炕。我唯一能报答他的，就是第二年从杭州给他带了一块布料，是我妈从箱底翻出来说给他媳妇做衣裳的。这山东大汉咧着嘴搓摩着布料直喊高级，喊得我心里发虚——那时候抄家抄得家里还会有好东西?

“阎老师，俺农村讲‘老婆孩子热炕头’，这热炕头你有了，就差一个女人啦，”老方缩进被窝停当就开始调侃了。

“哎，说真的，你看小鲍老师咋样?”他看我不吱声，继续单刀直入，言辞恳切。小鲍老师是本县的知识青年，家在冈外，就住伙房隔壁的女宿舍，模样挺秀气，平时乖巧得像只兔子，这会儿被老方穿墙过壁叨咕上了。在顺垄沟捡豆包的老乡中，涉及媳妇的话头是频率最高的，平时爷们儿之间相互逗闹，开口便扯媳妇，跟跑腿子撩嗤，逗的也是媳妇。你想，他们长年累月灰头土脸弓背哈腰，图的不就是成个家、传个孝吗？在传统的修身、齐家、治国、安天下一整套人生规范中，属于他们的只有齐家这一个环节，不说这个还能说什么。而此时，我对他的关心，只能付之一笑。

“阎老师，你爸是大官吧？”这是老乡跟我们深入私聊时的又一大主题。

“不是。”

“咋能不是呢？都说你们长发岗青年的爹妈是老革命，那官还能小喽？”老方饶有兴致。

“都是走资派。”

“嗐，啥走资派，……那都是打江山的！”老方想说些什么，但这种国家大事他说不清。

“哎，你爸打仗的时候是哪个部队的？”老方平日最爱叨咕他老家孟良崮战役。

“我爸当年是做地下工作的……不是打仗的。”

“啥？地下工作？”老方眨巴两下眼，有些唠糊了。

也难怪，当年从事地下工作的骨干也是那个时代有知识的青年，他们在眼下流行的正史中没有篇幅，老方纵有文化，从何知晓他们。但事实上，当年孤军僻壤能得举国拥义，挥师南下能成势如破竹，隐蔽战线那一批战士的功勋和鲜血已凝铸在空中，与史册和大官小官无关。

不一会儿，老方的鼾声从炕上飘了过来，似呻似吟逐渐弥漫，夜已深了。

节目的内容忽然又有了进展。一个学生的姐姐，嫁在远屯，经陈志安一动员，也舍弃了打场的工分赶过来参加排剧，学生们都管她叫“姐”。她小时候在关里家学过唱曲，演过剧，会唱梆子，而且挺不错。她自告奋勇说加一段说唱，试了一遍，果然行，民间老段子，很有味儿。她是那种有表演天分的人，一遇这种场合天分就迸发出来。她专门折趟家取了一副行头来，就是那种边说边唱边敲打的家什，这使节目内容大大增加了。她到来的好处还不止于此，更重要的是助我一改孤掌独鸣的局面，在她麻溜的张罗下，排演的气氛立马热乎起来，体操也上升到像样的舞蹈，那一帮时不时还会脸红害臊的小女生都大方起来也安分不少，这使节目的进展和质量都大大提高。

年关终于到了，我们的正式演剧也开始了。

第一场演出就排在解河屯，那是1973年的腊月三十。那天下午，“姐”领着小演员们在学校女宿舍里挂上门帘化妆，个个兴奋不已，只闻欢声笑语从屋里飞出来，偶尔露一下花容。那些描眉涂唇的颜料是怎么鼓捣来的就是“姐”的秘密了。屯里的小媳妇老娘们也仨俩聚堆跑过来，挨着学校大排屋的窗沿张望，乐颠颠的，好像眼下正是她们自个儿在演剧一般。这气氛，让白雪笼罩的屯子弥漫起一股过年的喜庆味儿。

学校办公室里，几个老师一会儿过来张两眼，一会儿又赶回家忙活过年的事儿。各路爷们儿大小子也川流不息跑进来，张两眼，问两声，卷支烟，谁进屋都要扒拉两下炉盖、往炉膛里塞一把豆秸，把办公室那小铁炉憋得“呼呼”直叫唤，炉管烧得通红。我是最闲的，坐着，跟所有进屋的人打招呼，唠两句，瞅空把从柴火垛往屋里倒豆秸的簸箕藏到里屋去。心里思忖着，他们今儿还在忙啥呢？场打完了，工分结了，公粮交了，现钱也到手了，土豆下窖了，白面也磨好了，猪杀了，酸菜能出缸了，剩下的就是过年了，把一年的酸甜苦辣全在这冰天冻地里挨过去，在隆冬中感受美好的梦，待雪融化。

晚上吃过饭，学校腾出的那间大教室里，擦得锃亮的五六盏煤油灯点着吊在梁上，整个屋里顿时照得通明。络绎赶过来看演剧的人在黑白茫然的天地间老远瞅见这屋雪亮的灯光，心里不猫挠才怪！等大队季书记和董校长讲完开场白，我就领着“女生小舞蹈”进场了。屋外门边窗沿下，杵着一溜挤不进去的老爷们和大小子，见我们过来“呼啦”一下让出一条道。一进屋，嚯！雪亮的灯光下是黑压压一片，几乎被清一色的妇女占领。丫头们占多半，再就是小媳妇和老娘们，还有抱着小崽儿的，最前边一溜是能钻缝的小嘎子。我们硬是从水泄不通的人缝里从后门挤到前台，短短十来步远，那么多我认识的和不认识的面孔迎着我笑，充耳是“阎老师！阎老师”的亲切招呼，好像我是跟她们久别重逢的一个圣人。因为脸对脸挤过去，分明看见她们个个头发梳得水光溜滑，红绿头绳，还有编的小花串。因为屋里挤得热，面孔都是红扑扑的，晶亮的眼神中透射出一种期待。我蓦地心生一种使命感：这事整大了！

开始吧！手风琴在我怀里欢快地唱了起来，一段前奏之后，小演员们碎步轻快地边唱边舞起来："井冈山上哟啊啊啊嘿——，太——阳——红啰嘿，毛主席就是——红太阳哎！……"我坐在一旁凳子上，用琴声引导着舞蹈节奏和表情起伏：几个亮相与交叉换位的组合、三段歌词、一段变奏，两遍反复，一段一段都顺下来了。看得出小演员们很紧张，但都很认真、很卖劲，而且还都能按照姐的教导咧着嘴笑——很成功！我这才发现小演员们今晚齐刷刷都换了一身小花棉袄，比起平日着实赏心悦目，只不知她们爹妈为此又犯难了多少。

我心中渐渐放松，一边伴奏一边转眼朝观众望去。三步开外满屋子的压压人堆里，真可谓无数双眼睛闪动着亮光。再望过去，溜纸的窗户都已被拉开，屋外的黑影中已看不清有多少双眼睛。这片层层叠叠的眼光，像一幅基调晦暗但毕露大片跳跃光点的老旧油画，给人一种厚重和深邃感，其中有欢笑、有羡慕、有惊讶、有凝神，甚至有嫉妒的闪光。那些笑滋滋的眼睛多是媳妇娘们的，她们在笑啥？也许在笑眼瞅着一年的辛劳就在今晚这热闹中熬到了头，该哭的都哭过了，今晚该痛快地笑了！那些凝神的眼睛是爷们儿的，宽厚而舒展，喜悦且巴望着。惊讶和羡慕的眼神是那些丫头们的，她们心中一定诧异，眼前这拨跟自个儿一样打小捡地捡出个头儿的丫头片子，咋就敢这么丢人现眼上前跳舞？咋就敢狐狸精样儿描眉抹唇？咋就敢占地当间儿把老师挤一边旯？咋就能跳得这么妖笑得这么美？

我心底忽然震动了一下——本来也就是凑个热闹的，却没承想满场是这么些笑意丰富的眼神，这些在每一个美好的日头下必须弯腰哈背匆忙侍弄着地垄沟的人们，此刻却齐聚在这黑天冻地挤压下的黑窟里淋漓地欢笑。他们是觉得快乐？抑或是某种感动？他们的快乐和感动我能设身处地地理解吗？此刻，她们真的在笑——在真的笑！混糅着惊讶、羡慕、嫉妒，嫉妒也是一种美的萌芽，她们是该嫉妒很多东西了。

小组舞蹈顺利结束。然后是姐上场，表演了一段山东快书，噼里啪啦，绘声绘色。接着我又来了一段手风琴独奏，记得是“我是公社好社员”。最后是“姐”漂亮地表演了她的梆子说唱，说的啥唱的啥我记不清了，反正是惹得满场喝彩连连、热气腾腾。说真格的，文艺表演求个热闹就很不错了，但乡亲们对泥土青苗黑胳膊红脸蛋编织成的声音更有兴致，对民间曲调和方言乡音更有共鸣，能让他们痴迷的才算魅力。“姐”就这么做到了。

表演结束后，小演员们都聚集到学校伙房，老方已焖好了热腾腾的二糙粥。我说，大家管够喝，今晚我请客！丫头们都抿嘴笑了。一个声音问："阎老师啥叫'请客'啊？"另一个聪明点儿的说："请客就是请戚呗。""妈呀，俺们都是戚啦？""咯咯咯咯——"，满屋洋溢起轻松的欢笑。第二天初一早上，当这些丫头们分堆结队上路回家时，我发现她们脸上的彩妆都还没舍得卸，一个个脸蛋依然透着昨晚幸福的光彩。我理解这种彩妆对她们尤其珍贵，她们是要把这光彩带回家，带给爹妈，带给全屯的乡亲们看。那个隆冬的大年夜在这些农村丫头们心中萌生的幸福感，也许是她们此生心中开放的第一朵花；也许，仅仅是她们此生中唯此一回，但可成永恒记忆的美。

第二场演出是到泰和屯，那是陈志安力邀的。演出完了我忙着组织学生集体回学校，马车等着，没有空隙去看于晓兰。演出中我似乎感觉到她的影子闪过，但她始终没有上前跟我搭话。

第三场演出是到更南面"姐"家那个屯子。

原本我跟"姐"合计，大年十五之前多走几个屯——本大队的长发岗和小和悦路是一定要去的，解河屯最好能再加演一场，然后还有……可是才三场演下来，我已意识到，实际上我们没法再演下去了。原因很简单：过年时节，北大荒天地正是烟儿飚随时即起肆虐无忌的世界。学生的家和演出地点都分散在相距很远的各屯，我们既不能每次演出后立即放学生分散回家，也没有能力在过年的十五天让整个队伍集中往返于大队与各屯之间。那天在南面的屯子演出后集中往回赶，入夜的气温降到零下四十几摄氏度，拉车的马跑得浑身一层霜、冻得直打喷嚏。学生们在车板上相互依偎冻成一堆霜人，喘气声儿也没了。我那时就一身破棉袄，跟着马车一路小跑，怕冻坏了自己这副江南水土的骨头。边跑边望着苍穹中遥远的星汉，听着雪原上透明的马蹄声，恍惚觉得车上的学生快没气儿了。在此刻的酷冻中她们转眼前的欢乐已荡然无存。

第二天早上，我跟“姐”和丫头们说：咱们不往下演了，大家都回家好好过年吧。我也回杭州过晚年去。

“为啥啊，阎老师?”顿起一片惊讶的叽叽喳喳声，恰似一群飞奔正欢的小鹿突然遇见一道河流阻挡。

“昨晚差点冻坏你们吧？今儿放你们回去，万一让烟儿飑刮丢了，我咋跟你们爸妈交代呀?”

“没事儿的！俺们不怕！”

“姐”是个明白人，同意了我的想法。

“那啥时候再演啊？还没演完呢！”又一片失望的叽叽喳喳声。

“来年儿……七月节，再看吧。”我随口而出。（北大荒将农历七月十五前后七八天作为割完小麦准备收割大地之间的一段休整期，各家趁隙上甸子打烧柴并储备割大地的体力。）

“七月节还得打柴火呢，不赶趟吧?”“赶趟！”“不赶趟!”“赶趟，我爸会让我来的!”一片叽叽喳喳逐渐热烈的合计中又泛起了新的憧憬。

我没替她们往下编织这个憧憬。我似乎已明白，陈志安和乡亲们盼望的“热热闹闹走他一大圈”其实只是他们心中一个美好的梦想而已。这块黑土地上的人们，他们只能在隆冬欢乐，只能期盼隆冬的美梦。当他们卸下一整年的辛劳之时，就兴冲冲朝这个梦奔去，毫不顾及脚下枯草旯子掩盖着的坑洼，满心指望着一个城里来的文化青年就能给他们摘下一片蓝天。

我虽帮他们编织了这个梦的开场，敲锣打鼓正待催入酣畅，但我又无力完成他们的这个梦——这个我可以没有而他们不能没有的隆冬的梦。但我毕竟告诉了他们，他们有一个梦可以开头，已经开头。

第二年七月节，大学又来招生了。虽然可选专业的范围很窄，但我报了名。

那天，正值长发岗队里沤新麻。副队长老任攥着一张《贫下中农推荐书》，领着我在苇子丛里曲里拐弯钻到了泡子边，一路上叨叨着“闪得不轻”。听说是我上大学需要群众推荐鉴定，那些老爷们大小子哗啦一下都从水里钻上来，赤条条围着我直喊:“老九高升啦!”转眼，老任揣着的一盒印泥就给抠光了，一支破钢笔的蓝墨水也给挤完了，那些爷们儿毫不吝啬自己的手指，连着嚷嚷多戳俩印行不行!

当我得到大学的正式录取通知时，阿胖突然来到解河。他是去年上的大学，这会儿趁学校放暑假的空赶回来，把但凡有熟人的屯子和街里、县里都跑了个遍。巧的是我跟他是同一所大学，他讲了学校的很多趣事，那是一个遍地盐碱、钢塔林立，对祖国的发展举足轻重的地方。他还说我到学校报到的那一天他到火车站接我。看着他一身学校发的工装和脚头掌了牛皮的运动鞋，我忽然感到，外面的世界已很精彩。我即将也这样走出农村，循着一条陌生的新路，再去扮演大学生与工人混合的角色，再然后，又或其他什么角色。

我打算再等些日子，挨到开学报到的当口再离开这里。一卷土炕上用了几年的铺盖、一纸箱书，没必要再赶回杭州去拿什么了。而各路爷们家的炕头是必须去坐一下的，辣生生的高粱白、苦涩涩的蛤蟆头，还有那再简单不过的"闪一下"的诉别词，在最后十几天里都成了具有真实含义却又不知怎样精确画上的句号。

先走的，又赶回来寻觅着什么；后走的，还磨蹭着怕落了什么。毕竟，我们青春的第一串脚印已留在这里。

从北大荒一步跨到大学，这一步巨大的差距，它意味着什么？——意味着我将告别仅为果腹蔽体的生存方式；意味着我一转身就会撇下那些正在课桌后等着我的学生；意味着我与那些弓腰哈背的身影和笑愁未展的音容将各自行走在一双平行线上，不知何处才能交汇；意味着今年的七月节我不会再重织他们的孩子们等待着的隆冬的梦。还有，还有很多的意味，多到我至今还没能弄清楚、想明白。但有一点是明白了的：这块黑土地上的人们，我曾与他们共同饥寒交迫、共同汗尘厚垢、共同相依为命、共同喜怒哀乐，他们太苦、太难。今后，若做了他们的官，切勿自恃尊贵；赚了他们的钱，切勿为富不仁！

那天离开村口，老方往我挎包里塞了一大摞发面饼，是用他自家白面烙的。这个山东大汉，那一刻轻声细语絮叨着他老家的风物人情，笑得却并不自然。那摞白面饼我整整吃了一路，每一粒细屑都撮起来吃，从兴隆到富锦，从福利屯到安达，分明感觉着它们从松软到脆硬，从温热到僵冷。

2005 年，陈志安曾来电话，颇为自豪地说起他算是吃官粮退休的，有点儿固定待遇。退休后又上县里粮库扛一阵粮袋。现在已快七十了，二百来斤的麻袋扛不动了，还想再干点啥挣点钱养老。后来，又听说陈嘉张罗在草甸子里为乡亲们铺了一条路。再后来，当年一帮虎犊子们又去那块黑土地上旅游了一番，说是有几家认识的老乡都已置上大奔了，草甸子也改名叫湿地了。

我不清楚，在那永不会消失的大片草原、大片蓝天、大片黑土、大片冰雪之间，在那与我们同一方生死地上的人们和他们的子孙，如今的梦是什么，是否还有仍不曾开头的梦。

《隆冬的梦》作者阎克平，1985 年摄于吉林小丰满水库

逃 票

程瑞生

作者简介：程瑞生，杭州六中初中生，黑龙江省富锦县富民公社福胜大队插队知青。1973年在齐齐哈尔工程学院上学，毕业后返回萧山。浙江大学MBA毕业后任萧山建筑设计院副院长，萧山经济开发区规划建设工程部副主任。曾担任浙江江南房地产开发有限公司董事长，浙江拉唯太阳能设备有限公司董事长。2014年8月，程瑞生受复旦大学委派赴美国哥伦比亚大学做访问学者。2018年因病去世。

1970年的春节，是我们杭州知青到黑龙江富锦插队即将迎来的第一个传统佳节。每逢佳节倍思亲，身在异乡，望着窗外大地冰封，白雪皑皑，北风凛冽，知青们更增加了思乡的哀愁。

从1月开始，知青点的20多位青年开始纷纷打点行装，陆陆续续回家了，住在房东田大爷家里的五位知青有四位也都回去了，剩下了我一人。见我孤身一人，田大爷一家老小就对我更热情了，每天变换花样改善伙食，今天是小米，明天是面食，后天是高粱米。虽然西厢房只有我一人睡，而炕上却早已烧得热乎乎的。但想家的念头随着春节的临近也越来越迫切。知青打算在这儿过年不回家的已不到十人。说心里话，到黑龙江插队离家已经一年，谁不想回到杭州见见日夜想念的父母兄弟、同学，还有日夜梦萦的美丽杭州。

知青葛腾，我们队里的机灵鬼，那天半夜打场躺在麦垛里身体冻得发抖和我说，我们回到杭州的第一件事就是要骑上自行车绕西湖边的六吊桥骑上一圈，痛痛快快感受一下杭州西湖的美丽。我们约好到杭州做的这第一件事成为我们共同的奢望。然而现实迫使我不得不放弃回家过年的打算，因为我实在没有钱回家。在生产队我们每天凌晨5点随着上工的钟声敲响下地，到天黑，回到村里累得拽住猫尾巴上炕。一年下来挣的工分只抵30多元还不够买一年的口粮钱，翻遍口袋也只有几块钱。我们知青的头儿，高中毕业的张自强表示要在农村好好表现自己，和贫下中农过一个革命化的春节，受他影响所以回家过年的念头就彻底打消了。

突然有一天我收到一封信，是母亲写来的。信中告诉我，和我一起下乡的几位知青到家中去探望她，看到他们，想到剩下我一人在房东家过年，所以她也希望我今年能回家过节，随信寄上50元钱，可怜天下父母心。我知道家中贫困，没有任何积蓄，她怎么一下子有了50元钱呢？我真不愿意母亲为我回家过春节而背上债务。

虽然手中有50元钱了，但想想也不够路费啊。从福胜大队到福利屯要买长途车票 5 元；从福利屯到佳木斯是火车票 3 元；从佳木斯到上海硬座火车票要 33.3 元；从上海到杭州要 3.6 元，光路费就差不多了，路上还需要 7 天时间的吃喝，怎么算都不够。听说从大连到上海坐船能便宜一些，只要 9 元钱，所以我决定从佳木斯到大连坐火车——逃票。想到逃票心里是七上八下，逃票意味要被抓，说不定还要被关几天。但是人穷志短，如果成功了也好为母亲节约一些钱，省下 10 多元钱对我家来说可以过上一个像样的春节了，想到这点我的心也坦然了。

告别了留守在福胜大队的知青，我只身一人背着一个军用小帆布包；穿一身黄色的知青棉袄；头戴狗皮帽上路了，也是 18 岁的我第一次独自出远门。到了福利屯火车站，我购买了一张站台票混上了列车。车厢里黑压压挤满了人，伴着列车车轮的滚动声和周围人身上散发出的阵阵大蒜味，人们开始昏昏欲睡。我这时却怎么也睡不着，两只眼睛不停地张望，想看到列车员什么时候开始检票，紧绷着心弦却什么也没发生。

正当我昏昏欲睡的时候，前面车厢传来了嘈杂音，抬头一看，从前面车厢被查票逃过来一些人，不好，我也只能赶紧起身加入逃票的人群，往车尾的车厢挤。随着检票人的一节节车厢检查，我只得到了最后一节车厢的最后一排座位，已经没有退路。后排座位只坐着一个戴有列车长标识的人，手拿红黄绿信号旗与每一位道岔信号员对信号。大概见我一脸惊慌失措的样子：“是逃票的吧。”

我满脸通红地点了点头。

“是南蛮知青吧。”

“是的。”

“坐吧，坐在我旁边，他们不会查你票的。”

我似信非信地坐了下来。这位列车长看上去40多岁，一脸络腮胡，中等身材，一身铁路制服装显得很神气，也特别好唠嗑，问我从哪儿来到哪里去，我一一如实回答。当检票检到我这儿，一看我们俩谈得那么热烈，以为我是他的家属，就什么也没问便回头了，我心中的大石头终于放下，想不用补票了。列车长取出他的腰子形的铝饭盒，拿出两块煎饼，说：“小伙子，你一定很饿了，吃点吧。”

闻着烙饼的葱香味，突然想到已有一天没吃东西了，肚子这时饥肠辘辘，我也不客气地吃了起来。

“小伙子，你不要担心票的事情，到交接点，我会把你介绍给下一站的列车长，保证给你送到大连。”说完，他放声大笑起来。

果然，我就这么被一个个不相识的列车长护送着奔向大连，心中也踏实了，不知不觉睡着了。突然被列车长摇醒，对我说：“下站就是大连，这站叫周水子。你在这儿下车，这里是小站，不会检票，你可以坐有轨电车去大连港。”

我神志一下清醒，说声谢谢，拾起背包就跳下火车。周水子车站冷冷清清，昏暗路灯下的站台上不见一人。车站的木栏栅只有一米多高，我想跨过去就行了。正跨越了一半，突然背上被一只大手紧紧地拽住："小子，想逃票。"

背后一声吼，我被拽了下来，一看是一位脸色严肃50多岁的大爷，人长得高大挺拔，脸消瘦，留着山羊胡子，身穿铁路制服，不容置疑地对我说："跟我走。"

我只得乖乖跟着他进了站房。外面寒风凛冽，里面温暖如春，室内还有两人，其中一人是乘警，审讯由乘警开始："从哪儿开始上车？哪里人？为什么逃票？"

我拿出生产队给我开据的只有巴掌大，上面盖有生产队公章的介绍信，说明自己是知青，不是流氓，更不是逃犯，而我只有10元钱要回到杭州过春节，到大连还要买船票，所以不得已只能逃票。

室内开始沉寂，静得只能听见铁炉上开水的吱吱冒泡声。过了很长时间，那位大爷开始说："就是我们不要你补票，你这10元钱怎么回杭州，船票总不能逃吧，从上海到杭州的车票呢？"

我突然灵机一动，说："我在大连港务局有一位亲戚，可以找他借点钱。"

"大连港务有亲戚，做什么的？"

"做什么我也不知道。"

"叫什么名字？"

“叫……叫……”我胡乱编了一个。

大爷随手拿起桌上电话：“给我接外线，大连港务局。”“大连港务局吗？有一位叫某某的人吗？”

“我们港务局几万人到哪里找，请告诉我哪个部门。”

“我们这儿一位知青要找他这位亲戚解决点困难，你给我接人事处。”

“现在几点，有人上班吗？”

“噢，才凌晨4点，算了。”

电话挂了，我为自己刚才的谎言而心惊肉跳。沉寂，可怕的沉寂，下面还将发生什么事，真不敢往下想。大爷突然说：“这里天天有逃票的知青，真的是没钱买票，我这儿还有几张汇票，是我借给他们的钱，他们回家后给我寄来的，这些孩子真可怜，要不我也借你20元吧！”

我脸一下红了，心想我还有30元钱放在裤腰带中，他还信任我借给我钱，我赶紧说：“我会找到我的亲戚解决的，大爷，谢谢您了。”

“再过10分钟，外面头班有轨电车就开来了，你可以上车直达大连港，一早去排队买票吧，据我所知，很难买到当天的船票。好吧，吃点东西，你一定饿了。”

说着他拿出两个馒头给我，这时我真的欲哭无泪，是激动，是恐慌后的释然，还是感激涕零……

天已渐渐放亮，我与大爷和乘警道别后，跳上电车来到大连港。候船室内人头攒动，正在清场，凡是没有介绍信和证件的人一律被清出候船室。室外零下二十几摄氏度，要被清出去也就遭罪了。轮到我了，我拿出那份巴掌大的生产队介绍信，警察看了我一眼，也就放过了。我赶紧找到售票窗口，一看已经排满了人，而且要早上 8 点才开始售票，意味着要再等三个小时。突然看见一个售票窗口上面写着只售给现役军人和特殊需要的旅客，每天只限售 20 张，排队只有 10 多人，我想我也算特殊需要的人，先排着再说吧。那边排队估计也买不到今天的船票，因为也是限量，碰运气吧。好不容易挨到 8 点，终于开始卖票。我拿出介绍信，估计售票员见到类似像我这样情况的人比较多，所以也就没问卖给我一张 12.20 元的二等舱船票，便宜的统舱票没有。

我票一到手，就高举在头顶。大声喊："有换票的没有？二等舱换统铺。"

不少人围了过来，其中一人迅速看了我一眼手中的票，赶紧说："我换。"把 3.2 元钱给我，我真高兴啊！节约了 3 元多钱。

上了大连到上海的轮船，这次我的心才真正地踏实了。由于生平第一次坐船，虽有点呕吐，想到不久就可以回到家乡，加上"逃票成功"，喜悦更是胜于担忧了。

回到家中见到母亲才知道，母亲为了我能回家过春节，也为了她自己的自尊——别人的孩子都寄钱叫他们回来，你怎么不那么做呢？所以她一狠心卖掉了家中她结婚时的嫁妆，家中唯一的大衣橱。这个大衣橱寄托着我们兄弟童年的许多回忆和梦想。我们兄弟曾在里面躲猫猫，衣橱内有母亲衣服的芬香，有母亲做过酒酿后甘甜的回味。可是母亲为了我春节能回家团聚，为了了却心头的思念，为了儿子在北大荒少受点苦，却毅然地把衣橱卖了50元钱。

我心中久久不能平静。母亲啊，儿子欠你实在太多太多，这么大了，不能为您分担生活的重担，却加重了您的负担，不禁潸然泪下。

以后我把逃票的经历叙说给我的兄弟们听，他们又转叙给母亲，母亲听后大哭一场，以后她也从未和我提起过此事。坚强的母亲怕重提此事伤害我幼稚的心灵吧。

2009 年 6 月 7 日

《逃票》作者陈瑞生知青时期的照片

2009年7月，陈瑞生（右一）与同队知青摄于富锦东方大厦门前

2009年7月，陈瑞生（右二）在富锦市委、市政府举办的“回首、展望、发展”主题座谈会上发言

我的公安生涯

茹耘龙

作者简介：茹耘龙，杭州七中初中生，富锦县大榆树公社长发岗三队知青。曾担任大队党支部副书记、治保主任，公社公安派出所民警、司法助理、党委组织委员等职。后调到县司法局、民政局、社保局工作，2012年末退休。

1979年，是我插队落户第十一年，正是我顺风顺水的好时光，大队会计干得风生水起，又把大队治保主任一职担在身上。

千里打拐

6月中的一天，我去松花江堤坝内的一个自然村，也是长发岗大队第四小队，当地老百姓都管它叫“长友屯”。在那里主持交接小队会计时，一个年轻社员找到我，说了件让人啼笑皆非的事情：他的媳妇被人拐骗走了，扔下个不满四岁的小丫头，日子过得有上顿没下顿的，家不像个家。

这人姓章，村里人叫他章郎（谐音：蟑螂），人极其老实呆板。前不久从山东高唐县探家回来的一乡亲对他说，他看到过章郎的媳妇，在一个叫作邢庄的村子里和一个小木匠同居呢。章郎想求我到公社派出所请公安特派员去山东把他媳妇找寻回来。我想他既然求到我了，就没推托，对他说："你把告诉你信儿的人找来，我再问问。"

结果那位乡亲说得斩钉截铁，而且把从高唐县如何去邢庄的路线也说得很清楚，同时也恳请我帮忙做件好事。转过天我就去公社找到了公安特派员刘同岩，向他讲述了这件拐骗案，以及目前那个被拐骗妇女的踪迹。

他想了想就对我说："这样吧，我去县局汇报，开来介绍信，由你再在大队找一个当过兵的退伍军人，可以打着我的旗号去一趟山东，我有任务走不开，若真能把人带回来，费用就由当事人负担，若白去一趟，费用就以我的名字在公社报销。"

没想到刘公安如此信任我，我无法推辞了。他又简明扼要地向我讲了些注意事项和政策规定方面的事。回家后我对老丫（我妻子小名）说了此事，她却持怀疑态度，后来又想想也没啥，对我说："你得选个好伙伴。"

7 月 14 日，我和一个刚从海军雷达部队退伍的叫郑双的年轻人就上路了。三天后到了高唐县城，因过了下班时间，我们两人就先寻旅馆住了下来，第二天找到那里的城厢派出所，见到公安特派员老赵，递上介绍信，说明来意。

要不说天下公安是一家，此话还真不假。老赵特派员看完信，没有怀疑。只是感慨万分，说东北的公安人员真为老百姓办事，还夸我们年纪轻轻地就出来办案，了不起！那个年代凭一张介绍信就可走遍天下。随后他就向他们县局做了汇报，并言称要借几辆自行车，又继续摇电话，时间挺长的，我隐隐约约地还听到他们县局的电话里告诉他有关我们两人的身份核对，看来他们警惕性还是蛮高的。中午就在所里吃了便饭，下午我们仨各骑一辆车就奔邢庄而去，30多里的路程骑行了约两小时。

进了村就找村治保主任，研究如何排查，如何稳住那个小木匠。说到这个小木匠，那个邢治保就对我们两人说了实话。原来他清楚这件事的来龙去脉，说那小木匠不是啥拐骗犯，而是那个女的自愿和他私奔回到村子里来的。当然我们不能偏听偏信，就随即去了小木匠家，见到了我们要找的那个女人。那女人突然间见到好几个公安特派员要来带走她，就大哭大闹了一通，经我们劝解安抚后对我们说，她的确是私奔出来的，并无啥拐骗之说。赵特派员说："天色已晚，在庄子里住下吧，明天带人回县局后再跟你们回东北，或离婚或安稳。"

我觉得只能如此了，却不知是赵特派员的缓兵之计。随后他就安排邢治保看好那女人，不得有误。我和郑双都很高兴，觉得此事办得挺顺利。

第二天吃过早饭，邢治保亲自领来了那个女人，后面还跟随许多说是小木匠的家人和亲友，唯独不见那个小木匠。当时我们两人也没多想，只要那女人肯跟我们回东北就不差事儿了。于是，赵特派员骑车在前，郑双骑车带着那女人居中，我在后面压阵，骑行了十几里路程后，赵特派员把车停在了一处西瓜地前，招呼我们歇息一下，吃口西瓜再走。客随主便，我们就歇息吃瓜，那个女人也不客气，提了秃噜（东北方言，意为狼吞虎咽）地没少吃。

半小时后我们依旧上路，仅走了三五里远，那女人跳下车吵着要撒尿。无奈，只好随她。这时赵特派员过来喝住那女人，让她把裤腰带解下来交给他，那女人委屈地解下裤腰带交了，就提着裤子一溜烟地钻进旁边的一大片玉米地里。我突然觉得盲然，看着眼前连成一片的玉米青纱帐，不知所措。

十几分钟后也不见那女人出来，我看了眼赵特派员，他看看自己手里攥着那条红裤腰带，摇晃着头，就带头往玉米地里闯。一边还大声喊着：“你个龟女子，干啥呢吗？”

我和郑双撂下自行车也进了青纱帐，结果是累得我们大汗淋漓，毛都没抓住。郑双擦着汗对我说，上当了。挺远处看到赵特派员钻出玉米地向我们走来，依旧看着手中的裤腰带，喃喃地咒骂着那女人，奶奶个熊的，让个臭娘们给耍了！我们合计着，决定先回高唐县城再说。

一路上我也想明白了，既然那个小木匠不是拐骗犯，当地人，包括这个特派员肯定会帮他的，所以此事无法较真儿，这毕竟是在山东地界嘛。最后只能无功而返。

百里追赃

转眼间就过去了三年，1982 年开春，我被招进了大榆树公社派出所。清明那天刚上班，就接到县局刑侦科章科长电话，指令所里马上派一人到县局接受任务。老刘让我即刻动身去县局领取任务，我想不到这个任务既简单，又极富刺激性和戏剧性，为办理此案还使我付出了伤痛的代价。

这是发生在长友屯的一起大牲畜被盗卖案。牛家大哥和另两户农户刚分到家的两头大犍牛 10 天前被盗，一周后盗卖案告破，但犍牛被卖到同江县前卫公社黎明大队了。交给我的任务是带着牛家大哥去同江县公安局，请友局同行配合前去起赃。

事不宜迟，我拿着那本厚厚的案情卷宗和县局刑侦科的介绍信，就和牛大哥即刻启程去公路客运站，早班客车已发，只好坐下午车去同江，到了同江县城已是下午 4 点多。无奈，在离同江县公安局不远处的旅店歇息。

第二天刚到上班时间，我俩就去县局刑侦科找联系人，却在楼梯拐角处碰到了时任同江县公安局副局长的杭州知青余某（名字记不清了，记忆中是杭大附中的老高一，下乡在乐业公社，在同江县公安局已工作八年）。见面自然熟，他非要留我们吃了午饭再办案，届时派车送我们去前卫公社。他叫来内勤安排我们憩息，他上午还有个会要开。牛大哥心急如焚，但是也只好静下心来和我一同等待。午饭在同江县局的餐厅吃，余副局长尽地主之谊。午后我们乘坐小吉普车前往30多千米外的前卫公社，由于路况很差，颠簸着开了两小时才到达目的地。和前卫公社的公安特派员肖某接上头后，在牛大哥的苦苦哀求下，那位肖特派员才不情愿地领我们去黎明大队。

虽已清明节气，但下午4点多天色就开始擦黑，可我们还要走15里乡路。一路走来，肖某得知我也是杭州知青，余副局长中午还宴请的，就不敢怠慢，跟我们说说笑笑的。天色已经黑黢黢的，看到不远处有灯火，黎明大队就要到了，却猛然发现走错进村的路了，横在眼前的是一片水面，有百多米宽。

肖特派员连连拍打自己的脑袋，抱歉地说："光顾说笑了，忘了应该从那条岔路口拐了。"

我望着就在眼前的村子，对老肖说："没关系，这都是清明了，咱们脱了鞋蹚过去吧。"

其实，牛大哥已经下水了，老肖也在挽裤脚准备下水，我就挽起裤脚后，想了想又脱了鞋袜拿在手里就下了水。在水中没走几步，就感觉水凉得有些刺骨，虽说水面并不深，才没过小腿肚，可我突然间感觉像走在无数把刀尖上，扎得我的脚心痛楚难耐。

牛大哥看着我龇牙咧嘴的样子，就忙过来拉我的手说："你别抬脚，蹚着走会好些。"

我咬着牙，鼓着勇气，在水下开始蹚着已经有些麻木的双脚，这十几分钟却似乎有两小时那么长。到岸后抬脚一看，两只脚心都在流血。好家伙！我也倒吸一口凉气，急忙掏出手帕擦拭血液。老肖见此情景，也掏出他的手帕，把我另一只脚包扎上，又歉意地说："说晚了一步，你若不脱鞋就没事了，你们南方人还是没摸透咱这疙瘩（这里或这个地方）的水性。"

我赶紧请教，他告诉我，别看已是清明节气，可你没见松花江开江吧？这儿的小水泡子，因为水浅，白天太阳一晒，就慢慢融化，到了深夜又结冰碴，白天再晒又化开，现在的阳光还弱，晒不透水面，所以，一尺以下的水就化得极慢，水的底层就形成了不规则的像刀尖状的冰凌，光脚下去就会被拉开口子。

我举步维艰地在他两人的搀扶下，半小时后才走进黎明大队。老肖他呱唧着湿漉漉的还没脱下鞋的双脚，撂下我紧走几步，找来了村里的党支书，好像也姓萧。在萧支书的帮助下，重新用温水洗了脚，抹上红药水，让我坐炕头，老肖和牛大哥也分别换了鞋，我听着肖和萧的对话，蛮有意思的，最后萧支书没拧过肖特派员，先吃饭再说事儿。饭后，肖特派员怕夜长梦多，就让萧支书叫来该村的治保主任，让我休息，他们一行人顺利地从买赃的农户家里牵来那两头牤牛拴在萧支书家的院落里。

转天，晨曦微露，萧支书家门前就来了许多社员看热闹，被肖特派员几声呵斥和说教，并亮着那本卷宗让大家明白了咋回事儿，人群才离去。早饭后，我试着下地，觉得勉强能走了，就坐上黎明村萧支书家的单马套的小轮马车，后面拴着那两头牤牛，9点就回到了前卫公社。在派出所签署获赃，归还失主的证明书后，牛大哥就独自牵牛先走了。老肖看留不下我，就推出三轮摩托车，把我送到县公安局。

抓赌巡路

1983年元旦后，农村赌博风猖獗，派出所每隔两三天就会接到线人的线索或群众的报案。派出所人手少，除了请公社人武部长和助理参与外，还得临时找些民兵干部和共青团干部帮忙。每次去抓赌，几乎是磨转就有末，少则几千，多则数万元之多的赌资，加上审理后再追缴的罚没款，公社财政所可就乐开了花。

在公社党委领导的眼中，所长老刘就是公社的“顶梁柱”，当然在老刘的眼里，我就是个大公无私的抓赌模范。每次在现场收缴赌资时，都放心地交给我管护，回到派出所后清点都没出过错，因为我会把我所有能装钱的兜翻个底朝上。有一次把我自己买香烟剩的十几元钱也一同上交了。后来我和老刘当个笑话说了，他想了想说：怪不得，有一次咋还有几元几角钱呢？那帮赌徒最小面额的钱都是5元以上的，怎么会有零钞呢？过后他以下乡补助的方式给我退了回来。要知道，那时我的月工资才37元，加上各类补贴才40多元。

整个冬季抓赌行动中，也时常会发生些意外，甚至惊魂险情。说一件发生在我身上的惊险一刻吧。记得那是在春节前，2月初，好像就是立春那天。晚上9点多了，公社通信员来家叫我马上去派出所，有紧急任务。老丫（我爱人）既害怕又无奈地看着我，怯懦地对我说："千万要小心些。"

不敢耽误时间，我立马着装，扎好武装带并佩带好手枪，穿上翻毛羊皮大衣，急匆匆地赶到派出所。人武部金部长和焦助理已经在等着我，他俩对我说："老刘刚接线报，在小窑地附近的隐蔽场所，有七八个赌徒在豪赌，我们马上出发，老刘已在德利屯王治保家里等候了。"

我马上打开卷柜拿出个黄书包挎在脖子上。出了派出所就看到一台没熄火的胶轮拖拉机，是金部长从腰中大队临时急调来的。40分钟后我们就和老刘会合了，老刘已在德利屯调集了王治保等四个民兵骨干。我们把机车停在王治保家院里，一行八人摸黑走了三里多路，找到了线人提供的场所。刚摸进院门，一条大狗就扑了出来，我们顾不上那条狗的狂吠，马上分别包围这家的四个方位，老刘在前，我居右后，金部长居左后，冲进院子把住外屋门。

我拔出手枪打开保险，一个箭步冲到窗下。谁知那条大黑狗却不依不饶地对着我吠吼，我顺手把手枪指向它，没想到畜牲看见枪口也会害怕，刚一转头，我的枪莫名其妙地响了，打在了猪圈前的一块石头上，溅起的火星着实吓了我一跳。也正是这声枪响，震慑了屋里的赌徒，老刘、金部长踢开屋门，我们几个迅速冲进屋里，那七八个赌徒看到这阵势，早已吓得双手举过头顶，乖乖就擒。

回来的路上，老刘笑着对我说："是不是走火了？"

到这时，我才如梦初醒，有些后怕地回答："我也不知咋回事儿，它就响了！"

金部长接过话头说："够悬的！不过呢，今天你这一枪反倒是立功了，屋里人听见真的枪响，都麻爪了。"

我还是心有余悸地摸着正在冒汗的头，紧跟在老刘身后。

回到家已是凌晨1点多了，看见北屋还有荧荧亮光，就知道老丫还在等着我。想着刚才手枪走火的事儿，心里还在后怕着呢，就决定不把此事告诉老丫，省得她担惊受怕。我一挪动篱笆门，惊动了院里的大鹅，嘎嘎亮了两嗓子，几只鸡也在窝里骚动不安。走到屋门口，没等敲门门就开了，老丫身着内衣裤披件大衣，让过我后闩上门，就麻溜

回到南炕，甩掉大衣，刺溜钻进了被窝，又翻过身双手托下巴，噘了嘴，转着眼珠地瞪着我说：“没出啥事儿吧?”

我勉强笑笑回道：“没事啊！今天大获全胜。”

谁知她闻听此言反倒掀了被，坐了起来，盯着我眼睛说：“不对，我不信？11点多钟时，我的心突然怦怦跳得慌慌的，你别骗我哟!”

我说：“这不是好好地回来了吗？快睡吧。”

老丫却不依也不让我搂着，更不许我碰她。于是我也背过身来，困倦之下刚要睡着，老丫突然从我身上翻过到我正脸，眼里噙满泪水，带着哭泣和委屈轻声说：“你们肯定有事儿，别再瞒我，我这眼巴巴地等着你，心都提到嗓子眼了……”

我还真受不了老丫如此状态，没等她说完就抢过话头：“事儿是有，不过是有惊无险，枪走火了!”说完只感觉到老丫身躯猛地一激灵，松开手软软地偎在我胸前。

4月中旬，县局召开公安干警总结表彰大会，我被评选为1982年度先进模范干警，受到表彰奖励，一个印有荣誉称号的漂亮的带盖的大号搪瓷缸，那是我参加工作以后的第一份奖品，也是对我能胜任公安干警的鼓励和肯定。

日月穿梭，转眼到了7月29日，那天突然接到县局紧急通知，去县政府的内部小会场参加一级机密会议，与会人员都是公、检、法的干警，会议期间全封闭，会议内容严格保密，主要任务是在福前铁路线富锦段全程部署警力，并联合沿线的村屯民兵骨干力量，守护福前铁路大动脉，为中央首长的莅临视察保驾护航。

7月31日早餐后，所有参战人员直接进入阵地，每三人一组，我和县法院的两名法警被分在保林村与拾坊村的中间两千米路段。当时正是中伏天气，又是夏麦成熟的收割期间，还是伏雨周期的活跃季节，白天顶着炎炎烈日行走在这两千米路段，仔仔细细地查看路基、路况，甚至每颗铁道钉。时而还得冒着酷暑雷暴雨的侵袭，一丝不苟地在路段上巡逻，劝导附近的村民不要在铁道边逗留放牧。每到饭时，就会看到从远处铁路上开来一辆铁道专用车，给我们放下面包、饼干之类的食物。那时还没有矿泉水、纯净水啥的，口渴难耐时，就到附近屯子里用水壶灌点井水回来。晚间三人轮换休息，也就是在小吉普车里打个盹儿，或在附近的麦垛旁小寝一会儿，那蚊咬虫叮的滋味儿更是苦不堪言。一个星期，整整七天哪，每天看着三趟客车如期而至，又"哐当哐当"地远去，驱赶试图在铁路上玩耍的半大孩子，搞得周边的老百姓都无所适从。

8月7日下午两点接到全线撤离的命令，统一回到县政府招待所。事后得知：国家改革开放的总设计师、第二代党的领导核心、时任中共中央要职的邓小平在友谊农场视察工作。

2010年6月

《我的公安生涯》作者茹耘龙在长江三峡夔门，摄于2019年5月

1982年8月，茹耘龙（后排左一）参加合江地区（现佳木斯市）预备派出所所长培训班时的合影

1983年7月，茹耘龙（左二）和公安战线同行在富锦福前铁路沿线巡路时留影

到黑龙江的第一年，我的脚冻伤了

林一杭

作者简介：林一杭，原杭州红旗中学初中生，富锦县西安公社和悦陆大队知青。1978年回杭后进入浙江省汽车运输公司，先后在浙江客车厂、东风汽车公司杭州客车厂等单位担任中层领导职务。退休后被杭州苏堤环保实业有限公司聘任技术顾问。

从小我就喜欢看书，特别是《牛虻》《钢铁是怎样炼成的》等革命英雄之类书。书中的主人公亚瑟·博尔顿以及保尔·柯察金，他们为了革命事业表现出的坚毅、勇敢、无私奉献的高尚品格深深地印刻在我的心中，以至于在现实生活中，我所做的一些决定，使人无法理解。比如，我写血书坚决到黑龙江去（杭州只有母亲一人，当时我完全有理由留城照顾母亲）。在插队落户时，我们知青点有一个招工名额，大队支部书记决定让我去，我却毫不犹豫地让给了别的同学；在农村的日子里，我从来没有觉得生活的艰苦，我认为，再苦再累，比起牛虻、保尔所经历的苦难，这又算得了什么。都说在生产队干活，年终分不到几个钱，而我认为能吃饱饭就行了，根本不在乎给多少钱，以至于很多同学换到相对富裕的队去了，我却选择留在全公社最穷的大队……

我们下乡的第一年，年底（是11月吧）知青点有两位女同学身体有病，到公社卫生院检查后，大夫建议他们到大医院去治疗，她俩决定回杭州治疗，但是路费呢？当年由于涨大水，生产队欠收，没有钱，我决定送他们上火车。

在佳木斯火车站，我想法带她们上了开往大连的列车，我安排她们坐到座位上（当时列车上没有对号入座），车上旅客很多，车厢内很挤，我站在过道上，思考着怎样跟列车长说。列车在行进中，我低着头聚精会神地在琢磨着，这时我觉得有人往我这边挤过来，抬头一看，是乘警，这时我们两人的眼睛正好对上，或许是无票乘车的心虚，看到乘警，我一惊，本能地避开了乘警的眼神。乘警从我身边走了过去，这时我猛然意识到，我的这一举动很可能引起乘警的怀疑。乘警已经走到车厢的连接处了，我想等他来找我就被动了，不能再犹豫，我干脆追了上去。“乘警同志，请等一下，我有事想跟你们商量一下。”我说。

乘警转过身，一看是我，严肃地说：“噢，是你？我正想找你呢，走吧！”他向列车前进方向指了一下。

乘警把我带到列车前部行李车厢的办公室，办公室很窄小，室内不仅有行李员，列车长也在。我们一进办公室，乘警就用一种轻蔑的语气对我说："你想跟我们商量什么，现在你说吧。"

我就把我们两位同学回杭州看病，因为大队没有钱，要求列车长允许两位同学乘坐这趟车。可是乘警凶巴巴地要我把兜里的东西全掏出来放在办公桌上，他打开我的钱包仔细地翻看了，过了一会儿乘警厉声问道："你钱包里有什么东西？"

我想了想说："我的学生证，有5角5分钱，还有2斤左右的黑龙江省粮票。"

"还有呢？"乘警问道。

我绞尽脑汁怎么也想不出钱包里还有什么了，我说："没有了。"

乘警从我的钱包里拿出100多尺布票、10斤棉花票，问道："这是哪里来的？"在计划经济时每人每年只能分配到8尺布票、1斤棉花票，而我包里竟然有那么多布票和棉花票这更引起了乘警的警觉。

哦，我忽然想起，在送同学到佳木斯途中，经过公社，遇到公社分管知青的公社干部小李，小李跟我说："县里发下来补助知青的布票和棉花票，你们大队的那份你领去吧。"

因为我思想上只有怎么顺利地送走生病的同学，把布票的事彻底忘了。这时乘警一个劲地盘问我，列车长一直没有说话，翻看我的钱包，忽然列车长对我说："你到隔壁去待会儿。"

我走进行李车的仓室，列车是在夜间行车，仓室内空间很大，行李不多，没有点灯，很黑，没有暖气，很冷。我在行李车仓室待了五六分钟，门开了，是列车长过来叫我进办公室，他让我把办公桌上我的东西都收起来，然后说："经过我们核查，你刚才说的情况，我们相信你，我们可以把你那两位生病的同学送到这趟列车的终点站大连，但是以后的行程我们就无能为力了。你准备在哪里下车?"

我没想到形势来了个一百八十度的转变，我激动地握住列车长的手说："能送到大连就非常感谢了，我在前方停靠站下车就行。"

列车长说："前方站是南岔车站，你就在南岔下吧，现在你带乘警同志到你的两位同学那里去吧。"

我领着乘警到了同学乘坐的车厢，我跟同学说："你们把公社卫生院的医疗证明给乘警看看。"

乘警看了两位同学的证明后，对同学说："你们坐在这里，不要随意走动，便于我们照顾你们。"

列车到达南岔车站，乘警把我带到车站值班室，他关照值班员把我送回佳木斯。值班员叫我到候车室去等车，他说，开往佳木斯的车来了会叫我的。在候车室我回忆在行李车上的经过，列车长怎么突然相信我了呢？而且说

“经过核查”，他们在哪里“核查”的呢？到同学那里去核查吗？从行李车到同学坐的车厢要走七八节车厢，在短短五六分钟内，不要说走一个来回，就是一个单程的时间也不够啊。那时列车上的通信设备没有现在那么先进，在短短五六分钟内不可能对我进行调查。

我拿出自己的钱包，仔细翻看着，我意外地发现一张已经过期了的介绍信，介绍信是生产大队开的，内容是：

西安公社：

兹有我大队知青点负责人林一杭同志到县粮站购买十月份国家分配粮，须借人民币贰佰元整，但我大队今年受灾严重，无现金可借，望公社帮助解决为荷。

西安公社和悦大队革命委员会（章）

1969年9月20日

上面还有公社的批示：“请富锦县知青安置办解决”，并加盖了公社革命委员会的公章。

这张介绍信的由来是这样的：我们刚到农村的第一年，下乡知识青年是吃国家供应粮的，而且是百分之百的细粮，每个知青点按照粮食供应卡上的人数，每个月到县粮站去购买定粮，我们大队的知青有23人，每人每月定粮是50斤（包括48斤白面，2斤大米），每月的购粮款需要200元。购粮款按道理应该是国家给的，但国家财政拨款的滞后，一般都由大队财务先垫上，等县里知青的购粮款拨下了，再还给大队。9月底，我准备去买10月的粮食，大队会计说没有钱，要我到公社去想办法，于是开了上述的介绍信。我到了公社，公社秘书说："县知青办购粮款还没有拨下来，我们哪里有钱，你直接到县知青办去拿钱吧"，并在大队的介绍信上批示"请县知青安置办解决"同时加盖了公社的章。

我到了县知青安置办，说明了来意，知青安置办工作人员告诉我："你们的粮食款上午刚拨下去，你马上回公社，到公社就能拿到了。"

所以我那张介绍信当时没用上，一直放在钱包里，时间一长，就忘得一干二净。现在在南岔火车站的候车室，发现这张介绍信，我这才恍然大悟，列车长肯定是看到了这张介绍信，才改变了对我的看法。

坐火车回到佳木斯再到福利屯，已经是第二天上午了，福利屯到富锦县还有100多千米，到汽车站坐班车要2元8角钱，但我只有5角钱。坐班车肯定不行了，我来到福利屯火车站的货场，那里有很多货运汽车。我看到不少富锦县来的汽车，但驾驶员都不肯拉我，我想总得回去吧，软的不行只能来硬的了，我守候在一辆装完了货，准备发车的开往富锦的汽车旁，等驾驶员汽车刚开动，我立即从汽车后面爬上拖车（当时货车都挂一节拖车），这辆车拉的是面碱，我趴在拖车的面碱上。

车开了不到 10 千米，还没有到集贤，后面来了一辆货车快速超越我们这辆车，同时一边按着喇叭，一边不断地向我车挥手，示意停车。驾驶员立即靠边停下，发现我在拖车上，他从驾驶室拿出一把大扳手，爬上车厢怒气冲冲地朝拖车和我走来。

我看到这副架势，马上站了起来，跟驾驶员说："你不要过来，我下去好了。"说着我从后拦板爬下了车。

我走了近 5 千米，到集贤的一家路边饭馆歇了下来，这时已经是下午三四点钟（东北冬天的下午三四点已经是太阳快下山了）。我又饿又累，到饭馆里要了一碗面汤，坐在饭桌前慢慢地喝着，我想起了曾经在课本里学过的一篇《梁生宝买稻种》的文章，梁生宝问人家要一碗面汤，自己还有两个馍呢，而我只有一碗面汤，不过要面汤可以说是受"梁生宝买稻种"的启发。

到路边饭馆的大多数是路过的汽车驾驶员，我向他们要求捎个脚到富锦，但都被婉言拒绝，终于有一辆哈尔滨粮食局到同江去的货车，我请求捎脚，他们说，驾驶室已经三人了，货那么高，你能坐吗？我觉得他们没有拒绝的意思，就出门一看，用帆布包着的货车离地有五六米高，再不能放过这个机会了，于是我进屋跟司机说："行，我能上去，我先上车了。"

我抓着捆绑货物的粗麻绳爬上了车顶，把自己整个身体套在麻绳里抱着麻绳躺在帆布包上。

车开动了，当时的气温将近零下10摄氏度，刺骨的寒风直往棉袄里钻，我双手紧紧抱住麻绳，不一会儿，腿就抽筋了，在车顶上，又不能站起来活动双脚，我咬着牙坚持着。

车开了大约一个小时停下了，司机打开车门问我："怎么样，能行吗？"

我说："行，没事，走吧！"

这时，天已经大黑了，我望着汽车前方一片灯光的地方，心想，那就是富锦了，可是，汽车好像永远开不到似的，为了缓解腿的抽筋，我尽量放松双脚。汽车行驶了三个多小时，终于停在了富锦饭店门口，这时我的脚好像不听使唤了，我是双手顺着麻绳滑下来的，脚一着地，好像踩上了棉花，没有感觉了。进了饭店，我脱下棉鞋，毡袜的头部和棉鞋冻在了一起，结起了一层白霜，把脚抽出来，十个脚指头漂白漂白的，还挂着霜，就像速冻箱里拿出来的冻肉。驾驶员和随车的人看到我严重冻伤的双脚都惊呆了，他们被我的毅力感动，立即帮我从外面盛了一盆雪，两个人，一人一只脚，用雪不断地擦洗我冻死了的脚指头，一直擦到我的脚趾有了血色，然后请我和他们一起吃了饭。

离开饭店已经是晚上10点多了，得找个暖和的地方过夜，我想起了富锦澡堂子（浴室），花了两角钱在澡堂过了一夜。晚上刚睡的时候没有多大的感觉，第二天醒来，十个脚指头钻心地疼痛，走路时脚趾不敢用劲。

我早上7点离开富锦，一步一步往前挪着，一小时走不到半里地。大道上过往的大车（拉货的马车）很多，大车老板（赶马车的人）见我行走得那么困难，会主动停车请我上车，都被我谢绝了，因为我知道，冻伤的脚必须得活动，如果上了马车长时间不活动容易留下伤残。就这样，我一步一步地往前挪，40多里地（20千米），我足足走了13个小时，晚上8点多才回到公社。

2016年5月21日

《到黑龙江的第一年，我的脚冻伤了》作者林一杭，左图摄于 1969 年 3 月，右图摄于 2020 年

2020 年 12 月，林一杭摄于杭州仓前梦想小镇

2019 年 6 月，林一杭和《我的故事》作者徐雅珍回到富锦市，在“知青石”前留影

林一杭（右二）和徐雅珍（左二）回到和原悦陆村与乡亲合影

林一杭和徐雅珍的女儿满百天，在借住的土屋里留影纪念

2015 年 8 月摄于杭州

金婚纪念合影

摄于杭州灵隐农家乐。前排左起：林一杭、徐雅珍、徐雅美、罗晓虹、胡美文、缪顺根、王群英、谢继红、潘山涛、王巧妹。后排左起：张中和、朱家炎、方晓明、张叔男、翁新兔、何建行、唐国贤、王涌金、俞刚、李培尧、王国梁

我的故事

徐雅珍

作者简介：徐雅珍，杭州开元中学初中女生，富锦县西安公社和悦陆大队知青。1979年回杭后，考入杭州大学中文本科专业，任杭州棉毛针织厂职工教师，后调到杭州市驾驶技术学校，直到退休。

1969年3月9日，我与1000多名知青一起登上北去的列车，赴黑龙江省富锦县插队落户，我们23名知青被分配到西安公社和悦陆大队。

刚一进村，我们就被眼前的荒凉、贫穷惊呆。那是一个全公社最穷的偏僻小屯，40余户人家，没有电灯，没有砖房，甚至连一间像样的土坯房都没有。屯子邻近松花江，耕种的大部分土地是坝外地（国家留作松花江洪涝时泻洪的底洼地），干旱年头则可，一遇涝年，常常颗粒无收。如遇大涝，不仅耕地一片汪洋，连屯子也成泽国。有时水未退尽，就冬季来临，刺骨的寒风从封冻的宽阔江面吹来，卷起阵阵"大烟泡"，打在脸上如刀割一样疼痛。来年开春，饱含水分的路面进入化冻期，整个屯子就像一个泥泞的"大酱缸"。

带着失望、恐惧与无奈，我和同伴们还是在那里安顿了下来，努力让自己适应那里的生活，开始向老乡学习在那种环境下生存的本领，在广阔天地里“炼红心”。

在那段蹉跎岁月里，到富锦县插队的杭州知青几乎有相似的经历。不同的是，我在那里找到了属于我的爱情，与同队的杭州知青林一杭结为伉俪。那是一种纯洁的不掺杂半点物欲的爱情，作为婚房的破旧小草屋是从一位叫“颜瘸子”的当地老乡那里借的，已濒临倒塌，经过我俩的修缮才能居住。室内除了一铺土炕，便家徒四壁，木箱铺上一块布便是桌子，墙上贴一张毛主席的像，桌上摆一套毛选成为最时尚的装饰。唯一的奢侈品是一只小闹钟，虽然陈旧，却固执地用规则的转动嘀嗒嘀嗒地记录我们艰难而温馨的生活。每天叫醒我们的铃声成为小屋里最动听的音乐，然后为生计去“战天斗地”。我们的婚姻与爱情深深地烙着知青的印记，简单平凡却又刻骨铭心。

我闪婚了

到北大荒插队的第一年，就遇上了松花江洪水泛滥，辛苦了一年的我们只分到四五十元钱。同学们陆陆续续地回杭过冬去了，而我把钱寄回家后就再也无路费了。

最后整个知青点只剩下我一人守着空空荡荡的三间草房。

天气越来越冷了，室外早就成了冰雪世界，屋里也不暖和。呼啸的北风席卷着漫天大雪，沙沙地抽打着窗户，煤油灯下，孤身只影的我，拿出了妈妈写给我的所有书信，一封一封地看，一遍一遍地看，任由泪水滴落在纸上。

脑袋冻得好疼啊，耳朵像被刀割了一样，人晕晕乎乎的，我真担心身上的血会被冻凝结，一觉还能否睡到天亮？

我脱掉了军绿色大棉袄，穿上妈妈穿过的那件蓝色驼毛里子小棉袄。那是妈妈用旧旗袍裁下的上半身。平时我一直将它珍藏在箱底，想家时就拿出来看看，吻吻，亲亲。今晚我要穿上它！我又穿上妈妈给我织的毛裤，戴上妈厂里发的红色尼龙手套，最后戴上狗皮帽。穿戴得整整齐齐的，心想万一冻住了……就这样我钻入冰冷的被窝，想象着依偎在妈妈的怀抱中，心中一股暖意渐渐升起，暖暖的，暖暖的，融化了我僵硬的身体和寒冷的心。

不知多久，我进入了梦乡，梦见已回到家中，妈妈一手搂着我，一手温柔地抚摸着我的头发。

“咯吱咯吱”，门前大井有人打水的声音把我从梦中吵醒。一睁眼，哇，哪还睁得开？哈气水已把眼睫毛结成一个小冰球，前额的头发也和狗皮帽粘连在一起，结成了一缕缕冰条。

这样的日子过了好久，林一杭回来了，大队给我们安排去了老乡家吃住。

随着冬天的过去，天气渐渐变暖，白天变得越来越长，农活也渐渐多起来。

春耕开始了，下地的时间也从几小时延长到十多小时。一段时间下来，由于搭伙吃得不多，体力严重透支，我觉得全身发软，手脚提不起劲，心想再这样下去肯定会得病。必须自己做饭，吃饱了才有力气。我把这想法跟一杭说，他马上赞成，原来他也全身发虚，饿极时把房东门前晒的萝卜干咬一口。

刻不容缓，说干就干，我们借了老乡一间快倒塌的小屋，领了口粮，自己开伙。

由于起早又贪黑，担心老乡说闲话，我建议一杭干脆结婚算了。他考虑了一会儿答应了。第二天去公社领证，在同一周的星期日两人正式将铺盖行李搬到一起，从公社供销社买回一斤白糖，给前来恭贺的老乡一人倒一碗糖水，就这样，闪婚完成！

我成了资本主义尾巴

结婚第二年的5月2日，我在和悦陆小破屋的炕上诞下了女儿，取名林黎，意为她将带来曙光，是我们的希望。在孩子十个月时，我们把她送到杭州由婆婆带。我和一杭回到北大荒，下决心挣钱养孩子。一杭被推荐到大队小卖部当售货员，这是个好差事，虽挣工分，但分不到多少钱。

我在大队干活，工分不高，更挣不到钱。怎么办呢？看到一些老农，偷着干一些私活，小日子过得挺好的。他们会撒网钓鱼卖，会挖草药卖，会打小野兽卖，会打草卖。

我呢？什么都不会，只会打草，那也就只能走这一条路致富了。

每天天一亮，我便带上窝窝头和一大瓶开水，拿着镰刀，出发去草甸子。

打草这活非常累，常常打着打着腰就直不起来。这时就只能就着打草的姿势躺下，然后慢慢地把腿伸开、腰挺开，再直腰，然后继续打。

北大荒夏天的太阳很毒，衣服早湿透了，头发像在水中捞出来一样。小咬没头没脑地往脸上叮，往眼睛里钻，往耳朵里进，往鼻孔里去，根本空不出手去驱赶，只能任由它们肆无忌惮地欺凌。心中只有一个目标，必须打到1000 捆，一分钱一捆，挣到 10 元。要知道这个指标在当地老乡中也只有几个壮劳力才能达到。

有时碰到草长得稀，要打到 1000 捆就只能晚点回家。这时蚊子起来了，一群群地围着你转，一巴掌拍下去就会有好多血蚊子。

其实小咬蚊子还算是客气的，打草最怕的是打到马蜂窝。

一天我不小心一刀打下去，砍到了马蜂窝，成百上千的马蜂像炸了锅似的飞了出来，它们团团地把我包围起来，脸上、身上、头顶上，只要暴露着的地方全都被蜇得体无完肤，我哭喊着、逃着，蜂群追赶着我，在附近打草的曹大哥看到了，赶紧在我边上点着一捆草，马蜂烧死的烧死，熏跑的熏跑，这才让我逃过一劫。

但脸被蜇肿了，眼睛也睁不开，滚烫的泪水流在脸上火辣辣钻心地疼，硬撑着回到了家。第二天我吃了一片止痛片又出发了。奇怪啊，这一整天都不知道累，没歇气儿。这天打了1200捆。

草甸子上草打完了，我又转战江通，有时候没船过不去江通，我便脱掉了外衣，举在手上，仰泳到江对岸。

后来我的事不知怎么被公社知道了，公社书记在会上狠狠地批评我是走资本主义道路，是资本主义尾巴。但他说因为考虑到我是知识青年，就不追究了。天哪，真不知道如果追究我又会是什么下场。

就这样，通过辛勤劳动，我们每个月可以往家寄20元养女儿。年终分红，还买下了黄老师家的小茅屋。那房屋相当不错，前后园子有一亩多地。

从此以后，种的菜吃不完，我们还种了烟叶，又增加了收入。

女　儿

一生做过许多傻事，许多事随时间的流逝早已成了过眼云烟，然而有一事，至今仍记忆犹新，就像发生在昨日。

那年，女儿三岁，我们把她接回了黑龙江。她的到来给我们带来了欢乐，常常因她的一颦一笑，逗得我们心里暖融融的，辛劳而寂寞的生活仿佛也变得美好起来。小家伙聪明伶俐，又能歌善舞，很快就成了村里的小明星，人见人爱。每天当我拖着疲惫的身躯回到家中，小家伙都会紧紧地抱住我的大腿，细声细语地说："妈妈，你坐下，宝宝来给你捶背。"小手没多大劲，却一小捶一小捶地舒服到心田。

有时候，我和一杭也会为一些生活琐事争吵，小孩就会用小手来捂住我的嘴，不让我发声，如果还要争吵，她就会用哭声来制止。因为有了她，我们想吵都不敢吵。因为有了她，我觉得穷乡僻壤的和悦陆大队变得如此美好，景色特别优美，人们特别善良，我们居住的小茅屋特别舒畅，生活变得如此美好。

别看我女儿才三岁，她的歌唱得特别好，犹如百灵鸟在欢唱，舞跳得特别棒，曼妙的舞姿非常出色。农闲时，常常跟着大队毛泽东思想文艺宣传队出去巡回演出。那一年到公社会演，还获得了二等奖。

但随着孩子的一天天长大，我们的忧虑也与日俱增。孩子长大后将在哪里生活？难道也要像我一样？我心有不甘。"农村是广阔的天地，在那里是大有作为的。"几年下来，我感到我们并没有什么作为，相反倒是给当地村民带来了不少的麻烦。“与天奋斗，其乐无穷！与地奋斗，其乐无穷！”我也感觉不到有什么乐趣呀，脸晒得黑黑的，手上磨起了厚厚的老茧，浑身一股汗臭，常常累得连洗澡的劲都没有。给孩子取名林黎，希望光明就在眼前。而当时我们眼前混沌一片，根本就不知道出路在哪里。我常自责：“真没出息，怎么就不能有点作为？”

我不希望孩子跟我一样没作为，该为孩子考虑考虑了。我开始一晚上一晚上地想，一夜一夜地折腾，苦思冥想，绞尽脑汁，终于想出了一个不是办法的办法：把孩子送人！这是唯一的简单而又可行的办法。将孩子送一个好人家，最起码要送一个生活在杭州、成分好、经济条件不错、心地善良的人家。那样，孩子会受到良好的教育，将来会有作为，哪怕我们一辈子见不到孩子也愿意承受！

我把自己的想法告诉了一杭，他沉思了，连续几天都不和我说一句话，我也不敢再提此事。

又过了一些日子，村子里很多大人小孩感染了流行感冒，很多人高烧不退，我感到很恐慌，决定马上送孩子回杭州。我再一次地提出了把孩子送人的想法，他痛苦地说了四个字：“只能如此。”

临出发前一晚，孩子早早就睡着了。她睡得很香，煤油灯下，两只大眼睛眯成了一条缝，两条小眉毛像两条细柳，红嘟嘟的小脸蛋闪着光亮，就像熟透了的大苹果。

我和一杭分别睡在她的左右，静静地注视着她的小脸蛋。突然“扑哧”一声，孩子笑出声来，她这是正做着美梦呢！这一晚，我听到一杭翻过来又翻过去，好像一晚都没睡着。

离别前，一杭抱起女儿亲了一遍又一遍，我看到他的眼里噙满泪水，终于滴落在孩子的小脸上，孩子抬起头不解地望着他：“爸爸，你为什么哭了呀？”此时我憋了许久的泪水，就像开了闸一样汹涌而出，孩子被我俩的举动吓得哇哇大哭。

到了杭州，我首先想到了一杭的舅舅，他是个部队干部，我希望通过他将女儿送给部队家属。

这一天，晴空万里，天上没有一丝云彩，温暖的阳光照得人心头亮堂堂的。我径直去了四宜路的部队家属大院，心中充满了期待和希望。舅舅看到我远道归来，亲自下厨做了一桌好菜，他不停地往我碗里夹菜，而我却一口也咽不下去，端着饭碗，愣愣地发呆。此时我的心在滴血，眼泪在眼眶中转悠。舅舅看我满腹心事的样子，就一直不停地问话：“一杭好吗？”“孩子好吗？”……

我有一搭没一搭地应付着，心里矛盾极了，要不要开口？怎么开口？最后还是鼓起勇气，吞吞吐吐地说明了来意。

没想到话音刚落，舅舅的脸色变得异常的严肃，他斩钉截铁地拒绝了我：“不行！这件事我帮不了你们。你们这么年轻，来日方长，好日子在后头呢！如果真把孩子送人，你们会后悔一辈子！”听到舅舅这么说，我只好作罢，悻悻地离开了他家。

回家后我又想起了第二个目标，我曾听说过大姑姐的同事邱医师结婚多年没生孩子，他们夫妻俩想要领养一个，作为医师，各方面条件当然错不了。于是我带上女儿直奔大姑姐在埭溪的工作单位。

我跟大姑姐说明了来意，突然女儿一把抱住了我的大腿，痛哭起来：“妈妈，你要把我送人，我死掉好了，我不要送人！”哭得眼泪鼻涕很伤心。

我的心被彻底击碎了，孩子呀，这也是我不愿意的事呀！泪水再一次夺眶而出：“宝贝，妈对不起你，妈错了，妈以后再也不做这傻事了。”我紧紧地抱起了女儿，生怕真的失去她。

脱谷机厂逸事

1976 年，大批知青陆续被抽到县里安排工作。8 月，我和另一名知青叶平被抽到了富锦县脱谷机厂，分配到翻砂车间。在那里我度过了知青生活中最快乐的一段时光。车间主任姓邱，个子高高大大的，讲话却慢声细语的，他是一个工作严谨却又心地善良的人，他的音容至今深印在我的脑海里，是我心目中的好人。工作上，他一丝不苟，而生活上又对我们百般照顾、百般关心，就好像是自己的父亲，我们既怕他又敬重他。每天早上开一次班会，他都会从工作讲起，从注意安全讲起，然后教导我们该如何处事做人，天天如此。所以整个车间同事之间相处和谐，大家团结一致，奋发向上，充满了正能量。我也在那里学到了很多东西，收获了相当多的友情，那一段生活，甚至影响了我今后的人生。

好朋友张丽君的爸爸是厨师，每天都会给她烧上一盒好菜，她自己舍不得吃，大部分让给了我。叶平的女朋友林玉玲也是对我一口一个徐姐地叫着，星期天常邀我去她家，有好吃好喝的首先想到我。大组长陈德光什么苦活都自己抢着干，把轻松简易的生活让给我们。在那里，就像一个大家庭，非常温暖。

厂里没有宿舍，给我安排到车间边上的修勺房住。每天翻砂勺子盛过火红的铁水以后，都要集中在那里修补，修勺房也就十二三平方米，里面有一铺小炕。灰很大，邱师傅请来木匠，沿着炕边钉上了木板，还做了一扇小门。这样小炕就与灰尘世界隔开了，这里成了我的宿舍。我又找到了一块木板，让喷漆师傅给我喷成了红色，用几块砖叠起来，靠到墙边上，成了书桌。房间虽小，但我很喜欢。天冷时，点上一个大灯泡，相当暖和，修勺用的小炉子还可以做饭，外屋就是井，水电齐全，每天想吃什么就做点什么，生活过得甚是惬意。

那时候人们的安全意识都不高，翻砂车间在厂区的最里面，离门卫有半里路，后面是田地，并没有围墙，外人可以自由进出。晚上，除了门卫对面的精工车间有人上夜班，留了一些灯光外，厂区其他地方都一片漆黑，也没有路灯。在这样的环境里，说不害怕是不可能的，每晚躺下前，我都会在枕头下放把菜刀。

一天，我睡得迷迷糊糊的，突然听到外屋有人打水，一看表，才5点来钟啊，怎么会那么早呢？我留起神来。咕噜咕噜，水打上来了，过了好久，又听到窸窸窣窣的声音，这人干什么呢？怎么还不走啊！听着听着觉得不对劲了，他在把吊桶上的绳子解下来，莫非想偷桶，我再细听，人走了。我赶紧起来，往井边一望，只留下井绳，桶真的被他偷走了，天哪，真的是小偷！说时迟，那时快，我顾不得还穿着睡衣，跑出去就追。那个人在前面跑，我在后面追，一边大声喊着，“放下！放下！把桶放下！”

这时天才蒙蒙亮，只能看到一个人影恍恍惚惚地在前面跑，我奋力地追，路七高八低的，突然脚下一绊，摔了一跤，脚伤了。等我起来，人已不见了，没了目标，不敢再追了。当我一瘸一拐往回走时，突然发现水桶就扔在一堆麦秸垛旁。当时我高兴极了，因打赢了一仗。这事情邱师傅知道后，在早会上表扬了我，并让大家要学习我保护公物的精神。但这时我一点也高兴不起来，傻傻地呆在那里，心中生出一种莫名的悲哀，我父辈样的邱师傅怎么没有提到让我注意安全呢？如果我是他的女儿，他会不会跟我说，一只水桶算什么？自身安全才是最重要的。

通过这次“锻炼”后，我深信“邪不压正”这个词语是正确的。

又一个夜晚降临，外面月黑风高，我早早地吃了晚饭，钻入被窝。睡意蒙眬中，我被一声细微的开锁声惊醒，我仔细听，全神贯注地听，屏住呼吸地听，是真的呀，有人来开我的房门了，这是遇上坏人了，再仔细听，不是一个人，而是两个人！此刻，我的头发根都竖了起来，没敢多想，就迅速从枕头下取出菜刀，鼓起勇气跃出门外，举刀大喝：“干什么？”

门外两个人被我突如其来的阵势镇住了，他俩脸色煞白，全身像筛糠似的颤抖，“徐姐是我们”，明显已经变声了。

我定睛一看，原来是前面钣金车间烧锅炉的工人，“那你们半夜三更跑我这里来撬锁干吗？”我厉声呵斥他俩。

“徐姐，我们肚子饿了，来你这里借个锅，想烧点吃的。”

“为什么不敲门？”

“我们怕吵醒你。徐姐，我们不借了。”两人逃也似的溜走了。现在想想，当时也不知道哪来的勇气！

后来，孟厂长到杭州出差，妈妈找到了他，希望他能多让我学学技术。于是，他回厂不久就把我调到了精工车间钳工组。那个车间主任是个瘌痢头，稀稀疏疏的头发，是个有点私利的家伙。车间里的工人大多是在县里有些背景和关系的，所以工作中有什么差错，总拿我说事儿。就在这样一个不受待见的环境里，我开始了自己并不喜欢的钳工生涯。为了学技术，一杭给我寄来了《机械图纸》，白天干活，晚上苦学，一天又一天，在缺朋少友的日子里，我的心情一直不愉快。好在这样的日子并不长，几个月后，我接到了返杭通知。怪不得啊，我这一段时间老是重复做着一个梦，梦见自己在空气中游泳，那叫一个轻松啊，就像飞一样，一点力气都不用，原来冥冥之中有人在通知我，要飞回杭州了呀！那是梦里想了千百回而现实中从来不敢想的事情，那心情当然是无法用语言表达的。

于是我请假回生产队调出我和一杭几年的口粮，到粮库换回了1000多元钱和许多全国粮票。当时我的工作是亦工亦农性质的，在厂里挣的工资必须寄到大队，然后大队按工分换算再给我报酬。大队穷，每个工值也就几角钱。如果我在厂里应得的工资到队里一转就会所剩无几。好在好友石淑清的妈妈是信用社的，我们的工资正好在她们那儿发，于是她就直接把我的钱取出来交到我手上，这样，我身上有两千多元了。这个数字，在当时的年代，算是一笔巨款了。

接下来的事情就是与曾帮助过我的好友道别。我到了林业局韩世奎大哥家，将没喝掉的大半斤茶叶送给了他。

嫂子特地给我包了饺子，临别还送我两桶豆油。邱师傅请我去他家吃饭，夏师傅也请我去他家做客……小姐妹们在饭店摆了一桌。丽君妹妹送我一条围巾，我看到她眼睛红红的。

明天一早就要出发了。晚上，我正在收拾东西，精工车间一个男孩突然走了进来，他高高瘦瘦的，平时看上去老实得有些木讷，但此刻我觉得他的眼神有点怪怪的。我有些警惕地问："你什么事?"

"徐姐，你要走了，能不能把你的《机械制图》借给我?"

我心里嘀咕：看你这样子，还能看懂《机械制图》?也许是他想要学习的念头打动了我，便答应了他。当我放松警惕，打开皮箱翻找那本书时，突然脖子被两只手死死地掐住，这是要置我于死地啊，他不是来借书，是来抢劫的。

这时，我猛地意识到自己危在旦夕，如不拼搏，将命丧黄泉，永远也见不到亲人了。那时，也不知哪来的劲，我一下掰开他的手，顺势紧紧咬住他的手指，咯吱一声，我感觉已咬到他的骨头。他使劲挣脱，终于，我的牙齿被掰落一颗，手被他抽走，跑掉了。在搏斗中，我的头上不知道什么时候划裂了一个口子，热乎乎的鲜血顺着脸颊流到了衣服上。

九年的知青生涯终于结束了，这段生活究竟是祸是福？仁者见仁，智者见智。但我非常感恩生命中有这么一段经历的磨炼，让我获得一种凤凰涅槃，浴火重生的感觉。

一晃40多年过去了，女儿早已成家立业，并在事业上也有了一点成就。每次女儿回来时，我都会想起往事。有时候我会傻傻地想，舅舅怎么那么有眼光，竟然会知道我们的好日子在后头。否则，真不知道后悔一辈子是什么滋味！

2016年5月11日

梦想树文学丛书

晨露暮雪

语晴 著

中国華僑出版社

·北京·

图书在版编目（CIP）数据

晨露暮雪 / 语晴 著 . -- 北京 : 中国华侨出版社，2021. 11（2024. 7 重印）.（梦想树文学丛书；2）.

ISBN 978-7-5113-8621-2

Ⅰ . ①晨… Ⅱ . ①语… Ⅲ . ①诗集－中国－当代②散文集－中国－当代 Ⅳ . ① I217.2

中国版本图书馆 CIP 数据核字（2021）第 211811 号

晨露暮雪

著　　者：语　晴
责任编辑：刘晓燕
封面设计：汇文书联
经　　销：新华书店
开　　本：880 毫米 × 1230 毫米　1/32开　印张：4.75（本册）　字数：87 千字（本册）
印　　刷：三河市嵩川印刷有限公司
版　　次：2021 年 11 月第 1 版
印　　次：2024 年 7 月第 2 次印刷
书　　号：ISBN 978-7-5113-8621-2
定　　价：240.00 元（全 5 册）

中国华侨出版社　　北京市朝阳区西坝河东里 77 号楼底商 5 号　　邮编：100028
发行部：（010）64443051　　传　真：（010）64439708
网　址：www.oveaschin.com　　E-mail：oveaschin@sina.com

目录

075 第四单元 我思我想

099 第五单元 读·思·感

第一单元

四季·花开

春雷隆隆，唤醒了大地。

不知是谁在惊慌间，

一不小心，

打翻了春天。

于是，

嫩绿、新绿、葱绿、翠绿、黛绿……

泼满了大地。

……

净白的梨花，

如团团云絮漫卷轻飘；

嫣红的桃花，

含羞带笑许下十里红妆。

晨　露

清晨，推开窗，
晨烟初放，
滴露珠玑，
颗颗晶莹。
滴落在风情的草尖儿上，
滴落在明艳的花瓣儿上，
滴落在清爽的大地上，
滴落在离人的心尖儿上。

晶莹的晨露，
为了追求生命的美好，
为了沉淀灵魂的升华，
她默默地走过黑夜的漫长。
将甘苦凝练成生命的精彩，
将沧桑润泽成岁月的充盈，
她的历程坎坷而多磨，
她的信念坚定而执着。

阳光穿透空气的罅隙，
不假思索地照向大地，
小心翼翼地抚摸着露珠，
满心爱恋地亲吻着露珠。
让她的生命透明而敞亮，
让她的世界神奇且梦幻，
让她的人生美丽而淡然，
让她的情怀清纯且浪漫。
晨露的身影里漫溢着月色的流光，
晨露的眼神里映衬着朝曦的霓裳，
晨露的梦想就在月色里酝酿，
晨露的希望就在晨光里闪亮。
她依依不舍缓缓地滑下，
浅浅地湿了我的衣襟，
留下淡淡的绿意与香气，
让我不忍拂去……

一不小心，打翻了春天

春雷隆隆，唤醒了大地。
不知是谁在惊慌间，
一不小心，
打翻了春天。
于是，
嫩绿、新绿、葱绿、翠绿、黛绿……
泼满了大地。

树上的芽儿顶破树皮的束缚，
长出星星点点的嫩绿；
地里的草儿铆足了劲儿蹿出地面，
展现新绿无边；
一座座山峰巍然挺立，
散发着磅礴的葱绿；
依山的湖水，
经过冬天的沉积清澈翠绿。
一如穿着一袭黛绿轻纱的婉约少女，
眉峰聚山，眼波横水。

春雷隆隆，唤醒了大地。
不知是谁在惊慌间，
一不小心，
打翻了春天。
于是，
鹅黄、淡粉、梨白、姹紫、嫣红……
点缀了大地。

鹅黄的迎春俏皮地探出头，
绽出绰约风姿；
淡粉的樱花缀满枝头，
任由花瓣翩翩起舞；
净白的梨花，
如团团云絮漫卷轻飘；
嫣红的桃花，
含羞带笑许下十里红妆。
一时间百般红紫斗芳菲，
万木尽秀，占尽春色。

春雷隆隆，唤醒了大地。

不知是谁在惊慌间，
一不小心，
打翻了春天。
于是，
蛙鸣、虫吟、莺啼、雀语、燕呢喃……
唱响了大地。

燕子从南方赶来，
在房前翩然呢喃；
青蛙从冬眠中醒来，
一只“呱”一只“哇”；
黄鹂在翠柳上鸣啼，
黄莺在桃枝上啁啾，
喜鹊也不耐寂寞，
时而高亢嘹亮，
时而婉转低回，
奏成一曲悦耳的春天的赞歌。

一不小心，
春天被打翻成色彩斑斓的模样。
最是枝头春意闹，

草长莺飞枝头俏，

禁不住叹一声，

万物有灵且美！

三　月

三月略显清寒，
风还未暖，
羞涩犹存。
却是，
柳绿了、花开了、水笑了。
片片柔软的花瓣被春雨亲吻，
丝丝嫩柳在烟霭中随风摇曳。
空气中漫溢着，
淡淡的芬芳，
淡淡的清雅。

我就在这，
草长莺飞、新绿摇翠、燕子声声里，
在你灼灼的希望和期待中到来。
那一刻，
你便似站在樱花阡陌上，
杨柳绿池边。
从此，

更加爱上这轻盈新妍、柔美清新的三月；
更加爱上这如诗如画、飘逸优雅的三月；
更加爱上这烟雨朦胧、欲语还休的三月。

今天的风格外得轻，
今天的阳光格外得暖。
花丛中的女孩儿低眉浅笑，
含羞待放。
都说生命是一树花开，
这世上的万千风景，
总有一朵是开在心上的，
而我，
便是开在你心上的那朵，
清新而美好！

檐上花开

又是一年檐上落了花，
随风飘摇，摇碎了一地月光。
飞火流萤如星子，
点亮了谁的年华？
又是一年风吹檐上花，
皓月当空，明媚了整个院落，
涂涂浮生如诗画，
刻下了谁的情怀？

一壶清酒话一世沉醉，
掸去尘埃，洗去浮华。
一场春秋缱一念来回，
执手望尽，红尘天涯。
两岸遥遥蒹葭苍苍，
远山眉风吹瘦黄花，
泊舟之处禅心微起，
楼阁殿外樱如落霞。
阡陌古巷清且幽，

藤蔓青青，倚绕高楼。
画里移舟江与雾，
云水悠悠，翠鸟鸣啾。
浮生若梦几许清愁事，
心头思绪几时能还休？
时光纵已去无悔，
把酒言欢待深秋。

兰指一挥，捻落红尘；
剑指天下，苍岬云起；
风雨歇处，便是江湖；
左手拈花，右手舞剑。
碧罗纱下映出你眉目如画，
擎弓骓踏任由我倾覆天下。
万般思绪且随风飘荡，
馨香一瓣散落眉间心上。

七日樱花

一声春雷，惊醒了睡梦中的樱花树，将她从休眠中唤起。她伸了伸手臂，舒展了一下全身的筋骨，睁开眼时，却是满目的嫩黄，哦，是迎春花开了，春天来了呀！

“灵姐姐。”

“叫我翊灵！”

“哦！”

“你说樱花什么时候开呀？”

“该开的时候就开了呗。”

树下，两个小身影并排站着。一个抬着头，努力伸长了脖子看着高大的樱花树；另一个戴着耳机，低着头，不停地踢着脚下泥土中的一个小螺蛳壳。

“也许，明天就会开吧。”

“傻翘翘，都还没见着芽尖儿呢，哪里就会开花了呢。”

“灵姐姐，你能不能让她快点开呀，还有七天，我就要走了。就看不到美丽的樱花了。人们都说樱花最极致的便是七日，要是我能看到就好了。”

“叫我翊灵！我又不是小花仙，哪里就有那本事。”

翊灵回头看见楚翘眼中从希望到失望的眼神，摸了摸楚翘的头，“也许，你现在赶快许愿，樱花树就能听得见。因为我们的翘翘是多么的可爱。”

小女孩仰起头，握紧双手开始许愿，嘴角微微扬起一丝弧度。

原来，人们是这么地喜爱我啊！樱花树觉得全身热血沸腾。看着两个小女孩一前一后渐渐远去的背影，樱花树猛地一使劲，全身便开始萌动，芽尖儿出现一点绿色。樱花树想大声地喊住那两个小女孩，告诉她们：“亲，我开始露绿啦！”

“灵姐姐，两天后的早晨我们再来看看可以吗？”

“叫我翊灵，我不就只比你大两个小时吗？我有那么老吗！”

“哦。那我们两天后的早晨再来看看吧？”

“嗯。”

当夜晚降临，看着星月继续演绎了亿万年的神话后，大地陷入一片沉寂。也许睡得太久，樱花树一点也不困，她开始努力地让周身的花芽不断膨大，一天、两天直至芽鳞裂开。此时细心的你便可以很清楚地看出每个花芽内花蕾的数量。花芽芽鳞裂开露出花蕾后，随着花蕾的生长，花梗也开始不断伸长。

“灵姐姐，樱花树听见我许的愿望了，今天才是第三天，你看，花蕾，已经有花蕾了。”

“真的呀，还真是呢，那天连个芽尖儿还没冒呢，今儿就出蕾了。呀，你怎么又喊我姐了。”

“嘻嘻，因为我喜欢你呀，在武汉的这段时间，你真正像个姐姐，每天都很照顾我，什么事都让着我，我觉得好幸福。”

望着楚翘幸福的小模样，再听着楚翘甜蜜的话语，大大满足了一把翊灵的小虚荣心。

“早在远古，日本人就将樱花看作春天的化身，是花的神灵。日语中的‘樱时’(古语)，意思就是‘春天的时节’。每当春天来临，人们最关注的就是樱花一年一度的花开花落。花蕾结得多少好坏，开花时能否躲过春雨的淋洗，开得灿烂，凋谢时能不能遇上春风，落瓣洁净。樱花是否开花顺利在古代日本人看来，意味着这一年是否风调雨顺、五谷丰登。所以每当花开时节，人们就聚集在樱花树下，放歌畅饮，用整个身心去赞美春天，祈祷神灵的保佑。”

“灵姐姐，你懂得真多啊！”看着楚翘崇拜的目光，翊灵在心中小小地得意了一番，这可是昨晚特意在网上查的。

“明天早晨我们再来看吧，说不定明天就会有满树的花开了。”两个小女孩手拉着手朝前走去。

“原来我们樱花还有这样的传说啊。”樱花树也是第一次听到这个传说，“兴许是我太年轻了吧，所以还没来得及听长辈们说。”樱花树晃动了下身子，想到年轻，樱花树更加开心起来，便使劲地要张开花蕾。

这一晚的风一改往日的调皮，特别的温柔乖巧，生怕一不小心触落了娇嫩的樱花瓣。

清晨，一丝细雨轻巧地落在樱花树的身上，樱花树立刻惊醒了，昨晚她太劳累了，她用尽了全身的力气催开了每一朵花蕾后，在不知不觉中睡着了。她连忙站直了身姿，整理了一下仪容，认真地查看了每一朵花蕾确实都已经竞相开放了，宛如粉色的面纱温柔地覆盖在树冠上。每一朵都那般热烈而浪漫地绽放着，她知道，很快就会引来不少赏花的人群，那时，人们又会像以往那样谈笑嬉闹地尽情欣赏着树上的樱花和身边的春光。她更加期待的是那两个小女孩的到来。

一个小时过去了，她们还没有来，樱花树告诉自己，现在还早，孩子们还没起床吧。两个小时过去了，她们还没有来，樱花树告诉自己，孩子们可能今天起晚了，没来得及看她就直接上学去了吧。陆陆续续，已经有很多人发现了盛开的樱花，相互在电话里转告着：“樱花开了呢，快来看樱花吧。”“快来看，最早盛开的一株樱花树，一树的花都开了，漂亮极了！”听着人们的赞赏，樱花树高兴极了，但同时，她又有些小小的失望，那个喜欢她，盼望着她快点开花的小女孩呢？

直到次日的清晨，一个小小的身影映入樱花树的眼帘，是那个被叫作灵姐姐的小女孩。“怎么只一个人？还有一个呢？在后面吗？”樱花树努力伸长了脖子，可还是没有看见那个叫作楚翘的小女孩。

“真的开花了呀，好美，可惜翘翘看不到了，唉，林阿姨居然提前接走了翘翘，墨尔本，离这里是那么远啊！唉，看这一树的花开，是翘翘盼了多久的啊，她是那么喜欢樱花。”

樱花树垂下了头，心中莫名地失落。

“不过，翘翘说了，明年的樱花季她一定不会错过！”

樱花树抬起头，开心地笑了。

一年过去了。樱花又开了，开在三月。

远远望去，樱花一团团、一簇簇像泛粉的云朵。当它大片大片向你袭来的时候，又像那山间的薄雾，轻轻的、淡淡的，将你笼罩其中。

近看，那一树晕红的花蕾，淡红的花瓣，粉红的花蕊。

瞧这一枝，风姿绰约、翩跹含情；看那一枝，嫣然欲笑，倚风起舞。一阵轻轻的春风吹过，那樱花的花瓣如飞扬的雪片儿，纷纷扬扬地撒落在赏花人肩上、头上，一会儿树间的草地上落满了一层花瓣。看着看着，眼就乱了，走着走着，心就醉了。

樱花给人带来的几乎是唯美，多情妩媚却又不失清丽脱俗。穿行于樱花树下，情不自禁就放慢了脚步，全身心放松，惬意从容，悠闲自在。而它却又是如约一般，齐齐绽放并凋零在细雨纷飞中，将生命绽放得如此极致。

“铅华不着花最艳，素面尤生万种怜。淡香自有三分怯，吐秀敷彩醉羞颜。仙姿摇曳花枝俏，娉娉袅袅袂飘摇。娇樱盼春三日笑，花容人面魂欲烧。”

“哎哟，我们的翘翘好有学问噢！”

“灵姐姐，你又笑话我。”

“叫我翊灵！”

“哦！”

“明天就是第七天了，明晚有雨，也许一夜之间，花儿就凋落了吧。”

“樱花总是如约一般，齐齐绽放并凋零在细雨纷飞中，将生命绽放得如此极致。”

“那我们一定要来看花瓣雨。”

“好啊，灵姐姐。”

“叫我翊灵。”

“哈哈哈哈……”

樱花树也笑了，笑得花枝乱颤。

桃之夭夭，灼灼其华

四月芳菲，春色正好。杨柳依依，微风习习，鸟语花香。

“春日迟迟，卉木萋萋。仓庚喈喈，采蘩祁祁。”有时候，春天的脚步很慢，慢得让人充满了期待，慢得让人有些疑惑，不知道她何时才会真正到来。而她到来的那一刻，花草便会迅速生长，一派生机勃勃的景象。在春日的天宇里缓缓而行，看丰茂葱郁的花木，黄鹂在枝头唧啾歌唱，一群群年轻的女子们相聚采蘩。

“蔽芾甘棠，勿剪勿伐，召伯所茇。”甘棠便是棠梨树，春天时节，满树洁白，一枝枝、一朵朵清雅动人，虽不以颜色艳丽来争春，却往往在不经意间“占断天下白，压尽人间花”。梨花尽开时，十里白烟，萦绕在乡间的路上，缓缓熏风，一幅春日清雅的画卷。“月出皎兮，佼人僚兮。”夜晚，站在梨树下，梨花入月，月光化水，那皎洁的月光透过如白雾般的花儿洒了我满身，刹那间，我竟犹如入了仙境。

“参差荇菜，左右流之。窈窕淑女，寤寐求之。”明媚春光下，水岸河旁，荇叶若隐若现地漂浮于水面上，两只水鸟也时而漂于水上，时而潜入水下，嬉戏欢闹，动静相宜。一位年轻美貌、婀娜曼妙的女子在清洗着荇菜，纤纤小手下流淌着丝丝缕缕的碧绿，随性游转，飘摇无方。不知何时，一位男子在从河边经过，被这样一幅美好的画面吸引，竟是呆了、痴了，驻足不前。

“桃之夭夭，灼灼其华。之子于归，宜其室家。”春日里如香云一般含笑不语的粉嫩桃花，纷纷绽蕊，那待嫁的新娘此刻既兴奋又羞涩，两颊飞红，人面桃花，两相辉映。

如此大好春光，动物们也开始活跃了。“维叶萋萋，黄鸟于飞。”黄莺从茂密的树叶间飞过，形成一幅鲜明而美妙的图画，纵然诗人不写，我们也能想象出树叶沙沙的摇动间，洒落的一串串美妙的“歌声”。“燕燕于飞，差池其羽。”“穿花衣”的小燕子，从那个时候起就在春日中翱翔了，用它们“差池”不齐、剪刀般的羽翼，剪出一片片春光。“蜉蝣之翼，采采衣服。”即使是朝生暮死的微小生命，也是要在这春日里尽情地展示自己的美丽。小小的蜉蝣啊，展开了双翼，就像是在展示它最美的新衣。“五月斯螽动股，六月莎鸡振羽。”春日渐暮，蚱蜢和纺织娘也加入了昆虫的合唱。一幅多么生机勃勃的画面啊！

盎然春意里，手执一卷《诗经》，觅古人笔下的野菜春蔬、鸟兽虫鱼，定是春日里最美好的时光。从《诗经》的春天里走来，清雅，潇洒，挽一轮明月，携一缕清风，赏春光无限。桃之夭夭，灼灼其华。此时，吾心有所感、所思、所悟……

浅唱清秋梦自华

清秋，
清高恬淡，旷远精深，
静谧清幽，厚重博大。
清秋，
有沙场点秋兵的豪迈，
有江心秋月白的寂寞，
有夜深风竹敲秋韵的空灵，
有秋入横林数叶红的绚烂，
有蒹葭苍苍白露为霜里，
在水一方的伊人……

闲梦幽远，
南国秋色清爽宜人。
那辽阔无际的千里江山，
笼罩在一片淡淡的秋色中。
芦花深处，
停泊着一叶孤舟，

那悠扬的笛声，
回荡在洒满月光的高楼。
清秋时节，
总是最易让人动情。
恬淡的清秋明净绚烂，
素净温婉，安然静美。
如一股温润的清流，
穿越时光的罅隙，
镌刻好每道眉间心上。
明月间桂树下，
一份清高，一缕薄凉，
任一袭暗香浮动，
浅唱一梦浮华。

一管洞箫，一张古琴，
一吹一奏，
韵律出秋凉如水的空灵；
一黛远山，一池秋水，
一山一水，
沉淀出宁静热烈的浪漫；
一行白鹭，一片枫林，

一动一静，
萌动出含蓄高远的寂寥。

独上高楼，临窗远眺，
繁华过后，风烟俱净。
一片落叶渲染了秋色，
一季落英唯美了年华。
你素净温婉轻盈入画，
我不动声色对影成诗。
任那暗香浮动了尘埃，
任那疏影横斜了水波。
一半风雨，一半晴天，
于秋风处拾起一地微澜。

秋风淡淡，烟雨蒙蒙，
秋虫啁啾，秋叶窸窣。
任那秋风吹走心伤者，
才下眉头又上心头的忧愁，
任那秋风吹淡孤单人，
若有若无瘦马西风的寂寞，
吹散那一季秋凉如水梧桐摇落的如烟往事。

清秋，

一半风雨一半晴，

一唱梵音一梦吟……

金素之美

当暑热渐渐退场，明净清凉的风就接踵而来，不着声色地晕染了季节的眉梢，漫山红遍，层林尽染。

蒹葭苍苍白露为霜的日子，天高云淡，云飞雁归。由着那不带一点修饰，最纯净、爽朗的风轻轻掠过山林，不着痕迹地带走逐渐萧疏的叶子，带走一季悲伤的往事，送去一份深藏已久的关心与思念。

露浓梧云淡，风细桂香浮。流年在时光的树上开出淡雅的花，岁月在时光的心中留下刻骨的痕。一阵微蒙细雨，敲打着略有寒意的窗。窗外，雨打芭蕉，叶落梧桐，一片残荷静静地聆听着细碎的雨声。

最动人的是微风带着清澈的凉意，湖上飘忽着淡淡的烟霞，一如青灰色的透明的轻绡，笼罩着逶迤起伏的远山，若游若定，似有似无。湖畔的山坡上，透着几分迷人的色彩，是金黄，是殷红，是日渐变得深沉的墨绿。慢慢地，慢慢地，斜阳西下，随着暮色浸染，山林映着落日，酡红如醉，衬托着天边渐渐加深的暮色，美到极致。

月光浸水水浸天，一派空明互回荡。夜凉如洗，霜华满地。老树下，三两老友，就着清冷的月光，在那铺满了绿苔，不见砌痕的阶下，煮上一壶美酒，撒几丝金黄的菊、几抹馨香的桂，心中便是满满的“金风玉露一相逢”的喜悦。借着酒意的微醺，吟几句诗，唱几段曲儿。那诗里是满满的思念，那曲儿里是悠悠的心事。

一年好景君须记，正是橙黄橘绿时。瞧，麦穗两歧，年丰时稔。瓜果满园飘香，谷粒装满粮仓，眼中透着芬芳，心中盈着希望。

白露凋花花不残，凉风吹叶叶初乾。这样的日子深沉而浪漫，宁静而热烈，宛如一缕岁月的沉香，清高中透着恬淡，旷远中含着精深，静谧中藏着清净。就让我沉醉在你的季节里，让遍地黄花红叶铺成远方……

中　秋

桂树摇兮，远儿归兮；
桂树曳兮，高堂乐兮。
月出皎兮，萱堂燎兮；
月出皓兮，银发黑兮。
桂酒斟兮，家君严兮；
桂酒酌兮，蹙眉舒兮。
中秋迎兮，合家睦兮；
中秋凉兮，心宅暖兮。

临窗听雪

临窗，听雪，
一帘浅香依旧。
窗外，
雪花洋洋洒洒落下，
多少宁静的心在此刻，
倾听与领悟，
在雪的神韵和潇洒中，
找到一份宁静。

耳边那美妙的韵律，
净化着大地万物，
安抚着我们心中的忧郁，
消散着我们尘世里的烦扰。
心中所有的喜怒哀乐，
都在这漫天飘舞的雪花中，
融于无形，
溶于无声。
冬窗含初雪，

清寡素白。

似心中开出的一朵莲花，

含蓄，幽静。

似骑着白马跑尽天涯，

不相语，不相扰。

便一切了然，了然如我，

了然如一场初雪。

暮　雪

薄纱一般的，
暮色笼罩，
绵密，轻柔，
覆盖在雪上。
浅金色的光作为香槟，
淡蓝色的光绘成油画，
取天上一勺薄云，
和着树枝般的巧克力泡芙。
穿着透明的衣裙，
在雪上跳舞，
我便是那暮色的，
悸动。

第二单元

青春无限

安娜·昆德兰说："人很难在青春时认识青春，只有走过了青春，才能认识青春。"此时的我只是站在青春的路口，看着前方未知的道路，多少有些犹豫，多少有些彷徨。这一路上会有欢歌笑语吧，这一路上会有荆棘密布吧，这一路上会有信任和背叛吧，这一路上会有进步和搁浅吧。此时的我当然不能领悟，也无法预知，也许只有走过了，才能真正了解，才会有更清晰的认识。

……

成长这条路只能靠自己，没有人能代替你走，有人牵引固然是好的，遇到挫折也不用刻意绕行。生活就是这样存在着偶然性，不是你想驾驭就能驾驭的。

搏动青春，放飞梦想

青春，
是热烈的红日；
青春，
是盛放的花朵；
青春，
是充满诗意的年轮；
青春，
是百舸争先的拼搏。

青春，
澎湃的是热血；
青春，
洋溢的是热情；
青春，
风发的是意气；
青春，
昂扬的是斗志。

青春，

短暂却绚烂；

青春，

莽撞却勇敢；

青春，

青涩却精彩；

青春，

艰辛却浪漫。

青春，

是刻印着千万青年足迹的高峰；

青春，

是倾洒着千万青年汗水的宝塔；

青春，

是代表时代激情飞扬的强音；

青春，

是展望未来婉转悠扬的旋律。

青春，

聚集多少远眺的目光；

青春，

生长无数奔波的诗行；

青春，

充满多少美妙的遐想；

青春，

汇成无数鼓舞的源泉。

如椽大笔写不完青春岁月，

千言万语抒不尽满腔热情。

坎坎坷坷是青春的日历，

风风雨雨是青春的乐章。

青春与梦想相伴相生，

梦想与青春相互升华。

青春烈火燃烧永恒，

梦想闪电耀眼天边。

飞火流萤如星子，

点亮青春的年华；

涂涂浮生如诗画，

刻下梦想的情怀。

赤日如焰，风雨如磐；

雄鹰展翅，骏马驰骋；

惊涛骇浪，无惧拼搏；

璀璨青春，不负韶华。

青春不可负

“无论我如何地去探索，年轻的你只如云影掠过，而你微笑的面容极浅极淡，逐渐隐没在日落后的群岚。”青春是本仓促的书，“岁月不居，时节如流”，年华易逝，青春不可负。

在青春金色年华里，应去奋力拼搏。苏秦“头悬梁，锥刺股”，李密“牛角挂书”，匡衡“凿壁偷光”，他们奋发读书；玄奘少时便苦学佛法，万里跋涉，西行取经，才有了《大唐西域记》；郎平领导的中国女排贯彻“敢打、敢拼、敢赢”的理念，艰苦训练，取得了胜利。他们不负青春，在青春年华中不懈奋斗，让青春焕发着日光般的光辉，让青春富有意义，也取得了瞩目的成就。

在青春金色年华里，应去无私奉献。邓稼先在美国获得博士学位后，拒绝美国的种种优待，毅然决然回到祖国，为“两弹”做出杰出贡献；雷锋省吃俭用，将自己的积蓄全部捐给灾区，被人们评价为“走到哪里，好事就做到哪里”；当今也有许多大学生放弃在城市中发展，无悔地走入乡村，为乡村建设奉献自己的青春。这些人不负青春，让青春散发出桂花香般的芬芳，让青春富有意义，永远为世人所感激。

在青春金色年华里，应去勇于担当。美国前总统里根年少踢足球时打碎了邻居家的玻璃，他没有逃避而是勇敢地主动承认了错误，担起责任；“向日葵女孩”何平在家庭灾难面前担起养家的责任，尽自己所能地关爱社会，担起社会责任；年轻的驻藏战士告别繁华都市，在边疆戍守，铁肩担道义。他们不负青春，让娇嫩的青春镀上金箔，让青春富有意义，让人为之喝彩。

“题诗寄汝非无意，莫负青春取自惭。”年华易逝，青春不可负。在金色年华里勇敢拼搏、无私奉献、勇于担当，让青春富有意义并且得到升华，光彩夺目。

走过，才会认识

安娜·昆德兰说："人很难在青春时认识青春，只有走过了青春，才能认识青春。"此时的我只是站在青春的路口，看着前方未知的道路，多少有些犹豫，多少有些彷徨。这一路上会有欢歌笑语吧，这一路上会有荆棘密布吧，这一路上会有信任和背叛吧，这一路上会有进步和搁浅吧。此时的我当然不能领悟，也无法预知，也许只有走过了，才能真正了解，才会有更清晰的认识。那时的我或许会向即将走过青春的后辈提出建议，虽然明知道这些建议不会被他们认同多少，一如现在的我。

其实，无论成功或失败都会让我们学到很多。成功时的欣喜和失败时的沮丧都只是停留在那个时刻。你不会因为一次的成功而永远走对路，也不会因为一次的失败而永远抬不起头。真正走过了才发现，其实那时斤斤计较的都是多么平常的事。那时的惊喜于现在而言已再无豪情，那时的抑郁于此刻而言已再无波澜。以往不能接受的一些想法会在不知不觉中认同，以往不能接受的人也许现在你正与他淡然相处。

在路上行走的我们最容易忽略的就是眼前。我们常常会把回忆和憧憬挂在嘴边，却忘记了珍惜眼前。“眼前”似乎是母亲最爱说的，也许就是因为她曾经“走过”。在我眼里，母亲每年会安排姥姥姥爷出去旅游，不在乎能走多远的地方，就只是让他们能出去看看；母亲经常会买很多好吃的，不在乎他们能吃多少，就只是让他们都尝尝。母亲总说：“孝顺不是挂在嘴边的，尽孝不是等到身后的，现在就给他们能给的一切，以后就不会说后悔。”我似乎记住了，又似乎不太明白。

在路上行走的我们要与朋友相互陪伴吧。安娜·昆德兰说：“一个懂你泪水的朋友，胜过一群只懂你欢笑的过客。”在我们生命的不同阶段，会有各种各样的朋友。可能会是陪你一生的朋友，可能会是一旦超越你就远离你的朋友，可能会是因时间和距离渐渐走失的朋友。怎样算是真正的朋友，如何成为真正的朋友，什么时候给出逆耳的忠言，什么时候说出善意的谎言，这一切的一切都需要我们去走过、去领悟、去接受。那时，也许我会对我的朋友说一声：谢谢你给我的力量，谢谢你的不离不弃。

在路上行走的时候不是每件事都是你想做的。也许你会被安排，你会被强迫接受，你会被拒绝说不。或许这就是一种经历吧。随着年龄的增长，总是会有一种不幸迫临，我们渐渐地不再随心所欲，对未知的事情因为害怕受挫折而选择了随波逐流。但是只要你有足够的勇气，敢于面对，敢于质疑，敢于打破常规，你就会知道自己该选择什么，该放弃什么。然后，你便成了别人效仿的对象，你就成了新的常规。生活原本就不是我们想象的那么简单，而我们就是要把简单的思想复杂化，把复杂的事情简单化，然后，就这么周而复始。

成长这条路只能靠自己，没有人能代替你走，有人牵引固然是好的，遇到挫折也不用刻意绕行。生活就是这样存在着偶然性，不是你想驾驭就能驾驭的。也许，你正在经历的生活不是最理想的，你当初的选择不是最唯美的，要知道，人生的道路不是一开始就能规划好的，愿望是美好的，现实是残酷的。时代在前进，思想在进步，一路走，一路会面临选择，你迈出了步子，做出了选择，你就是最棒的！因为，这就是成长。

人们常说：青春时不懂青春，懂青春时已不再青春。我们照镜子是为了看青春带来的悸动，父母们照镜子是为了看岁月留下的痕迹，谁不想留住美好！在美好之外，他们还有太多的担心、太多的焦虑，因为他们已经走过青春，已经走过大半的人生，总是不希望自己的孩子再走弯路，总是会把我们的人生和他们的过往进行对比，而我们终究还是懵懵懂懂。人生在继续，路途还很遥远，太多的未知在等待着我们去解锁，太多的陌生在等待着我们去认识。

去吧，走过才会认识；走过，才会懂得。

心中有丘壑，立马振山河

中华民族从不是一个缺乏磨难的民族，她经历过无数的腥风血雨、艰难险阻。然而，中华民族的血脉从未断流，“即便百年冰雪，也寒冬不凛，即使千年煎熬，也厄困不塞”。是什么，让中华血脉如此坚韧绵延？

“人无精神则不立，国无精神则不强。”这句话似乎给了我们答案——是伟大的中国精神，使我们的民族具有凝聚力和坚韧性，屹立千年而不倒。

中国精神，是兴国之魂、强国之魂，是民族精神与时代精神的统一。民族精神以爱国主义为核心，它流露于赵一曼“未惜头颅新故国，甘将热血沃中华”的奋斗精神中；它绽放于十二年踏遍西南大山、呕心沥血二十二年，打造大国重器的南仁东的创造精神之中；它闪耀于国泰民安、天下大同的梦想精神之中；它凝聚在聚是一团火的团结精神之中。时代精神是时代的产物，它是1998年万众一心的抗洪精神，它是2005年实现千年梦想的载人航天精神……民族精神的具体内涵与时俱进，时代精神随着发展不断扩充，于是中国精神始终保持着生命力与活力，始终博大精深，内涵深刻。

中国精神，是深深刻入我们每个华夏子孙血脉之中的基因，更是支撑一代代青年不懈奋斗的力量源泉。遥望五四时期，青年学子怀着一腔爱国热血，不畏生死，挺身而出，坚定反对帝国主义与封建主义。中国精神在这些青年人的心里生根发芽，化作一股股不竭的力量，推动着青年们“九万里风鹏正举”。

作为大学生的我们，正是中国新时代青年中的主力军。“一代人有一代人的使命，一代人有一代人的担当。”我们青年正当时，弘扬中国精神，是我们义不容辞的责任，我们应该热爱祖国、永远团结、敢于梦想、不懈创造、勇于奋斗！把所有的夜晚，都还给星河；把所有的春光，都还给疏疏篱落；把所有的慵懒、沉迷、止步不前，都留给昨日。明天的我们，要做到心中有丘壑，立马振山河！请相信，中国之辉煌未来，在我们！

新时代，新理想

罗曼·罗兰曾言：“你们的理想与热情，是你航行的灵魂的舵和帆。”有了人生理想，人生才有航道，人生才能拥有远方。一个人的一生不过须臾，然而长度被限定的渺渺人生，也能有着无限被延伸的宽度。然而，每个人的宽度是不一样的，这取决于理想的质量。

进入新时代的中国，物质生活越来越丰富，“雕车竞驻于天街，宝马争驰于御路，金翠耀目，罗绮飘香”。怀想曾经，人们的名字都是“赵建桥”“王富强”……这些名字寄语着人们对于祖国繁荣富强的美好希望，而如今，国家越发昌盛，人们更倾向并着眼于自身，“张妍”“楚悦”……这些名字体现着父母对自己孩子的美好期望与祝愿。从起名的变化就可以看出一个趋势：人们更加注重自己的生活质量。这本身是没有错的，国家富强的目的就是希望人民幸福，但是人民怎样才能让自己更幸福？那就是让国家更加富强。但是人们似乎经常忽略了这一点。当专家调查大学生的人生理想的时候，发现有超过一半的大学生以就业赚钱为理想，而能想到建设社会主义的学生少之又少。“青年之于社会，犹如新鲜活泼细胞在人身。”大学生作为担当时代大任的新人，其人生理想却显得有些微薄。

是什么让一些当代大学生的人生理想失去了厚重？其一即物欲横流的社会风气。当山区学生遇见城市学生，当剥落中学的校服显露出每个人真正的衣着时，当生活、社会中众多问题都需要金钱来解决时，一些大学生开始对金钱有了强烈的欲望，“一夜暴富”等更是大学生的常用词汇。金钱会蒙蔽人的双眼，让一些大学生的理想囿于一角，如同空中飘浮的一根羽毛一样身不由己，如同水面上的一层油脂一样无法深潜。其二即三观的树立缺少恰当的引导。当学生们埋头于解数学题时，便少有闲暇顾及国事。当爱国主义教育在教育中所占的比重较低时，学生们便少把“关心国家”放在脑海中的第一位，学生们只知道如今我们的国家很富强，却没有意识、不知道如何继承先贤担负起大任，来将国家建设得更富强。

当代大学生该如何解决人生理想低质化的问题呢？“人不应该是插在花瓶里供人观赏的静物，而是蔓延在草原上随风起舞的韵律。”我们每一个大学生都不只是一件件世界的装饰品，我们有自己的力量，能够去创造新的世界。我们要充分发挥自身的力量，创造一个更好的中国，参与打造更公平的世界秩序。

“人生的盛宴已经摆在我们的面前，现在唯一的问题是我们的胃口怎样。”生于盛世，吾辈当自强，从烈火中煅来精金美玉的人品，向薄冰上履过后立揭地掀天的事功，将实现中国梦内化于心，外化于行，做新时代的好青年，为国效力！

第三单元

人生与陪伴

人生，就是个不断验证真理与创造真理的过程，而让人生真正有了温度的，是陪伴。

……

我们所处的是生命数轴中的一个点，我们无法改变过去，更无法去探知未来。

……

活在当下，着手于眼前，不总是回首，也不总是遥望。

……

换一个视角看世界，每个当下做出一点点改变，所有的事物都会变得不同而有趣。

人来人往

一生中，

我们总是会遇见，

各种各样的人。

有总是朝气蓬勃积极向上的，

也有总是消沉低落黯然神伤的。

有些人，

与你匆匆擦肩而过，

未来得及去看清面容，

就早已消失在茫茫人海；

有些人，

与你相识，

却无法交心；

有些人与你“酒逢知己千杯少”……

有些人被我们爱着，

有些人被我们厌恶着；

有些人爱着我们，

有些人厌恶着我们……

这些人，

出现在我们的生命里，

都扮演着一定的角色。

这样的一群人，

在我们的生命中留下痕迹，

给我们的人生，

增添了无数色彩与花纹。

无论扮演着怎样的角色，

在我们的人生中做了怎样的事，

无疑都是在促使我们成长，

即便是厌恶着我们的人，

他们的刺激会让我们的内心更加强大，

让我们的步履更加稳健；

爱着我们的人，

给我们精神的寄托，

让我们在外闯荡也无所畏惧，

也让我们更加有了生存的目标，

同时给我们“有家可归”的幸福感。

一些人伤害着我们，

却让我们从经历中反省，
从而懂得更多；
一些人保护着我们，
让我们本是空虚的心灵得到了宽慰。
这些人都值得被感谢。
这些人，
与我们一起进行人生的旅途，
看潮起潮落，云卷云舒。
面对咆哮的巨浪，
面对正喷薄着的火山，
面对千丈的深渊，
因为他们的存在，
我们变得勇敢，
变得坚定。

敢于面对，
有了高飞的力量，
有了闯过去的力量，
于是面对暴风雨后的，
虹光、极圈的夜空中，
散漫着的五彩斑斓的极光，

必须要有着那么一群人，
陪我们一起看，
才能看见真正的美好。
人生之旅因此会变得有意义，
因此变得饱满。
可是，
天下没有不散的宴席。
总有一天会因为各样的事情，
有人在我们的人生旅途中退出，
或许因为向往的不同，
大家选择了不同的路；
或许是无法陪我们继续前进，
永远留在了某个时间点……
渐渐地，我们失去了很多人。
可是在旅途中，
也不断有新的同行者加入……
在失去与获得中，
我们哭着笑着走完我们的旅程。

但是其实面对这些失去，
我们也不必过于悲伤。

那些离开的人，
其实都是天使回归了天国。
那些离开的朋友，
那些曾经帮助过我们的陌生人，
那些曾经爱过最后又分开了的人，
曾经讲过一个很好听的笑话逗我开心的人，
曾经唱过一首好听的歌给你的歌手，
写过一本好书的作家，
他们都是善良的天使。
也许你有段时间会因为他们的消失，
感到失落或难过，
会四处寻找他们去了哪里，
到了什么国度，
可是到最后，
你都愿意去相信，
他们在这世界的某一个角落，
安静而满足地生活着。
于是曾经的那些失落将不复存在，
我相信，
与我分别的朋友们，
正在另一片天际展翅高飞。

感受人来人往，

人生便是如此的状态，

和大家一起头也不回地向前奔驰。

陪　伴

人生的道路上，由于每个人的成长速度不同、经历不同，因而在一个集体中就会形成差异，有些人能更早地认识到这个世界中的一些道理，有些人则可能会晚一些。

丰子恺曾经在教育孩子时欲言又止：“看见好的嘴上不可说好，想要的嘴上不可说要。倘再进一步，就变成看见好的嘴上应该说不好，想要的嘴上应该说不要。”第一次看到这里，觉得丰子恺做的是对的，不该让孩子这么小就接触到这些事情。但是第二次看到这个片段，我有了不同的想法：既然这些都是社会上客观存在的现象，孩子也总是要接触到的，为什么要刻意隐瞒呢？这不是让孩子在温室下成长吗？但是当我第三次看到这个片段，我又有了新的想法。

许多道理，都得在自己撞了南墙后总结领悟出。倘若有人在一个时间段里将他所领悟的一切告诉给你，第一也许你会厌烦这个人，第二你根本不会太在意他的这一串大道理。没有经历过的人生等于空白，经历就是探索的过程，人生只能由自己探索，自己总结。这或许是一个人的成长规律，就像植物一样，不能揠苗助长。

所以最好的做法，最温柔的做法，不是一口气将所有的道理都灌输给对方，也不是要事不关己高高挂起，而是陪伴。丰子恺的做法便是：我愿陪伴着你成长，跟你一起经历，陪着你探索人生，用我剩下的所有光阴，陪伴你看清世界真容，陪伴你叛逆后热爱生活。

这并不仅限于家人，在朋友之间也经常有这类事情。自己和朋友经常会有些想法意见不太一致，我们也经常会对自己的想法不太确定，但我们不会因此展开一场“激烈的辩论赛”，而是任凭自身接受时间的考验，一起走过漫长的时间，总有一天，我们能谁也不启唇，心中自有答案。

曾经说到，成长是让一个人变得越来越温柔，而陪伴这个再温暖不过的词，正适合成长。无论是亲人，是老师，是朋友，他们的陪伴使我们更有探索一切事物的底气，因为陪伴就是不论遇到什么，你回过头去，他们永远就在你身后支持着你，对你说：“我在。”然后你将继续进行你的人生。

人生，就是一个不断验证真理与创造真理的过程，而让人生真正有了温度的，是陪伴。

故事发生在大街上

又是一年冬天。深吸了一口气，整个身体仿佛都被冰冻了。走在街上，路灯投洒下昏黄的光晕，渐渐如颜料般氤氲地扩散在我的瞳孔中。不由得想起了那天的场景。

那是几年前的一个冬夜。刚刚停了片刻的雪花儿又开始在空中飘舞了。它们颇似顽皮的精灵，在行人的帽子上、围巾上、手套上留下洁白的痕迹；在行人哈出的白气里画一颗肉眼察觉不到的爱心；在屋顶、车顶上占山为王。街灯不明不暗地亮着，散发着淡淡的一圈光晕。因为天冷，大家都放快了脚步，没有闲暇心情去逛路边的小店。但小店里的灯光为街道平添了一缕温暖，让人们想起在家等候的亲人和热乎乎香喷喷的饭菜。

在街拐角的巷子里，一束白色的灯光，点缀在昏黄的灯光间，但是看起来毫无唐突之感。走近了才发现，那是一个馄饨摊。摊主是一位白发苍苍的老者。因为在街拐角的巷子里，摊铺又太小，看起来是那么不起眼。时间也渐渐地晚了，路上的行人也越来越少，馄饨摊几乎没有什么生意上门。也不知她待了多久了，反正已分不清她的头上多少是白发，多少是雪花。

寒冷如海啸一般席卷着整条大街。

“老奶奶，您怎么还不回家呀?”我忍不住问道。她愣了愣，笑着说：“我还要卖馄饨呀。”“可是他们都赶着回家与家人一起吃饭啊!”“总会有的，会有的，要攒钱啊。”后面的声音很小很小，似有似无。毕竟是人家的私事，我也不好再多问。也许是独自待了太久，好不容易碰上个说话的人，老奶奶又断断续续地说了起来。“又快过年了，也不知道今年能不能回来，我多挣点儿钱，给儿子做顿好吃的，我儿子啊，最爱吃我做的红烧肉。”她的眼睛里盛满了幸福的憧憬。“我儿子啊，常年在外打工，想多挣些钱买房、娶媳妇，这不，他都三年没回过家了，我自己做点小生意，不仅能养活自己，还能帮衬着他存点儿钱，他也就不用那么辛苦，兴许能早点儿回家了……”也许意识到她正在和一个不相识的人说话，她停顿了片刻，又笑着说：“你也站了半天了，要不要吃碗馄饨啊，这肉可新鲜了，味道好得很啊!”我愣了愣，点了点头，虽然我已经吃过晚饭，只是准备去画画。

在白色的光晕下，时间在她的脸上留下一条条痕迹，每一条看起来都是那么清晰。

渐渐地，雪停了。它已将世界彻底装扮成银色，也将期待就此延续下去。

我深知，她微笑的背后是怎样的哀伤，我亦知道，她想要的只是儿子能回家来看看，哪怕只是吃上一碗这热腾腾的馄饨。

雪流动的白色在灯光下变得透明，蜿蜒向它所有可以到达的地方。

如今，又是一年冬天了，那些在外拼搏的年轻人，你可曾回家看看一直在等待着你们的白发苍苍的父母？别让一切等待成为遗憾！

活在当下

人生的意义是什么?

是为了取得好的分数?是为了找到理想的工作?是为了飞黄腾达?是为了守护自己爱的人?

我觉得都不是。人生的意义何在?我也纠结了很久,一直未寻得答案。人到底为什么而活着呢?分数在步入社会的时候就不再有任何发言权,飞黄腾达有了更多的物质财富,但是到死亡的那一天,一切都是零,同样,守护珍视的东西一辈子也仅仅只限于“一辈子”。小时候读着《匆匆》,看朱自清发出感叹:“在逃去如飞的日子里,在千门万户的世界里的我能做些什么呢?只有徘徊罢了,只有匆匆罢了;在八千多日的匆匆里,除徘徊外,又剩些什么呢?过去的日子如轻烟,被微风吹散了,如薄雾,被初阳蒸融了;我留着些什么痕迹呢?我何曾留着像游丝样的痕迹呢?我赤裸裸来到这世界,转眼间也将赤裸裸的回去罢?但不能平的,为什么偏要白白走这一遭啊?”那时候的我还不理解为什么朱自清会有这样的疑问,可是随着年龄的增长,我逐渐也被这个问题困扰着。

“人固有一死,或重于泰山,或轻于鸿毛。”重于泰山的死，便是有意义的人生的终止抑或是生命另一种方式的延续。为世界做些贡献，为后世留下些什么，这是我找到的关于人生的意义是什么的答案。比如司马迁，比如屠呦呦，他们的人生意义已是最大化。而朱自清先生也不必困惑，留下来的无数篇章早已让他的人生大放光彩。

那难道只有这样的人的人生才有意义吗？不是的！每个人的人生都有意义。人群中，很大一部分人，都只是普通人。想像慈善家那样做慈善，可是没有那么多物质财富，但是，若是真的想做出贡献，不在于你捐出的一串数字后有多少个零；想像文豪那样挥毫泼墨，可是却少有契机与灵感，但是，别忽略了，作家写文章的目的并不是为了流传千古，而只是想传达自己的内心。这就教给我们，要活在当下。

我们所处的是生命数轴中的一个点，我们无法改变过去，更无法去探知未来。梵高生前的作品一文不值，可在他死后作品却进了博物馆。活在当下，正是教我们做好现在的自己。你的感觉只跟此时此刻有关，不是放空，是充满；不是刻意感觉，而是自然体会。说到这里，其实可以发现，我前面的说法有些略显自私。并不是为了使自己的人生有意义才去做慈善、才去记录自己的思想，而是为了帮助才去做慈善，为了传达才去记录，然而做慈善、传达又给了我们馈赠，那便是升华自我。

这样说来，归根结底，人生的意义便是活在当下！活在当下，着手于眼前，不总是回首，也不总是遥望。以肉体和灵魂作为载体，在这个世界上生活的每一秒都被肉体和灵魂记录着，每一丝细微的情感也都被记录着，或许我们自己都不知道，或者已经遗忘，但是这个载体一直都记录着。活着的意义，或许并没有那么深刻。做好现在的自己，守住心底的那份真情与激情，这便是最好的状态吧。

改变从当下做起

“春日迟迟，卉木萋萋。仓庚喈喈，采蘩祁祁。”果真是最美人间四月天。春暖花开，枝头添绿，草木正葱茏；细雨蒙蒙，淡绿柳丛，杏花照眼明。在这个春色融融的假日，我的心情因为一些事情略有些焦躁与失落。妈妈看出了我的郁闷，笑说是为了不负春光，非要来一场说走就走的旅行。

“弱柳千条杏一枝，半含春雨半垂丝。”这便是“隐庐”给我的第一眼感觉。“隐庐”并不是什么旅游胜地，而是妈妈的同学在郊外半山下的一处老宅子。“隐庐”的主人安姨和磊叔给我们安排好房间，就让我们自己随意走走看看，他们则去准备午餐。我一个人悄悄溜出房间在大厅里“游荡”。一排奇怪的物件吸引了我的目光。看了许久，我才敢确定它们其实就是茶杯。普通茶盏一般都是圆形，也有方形、六角形的，但至少都是规规矩矩的模样，可眼前的这排茶杯还真是让人大跌眼镜，没有一个是像模像样、中规中矩、撑撑妥妥的，不是凹凸不平，就是歪七扭八的。我心里顿时有了一百种猜想。“看什么看得那么入神啊？”“这是什么怪物啊？”我脱口而出，可回头一看，我立马就后悔了，原来是安姨。“呀，安姨，我，我只是好奇它们为什么不是圆的。”“普通茶盏确实圆形居多，并且是正圆形的，这个形状是由两方面因素导致的，手工拉坯成型的离心力形成了自然的圆形，祈求美好结果的人类文化将圆等同于圆满，所以圆形在中国人心目中是吉祥的。正因为在现实中有很多不圆满，人们才会去祈愿，祈愿月常圆，花常开，人常在，陶瓷匠人祈愿茶盏不变形。茶盏变形导致口不圆是常见的缺憾，并且无法回避，当瓷经过一千三百多度以上的高温烧制后，会发生强烈的收缩因而变得极其致密，烧成前后的收缩比有百分之二十左右，薄如纸的薄胎茶盏很难抵抗收缩的拉力，口沿会被拉成椭圆形、波浪形，会翻转、褶皱，在一千三百多度时瓷茶盏软得像面皮做的，窑内火焰的力量甚至能将茶盏吹倒软塌成一团。”“这么神奇啊！”“有时一点小小变形，让器物更有生气，像个成熟理智洞察世事的人偶尔的天真和小任性，那种小调皮，很可爱。换一个视角看世界，每个当下做出一点点改变，所有的事物都会变得不同而有趣。”

我仔细琢磨着安姨的话，“换一个视角看世界，每个当下做出一点点改变……”是啊，茶盏是正圆形只是一个思维定式，生活中多数人是随大溜的，只知道跟着惯常的惯性盲目地向前走。其实，懂得停下来总结休整改变，才是真正的智慧。

每一个孩子都被寄予无尽的祝福，都被相信具有无限的可能，这同样也是一个思维定式。于是，我们就背负着这种“厚望”，跟着所谓的惯性负重前行。“一点一点地改变，一点一点地累积，所谓的自我超越就是一种变形吧。”我想得出神，自言自语。茶盏的命运常常像人一样，每个人的人生都有一些缺憾。有的来自先天，比如个子不高却想成为姚明，这被称为命；有的来自后天，比如因为自己的偶然疏忽错过了重大机遇，这被称作运。普通人的生活就是这样，并不圆满却也好好地过着，但其中有些人，将自己的缺憾变成让人艳羡的特质，完成华丽转身的变形。比如田震的哑嗓，沈南的身高，吕燕的细眼厚唇，他们的成功印证了标准塑造庸常，缺憾成就独特。虽然我们一直在追求完美，但不得不承认每个人都是有缺憾的。

从妈妈的口中我了解到，安姨和磊叔都毕业于中国美术学院，在繁杂的城市中挣扎打拼十几年，就在名利双收的辉煌时期，他们双双告别喧嚣的闹市，离开了高薪的岗位，创办了自己的工作室，并将工作室安在家乡的老宅，还在宅子的后院开辟出一间陶艺工坊，那些奇形怪状的杯子就产自那间工坊。他们致力于寻找民间传统手艺，然后进行总结、改造、创新。对于他们来说，这也许也是他们人生中的一次变形，而这次变形是因为他们希望能保持自己的独立性，在创作的过程中回归到最原始的和物对话的状态，还有那一句："我们为了自己的生活创作，进而也就造就了自己的生活，从当下做起，不忘初心。"

我思故我在，我在，因为我不同。我暗暗下定决心，想要改变就要从自身做起，拼命地赶路而不知道停下来总结休整是达不到想要的目标的，我应该好好梳理一下，找出问题所在，从当下做起，发挥自己的长处，正视自己的问题，弥补自己的短板，一点一点地改变，一点一点地累积，找回自信心，创新自我，来一次属于我自己的变形！

那一刻，我放下了思想包袱，觉得轻松了好多。

莺初解语，最是一年春好处……

增重的生活更精彩

经常听到有人说，生命只有一次，应该对自己好一点。这句话本没有错，但是许多人误解了这句话的意思。于是便有了这样的现象：“这些麻烦的事情不做了吧，人对自己要好一点，何必让自己这么累呢?”然后，怠惰的风气弥漫，越来越多的人只愿永远待在自己的舒适区里，停滞不前，最终，这些人将被社会淘汰，被时代淘汰。

到底该怎样正确理解那句话呢?

我认为，人生就是要不断进行自我修炼，磨砺自己。若想让人生绽放光彩，不白白走这一遭，就要展现出人生的价值，而只有通过不断自我升华，才能真正使人生的价值最大化。因此，要给生活“加压”。“不要在最能吃苦的时候选择安逸。”年轻的我们，在人生的鼎盛时期，我们没有理由纵容自己，但是，也绝对不是要逞强。对自己好一点，大概是在已经拼了命之后，才有资格说的话。

“我总是惊讶地发现，我不假思索地上路，因为出发的感觉太好了，世界突然充满了可能性。”这便是摆脱舒适区、勇于探索前进的表现，同时也是给自己的生活增加了压力，增加了重量。人都是有惰性的，但是为了提升自我，我们得鞭策自己，让自己勤奋。首先，就是要拒绝安逸，拒绝舒适区。人生是一段旅途，要不断向着远方，不能停留，只能行走，才能看到更多更美的景致，遇见更多各样的人。能使人生变得饱满的东西，只有经历。

经历，使人成长。开心的经历，让内心有了色彩，让生活盈满阳光，从而更加热爱生活；难受的经历，让人们消极、抑郁，可是这种状态也是完整的人生的必需品，人总是在抑郁中成熟，在浪费中积蓄能量。很长时间以后，这些经历已经沉淀，回想起来，可能开心的事情已经无法再让人激动，难过的事情也不会再让人困扰，但是所有这些经历留下的痕迹都会成为心壁最美的花纹，成为人生中的珍宝，收入行囊，与自己融为一体。正如周宏翔所说：“你如今的气质里，藏着你读过的书，走过的路，和爱过的人。”而这所有的一切，倘若你不迈着步伐“去遇见”，而是一直站在原地任凭时间流逝等着“被遇见”，几乎是不可能的。而要迈着步伐向前走，就要给生活施压增重。

一直向前走，却不能停留，也是一件不易之事。人生的旅途中，美丽的景致数不胜数，人们难免沉醉于美景之中，但是，必须要前进。要克制癖好、扭转天性实在不是件容易的事，但是根据人类发展来看，这并非做不到。上帝赐予了我们一部分创造自己命运的力量。当我们的经历需要一种它们得不到的营养的时候，当我们的意愿竭力要走一条我们不该走的路的时候，我们既不必绝食饿死，也不可绝望地裹足不前，我们只需为心灵寻找另一种食粮，和它渴望一尝的禁果同样鲜美，也许还更加清醇。而这另一种食粮，不可能在我们身后的来路上，只会在我们身前的去路上！所以，我们要推着自己向前走！

向前走，去经历，内心在渐渐被磨砺强大的同时，不要磨出了茧，而变得冷漠、麻木不仁，丢失了内心的纯真与善良。许多的自然物质构成了地球，许多的化工物质撑起了国家与社会，而能使这一切正常运转的唯一纽带只有人的情感！人的情感是复杂的，是奇妙的，它决定着一个社会是否和谐，决定了一个国家是否安稳繁盛，决定这个世界是否太平，决定了地球的生死存亡。不要让生活蹂躏了你的眉目和深情，而要想守住心中的那份有色彩的情，也需要自我鞭策、自我施压增重。

钻石能够璀璨闪耀，是因为它有精美的切割面，而人生要想绽放光彩，也需要被切割打磨，从而实现生命的价值。轻轻松松地生活的确舒服，但是人活着仅仅是为了舒服吗？而且，在如今的时代，我们也没办法轻松，我们不断被大流推着往前走。觉得自己太繁忙太累的时候，不妨换个角度想想自己正在前进，就会发现这个社会的快速运转也不是坏事。我们时刻鞭策着自己，给自己的生活增加些重量，才能在路上走得更远。

第四单元

我思我想

世间很多事物在被表达的时候，人们都不禁觉得：语言是多么苍白无力，纵使用遍华丽的辞藻，也难赋深情。可谁知，真情与品质的表达本不需夸张的言语，它自流淌于朴实的言语或者细微的动作中。

……

抛开一切假象，人最好的状态应该是明白生活中的道理，懂得如何做人做事，但是要有自己的原则、底线与坚守，让这棱角永远留存，去戳破虚假与随波逐流。

……

这世间一切事物都有因果，而且万物都“守恒”。

……

太阳拼尽全力释放光热是它急于彰显自己存在的意义，路上插满破碎的刀剑，是因为即便粉身碎骨它们也有挺直腰杆不曲折的灵魂，花儿虽然沾着泥土满脸泪水，但是这是它曾拼命绽放的最好证明，荆棘鸟虽然必须用生命换取歌喉，但它也曾在人世间留下过最绚烂的一笔。

灵魂自会发光

世间很多事物在被表达的时候，人们都不禁觉得：语言是多么苍白无力，纵使用遍华丽的辞藻，也难赋深情。可谁知，真情与品质的表达本不需夸张的言语，它自流淌于朴实的言语或者细微的动作中。

情感无须绚烂雕琢，朴实流露才是真。曾看到一个节目，有许多对许久未见的“母女”，但她们中只有一对是真的，那些拼凑的“母女”在见面时多是掉着泪说“我好想你”等一系列感人的话语，而那对真正的母女见面时，母亲只是说了一句“你瘦了”。简单的三个字，流露出母亲满满的关怀与爱，最朴实、最无华的言语，却是最无价的。

身怀美好品质无须自己张扬，一言一行尽将流露。“真水无香”便能最好地体现。在人们追求奢侈的大牌香水的时候，有些人追求着“真水”，真正纯净的水是没有香气的，在没有香气的同时，也没有杂质，真水自不会招蜂引蝶。故“真人无名”，那些默默付出而不求名利的工匠，他们无须多费口舌，手上的茧和那熟练的手艺自将传递他们对工艺的热爱，对事业的热情。

“语言何必锋芒毕露，灵魂自会发光！”

凝视实质

在这个让人眼花缭乱的世界里，我们的眼睛会说谎。比如，我们会将同样大小的东西看成不同大小；比如，透明的蝴蝶翅膀在我们的眼里五彩缤纷。这一切都在证明，眼睛并不一定可靠，眼睛只能看到事物表面的那层纱，用心，才能凝视到事物的实质。

“人不可貌相，海水不可斗量”，用心凝视，是判断事物的基础。严冬，花盆里看似只有土，但厚厚的土层下一颗充满力量的种子正在从养花人的信念中汲取能量，每日都在与自己、与土层进行殊死搏斗，只为春来之时在沉默中爆发。养花人用心养花，用心凝视着花种的奋斗，每日坚持浇水，开春时光秃秃的花盆中定会钻出希望的嫩芽。若是养花人只凭借眼睛，死死盯着毫无动静的花盆，认为这是一颗劣质的花种，从此便不再悉心培养，那么这颗种子终会在被冤枉的无奈悲哀的沉默之中灭亡。只有透过现象看本质，才能一针见血地洞察事物的本质，从而得出正确的判断。

用心凝视固然不易，想要做到透过现象看本质，要能够抓住这个事件背后的“根本性”运作逻辑。“二战”期间美军根据战后幸存飞机上的弹痕分布情况，决定哪里的弹痕多就加强哪里，然而统计学家沃德力经过理性分析，指出飞机能够幸存这证明弹痕多的地方并不是飞机要害，反而弹痕少的地方才是要害之处，所以应该加强弹痕少的地方。沃德力抓住了事物根本性的运作规律，严谨分析了前因后果，不被表象迷惑。

要学会用心凝视事物本质，做到不被表象迷惑，才能正确预测事物的发展趋势，并且紧跟前进的步伐，于个人才能有展翅高飞的机会，于国家才能有富强昌盛的动力。

抛物线

在网上看到一段小故事：妻子难产，丈夫十分痛苦，死神降临，将要带走妻子，但是当他看到了丈夫痛心地哭着，妻子也仍在痛苦地努力的时候，他默默地为这位妻子的生命延长了三十分钟。妻子顺利地产下婴儿之后，才将她带走。

或许这更适合给孩童看，孩童眼中的世界就是这么充满善意与爱。孩童的心纯净无瑕，天真烂漫，他们认为这个世界就是如此美好。可是随着人慢慢长大，心智逐渐成熟，却发现，世界并不像自己想象中那般简单。这个世界处处都是陷阱，处处布满荆棘，它可能会在任何时候对我们扣下扳机。渐渐地，我们意识到了社会的黑暗，认识到了社会上的一些腐败、一些恐怖之处，看到了一些被努力营造虚假外表的事物的内在本质，逐渐我们开始怀疑这个世界，怀疑社会，怀疑身边的人，怀疑自己。

我们变得厌恶世俗。每天摆出一副高高在上的样子，不与人亲近，也不想别人与自己接近，想着周围的人多么愚蠢，但是这种人不会堕落，因为他们往往没有误入歧途的勇气，但是也更没有进取的力量，只是夹生地处在人群

中间，无处可归，无处可往。一次次历经挫折，历经打击，又觉得是世界不公平，一次次因为这股怨气与脾气与他人发生争执，但是绝对没有动拳脚的勇气。逐渐地，想要这一切都消失。自己被自己裹进阴影。

人们往往认为死神就是邪恶地夺走人的生命，是最让人厌恶的存在。既然如此，那个温暖的死神的故事是怎样来的呢?

因为人慢慢长大，会发现，曾经年少的自己只是太固执，太钻牛角尖，被一种成长必经的愚昧与轻狂蒙住了双眼。但是，随着阅历的丰富，我们受到了越来越多的帮助，心智更加成熟，使我们看清了那些爱，感激地接受它们，也开始学会奉献出自己的爱，进而发现，这个世界其实还是阳光四溢的。我们的态度与性格发生了改变，对待身边事物的方式也发生了改变。但是有时候这种改变难以被察觉，因为看上去，自己又像孩子那般抱着对世界的憧憬，而身边那些心智在渐渐成熟的人正发觉世界的残酷，反而认为我们还太幼稚。

我把这种过程比喻为抛物线，但或许在人生的漫长道路上，这个过程并不是抛物线，而是正弦曲线，而处于这个年纪的我只看到了这一段形似抛物线的存在。

绝对的成熟永远不存在，每个人都在无止境地成长，

有一种风景叫中国文化

我们生活在滚滚红尘、大千世界中，每个人都在描绘着风景，每个人亦都成为别人眼中的风景。

——题记

浩浩乾坤，茫茫宇宙，悠悠岁月。历史的尘埃被时间的风吹落，落满了每个角落。人生这一幅巨画逐渐被风吹开，每停一下就会有美丽的风景展现。

前段时间非常火热的“中国汉字听写大会”在很多人的心中烙下了深深的疑问：为什么会提笔忘字？亦引发了我的思考。中国汉字博大精深，甲骨文、金文、篆书、楷书、草书、行书伴随古老的中国走到今天，直至演变成中国的符号。它们形态优美、端正，是中国深厚历史文化中的一道绝佳的风景。但是科技的发展，特别是电脑的普及，使汉字书写慢慢在我们的生活中退化。然而，令我欣慰的是我们教室墙上的“拼搏、奋斗、自信、静思”八个大字如行云流水，苍劲有力，为朴素的教室平添了一份别样的风景。同学们受此激发，也纷纷在字帖上写下一行行或飘在成长的过程中难免要被磨平棱角，但这并不意味着人类只是顺应而不抗争，我至今都无法想通“圆滑”这个词究竟是褒义还是贬义，但是我认为，抛开一切假象，人最好的状态应该是明白生活中的道理，懂得如何做人做事，但是要有自己的原则、底线与坚守，让这棱角永远留存，去戳破虚假与随波逐流。

“如果你越来越冷漠，你以为你成长了，但其实没有。长大应该是变温柔，对全世界都温柔。”只有知道了世界的各种危险还义无反顾地爱着这个世界的人，才是真正在成长。

守恒与因果的螺旋

这世间一切事物都有因果，而且万物都“守恒”。

简单来说，曾经的我们播下了一颗种子，这颗种子终会在未来的某日发芽，而其间我们的培育，换来了与我们努力相符的成果。但是可能培育过程中的消耗并不完全转换成了我们有心栽植的植物，而是其中有一部分变成了杂草等。但无论如何，付出与努力是守恒的。有时我们愚昧地“种”，成果也并不一定是我们想要的。比如现在贪图享乐，不奋发图强，这份痛苦可能不仅是我们承担，还会由家人承担；现在人们不保护环境，无节制地开采资源，对大自然无限地伤害与掠夺，到头来承担这份痛苦的不只是我们自己，还有我们的子孙后代。

然而有时候，我们“无意识”地埋下了一些不期待的“因”，这就需要我们学会担当，敢做敢当，为自己的行为负责，付出相应的代价。但有时候代价巨大，我们承担不起，更无力挽回，所以就需要我们更加仔细地活。

“无意识”其实并不是上帝随意给你安排了命运，我相信世间一切都是有因果关系的，我相信苏格拉底的因果论。无论哪一方面的成功或失败都不是偶然的，而是有着一定的因果关系的必然，即每件事情的发生都有某个理由，每个结果都有特定的原因。或许我们认为这个“因”并不是我们自己的选择，但一定是由我们先前的某个选择而逐步导致的。然而，我们每个人都没有“曾经做过人”的经验，我们只能做出当时的自己认为不会后悔的选择。

或许，只有这样也就够了，人生是段跌跌撞撞的旅行，在守恒、因果的螺旋中带着作为人所要承担的责任，一路去探索吧。

逸俊秀或刚劲有力的钢笔字，描绘着“中国方块字”这美丽的风景。

这世间何处不是风景？波澜壮阔的大海是风景，轻盈优雅的小溪是风景，浩瀚深邃的蓝天是风景，清丽飘逸的白云是风景。“远上寒山石径斜，白云生处有人家”是一幅静谧的风景；“绿树村边合，青山郭外斜”是一幅淳朴的田园风光；“大漠孤烟直，长河落日圆”是一幅雄浑的边塞景象。我们便细细捕捉着尘世的亮点，静静享受。

渐渐地，人们开始走出国门，放眼世界。然而，看得多了，不经意间开始模仿，逐渐失去了本色。

当人们穿着洛丽塔洋装时，是否还记得蕴含着中国文化的旗袍？当人们以为喝着洋酒才是有品位时，是否还记得中国茶道的精湛及内涵？模仿本是为了填补不足，但是如果盲目地模仿，抛弃美好文化，反而起了反效果。如果只是模仿，不自己创新，中国不就成了其他国家的影子吗？中国应当扬起自己的潮流，这样的美感才是真实的。当世界都开始关注中国时，中国的风景便成了世界的风景，中国的文化便成了世界的文化，这是多么让人自豪的事啊！

我们生活在滚滚红尘、大千世界中，每个人都在描绘着风景，每个人亦都为别人眼中的风景。

树荫下一片绵延，蛛网在光斑下隐隐约约。阳光交汇成青蓝的海洋，在透明如茶洗的天空中梦呓。风吹过，每个人的心房，呢喃天真，倾诉懵懂……

无名之辈

质疑，否定，谩骂，谣言，冷漠，似一块块巨石从高山滑落，重重地砸在身上。被人虎视眈眈，活生生被放到砧板，那些人正讨论着如何茹毛饮血。先将血注入酒杯中便于之后的狂欢，扒掉皮，再用玻璃碴儿揉搓、腌制，乱刀剁碎后，丢到燃烧着熊熊烈焰的火炉里炙烤，再扔入万年的冰窟里冰冻。有的就这么被永久冰冻了，有的被人们取出，尝一口，皱了眉头，开始恶言唾骂，然后扔在泥土地上。

躺在泥土地上的时候，开始回想起曾经。都是爸爸妈妈最心爱的孩子，蹦蹦跳跳，努力地长大，幻想着多姿多彩的未来。不知从哪天起，有了热爱，有了梦想，有了想为此拼搏的激情与斗志，想着：即便注定艰难，也要“会当凌绝顶，一览众山小”。透过窗户，看见太阳出来了，将光芒铺洒大地，地面泛着金色的光，路边的花娇艳地笑着，不知名的鸟儿也在激情高歌中振翅远飞。“这条路一定能行！”

出了门，才发现屋外的阳光是这么毒辣，每走一步，便感觉自己要被烤化；泛着金光的路面，原来是扎满了破碎的刀剑；路边的花是在笑吗？脸上明明都是泥土和露水，这才想起来，咧开嘴，也有可能是在哭；原来那只鸟叫荆棘鸟，把自己扎入最锋利的荆棘，换来一支使人世间其他所有声音都黯然失色的带血的绝响。

不禁犹豫了，停住了脚步，回头看了看，家人正满脸欢笑，充满期待地透过窗户朝这边看着，却也不由得震惊，窗户里的自己的家人，他们都赤着脚，每个人脚下的地板都不同，母亲踩着光滑的冰面，每一步都为着不滑倒而尽力稳住，父亲踩着铺满碎玻璃的地面，每一步都留下淡淡的血印，而且，他们的双脚需要用力地踏稳地基，双手需要顶住随时可能坍塌的屋顶。原来自己的家是这样被支撑起来的。无奈地冲着父母笑了笑，招了招手，继续前行。

路上，遇到了一些同行者。怀揣着共同的梦想，一起前行，一起风餐露宿，一起跋山涉水。遇到难以攀登的峭壁时，加油声四起；遇到一片花野时，一起欢呼雀跃，享受醉人的满眼繁花和空灵的鸟语。然而，经过一片大海，原本宁静祥和的海面突然卷起张牙舞爪的海浪，它张开血盆大口，肆无忌惮地吞噬了几个伙伴；走过一片森林，燃烧着的火焰在放声诡笑，那笑声震耳欲聋，震得人头痛无比，疼晕倒下的几个伙伴随即被火焰燃成灰烬；穿过一片沙漠，流沙穿梭荼毒，贪婪地将伙伴们一个接一个地吸食咀嚼，全然不见尸骨；进入一片峡谷，风叫嚣谩骂，裹挟着山石倾泻而下，有的开始放声大哭，太累了，他想放弃，有的挣扎着躲避，却还是被巨石无情地砸中，无奈地结束旅途，还有的，即使被砸中，也使出浑身解数推动身上的巨石，拼死也要从巨石下逃出！最后，四处眺望，一群伙伴中只剩下了三个。

继续前行。前方还有什么？远处，一束阳光刺破密布的乌云，金色的光扫驱散黑暗。原来那里，就是要去的地方！继续上路。突然，一个身影向这边赶来："别再拿未来当儿戏了，你玩够了吧，该回去安家落户了！"他是其中一个伙伴的家人，一直都不看好孩子选的这条路。"就快到终点了！您再让我坚持一下吧！""我已经给了你足够长的时间了，这条路不适合你，你跟我回去吧。"那人不再说什么了，看了看远处那束阳光，又看了看剩下的两个人，道："走下去吧，带着我的那份一起。"没有号啕，没有眼泪，就这样平静地消失在了这条路上，只留下一个墓碑，上面写满遗憾。

继续前行。那是一片草原，猛兽盘踞。狮子正垂涎三尺，泰然地走着，一副"尽在掌握之中"的神情；毒蛇吐着信，分泌着自己的毒液；灌丛中闪烁着无数双眼睛，再仔细一看，连草地上都布满着食肉蚁群。终于，看到一个可以逃脱的口子，最后的这两个伙伴决定一鼓作气冲出去，然而，猛兽的反应也极其迅速，只逃出去了一个。另一个，被猛兽带回了家。到了家，猛兽们突然褪去了皮，皮里分明是人的模样！原来，猛兽不是最可怕的生物。

逃出去的那一个，现在怎么样了呢？是不是已经实现梦想了呢？没逃掉的那一个，又如何了呢？

正躺在地上回想曾经，回想一路的坎坷。突然意识到，太阳拼尽全力释放光热是它急于彰显自己存在的意义，路上插满破碎的刀剑，是因为即便粉身碎骨它们也有挺直腰杆不屈服的灵魂。花儿虽然沾着泥土满脸泪水，但这是它曾拼命绽放的最好证明；荆棘鸟虽然必须用生命换取歌喉，但它也曾在人世间留下最绚烂的一笔。母亲虽然踏着冰面的每一步都在为不滑倒而努力，但是她曾经都无法在上面站立；父亲虽然每一步都留下淡淡的血印，但是他曾经用血洗过整地玻璃。一路走来，没有被海浪吞噬，没有被烈火燃尽，没有被流沙吸食，也没有被巨石碾碎，家人支持着自己，也曾被给予了无数鲜花和鸟语，又想起那一阵阵加油声，和那句“走下去吧，带着我的那份一起”，不能再躺着了，该起来了！

把破碎的自己黏合，抖掉身上的碎玻璃和尘泥。怎么能就此倒下？还能继续前行！

继续前行的道路上，遇到了那个当时成功逃脱的伙伴。他竟然还没有到达终点？“那束光，永远都在前方，无论怎么走，都无法到达。”所以他就在那里停下了，结果竟然等来了那个本以为已经被猛兽吞噬的伙伴。他这一语，不禁使人惆怅。难道真的无法到达吗？突然，看到四处的石头上刻满了黑色的字：“你已经站在光下了，不信你回头看。”回望，发现自己身后的确黑烟重重，无法看清。“但是，前方的光更加闪耀！”署名：过来人。仔细看，每块石头上都写着同样的内容，但是字体不同，都出自不同人的手。两个伙伴对视一眼后，分别找了一块石头，刻下自己的字迹。“继续走吧。”同伴这样说。“走吧，继续前行！”

千磨万击还坚劲，任尔东西南北风！

揽流光，系扶桑，莫使时间手机藏

“科学技术从来没有像今天这样深刻影响着国家前途命运，从来没有像今天这样深刻影响着人民生活福祉。”随着科技进步，手机从“大哥大”变成了超薄款，从“稀罕物件”变成人皆有之。然而当人们省去了长途跋涉送信的时间时，当只需按下按键便可传送讯息时，人们却发现，时间好像更不够用了。

手机加快了言语传达的速度，却推远了心与心的距离。国际上曾掀起学生学业减负运动，原因便是学生几乎没有跟家人沟通的时间，然而据英国的测试发现，学业减负不是根本之法，因为当学生空闲时间更多时，他们更多地选择拿起手机与朋友一起聊天、游戏，而不是将匆匆地与家人共进晚餐的时间延长并加入更多谈心交流。当我们看到小孩子渴望和妈妈一起玩游戏，妈妈却拿着手机拒绝了孩子的公益广告时，当我们看到团圆饭桌上年轻人都对着手机欢呼傻笑，唯有老人唐突似的在餐桌上面无表情地吃着饭的短片时，我们的内心深处是否被触动，我们是否开始反省？人生是短暂的，陪伴是有限的，我们不应把有限的时间频繁地浪费在手机上，而应该增加与亲人、朋友面对面、心交心的沟通交流。

手机加快了查找信息的速度，却把内心填满浮躁，让宁静无法渗入。“书本，是网络时代的一座风雨长亭，凝望疲敝的人文古道，难舍劫后的万卷斜阳。”当越来越多的人在百度上迅速地、有针对性地搜出想要的信息时，在便捷之外，人们失去了浸润在图书馆的文化气氛中的时间，失去了与许多知识、信息“不期而遇”的机会。这将会成为导致人民文化素养降低的重要因素之一。文化是人类社会的重要组成部分，中华文化源远流长，从古至今有无数瑰丽的篇章流传下来，所谓“千般荒凉，以此为梦；万里蹀躞，以此为归”，人们若功利地寻求信息而不寻求精神的熏陶，只追求物质的享受而忽略精神家园的建设，那我们便只能徒然与五千多年的历史文化擦肩，或许就只能让后代来弥补我们这一代所浪费的亲近文化、研究文化、建设文化的时间。

手机为人们提供了一个高速运转的虚拟世界，却把人们与真正的美好生活隔离。每日海量信息不断更新，流量明星频繁地“亮瞎”人眼。游戏制作越来越追求精致，古风游戏里有青山绿水，现代游戏里有霓虹灯火，而游戏公司也以美丽的风景作为卖点吸引着人们的眼球。事实证明游戏公司很成功，人们将自己沉浸在虚拟世界中难以自拔。然而此刻的现实生活里，或许树叶飘落了两千万次，海豚跃起了九百万次，或许格陵兰岛正被极光笼罩，或许巴塞罗那的落日正好……而你，都已遗憾错过。在真实的生活中，有许多美好等着我们去邂逅，但因为人们把时间全部投入在手机提供的虚拟世界中，而难以看到朱自清所见到的荷塘月色，难以看到查慎行所赏的“微微风簇浪，散作满河星”。不禁想起苏轼的名句：“何处无月？何处无竹柏？但少闲人如吾两人者耳！”当冠状病毒疫情来临，人们被迫关在家里时，一度沉溺于虚拟世界的人们突然从梦中惊醒，幻想着曾经外面的世界是多么美好，满心只想冲破“牢笼”，去外面走走。他们忘记了，曾经拒绝现实生活的是自己，浪费触摸真实世界的美好机会而花费大量时间沉浸在虚拟世界的人正是自己。

“人生寄一世，奄忽若飙尘。”时间飞逝如流水，应抓住有限的时间去做更多有意义的事，而不应将大量精力投入手机，不可以让手机因便捷省下的时间成为虚度光阴的开始。揽流光，系扶桑，从现在开始，夺回被手机吞噬的每分每秒！

让勇气上膛

《杀死一只知更鸟》中这样定义勇敢："不要错误地认为一个人手里有一杆枪就是勇敢，勇敢就是，在你还没开始的时候就知道自己会输，但依然义无反顾地去做，并且不管发生什么都坚持到底。"即在感到恐惧时往前走，不停歇，甚至还要跑起来，这就是勇敢。这样一个散发着光芒的词，存在于人生中的每一处狭角中。

"勇敢闪烁在真理的光辉中。"乔尔丹诺·布鲁诺勇敢地反教会、反经院哲学，捍卫和发展了哥白尼的"日心说"，并把它传遍欧洲；古希腊哲学家苏格拉底因主张无神论和言论自由，而被诬陷引诱青年、亵渎神灵，但他始终勇敢地坚持他的主张至死。如今，他们当时所坚信的真理经过时代演变的淘洗成了世界所坚信的真理，可是如果当时他们没有勇敢地追逐散发着光辉指引前路的真理，如今的我们的文明又将会如何？

"勇敢飞腾在欲望的火焰上。"拿破仑从小就有着席卷欧洲的梦想，他在混乱的欧洲中奋勇前冲，对叔叔的质疑给予了有力的反击，成了皇帝；NBA 中最矮的球员博格斯，是 NBA 表现最杰出的后卫之一，他在高个队员面前带球上篮毫无畏惧，因为他的梦想便是活跃于篮球界中。欲望往往是一盆滚烫的油，让人一腔热血，燃起熊熊烈焰，勇猛直前。没有欲望的催化，拿破仑不会有昔日的辉煌，博格斯也不可能有今天的优秀。

勇敢不是鲁莽，不是横冲直撞。鲁莽意味着不计后果，它是一头没有理智的猛兽。“打草惊蛇”“暴虎冯河”中透露出愚蠢，如果错将勇敢当作鲁莽，只会造成以卵击石的后果。在很多时候，我们要有勇气，但不能鲁莽，要懂得示弱，懂得保持理智，克制自己！在满腔热血时，让自己冷静下来，敢于“不做”也是一种勇气！

雨果在《悲惨世界》中说：“勇敢是进步需要付出的代价。”若想向前迈进，我们必须要变得更加勇敢，来吧，让勇气上膛！

第五单元

读·思·感

立身以立学为先，立学以读书为本。读书，可以明理、修身、增智、广才；读书，可以正心、诚意、格物、致知；读书，可以辨非、缜密、深谋、远虑。

……

总此十思，铭记于心，以正吾行。我辈少年，当存赤子之心，须立报国之志。格物致知，诚意正心，胸怀天下，放眼未来，何愁学业不精，壮志不酬哉！

堂奥匿于经典

立身以立学为先，立学以读书为本。读书，可以明理、修身、增智、广才；读书，可以正心、诚意、格物、致知；读书，可以辨非、缜密、深谋、远虑。

不但要读书，更要读好书，读经典名著。经典名著有着超前的预见性，超强的概括性，深邃的思想性，丰富的哲学内涵，其寓意深刻，具有科学性及鲜明的时代特征。这些经典名著都是每个时代人类最高智慧的结晶，我们要从中汲取知识，传承文明，提高修养，营造良好的社会文化氛围，建设社会主义文化强国，努力实现中华民族伟大复兴的中国梦。

经典之所以称为经典，是有一定文学价值和影响的，它给后人留下的是宝贵的精神财富。

尼古拉·奥斯特洛夫斯基的《钢铁是怎样炼成的》，讲述了保尔·柯察金从一个不懂事的少年成为一个忠于革命的布尔什维克战士，再到双目失明却坚强不屈创作小说，成为一块“钢铁”的故事。这个故事告诉我们，从哪里跌倒就要从哪里爬起来，人生是在不断的斗争与坚持中度过的，百炼方成钢，我们的心智也是一样，要永远保持一颗坚持不懈、勇于奋斗的心，这样，你的人生才不会留有遗憾。

乔纳森·斯维夫特的《格列佛游记》，以讽刺与幽默的手笔，想象与夸张的手法，描述了酷爱航海冒险的格列佛，四度周游世界，经历的大大小小惊险而有趣的奇遇。这个故事告诉我们，要有一颗勇于探索的心，并且面对挑战不轻易放弃。保持乐观的心态，积极看待生活。

经典之所以称为经典，是人类千百年来对世事的总结顿悟，它给后人指引方向，照亮前行的道路。

自古以来，五千多年的传统美德始终是中华民族的立足之本。在《孔融让梨》的故事中我们学会了谦让；在《愚公移山》的故事中我们明白了坚持；在《二十四孝》的故事中我们懂得了回报；在《将相和》的故事中我们理解了宽容；“上善若水，水善利万物而不争。”让我们明白了善行的最高境界，就像水的品性一样，泽被万物而不争名利，滴水穿石的坚持不懈，滋润万物的慷慨无私，海纳百川的博大胸怀。这些耳熟能详的故事、名句，在不知不觉中教会我们堂堂正正做人，踏踏实实做事。

诺贝尔文学奖获得者莫言，出身贫寒，但他从未放弃过读书，在部队担任图书管理员期间，将图书馆的1000

多册文学书籍几乎全部看遍，再加上自身的刻苦努力，笔耕不辍，最终登上了世界的文学之巅。

经典之所以称为经典，是因为不同时代的人往往能读出不同的意义，常读常新。

清代文学家张潮在《幽梦影》中写道："少年读书如隙中窥月，中年读书如庭中望月，老年读书如台上玩月，皆以阅历之浅深为所得之浅深耳。"是啊，不同的时间段读同一本书，其感受是不一样的。每一次的重读，都会发现更深层次的内涵。常言道："读书百遍，其义自见。"苏轼也说："旧书不厌百回读，熟读深思子自知。"经典之书，不同年龄读有不同年龄的体会，不同境遇读有不同境遇的领悟，在成长中慢慢领会其中的精髓。

高晓松曾在书中谈到了他在不同时间段读卡夫卡的感受："卡夫卡的书一定要在年轻的时候读一遍，中年读一遍，晚年还应该再读一遍。不同阶段读卡夫卡，会有完全不同的感受。"

读书，多读些古今中外的经典著作，可以提高读书质量，提高文字水平，提升品位。在典籍中成长，在典籍中提升自我，使自己的心胸更博大，思想更丰富，品格更完善，境界更高迈。

自省十思

吾闻欲沙成山者，必日积月累；求杵成针者，必日夜不懈；思学而有成者，必坚其心志。沙不积而欲山之高，杵不磨而欲针之细，志不坚而欲学有成，吾虽年少，知其不可，而况于贤者乎？吾幸逢中华崛起，居开明盛世，将奋发图强，建吾中华。若不怀报国之志，耽于嬉戏，荒疏学业，斯亦废沙石以求成山，怠不磨杵而求针也。

观古今学子，初立求学之志，亦怀报国之心，然善始者实繁，克终者盖寡，何哉？夫求学之初，心纯而无杂念，知浅而求广博；稍有成，则施施然于旁人，沉沦于玩乐自满之中。需知学海无涯，勤苦作舟，路漫漫其修远兮，必怀上下求索之心！人贵有志，学贵有恒，自励自强，方能有成。

欲成事者，诚应：敛性情，则思不以物喜不以己悲；遇挫折，则思风雨过后方见虹霓；志消沉，则思报国之大任；意不坚，则思积沙成山水滴石穿；畏路长，则思不积跬步无以至千里，不积小流无以成江海；戒自满，则思谦虚使人进步，骄傲使人落后；惜分秒，则思一寸光阴一寸金，寸金难买寸光阴；对师长，则思彬彬有礼时而聆教；

对学友，则思友好互助携手共进；对自己，则思严于律己以身作则。

总此十思，铭记于心，以正吾行。我辈少年，当存赤子之心，须立报国之志。格物致知，诚意正心，胸怀天下，放眼未来，何愁学业不精，壮志不酬哉！

过 年

随着春晚的倒计时，2021 年就这样踏着轻盈的脚步走来。

身为北方人，却在南方长大，一直在南方感受新年，那么北方是怎样过年的呢？我一直很想一探究竟，而老舍的《北京的春节》让我心底的“北方人”的种子萌芽。

营造年的气氛，在我看来定少不了翠绿如玉的腊八蒜、如小型农业展览会的腊八粥、各家挂在阳台上浸油的腌鱼腌肉等。家家户户忙着采购年货，超市中人头攒动，家中包饺子，面香和馅儿香浓厚。对联和窗花艳丽了朴素的门窗，吉言祥语喜庆了新的一年。走亲访友，互相祝福，久别重逢，团团圆圆，甚是幸福。

让我们跟随老舍感受一下北京的新年。除了我所提到的那些，有许多是我没见过，甚至是没听过的东西。比如“杂拌儿”，用花生、胶枣、榛子、栗子等干果与蜜饯掺和成的。麦芽糖是吃过，但是江米糖又离南方远了，甚至是离这个时代远了，糖形或为长方块或为瓜形，又甜又黏，在我的想象中，那一定是十分美味的糖。在北方，小孩子还喜欢买空竹、口琴等。这都是身在南方的我没体验过的。

在我的记忆中，小时候过年是从新的日历、窗花、对联被买回家的那一刻开始的。姨姥姥从襄阳来到武汉，住在我们家，让我们家变得更加热闹。教完我功课后，我和姨姥姥就开始琢磨窗花。剪窗花可是个细活儿，不能放过任何一个小细节。在贴之前需要大扫除，扫走一年中不好的东西，迎接新一年美好的事物。

我们家是“南北混合”式过年！南方过年吃汤圆，我们家是要吃饺子的！和面擀皮儿拌馅儿，一家人忙得不亦乐乎。大家包的饺子形状各异，姨姥姥包的最具特色，荷叶形、小老鼠形……再配上姨姥姥特制（独家配方）的馅儿，我们家的饺子绝对美味！而且按惯例，每次包饺子的时候都要包进去几颗糖，幸运的人才能吃到。我也总是跟着学包饺子，不是馅儿包多了，就是包出个“扁片儿”，我也跟着用手指蘸点水涂在皮儿上，但是为什么就是没办法捏合它呢？真是个调皮的饺子！南方人过年还喜欢吃炸肉圆子和炸藕夹，我们家过年也要吃，这也是我过年喜爱的食物。在酒店吃年饭总觉得少了点什么，还是在家吃年饭最热闹。一家人围在一起，其乐融融。打开电视看上春晚，一盘盘热腾腾冒着白气的饺子被端上来，这就是年的味道。

赶庙会也是我十分喜爱的活动。新疆羊肉串暂且不提，小时候吃过的炸螃蟹让我至今记忆犹新。酥脆金黄的面衣，包裹鲜嫩多汁的蟹肉，咬下一口，虽然有油但不腻口，蟹肉还带着鲜甜。庙会上还有许多工艺品，儿时买的那只水晶珠串编成的兔子现在还在我卧室的玻璃柜里，在阳光下闪闪发光。

随着时代的发展，有许多传统在渐渐淡化。家里挂的日历停在了 2008 年，不知不觉间已经是十三年前的日历了！现在看日期，直接按开手机的锁屏便可得知。姨姥姥一家从襄阳搬到了武汉，有了自己的房子，不再来我们家住了，但过年的时候我们还是会聚在一起，共享新春团聚的喜悦。

为了保护环境，武汉禁止燃放烟花爆竹，无法听见随着新年钟声敲响而同时响起的爆竹声，也无法看见烟花绚烂整个夜空的场景了。庙会也很少见了，各种各样的好吃的随时能在各式的餐厅中吃到，甚至不用发生位移，在家中就能通过叫外卖吃到，而且更多人选择“宅”在家里，如今学生压力越来越大，一连串的培优埋没了节假日。为了填补这些传统消失留下的空虚，一些替代品如雨后春笋般涌现。比如“抢红包”的活动，虽然钱不多，但是图个好玩、吉利。但是比起传统而言，这些活动多了些浮躁，少了些文化的沉淀。我总是认为有些必要的传统是不能丢失的。

“爆竹声中一岁除，春风送暖入屠苏。千门万户曈曈日，总把新桃换旧符。”新的一年已经到来，祖国将在这一年发展得更强盛，人民将在这一年里更幸福，传统文化也会越来越得到重视与保护！

《北京的春节》观后感

“律转鸿钧佳气同，肩摩毂击乐融融。不须迎向东郊去，春在千门万户中。”自古以来，春节都是中国最盛大、最热闹的节日，有许多传统小吃、小玩意儿等着孩子们去寻觅，有许多传统活动等着人们去参与。在如今，许多东西已经化繁就简，有了诸多的改变，但是通过老舍《北京的春节》一文，我们可以真实地了解到曾经的春节景象。

老舍以时间为线索，用朴实的语言列举出众多春节习俗，真实地将曾经“北京的年”带到现代人眼前。“过农历的新年，差不多在腊月的初旬就开头了。”从腊月着笔，向人们展示了“小型的农业展览会”似的腊八粥，色如翡翠的腊八蒜，铺中、胡同里各种年货和孩子们喜爱的各种小玩意儿也都上了架，像春联、水仙、杂拌儿，等等。再就到了小年，各种糖块上市，供人享用。小年一过，各家开始贴春联、大扫除、囤年货，人们在忙年中充满了无尽的欢乐。除夕鞭炮声不断，家家户户饭飘香，灯火彻夜不断，人们彻夜不眠。从初一到初六，各家走街串巷拜访亲戚，庙会也是人头攒动，到处都是祝福声，到处都是欢笑声。元宵节，便是春节的高潮，处处张灯结彩，不禁引人想起"凤箫声动，玉壶光转，一夜鱼龙舞"。然而辛弃疾的这首《青玉案·元夕》辉煌华丽，老舍的这篇《北京的春节》全文则朴实无华，用最质朴的语言，描绘出了最盛大的节日，展现出了最真实的人间烟火气息，全文都洋溢着春节的热闹氛围，流动着欣喜的情绪。

老舍通过对比，真实地展现出四五十年代北京春节中的进步性。在写小年的一段中，老舍描绘道：在旧社会里，要在炮声中把灶王的纸像焚化，将灶王"送上天"；在旧社会里，各种又甜又黏的糖块是为了粘住灶王的嘴，以免他向玉帝说家庭的坏话。然而在新社会里，人们不再焚化灶王的纸像，各色糖块也只是供人享用。同样，旧社会认为在正月初一到初五期间动剪刀很不吉利，尽管在四五十年代的新社会还没能完全放弃这一习俗，但是人们对这种习俗的心理已经逐渐从迷信转为一种对和平的追求。而在文章末尾，老舍直言："在旧社会里，过年是与迷信分不开的。"曾经，人们靠鬼神的庇佑度过一整年，如今人们是劳动终岁，应该更加快乐地过年。老舍利用多处对比，从春节这一截面折射出人们社会意识的转变与社会文明的进步。

虽然当下失去了烟花爆竹的春节似乎不那么热闹，但这也是文明进步的一种体现。从 2015 年起，全国近 700 座城市禁止燃放烟花爆竹，当新年的钟声敲响时，没有鞭炮声的陪伴总感觉少了些什么，但是烟花爆竹会严重污染大气，而保护环境是我们共同的责任。放鞭炮只是过年的一项活动，没有鞭炮，春节时那种家家户户团圆的幸福与温暖依旧长存。

《故乡》观后感

席慕容曾言:“乡愁是一棵没有年轮的树,永不老去。”每个离乡的游子,心底都有一份别致的柔软,那就是乡愁,鲁迅也不例外。那一年,“我冒了严寒,回到相隔二千余里,别了二十余年的故乡去”,虽然是为搬家而回,但“我”本以为会让到心底那份浓郁的乡愁暂得缓解,本以为劳累的身心能在恬静的乡村暂得歇息,没想到,眼前赫然是一片荒凉萧索的村落,没想到,曾经记忆中的美好的人都已变了模样。

整篇小说以悲凉为主基调。小说一开始,描绘了寒冬之日衰败的村落,场景描写直接渲染出了悲凄的氛围。随后,母亲在高兴的神情中隐藏着许多凄凉,杨二嫂始终透露着刻薄尖酸,一些人习以为常地顺手拿走别人的东西……有点有面地通过不同人物形象写出了鲁家衰败后家人的艰辛与故乡人民的冷漠。而使整篇小说悲凉的情绪上升到极致的便是闰土的一声“老爷”,打碎了“我”所有的幻想,没能见过的猹,没能看见的跳鱼儿,都将永远再也没有机会看见,童年的美好幻想全都破碎,印象中的童年的美好的故乡与眼前扭曲的故乡的强烈对比更凸显出小说的悲凉与无奈。

而这一切心理的落差并不是时代变迁的一瞬间造成的。辛亥革命前后，农村破产，民不聊生，只是给了成堆的可燃物一个火星。长期以来，封建传统思想观念始终像枷锁一样牢牢地束缚住每一个人的心和身，这是造成人们冷漠、隔阂的根本原因。

是阶级观念，导致了闰土和“我”之间的疏远。在“我”与闰土见面前，“我”回忆到曾经闰土描绘的那一幅幅奇妙的画卷，回想到曾经和闰土的亲密无间。这一片段给人一种轻快愉悦之感，然而随之真正与闰土见面时，当“我”内心深处那个装满着角鸡、跳鱼儿、猹、贝壳的盒子将要被迫不及待地启封时，闰土欢喜中的凄凉的神情、毕恭毕敬的姿态和那一声毫无温度的“老爷”，将“我”心中的盒子永远封印。曾经，那个紫色圆脸、套着银项圈、因为不愿和“我”分开而藏到厨房里、归乡后仍托人给我带礼物的如此亲密可爱的朋友，如今却成了脸色灰黄、浑身瑟缩、皮肤皲裂、毕恭毕敬的“下人”。经过岁月的打磨和封建思想因子的累积，闰土已经“顺理成章”地折服在了阶级的面前。有着六个孩子的家，衣食紧缺，生活不易，在现实面前，这些苦难的农民经受着无数沧桑，只晓得遵守、延续着那扭曲荒唐的封建传统。“水生，给老爷磕头”，体现着以闰土为代表的农民思想的麻木，并且这种麻木还将一代一代地延续，让人之间隔着一堵名为“身份地位”的冰墙。

同样也是阶级观念，将人心扭曲，使人势利、冷漠。在“我”的印象中，杨二嫂是“豆腐西施”，然而眼前的杨二嫂却是如同“圆规”，刻薄、尖酸，还爱占小便宜，随手就将母亲的手套拿走。然而母亲在和“我”谈话时说道：“说是买木器，顺手也就随便拿走的。”足以证明杨二嫂只是广大势利、冷漠的民众的一个典型代表。人们以为“我”富有，却并不理会“我”家的现实状况，尽一切可能地占便宜。这正是在压迫之下，农民们形成的一种扭曲的心理，让人与人之间都隔着一层名为“物质”的冰墙。

由此，便可发现这篇小说最令人叹息的地方：既然这一切的悲凄都不是突然产生的，而是长久积淀形成的，那么故乡或许也不存在真正的“变了模样”。曾经存在于“我”心中的那片乐土、那个故乡，不过是孩童的纯真自动进行了“过滤”，一切都是幻化出来的美好，而给予“我”这些美好的那个人，在现实的面前，也最终成了打破“我”的美好幻想的众多力量中的主力。故乡从一开始就不是一片乐土,“我”的乡愁不过是对梦境的眷恋。“我”曾经离开,又因眷恋而回来,最后却又因为明白了真相而离开。

但是,能够毅然决然弃医从文的鲁迅绝不是一个缺乏希望的人。在小说末尾,鲁迅的一串“不愿”,表达出了自己的所愿,虽然愿望似乎很渺茫,但是他始终坚信:“其实地上本没有路,走的人多了,也便成了路。”如果每个人都能冲破封建传统的桎梏,打破人与人之间的冰墙,那么终有一天,所有的麻木都将转变为觉醒,所有的恣睢都将转变为正义,然后,他没能看到的,那深蓝的天空中挂着的一轮金黄的圆月,将会把光辉照耀在水生和宏儿这对亲密的好友的幸福的笑脸上。

“我在朦胧中,眼前展开一片海边碧绿的沙地来,上面深蓝的天空中挂着一轮金黄的圆月。我想:希望是本无所谓有,无所谓无的。这正如地上的路,其实地上本没有路,走的人多了,也便成了路。”

我与东坡（一）

人生路漫漫，如果要选择一个人结伴旅行，那我一定会和余光中先生一样，选择那个有情有趣又爱玩的千古文人苏东坡。

读过《苏东坡传》的人都知道，生活对苏东坡一点都不温柔，但苏东坡对自己温柔。纵然生活有一千种挫折，苏东坡也有一千种对抗挫折的方法。苏东坡对待生活的态度是：把一切不美好的东西，变成赏心悦目的样子。

他机智、幽默、坦荡、柔情又豪放；顺境与逆境，儒家与道家，出世与入世，他无不经历；庙堂之高，江湖之远，他都一一体验。无论人生有多坎坷，他都乐于和自己的苦境相周旋，从不泯灭自己的创造力。

他的后半生，不是在被贬，就是在被贬的路上。但他并没有由此沉沦，而是用行动证明了这句话：生活虐我千百遍，我待生活如初恋！挫折被他揉碎，化成十里飘香的美酒与佳茗，化成至真的友情和对爱人彻骨的思念。人们常说：生活要学苏东坡，他把失意化成“人间有味是清欢”的极简主义美学；化成“老夫聊发少年狂”的豪放；化成“人生如逆旅，我亦是行人”的洒脱；化成“门前流水尚能西”的自信；化成“也无风雨也无晴”的旷达……

今夜，我便与苏东坡相约赤壁。

风萧萧兮易水寒，沧海如幕，残阳如血，那是大浪淘沙的怒吼，鼓瑟雷动的铿锵。看，乱石穿空，惊涛拍岸，滚滚波涛像扬卷起的千堆雪。我们摇曳着一叶扁舟，承载着千古的幽思，荡漾起勃郁的豪情。面对江水，临风伫立，起手举杯，饮尽赤壁惊涛，祭奠无为的过往。

“你在想什么？”

“遭遇‘乌台诗案’后，我对人生进行了反思，我不会改变自己的本性，我要以愚人的态度接纳人生中所有的一切，占得人间一味愚！”

“占得人间一味愚”，就是儒家的“慎独”，就是道家的“自然”，就是佛家的“无我”。无论人生有多坎坷，苏东坡始终潇洒自在。

须臾，我想让气氛变得轻松些，便岔开话题，“在你的眼里，写作是什么？”

“行云流水，常行于所当行，常止于不可不止，完全出于自然。”

周国平在《诗人的执着与超脱》中写道：“这正是他的人格写照。个性的这种不可遏制的自然的奔泻，在旁人看来，是一种执着。”他一生所执着的就是对世界、对人生的独特并新鲜的感受——美感。

“凡物皆有可观，苟有可观，皆有可乐，非必怪奇伟丽者也。”在他看来，美感无往而不可对象化。如果执着于一物，“游于物之内”，自其内而观之，物就显得又高又大。“物挟其高大以临我，我怎么能不眩惑迷乱呢？我之所以能无往而不乐，就是因为游于物之外。”

“人生到处知何似？应似飞鸿踏雪泥，泥上偶然留指爪，鸿飞那复计东西。”灵魂就像飞鸿，它不会眷恋自己留在泥上的指爪，它的唯一使命是飞，自由自在地飞翔在美的国度里。一如周国平先生所说：我相信，哲学是诗的守护神。只有在哲学的广阔天空里，诗的精灵才能自由地、耐久地飞翔。

“人生固然可以不美好，但是心情不能不美好；人生固然可以愁云惨淡，但是也可以活出天高云淡。人来到世界上，不是来悲悲切切的，而是兴高采烈的。”

正说着，一阵浓郁的肉香扑鼻而来。“肉炖好了，快来快来！‘净洗铛，少著水，柴头罨烟焰不起。待他自熟莫催他，火候足时他自美。’哈哈，如此月光如华，好友相伴，怎能只有美酒，少了美食！”

一声好友，顿时让我有些飘飘然，不知是酒醉了，还是心醉了……

第六单元

山水漫步

扬州的美，扬州的慢，扬州的情怀剪不断。

……

左边是山，右边是海，天很蓝，海很蓝，这是我对台湾的最深印象。

……

初到这里，大多数人会有一种久违的亲切感，还未见过却记得，还未到过却熟悉。明明是第一次遇见，却有着久别重逢的感觉。佛经里说，“一切缘生”。所有的前缘旧梦，久别重逢，都是前世的慈悲种下的善果。

……再慢的时光也悄悄地从我指缝间溜走了。

“想要一段不动声色的时光，想停留在丽江古城。”

烟花三月念扬州

今年的春天似乎来得格外早，暖暖的阳光照在身上，连带着心也是暖暖的。院子里的花儿沐浴着灿烂的阳光散发出淡淡的清香，娇嫩的花瓣上轻点着颗颗晶莹的露珠。院子外的那棵大树上住着一对喜鹊，它们是去年年初搬来的，每日清晨都“喳喳喳喳”地开个晨会，然后飞向院子后面的小洪山上去巡游顺带着觅食。车库门口的一株粉白色的早樱花开得正旺，这枝含苞待放，那枝含羞带笑，总是让人忍不住停下脚步观赏一下。

隐约间听到姥姥说着“江南，扬州”什么的。说起扬州，人们第一个反应就是：“扬州，扬州可是个好地方啊！”朱自清说过：特别是没去过扬州而念过些唐诗的人，在他心里，扬州真像海市蜃楼一般美丽；他若念过《扬州画舫录》一类书，那更不得了。我便也觉得最美不过江南春。孟浩然在诗中写道：“故人西辞黄鹤楼，烟花三月下扬州。”古诗里的春天是最美好的，阳春三月，草长莺飞，万物苏醒，阳光明媚，一切都是刚刚开始，一切都是满怀希望。在这样的春天里，扬州有着折不断枝的烟柳，有着洁白无瑕的琼花，有着玉砌雕花的二十四桥，有着庭院深深的何园，有着灵动秀气的瘦西湖……

江南的春天，穿越千年，款款而来。沾染了无数文人墨客的才思，倾诉着几千年不变的韵味。徐凝的一首《忆扬州》，引出了“天下三分明月夜，二分无赖是扬州”；杜牧的一句“十年一觉扬州梦”，呈现出扬州的婀娜多姿，风情万种。“青山隐隐水迢迢，秋尽江南草未凋。二十四桥明月夜，玉人何处教吹箫？”那月下的姑娘会不会捧着洞箫与我和上一曲《扬州慢》?

素墙黛瓦，青石小巷，长堤春水，巷陌人家。“人生只爱扬州住，夹岸垂杨春气薰。自摘园花闲打扮，池边绿映水红裙。”扬州，宛如一位娉婷的姑娘，在春风和煦的时光里，清新婉约，楚楚动人。她那嫣然的一笑，便醉了整个江南。

扬州，不仅适合阳光明媚，更适合细雨微蒙。那极细极细的雨，轻轻柔柔地，湿了你的面颊，润了你的眉眼。最好再有那么一位丁香一般的姑娘，撑着一把油纸伞，从雨巷中姗姗而来。

姥姥姥爷极爱旅游，每年都要走上几个地方，或许扬州会是他们2021年春日里的第一段旅程吧。人们不是常说“旅行也是一场修行”，温柔了岁月，留住了年华。

一段美好的旅程，除了美景还应该要有美食。曾听人说那里的人们很会享受，早饭都吃得很精致。“早上皮包水，晚上水包皮”，“皮包水”就是吃早茶，和北方吃早点不同，不是在路边的早点摊位或快餐店，而是要到茶社，点一杯香茗，一笼包子，一碟小菜，细嚼慢咽地咀嚼着热包子，然后呷上一口香茶，再夹上几粒小菜，用舌尖与味蕾慢慢品味。“春灯如雪浸阑舟，不载江南半点愁。谁信寻春此狂客，一茶一偈到扬州。”人称“扬州三春”的富春、冶春、共和春是外地人知名的茶社，如果你想要一段闲散的慢时光，可以早上九点到茶社，坐到十一点离开；如若有空，还可以下午三点再去，直到天黑。坐在环水的茶楼里，凭窗远眺，一泓曲水，碧波荡漾，绿柳轻扬，不事雕琢，让一天的闲暇都在醉人的茶香中度过。

扬州美食食材简约但做工却极为精细。最具特色的当数“蟹黄汤包”。皮薄如纸，吹弹可破，晾至最适宜食用的温度，“轻轻提，慢慢移。先开窗、后喝汤”。借用吸管戳破表皮，汤水顺着吸管哧溜进了嘴里，满口都是饱满的蟹黄味，满满的幸福感。还有冶春茶社的黄桥烧饼和淮扬烧麦。烧饼分甜咸两种，甜的是糖馅，咸的是葱油。烧麦以糯米为馅，有少许肥瘦肉丁和香菇，外皮也是轻薄的，晶莹剔透。

扬州，不仅有美味的蟹黄汤包、扬州炒饭、黄桥烧饼和淮扬烧麦，更有那闻名天下的淮扬菜。淮扬菜，始于春秋，兴于隋唐，盛于明清，素有“东南第一佳味，天下之至美”的美誉。“清炖狮子头”，一筷子叉开便可闻到浓郁的蟹香；“大煮干丝”，充分体现了淮扬菜的刀功；“文思豆腐”，豆腐如丝之细，浮游于清水之中，好似逍遥游中的意境；“三套鸭”，则是将菜鸽藏于野鸭腹中，再将野鸭藏于家鸭腹中，独特的创意，造就了野鸭喷香、菜鸽细酥的无上美味。还有软兜长鱼、白袍虾仁、平桥豆腐、开洋蒲菜、拆烩鲢鱼头等美味佳肴。

扬州的美，扬州的慢，扬州的情怀剪不断。“……波涛万里长江水，送你下扬州真情伴你走，春色为你留，二十四桥明月夜，牵挂在扬州……烟花三月，是折不断的柳，梦里江南，是喝不完的酒，等到那孤帆远影碧空尽，才知道思念总比那西湖瘦……”

台湾初行记

去台湾之前就听人说，当你踏上台湾的土地时会是灿烂千阳，临走时会是微雨阑珊。我半信半疑地带上雨伞，收拾好行李，开始了我的台湾环岛游。

沿着海岸线一路经过桃园、新竹、苗栗、台中、南投、嘉义、台南、高雄、屏东、台东、花莲、宜兰、台北。日月潭、阿里山、太鲁阁，是游览重点。走马观花，对台湾的地理概况，也算有了整体了解。看过日月潭，走过阿里山，再到太鲁阁，就从小学课本里学过的宝岛名胜思维中完全跳出来了。虽然它们浓缩了台湾山水精华，对比我们的东湖、神农架、长江三峡，真的不足为奇。

左边是山，右边是海，天很蓝，海很蓝，这是我对台湾的最深印象。

机场、酒店、餐厅、商店、景区……我所接触到的台湾人，大都是殷勤友好的。男生温文尔雅、讲话不疾不徐，女生温婉亲切、柔和馨雅。

我们从桃园机场着陆。接机的是两位帅哥导游。这里的导游大多为男性，年纪偏大，但身体强壮，预示着我们后面的行程将有些辛苦。

抵达酒店后，我们放下行李就迫不及待地走上街头。酒店附近没有什么夜市，最近的是一家玩具店，里面的玩具琳琅满目，很多玩具的价格要比大陆便宜近一半。可惜玩具大了点，包里不好放。

走着走着，肚子提抗议了，就近寻了一家小店，这家店主营面食。我们品尝了酸菜牛肉面疙瘩，面很筋道，很有嚼劲。牛肉的焖香伴着酸菜的酸爽，再喝上一口清爽的汤，美味！

夜宿桃园，新鲜而觉得兴奋，辗转反侧间，就这么度过了在台湾的初夜。

第二天一早，伴着透过窗的第一缕阳光醒来。推开窗，空气清新得很。外面很安静，这里的人一般在9点半左右上班。

从桃园驱车来到台北的总统府，整个总统府是一座造型对称的五层楼建筑，中心立一座象征权威的高塔，建筑风格是当时流行的文艺复兴巴洛克式样。但我们只看到门前有两个士兵在站岗。

经过中山北路，来到博爱特区中正文化中心——自由广场。透过牌楼远望中正纪念堂，气势雄伟。国家音乐厅和国家戏剧厅矗立两侧，那是台湾国际文化交流中心和艺术休闲中心。两院厅，一个用金色琉璃瓦铺设的仿埃及金字塔之体，另一个是用宝蓝色琉璃瓦铺设的仿天坛之顶，加上高耸威严的纪念堂，呈现台湾融合中西方建筑的美学思想与历史蕴含。

士林官邸位于台北市士林区中山北路五段和福林路交界，周围福山山系环抱，为蒋介石、宋美龄的官邸。这里庭园造景设计精致，虫鸣鸟叫，景色秀丽。士林官邸出口处有一座咖啡馆，咖啡馆的招牌是一张很大的黑白照片，这是蒋介石与宋美龄世纪婚礼的照片。士林官邸由外而内共分为外花园、内花园、正房几个区域。西式庭园是众多新人拍摄婚纱照的首选场地，浪漫而温馨。中式庭园里的拱桥、曲池、流水等东方庭园造景，仿佛一朝穿越到中国古代。园艺馆、新兰亭、凯歌堂等，也十分有特色。

想着美丽的爱情故事，不知不觉踏入了仙境——日月潭，台湾最大的淡水湖。来日月潭一定要品尝日月潭玄光寺脚下经营了50多年的“阿嬷古早味香菇茶叶蛋”。花白头发的“阿嬷”，用红茶和香菇等众多材料小火慢煮而成的鸡蛋，10元新台币一颗，据说吃过口舌回甘。她也被称为全岛最富有的人，因为这里只有她一家被允许卖茶叶蛋。可惜我们来得太早，没有尝到那10元新台币一颗的茶叶蛋，此为本次台湾行的遗憾之一。

导游告诉我们全台湾风水最好的地方在日月潭，而蒋介石的旧居（现在是六星级宾馆“涵碧楼”）又是日月潭最好的风水地。日月潭处于群山环抱的谷底，是终年水源充沛的天然淡水湖，由大小两个湖泊组成，分别为“日潭”和“月潭”。

导游又拉开他的大嗓门唱起了“高山青，涧水蓝，阿里山的姑娘美如水呀，阿里山的少年壮如山……”日月潭、阿里山是密不可分的，到台湾如果没有走这两个地方，那就不叫真正来台湾了。可惜因泥石流，我们没能上山，此为本次台湾行的遗憾之二。

看着窗外满目的槟榔树，我要来说说“槟榔西施”了。“槟榔西施”是一种在台湾特有的职业，是由穿着稀少、性感的年轻女性在路边招揽并且贩卖槟榔，以此收入来养家。我尝了一颗她送的新鲜槟榔，就浅浅地咬了一小口，顿时感觉嗓子被什么东西堵住似的，好一会儿才缓过劲来，从此我再也不想尝槟榔了。

高雄是台湾仅次于台北的大城市，人口达200多万。高雄市是一个非常漂亮的海港城市。打狗英国领事馆是台湾第一栋建造完整坚固的洋房，洋房建在一个小山丘上，西临台湾海峡，是货轮出入高雄港的必经之路，东面对着高雄市，可以俯瞰高雄市区和港口。导游告诉我们在平埔族语汇里，“打狗”是“竹林”的意思。打狗英国领事馆是清朝时外国人在台湾正式建造的第一座领事馆。如今，这里已然成为露天咖啡馆，极富浪漫情调，是高雄人下午和夜晚的休闲之地，也是眺望高雄港的最佳位置。

让我惊艳的还数垦丁和花莲，以及从太鲁阁搭乘小火车前往苏澳新站的旅程，一路留下了非常难忘的记忆。

从高雄出来南下，驱车前往垦丁公园。它位于台湾本岛最南端的恒春半岛，三面环海，东面太平洋，西邻台湾海峡，南濒巴士海峡。陆地范围，西边包括龟山向南至红柴之台地崖与海滨地带，南部包括龙銮潭南面之猫鼻头、南湾、垦丁森林游乐区、鹅銮鼻，东沿太平洋岸经佳乐水，北至南仁山区。海域范围包括南湾海域及龟山经猫鼻头、鹅銮鼻北至南仁湾间距海岸一千米内的海域。其地理位置属于热带性气候区，终年气温和暖，热带植物衍生，四周海域清澈，珊瑚生长繁盛。凭海临风，西面台湾海峡、南面巴士海峡、东面太平洋，尽收眼底。

猫鼻头和鹅銮鼻在台湾最南端，是游客必去的游览之处。导游指给我们看行进方向的右侧，站在海里的一块大石头，形状很像是船上的风帆。这就是船帆石，鹅銮鼻这个地名也是由于这块石头而命名的。导游解释说，“鹅銮”是台湾原住“民排湾族”语言里“帆”的译音，再加上该地形就好像是个突出的鼻子，于是就叫“鹅銮鼻”啦！原来这“鹅銮鼻”是“长着船帆的鼻子”。还真是有趣啊！

鹅銮鼻与猫鼻头的海岸线都是礁石，如果没有灯塔，过往船只的确很危险。鹅銮鼻上的灯塔就是在一百多年前，清政府为避免外国人航海时在台湾南部触礁引发事端，于1882年（清光绪八年）始建的。这里多棱的礁石被海浪无休止地扑打却依然挺立，礁石旁边的小草在风中舞动着顽强的生命。这强劲的风不知道是不是飞过了千万里，也或许是跨过了百年千年。

之前去猫鼻头就觉得今天风比较大，此时登上半潜观光船心里还有些打鼓。船开时大家还都感觉不错，伸长脖子等着看海底的珊瑚和鱼，大概10分钟后还什么都看不到，大家便开始抱怨起来。船接着向外行驶，船身逐渐有些摇晃，20分钟左右摇晃开始变得强烈，感觉有些胸闷，又5分钟左右开始能看到海底的珊瑚了，有零星的小鱼在珊瑚间自由穿梭。船身持续摇晃，终于有人受不了走上船的上半部。最后大家强烈要求掉头上岸，一团的人有三分之二都晕船，真是惨啊！

垦丁大街范围大约在垦丁大湾至垦丁小湾沙滩。沿路有许多夜间营业的酒吧、舞场、小吃摊等，从白天到深夜，街上充满许多身着海滩裤、比基尼的泳客与国内外游客，街上的霓虹灯将街景装点得十分热闹，颇有南洋度假胜地的风情。街上还有许多售卖个性化纪念品、饰品的商店，是小女生们喜欢的去处。我个人觉得，如果你选择自由行，一定要在垦丁小住两日，这里真真是度假的天堂。

驱车沿南巡公路、花东海岸线前往花莲。驶过花莲原住民居，植物葱茏，绿意盎然，路旁花田开满紫色的洋甘菊，让人心旷神怡。民居低矮老旧，因为土地私有化，几乎没有拆迁改造过的痕迹，保留了最原始的感觉。从垦丁到花莲，安静美好，以至于我们自己都觉得是这里的一员了。

驱车去太鲁阁公园，沿途要经过中横公路。中横公路，也叫东西横贯公路，全长一百九十多千米，山路的一边是高山，另一边是一望无际的太平洋。双峰夹道，山上是坚硬的大理石，车在峡谷里穿行，真担心山上的浮石会随时掉下来。

以大理石岩景观而闻名的太鲁阁公园被称为“中国最美的十大峡谷”之一，整个太鲁阁峡谷沿线美景不绝，总面积达二十七万公顷，是现今太鲁阁公园的三倍。东起太鲁阁，北达雪山、南湖大山，西迄小雪山、梅峰、能高山、木瓜溪。太鲁阁至天祥山的峡谷路段，也是景色绝佳之处。许多游客皆在此享受露天温泉浴，充满了野趣。我们也跟着导游走了一段山径，沿着立雾溪的峡谷风景线而行，触目所及皆是壁立千仞的峭壁、断崖、峡谷、连绵曲折的山洞隧道、大理岩层和溪流等风光，令人不得不赞叹造物者的鬼斧神工。我想起班顿·马凯的一句话：“山径，是让人们用脚去走，是让人们用眼去看，是让人们用心去体会。”

台湾共有三座北回归线标，一座在西半部的嘉义县水上乡，另外两座在东半部的花莲瑞穗乡和海线丰滨乡。在花莲，我看到了中国仅有的几处北回归线标志塔之一的台湾北回归线纪念碑。纪念碑建在环岛公路边一片空旷的田野上，为一塔形石碑建筑。碑顶有南北和水平相交叉的圆球，圆柱形的标志，中间有狭长细缝，石碑上有“北回归线”四个大字。热、温两带以北回归线为界，由此以南为热带。游客常在此拍照留念。

在知本，导游安排了泡温泉和温泉煮，我选择了温泉煮。所谓温泉煮，就是把事先买好的鸡蛋放进滚烫的温泉水里，咕嘟咕嘟煮上七八分钟，剥开壳，鲜嫩的蛋白，恰到好处的蛋黄，再淋上一抹细细的盐花，味道鲜香可口。

因为一直有报道说花莲的路上不断有石头落下，导游建议我们乘小火车前行。于是从新城火车站上车，前往苏澳新站。沿途进了不知多少个山洞，在黑暗中想着老兵们的故事，心里总有一种悲伤的感觉。

重返台北，再次领略台北的车水马龙。天空中飘起雨丝，我这才记起临走时朋友说的话，真的是在我们要离开台湾前，这片天空飘起了蒙蒙细雨，直至微雨阑珊。导游恰逢其时地唱起了《冬季到台北来看雨》，虽不是冬季，但我记住你了，下着雨的别样的台北。

台北孙中山纪念堂，位于台北市仁爱路四段，是为纪念孙中山先生百年诞辰而兴建的。孙中山先生是中国革命的先行者，中华民国的缔造者，是中国近代史上的一位杰出人物。馆外有中山公园环绕，还有九曲桥、池塘、假山、柳树等景色点缀。馆内四大展室装饰精美，设计新颖，展示了现代名家艺术品等。导游强烈推荐的是这里卫兵换岗时的精彩画面。为缅怀国父孙中山先生之功勋，国父纪念馆内设有礼兵换岗仪式，由台湾地区陆海空三军仪仗队轮派担任，礼兵勤务为每日 9—17 时，每小时整点换班行礼。换岗仪式时间大约 20 分钟，姿势威武，节奏紧凑，整齐划一。我们来的时间恰到好处，一列卫兵正迈着整齐有节奏的步伐走来，此时，整个纪念馆庄严肃静。只见来岗的两名卫兵在领队的带领下，从大堂左侧门扛枪正步走到孙中山先生塑像前，在向孙中山先生塑像敬礼后，卫兵走向自己的哨位。他们面对面站在两个钉着铁皮的木台上，恭敬地守在孙中山先生的坐像前，纹丝不动，如同两尊雕像。

台北 101 是位于台湾台北市信义区的一栋摩天大楼。导游讲解说夜间的台北 101 外观灯光环绕，以彩虹七种颜色为主题，每天更换一种颜色，每天落日时间开始点灯，至晚上十点关闭。逢到特殊的节日，会以节庆为主题在外墙以灯光表现特殊的文字或图形。列入吉尼斯世界纪录的最快速电梯，有两部为观景台使用。其上行最高速度可达每分钟 1010 米，相当于时速 60，从 1 楼到 89 楼的室内观景台，只需 39 秒；从 5 楼到 89 楼的室内观景台，只需 37 秒。下行最高速率可达每分钟 600 米，由 89 楼下行至 5 楼仅需 46 秒，至 1 楼仅需 48 秒。因为下雨起雾的原因，我们没有登上大楼，此为本次旅行的遗憾之三。

说了这么多，大都是在说秀丽的景观。突然有人问：台湾最有名的是什么？回答：不是人文历史，不是自然风景，而是小吃！也许几年之后，你会忘记阿里山、日月潭的风光，忘记台北故宫文物的精美，忘记台北 101 的高耸，忘记台湾所有的风景，但是，你绝对不会忘记台湾的美味。从高雄到台中、嘉义到台北，台湾之旅简直就是美食之旅。

小吃的第一站是高雄的六合夜市，我在那里喝到了自认为是全台湾最好喝的木瓜牛奶。小小的一个档子，已经开了45年，招牌上充满了各种名人的签名，包括马英九、谢长廷等，木瓜味浓厚，奶味香醇，抿上一口，冰凉透心。高雄靠海，各种海产品便宜又新鲜，烤鱼、烤虾、烤鱿鱼等，还有高雄东山鸭头、度小月担仔面、简仔米糕……

小吃的第二站是台中的大街小巷，台湾有名的绵绵冰、肉圆，听说绵绵冰的质感与其说是冰，倒不如说类似雪，微甜，带着浓郁的奶香，哪怕只是一家街边小店都做得十分出色。台湾肉圆不是肉丸，是一种糯米面皮包裹着肉馅的小吃，面皮很弹牙，肉的味道很奇妙。还有台湾的水果最不能错过。水果店的老板都十分友善，向我推荐可以立即就吃的、美味的释迦，我第一次见到这么奇怪的水果，它整体看长得像佛祖的头，绿色的外皮，切开后，米白色的肉质，汁甜味美，从此我便爱上了这个味道。

小吃的第三站也是最后一站台北的士林夜市，蚵仔煎软嫩滑口；担仔面材料丰富；炭烤猪血糕风味十足；青蛙下蛋是一种台湾地区有名的饮料，名字奇怪，味道倒是不错；蜂蜜苦瓜汁用的是台湾特有的白苦瓜，苦味比常见的绿苦瓜淡，但是效果很好，养颜美容，清热排毒；台湾臭豆腐是配着酸菜一起吃的，酸菜有解腻的效果，跟酸菜一起入口，连臭豆腐都变得很清爽。可惜的是我却没有在这里去享受美味，不过都是别人去美美大餐后说给我听的。此为本次旅行的遗憾之四，下次我一定要亲自去试试。

初游台湾，亲切、宁静、美好。刚刚离开，我便已经开始期待下一次的到来……

我的丽江慢时光

“在城市待久了，总想要逃离。想要一阵和煦的微风，想要一缕明媚的阳光，想要小桥流水的安逸。”

在这个烈日炎炎的夏日，让我们逃离火炉，去度过一段丽江的慢时光。

初到这里，大多数人会有一种久违的亲切感，还未见过却记得，还未到过却熟悉。明明是第一次遇见，却有着久别重逢的感觉。佛经里说，“一切缘生”。所有的前缘旧梦，久别重逢，都是前世的慈悲种下的善果。

古镇内小桥流水，无数溪流穿街绕巷，流布全城，形成“家家门前绕水流，户户屋后垂杨柳”的诗画图。悠悠古道，古树树影交错，蓝天白云，溪水潺潺。流动的溪水，带走流动的记忆。

街道不拘于工整而是自由分布，主街傍水，小巷临渠。白墙墨瓦的古屋与街巷相依相应，极具“小桥流水人家”的美韵。建筑则保持明清时期的特色，“三坊一照壁，四合五天井，走马转角楼”式的房屋鳞次栉比，玲珑轻巧。

青石铺就的长巷，飘散着古城淡淡烟火，偶有行人悠闲走过，把恍惚的记忆遗落在时光里，这就是闻着风都可以做梦的丽江古城。

丽江有一种说不出的魅力，可以让人一留再留，有些人在丽江一住就是个把月，甚至打算一直住下去。

我们入住的是位于大研古镇的四方街，名叫四福雅舍的精品客栈。站在凉台上，不远处的文笔山、万古楼和古城的建筑群一览无余。格外喜欢那木雕的床椅，店主告诉我这是匠人手工制作的，精致而实在。

这里的时光仿佛更慢一些，容我们小憩一会儿，静静享受这美妙的午后时光。

来之前看天气预报说有 60% 的雨量，结果却是艳阳高照，间歇地滴上几滴清凉。

街道两边店铺林立。店家有的在忙着招呼客人，热情洋溢地宣传着自己的商品；有的在专心进行手工制作，说一声“欢迎光临”就任由你自行在店内游逛，他则继续手上的活儿；有的则静静地坐在那里，一言不发，任自己思绪百转千回，任你去留随意。

街道上偶有穿着民族服装背着竹筐的女人与你擦肩而过。在不经意间的转角处，随时可见的纳西米糕小摊，橘色的糖块铺在方正的白色糕点上，橘子酱一样的颜色让人想流口水，不说味道，单看色泽和卖糕人脸上平静又慈祥的笑容，就可以感受到生活的惬意和安详。

第二天，丽江的绵绵细雨终于来了，空气里有些凉意，这竟然是丽江的夏天。雨水在丽江古城里是绿的，透明而美丽，我不会介意让它打湿面庞。坐在小院里沏上一壶清茶，听着淅沥的雨声，尽情享受这难得的凉意。

丽江旅游有一句话："不到木府，等于不到丽江。"明代旅行家徐霞客曾叹曰："宫室之丽，拟于王室。"迎着淅沥的小雨，我们走进木府。木府是丽江木氏土司衙门的俗称，位于丽江古城狮子山下，是丽江古城文化之"大观园"。"北有故宫，南有木府"，整个木府占地46亩，中轴线长369米，建筑群坐西朝东，"迎旭日而得大气"，是一座辉煌的建筑艺术之苑。一路走来，写着"天雨流芳"的木牌坊，通体皆石的忠义石牌坊，端庄宽敞、气势恢宏的议事厅，集两千年文化遗产之精粹的万卷楼，土司议家事的护法殿，后花园门楼光碧楼，接圣旨之所和歌舞宴乐之地的玉音楼……让人目不暇接。

纳西人说起"木老爷"来，就跟我们提到自己的老祖宗一样亲切。木老爷，从前就是这座浩大宅第的主人。简单一点说，五六百年前的木府，就是丽江古城中的"紫禁城"。讲述丽江木氏土司风云故事的电视剧《木府风云》

就是在这里拍摄的。还有传说中的阿勒邱，她不仅美丽善良，而且能文能武，带兵打仗，丝毫不逊色于男子。

烟雨蒙蒙，廊腰缦回。俯身望去，一池婉约的睡莲，莲叶的罅隙里有红白相间和泛着金光的鱼群缓缓游过。

大水车是丽江古城的标志性建筑，让人感知亘古岁月里的晨曦暮霭、风霜云雨，是来丽江旅游的游客们一定会去拍照留念的地方。

文昌宫是丽江古城内最大的庙宇公园，沿着四方街走出，一路上坡，经过一段羊肠小径，循着“苔痕上阶绿，草色入帘青”，拾级而上便来到了文昌宫。文昌宫是古城里除万古楼外，第二个可以看到丽江全景的地方。宫门口下面有个小广场，凭栏远眺，整个丽江古城一览无余。

方国瑜故居是一座有着近 200 年历史的古宅。整个大院由两个四合院相连，每个院又自成三坊一照壁格局，故居既保留了徽式建筑的细致严谨，又体现了纳西建筑恢宏气派的风格。这是一座汉文化和纳西文化融会贯通的建筑艺术奇葩。进门处摆放的宣传册中记载：方国瑜是我国当代著名的历史学家、教授，纳西族的杰出代表。他撰写了《云南史料目录概说》《中国西南历史地理考释》《彝族史稿》《汉晋民族史》等大量传世之作，在中国民族、中国西南边疆史地、云南史料目录、东巴文化等方面取得了杰出成就。著名史学家徐中舒教授称他是“南中泰斗，滇史巨擘”。院里布局了“求学之路”“家庭关爱”“科研成就”和“教学成果”等多间展室，陈列着方国瑜先生各个时期的照片及书稿、专著等遗物。

沿着坡道一路向下，转个弯，不远处就是福音堂，云南的第一套水力发电设备就出自这座基督教堂。它是由一位安牧师从英国购置的，当所有地方都使用煤油灯或蜡烛照明时，丽江古城的基督教堂里却成为第一处用电灯照明的地方。

四方街也是酒吧聚集地，随意走进一个酒吧。帅气的男歌手唱着隔壁老樊的《四块五》：“人生路长，你说你想去看没有边际的海洋……”

每年农历六月二十五日至二十七日，纳西族人都会举行隆重的火把节，这次正好被我们赶上了。当第一个火把被点燃后，第二个、第三个……第五百个迅速燃起，火光舞着、跳着，目之所及都是火的世界，到处是歌舞的海洋。从四面八方聚集而来的游客和市民一边沿着火把漫步，一边拍照打卡，沉浸在欢乐的海洋中，红彤彤的火光也照亮了无数张俊美的脸庞。

这里还有让你流连忘返的夜景。当夜幕降临，一盏盏璀璨的明灯便亮了起来，和着月亮的清辉，把承载了千百年风霜的石板路照得光可鉴人，水边的一树花儿被隔岸的霓虹染上娇艳的色彩，让古城更加妩媚动人。

看了美景，看了美人，怎能少得了美食！

早餐非米线莫属。大大的碗中摆满各种食材，吸饱浓汤的米线爽滑筋道，滋味鲜美。汤端上桌后切忌急着吃，小心烫嘴！

丽江腊排骨火锅选用的是经土法腌制的排骨，用砂锅炖煮，食用时配备时鲜蔬菜：薄荷、西红柿、芹菜、洋芋、野生菌、慈姑、板蓝根、粉条等。以当地特有的蘸水调味，鲜美浓郁，肉香汁鲜，越煮越香。

鸡豆是丽江特产名豆，将鸡豆泡透磨细过滤成浆，然后煮熟为灰白色，置入各种容器冷却成形，便是鸡豆凉粉。晶莹的粉片与红辣椒、绿韭、花椒、芥末、酸醋等作料腌拌起来，色香味俱佳，一碗入腹，开胃又爽口。

纳西烤鱼，豆豉、辣椒、花椒、花生、葱、姜、蒜等作料铺满了鱼身，鱼肉皮脆肉嫩，外香里鲜。烹制恰到好处，既能感受到作料的渗透，又没有覆盖掉鱼肉本身的鲜美。

纳西烤肉是我的最爱，新鲜的五花肉经过香料腌制，然后放在自制的烤炉内，用当地特有的栗炭文火精心烤制而成。食用时用油炸一炸，再放入薄荷炸焦，看上去油光闪闪，貌似很油腻，但是吃起来外皮金黄松软，肥肉肥而不腻，瘦肉细嫩留香。

丽江粑粑，其制作的主要原料是丽江出产的精细麦面，加注从玉龙雪山流下来的清泉和成面团，在大理石石板上抹擦植物油，再擀成一块块薄片，抹上油，撒上火腿末或白糖后卷成圆筒状，两头搭拢按扁，中间包入芝麻、核桃仁等作料，再以平底锅文火烤熟煎成金黄色，即可制成。丽江粑粑分为咸、甜两类，可以根据各自口味任意选用。其色泽金黄，香味扑鼻，吃起来酥脆可口，再来一碗酥油茶，更是其味无穷。

米灌肠在纳西语里称作“麻补”，是将大米或糯米蒸熟后，与新鲜的猪血、蛋清及各种香料拌在一起，然后灌到洗净的猪大肠内，封好蒸熟而成。切成片或煎或蒸，是一道纳西族的传统美味，是丽江地区的特有吃法。

还有饵块、包浆豆腐、鲜花饼等，各种美食让人流连忘返。

再慢的时光也悄悄地从我指缝间溜走了。“想要一段不动声色的时光，想停留在丽江古城。”

听说丽江纳西族的中元节习俗中，最具特色的就是每年农历七月十四日晚间的古城放河灯活动。入夜，数万盏手工河灯被点亮后放进西河、东河，顺水而下，穿过一座座小桥，若隐若现地漂向远方……再现“绕城秋水河灯满，今夜中元似上元”的盛景。如此美景，想约吗？

梦想树文学丛书

时间风景

陈红旗　著

中国華僑出版社

·北京·

图书在版编目（CIP）数据

时间风景 / 陈红旗 著 . -- 北京 : 中国华侨出版社，2021. 11（2024. 7 重印）.（梦想树文学丛书；3）.
ISBN 978-7-5113-8621-2

Ⅰ . ①时… Ⅱ . ①陈… Ⅲ . ①散文集－中国－当代②诗集－中国－当代 Ⅳ . ① I217.2

中国版本图书馆 CIP 数据核字（2021）第 211810 号

时间风景

著　　者：陈红旗
责任编辑：刘晓燕
封面设计：汇文书联
经　　销：新华书店
开　　本：880 毫米 ×1230 毫米　1/32开　印张：10.5（本册）字数：193 千字（本
印　　刷：三河市嵩川印刷有限公司
版　　次：2021 年 11 月第 1 版
印　　次：2024 年 7 月第 2 次印刷
书　　号：ISBN 978-7-5113-8621-2
定　　价：240.00 元（全 5 册）

中国华侨出版社　　北京市朝阳区西坝河东里 77 号楼底商 5 号　　邮编：100028
发行部：（010）64443051　　传　真：（010）64439708
网　址：www.oveaschin.com　　E-mail：oveaschin@sina.com

自序

出这样一本文集，真有点诚惶诚恐，怕自己的作品不如人，让人家笑话，又怕书出来，无人问津，会很尴尬。但望着几十年里人生的所思所想而生成的一篇篇渗透了我的思绪、我的感悟、我的经历和我的希冀的文章，就让它沉睡于书柜，分散于各处，实在也不心甘。

出一本小册子的意念早就在胸中酝酿，幸遇青年作家网汪家弘老师鼎力相助，多年的愿望终于得以实现，唯愿它能走好运，能找到人生路上的更多知音。

本书重点以随笔、散文和诗歌为体裁，包括多年来创作的游记、感想、论述及现代诗歌，反映着生活工作中的真情实感和深沉回忆，折射着读书写作的心灵之光和肺腑之言。随笔有对所见所闻、所思所想的叙述和感悟，有对众生世态、民间疾苦的描述和感慨。散文有旅游观光的抒发，有几十年老日记的转述，有退休后生活的记录。诗歌以现代诗为主，有对历史事件的讴歌，兼有乡情乡趣的打油诗，还有随时冒出来的点滴想象。书中还收入了部分工作时期写的论文以及对某些工作和重大题材的论述。

我的这些文章，的确是我几十年间写作实践中的心血、思索和见解，真正糅合了自己的酸甜苦辣，是动情动心之文，是真思真话之文。有的如舒缓的小夜曲，有的如铿锵的进行曲，有的似春水自然透亮，有的像知己在话家常，篇篇充满人文情怀和人文气息，展示着自己写作时的心境与情感。由于文章跨越的年代较长，对于读者了解过去时代的变迁以及事物的变化会有很大的帮助。

人生于世，充满着许多变故，面对人生的苦涩与岁月的艰辛，生发出许多感慨和忧伤，在回想、咀嚼和思忖中，就有了“人生感悟”，就有了“亲情友情”，就有了难忘的乡土和纯朴的乡音。

我深知，写东西谈何容易，以我的文字实力，不敢与满腹经纶、学富五车的学者作家相比，但我以为文章的高低好坏，不在外表的装饰，也不在语法修辞的高深与华丽，而在于文章的洞察力、穿透力和说服力。所以几十年里我的写作态度是：宁可无文，决不敷衍。我的人生座右铭是：做人要有人品，作文要有文品。无论文章长短，要写真情讲真话。但愿我的做人作文的想法做法，能得到读者的认同。

俗话说，金无足赤，人无完人。就我的文章而言，亦是如此，其中不少篇章还稚嫩得很，个别观点也可能有偏颇。我也完全是一副“丑媳妇”要见“公婆”的姿态，拿出来“遛遛骡马”。在这里十分坦诚地希望得到行家和读者们的批评指正，使我继续在爱好的路上行走下去，并有所长进。

再次感谢汪老师的引荐和指导，感谢青年作家网的支持和为本书出版而付出心血的编辑们。

陈红旗

2021 年 2 月 22 日于石家庄

目录

001 随笔篇

133 / 散文篇

随笔篇

不易觉察随想

在我们生活中，有许多不易觉察的事物在悄悄发生着变化。当你蓦然回首时，这些变化会让你惊讶不已。

看看城市：高楼拔地而起，商场纷纷开业，道路在加宽，汽车在增多……如果有一段时间不到一个地方去转转，你会突然发觉本来熟悉的地方早已面目全非，或被挺拔的建筑物所取代，或被壮观的立交桥所占领，再寻找曾经的记忆竟是如此不易。身边的这些变化正是在人们不经意间发生的。这些变化使我们的生活环境不断改善，也使我们的生活质量不断提高。

再看看田野：当你一觉醒来，忽觉窗外“春风又绿江南岸”，柳絮杨絮漫天飞舞，嫩绿叶片挂满枝头，梨花雪白，桃花粉红，把原野装扮得分外漂亮。而当你稍不留神，田野上已经是满地金黄，果实累累。正是在昨天—今天—明天的往复中，我们迎来了一个个不同的季节，体味着寒来暑往的不同滋味。

社会的进步也是如此，说不清从哪天开始，社会上有一部分人在思想和行动上同别人“不太一样”起来。在不知不觉中，这种“与众不同”又变成了大家共同遵守的通则，社会也在这不知不觉中向前迈进了一步。这些巨大的社会变革，不是发生在一朝一夕，而是在潜移默化中慢慢积累而成。

不易觉察也好，潜移默化也好，有时给人们带来喜悦，带来收获和进步，但有时也会制造恐惧和灾难。这些恐惧和灾难也在不易觉察中发生着变化，在潜移默化中积聚着能量。而我们平时都不太注意，只有当量变发展为质变时，才突然引起高度重视。而此时，损失已经形成，人们常常后悔莫及。

在日复一日、年复一年的平常日子里，我们从少年到青年，又从中年到了老年。这个界限究竟划在何处？其实无从谈起。只有当我们感到心有余而力不足的时候，当我们的后代成长起来，超越我们的时候，我们才常常感叹：夕阳无限好，只是近黄昏。其实大自然的规律，我们无法抗拒，能做到的就是调整好心态，适应变化着的环境，顺应变化着的时代，使有限的生命放出更多的光彩。正像另一首诗说的那样："但得夕阳无限好，何须惆怅近黄昏。"

自然界里，许多可怕的事情同样在不知不觉中发生：水资源减少，土地沙化，环境被严重污染，物种在迅速消亡。平时引不起人们重视的多砍一棵树、多毁一亩草、多扔一个不可降解的塑料袋、多向河流排放一滴污水……都直接危及人类赖以生存的空间，也招致大自然以不同方式向人们提出警告。许多突如其来的灾难，绝不是突然出现的，而是人类肆意破坏环境造成的恶果。面对灾害，人们越来越意识到，人类只有善待地球，地球才会善待人类。

我喜欢不易觉察中人类和社会文明的进步，喜欢不易觉察中春夏秋冬的循环往复和大自然的无私奉献；我不喜欢人们对环境恶化的漠视，也不喜欢人类一切不文明的陋习。

"勿以恶小而为之，勿以善小而不为"。如果能长期坚持这一条，不易觉察中，我们将拥抱一个更美好的世界。

2003 年 8 月

长霞颂

一颗平常的心，已多年没有激动。然而，任长霞，一个眉清目秀的柔弱女子，一个把人民当父母的警官，她那既平凡又伟大的事迹，她那既坚定又勇敢的精神，却激起了心灵的震撼。她执着的生前事和光荣的身后名，验证了一个朴素的道理，谁心里装着老百姓，她必将永远活在人们心间。

斯人仙逝，风范长存。任长霞，她笃定理想、对党忠诚，以实际行动践行一个共产党员的理想信念；她牢记宗旨、执法为民，永远保持与人民群众的血肉相连；她疾恶如仇、刚直不阿，经得起生与死、血与火的考验；她忠于职守、克己奉公，为群众利益舍得奉献。登封的百姓因她而平安，登封的恶霸因她而胆寒，战友们说她是好人，百姓们说她是好官，亲人们为她而自豪，公务员有了学习的样板。长霞做人，让人敬重，因为她做人实实在在、堂堂正正，时时处处争做模范；长霞做事，让人钦佩，因为她做事爱岗敬业，脚踏实地，用生命维护着社会治安；长霞做官，让人尊敬，因为她做官以身作则，清清白白，永远保持了公正清廉。活着，她是一面旗帜；逝去，她留下一座丰碑。她以短暂的生命和突出的业绩，向党和人民交上了一份优异的答卷。

长霞精神是如此的可贵，却又是那样的纯朴；长霞事迹是如此的感人，却又是那样的平凡。她是一个榜样，对待工作要永远保持高度的事业心和强烈的责任感；她是一种境界，为人民服务就要全心全意无私奉献；她是一定高度，实践“三个代表”重要思想必须身先士卒率先垂范。面对任长霞，每一个公务员都应感慨万千，只要在完成自己本职工作时用了真心，就会受到人民的无比眷恋；只要把人民的利益高于一切，人民就会为她树碑立传。

长霞精神可望、可及、可学，长霞事迹可歌、可泣、可赞。像长霞那样牢记宗旨、忠于职守吧，勇敢面对经济大潮中的各种考验，当一名人民爱戴的好官；像长霞那样胸怀理想、爱岗敬业吧，积极投身到全心全意为人民服务的实践，做一名合格的共产党员。

2004 年 7 月

永远保持长征的精神和信念

——纪念长征胜利七十周年

70年前，红军将士们用自己的崇高理想、坚强意志和血肉之躯，战胜了自己，战胜了敌人，战胜了各种艰难的生存条件，行程二万五千里，取得了长征的伟大胜利。长征是在抗日救亡成为全民族最紧迫的任务、中国面临民族危亡的情况下发生的，是在国民党当局对苏区进行大规模“围剿”、党内出现严重“左”倾教条主义错误、中国共产党及其领导的红军面临生死存亡严重危机的情况下发生的。长征的胜利，是坚强意志、革命勇气的传奇，是以弱胜强、挑战极限的奇迹，它创造了无与伦比的英雄业绩，它谱写了惊天动地的革命诗篇。

回望长征，我们更加清晰地看到，肩负民族命运和国家前途的深切忧患责任意识的中国共产党人，将一次危机四伏的被动撤退，变为一个开创革命局面的起点，将一场由“左”倾错误导致的战略转移，变成一次向抗日前线的英勇进军，将一段险象环生的艰难跋涉，变成一曲气壮山河的英雄史诗。所以，长征不仅是一次人类精神和意志的伟大远征，也是一段中国共产党领导优秀儿女寻求民族复兴的伟大征程。提起长征，我们就会想到革命理想高于天的坚强信念，就会想到百折不挠、英勇无畏的革命英雄主义，就会想起大局至上、团结一致的集体主义，就会想到军民一家、血肉相连的鱼水深情。这就是永远属于今天和未来的长征精神，它蕴含着党和红军乃至整个民族生存和发展的哲理，它赋予中华民族精神新的内涵，成为积淀在亿万中国人心中的集体记忆，成为彪炳史册的精神象征。

在中华民族精神史册上，长征引导出了一幅幅荡气回肠的壮丽画卷，中华民族从某种意义上说就是一部长征史，而二万五千里征程展示的意志和力量，生动体现了以爱国主义为核心的民族精神，成为中华民族的精神路标。长征之后，历史翻开了一页又一页，新民主主义革命时期的延安精神、红岩精神、西柏坡精神，社会主义革命和建设时期的大庆精神、“两弹一星”精神，改革开放和现代化建设时期的抗洪精神、抗击“非典”精神、载人航天精神、青藏铁路精神，这些无不是长征精神的继承和发展。长征的奇迹发生在20世纪，但长征精神绝不仅仅属于20世纪，只有铭记历史，才能深刻了解过去，全面把握现在，正确创造未来。

一个国家，一个民族，一个政党，只有不断从历史的馈赠中汲取力量，永远保持一种精神和信念，才能成就伟业，再造辉煌。今天我们纪念长征，就是为了十分珍惜和充分运用这个精神宝库，重温一种伟大精神，获得一种现实力量。没有光大，再伟大的精神血脉也难以传承；没有传承，再丰厚的精神财富也难有价值。在新时代的背景下，共产党人的理想信念受到了多方面的更为严峻的考验，弘扬长征精神，就要始终高举爱国主义的伟大旗帜，以团结统一、爱好和平、勤劳勇敢、自强不息的民族精神凝聚全社会的智慧和力量，保持昂扬向上的精神状态，以实际行动续写前辈震古烁今的长征故事。弘扬长征精神，就要努力提升信仰的力量、人格的力量，不断修正和完善自己，以理论上的清醒、政治上的坚定、道德上的高尚产生巨大的凝聚力、向心力和感染力，始终保持共产党人的政治本色，努力为党和人民建功立业。弘扬长征精神，就要认真学习研究党在长征路上和革命战争年代保持先进性的历史经验，始终走在时代前列，巩固党的执政地位，提高党的执政能力，完成党的执政使命，创造并延展中华民族复兴的光辉篇章，让长征精神在新的历史条件下代代相传，永放光芒。

2005 年 10 月

我很想　但我不能

2008年，对世界来说是中国年，对中国来说是奥运年，对我自己来说，却是想做的事很多，但又不能实现的遗憾年。

8月，第29届世界奥运会在北京举办，圆了中国百年奥运之梦。这是世代中国人民努力的结果，也是中国国力强大的象征，我为北京感到骄傲，我为祖国感到自豪。

奥运期间，我很想去北京当一名志愿者，在自己力所能及的地方，做一点小事，为奥运会的顺利举办出一点微薄之力。我很想到奥运赛场，亲身感受有序竞争的激烈场面，亲历为运动健将们呐喊助威的热烈氛围。我很想目睹体育明星们在运动场上奋力拼搏的风采。这真是我的所思所想，但很遗憾，这一切我只能想，却做不到。原因很简单，因为我是一名公职人员，在那时我不能离开岗位。奥运是体育盛事，虽然在北京举办，但作为周边省份，创造美好的环境，构建和谐的氛围，维护社会的安宁，也同样是为奥运做贡献。不能直接去为奥运会服务，就把这种精神落实在尽职尽责做好本职工作上吧，不能在现场为运动员鼓劲加油，就把劲用在宣传奥运会上好了。

去年，国家对法定节假日进行了调整，对带薪休假制度也做出了规定，作为一名公职人员，我对政府的关怀感到由衷的高兴，利用这些时间，可以安排许多个人的事情，可以松弛一下绷紧的神经。

我很想在小长假时，到邻近省的名胜游览一番，我要登一登泰山，在五岳独尊的山巅，感受一下“一览众山小”的气势。我要去一趟佛教圣地五台，清静一下身心，领悟一下人生真谛。我很想在大长假时，到更远一点的城市去看一看，我要赶到拉萨，看一看雄伟的布达拉宫，享受一下高原阳光的照射。我要乘坐一次飞机，飞到世界名城上海，开开眼界，增增见识。这样的计划我已酝酿很久，但我也不能如愿。不能的原因很多，主要是两条：一是资金短缺。孩子去年到外地上班，为生活计，七凑八借为他购置了一小套二手房，今年我要节衣缩食，压缩开支还债，因为有债在身时时不能安宁。二是家有父母。父母常年为我们操劳受累，现年事已高，平时工作繁忙不能尽孝，节假日就应该赶到父母身边，为他们做上一顿饭、熬上一次药，这是为人之子的职责，也是为人之父应做的榜样。

愿望和计划不能实现，是有些遗憾，但想一想在人的一生中，有多少愿望不能实现，有多少计划不能落实，有多少想法不能兑现。可是在遗憾之余，不也有许多欣慰吗？我国能圆百年梦想，自己能遇上这样的幸事，还可能目睹火炬的传递（8 月 1 日到达石家庄），不也是很幸运吗？“父母在，不远游，”孝敬父母，弘扬传统美德，不也是在修身养性、陶冶情操吗？ 2008 年虽有许多不能，我也不遗憾了。

2008 年 4 月

柴火煮肉

母爱是伟大的。但母亲对子女爱的方式有多少种，恐怕谁也说不清楚，从我的感觉来看，好像有多少位母亲就有多少种爱的方式。

每年过年煮肉，这在冀中平原一带来说是家家都要做的一件事，就像过年吃饺子一样，似乎没有这道程序，这年就没有过好。而我对过年煮肉却别有一番思绪在心头。

20 世纪 70 年代初，我高中毕业后，作为知识青年下乡参加劳动，后被招录到离家一百多公里外的城市上班。在家时，每当年前，母亲总是选家人最全的时候，架起铁锅，烧起硬木柴火，开始煮肉，柴火铁锅煮出的肉别有风味，不加作料，蘸点酱油就能吃，我们每人分得一块方子肉猛餐一顿，这可是全年最解馋的时候了。现在回想起来那还是莫大的享受，每当这时真想吃个够，但母亲一点不让多吃，又觉得不太理解。直到后来看到许多人不吃肉，究其原因，是因为原来是一次贪吃，肉吃多了一着凉，就再也不想吃了，俗称那叫“吃顶了”，这才理解母亲的良苦用心。

参加工作以后，单位每年腊月二十五六放假可以回家。每当过了腊月二十，母亲就提前把肉买下，非要等我回去才安排煮，家庭其他成员也很有看法，七嘴八舌地劝母亲：人家在城市工作，没准天天能吃上肉，哪还在乎这一口。可无论如何，母亲就是不让煮。我一回到家中，母亲便把准备其他年货的事停下，开始架锅烧水。直到多少年后我才真正明白，母亲忙碌的身影和兴奋的脸庞背后，是她心中的那种满足和幸福以及那无言的爱。我虽然每年吃肉的数量在减少，母亲却一直乐此不疲，哪怕我就吃一口，母亲的脸上也会露出灿烂的微笑。母亲就是以这种方式爱着我们。我从这方式中悟出了许多事理，给我的生活很多启迪，也带给我终生的记忆。

如今，母亲离开我们已有20余年，每当年关，我总是回想起母亲那盼望儿子回家的目光和注视儿子吃肉的眼神。守在母亲身边，吃上一口刚出锅的柴火煮肉，早已成了我的奢望。

2008年6月

清官难做在哪里

邯郸成语故事中，有一个成语“瓜田李下”，讲的是南北朝时期北齐博陵太守袁聿修的故事。袁聿修少年老成，性格沉静，很有见识。他九岁就做了州主簿，十八岁就做了州中正，兼尚书度支郎中，后来又升为博陵太守。他之所以政绩突出又很有声望，主要原因是他能够为官清白自守，从不收任何贿赂。据说他在尚书的十多年里，从未曾接受过任何人家的一升酒喝。因此，在他的官地有不少文人联名为他立碑表彰，并送他一个雅号："清郎"。

当然，"清郎"也有为难的时候。有一次，袁聿修到外地考察地方官吏途经兖州。兖州刺史正是他的老朋友邢邵，二人叙述别情以后，邢邵拿出了一匹白绸想送他作为纪念，这就叫袁聿修为难了。不收，怕得罪老朋友；收，又怕留下什么不必要的嫌疑。但反复思索之后，他还是谢绝了，并留书曰："我这次路过这里，与往常不同呀，瓜田李下，古人是很谨慎的。我们不能忘记古人说过的走在瓜地里不要弯腰提鞋子，走在李树下不要伸手整理帽子的话，只有这样，才能躲避嫌疑。你的心意我领了，白绸不能收，不能留下不好的话柄。"邢邵很理解他的心思，就没有再勉强他。

袁聿修的"瓜田李下"论很精彩，他在告诫身在瓜田李下的各色人等，特别是掌握着一定权力的官员们，在身边物欲横流、充满诱惑时，要经得住考验，千万莫伸手，伸手必遭嫌疑甚至被捉。这样的事例太多了。

但是这个故事也让我悟出了另一番道理，就是做一名清官也是很难的，它是需要胆识，需要智慧，需要修炼的。从古至今均是如此。

其一，清官要出淤泥而不染，首先就要在污泥中保持自身洁净，这又谈何容易。清官周边的环境一般是比较污浊的，其他官员都在或明或暗地，或多或少地，或串通一气地，或狼狈为奸地做着一些摆不上桌面的勾当。而独清官一身正气，洁身自好，这是需要很大勇气的。不但要提防遭人暗算排挤出局，还要防备被人莫须有地参上一本使你不得安生，更要小心有人直接下绊让你栽跟头。你说难不难。

其二，清官最难过的是“人情债”的关，这一关把握得好坏，是对清官智慧的考验。人情债是多种多样的，有属于“碍于情面”的人情债；有属于“有恩于你”的人情债；还有“投其所好”的人情债；等等。这些可能是别有用心者设下“感情投资”的陷阱；可能是朋友间超出“礼尚往来”的赠送；也可能是那些有交情、有来往人的“一点意思”。面对这些，学会拒绝，是一种智慧。如何在拒绝时既不过于生硬又不伤害对方，如何既坚持了自己的操守又不让对方下不来台。你说难不难。

其三，家庭和亲人们衣食住行的优劣是仰仗官员的，能否耐得住贫寒也是真假清官的试金石。为官者，不能达到“一人得道，鸡犬升天”的境界，但也要让家庭和亲人的生活质量达到上乘吧。在仅靠俸禄和薪水难以实现的情况下，其他为官者不论“白猫黑猫”，均在瓜田提鞋、李下整帽，各项生活水准不断攀升。而清官却独善其身，坚持修炼精神境界，不但过着与民同样受苦受难的生活，还要勇敢面对被人耻笑尊严不保的尴尬。你说难不难。

此三条足以说明真正做一名清官也是很难的。“瓜田李下”说说容易，能做到实属不易。要不然也就没有那么多贪官了。

2010 年 1 月

师恩永恒

1969 年底，在全国的学校停课已经两年多后，我们 1967 届小学毕业生才又有了学上。1970 年元旦后，我便踏入了定县一中的大门，开始为期四年的中学生活。

开学以后，张文娟、高宗信、谷秀清、庞桂琴、卜洪智、朱守功等一批经历过风雨的老教职员工们，他们渴望着国家的安定，盼望着知识的传播，期望着我们的成长，他们抑制不住再次走上讲台的兴奋，在有限的教学时间里，课堂上他们对我们循循善诱，课堂下他们对我们谆谆教诲。老师告诉我们："学而优则仕"是不对的，但知识就是力量是永恒的；老师告诉我们：书中没有黄金屋，书中没有颜如玉，但书中有做人的道理，书中有生活的指南；老师告诉我们："白专"道路不可取，"白卷"先生更无耻，知识要奉献祖国，不学将永远无知……他们在黑板上奋笔疾书的背影，使我看到他们对知识的器重和对我们的希冀，也使我感到在灾难深重的中国，老师们对祖国未来的忧患和不屈不挠的精神，更使我觉得不好好学习就是对他们的大不敬。

几十年过去了，他们的音容笑貌还时常出现在我的脑海，他们的朴实身影还时常出现在我的眼前，他们的言传身教仍给我以巨大激励。正是有了老师们对教学质量的常抓不懈，才有了我们这届毕业生全面发展，无论是推荐上大学的，还是 1977 年恢复高考后考取大学的，抑或是自学成才的，在各自岗位上都是佼佼者，都无愧于定县一中的培养，都无愧于老师们的栽培。

在四年的时间里，除了学书本知识以外，我们还在广阔的天地里学工、学农、学军。在工厂我忘不了老师为我们讲科学的发展和先进技术对人类的贡献；在农村我忘不了老师为我们盖被子放蚊帐；在学军的路上我忘不了老师为我们背背包带干粮。她们像母亲一样关怀着我们，他们像父亲一样呵护着我们。

四年的中学时代转眼就过去了，离开母校，我走上社会。用中学的积累，我通过自学拿到了专科和本科文凭；靠老师的教诲，我工作勤恳多次受奖；学到的道理，使我一生保持清廉；知识的作用，使我工作得心应手。

如今，老教师们都已到耄耋之年，有的已经作古。虽然他们的身影已渐渐远去，但老师们的恩情对我来说是永恒的，他们的言传身教、师表风范，是我一生做人的榜样；他们的渊博知识、答疑解惑，使我从无知变有知；他们的忧国忧民、执着追求，对我世界观的形成至关重要。滴水之恩当涌泉相报，对老师们的恩情我没能涌泉相报，但我以诚实做人，扎实工作，忠实祖国回报教育培养过我的老师们，我也倍感欣慰。

2010 年 9 月

一年之计在于春

春天是自然界最美的季节。新芽的稚嫩，花朵的娇艳，是春天的奉献；春雨的滋润，春风的和煦，是自然的恩赐。春天是播种的季节，播种理想，播种希望；春天是更新的季节，万物复苏，辞旧迎新。春天是一班鸣笛始发的列车，春天是一艘扬帆起航的船舶，一趟春夏秋冬的航行已经启动，谁能在耕耘中多流汗水，谁就能在金秋得到收获。

春是四季之首，春是一年的开始，人类的生产活动，常以“春”为周而复始的起点，又把“春”当作一种精神寄托的载体。常言说：一年之计在于春。是在告诉我们，在这个阶段，计划做得好，耕种做得实，就为一年的结果和收获打下了好的基础。今天我们又站在春天的起点上，以什么样的态度面对新起点、开创新事业，是一个值得深思的问题。

在这个新起点上，应有一个明晰而坚定的方向。新春之始意味着我们的工作和生活即将开始新的旅程，此时要好好地回首一下过去一年走过的路，成绩要发扬，优点要保持，不足要弥补，缺点要纠正，以便我们及时对工作目标和事业追求进行审视和调整，始终保持正确的方向。在这个前提下，及早对新的一年的工作、学习和生活做出详细而具体可行的谋划，努力做到工作有规划、事业有追求，一步一个脚印地把各项事业推向前进。

在这个新起点上，应有一种时不我待的紧迫感。五湖四海的人们都喜欢春天，只因为春风一吹，大地就朝气蓬勃，殊不知，春天的脚步来也匆匆、去也匆匆。时间，对于我们这个正在实现改革发展的国家来说，是最重要的资源，对于身处这个伟大时代的人们而言，同样弥足珍贵。把握住了时间，就意味着能力素质的增强，工作业绩的创造。生逢盛世，当倍加珍惜；岁月匆匆，当惜时如金。让我们从今天开始，就要以一种分秒必争的紧迫感，展开新年度的学习和工作，力争从一开局就开好头、起好步。

在这个新起点上，应有一种崭新的精神面貌。一元复始，万象更新，人的精神状态也应随之焕然一新。身处一个改革创新的时代，从事一项伟大光荣的事业，总要有一种昂扬向上的精神状态，总要有一股火热奋进的工作激情。新的一年能否完成繁重的工作任务，精神状态至关重要。让我们把春天焕发出来的锐意进取的精神和敢于攻坚的勇气，转换为勤奋工作的干劲和脚踏实地的作风，坚持工作的高标准，开创工作的新局面。在岁月的更替中，一步步迈向新的境界，在年轮的增长中，一年年实现新的发展。

2014 年 2 月

愿窗口更明亮

“夕阳正红”版面与《燕赵都市报》一样越办越好，读者队伍越来越大，订阅份额越来越多，这是都市报的幸事，也是广大读者的幸事。“夕阳正红”版面自开办以来，编辑部非常重视，读者也非常关心，读者通过《互动》版面提出了不少建议，编辑部大都采纳并进行了改进。比如，“夕阳正红”版面面对的是广大中老年读者，相对来说眼神不好，读者建议字体能否比其他版面大一点，很快得到了采纳。再就是有读者提出版面偏少，许多体裁和信息不能及时反映，编辑部也很快进行了调整。如今，编辑部又向社会征集读者对“夕阳正红”版面的建议，首先这种礼贤下士、虚心办报的态度就让我们很感动，再就是服务读者、开门办报的宗旨更会得到认可。一个版面、一份报刊有了这种精神想办不好都难，所以“夕阳正红”版面已经成为都市报一个明亮的窗口。

既然提到建议，我还真有两点想法愿与编辑同志和读者共同探讨。

一是文章还可以再短些。面对老年读者，现有四个版面相对来说是可以的，但其内容与其他同样版面相比，因其字号偏大是要少一些的。为更多地增加信息量，就要尽量压缩文章篇幅，以短而精的文章为主，也符合老年读者对长篇文章不感兴趣的心理。如太短不足以表述全面的文章，可采用连载方式，这样就可以弥补因字号大而挤压的空间，增加版面的利用率。

二是内容还可以再充实。在有限的空间内再增加一些老年人喜闻乐见的东西，比如国内外有关针对老年人的科学研究、科技成果、政策规定及老有所养、社会福利等方面的动态及做法等；再比如我国重大历史事件的起因、过程、结果以及传说和真相，对国家进步产生重大影响的历史人物的真实身份、所做贡献及社会评说等，一定会吸引更多读者的眼球。

希望“夕阳正红”成为《燕赵都市报》一个更优秀的版面和一个更明亮的窗口。

2017 年 5 月

海葬的感动

9 月 17 日，《燕赵都市报》策划了“海葬”专刊，共分四篇。

“现场篇”报道了一位亡者由亲属及老人们护卫着把骨灰制作成的“光明丸”，在黄骅港进行海葬的经过，整个典礼过程简朴、庄严、神圣。这已是沧州市盐山县渤海双缘安养院自 5 月以来举行的第九场隆重的海葬典礼。

“调查篇”以《海面吹来清新的风》为题，介绍了安养院对老人离世前努力做好“善终”的生命关怀，最大限度地减轻老人的心灵孤寂与痛苦，解除对死亡的恐惧，并用海葬的形式实现对生命与自然的尊重与珍爱，对永恒的向往与深思。

“推广篇”从海葬这一新兴殡葬形式的起源和推广，说明了海葬越来越得到社会的认可，它提升着一个民族的文明水平，在其背后有一代伟人们的表率，也有各地政府的大力推动。

“互动篇”有四位读者从不同方面指出，生前尽孝，让父母安享晚年，实现厚养薄葬，是子女们应尽的义务。大海是曲终魂归的地方，海葬方式与传统殡葬方法相比，既经济环保，又文明有爱，应该成为文明而理性的选择。

通篇看完四个版面的策划文章，我被深深地感动了。我为敢为人先的去世老人们及他们的亲属感动。他们实现了从“入土为安”到“入海为安”的观念上的改变，选择了一种进步的殡葬形式，他们干干净净归去、安安静静送走的做法和想法为人们所敬仰。

我为从事神圣事业的安养院的工作人员们感动。他们对入住老人无微不至的爱与陪伴和经验丰富的临终关怀，他们为去世老人把骨灰制作成“光明丸”的奇思妙想，他们对海葬典礼的精心安排，都为去世老人和亲属想得具体周到并寓意深远。

我为勇做表率的伟人们感动。远到1895年近代史上的革命导师恩格斯的骨灰海葬，近到老一辈革命家周恩来、刘少奇、邓小平的海葬，既开辟了海葬的先河，又让海葬来到了新时代，他们的表率作用意义深远。

我为记者、通讯员、编辑们的贡献感动。他们通过实地体验精准报道了一件不同寻常的海葬典礼，他们用大量数据和事实深刻分析了海葬仪式与传统殡葬方式所产生的效果，他们用老人、亲属、读者、网友的语言向人们介绍海葬的好处，提倡殡葬文明，描绘大海的永恒，号召回到永久的故乡。整刊策划文章就像文中所说，为我们“吹来清新的风”。

自我国推行殡葬改革以来，一段时间里殡葬方式和风俗有所改观，但随着我国经济生活的好转，传统殡葬风俗的陋习又出现反复。在这样的时刻，渤海之滨悄然兴起的海葬形式，确实为人们打开了一扇文明、理性之窗。生命最早起源于大海，再回归于大海，化为烟波浩渺，再与水中生命结缘，这是对生命最完美的休止符。其清新处就在于，在人们希望有一种文明的殡葬改革取代传统的殡葬仪式时，海葬——这种既文明又简朴、既智慧又经济的方式向我们走来，经过前期的引导和社会各界推动，一定会得到人们的支持。

2017年9月

城市巨变

——庆祝石家庄解放 70 周年

在我们生活居住的石家庄，有许多的事物在不经意间发生着改变，这种改变随着时间的推移，当你蓦然回首的时候，会感到改变之巨来得非常突然。如今，开国第一城迎来解放 70 周年纪念。

曾记得，1902 年南北铁路在石家庄建站，一座新的城市开始兴建。1947 年解放战争收复第一座城池，新中国的曙光在这里显现。1968 年河北省直机关迁到石家庄，完成了全省政治经济文化中心的转移。2014 年国务院再次批复石家庄城市规划，使城区扩容近五倍的空间，开始了突飞猛进的发展。

不知从哪天开始，石家庄的高楼拔地而起，高层住宅小区到处可见，老年人也开始舞步翩翩；不知从哪天开始，石家庄百米宽的道路畅通无阻，立体式交通快捷方便，火车也在地下跑得正欢。也不知从哪天开始，出行出租公交很是方便，娱乐购物不用走很远，头痛脑热很近就有医院。

过去我们居住的城中村，已被挺拔的建筑取代；过去我们熟悉的十字路口，早被壮观的立交桥所占；过去脏乱差的环境，已经建成绿草茵茵的美丽景观；过去弥漫空中的有害气体，也被治理得大大缩减。

看我们的裕华二环路有多美，还有北人集团和众多商业网点；看我们的环城水系绿化景观，还有不断延伸的地铁线；看我们的八区十三县，还有美丽的西山公园。在不知不觉间我们的石家庄，到处都在发生着巨大的改变。

70 年弹指一挥间，石家庄的发展翻天覆地；70 年历史一瞬间，石家庄的建设速度空前。我们生活环境的巨大改变，见证着祖国的欣欣向荣发展无限；我们生活质量的巨大改观，践行着一切为了人民的发展理念。

党的十九大，承先启后的盛会，必将描绘出中国梦想的辉煌蓝图。日益强大壮大的石家庄，定会抓住千载难逢的机遇良缘，再创无与伦比的灿烂明天。

2017 年 12 月

日 子

日子，两个普通的汉字，寥寥几笔，却有无穷含义。

细细想来，我们芸芸众生，自从生命的开始直到停止呼吸，无不是在日子中延续岁月更迭，无不是与日子紧密联系在一起。它就像人与空气须臾不能分离，它就像花草树木永远离不开土地。

日子，有时像山间叮咚的溪水，缓缓流淌；有时像汹涌江河奔腾不息；有时似微风拂面轻如许，欲抓无痕；有时像暴雨灌顶伤身心，想躲无力。

酸甜苦辣的百般滋味在日子中品尝。

悲欢离合的千种感慨在日子中经历。

柴米油盐酱醋茶的艰难困苦在日子中体会。

喜怒哀乐忧思愁的情感寄托在日子中开启。

日子，既不对富裕人群多看几眼，也不对贫穷人群少给几分。既不对分秒必争的努力人增添分秒，也不对不惜光阴的懒惰者减少一分。既不对白色人种加以施舍，也不对黑色人种贪婪无比。

有多少人在日子中穷困潦倒，有多少人在日子中富贵荣耀，有多少人在日子中创造辉煌，有多少人在日子中堕落沦丧。日子里，有多少人在阳光下享受生活；日子里，有多少人在囹圄中苦熬日期。

我们在日子中孕育，在日子中成长，在日子中劳作，在日子中收获。

我们在日子中奋斗，在日子中向往，在日子中成熟，在日子中梦想。

日子是平凡的，但对于每个家庭而言，过日子都是五味杂陈、各有千秋。

家庭是社会的细胞，人生的每一件事，生活的每一个日子都会牵扯到家庭。现在通常意义上来讲，家是以婚姻和血缘为基础的社会生活单位，一般是指一门之内共同生活着最少两个以上稳定不变的成员休憩的地方。

“幸福的家庭都是相似的，不幸的家庭各有各的不幸。”人对家庭做了分析得出了结论：现实生活中，幸福的家庭总是那么少，不幸的家庭占了大多数。我们来看一看幸与不幸家庭的日子又是怎样的呢。

就这一门之内，演绎着多少欢天喜地、美满幸福的好日子；隐匿着多少悲欢离合、爱恨情仇的苦日子；反复着新主旧主交替变换的新日子；承载着老去新来传宗接代的喜日子。

就这一门之内，有的家庭母慈子孝、子孙满堂、其乐融融的日子令人羡慕；有的家庭一天一小吵，三天一大吵，每天鸡飞狗跳不得安宁的日子令人生厌；有的家庭父母勤奋，子女成才为社会作出贡献，日子过得平静安稳，受到人们的尊敬；有的家庭依仗权势横行乡里，甚至作恶多端被政府镇压，日子过得心神不宁，受到人们的指责。

就这一门之内，勤俭持家劳动致富的家庭，依靠日积月累积聚起来的财富，日子过得有滋有味；游手好闲坐吃山空的家庭，将得到的一点财富铺张浪费，今朝有酒今朝醉，一旦被挥霍一空就会过上穷困潦倒的日子。

就这一门之内，有许多家庭或因自然灾害的突袭，或因祸从天降的难料，或因自作自受的报应而出现断崖式下滑的不幸日子，有许多家庭或因生意红火的获得，或因房屋拆迁的暴发，或因彩票中奖的运气，而过上突然富裕起来的日子。

一个家庭能把日子过得兴旺发达，首先要看家里的三个人，一是有行善积德的长辈，二是有勤俭持家的女人，三是有热爱读书的子女；其次要看家庭的三个环境，一是家庭的和谐环境，二是家庭的学习环境，三是家庭的品德环境。有了三个人就能营造好的家庭环境，有了好的环境就能创造出积极阳光的日子。

古语说：积善之家，必有余庆。积不善之家，必有余殃。一个家庭如果风波不断，家暴频现，甚至品德丧失，支离破碎，怎么能过上井井有条美好幸福的日子，怎么能培养出三观正确品学兼优的孩子，怎么能防止出现晚景凄凉的结局？

家是在理解、信任、尊重、宽容的基础上，组成的一个感情的港湾、成长的摇篮和灵魂的栖息地。在家中过好每一个日子有很大的学问，演绎好一门之内的好光景，需要每个成员的共同努力和付出，需要情感世界的谅解和宽容，需要平凡日子中心态的平衡和稳定。

2020 年 3 月

汪国真，一个时代的文化符号

评价一个艺术家的成就，不是个人说了算的，一个重要的指标是：他对多少人的精神世界产生过影响。

20 世纪 90 年代初，年轻人的三个最时髦的经历是：学许国璋的英语，练庞中华的字帖和读汪国真的诗歌。

汪国真，曾是一个时代的文化符号，更是无数人青春的集体记忆。

我与汪国真是同时代人，1974 年当工人，1978 年考的函授大学中文系，想写的东西都写过，就是没出版过，但梦还在做。

读到汪国真的诗歌，是在函授大学毕业转为干部后，同学们聚会互相交流时，谈起了当时因对朦胧诗所表达的忧患意识不能完全理解。这时，一位同学朗诵了一首很清新的现代诗《热爱生命》，说是一名叫汪国真的诗人写的。那时没有网络，还不知道汪国真是谁，只知道他的诗歌文字很美。随着汪国真的诗歌或以手抄本出现，或出现在明信片和贺年卡上，社会上已出现了“汪国真热”的现象。他的第一本诗集，就是因学生上课偷看汪国真的诗，被老师发现而引起的。他的《热爱生命》，被发表在当时销量达百万册的《读者文摘》杂志卷首的位置后，更是使这样的热度不断升温。所以那个时代几乎没有人不认识汪国真。

汪国真的诗歌，充满着积极向上的人生态度，恰如其分地反映了改革开放初期时代的需求。“让我怎样感谢你 / 当

我走向你的时候 / 我原想收获一缕春风 / 你却给了我整个春天”。对于我们来说，读汪国真的每一首诗，都是一次思想的共鸣与灵魂的洗礼。“倘若才华得不到承认 / 与其诅咒 / 不如坚忍 / 在坚忍中积蓄力量 / 默默耕耘”。

汪国真作品，经常是提出问题，而这些问题是每一个人生活中常常会遇到的，其着眼点是生活的导向和实践，并从中略加深化，拿出一些人所共知的哲理，如《感谢》《怀想》。他的诗歌形式，一是结构简约，非常自由，不拘一格，总是根据内容和情感特点来选择诗的结构形式，如《永恒的心》《旅行》；二是语言明快，使用的多是短句，很少或基本不使用长句，如《背影》；三是风格平易，无论是抒情诗还是哲理诗，都用了通俗明了的语言来表达，极少用典，极少用生僻的字和词。

汪国真认为：自古以来得以传播和流传的诗歌，都有三个特点：通俗易懂，能引起共鸣，经得起品味。不知是否受汪国真的影响，我喜欢现代诗，也喜欢写点现代诗。

如今，汪国真已逝世五年，但他的诗歌却永存世间。现写此文以纪念汪国真先生。

他的诗歌，在三十年前能鼓舞那一代的年轻人，到今天，它仍然能激励这一代的年轻人。

他的诗歌，不仅不会随着时间的流逝而褪色，反而更证明了它的艺术价值和艺术魅力。

2020 年 5 月

最难掌控的生命

人的生命是自然的。

人体上的各个部件都是大自然中的一部分，人的呼吸就是大自然的风，汗水则是大自然的江河湖泊，骨骼就是大自然的山峰。

人从出生的那一刻起，就开始演绎死亡的过程。在这个过程中，人唯一能做到的事情，是把每一分钟活得精彩和充满生机，让生命变得更有意义。

生命和生活的哲学，才是人生最值得研究的学问。对生存和死亡的态度，也才是人生最难掌控的事情。

人的生与死，不过是一种存在形式的改变。

搭火车必须有一个终点，生命也有一个终点——死。没有终点，人的旅行再无光彩，所以死是人一生中所必须经过的阶段，只不过是一个正常的生理现象。

其实关键是如何把每一天都当成你生命里最重要或最后一天来过，让生活有价值，让生命有尊严。

人恐惧死亡，那是因为爱惜生存的缘故。

“轻轻的我走了，正如我轻轻的来。”这也许是对生与死最恰当的态度。

2020 年 5 月

最难把握的抉择

俗话说：圆的不稳，方的不滚。

圆的不稳，为人不可太懦弱，太懦弱就是窝囊废。

方的不滚，为人不可太偏执，太偏执就会被孤立。

所以，成方成圆是为人处世的最高境界，只有顺其方、随其圆方能成大器。

一个人同时左手画圆、右手画方，很难做好。做人何时何事可方？何时何事可圆？如何抉择则为难上难。

从做人的角度讲，圆为灵活性，为随机应变，为具体问题具体分析；方为原则性，为坚守一定之规，为以不变应万变。

为人处世行为上要“外不殊俗，内不失正”。就是与外界交往能适应世俗风气，而自己的志向却不偏离正道。

原则性与灵活性的高度统一，需要高度的智慧和修养。

智慧可以从学问中得到，可以从修养中得到。一个人有了丰富的智慧，就什么事情都可以做，就什么难题都能解决。

有位先人说过：做人的道理，刚柔互用，不可偏废。

刚而能柔，这是用刚的方法；柔而能刚，这是用柔的方法。为人处世，方圆并用，刚柔并济，才是全面的方法。

成功把握顺其方、随其圆，就能立于不败之地。

2020 年 5 月

最难改变的秉性

俗话说：江山易改，本性难移。是说一个人根深蒂固的意识很难改变。

人类最劣根的秉性有两种，一种是毫不利人专门利己的贪婪性，另一种是事不关己高高挂起的自私性。

贪婪的人性是只想要去满足自己更多的欲望而不节制，他们永远在为自己的利益不停地争斗，他们破坏自然，霸占本属于全体人类的资源。人的贪欲好比一个永远也填不满的黑洞，破坏着人类的文明进步，破坏着人们与自然的和谐。

自私是中性的，理性的自私，为善；非理性的自私，为恶。这里所说的自私是只顾自己完全不顾他人的自私。

这样的人是消极群体的代表，他们以自我为中心，从来不考虑别人，在面临个体利益与对方利益冲突时，会不计对方损失甚至生命危险，仍按自己利益不择手段满足私利。他们自私到极点时会变得不可理喻，好事只能轮到他，责任推得一干二净，绝不会关心其他人。

贪婪与极端自私的人，可能因为一时的占便宜而沾沾自喜，但在诚信社会是不能长久的。

这种秉性难改也要改。

2020 年 5 月

最难摆平的情绪和心态

在我们的生活里，有两种情绪最难消受。

一种是无可奈何的惆怅。

一种是厌倦和空虚。

前一种惆怅是酸溜溜的滋味，就好像醉意中拂来一阵轻微冷风，它并不太冷，却比最冷的北风还难受。

它是一种无从捕捉的渺茫迷离感，我们似乎失去了很多东西，其实并没有失去什么，这不过是短短一刹那的感觉。这种感觉特别是在阴雨天及秋冬季尤易出现。

第二种厌倦与空虚则是任何滋味也没有，干燥发烦。觉得生活似乎已走到尽头，再走过去就是无底深渊。

它是一种无病之病，浑身似陷在泥淖中，对一切都厌倦，对一切都感觉空虚。什么都不想做，什么都不想说。这种情绪很易令人颓废。

人人都知道保持好心态的作用，也想遇事不急不燥，心平气和，但真正有几人能有那么好的定力？

心态的好与不好，反映出人的风度、风格、气质和品行，也决定着人的智慧、思想、精神和意志。

敏感、易怒、自卑、消极、浮躁是心态不好的人的共性。

这些人常常无法控制情绪，往往把情绪写在脸上，经常会和身边的人发生矛盾。还容易伴随着紧张的心态使注意力不能集中，以致犯下错误。再就是遇到工作不顺心、生活不顺利就抱怨不停，从而导致情绪波动使工作效率大大降低。

这种心态极大地妨碍着人的意识，每当事后也非常懊恼发生在自己身上的怪脾气，可再遇事时又控制不住地发泄出来。常常给工作环境和生活氛围造成很大影响。

实际生活中也很难靠自我毅力克服或摆平这种心态。

2020 年 5 月

成功路上的十个“两”

人人都想成功，但光凭埋头苦干是很难达到的。这里有关于成功的十个“两”很有道理，它们就像指路明灯，会让你受用一生。

结交“两个朋友”：一个是运动场，另一个是图书馆。强健的体魄是成就事业的根基。不少人整日沉浸在游戏中，或因工作忙无暇读书，空空如也的大脑会让事业遭遇瓶颈。周末去图书馆，给自己“充充电”，就能使自己既精力充沛又大脑充实，才能在工作中游刃有余。

培养“两种功夫”：一个是本分，另一个是本事。做人靠本分，诚信为本；做事靠本事，才能成长。国人信奉“人无信不立”的准则。单位喜欢忠诚敬业的员工。

乐于吃“两样东西”：一个是吃亏，另一个是吃苦。常言道，吃亏是福，聪明人能从吃亏中学到智慧。吃苦也是这个道理，身处逆境时不妨告诉自己，有苦有甜才是人生。

具备“两种力量”，一种是思想的力量，另一种是工具的力量。比起动物，人更善于用工具达到目的。著名作家周国平在《人的高贵在于灵魂》中写道：“做一个有思想的人，用自己的思想走完生命的全程，定会精彩纷呈。”

追求“两个一致”：一个是兴趣与事业一致，另一个是爱情与婚姻一致。现代心理学认为，认知、情感、意志、行为相协调的人，心理才健康。

插上“两个翅膀”：一个叫理想，另一个叫毅力。有理想，才能获得最高的“自我实现”的需要。还要有毅力，从小事做起，一步一步向前。

构建“两个支柱”：一个是科学，另一个是人文。著名科学家钱学森说过，一个大写的“人”，必须由科学与人文来支撑。要不轻信，会求证，做个有“科学精神”的人。同时，具备人文精神，养成正确的价值观和人生观，思想才能高远。

配备“两个保健医生”：一个叫锻炼，另一个叫乐观。培养乐观心态，先换个积极思维。比如一早被闹钟吵醒，至少说明你没有失业；别人的话刺耳，说明有人注意你。

记住“两个秘诀”：一个是健康的秘诀在早上，另一个是成功的秘诀在晚上。早上去锻炼，晚上读书、思考、记日记。爱因斯坦指出，人的差异产生于业余时间。业余时间能成就一个人，也能毁灭一个人。

追求“两个极致”：一个是把自身潜力发挥到极致，另一个是把寿命延长到极致。研究显示，人的潜力一般只发挥出3%—5%。想最大限度地激发潜能，需要有不怕吃苦的精神。同时还要关注身心健康，才能把生命投入到对自己和社会有意义的地方。

2020年5月

儿童们怎么想

“六一”儿童节，所有经历过儿童节的朋友们节日快乐。

儿童是祖国的花朵，是祖国的未来，是国家的希望。

大部分时间里，孩子们都希望家长更多陪伴他们玩耍，给他们更多时间一起生活。

而今年突如其来的新冠肺炎疫情，把许多的不可能变成了可能，家长们把大把的时间给了孩子们，可是这是孩子们想要的吗？

时间有了，门却不能出了。时间有了，却不知玩什么了。时间有了，家长却不像一天不见或几天不见那样亲了。时间有了，饭菜花样味道怎样不那么有兴趣了。

人啊，大人也好，孩子也好，做什么都一样，时间久了，一成不变的生活方式、生活环境、生活乐趣，都会产生麻木的感觉，都会失去兴趣和动力。

对于从春节到六一居家的孩子们，没有与小朋友们小同学们见面、一起学习、一起玩耍、一起吃饭，也许会有许多疑问，许多不理解。

不知他们在想些什么，不知几年、十几年后他们怎么回忆这段时间的生活，怎么记录这段居家的日子。

马上就要开学，孩子们又要回归到他们的学校，释放他们的天性，与同龄人一起快乐、一起玩耍、一起学习、一起成长。

户外才是他们的天地，学校才是他们的领地。在户外，在学校，他们才会快乐，他们才能成长。

祝孩子们节日快乐。

2020 年 6 月

思考与命运

很多事实证明，即使是两个具有相同能力及体力的人，会因“思考方式”的差异而出现截然不同的命运。成功者往往是具有积极思考方式的人。所以有人说：“每个人的命运受思考方式的支配。”

何谓“积极思考方式”?

用 A、B 两个人的例了说明一下。他们在同一职位，遇到相同的问题：“想施展抱负，公司却不能给予机会。”这时 A 认为，既然能力无法发挥，也不必太卖力工作，过得去就行了。结果 A 因而失去了领导的信任和同事们的认可。然而，B 却认为：“我做得还不够，还要再努力做出成绩，让领导对我有信心。”最终 B 被大家公认为是个能干的人而获成功。

也许有人会说："这样的道理谁都懂，可就是缺少积极思考、转换境况的能力。"

这是很大的误解。因为人的能力、精力差距不是很大，只不过是思考习惯上存在差别，主要表现在是采用"集中思考方式"，还是采用"分散思考方式"。

分散思考方式的人，是常有负面想法的人，他们大多平常"不知该做些什么好"，并常发牢骚，对诸事不满意。这些人心思多半分散，因为要用许多精力去应付自己的抱怨和不安，所以总是与成功相去甚远。

集中思考方式的人，是怀有正能量的人，他们做什么事都能积极应对，不被名利所困扰，总是集中意志努力前行，所以往往离成功都很近。这种人不但给人健康、向上的印象，还会感染或带动周围的人一起努力。

提高集中思考能力的方法有许多，对不同职业不同工作也会有不同的方式。仅以写作来说，有三点可与大家共勉。

其一，在纸上列出自己的长处及目标。长处如诗词、散文、小说、随笔等都可写出，但目标不宜太大。然后先从有可能的具体目标开始设定，比如可将"业余投稿人"列为第一目标。

其二，将自己所列目标予以具体化。比如，勤于练习写作及投稿，当文章获采用，记下自己的感受，总结提高。

其三，将成功的作品张贴在目光可及的明显地方，时时激励自己，加强"我行，我办得到"的潜在意识。再为自己订立一个更大目标，向"专业作家"努力。

2020 年 6 月

惰性的警惕

有一种现象萦绕在脑海中很久，已到了不吐不快的感觉。

现在的青少年，包括一些中老年，普遍地患上一种文化"偏食症"。就是对中华文化的最精雅蕴藉的那部分，缺乏了求知欲望，停止在压缩了的名著、白话了的经典、图解式的文化知识和演绎与"戏说"的历史中。

这些呼啸而过的电视画面，一目了然的图书画册，精编细缩的各种名著，被配制成一道道文化"快餐"，端到人们的嘴边。他们不用选择，甚至不必咀嚼，只要吞下即可，这实际上是在掠夺人们独立思考、独立判断的能力，其结果是产生思想的惰性。

天长日久之后，这种惰性使青少年偏离科学知识之正途，极易导致对文化精髓的肤浅化理解，从而造成对求知艰巨性的估计不足，承受求知挫折的能力自然下降。

当然，对下一代的教育，用点文化快餐也是可以和必要的。但文化快餐如铺天盖地而来，社会上充斥着演绎与戏说的历史，使人们对中华文化的精华得其皮毛难现精髓，就不能不有所警惕。

人类知识和中华文化，深藏在壮阔的典籍中，深藏在脆薄的纸页中。真正获得其精华、领略其深邃，需要对知识真心的敬畏和向往，需要对文化的独立思考与判断，需要对原著的深入阅读与理解。

浸染一个人的文化素养，滋润一个人的美好心灵，文化快餐是远远不够的，而且这种“快餐”的商业化特征和时尚化经营，只能适得其反。

对于社会上这种“偏食症”和“思想惰性”，人们一定要引起高度重视，对由此而产生的后遗症，也要早预防，早治疗。使人类文化的精华原原本本地传播下去，使中华文明的精髓原原本本地继承下去。

2020 年 6 月

人生过午的思绪

人生 40 岁一过，似乎就听得背后有扇门“咣当”一声永远关闭，并宣布“人生已过午”。

这时的人生，就好比一餐正午的盛宴已过，今后只能心存对盛宴绚烂地回味，却一去永不复返了。

你再能盼望的仅仅是尽量好点的下午茶点，因为重要的是自己的胃口已不能享受午宴时的狼吞虎咽，而需要下午茶点的浸润。

人生到了中年会更通达，已经见过那么多的人和事，经过那么多的风和雨，遇事不会再惊慌失措，不会再大惊小怪。

午后的思绪，正如大江从跌宕翻腾、咆哮怒吼的上游转入“潮平两岸阔”的宽容处所，已经吸纳百川，再就是雍容大度地步入大海了。

午后的情绪，庞杂绵长，解乱线团似的越解越长，可形诸文字却越来越短。越想打破周围的玻璃笼子，还要不时缩回笼子里去并要挂上帘子。

中年已经是危险的年龄，青春的回声还在心底轰鸣，那股刚刚喷发过的火山熔岩虽封口，也还可能再次爆发。但是如果迎面碰上三岔路口，已经没有青年“临歧泣而返”的优惠，只有靠本事撞大运的机会。

中年回头审视自己的青年时期，就好像与一个早年失散的亲兄弟重逢，那是种亲切与陌生感的混合物，别有一番滋味在心头。

2020 年 6 月

活着就要和别人不一样

人的一生都在不断地确定着、修正着、充实着自己的“生活哲学”。

开始我们对人生的思考和追求侧重在对理想职业的憧憬和企求上。随着年龄的增长和职业的确定，现实又告诉我们，应该从对理想职业的追求转向对理想生活方式的探求上。

人的使命就是生活，就是按照自己的方式生活，重要的似乎不仅仅是做什么，而且是要怎么做。

有些方法不一定会引导人们走向光辉的、成功的圣殿，却可以伴随人们生活得自由自在。

在处事正直、待人真诚的基础上，可以使生活节奏更快，生活热情更高，生活应变能力更强，生活内容更充实。

世界那么大，人类的知识财富是如此丰富，而人的寿命又是这样短暂，活着不加快节奏去生活、去创造，行吗？所以，必须加快节奏、只争朝夕地生活。

我们面对每天发生着变化的世界，只有充满信心，灌注更多的热情，对新生事物也要保持广泛的兴趣，才能使生活更有意义。

活着就要去不断认识各种各样的人，去经历各种各样的事，要善于把挫折甚至劫难当作人生的挑战，就能提高生活的应变能力，做自己应该做、能够做、最值得做的事情。

对生活的理解和选择上，还要有所为和有所不为。如果我们知道做什么，我们就做，不要犹豫。

机会似乎多半是“天赐”的，而抓住机会的能力全在自己手上。人生所有的损失中最大的莫过于机会的丧失。

生活中，不干，当然不会失败，却也永远不会成功。酸甜苦辣都是生活，能够品尝失败的苦涩不也是人生的乐趣吗？一般说来，永远不犯错误的人，也永远成不了事。

想按自己的方式生活，就要保持自己的个性。活着就要和别人不一样，和前辈不一样，和同龄人不一样。否则，世界上就只有一个人就够了。最多两个，一个男人，一个女人。

世界上并不是每个人生来都能成为巨人、伟人的。做不成大事，就把小事干得漂亮些，就把平凡事做到不平凡。百分之一的成事也比百分之百的不成事强。

人应有所空想而不应尽是空谈，空谈不仅干耗光阴，而且会失去别人的尊重与信任。在工作中，如果你在被人喜爱和受人尊敬中做选择，请选择后者。

2020 年 6 月

书无大小，有魂则灵

经常去书店走走，发现越来越买不动书了。有价格方面的原因，但也有拿不动的原因。

现在的图书，动不动就是 20 厘米宽 30 厘米长又很厚的大本子的书，有的还要大，而原来那种 14 厘米宽 20 厘米长的书却很少见了。大本子的书不借助于书桌就无法看下去，主要原因是臂力功夫不到，根本就拿不动它，所以看下去的意思也就不大了。甚至现在孩子们的书也是动辄几大卷、一厚本，孩子们怎么翻得动?

所以，现在的书不求内容的凝练，却一味地追求形式的奢华，摆设功能正在取代阅读功能，特别是不究其质，多而不精的现象令人堪忧。

一本书之所以成名传世，是因其内容之精。大约一般人的读书心理，总是想在林中发现秀木，想在沙滩上发现珍珠，总是想用最短的时间，获得最有用的知识。

有时自己也想，到底对自己的生活、工作或写东西产生过重大影响的是哪些书，还是短篇多些。有些短篇时时觉得如气相接，如影相随。大书也有，如《史记》，但也是一些传、纪等章节。

文无长短，意新则存，书无大小，有魂则灵。一篇《岳阳楼记》代代传唱，皆因“先忧后乐”的思想；一篇《出师表》千年不衰，全在“鞠躬尽瘁”的精神。一部《红楼梦》成为巅峰之作，就因为它具有封建社会的百科全书之名，又是传统文化的集大成者。

这里，无意对书的长短评头论足，只是对书的印制有点个人看法。并不是书印制得越精华，内容就越深奥，就越有人看。并不是越厚重，含金量就越高，就越引人注意。

当然书籍内容的问题与印制的大小本无直接关联，但如果读者首先考虑的是如何拿得动，再考虑是否要买要读就有关联了。

2020 年 6 月

三十年回眸

近日，参加了一个活动，白楼群英世纪荟暨白楼宾馆老友三十年聚会，共有60余人参加。场面气氛热烈活跃，参会人员兴奋激动，是一次难得、难忘、难舍的聚会。

活动的发起人是河北求实科技集团的董事长任艳苹女士，也是三十年老友之一。邀请的都是20世纪90年代初参加工作的工友，其中有的见面较多，但许多也是好多年没有见过面，有的还是专程从外地赶来，所以使人有久别重逢、相见如初的感觉。

三十年前，我就在白楼宾馆任办公室主任，参与了对这批老友们的招聘、培训和管理以及三年后大部分员工相继离开白楼的全过程。离开的原因是招聘时是与当地政府签订的用工合同，宾馆用工三年后返回招工地安排工作。

但是随着用工制度的改革，企事业单位有了自主用工权，地方政府签订的合同已很难落实，有的勉强安排了，又很不理想，所以许多回去的人员又返回了省城。

回到石家庄后，她们依靠自己的聪明才智，依靠自己的拼搏精神，依靠感悟到的白楼文化，创造出不少的奇迹，实现了人生价值。

求实科技集团董事长任艳苹女士，就是她们队伍中的佼佼者。集团成立于1999年，是一家以物联网应用、智慧城市建设为主体的信息技术服务提供商，为城市管理者在城市建设中提供最佳解决方案，实现智慧城市在各个领域的应用。经过二十余年的奋斗，集团现已拥有数亿元的资产。

其他老友们也都在或从政，或当老板，或做主管，或做生意中功成名就。

三十年，在历史长河中瞬间之事，而对于人生却是三分之一的光阴。这三分之一中，20岁至50岁又是黄金时段。

这三十年的前三年，对这些老友而言，开始是转型阶段，她们有的是从农村直接走到省城，有的是从县城跨越到了省城。然后是起步阶段，她们在宾馆接受了正规培训，工作中见过大世面，练就了真本领。再就是积累阶段，她们聪敏好学、勤快诚实，她们不惧困难、艰苦磨炼。

三年时间，老友们完成了破茧蜕变，成为品学兼优的人才，在走入社会后，这些优秀品质帮了她们大忙，也奠定了人生基础。

转眼就是三十年，看着这些20岁变50岁的老友，仿佛又回到当年一起共度的1000天，也想象着她们拼搏的三十年，成长的三十年，收获的三十年。

发起人在纪念册上写了这样一段话，很实在也很贴切。“这样的欢聚场面，带我们重回岁月深处，每一张笑脸，都能让心头温热；每一句珍重，都能让时光倒流。那些年共同走过的路，那些年难忘的笑声泪水，那些年如同宝物一样被好好收藏的回忆碎片，都历历在目，仿佛就在昨天。”

我们都在时光里跌跌撞撞地成长，然后一点点离开最初的模样。花开花落，春来春往，时光依旧，我们不忘。回眸过往浮华，撩起美好遐想。

聚会已散，老友们又开始打理各自的事业和生活，唯愿万事如意，祈盼来年再续。

2020 年 7 月

少壮要努力，老大不伤悲

“少壮不努力，老大徒伤悲。”最初接触到这句名言警句是20世纪60年代末读中学的时候。那时的学校，流行的现象是，学校把“白卷先生”当成英雄，社会用“读书无用”教育子女，上大学需要工农兵推荐，找工作是国家分配。所以，在学校你愿学就学，不愿学就不用学，而有些负责任的学校和老师会尽力多讲一些知识，有上进心的学生会踏实地学习一点东西。

有幸我所在的中学，是全省重点中学，那里的老师们都有着一种强烈的责任感，他们渴望着国家的安定，盼望着知识的传播，期望着孩子们的健康成长。老师告诉我们：“学而优则仕”是不对的，但知识就是力量是永恒的；老师告诉我们：书中没有黄金屋，书中没有颜如玉，但书中有做人的道理，书中有生活的指南；老师告诉我们：“白卷先生”的道路绝不可取，一定不要白白流失青春时光，“少壮不努力，老大徒伤悲”呀。当时虽然对这些道理认识得不深不透，但总觉得老师是对我们好的，如果不好好学习点知识，就对不起他们的一番苦心，就是对他们的大不敬。

正是有了老师们对教学质量的常抓不懈，才有了我们这届毕业生的全面发展，无论是推荐上大学的，还是1977年恢复高考后考取大学的，或是自学成才的，在各自的岗位上都是佼佼者，都无愧于老师们的培养和栽培。

真正了解全篇诗歌的含义，是参加工作后考取河北大学函授学院学习汉语言文学专业时。原来这是汉代乐府古诗中的一首名作《长歌行》：

青青园中葵，朝露待日晞。
阳春布德泽，万物生光辉。
常恐秋节至，焜黄华叶衰。
百川东到海，何时复西归。
少壮不努力，老大徒伤悲。

到这时我才领悟到，名言警句的前面做了许多的铺垫，诗中用了一连串的比喻，来说明应该好好珍惜时光，及早努力。诗歌借物言理，首先以园中的葵菜作比喻。“青青”喻其生长茂盛，而“朝露”的保留又极其短暂。其实在整个春天的阳光雨露之下，万物都在争相努力地生长。何以如此？因为它们都恐怕秋天很快地到来，深知秋风凋百草的道理。大自然的生命节奏如此，人生又何尝不是这样，一个人如果不趁着大好时光而努力奋斗，让青春白白地浪费，等到年老时后悔也来不及了。

诗歌由眼前青春美景想到人生易逝，鼓励青年人要珍惜时光，出言警策，催人奋起。随着时间的推移、年龄的增长和人生经验的积累，对诗歌美好的喻义也有了更深刻的认识。

春天是自然界最美的季节，也是播种的季节，播种希望，播种理想。人类的生产活动中常以“春”为周而复始的起点，又把“春”当作一种精神寄托的载体，人们把人生最美好的阶段称为青春，也是对人生寄予的美好期望。然而青春正像“朝露待日晞”一样，是极其短暂的，如果不在有限的时间内感受阳光的德泽而努力生光辉，辛勤耕耘，播种希望，那么秋节一至，万物萧条，人体衰老，就不会有果实的收获和幸福的生活，只有白白的徒伤悲的份儿了。

万物受到的恩惠是公平的，春天给每个人的时间也是一样的，但努力与不努力的效果是截然不同的。珍惜大好时光，不虚度自己的年华，把有限的时间用于学习工作，把有限的知识用于岗位社会，将自己的小溪汇入江河流入大海，哪怕只添一滴水，也要让其充分发挥作用。这样到了“秋节”和“老大”，我们收获的是遍地金黄沉甸甸的果实和没有虚度年华人生的坦然。

但是，人们的努力过程是一个奋斗的过程，在奋斗过程中就一定伴随着艰苦和磨炼，就如同不经历风雨就不可能见到美丽的彩虹一样。谁要想成为“胜利者”，谁就首先应当是“奋斗者”，应当珍惜飞逝的光阴，一刻也不放松地扎实努力地奋斗。正所谓“滴水穿石”的功夫在“滴”上，穿石需要无数滴水天长日久、持之以恒地去“滴”，才能达到穿石而过的目的。

这首诗从少年时期就陪伴着我，在我年轻时给了我“青青园中葵，朝露待日晞”时不我待的紧迫感，在我壮年时给了我“阳春布德泽，万物生光辉”朝气蓬勃的正能量，到如今“秋节”“老大”已至时，我感到非常的欣慰。老师们的谆谆教诲，让我不负春光，读完高中工作后，坚持不懈地自学完成了大学专科、本科的全部课程，为工作和生活打下了坚实的基础。工作岗位上的磨炼，让我充满信心和勇气，因为紧迫感使我争分夺秒地学习深造和努力奋斗，因为正能量使我在有限的时间里把工作做到了极致。《长歌行》的激励与鞭策让我终身受益。

如今的青年遇到了千载难逢的好时代，正是“青青园中葵”的大好时光，正在接受“阳光布德泽”的恩惠，一定要珍惜时光，不负春光，待到“秋至”“老大”时，不要因虚度年华而悔恨，不要因荒废光阴而徒伤悲。

2020 年 7 月

早　点

早晨散步，偶尔在距家不远的早点摊吃碗豆腐脑和油条。

生意人是一对夫妇，男人忙着炸货，一会儿油条，一会儿糖饼，一会儿黏糕，满身汗水。女人在忙着盛豆腐脑，装豆浆，装油条、糖饼、黏糕，收拾小桌。

一个半大小子，是两个人的孩子，看样子刚从楼上下来，背着个双肩包，拿着一个鸡蛋正在剥壳。

夫妇俩一边忙活生意，一边大声训斥着孩子：这么晚才下楼，你要把我们急死呀！也不看看今天什么日子，还这么磨叽，到时赶不上了怎么办？

孩子又拿了一桶豆浆，用吸管插开喝了两口说了句：晚不了。

女人又唠叨开了：晚不了，晚不了，你哪会儿为自己的事情着个急呀。还有比考试大的事呀，就这么不上心！

到这时我才想起，今天是中考第一天，怪不得夫妇俩那么着急。可是刚 7 点钟，时间也不算晚。我就劝了一句：你们就别再说他了，时间来得及，越说他会越着急，到时再发挥不好了。

男人一边翻动着油条，一边数落着孩子：没见过这么磨蹭的孩子，叫他早点早点，非要让我们着急。

这时孩子已吃好喝好，准备骑自行车出发，当爸的又叮嘱：到校别到处乱跑，直接去教室，早了再看一眼书。当妈妈的也喊了一声：到了先打个电话回来。

这个早晨，这个家庭，肯定是不平静的。孩子要去应考，检验初中学习成绩，确定高中方向。

夫妇俩在这里做着生意，心早随着孩子进了学校的考场，想着走时不该再训孩子，该告诉他别紧张，考啥样就啥样，回来给你做好吃的。

考生们好好考。父母们放宽心。

2020 年 7 月

任人唯贤

2020年7月全国高考结束，简书平台发起一个征文，以高考作文题目为内容，要求如果是你参考如何写作文。自己也参与写了一篇。作文如下。选题为全国1卷。

任人唯贤

各位同学：

我今天的发言，如果需要加个题目，就叫“任人唯贤”吧。

齐桓公、管仲和鲍叔三人的关系，以及每个人的情况和他们在春秋时期为齐国称霸做出的贡献，我们在课文中已经学过，后人也对他们的功过进行了评说，这里就不再介绍。

今天再次以他们三人说事，我又从他们身上想起了一个成语——任人唯贤。

懂些成语的同学不难发现，这个成语的典故就是出自齐桓公、管仲和鲍叔的故事，这是一个典型的任人唯贤的范例。

从字面上的意思理解是：任用官吏或选拔人才，只任用或选拔有德有才的人，或可以说在用人上要量才录用、知人善任，在选拔上要选贤举能、唯才是举。

这里的问题是，谁来任用和选拔。而任用和选拔的人是否有德有才，也是很关键的。

所以从以上三人来看，能否慧眼识贤、善于荐贤，鲍叔起了决定性作用。能否不计前嫌、唯才是举，齐桓公的胸怀可圈可点。但是否有德有才，能否助齐成功，实现一代霸业，管仲以超凡的能力和非凡的举措证明了自己的贤德。

由此来说，任人唯贤，绝不是一句空话，而是必须有内在条件、外部因素的良好环境，必须有明君、贤臣、良将等良好的官场氛围。

同学们知道，所谓贤，是指有道德、有才能。贤人就是有道德的人和有才能的人。从这个角度分析，能做一个贤人也不容易。他要有雄才大略，他也要胆识过人；他要有高尚德行，他也要技压群雄。

所以在他们三个里边，我最佩服管仲先生。用孔子的话说："桓公九合诸侯，不以兵车，管仲之力也。"司马迁也说："天下不多管仲之贤，而多鲍叔能知人也。"我佩服管仲的德，更佩服管仲的能。

再联想到我们今天的文化知识学习，就是在为自己集聚更多的德和能，有句名言说：知识就是力量。我们现在的努力，就是要学到做人的道理，学到立世的本领，掌握自己的命运。

我们处在一个伟大的时代，在祖国建设和发展中，会需要大批的杰出人才。再过几年、十几年，我们就成为国家富强、民族兴旺的建设者。到那时，希望我们都能成为管仲式的贤德人才，为促进祖国繁荣和社会进步贡献我们的力量。

2020 年 7 月

爱情不能考验

北京卫视热播的电视剧《爱我就别想太多》已收场两日，但电视剧中有一对恋人的悲剧性结束，还是让我不能释怀，总有一种不吐不快的感觉。

剧中两个恋人是布国强和沈文文，二人的感情已到了谈婚论嫁的阶段，马上要去领证了，最后却劳燕分飞、不欢而散。

本来处得好好的，布国强却非要跟李洪海们去上《一见钟情》征婚速配栏目。自我感觉良好，看有没有钟情女子看上自己，即便有也不被诱惑，就是考验一下自己对沈文文爱情的深厚程度。

他自己去寻找一见钟情的“爱情”也就罢了，还让沈文文去寻找喜欢自己的另一半，考验一下文文对他布国强的爱情坚不坚定。

听说过世间有荒诞之人，真没见过布国强这么不靠谱的人。

布国强在节目上碰了钉子，又不死心，到处寻找。后屡试不爽，干脆又勾引有男朋友的女子，让人骗财又挨人揍，折腾够了要反悔时，发现情况发生了变化。

沈文文苦口婆心劝说国强，我们的感情有基础，我没有也不会喜欢除你之外的男人，不要去考验什么互相的爱情，我们赶紧结婚吧，这样考验下去，真出了问题就晚了。

但是布国强仍不听劝告，一意孤行。而沈文文却被熊伟的为人处世和真诚帮助所打动，而对布国强的不靠谱和熊伟的真性情，再遇到熊伟遭重病缠身，沈文文由同情转而萌生爱情，放弃了布国强，而去陪伴熊伟，直到送上最后一程。

当熊伟去世后，布国强又求沈文文重新开始时，沈文文坚定地选择了离开。

这就是爱情，坚强而脆弱。爱情是不能考验的，偶尔搞点小浪漫还可以，但不可以无底线。多次反复进行，就会适得其反。

爱情就如同陶瓷一样，放在一个合适的地方，它可经受住岁月的风化而不会变质。但只要轻轻一碰，掉到地上，就会变成无数的碎片而不可复原。

热烈相爱的男女们，随着岁月的流逝，应该更加珍惜你们美好的爱情，千万不要做布国强式的题目，去考验或验证另一方的诚意。

风景就在你身边，关键在于用什么样的心境去欣赏。

2020 年 7 月

聊　天

聊天，词典的解释是：闲谈。空闲时候说说话。再多点的解释是：以轻松随便的方式谈话，不拘礼仪、不受拘束地谈话。

中国的地方大，各地对聊天的叫法也不一样，四川人叫作"摆龙门阵"，东北人叫作"唠嗑"，上海人叫作"讲闲话"，还有的地方叫作"侃大山""吹牛皮"的。

聊天是很有意思的事，有时是三五个人，有时是七八个，或七嘴八舌，你一句我一句。无拘无束，虚虚实实，娓娓动听。所及范围也是无边无沿，从日常生活、身边琐事到天下大事、思想认识。层次较高的还有学术商量，技能交流。想有所收获，在旁边听上一听，还真能于谈笑风生之中，启诱智慧，增加知识，更好的效果，更像一把钥匙一样，打开心中的迷窍。

当然，聊天，不能求之于呆板，不能出之于生硬。最忌讳于剑拔弩张、争辩是非、分出高低。以及开会式、讨论式地进行思想工作。

所以，聊天必以其时、必以其地所为，亦必有所节制。既不能不顾场合地瞎扯胡聊，也不能硬拖着别人同你"闲谈"。

聊天聊得多了，也会摸索出点道道儿来。喜欢聊天，想聊点有意思的话题，就要在人群里，看着大家兴趣，淡淡地引起，慢慢地渗入。引起话题，再逐步地求深、求高，任兴趣之所至，自当风趣倍生，聊起来就会有所收获，往往是出人意料。

“摆龙门阵”也好，“唠嗑”“侃大山”也罢，都是人们喜欢的休闲方式，也是人们交流思想、交流信息、增进友情的方法。但愿这样的方式方法为社会传播正能量，给人们带来健康快乐。

2020 年 8 月

简单一点

在平凡的岁月中，人们过着平凡的生活。

秋天就是一个平凡的岁月，在不经意间悄然而至，有些明净，有些凉爽，就如同我此时的心情，有些轻松，有些明快。

从哪里读到过一句诗：云在青山月在天。很喜欢，念一念，一种恬然的心境油然而生。

面对人生，我们有时需要一点恬然的心境，需要一点随意的心性。

在这样的日子里，我们可以去登高望远，和清朗的高山对话，和那散漫的浮云携手。也可以用心去呼唤一次，拂去心底的一点尘埃，牵出一丝心底的想念。

在这样的日子里，我们可以走过不宽不窄、不长不短熟悉的道路，看着过往匆匆，或者快乐或者忧伤的人流，让心中涌起那些熟知的温情，感觉活着的真实。也可以融入这样的生活潮中，深深地呼吸一下生活的味道，缓释偶尔产生的困惑和迷茫，体味不经意间得到的充实。

在平凡的生活中，人们大都过着这种简单的生活，随时都有快乐的感悟，随时都有幸福的味道，随时会遇到些许的惆怅，随时会遇到无聊的幻想。但那又怎样，人活于世，是苦是甜都得尝尝。

有心情的时候，写些不为了发表的文字，想念的时候可以和朋友通通电话，这样简单而平淡的生活大约也是一种境界。

是的，让日子简单一点再简单一点，让感情简单一点再简单一点。

2020 年 8 月

钓 鱼

钓鱼，属于一种户外运动，是一种很好的休闲娱乐形式，能给身心带来获得感、愉悦感和惬意感。

我说不上喜欢和不喜欢钓鱼，但也跟着内弟去过鱼塘、河边、水库等地一起去钓过鱼，偶尔也会有很傻的鱼上钩，就在那一刻，真的是血压会增高，心跳会加快。手中鱼竿的沉重感，水中鱼线牵动着鱼挣扎激起的水波，带给人的愉悦很难形容。怪不得古往今来，无数垂钓爱好者陶醉于这项活动之中。

怀着对大自然的热爱，对生活的激情，离开喧嚣的城市，走向河边、湖畔，享受一下野外生活情趣，领略一下自然的湖光山色，给身心放放假。这是男女老幼都很喜欢的休闲活动，也是给所有人带来快乐的娱乐运动。

一支鱼竿，一个憧憬，在亲近大自然的同时，远离城市烦恼，闻闻泥土气息。坐在钓位，屏声静气，听着虫鸟鸣唱，看着鱼漂起浮。这时的钓鱼人，心是平静的，再浮躁的人也会安静下来。一根细细的柔丝往返在天地间牵引着收获，牵引着迷恋。

几次钓下来，对钓鱼也是小有感悟。

钓鱼，看起来是个很简单的事情，实际操作起来，特别是要想多点收获，却是件很难的差事。

首先，要配备好钓具，竿、线、钩、鱼漂一个不能少。其次，要针对所钓鱼种类配备饵料。再就是，要选好位置，看准鱼爱出没的地方。还有就是，要耐得住寂寞，顶得住蚊虫叮咬。这时才能坐下来放竿，静等鱼儿上钩。

钓鱼技巧也是很关键的。一旦有鱼咬食，起竿时机和要领很重要，或早或迟都不行。遇到大一点的，一激动，死拉硬拖，不知借力，最后线断鱼跑，落个竹篮打水空欢喜。但时间长了，技巧也就越来越熟练，收获也就多了起来。

哪个钓鱼人都有空空如也之时，也有盆满钵丰的时候，既有夜钓时万籁俱静的清新安逸，也有突遇暴雨的狼狈无助。所以，任何事物都不会只有利而无弊，只有得而无失。只要一竿在手，伴随着时光的飞逝，品味着静的悠闲，活出自己的真性情，就足够了。

现代社会中，钓鱼被认为是最有前途的休闲养生活动之一，吸引着大批痴迷的垂钓者。究其原因，钓鱼的整个过程，既能磨炼人的意志，又能陶冶人的情操，既能释放工作压力，又能培养平和、理智的健康心态。

垂钓中，既可领略生命与自然的和谐，又可与钓友谈古论今。专心垂钓，杂念皆空，淡泊名利，充实生活，真乃仙人的境界啊。

2020 年 8 月

悬壶济世

2020年8月19日，是中国第三个医师节。这样的时刻，让人们再次回想起在抗疫斗争中奋勇争先的医生们，他们站在抗疫最前线，沉着冷静，争分夺秒，为生命保驾护航。

救死扶伤，无私无畏，济世救人，从古至今都是医者的代名词。医生，是一个崇高而又神圣的职业，他们救死扶伤、大爱无疆，托举着每一个生命的重量。

今年医师节，聚焦“弘扬抗疫精神，护佑人民健康”主题，在一场突如其来的疫情中，是一群拥有隐形翅膀的天使，不畏生死，一直站在抗疫最前沿，他们是生命的延续者，是希望的代言人，他们是勇士，他们是英雄。我们向每一位白衣天使表示最崇高的敬意。

今天开车，正好路过中医学院大门口，门外一个悬在半空中的大茶壶正在向下冲水，此景马上让我想到了一个名词：悬壶济世。

《诗经》上说：“七月食瓜，八月断壶。”意思是说，七月份是吃瓜的好时候，八月是摘葫芦的好时候。

俗话说“葫芦里卖的什么药”，可见自古葫芦就是装药的好容器，“悬壶济世”的“壶”，实际上悬的就是葫芦。

而“悬壶济世”这个词跟医生扯上关系，都是跟一个叫“壶公”的神仙有关。

在汉朝时期，有个叫费长房的人，职业是市场管理人员，有一天他见市场上新来了一个卖药的老头儿，以前从来没见过。

这个卖药老头儿支了个摊子，摊上一个药葫芦算是招牌，自称包治百病，葫芦里一颗药丸药到病除，谢绝讲价。

有病人好奇，买来药丸服用试验，果然如老头所说，药到病除，一时间人们争相购买。因为不知道老头叫什么，人们见其用一个葫芦作招牌，就称其为“壶公”

而壶公赚了钱，又全都施舍给穷人、乞丐等需要帮助的人，可谓乐善好施，医德高尚，因此被群众称赞其为“悬壶济世”。

等到了晚上罢市的时候，壶公转身就消失不见，谁都不知道壶公哪去了。

但这一切都被费长房看在眼里，原来壶公跳进了葫芦里，要是现代人肯定大叫一声见了鬼了，但费长房知道，自己是见了神仙了。见了神仙之后，费长房顿时觉得当管理员也没什么意思，于是买了很多好酒好菜，去拜访壶公。

壶公知道费长房的心思，问他是否愿意跟自己学道，费长房大喜，遂拜壶公为师，最后继承了壶公的医术和悬壶济世的精神，流芳百世。

从此以后，“悬壶济世”这四个字，也就成了医生的专属名词，作为医生医术精湛、医德高尚的赞美。

了解了“悬壶济世”的故事，更懂得了医生职业的高尚，也更加尊重医师们当好守护人民健康忠诚卫士的使命担当。

党和国家于2018年设立了医师节，其意义是为了更好地加强医师职业规范，推动全社会形成尊医重卫的良好氛围，体现党和国家对卫生与健康工作者的关怀和肯定。

值此医师节到来之际，向舍己忘我，勇挑重担，在防控疫情和救治患者中做出重要贡献的医务工作者致敬。

2020 年 8 月

懒　惰

懒惰，《新华汉语词典》的解释相当简单：不爱劳动、工作。懒惰也是一种魔性。

而魔性是啥，词典中没有，手机百度了一下，才知道是网络用语。是古怪又非常吸引人的意思。

在网络用语里面“魔性”有很深的内涵，有一点魔力（诱惑人的奇怪力量）的意思，但又不尽全是。既有些古怪，又不乏趣味，还具有一定的感染性。

最近，翻阅以前收集的旧资料中，发现了一页粘在本子里的旧台历，是 1991 年 3 月 12 日的，背面印着一篇文章《我的“她”》，作者是（俄）安东·契诃夫，由杨宗建翻译。不知当时什么原因把它留下来，可能是觉得文章写的新颖别致，令人耳目一新。也可能觉得文章采用的手法自己未曾见过，给自己的印象深刻，可以作为学习的范例，就把它存起来了。

翻出来以后，我又看了好几遍，然后查阅了词典，对懒惰有了更深的认识。契诃夫是19世纪俄国伟大的批判现实主义艺术大师，他的这篇杂文，其主题是说作者无法与“懒惰”分离，进而改掉懒惰的恶习。

深究文章不难发现，其文章对懒惰的描述，与现代汉语解释或当代网络用语的意思极其吻合。文章最主要的艺术手法是恰当地运用反语，增强表达效果，作者要表达的中心意思是：“懒惰”魔性很强、魔力十足，危害实在太大。我们可以先认识一下“她”。

我的“她”

（俄）契诃夫

我的父母和长官非常肯定地说，她比我早出生。我不知道他们说的是否正确，只知道我的一生没有哪一天不属于她，不受她的驾驭。她日夜不离开我，我也没有打算立刻躲开她，因此，我们之间的关系是紧密的、牢固的……但是，年轻的女读者，请不要忌妒……这令人感到亲密的关系给我带来的只是不幸。首先，我的她日夜不离开我，不让我干活。她妨碍我读书、写字、散步，尽情地欣赏大自然的美……我写这几行时，她就不断地推我的胳膊，像古代的克利奥佩特对待安东尼一样总在诱惑我上床。其次，她像法国的妓女一样毁坏了我。我为她，为她对我的依恋而牺牲了一切：前程、荣誉、舒适……多亏了她的关心，我穿的是破旧的衣服，住的是旅馆的便宜房间，吃的是粗茶淡饭，用的是掺过水的墨水。她吞没我所有的一切，真是贪得无厌！我恨她，鄙视她……我早就该同她离婚了，但是直到现在还没有离掉，这并不是因为莫斯科的律师要收四千卢布的离婚手续费……我们暂时还没有孩子……您想知道她的名字吗？请您听着……这个名字富有诗意，与莉利亚、廖利亚和奈利亚相似……她叫懒惰。

这篇文章原来的意思很简单，就是自己很懒惰。如果直接写出来，就很贫乏单调，一点趣味都没有。但在本文中，契诃夫花了大量的篇幅，把读者往爱情和婚姻方面引导，如果一直这样写下去，也就没有什么幽默感可言。

可是，契诃夫最后突然把这种貌似婚姻的陈述，变成了对懒惰魔性的描写。让读者顿时发现这与原本的想象岔开了。妙就妙在，“懒惰”在离不开、摆不脱、舍不得这一点上，既是和婚姻，也是和自己的懒惰成性都是高度一致的。

杂文先往婚姻的不幸方面想象，害得我倾家荡产；牺牲了一切：前程，荣誉，舒适等；住便宜的租屋，穿得破烂，吃得糟糕，用淡墨水写作。而这一切都是“懒惰”的魔力造成的，使人们在幽默中，获得了新的解释，得到了新的启发。

文章最后给出的办法是：除非“我”能改掉懒惰的恶习，否则是无法和“她”分手的。

懒惰是很顽固的一种恶习，没有刮骨疗毒的毅力是不行的。现今社会中具有懒惰思想和行动的人许许多多，其共同的特征就是思想重视不够，能够认识懒惰的严重性，但就是害怕克服懒惰需要付出的努力，不愿为此改变自己的习惯。这就形成了“我早就该同她离婚了，但是直到现在还没有离掉”的结局。

2020 年 8 月

让工作从从容容

上班时有过体验，就是看到有些人上班时间匆匆忙忙，踏着正点到岗，到岗后愣会儿神，不知该干什么，领导一问事情，手忙脚乱，找不到该用的东西，反正一整天看着很忙，但总也没有头绪。

但有的人就很潇洒，不慌不忙早到一会儿，办公桌上永远干净利索，昨天领导交办的，当天需要办的，分别存放，随手可拿可办。看不出费了多大力气，工作却有条不紊，给人精干的印象很深。

总结精干人员的做法，使工作从从容容地进行，主要的还是要加强自律，在各方面都打一点提前量，就很轻松了。

比你预期的早 10 分钟或 15 分钟起床，这样一天的开始就很从容，就有时间做做深呼吸，舒展一下筋骨。

早一点出发去上班，用不着为迟到而担心。

到了办公室，前 5 分钟不必立刻做什么，电话也不要打，先想一下今天要做些什么。分出轻重缓急，按部就班一件件办理。

午餐时间不要太拘泥，可以散散步，与朋友们侃侃大山，不要连午餐时也坐在办公桌旁。

下班时整理好桌面，已办待办事项分别摆放，为明天到岗留下时间。

做好这几点，你会感到时间很充裕，精神很放松，工作很从容。

2020 年 8 月

苦难随想

人生百年，没有人能够一帆风顺，命运总是在我们的道路上设下障碍，让我们去经历种种苦难。当我们回首过去，总会发出一句感慨，苦难是人生中的一笔财富。

现在已到了不再幻想而思索人生的年龄，再来理解这句话，就有了新解。那就是：你战胜苦难，它就是财富；苦难战胜你，它就是屈辱。

所以苦难变成财富是有条件的。这个条件就是，你战胜了苦难并不再受苦。但如果你没有走出苦难，或在苦难中挣扎多年，却给人讲你在苦难中磨炼了品质，学会了坚韧，是不会有人相信的，只能让人觉得你在玩“精神胜利法”。

当我们从逆境中通过努力战胜困难走向成功时，苦难才算一笔值得你骄傲的人生财富。这时才有资格讲自己以前的苦难经历，别人听过后，才觉得你的成功是努力的结果，从而得到人的尊重。

如此看来，把苦难当成财富，要具备条件。把苦难变成屈辱，只要一边受苦一边诉苦。

2020 年 8 月

值不值得

今天，老伴儿用手机在拼多多网上看上一样物品，从网上看可以请网友们帮忙砍价，到一定数量后，就可免费送给你。

这当然是好事啊，还有 24 个小时的时间，估计自己朋友圈的人就差不多了。所以从昨天晚上就开始发到圈里，静等佳音。因她也经常为别人砍，她们见到也会帮忙砍一刀的。

到了今天早晨一看，还真不含糊，一下砍下去了 80%多，照这样再有几人就行了，何况还有 10 多个小时。

这就开始了一天的忙活，找昨天没砍的，继续砍；找不太会的，给指导着砍；找没有发到的接着发一次；请砍过的帮忙发给朋友们帮砍。总之，动员了一切力量，想了一切办法，总算下午到了 95%以上了。

可是关系用完了，办法想尽了，也到了这关键时候，拼多多上不知怎么知道你手机里还有关系没用上，指导她找某某可加快砍刀，找某某可得双倍，可那些人已经找过了，不是手机不行，就是根本没有下载拼多多。拼多多又给她指路，再买一件物品，增长速度加快。

拼多多一步步提示，就像一根根稻草，引导你前行，引导你跳坑，看着老伴儿焦急的样子，也不知如何安慰她了，还得帮她想办法，到写这几行字的时候，已经到了 99.80%了，就凭找一人砍一分的速度，我看到 24 小时时有点悬。

拼多多搞的这样的活动真是坑人不浅，费这么大周折，换一个物品，真不知道值不值，一天一夜地求人，着急上火，再搞不成，得好几天心情不好。

还是不拼不砍的好。

2020 年 8 月

做一个优秀的男人

无论过去和现在，社会活动中的精英还是以男人居多。虽然男人也有一触即溃的银样镴枪头，也有心胸狭窄、拖泥带水或故意玩深沉之人，但能“齐家治国平天下”“先天下之忧而忧，后天下之乐而乐”的优秀男人还是大多数。

优秀男人虽各有千秋，但综合起来是能够总结出一些基本特征的，就是优秀男人共有的品德品质。概括起来不外乎坚强、自信、深刻和豁达。

男人要坚强是天赋的责任。在巨大的变故面前，男人那紧抿的嘴角、滚动的喉结是坚强，而面对阴冷的诅咒、堆笑的奉承时，那冷静而超然的一笑也是坚强。坚强需要信念，需要知识，需要磨难，需要平静。在雌雄两性构成的世界里，男人没有资格和权力要求女人坚强，否则便不配做男人。

男人的自信，是对自身价值的评估，是对自身能量的检测，是对前程的肯定，是对成功的把握。但在现实社会中，有好多男人对自信是有误解的，有的把偏执、狂傲当自信，有的把鲁莽、炫耀当自信。真正优秀的男人只有不断纠正这些误解，才能找到打开辉煌的金钥匙。

优秀男人是深刻的男人，大多是深沉而平静的，从不大吵大闹，从不喜欢华丽的外表。崇尚的是朴素而直白和简洁而锋利。所以深刻的男人，能产生科学巨匠，能产生哲人圣贤，能推动文明，能改写历史。

豁达对一个男人意味着什么？意味着风度、胸怀和气质，意味着亲和力、感召力和凝聚力。豁达的性格，叫人彼此认同和理解；豁达的姿态，使人安全感油然而生；豁达的心胸，对前辈是尊敬，对后生是呵护，对弱者是爱心。

做男人易，做个称职的男人难，做个优秀的男人更难。

男儿当自强，向优秀的男人看齐。

2020 年 8 月

“三七开”的男女

在研究男人话题时，偶然发现一个小秘密，“女”字三画，“男”字七画。“三”加“七”正好是“十”，人们对十的概念是“圆满”和“美好”的。难道仓颉造字时也是这么想的。

想想世间男女，仅有男人或仅有女人，这个世界都不完整，虽然“女”字三画，但仍可有“七”分的实力，虽然“男”字七画，但有时男人也得只做到“三”分。这样家庭才和睦，社会才和谐，世界才安宁。

这个世界的色彩，女人占去了七分，只留三分给男人，所以女人花枝招展，男人黑蓝一片。

人们交往中把七分的话交给女人去说，女人便开始唠叨，女人在唠叨中平衡；男人该说的话只有三分，所以说话不能啰唆，男人在倾听中平衡。

男女相处，爱的话语七分让男人去说，女人渴望倾听，说出来的三分也是吞吞吐吐。

在家庭的料理中，女人只要用上三分功夫，便足以抵得上男人的七分努力。

现实生活中，女人是感性的，生活中七分是“跟着感觉走”；男人是理性的，生活中七分是“跟着逻辑走”。

家庭生活中，女人的细心，是对男人的七分关照、三分放心；男人的粗心，是对女人的七分依赖、三分疏忽。

对于未来生活的设计，女人由婚前的七分浪漫走向婚后的七分现实。

体力上的区别，一般男人是七，女人是三；但在耐力上，女人却是七，男人是三。

当然，还会有许多男女“三七开”的内容，反正只要是“十”，就是满分，都是“七”或都是“三”肯定不会圆满，只有“七”或只有“三”更不会美好。

2020 年 8 月

体 检

一年一度的退休老人体检，受新冠肺炎疫情影响推迟了三个月才进行。为了减少因聚集而交叉感染的发生，单位这样安排是对的。

每年，中老年人最少进行一次体格或体质检查，是很有必要的。有什么器质上的变化可以及时发现并诊治，有什么潜在的风险也可以及早掌握并采取措施，即使没有任何问题，也会获得心理安慰，放心大胆地去参加各种活动，坚持锻炼身体，保持最佳状态。

但对于体检，中老年人也有两种态度，一种就是积极参与，对身体的变化做到心中有数；另一种就是自认为身体很好，从不参加体检。

我是执第一种态度的人，每年做一次基本体质检查是有必要的，也能起到一定的作用。

人们随着年龄的增长，身体部件也在老化过程中，能及时发现点小问题，可以及时进行必要的修复，防止到了突变时期再行采取措施，其伤害程度会很大，身心都会承受巨大的痛苦。

不参加体检的人们，其理由之一是，身体各方面都没有明显不适，去体检就会发现这样或那样的毛病，就是对身体没有影响，也会给心理造成压力。

这样的担心也有道理，自己对检查出来的各类问题有时也是满腹狐疑，不知如何应对，是进一步查，还是不去管它，如不去管它，再发展会怎样。所以不体检的人也是一种正常的人生态度，无可厚非。

无论怎样，中老年人在生活中只要保持良好的心理状态，坚持良好的生活规律，遵循正确的养生之道，就能让身体永远处于健康水平。

即便是有时出现这样或那样的疾病，良好的心理状态也是战胜疾病最好的良药。

现在人们生活水平好了，社会上各种养生方法也层出不穷，各种专家的论述也无计其数。但究竟哪种方法更好更适合自己，哪种说法更对更好操作，很难说清。

今天说锻炼好，明天说静养好。这个说吃肉好，那个说吃素好。弄得人们不知道听谁的，信谁的了。

我认为还是依据自己的身体状况、生活环境、活动方式，探索出最适合自己的养生方式和方法。不要偏听偏信，一味地追求高大上，而起到相反的作用。

所以，能否正确对待体检，正确对待体检查出的问题，是对我们心态的考验。能否正确对待生活，正确对待生老病死的规律，更是对我们心态的严峻考验。

2020 年 8 月

各家的难处之遗产

遗产是自然人死亡时遗留的个人合法财产。

在中国，自古以来，有关遗产继承的案例数不胜数，而且各个朝代对这类案件也都是很难判决的。这类案例中也是五花八门、无奇不有，谁的情况也不尽相同。

正好比“幸福的家庭都是相似的，不幸的家庭各有各的不幸”一样，遗产的计算、分配、继承都是一道难题。法律界可能最头痛的也是这一类纠纷案件。

某法庭正在开庭，被告方是哥哥，原告方是两个妹妹。原告告被告在父母遗产问题上不公，不让她们继承应继承的父母遗产。

先不说这兄妹对簿公堂的事让外人议论纷纷，先说说父母生前的情况，再来公断评理。

父母生养一男二女，儿子赡养老人好像天经地义一般地进行着义务。而老人岁数大了需要人照顾时，老人提出兄妹三人交替照顾，两个女儿却以“女儿是泼出去的水，不管娘家的事”为由，拒绝照料。老人也就有言在先，谁在晚年照顾了我们，我们走后遗产归谁，两个女儿也同意。

这样儿子承担了照料老人的一切工作和费用，包括住医院、请保姆、日常生活等，直到两位老人相继去世。

当第二位老人去世后，后事刚处理完，两个妹妹就找到哥哥要求分遗产。理由是按继承法我们有权继承父母遗产，遗产折价后，扣去先前费用，剩余部分应当有她们的份儿。

哥哥说："老人生前都跟你们说过了，生前不养，死后不分的。"

妹妹们说："那不算数，谁能证明老人说过，我们同意过？我们按国法办事。"

"那不行，你们要有良心，我为照顾父母，影响了多少工作，赔进来多少钱，父母留下的这点东西变卖不了几个钱。"

"话不能这样说，照顾父母是儿子应该做的，你还花了父母不少钱呢，如果你不同意，我们就到法院告你。"

"事不能做绝了呀，你们不管我行，但看在家里晚辈们的分上，闹到法院打官司，丢不丢人？"

"那你就分给我们钱。"

"钱也不能分，你们说过不要的。"

结果就是开始的情况，法院立案，开庭审理。

妹妹们的要求理直气壮，哥哥也是一肚子委屈。

其实这个案子并不复杂，也可能能协调成功，当然是最好的结局。

正应的是：家家都有本难念的经。谁家都有难处，只是难处的焦点不同。

但愿法院早日公平判案，还当事人一个清静，使有难处的家庭都好起来。

2020 年 8 月

各家的难处之丁克

丁克，是指那些具有生育能力，而选择不生育，并且主观上认为自己是丁克夫妇或者个体。

“不孝有三，无后为大。”千百年来，正是这个“无后大不孝”演绎了无数休妻纳妾的悲喜剧。

现在有部分年轻人，已经拿“无后”不怎么当回事了，甭说休妻纳妾了，人家两口就是想拆都拆不开，而且是商量好而决定的。

某单位车队有个老师傅，本是千万个幸福家庭的一员，生有一儿一女，工作都很出色，家里有车有房，是和谐美满型家庭。但随着年龄越来越大，心里的憋屈也越来越大，就是遇到了这样的难题。

儿女到了年龄，相继结婚，女儿家按正常规律生了儿子，老两口高兴，买这买那，帮忙照看，眼看着外孙上小学、上初高中，可儿子家的情况让他们很失望。

儿子结婚以后，一年半载地没有动静，当父母的不免千猜测万担心，对儿子就开始千嘱咐万叮咛。

开始几年儿子媳妇还以年纪还轻，不着急。后来干脆就明说了：我们想到要孩子、养孩子是一项非常艰苦并不一定养好的事，想到千辛万苦养大孩子，面对残酷的社会竞争，会受很多苦和罪，也不会快乐。所以，我们决定就不生孩子了，也不再为你们增加负担。

后来老两口才知道，这叫丁克家庭，是无缺陷无理由而故意不生孩子，还美其名曰为老人想、为孩子想，实际就是逃避责任，只顾自己享受，没有家庭观念。

老两口大骂儿子不孝，我们就你一个儿子，让我们怎么去见先人。亲戚们苦口婆心地劝说，姐姐也现身说法有孩子多么多么好，但都无济于事。

如今儿媳妇已年过四十，抱孙子的希望越来越小。虽然每到周末，儿子女儿全家都能聚到一起吃饭喝酒，但老两口总觉得家庭中缺少应该有而没有来的欢乐，或者是应该有而没有的幸福。

老两口怎么也没有想到，好好的家，好好的日子，怎么就没有过好呢？我们勤劳一生，善良一世，老天爷为什么要惩罚我们呢？

人生的美满可能要靠努力去实现，而人生的遗憾可能就在不经意间出现。有时这样的遗憾真的是让人说不出来的遗憾。

生活中还有一句俗语：生容易，活容易，生活真不容易。生活在社会中的家庭，且行且珍惜。

2020 年 8 月

各家的难处之重组

家庭夫妻因种种原因落单以后，部分单身选择重新组合一个新的家庭，一是互相搀扶找个伴儿，二是情感孤独说说话。

重组的家庭大部分是互相包容和谐共处的，但也有不少家庭虽然人合到了一起，却各怀心事形同陌人，有的还受到子女干扰，不得不又被迫分开。实际上就在表面看似平静的重组家庭里也有着许多不同的难处。

听朋友讲过他们单元楼里刚搬来的邻居家就是一个重组家庭。

男方带来一个有点智障的儿子，未婚，整天不出门在家玩电脑。女方带来一位老母亲，还有一个女儿已婚，不在一起住，但每天要帮助照看孩子。

这个家庭外面看还好，无风无火，每天上午和下午男人用小电动车带岳母去公园散步，女人每天接送照顾孩子。

就这么五口人，一天三顿饭却吃不到一桌上。男人从公园回来，做岳母和儿子的饭菜，女人只做她和外孙女的饭菜。钱分着花，菜分头买，很难想象在一个屋檐下，五口人，分做分吃。这种饭菜气息相闻、老死不相同桌的日子，会是一种什么氛围。没有亲身体验，真找不到其中感受。

为什么会这样，不得而知。男方女方的感情看来尚可，就在隔壁也没听到过大声吵闹，看来内部协调做得很好。

正可谓：

天下的家庭千千万，
各家的过法万万千。
日子舒服不舒服，
自有妙招来解难。

2020 年 8 月

各家的难处之残障

前几日在小区遛弯，遇见了也在遛弯的一家三口。

一家三口是老两口和儿子，儿子有一米八几的个子，大概也得有一百八九十斤重吧。父亲拉着儿子的手，儿子摇头晃脑地与父亲并排走着，母亲紧跟在后面，一般人也能看出儿子应该是有点问题的。

后遇到一熟人才打听到，儿子确实是有点问题。出生后几岁时就发现，儿子与其他孩子不一样，说话迟钝，反应很慢，医院的诊断是大脑智力先天性障碍，且无法恢复。

夫妻二人，很是难过了一阵子，但面对现实，他们也认了。更加倍地对儿子照顾，千方百计地帮助他不停地锻炼、不停地学习，努力想使他实现生活自理，如能达到自食其力更好。

为此，夫妻二人也是努力工作，拼搏进取，以争取更好的收益，为儿子换取更好的生活条件。

父亲通过努力，获得过单位和系统的先进，2008 年参加过奥运火炬接力，职务升到了副厅级。母亲除精心照料孩子外，也在单位表现先进，年年获奖。

孩子在健康地成长，父亲一有时间，就拉着儿子的小手出来散步，让他多见人，长见识。虽努力后的效果不见好转，但父母仍三十年如一日地坚持下来。

当年，还是计划生育时期，夫妻单位都同意给他们指标，让他们再生一个孩子。但他们二人合计后，决定不再要孩子了，生了二胎，势必影响对老大的照顾，既然生了他，就要管好他，不能让他受了委屈。

可是也有人说，不如生个弟弟或妹妹，等父母百年后也好有人照顾他。

如今，夫妻二人都已退休，儿子也不能结婚，就这样三人相依为命。

世界上大到国家，小到家庭，都有许多难事和愁事，谁家与谁家都不相同，解决起来也方法不同。问题是有的好解决，有的则根本无解。

但愿天下所有家庭都充满阳光，快乐幸福，没有烦恼，永远太平。

2020 年 8 月

各家的难处之大女

一般把家中有三十好几的大龄女青年称为剩女，我却不这样认为，人家虽然岁数大一点，但不一定剩到没人要的地步。只不过岁数偏大而已，所以应称之为大女更为合适。

家有大女，对于父母来说，觉得还是早一点嫁了好。人生就几十年时间，到了各年龄段，应完成年龄段的任务或使命。少年时期长身体，青年时期学文化，三十而立家业，四十而奋斗升职，中年而承担一家老小的事务。这是大部分一般人的平凡生活轨迹。

现代年轻人都有自己的想法，有些人按照传统的观念和老人的要求，按部就班地成长、成家、成事。也有一部分青年完全按自己的意愿行事，什么三十而立，什么为以后多想，那不关我的事，家长就别为我操那份心了。

但也有部分青年人，认同传统观念，同意老人说法，但是，就在而立之年的关键时期，也是个人发展的关键时间段，事业正在上升期，职务正在培养期，资本正在聚集期。这“三期”把时间排得针插不进、水泼不进，不是不听话，是没时间。这样一来二去，就成了大女。

大女并不可怕，抓紧时间一切还来得及，但家长们所担心的是，大女们还是那样不急不慌，理由一是没时间；二是关注一下个人问题吧，四周一瞧，怎么好男人一个也见不着了。

不是我不想结婚，实在是没有我喜欢的，你看看给我介绍的，不是比我小，没我收入高，就是长得太一般，还有干脆就是离异的，还以为我就真嫁不着好男人了。

说不急，家长们还是到各个婚介所打听、登记，到各个公园恋爱角去看图片帮相亲，往往也是费力不讨好。

我的朋友圈不大，但就有两三位家有大女的朋友，就是有事没事圈里发点大女的信息，请朋友们关注。再就是跑公园的次数也明显多于其他人，每见一面，也是三句话不离大女话题。真是可怜天下父母心呀。

2020 年 8 月

各家的难处之早逝

天气很热，老两口把明天要带的东西收拾得差不多了，占国头冒虚汗，感到有点头晕，坐下来休息了一会儿。

“咱们还是到医院看看吧，免得明天再有点事。”妻子丽敏说。

夫妻二人来到第三医院，大夫简单问询了一下，也没做任何检查，说可能是天热，干活多了，有点中暑，回去好好休息一下就行。

第二天，父子俩替换着开车，行驶 500 多公里来到昌黎新买的房子处，收拾好后一家人在外边吃了饭，谁也没想到这却是全家人的最后一次团圆饭。

他们这次来一是为新房购买家具，二是孩子放假到这边住一段时间。

按计划夫妻二人去家具城选购家具，儿子一家去商场购小件物品。

家具城很大，刚转一会儿，占国感到脑袋巨痛，一下坐在了地上，很快又躺了下来。丽敏过来一看，占国已不省人事，吓得不知所措，哭喊着占国的名字，央求大家帮忙快叫 120。

医院诊断脑干大面积出血，凶多吉少。医生说前天在医院应做个检查，脑血管的病就很容易会发现，不致这么突然。

经过五天的抢救，占国还是没有救回来，离开了他的亲人。年仅 60 周岁，刚刚退休，还没有来得及享受生活。

这是我的一个同乡同事加朋友。

都说“幸福的家庭是相同的，不幸的家庭各有各的不幸”。看到这一家妻子永远离开了丈夫，儿子永远失去了父亲，家庭由圆满突然变为不圆满，当事人的心是痛苦的，旁观者的心也是非常痛苦。而对世事之难料，亲人的离开却无能为力更加悲观。

丈夫去世仅三年，妻子却像老了十岁。幸好还有儿子陪伴，两个可爱的孙女还要她照料，要不然她一人真不知如何走出来。

好好珍惜亲人的团聚，好好珍视家人的身体。

愿天下的家庭远离不幸。

2020 年 9 月

各家的难处之离异

离异与离婚有什么区别吗？离异与离婚没有什么实质上的区别。真要区分的话，离婚可以看作一种行为和事件。离异更多表明离婚单身的持续状态。

平时我们认为，离婚是解脱心灵痛苦的唯一有效措施，而事实绝非如此。对于受尽婚姻折磨，彻底失去感情的双方应该算是一种解脱，意味着痛苦从此一去不复返。但还有一些离婚者的现实生活清楚地告诉人们，离婚，无疑使人陷入感情和心理新的危机。他（她）们的离异是不情愿的（起码有一方），所以会更痛苦，甚至难以自拔。

“幸福的家庭都是相似的，不幸的家庭各有各的不幸。”说的就是各家的不幸都有不同的伤心事和不同的酸甜苦辣。

我的一位同学，讲述过他们单位一位女同事的故事，她的情况就是离婚后陷入新的危机的典型。

她们的生活原本很幸福的，工作在一个单位，爱人是单位领导，她本人工作也很优秀，两口子在单位人缘很好。后来因为单位在外地有项目，正好是爱人分管，出差外派机会多了起来。

开始也并没什么，她还经常去项目地方去玩或看他，出于她对他的了解和信任，对别人的闲言碎语也不往心里去。

但时间长了，她也感觉出来有不对的地方了，可是已经到了不可收拾的地步。她男人在那边又养了一个女人，而且生了一个儿子。

这样的打击，有多少女同志经受得了？何况她又是那么爱他、信任他。她就与他谈：我不想离婚，看在孩子的份上，你如果现在离开那个女人，我不过多计较，还继续过日子。可男人铁了心。

万般无奈的情况下，他们离婚了。这样的结果对男人好像是解脱，但对女人才是感情和心理危机的开始。

她为此大病一场，在家人和朋友们的关心帮助下，身体的病虽然好了点，但心病怎么也无法好彻底。她怎么也想不明白，她与他从小就在一起，顺其自然结婚生子，彼此是相爱的。“我有做的不完美的，可以提出来改嘛，为什么要这样对我。我做出让步，希望重归于好，为什么还那样绝决，想不通就是想不通。”

在这种心情下，她每天以泪洗面，逢人便解释，让领导和同事们帮忙做工作，让儿子也劝说父亲回头，但都无济于事。

为了帮她解脱这种状况，朋友们想了不少办法，换房子，离开这个伤心之地；去旅游，开着车外出游玩放松心情；报名老年大学，充实生活内容；等等。经两三年的努力，终于有了好转，但精气神怎么也不如从前了。

家庭的不幸往往是在不经意间发生的，会对当事人以及家人产生不可挽回的巨大损失乃至毁灭性的打击。

离异又是诸多不幸中对人的精神摧残最为严重的事件。

2020 年 9 月

做学问三境界

进简书平台已半年有余，除自己学着写点东西外，主要的是大量地看了其他简友们的作品，在使自己获益匪浅的同时，也看到了大部分简友们用心做学问的精神，并有许多精品文章值得进一步研读并收藏。

但还有一种现象，就是许多简友为没有题材而苦恼，为写不出水平而悲观，为不能坚持而自责，甚至为阅读量上不去而产生打退堂鼓的念头。

每每看到这样的文章，我总是想一个问题，就是：我们为谁而写？我们为什么要写？我们到底想写什么？

绞尽脑汁地想了段时日，也总结不出什么让人满意的结果，而且过去的大学问家们对如何写作以及技巧，论述是很多的，我辈是望其项背而无法企及的。

可是，在没有想出以上答案的同时，也让我对自己要如何做有了一点想法。

首先想到的是，写作是一门大学问。学问，是知识，是技能，是对实践的认识，是对认识的升华。社会活动的三百六十行，行行都有大学问。

来自生活的学问，为生活常识；来自实践的知识，为经验知识。但常识久了，会成为科学；经验多了，会升为理论。这样的科学和理论对社会和人类是有大作用的。

其次想到的是，学问是要有真知灼见的。就拿文章说事，有学问的文章，使人读之如会良友，让人心欢神清，让人脑聪耳明。

但是，学问是做出来的，真正做学问的人是要有境界的，学问的高深程度，与做学问人的境界高低有关。对此，我想做学问能达到三种境界，就一定能成功。

第一种境界：就是要站得高看得远，即思想境界要高。要以把眼望穿、把路望断的坚韧，去探索，去追求，直到寻找到自己喜爱并对人生对社会有用的专业或行业。

第二种境界：就是要有百折不回的决心，即精神境界要高。在有了远大目标之后，就要不怕困难，埋头苦干，废寝忘食，勇于拼搏，树立起不达目标决不放弃的信念。

第三种境界：就是要达到入迷的程度，即厚积薄发的境界。做学问是有路径的，所谓“踏破铁鞋无觅处，得来全不费功夫”，那是指偶然性的，也是熟能生巧的意思。但没有长期积累的结果，偶然得之、忽然发现的机缘几乎是不可能的。

断断续续想出来的一点东西，我想对我们在简书中提高写作能力、增强坚持下去的毅力是有帮助的。对我提出的三问，似乎也算一个回答吧。

2020 年 9 月

再说做学问

生活中，有人茶余饭后谈古论今，被认为有学问；有人讲起话来引经据典，被认为学问多；有人办事活动中算计精明，被认为学问深。

但话又说回来，有学问的人也只是在一两个行业上，掌握知识比较多而已，如果三百六十行，行行都想整明白，恐怕就成了“万金油”式的人了，说啥啥都明，干啥啥不行，就都不会精通了。毕竟社会上的行当太多了，人的大脑也是有限的。

所以做学问，一定不要求全，而要求精。

譬如，农民种地，同样一块地，交由不同的人去种，收获截然不同。用心耕种、精工细作的人，可以收成一万斤。而疏于管理、偷懒耍滑的人，可能只收成一千斤。可不能小看了种地，这里面是大有学问的。

再譬如，商人经商，同地段，同门面，经营同样生意，有的人就能让生意风生水起、红红火火，百年不断香火。有的人却累死累活、着急上火，生意就是没有起色，直到因萧条而关门。经商的门道千百年来都是人们研究的重点，其学问之深，在诸多行业中可算首屈一指了。

由此看来，做学问，关键在做。做，自然是要工作，要出力，要提高。

学问，就要有学有问，要学知识，学技能，学先进。要问疑难，问经验，问差距。

学问，还要有先有后，学应在先，学而后问，学生疑难，难而思问，问后再学，才能学到想得到的知识。

把学到问到的知识技能等转化为学问，还有一个必须走的路径，就是运用。学问就是这样：用它，则存；不用，则亡。

所以，平常不能只见有能力的人多么光鲜、多么耀眼，那也是先有付出后有收获的。其中的大道理，我们明白，只是我们的努力程度还不够，我们的勤劳付出还不够。

相信，学问不只掌握在他人手上，也一定会为我所用。

2020 年 9 月

鸭绿江做证

近期，我国各媒体和宣传部门，开展多种形式的活动，隆重纪念中国人民志愿军抗美援朝出国作战 70 周年。这一活动，旨在进一步凝聚以爱国主义为核心的民族精神，进一步弘扬以革命英雄主义为核心的抗美援朝精神。旨在提醒人民 70 多年的安全环境和幸福生活是来之不易的，要永远记住这样一场保家卫国的战争，这样一群无私无畏的英雄，这样一个不惧强权的国家，这样一个团结一心的民族。

1950 年 10 月，帝国主义侵略的战火烧到了鸭绿江畔，饱受列强侵略之害的中国人民最懂得唇亡齿寒的道理。遵照毛泽东主席的命令，中华民族优秀儿女组成的中国人民志愿军，带着中朝两国人民对和平的希冀，高举“反对强权、反抗侵略”的大旗，雄赳赳，气昂昂，跨过鸭绿江，展开了一场抗美援朝、保家卫国的浴血奋战，进行了一场以大无畏的英雄气概维护和平的正义战争。

英勇的志愿军将士们，在号称“叫花与龙王比宝”极不对称、极其艰难的情况下，穿插分割、迂回包围、诱敌深入、顽强阻击，首战两水洞，激战云山城，会战清川江，鏖战长津湖，在铜墙铁壁般的防御阵地上多次粉碎了敌人的重点进攻，同时发动进攻战役。经过两年零九个月艰苦卓绝的战斗，取得了决定性胜利，迫使侵略者于 1953 年 7 月 27 日在停战协定上签字，创造了世界战争史的奇迹。

川流不息的鸭绿江流淌了太多的勇士们的鲜血，壮观秀丽的青山里安眠着十几万名烈士的身躯。他们不愧为祖国安全和世界和平的坚强卫士，不愧为中华民族的英雄儿女。鸭绿江水永远记得这支军队曾有过如此不屈的精神，中国人民永远怀念这个民族如此优秀的战斗集体。

粼粼碧波的鸭绿江是爱好和平的人民同仇敌忾、不畏强暴，勇于战胜一切困难和强大敌人的见证。抗美援朝战争的硝烟已经散去，但那场惨烈的战争留给人们的伤痛和记忆，绝不会随着时间的推移而消退和忘记。

如今，世界人民的共同愿望是，进一步营造和平稳定的国际环境，进一步增强睦邻友好的周边关系。

但是，当今世界并不太平，伟大的抗美援朝精神需要进一步弘扬光大，以爱国主义为核心的民族精神需要进一步凝聚。

鸭绿江可以做证，中国人民是永远不可战胜的，中华民族是永不屈服的民族，任何企图破坏中国发展的国家和势力，在强大的中国人民和中国人民解放军面前都将以失败而告终。

2020 年 9 月

人与人随想

在我国，有一句熟语“人人为我，我为人人”，大家都知道，但理解上有很大区别。

经查，这个词语是一个舶来品。出自法国作家大仲马的小说《三个火枪手》，在书中是作为几个人为某事而发的誓言。还可译为“大家为一人，一人为大家”。

今天，不想就“人人为我，我为人人”发表什么论述，评论理解的对错，只是略表一下自己想到的一个问题。

人是一个群居族群，我们无法一个人独自生活。每一个人的能力是有限度的。我们根本不可能兼顾每一件事情，也不可能通晓每一种学问。因此，我们常常需要他人的帮助。

大家想一想，倘若一旦没有了人与人之间的互助和分工，生活中对于每个人会带来多么大的障碍。那时，就要自己动手去播种、喂猪、织布、伐木、生产工具、安装电器、诊疗治病……而这是完全不可能办到的。

社会，作为人与人之间的互助组织形式，是人类最伟大的一项发明，这项发明，帮助每个人实现他在单个生存时所无法实现的那种自由和发展，达到仅依靠单个人的力量永远也达不到的生存高质量和高水平。

按我的理解，这也是政治哲学第一原理。每个人都应该怀着敬畏的心情，充分认识人与人之间分工合作的重要。

所以，任何一个国家，都在努力维护社会的和谐，都致力于人与人之间的互助与合作，这样才能实现社会的文明进步，实现人类的生活更加美好。

2020 年 9 月

光鲜靓丽的背后

在熙熙攘攘的大街上，在朋友聚会的场合里，我们看到的是衣着时尚、笑靥如花的靓丽年轻女郎，看到的是西装革履、油头粉面的光鲜中年男士。她们姿态从容，慢声细语。他们才情出众，英俊体贴，令人羡慕。

殊不知，这些惊鸿一瞥的繁华和感动的背后，有着多少人所不知的生活。

其实他（她）们人所不知的生活与我们一样，出现在大众面前的我们与在家的我们有时是不一样的。

年轻女郎们，可能是在办公室楼上楼下奔走，忙得四脚朝天的那个人；可能是宿舍里杂乱无章，只是稀溜溜吃方便面的那个人；可能是接送孩子后灰头土脸擦地板的那个人。

光鲜男士们，可能是下班后从超市把菜肉带回家，为家人做出荤素搭配晚餐的那个人；可能是胆小怕事丢三落四，出门找不到衣服的那个人；可能是吸完一盒烟也没有完成稿子而挨训的那个人。

我们何尝不是那个人。辛苦工作一天，回到家里，衣服一扔躺倒在沙发上再也不想起来的是我们；面对日复一日，年复一年的一日三餐总想逃跑的是我们；看着永远清理不干净的地板、洗不完的脏衣服和做不完的家务，时不时地气急败坏，动不动发脾气的是我们。

这才是人们生活的全部，有些样子是给人看的，有些日子也是给人看的。不幸的是，我们在看他人时和他人在看我们时，记住的都是光鲜靓丽的一面，都是经过加工出来的一面。而每个人都有其另一面，两面全部展开，才是生活的真实和真实的人生。

生活里那些人所知道的事实，是用来观看的。那些人所不知的事实，才是我们走过平常日子的真正陪伴。

2020 年 9 月

父母离婚对孩子的影响有多大

一个七岁、活泼懂事可爱的小女孩，偶然得知父母将要离婚的事情后，突然失踪了。

她明知道家在哪里，也不回去，明知道父母名字，也不告诉别人，明知道怎样可以找回家，也不去找。宁可在街头流浪，宁可与不认识的老头儿住破屋子。在发现老头儿得知父母消息后去报告时，又一次出走。

这个小女孩对父母的失望有多深，对温暖家庭即将破裂的现实是多么的无奈，对自己无能为力帮助父母和好又是多么的绝望。

这是北京卫视正在播出的电视剧《亲爱的你在哪里》的剧情，现在虽然播到 14 集，但对孩子的命运和担忧让人们有点透不过气来。

平常我们见过很多的父母离婚后给孩子们带来的痛苦，单亲家庭给孩子成长中造成的缺失，太多太多。而因父母离婚为社会制造了多少问题孩子，恐怕谁也无法统计。

一个几岁的孩子，不懂的大人之间的事情，只知道父母离婚，可爱的家庭就会不存在，就会失去父亲或者母亲的爱。他（她）们不能阻止这样的事情发生，只能采取一些过激的行为，排解自己的难解之痛，引起父母的重视，达到自己不想让家庭分裂的目的。

已经或将要离婚的父母，请多为孩子考虑一下。

2020 年 9 月

性格与婚姻

现代社会的婚姻状况似乎大不如从前，主要情况是离婚率的居高不下。这一方面是社会进步，婚姻自由度提高；另一方面是人们思想解放，自己做主能力增强。

但是，随着对离婚人员的观察和了解后发现，许多婚姻状况不佳的原因，与男女双方的性格类型有很大关系。就是说应该存在两种类型，即“结婚型”和“非结婚型”。

通过对生活在周边离婚男女们日常生活中的表现，发现两种类型的人，都有其共性。

属于结婚型的男女，其性格偏向于严肃、现实、为人可靠并有组织能力，诚恳正直，比较喜欢与人相处，而最重要的一点是，这一类型的人多数能体贴关怀别人。对人生的态度，则是脚踏实地，稳重而不流于虚浮。遇事不逃避、不回避，勇于承担责任。

而非结婚型的人，大多数重于感情，冲动易怒、情绪反应敏锐，在生活中有逃避现实和责任的倾向。他们最大的弱点，是过分以自我为中心，有时对别人的需要不关心，反而更看重自己的事情，不愿做一点有损个人利益的事情。所以他们对婚姻中必须承担的责任和义务，常加以逃避。在现实生活中，这类人并不是完全不愿结婚，而是即便结婚，关系也不会持久，大多数会以离婚收场。

实际生活中，非结婚型的人比结婚型的人更容易与异性产生爱情并建立关系，但易结也易散，能开花结果，维持长久却很难做到。

所以，离婚理由中，有很大一部分是：性格不合。

2020 年 9 月

爱情，殊途而同归

天地之间，芸芸众生，其中部分人就像成熟的树木与掠过的微风一样，注定是 X 号，交叉而过，相遇而后分手。而部分人则像两条远方川流而来的河水，成为 Y 号，殊途而同归。

人世间，美好的爱情就是一个 Y 号，两个人经过许多岁月后，殊途而同归。其实很多事情就是这样，应该你所拥有的，总会水到渠成。人生有了爱情，才使生活丰富多彩。

不要把生活想象得太复杂。爱情也是一样，它应该是一朵朴素的花，开在山野，自然，美丽。有情人戴上它，可以流浪到天涯。如果要给爱情加上许多条件和注解，那爱情就会失去纯真。

爱情更应该像空气和水一样，拥有它，相爱的人就拥有了世上最好的珍宝，什么也不能换取它。爱情可以使我们的日子变得充实和富有，可以让我们平凡的生活充满色彩。但是如果没有它，即使有一世界的珍宝，又有何用，那不过是一堆货物而已。

所以，经历过完整爱情的人们要珍惜，经历过痛苦爱情的人们更要倍加珍惜。

2020 年 9 月

挫折是好事

近日，有一位较熟悉的年轻人，被公司撤销了基层经理职务，并被除名处理。在深感惋惜之余，也对当前年轻人工作中的不检点、生活中的不重视、交往中的不注意有些看法。

这名年轻人当然有他的许多毛病，口无遮拦，目中无人，向合作单位索取好处等，都可以让自己成为靶子而受到攻击。再加上年轻气盛，争强好胜，与上级个别领导意见不一致而随心所欲，都会授人以柄。

现今社会，竞争激烈无比，没事都要制造点事让对手掉坑，更何况自己挖坑被对手推进坑里，倒省了别人力气。

俗话说：害人之心不可有，防人之心不可无。所谓的社会经验就是在关键时刻能够步步设防，就是在步步设防中能够脱颖而出。年轻人或阅历浅者的失误往往都是“防人之心”欠缺，从而让人乘虚而入，马失前蹄。

再者，身在社会，为人处世，是要坚守自律底线的。一个部门一个企业也是有自律制度约束的，不会任由职员肆无忌惮地践踏制度。

所以，最要紧的还是增强自律意识，加强自我约束，强化自强观念，才能遇事冷静，遇人清醒，永远处于不败之地。

年轻人受点挫折也是好事，可以认清自己的弱点，可以看到社会的阴暗，可以辨识人性的冷暖。

2020 年 10 月

命　运

生活中，我们经常有这样的问题：我的命运咋这么不好，什么好事也赶不上？而为什么好的命运总是落在别人头上？

那命运到底是什么呢？

自从我们出生的那一刻起，就注定是要离去的，这中间的曲折磨难、顺畅欢乐便是你的命运。

命运总是与你一同存在，时时刻刻。

不要敬畏它的神秘，虽然有时它深不可测。

不要惧怕它的无常，虽然有时它来去无踪。

更不要因为命运的怪诞而俯首听命于它，任凭它的摆布。

随着生活和工作的历练，我们就会发觉，命运只有一半在你手里，还有另一半在上帝的手里。我们一生的追求就在于：运用你所拥有的去获取上帝所掌握的。

你的努力越超常，你手里掌握的那一半就越庞大，你获得的就越丰硕。

在你彻底绝望的时候，别忘了自己拥有一半的命运，可以用来一搏，转变现状；在你得意忘形的时候，别忘了上帝手里还有你一半的命运，掌握不好，随时会有翻车的危险。

你一生的努力就是：用你自己的一半命运去获取上帝手中的一半命运。

所以，命运好与不好，取决于我们的努力和把控，决定于我们的意志和韧性。

这就是命运的一生，这就是一生的命运。

2020 年 10 月

爱情是什么

爱情，已经是一种日渐稀有的东西了。

有人说：如果缘深，何愁缘来得迟？倘若有路，何惧路途遥远？爱是一种温柔的守候。

有人说：爱情不是无涯的梦幻，也不是无休止的絮语。爱情，是情操、忠诚、专一，是善良、坚贞、圣洁。

还有人说：爱情不是最初的甜蜜，而是繁华退却依然不离不弃。

面对爱情，首先要弄懂这东西究竟是怎么一回事，什么是其中的内核，尽管这很难。

爱情是个体与个体之间的强烈的依恋、亲近、向往，以及干什么都会无所不尽其心的情感。爱情由情爱和性爱两个部分组成，情爱是爱情的灵魂，也是爱情的根本与核心。她是人世间最美好的字眼，也是人世间最美好的情感。

如果有一天，我们说出这个字眼时，已无法触及她最美好的内核，这世上信她的人就不多了。

在当今经济社会，金钱的作用愈加明显，它对人的意志既是一种考验，也是一种摧残，它可以让人是人，也可以让人是鬼，在光芒四射的物质面前，你会难堪地发现情感是如此的脆弱，意志是如此的不堪一击。原来，用誓言垒起的爱情大厦，不过是精神意念的海市蜃楼，随处道来的承诺，只是夏日里轻轻拂面的一丝夜风而已。

所以，生活有时现实得近乎残酷。爱情的阳光一次次投射到你的身上，又一次次飘移不定地躲闪了，你还信不信缘分？如果你钟爱的人一个一个都弃你而去，你还信不信爱情？再如果，这世界日益冷漠，一张张笑脸后藏了一片片寒冷的霜雪，你是否能仍然保有一颗悲悯的温柔之心？

俗人的爱情生活，不过是男人和女人在爱情的道路上，用两只更替向前的脚掌，走相互依扶，平平淡淡，混乱而又有秩序的一生。不要轻易吐出“爱情”二字，罗密欧与朱丽叶、梁山伯与祝英台的故事之所以千年传颂，世人皆知，是因为他们爱的经典，成为人类爱情生活的正宗标本。

人们钟情这种超凡脱俗的爱情神话，也正是说明人间所谓的真正爱情并不多见，是可望而不可即的仙境。其背后折射出来的则是人类社会的悲哀和现代人的某种无奈。

虽然，当今社会生活中，家庭演变和爱情变数不再是一个含蓄的话题。虽然，我们都不能摆脱俗人的影子，承诺所发过的誓言。

但对爱的执着和坚贞，对情感的忠诚和专一，还是人们最美好的追求。

有一种人这样，只要你对我还真心真意，我的心会永远追随你，在爱的十字路口，决不三心二意。有一份极其珍贵的礼物，我要把它送给你，那就是我的一颗纯洁的心。

有一种人这样，我相信我们一直在一寸一寸地走向对方，终于会有一天，历尽了磨难的我们会绕过一丛丛开得正盛的栀子花，相逢在风轻云淡的山岗，彼此没有惊喜亦不羞怯，只是会心地一笑，说：你在这里呢。

还有这样一种人，写诗的日子很美很美，有关两个人的故事，两个人的纯真，在他心中。并不一定因为想她而提起笔。在路遇美丽的女孩，在看到一组别致的风景，在读过一篇优美的散文之后，便会在夜晚的荧光下写出那一段段文字中，情不自禁地勾勒出她的影像。这时，似乎一定要有她的出现，他才有爱这世间一切的念头。

爱情还是我们心中的一种无限的情感和世间一种有形的美好理想的结合。

2020 年 10 月

写文章是给别人看的

写文章是给别人看的，看似废话，因为这是人尽皆知、不言而喻的常识。但这又实为一句警句，因为现在就有许多写文章的人恰恰不注意这一常识性的原则。

写文章的目的，不仅要使别人看得懂，更要使别人喜欢看。不能只管自己在那里写，采取我行我素的态度，看不看得懂，喜欢不喜欢，那就“悉听尊便”了。这是一种不尊重读者和不负责任的态度。

文章的对象是读者，要使读者心情舒畅地看你的文章，就要把读者当作自己的知心朋友，就要让读者从你的文章中学得一点东西，得到一点好处。

自己写文章花时间，别人看文章也得花时间，读者用了时间来看你的文章，而你的文章却空话连篇、言之无物，为写文章而凑文字，再加错别字一堆，语法不通顺，如何对得起读者的时间，又如何对得起自己的时间？

写文章时，时刻记着是给别人看的，才能用心用情去写既真又实的文章。

2020 年 11 月

写文章的主要功夫是罗列汉字

如何写文章，理论大家们的论述和观点太多了，但其不外乎多读书、多练笔、多修改。

但有一个“三段论”我认为很切合实际，就是把文章写作分为三个阶段：第一阶段就是文通字顺；第二阶段就是登堂入室；第三阶段就是出神入化。

这里第一阶段就是写出来的文章要符合汉字要求和思维逻辑。第二阶段是可以登出来让读者检验了。第三阶段就是你的文章已经到了极高的境界。

看来文通字顺是写好文章的最关键的基础阶段。一篇文章文不通字不顺，那不叫文章，叫练习写字。

所谓文通，就是整篇文章写下来要合乎逻辑。写文章的逻辑指的是思维的形式结构及其规律，通俗的说法是，写文章所使用的概念必须准确一致。一篇文章不能同时出现两个矛盾的判断，比如张三是个好人，张三是个坏人，到底是好人还是坏人，必须选取一个明确态度。文章写出来后，自己要先读上几遍，感觉一下文章是否把自己想表达的意思说出来了，看起来前后能否一致，读起来是不是能听明白。

文章中的材料和事实与自己说明的观点之间必须要有内在的因果关系，这样全文贯通，上下一致，自圆其说，就是文通了。

字顺就好理解了。我看过一本官场小说《高手过招》，作者在后部有几句话我觉得很能说明中国汉字，他是这么说的："中国的方块字，堆在一起就像一堆沙，毫无章法。但按照不同方式拼接在一起，便有了不同的意思，许多时候，仅仅是一两个字的差别，意思就完全相反，甚至仅仅只是某个字的字序不同，意思也就出现了差别。"

我觉得说得很对。举个例子，"天下雨"和"下雨天"，同样是三个一样的字，字序不同，下雨没有区别，但"天"的位置不一样，其含义就完全不一样了。再比如"车被撞了"和"被车撞了"，"被"与"车"字位置变换了一下，其意思就大相径庭、相差甚远了。

如此看来，所谓文章的写作就是给方块字安排顺序，安排得符合规律就是好文章，不符合规律或安排有误就不是好文章。

所以，从古至今，好文章都是一个字一个字斟酌推敲出来的，要想写好文章，首先要在汉字罗列水平上下功夫，要在深刻理解字的含义上下功夫，而绝不是会写会读多少字就能写出好文章来的。

2020 年 11 月

写文章的成功秘籍是一个“新”字

写文章、做学问的人，都是希望自己的作品有价值，希望得到别人的认可，希望读者众多、好评如潮。但大部分的作者在短时间内很难如愿。

原因是多方面的，根据自己读和写的感受，总结出的体会是，文章是否新颖感人，内容是否新奇动人，是获得成功的关键。

首先，文章要新颖感人。这里的“新”是新鲜，“颖”在汉字解释中是尖的意思，即出头、出众。新、颖合在一起就是新奇，与一般的不同。用在文章写作上就是有特色、有深度、有亮点，要引人入胜、耐人寻味、发人深省。

我们在选择一篇文章是否能读下去时，主要看什么，我认为一是标题新颖，吸引你去看；二是开头有特色，勾引你去读；三是内容有亮点，引导你去深思；四是结尾有深度，帮助你回味。

有句俗话说“看书看皮，看报看题”，实际上是看书皮或标题能否打动你。有时一篇文章的题目在相当大的程度上决定着它的命运。好的标题，不光能以准确的语言概括和提示文章的内容，而且要以优美的文字形式吸引读者，就要在简明生动、形式新颖上下一番功夫。

其次，文章要新奇动人。千篇一律的文章好写，有新角度、新概括、新见解的文章难写。

新奇是文章的亮点，就是一篇文章中特别吸引人的一件事、一句话、一个细节、一个认识、一个环境、一个场景等。这些标新立异、与众不同的细节，别人的文章中没有出现过，或出现过而写的手法、用的词语不同，其效果也就截然不同。

写文章本质上是创造性劳动，文贵出新，创新是文章永恒的主题，也是文章写作的第一难。

有新角度、新视点的文章，一定是别人少涉及、少思考的东西。日常生活的方方面面，工作交往中的是是非非，都会在我们头脑中产生看法或想法，这些看法、想法就是一个人独特的思想火花。一个思想火花会变成一个好的观点，一个好的观点加以整理，写出来就会产生一篇能打动人的好文章。

以自己的亲力亲为、所思所想写出的东西，因为是亲身经历，而不是看或听来的，所以不容易雷同，也就容易出彩。

写作的过程就是汉字重新罗列的过程，同样是罗列，谁的新颖，谁的动人，谁的就受读者欢迎。

最后，捕捉新观点和新思想的方法也很关键。知识是思想的基础。一篇思想性较强的文章，与作者平时多读书、多积累是分不开的。平时的读书浏览可能会产生一定的思想认识，当自己一旦在生活中经历了类似的事情，遇到了类似的场景，看到了类似的事件，就极有可能使自己读书得到的认识出现萌芽，要快速将其写下来。

要成为一个思想敏锐的人，就要使自己的头脑随时处于“临战”状态，平时处理的事情，甚至聊天闲谈，都要当有心人，把有价值的思想火花随时记录下来，这些点滴的灵感，必能积少成多，聚沙成塔。

所以，作者要以深邃的洞察力和厚实的文字功底，善于从生活中捕捉新观点，提炼新思想，这样写出来的文章，一定会使读者产生强烈的共鸣，并深烙在记忆之中。

2020 年 11 月

写文章要懂得文法

任何一种语言，都有它自己的文法，不管它是书写语言还是自然语言。

文法，即文章的书写法规，一般用来指文字、词语、短句、句子的编排而组成的完整语句和文章的合理性组织。

汉语言的行文法则称为语法，包括词的构成和变化，词组和句子的组织，具有一定的民族特点和相对的稳定性。

由于文法与语法都是要求遵循语言本身的规律与定则，因此汉语中文法亦可称为语法。

世界上许多语言，词语的排列顺序是比较自由的，而汉语语序排列非常重要和严密，要受到一定的规则支配，汉语的书写形式和格式是各种规则交织成的整体，不是可以随心所欲变动和修改的。叶圣陶先生说过："语法就是正常人的语言习惯。"所谓正常，就是严密的组织形式，所谓习惯，就是约定俗成的规则。

加入简书社区已近十个月的时间，自己发文虽然不多，阅读简友们的文章却很多。文章中确实有大批文笔流畅、文法规矩、文字清新、文韵精深的作品，的确是优质的创作平台。但一些文章中也存在不少的文法或语法瑕疵，甚至有的还很严重，是一个文创人员或一个写作爱好者应该引起重视的现象。有时一篇立意和故事很好的文章，却被连篇的语法错误和错字别字损坏，使人大跌眼镜。

这些瑕疵，有些是作者不太明白或根本不懂，有些是作者写作完成后不做认真检查修改，有些是使用拼音输入不做核对，点上为止。所以写作爱好者的第一基本功，是要懂得文法的重要性，是要了解正常人的语言习惯和书写规矩。

在这里重点说一下文章中最常出现的"在""再"用法不分，"的""地""得"使用不当的现象。

"再"和"在"是同音字，它们除了读音相同，其他的都不相同。写作中很多场合把这两个字弄混淆，主要原因是对两者的用法、位置和含义不太清楚。

"再"是副词，它连接两个动作，表示先后关系。一般放在动词前做状态，表示重复或者第二次。也可以表示程度。如：再次，再说，再勇敢一点。

"在"是介词，用来引出动作行为的时间、处所等。一般不单独使用，它必须跟在名词或名词类的词后构成介宾短语，然后充当句子的状语成分。表示存在、人或事物的位置、参加、强调、时间、范围等。如精神永在，在职，事在人为，在所不惜，在北京等。

"的""地""得"的区别和用法还要复杂，主要区别：一是后面接的词性不同，"的"后是名词，"地"后是动词，"得"后是形容词；二是标记不同，"的"是定语的标记，"地"是状语的标记，"得"是补语的标记。三是用法和结构形式不同，为方便记忆，有人编了一个口诀：

> 的地得、的地得，用作助词都读 de。
> 作文写话用不准，朗读往往会念错。
> 有趣的活动、绿的树，活动是事，绿是物。
> 事物前面用"的"字，朋友们都记住。
> 认真地想、快快地跑，想跑看摸是动作。
> 动作前面用"地"字，位置千万不要挪。
> 看得清、记得准、唱得好、飞得高。
> 动作后面用"得"字，补充说明要记牢。

每一个汉语文字都有它特定的含义和用法，我们在写作过程中，首要的任务是了解汉字的基本含义，了解汉语的基本文法，还要反复推敲每一个字在文稿中使用的区别和用法，出手前再进行一次认真核对。

写作中，同一个问题和错误，偶尔出现是可以谅解的，如果多次或反复出现，就要找一找原因，加强一下学习了。

2020 年 11 月

写文章要追求高境界

俯古观今，中国以其丰厚的文化底蕴、不绝的文化传承，造就了灿若繁星的文章大家、浩如烟海的佳作名篇，成为中华民族光辉灿烂文明史的重要组成部分。

古代选拔人才靠文章说话，“三篇文章做得好，一步得中状元郎”，这说明文章能够展示一个人的知识与才学。

做文章与做人的道理一样，做人要有高尚的品格和情操，做文章也要有极高的思想境界。好诗要有诗眼，好文要有文魂。诗眼、文魂在于思想。文章没有思想，形成不了观点，就如同人没有站起来，其语言就不能深刻到入木三分，就不能新奇到耳目一新。中国自古以来，一些名篇佳作之所以流传于世，就是因为它们闪耀着智慧的火花，迸发出思想的真谛，具有极高的境界。

人讲气质，文讲气势，人的气质从言谈举止中来，文章的气势从字里行间里来。

人的思想境界从哪里来，是从社会实践中来，古人说：“不谋万世者不足谋一时，不谋全局者不足谋一域。”就是说写文章要立足高远，以大视野观察事物，以大胸襟弘扬正气，以大手笔书写时代。

现在有些人做文章，每天宅在家里，天天对着“三块屏”——电视、电脑、手机胡思乱写。尽管不出门也知天下事，但毕竟缺少了生活中的真实体验，没有人与人之间心与心的交流，很难写出有分量的文章，很难把话说到读者心窝里。

有位名家说过这样一句话："有志于从事笔耕事业的人，一定要让名字活在自己的作品上。"所以，一个文学爱好者，一个作家，能证明自己劳动价值和生命价值的，唯有作品。作品不漂亮、无思想、无影响，文章再华丽、技巧再高超，也如同白开水一样，淡而无味，算不得好文章。

天下文章所谓好，大凡不外乎几条：基调比较高，情感比较真，文采比较好，哲理比较深。这样的文章产生的效果往往使人发出"身不能至，心向往之"的热切情感，给人以震撼力、感染力、说服力。

作为一名文学爱好者，想让文章有魂，首先自己要有思想境界，要想使文章"笔落惊风雨，诗成泣鬼神"。就要使自己情怀浓烈、价值高尚。

愿我们的文章传承先贤往圣的精神丰碑，追求文章写作的高境界，服务于空前伟大的事业。

2020 年 11 月

写文章要在诗外下功夫

陆游在写给儿子传授写诗经验的信时，有这么一句“汝果欲学诗，功夫在诗外”。是说你要学习写诗，应该把精力放到诗外的天地。他还告诉儿子，他初做诗时，只知道在辞藻、技巧、形式上下功夫，到中年才领悟到，这种做法不对，诗应该注重内容、意境，应该反映人民大众的要求和喜怒哀乐。

“功夫在诗外”早已是写诗甚至是文学创作的至理名言。这个诗外毫无疑问是指，人的经历及生活实践与对世间万物百态甚至社会的认知。每个人都知道，认知来源于生活，只有深入生活，增加自己的阅历，才能积累创作的素材，体验复杂的情感，寻找正确的思想观点，有了自己对生活最深刻的体验，就能写出真正属于自己的优秀作品来。

文章是思想的外壳，一个人有什么样的思想、作风，都会在他的文章、诗词中表现出来。一个人的作品不仅可以辨别他的个性气质，还能窥见到他的生活阅历、文化素养，感受到他的独特魅力，了解到他的世界观、人生观、价值观。可见用“文如其人”来形容文风反映作者性格特征是非常贴切的。

一个积极向上的人，才能写出朝气蓬勃的文章；一个心胸坦荡的人，才能写出慷慨激昂的文章；一个心怀天下的人，才能写出忧国忧民的文章。正所谓：言为人心声，心正则笔正，落笔验学识，文风见性情。

每一位文学爱好者所作的文章，处处能显示出作者的学识，因为作者进行创作的过程是内在思想表露于外的过程，而这个过程要受到其自身学识的限制。一个人的学识是作者能够进行独立思考判断的基础，如果没有学识修养的积累，那么作品必然会走向粗俗、肤浅。

我们知道，学识的高低是与文化修养、社会阅历、情感经历等要素相关，观览古今中外名著群书不难发现，每一部作品让读者折服的不仅是一个作家的精彩文章，而且是文章背后所表现出来的人格魅力。所以增长学识的途径除深入生活，增加阅历以外，就是多读书，读各类书，广收博览，厚积薄发，把学问基础打扎实些，把知识面拓宽些。这样，涉猎越广，储备就越丰富，知识就越全面，从而达到视野开阔，思想深刻的境界，实现文章哲学的高瞻远瞩和科学的客观判断之高度。

中国有句老话，“读万卷书，行万里路，”读万卷书，是读有字之书；行万里路，是读无字之书。这都是提高人生修养的必经之路。对于写作爱好者，我们也可以理解为“读万卷书，写万篇文”。也是一个相互依存、相互促进、相互交融的良性互动过程。只读书不写作，读书的成果难以体现出来，只写作不读书，在写作上就不会有后劲、不会有发展。所以写作者的精神世界与读书有密切关系。书是先贤经验的结晶，是智慧之门的钥匙。读书是收获精神世界的拓展，对写作的助益也是全方位的。

“功夫在诗外”还包括许多方面，只有深刻理解了其内在含义，深刻认识了作者所要表达的思想，才能真正到诗外去下功夫，也才能真正功夫到手诗成篇，篇篇都是精品现。

诗然，文章亦然。

2020 年 11 月

对待生活的态度

俗语称：生容易，活容易，生活不容易。

学业和事业之艰辛，交往和沟通之艰难，生老病死之无奈，都是人所共遇。但表现出来的精神状态，人与人却很不一样。

突发灾祸时，有的人能以笑容去迎击不幸，积极应对，奋起抗争，努力再创新生活。而有的人非但不能正确面对暂时的困难，甚至会一蹶不起，而且一味地以软弱博得他人同情，甘愿苟延残喘地生活。

其实，难处和不幸是一个客观的东西。那么在难免遇到或不得不面对的时候，是咬紧牙关，鼓足勇气，挺一挺拼一拼，还是畏惧不前，害怕艰苦，表现出一副可怜模样，以乞求为生，实乃对一个人品格和毅力的考验。

生活对每个人来说都是不易的，依靠自己的努力奋斗，换来的幸福生活，才是真正的生活，才有真实的幸福感。而不愿付出，只会索取，甚至使用不正当手段换来的“富裕”生活，即使表面光鲜，其内心也不会快乐，幸福感也是不会长久的。

常常听到一些年轻人说：生活啊，真没劲。

据我的体验来说，生活一般来说是公正无私的。如同一盆花、一株苗，其芬芳与茂盛的程度，与你付出的辛劳和努力成正比。

感叹“生活啊，真没劲”的朋友，其实质往往是过于强调外因而忽视内因了。因为在人与人遭遇大体相似“生活”，不至于相差太多时，那么所不同的，就往往是各人对待生活的态度了。

不下苦功夫，任何人在任何优越条件下也会一事无成；反之，下功夫，动脑子，搞钻研，肯吃苦，总可以在某些方面做出些成绩的。

凡事贵在做。在简书做学问、写文章也是一样，有了想法，就动手写，开了头就往下写，不好，就重新写，成功了，总结一下继续写。而不写，是永远也不会成功的。

所以，生活和工作的本质是相同的，成果与成功取决于态度与付出。

2020 年 11 月

生活中的礼节

礼节是人们在社会交往中向别人表示敬意的一种形式。是维系社会秩序和谐运转的社会公德和行为规范。

孔子说过："质胜文则野，文胜质则史，文质彬彬，然后君子。"用现在的话说，就是只是品格质朴，而不注重礼节仪表，就会显得粗野；光注重礼节仪表却缺乏质朴品格，就会显得虚浮。只有礼节仪表同质朴的品格结合，才算得上一个有教养的人。

这就是说，要达到内容和形式的统一，只有好的内容是不行的，还必须掌握礼节这个外在形式的基本常识，才能充分发挥好社会中人与人之间通向友爱和尊重桥梁的作用。

现实社会中，许多人不懂得礼节在交往中的重要作用，比如：有的人的行为自我觉得是不拘小节，实则是对人的不尊重还不自知；有的拜访不预约，约会不守时；有的用餐时喧哗，当众大张旗鼓地剔牙；有的行走时横冲直撞，乘电梯公交车不知礼让；有的参观时不听指挥，乱摸乱拍展品，甚至吸烟吃东西；等等，这些现象许多就发生在我们身边，有的有意，有的无意，大部分是对礼节礼貌的不太了解。

对礼节礼貌的要求有人概括了二十四个字：端庄稳重，举止大方，谈吐高雅，和蔼可亲，精神饱满，聪颖敏锐。这六个方面又是相辅相成的，注重了这些，再学习一些社会交往中礼节方面的常识，就会成为一个文质彬彬、稳重高雅的谦谦君子。

社会生活和交往中，因不懂礼节而不拘小节，做出不文明、有失体统的事，从而在办事上事倍功半、在事业上马失前啼的事例不胜枚举，还是要引以为戒的好。

2020 年 12 月

生活的奢与俭

常听这么一句治国治家名言“历览前贤国与家，成由勤俭败由奢。”说的是大到一国小到一家，都会因勤俭节约而成功，都会因奢侈浪费而破败。

我国自古就以辛勤劳作、朴素节俭作为修身治家的美德，勤俭也是中华民族最重要的优良传统。这一传统在任何时候都不应也不会过时。

在现实社会中，经济增长和物质消费的观念发生了很大的变化，中国某些人的消费行为已渐渐脱离了节俭朴素的好传统，出现以铺张浪费为荣、以勤俭节约为耻的论调，他们忘记了“一粥一饭当思来处不易，半丝半缕恒念物力维艰”的祖训，他们不懂“勤是摇钱树，俭是聚宝盆。”“聚宝盆”能聚多少宝，根本上还是取决于“摇钱树”能摇多少钱的道理。

现在人们逐渐淡漠了古人的教训，形成了一种“节俭冷漠症”的通病，身边许多小事就是明证：机关的长明灯、长流水，饭店学校的剩饭菜，家庭的电器待机状态，食物食品的丢弃，等等，对这些都处于一种麻木状态而不以为然。

古往今来，成功的创业者，大多经历过艰苦奋斗的阶段，所以都很勤俭节约，但对于守业者来说，则正好相反，他们没有经历创业的艰辛，容易图奢侈贪享受，最终必然是事业的衰败，这是几千年历史昭示的真理。

大家注意到这样一个事实：由俭入奢易，由奢入俭难。现在虽然不提倡“新三年，旧三年，缝缝补补又三年”物资贫乏时期的口号，但勤俭持家的理念和艰苦朴素的精神是要时刻牢记的。在追求生活质量和生活品位时，要认识到“勤俭永不穷，坐食山会空，滴水汇成河，粒米攒成筐”的重要性。

奢侈浪费小到足以破坏一个和谐美满的家庭，大到足以灭亡一个无比强大的国家。

警钟应长鸣。

2020 年 12 月

生活的因果

因果，就是由原因而导致结果。其行为与结果之间的联系，就是因果关系。

佛教有一种说法："因果"是因缘果。也就是说，我们种下了善因不一定立即产生善报，只有等到缘分到了，才能得到善报的结果。

缘是一种条件，好比种下了一粒种子，必须给予一定的水分、肥料、温度才能结出果实。

人们在社会生活中充满着各种各样的因果关系。

努力学习、努力工作，会收获知识、收获经验，使人生有价值。

勤俭持家、敬老爱幼，会生活充实、受人尊重，使生活无烦恼。

品格高尚、心地善良，会得到敬仰、得到报答，使生命增色彩。

反之，生活中做下了违法乱纪、背信弃义、犯规失德之事，也会由原因而产生受管制、得惩罚、遭报应的结果。

生活是个大课堂，社会是个大家庭，谁在课堂考试及格，谁在家庭得到尊重，都是有因果关系的，就看谁的"因""缘"好。

2020 年 12 月

生活的得失

得到与失去，是人的一生中不断地面对、不断地适应、并不断地认识的过程。

人生本就是得到与失去的历程，一切不能强求，得到与失去是注定的，人生最美的时光，是在得到与失去之间漫步行走。

生活中的得失正如硬币的两面，有得到必定会有失去。不可能存在只有回报没有付出的情况，这是不符合客观规律的。

有一句名言“塞翁失马，焉知非福”，看起来比较简单和好懂，但我们在知道了它的意思之外，还可以尝试了解其中的哲学道理。

人的成熟，就是在得到与失去之间安然洒脱地转换。未来的一切我们无法掌控，我们只能以一颗从容的心态对待现在。得到了，不必过分欢喜，因为还会失去；失去了，亦不必过分惋惜，因为它从来没有真正属于过你。

何谓豁达，坚守心灵天空中那片清澈与宁静，阳光就会洒满你的心房。

努力收获，生活会更美好，人生会更惬意。

学会放弃，生活会更容易，人生会更轻松。

在我们很关注得到与失去的时候，却总是忽略了还有一个词叫作“拥有”，它介于得到与失去之间，往往人们只记得“得到”的欣喜，只记得“失去”的痛苦，却意识不到“拥有”的平淡才是真正的幸福。

以积极乐观的态度看待生活中的得与失，才是正确的生活之道。

2020 年 11 月

停　电

一天晚上 9 点多钟，家里突然停电了。没有通知，也没有反常，还以为自家电闸出了问题，或是欠费停电，从窗口望出去，其他楼也都漆黑一片，这是整个小区停电，只好等着了。

打开手机手电功能，简单洗漱一下，准备睡觉吧。手机也是每天晚上充电，现在也不多了。

摸黑躺在床上，就想起发明电的人真了不起，恐怕许多人一时说不上人家的名字了。

电，给人类生存带来多大便利，为社会进步起了多大推动作用，一时半会儿也是说不清楚的。

只有一点就是，现在世界上如果没有了电，人类是倒退不回去的，大部分人会因不会生活而死亡，部分人会因无法适应而自杀。整个城市功能丧失，交通就会瘫痪，那个混乱场景无法想象。

越想越觉得可怕，可是它的应急措施是怎样的。交通局部问题可绕道而行，洪水局部淹了可以支援，电如果一省一城大面积问题怎么办?

也可能想得太多了，国家和政府是有能力克服困难的，但那都需要时间啊。

那天突然停电给我提了个醒，平时备点蜡烛、打火机什么的，不致抓瞎。因长时间未遇到这样的问题了，就有点手足无措。

电停了 12 个小时。时间再长就出现水、气的问题，情况会更复杂。

2020 年 12 月

用语言去影响他人

中央电视台四频道访谈栏目，有一期节目，记者在采访濮存昕时问他对话剧的感悟时，濮存昕说："话剧是在用语言去影响别人的一种方式。"这句话给了我很大启发。

话剧是在用语言去影响别人，那其他艺术形式如电影、戏剧、曲艺等，同样也是如此。由此联想到文学创作、哲学研究、自然科学等同样是在用语言去影响别人，只不过是表现形式是先把语言形成文字，在读者读取这些文字的时候，就是作者在把故事讲给读者听，文字就成了语言在你眼中出现，在你耳边响起，使你同样受到语言的影响。另一方面，所有表演艺术形式，不都是先有文学创作，再有语言创作吗？

作者进行创作的过程是内在思想表露于外的过程，古今中外的优秀作品都能从文章中捕捉到作者的生活经历和情感经历。从一个人的文章中不仅可以辨别他的修养和气质，还能窥见他的文化素养，感受到他的独特魅力。

俯古观今，中国以其丰厚的文化底蕴、不绝的文化传承，造就了灿若繁星的文章大家和浩如烟海的佳作名篇，成为中华民族光辉灿烂文明史的重要组成部分。所以，无论是合为时而著的文章，还是历史名著文学作品，在社会实践中永远都会发挥着不可替代的承载文明和教化大众、凝聚民心的作用。

人非生而知之者，需通过教育明辨是非，尤其是在古代没有普及官办教育的情况下，通过文章发挥教化作用始终占据着重要的地位。这种教化不仅针对普通民众，也适用于治国理政者借助于容易被大众接受和便于口口相传的作品，使全国民众形成统一的、朴素的价值观，以形成保持国家整体的凝聚力。

一些名篇佳作之所以流传于世，就是因为它们闪耀着智慧的火花，迸发出思想的真谛，这些作品集哲理的思辨力、高度的概括力、深刻的感染力于一炉，使读者产生强烈的共鸣，并深烙在记忆中，挥之不去。从他们的作品中，我们感受到了“四面江山来眼底，万家忧乐到心头”的气势，还能感受到“日月之行，若出其中；星汉灿烂，若出其里”的广阔胸襟。我们领略到了“海尽天是岸，山高人为峰”的大视野，还领略到“人生自古谁无死，留取丹心照汗青”的浩然正气。我们看到了“盖文章，经国之大业，不朽之盛事”道出的文章在治国理政中的重要作用，还看到了文章“笔落惊风雨，诗成泣鬼神”的艺术魅力。通过莎士比亚的四大悲剧，可以了解英国封建制度解体、资本主义兴起时期的社会矛盾。通过维克多·雨果的《悲惨世界》，可以知道法国工业革命阶段社会动荡、底层劳动人民悲惨的生活。通过保尔·柯察金的《钢铁是怎样炼成的》，可以解释人生的价值只能靠融入社会实践的大熔炉中才能实现的道理。正是无数名篇佳作，给我们搭起人生进步的阶梯，使我们获得无穷的正能量，成为激励我们前进的动力，将我们一步步引向成功的彼岸。

在几十年的工作生活中，自己就是不断地在阅读、聆听前人文学作品中，受到影响和激励，获得知识和营养，又把自己的所思所想写成文字，就是想以文字的形式，把自己对世界的认识和对工作的执着、对生活的热爱告诉他人，影响他人。所以，每当看到或想到有什么想告诉他人的事物和想法时，便欣然起笔，认真琢磨一番，力求表达得准确一些、深刻一些，并力求使人好懂好理解一些。不论以什么形式让人看到，哪怕只要在心中漾起一点点涟漪，得到一句话甚或知道了一个词、一个数据，都不失为成功。

自己的文章，在不同场合，获得过权威部门的认可，获得过物质和精神方面的奖励，还得到许多读者的好评。我想这就是用语言用文字影响到了他人，也使自己的人生价值得以实现。

有志于文学创作的朋友，要致力于使自己的作品能够起到影响他人的作用，唯一的办法就是让作品成熟，让语言练达，让思想深刻，让读者喜欢。

2021 年 1 月

散文篇

面对生活　奋发图强

母校迎来百年华诞，我们也已毕业近三十年，三十年不算短也不算长。弹指一挥间，它把我们从幼稚变得老成，它把我们满头黑发染上点点白霜。

我们不甘平庸，我们有知识有理想。越是困难越能锻炼我们的意志，越是逆境越能激励我们自强。电力不足，抓紧充电；钱袋空空，拼命去挣；下岗不利，就干个体；跟上时代，才能共享。

经过不懈的努力，经过顽强的拼搏，看我们的队伍里有了留洋国外的科学家，有了英姿飒爽的女市长，有了春风得意的大老板，还有我们都是家庭的栋梁。我们可以告慰母校，我们在努力为你添彩增光，我们可以面对儿孙，我们在努力为家庭奔忙。

过去，我们留下了风尘仆仆的身影，今后，为生计我们还要披荆斩棘。校友们，不论前面还有多少坎坷，不论前面还有多少困惑，让我们面对生活，奋发图强，让我们携起手来，共创辉煌。

2002 年 10 月

昌黎葡萄沟

充分体现大自然神美馈赠的北国胜地——昌黎葡萄沟，藏匿在河北省昌黎县城北碣石山深处。仲夏末的一天，慕名到此一游，那里的沟，那里的果，真的是风光无限，让人流连忘返，到此一游，将终生难忘。

先说那里的沟。

葡萄沟坐落在曹操"东临碣石，以观沧海"名句的碣石山主峰仙台顶背后的一道谷峪里，这就是昌黎著名葡萄产区凤凰山一带的十里铺乡西山场村所在地。从谷峪里流出的沙河穿村而过，河水清凉甘美，沟内山雄水秀，气候温和，三面环山，背风向阳。这里的人们世代依河岸而居，利用房前屋后、村里村外一切可见缝插针的地方栽植葡萄，至今已有400多年。

如今，山村仅有的一条长约五公里、宽约四米的山路，被两旁的葡萄秧像天篷一样遮盖成一条葡萄长廊，上面结的葡萄一嘟噜紧挨着一嘟噜，晶莹剔透，清香怡人，触手可及，张嘴就能吃到，"葡萄沟"因而得名。

仲夏末，正是一个热得流火的季节，葡萄沟内却绿荫茂密，犹如绿色海洋，一派旖旎风光。一边是潺潺流水的沟谷，另一边是曲折的羊肠山路，步入葡萄沟骤然感觉空气湿润，气候凉爽宜人，令人心旷神怡，就如进入了一个清凉的世界。

葡萄沟的沟谷狭长，溪流环绕，草木芳菲，沟下河边和山坡上种植的就是最甜的葡萄，整个葡萄沟就是一条甜蜜的河，让人看入眼里是处处滴翠流蜜，想在心中时是甘甜酣畅。

在祖国北方沿海地区难觅难寻的葡萄沟，其景其情据说丝毫也不亚于新疆的葡萄沟，这里就是“北方的吐鲁番”。

西山场村共有农民120多户，近700余人，但走在街上却看不到人，只是偶尔有几个老人和孩子在自家门前闲坐，向我们这些游人点头微笑，以示友好。就连这里的猫儿狗儿也非常温顺，即使你走进它的主人家，也绝不向你狂吠，反而摇着尾巴向你表示欢迎。这里的民风淳朴，家家门不闭户，许多人家只有院而没有门，只要你愿意，可以随便走进一家，坐在葡萄架下，品尝主人采摘下来的葡萄，拉拉家常，问问收成，也可以包下房子，吃点农家饭，享享农家乐，也算得上“神仙”过的日子了。

再说那里的果。

西山场村盛产各种优质葡萄，如“玫瑰香”“龙眼”“巨峰”“美人指”“马奶”等，由于这里在夏秋季节昼夜温差大，土地沙土性强，用以灌溉的山泉水极佳，出产的葡萄分外甘甜可口，并有着独特的清香味。

走在葡萄架下，头顶上方那挂满枝头的串串葡萄，如翡翠、似玛瑙，像遮天的云、铺地的毯，绿得纯洁而耀眼，绿得滴翠而迷人。这里最具盛名的是带有类似玫瑰般香味的玫瑰香葡萄，它的外形美观，果实密实，红里透紫，好像一堆珍珠，含糖量为16%—20%，并含有多种维生素及营养成分。再看那果粒均匀，果实呈圆形，形状好像龙的眼睛的龙眼葡萄，它果皮比较厚，成熟后呈紫红色，上面有一层白霜，果肉是绿色的，柔软而多汁，含糖量达14%—15%，味道较甜。还有那属于杂交品种的巨峰葡萄，它的果实较大，颜色呈黑紫色，含糖量也达 13%—15%。仅看着那晶莹剔透的葡萄，就让人垂涎三尺。

晶莹剔透的葡萄

不过，仲夏季节大部分葡萄还没有完全成熟，再过一个月才是最佳时节，到那时就可以带上小剪刀，喜欢哪串就摘哪串，喜欢摘多少就摘多少。然后围坐在坠满果实的葡萄架下，呼吸着山里清新的空气，品尝着熟透的甜美的葡萄，真是令人心顺气爽的事儿。

村中最古老的葡萄树据说有 180 岁的高龄，依旧枝繁叶茂，硕果累累。几十年树龄的更是比比皆是。这里每一棵葡萄树都是一棵摇钱树，为农民摇来了钞票，摇来了小康，摇来了幸福美满的生活。

“葡萄沟”的美名是 20 世纪 90 年代初期传开的，经过二十几年，特别是近几年的开发建设，这里相继开设了集餐饮和住宿于一体的多家民宿旅馆，迎接着八方来客。古老的山村，因小小葡萄而扬名致富。勤劳的人们，为千家万户送去了精美的果品。

2011 年 7 月

光 柱

——北戴河观日出有感

太阳给万物带来了无限生机，大海为世间创造了无数神奇，每天早晨太阳的光和大海的水又紧密的联系在一起，为我们描绘的蓝图更是绚烂无比。

夏日的北戴河，早 4 时 30 分左右，东方的朝霞开始显现，随着时间分秒的移动，霞光在迅速扩大，也越来越亮，使天边云彩的颜色也随之变幻，由橘红变橘黄，又改米黄，继而乳白，这变化没有明显刻度，没有突兀转折，只是在你一转眼或不经意时而为之。15 分钟后太阳开始从海平面出现，我惊叹，远在天边的太阳怎么近在咫尺，她似乎是在海里的某个地方，坐上快艇向我驰来，我们就可能触摸到她那火红的实体，在人们欢呼雀跃时，只需两分零七秒的时间，太阳便跳跃式离开水面，以不可阻挡的力量冉冉升起。

这时你站在海岸边向东方眺望，你会发现从所站脚下到太阳升起的地方，海面上出现了一根像太阳一样颜色粗大的光柱，随着太阳的逐渐升高，光柱在不断加宽、增亮，颜色也由深变浅，形成了一个顶端在陆地、根部在海的尽头的巨型立柱，仿佛整个陆地就是被这巨大的光柱托起。立柱的周围，波光粼粼，熠熠闪光，蔚为壮观。凝望着这美妙绝伦的光柱，我感叹，只有神奇大自然的鬼斧神工，才能创造这样的奇迹。

北戴河日出

5时过后，太阳的光已经很强烈，用眼已不能直视，太阳的光照射在海面上所形成的光柱，这时更加金光闪闪，辉煌灿烂，恰似一条连接陆地与无限空间的金光大道，这大道光明无限，遥远无限。海面上大大小小的船只，好像在大道上穿梭的大小车辆，偶尔有一丝云彩遮住一缕阳光，给海面洒下长线形暗影，就像大地上的一条河流，在海面上蜿蜒流淌。望着这光水筑造的大道，我想象着，倘若沿着这条大道驰去，能奔向何方，那里又是怎样的一片天地。

啊，北戴河的早晨真美，有太阳和大海的早晨更美。这壮观的景色让人称奇，这美丽的早晨令人心怡，面对太阳的绚丽，顿觉生活无限美好，面对大海的豪壮，顿觉心胸无限宽广。我感谢阳光，她给我力量；我感谢大海，她给我想象，让我们热爱每一缕阳光吧，就像热爱自己的心上人一样，让我们珍惜每一滴海水吧，就像珍惜自己的生命一样。

2013 年 7 月

写给十年后自己的信

老李：

还好吧，今天是你 70 岁的生日，祝你生日快乐。

你一定要认真地过好这个生日，按老话有“人生七十古来稀”的说法，已经岁数不小了，应该享受生活了。按现在国家平均年龄来说，岁数不算大，晚年生活才刚刚开始，也应该享受生活了。今天你还有一个任务要完成，借着生日也好对儿子一家讲出来，怕你平时开不了口啊。

今天要对儿子说一件事情，就是从今以后我们要分开过日子了。儿子一定不理解，还要做好解释：父母一辈子很努力了，但受建国以来“运动”的影响，年轻时“文革”，学业受了影响，上山下乡去了农村。工作后遇上改革，工厂倒闭，靠自学谋了第二职业。结婚后赶上计划生育，使你没有兄弟姐妹。家里没有遗产可以继承，老家不在城市可以拆迁变钱，我们省吃俭用也不行，到现在官二代富二代都不沾边。相对于你们同龄人我们给予的有点少，内心是有愧疚的，唯有在其他方面加以弥补，就是尽力地帮你把孩子带大，节省一点开支。可是大孙女就要上小学了，政策一改，小二又要生了，现在也已经十岁，我们可以松口气了。但愿老伴儿身体还好，过完生日，我们出去租一处小房子，在能活动的时候出去走走，活动不动了找个养老院住下，不给你们增加负担。

给你写完信后，我要利用退休这十年的时间，除帮老伴儿带孙子外，有计划地保养好自己的身体，让老伴儿也一起加强锻炼，保持乐观，要在今天收到信时有一个好的体格和好的心态，在今后的日子里，去参与一些说走就走的旅行，体验一些未曾享受的乐趣。老李你还真别笑话，我十年前就这么想，说什么也要为自己活上几年。

60周岁留了一张照片，与此信一起保存，见到后是何感想？

小李于60岁生日

2015年5月

中央大街的魅力

过去几十年里，我对哈尔滨的印象只是从影音作品和报刊新闻中的一点了解。最近旅游来到哈尔滨，踏实地走在哈尔滨的土地上，才实现了仰慕已久的哈尔滨梦想。秀美的松花江、美丽的太阳岛、现代化的城市、文明的市民都给我留下了深刻的印象。然而最使我难以忘怀和流连忘返的是哈尔滨人民引以为骄傲、演绎了一座城市文明史的百年老街——中央大街。

漫步在这条驰名中外的大街上，你所感受到的文化艺术氛围，鲜花、音乐、雕塑、个性化建筑，以及川流不息的现代人所带来的时尚与韵律，会让你感受到生活的品位与色彩，会让你享受到生活的品质与快乐。

哈尔滨是一座风景秀丽、东欧格调浓郁的城市，素有“东方莫斯科”的美誉，也是中西文化结合的名城。市中心的中央大街，其百年积淀的文化底蕴、独具特色的欧陆风情、经久不衰的传奇故事、流光溢彩的迷人夜色，构成人们心中浪漫、时尚、典雅、高贵的形象，这条老街、名街、保护街道、建筑艺术街、繁华商业街、旅游休闲街和公众文化街，不仅成了哈尔滨人心中永远迷恋的情结，更是哈尔滨市一张鲜亮的城市名片。

中央大街北起松花江畔的防洪纪念塔，南至经纬街，全长 1450 米。始建于 1898 年，距今已 120 余年历史，几乎与哈尔滨建城同步。当时，中东铁路在哈尔滨破土动工，运送铁路器材的马车从江边到工地在泥泞中开出一条土道，这便是中央大街的雏形。因来自关内及邻省的劳工大部分在这一带落脚，所以被称为“中国大街”，意为中国人住的大街。1904 年日俄战争开始，哈尔滨成了俄军的后方基地，大批俄国人先后涌入哈尔滨，在“中国大街”两侧大兴土木，开商店、银行，建舞厅、酒吧，设餐馆、药铺等，使得“中国大街”顿时显得热闹起来。1925 年，中国政府从俄国人手中收回了哈尔滨的市政政权，于 1928 年 7 月将“中国大街”改称为“中央大街”，一直沿用至今。1997 年哈尔滨市政府将其改建成集商业、旅游、休闲、娱乐于一体的步行街，成为展示哈尔滨现代文明之窗。如今，中央大街已经成为哈尔滨享誉海内外、独具文化魅力的突出代表和显著标志。

中央大街虽然历史久远、商贸繁华，但最具影响和魅力的是中央大街及辅街的保护建筑、历史建筑和特色建筑。这里是全国第一个开放式、公益型建筑艺术博物馆，被称作“汇百年建筑风格、聚世界艺术精华”的建筑艺术博物馆。

我们这些没有去过莫斯科、巴黎、罗马、希腊的人，尽可以在这条街上领略这些城市建筑的特色。中央大街集中涵盖了西方建筑艺术的百年精华，从历史和发展的角度看，在西方需要数百年才形成的建筑风格，在中央大街却仅仅用了短短二三十年的时间就形成了，堪称世界建筑史上的奇迹。建于 1906 年的马迭尔宾馆，属 19 世纪新艺术运动时期建筑形式，它造型简洁、舒展、自由流畅，体现了西方建筑的精华。建于 1909 年的教育书店，原为松浦洋行，是哈尔滨市最大的 17 世纪巴洛克建筑代表作品，也是中央大街的标志性建筑，其深红色的阁楼、孟沙式的屋顶和形体多变的半圆穹窿创造了优美的造型。

中央大街17世纪巴洛克建筑

这里的妇儿商店建于1917年，原为协和银行，属15—16世纪文艺复兴时期建筑风格，该建筑二楼群窗口采用爱奥尼式浅壁支撑拱型卷额，扩大了窗口的视觉感，在寒冷地区既有利于防寒，又美化了外观。哈尔滨市教委建于1925年，原为万国储蓄会，属古典主义建筑，该建筑造型简洁规整，摆脱了任何多余的烦琐装饰，总体效果庄重、大方、朴实。与万国储蓄会同年落成的华梅西餐厅，原名为马尔斯西餐茶食店，其一楼为现代派欧洲园林式酒吧风格；二楼为苏联莫斯科“克里姆林宫”风格；三楼为俄罗斯现代派风格。

这些只是一百多座建筑中的一小部分，却展示了建筑艺术的博大精深，淋漓尽致地体现了西方建筑艺术的精华。行走在中央大街的欧式建筑中，五步一典，十步一观，果真是丰富得让你目不暇接。

徜徉在中央大街上，绿树掩映的大街与金碧辉煌的建筑相得益彰，洁白的粉饰以金色的雕塑、黄色的圆形标志做点缀，彰显着高贵和典雅。年代古老似乎有些破旧的建筑，承载了多少哈尔滨的历史，欧式建筑上精致的小阳台、秀丽的女儿墙、流畅的铁艺线条、弧线型门窗很是令我神往。幻想着某一日闲散时，站在阳台上，以手撑着下巴趴在栏杆上，静观大街上众多游客们的浮生百态，岂不乐哉。

步行街的夜晚流光溢彩，游人如织，更有一番特色。古老建筑上霓虹闪烁，阳台上萨克斯乐曲悠扬，休闲区歌声嘹亮，夜幕下的哈尔滨处处给人以美的享受。

中央大街另一奇特之处，就是脚下平整的“面包石”路。1924 年 5 月，俄国工程师科姆特拉肖克设计并监工，整条“中国大街”用花岗岩石块纵向嵌扣拼合铺就，这些石块每块长 18 厘米、宽 10 厘米，其形状大小就像俄式的小面包一样，俗称为面包石。石面呈浑圆型，精巧、密实、光亮、圆润，路铺得这样艺术，在中外道路史上极为罕有。据说，当时的一块方石价钱相当于一块银圆，而一个银圆够穷人吃一个月的。按当时“中国大街”一公里长粗略算下来，整条街大约铺有方石 87 万块，真可谓黄金铺路。据有关专家测定，中央大街的方石块还能磨上一二百年。一条路铺得这样艺术，用得这样长久，在中外筑路史上实在少见；一条路越走越亮丽，越走越增值，在中外筑路史上堪称奇迹；一条路能够超越它自身的作用和内涵，衍生出文化价值，在中外筑路史上留下了浓墨重彩的一笔。

平整的面包石路

这条百年老街还是美食云集的地方。这里有哈尔滨红肠、酒心巧克力、熏烤大马哈鱼，还有老昌春卷、东北炖菜，这里有大冰糖葫芦、马迭尔雪糕，还有大列巴面包、秋林食品，这些都是风味十足的哈尔滨特产。这里的华梅俄式西餐厅优雅大气，波特曼西餐厅装潢气派，这里古色古香的小吃店和独一无二的专卖店，可以让你品遍西方美食、尝够东北大餐，可以让你尽享百年老店的韵味、尽观百年老街的意境，真是惬意得很。

在中央大街北端的西侧，另一处景观同样吸引着众多游客驻足围观。这里每天下午在五六十米长的便道上，有 20 余位绘画艺人坐成一排，每人对面放一沙发或座椅，请游人入座，为其进行素描写生。在半个小时左右的时间里，艺人以精湛的技艺，为对面客人画出了惟妙惟肖的素描作品，其形神极为相似，让人叹为观止。这是在我到过的城市中所没有见到过的特有风景，给我留下的印象极为深刻。

艺人们在作画

“没有到过中央大街，就不能说来过哈尔滨”。这就是中外游客对中央大街的评价。中央大街正以它独特的魅力迎接着世界各地的旅游观光者。

2016 年 9 月

阅读从听书开始

我的阅读兴趣是从听书开始的。

20世纪60年代初国家困难时期，家中因兄妹较多，我被寄养在冀中平原农村外祖父家，直到小学毕业。那时的农村几乎没有文化设施，也没有娱乐活动，特别是冬天，人们更没有去处。我外祖父是双烈属（两个儿子在抗战中牺牲）有点优待，再加上父母在县城帮忙搞点煤炭，冬天还可生起火炉，每到晚上附近村民们便到这里取暖。在县中学当图书管理员的母亲又帮助借来图书，正好有一个“出身不好”的文化人，就在灰暗的灯光下给大家读书消磨时光。

当时，大人们在那里读书听书，我也就钻进被窝跟着一起听书，因年龄尚小，听的过程中有兴趣的就能多听一会儿，没兴趣的一会儿就睡着了。就是这样听书，我也对书中描写的人物和事件产生了浓厚的兴趣，每当吃完晚饭，也是急切地等待着听下回分解。大人们读的书都是我国文学史上的名著，听的时候，有的能听懂，有的只能听热闹；有的能记住一二，有的根本不知道说些什么。但从那时候起我便对《三国演义》《水浒传》《西游记》《说岳全传》等小说中的人物和故事有了一个初始的认识，最主要的是培养了我对书特别是对文学产生了要看、要读的强烈兴趣，时间长了，便渴望着自己也能像大人们那样捧着一本大块头的书痛快地朗诵或默读，从而细细品味阅读的滋味。

直到回县城上了中学以后，这样的愿望终于实现了。虽然那时“文革”开始后许多书是不让读的，但凭借母亲的关系，还是有书读的。自那以后的几十年来，我便徜徉在书的海洋里，无论是上学还是工作，都是以书为伴，涉猎的范围也从文学书籍扩大到哲学和政治经济学等领域。可以说，读书对我的成长、对我的生活、对我的为人处世、对我的道德修养起了巨大的作用。

现在已经退休的我，每当吃过晚饭，家务料理完毕，躲进小屋，融融灯下，或慵坐或仰躺或跷脚，择其身体最舒服姿态，捧书阅读的时候，还时常想起童年时代钻在被窝里听书的情景。再联想到遇有不顺意事，心烦气闷，郁结于心，不管三七二十一，抛开一切，拿本闲书，读进书里，妙语解颐，豁然开朗，忘却烦恼，心清气爽的时候，才能真正体会到读书人的心境。

在阅读群书的过程中，也读到了一些写作大家和创作名人们有关读书的经验、观点和感悟，很有些启发，一直指引着我如何阅读下去，也一直激励着我要坚持阅读下去。

中国新文化运动的杰出代表胡适先生对“为什么读书”做过精辟的论述，他说：“书是人类进步的阶梯，读书是为了做学问，学问是开启智慧的钥匙。说得再通俗一点，人是动物又别于动物，人要生存更要生活，生活仅有技能是不够的，还要有修养、有思想，还要有哭有乐、有滋有味，读书跨越时空的经典，可获生存的智慧和战略，把握生活的方向；学日新月异的现代知识，可得谋生的本领和战术，奠定生活的基础；看行云流水的奇诗妙文，能享人生的闲情和逸趣，保证生活质量。”作家贾平凹也讲道：“读书必有读书的好，譬如能识天地之大，能晓人生之难，有自知之明，有预料之先，不为苦而悲，不受宠而欢，寂寞时不寂寞，孤单时不孤单，所以绝权欲，弃浮华，潇洒达观，于嚣烦尘世而自尊自重自强自立不卑不畏不俗不谄。”再看看作家冯骥才先生对读书的描述，更是道出了所有读书人的感悟：“我从未把书当作伴我消度时光的闲友，而把它们认定是充实和加深我的真正伙伴。你读书，尤其是那些名著，就是和人类历史上最杰出的先贤智者相交，这些先贤智者著书或是为了寻求别人理解，或是为了探求人生的途径与处世的真理。不论他们的箴言沟通与你的人生经验，他们聪慧的感受触发你的悟性，还是他们天才的思想与才华顿时把你蒙昧浑沌的头颅透彻照亮——你的脑袋仿佛忽然变成一只通电发光的灯——他们不是你最宝贵的精神朋友吗？”我一直把大师们的经验和论述作为我的座右铭，并不断地以他们为师，学做人，学做事，学阅读，学作文，从而保证了自己人生的圆满。

如今，我还非常怀念外祖父家在温暖的热炕头钻在被窝里听书的那份感觉，并非常感谢从听书开始培养起来的阅读兴趣对我一生的深远影响。

2016 年 10 月

读书与串门儿

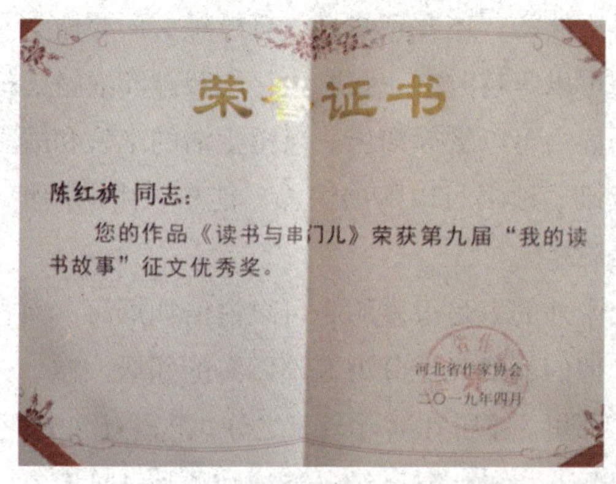
荣誉证书

陈红旗 同志：

您的作品《读书与串门儿》荣获第九届“我的读书故事”征文优秀奖。

河北省作家协会

二〇一九年四月

获奖证书

对读书的苦乐难易，每个人都有自己的看法和经验。但我更钦佩著名作家杨绛先生把读书比作串门儿的比喻，她是这么说的：“我觉得读书好比作串门儿——‘隐身’的串门儿。要参见钦佩的老师或拜谒有名的学者，不必事前打招呼求见，也不怕搅扰主人，翻开书面就闯进大门，翻过几页就升堂入室，而且可以经常去、时刻去，如果不得要领，还可以不辞而别，或者另找高明和他对质。不问我们要拜见的主人住在国内国外，不问他属于现代古代，不问他什么专业，不问他讲正经大道理或聊天说笑，都可以挨近前去听个足够。书的世界是真正的‘天涯若比邻’，这话绝不是唯心的比拟，经常在书里串门儿，至少可以脱去几分愚昧，多长几个心眼吧。”仔细想来，高人就是高人，杨先生把读书比作串门儿真的是很贴切的。

书是人类进步的阶梯。人类要生存更要生活，而生活仅有技能是不够的，还要有修养、有思想，还要做学问、增智慧。读书可以跨越时空，获取生存的智慧和战略，把握生活的方向；读书可以掌握知识，谋得生活的本领和战术，奠定生存的基础；读书可以陶冶情操，能享人生的闲情和逸趣，保证生活质量。

古今中外的书是很多的，可以说浩如烟海，而且就在我们身边，他们就像地域分为五湖四海的邻居一样，分门别类地展现在那里。邻居有远近亲疏之分，书籍有文史理工之别，读书与串门儿一样，需要经过选择和甄别，确定方向然后加以实施。按照杨先生的说法，几十年间我也在书市中串了不少的门儿，真的“脱去几分愚昧，多长几个心眼”。

历史是已经过去了的人生，而现实则是正在流动着的人生。我们生活在现实当中，但同时我们又不能将历史遗弃。事实上，历史不是简单的时空转换，而是一种智慧，一种文化。到历史的书海中去串串门儿，我们可以以史为鉴来反观现实，从而达到指引现实、超越现实的目的。古人们那些超越常人的见解、出奇制胜的创造、机敏应对的韬略、解疑醒世的良言，在今天看来仍然体现出极高的智慧。只要我们闯进大门，就一定能够从中有所感悟，也一定会对做人做事有所启迪，还会不断地激活自己的思绪和才情，何乐而不为呢。

与历史知识相比较，自然科学和人文科学领域的门儿就不好串了。科学是反映自然界、社会和思维等客观规律的知识体系。科学不仅是知识的本体，更主要的，它是一种思维方法。我们每个人的个体就是科学的一部分，我们又都生活在科学的环境之中，但不一定理解这自然的世界和生活的领域。那就去读书吧，到科学的空间去串串门儿，来一次智能探险，弄懂一些一无所知的自然知识——天空为什么是蓝的、月亮为什么有圆缺、人的心脏为什么会跳动；再弄懂一些世界上社会、经济、政治和传说、迷信、神话等人文科学知识，我们一定会兴奋不已，一定会体会到知识带给我们的乐趣，也一定会在增长才智的基础上提高理解世界的能力。

科学文化知识在社会生存中是立足的根本之一，但我们生活在纷繁复杂的社会中，还必须具备一定的社会常识，抓住行走社会的精髓奥义，才能更准确、清晰地认识社会、定位自我，开创新的生活。社会常识是指在日常生活和为人处世中必须掌握且行之有效的知识。每个人要适应社会，首先要了解社会的规律，了解人际关系，了解社交心理学，懂得与人相处的原则，不断提升自己的修养，掌握适应社会的各种技巧。这些靠我们自己摸爬滚打是掌握不了多少的，就要到书海中去串串门儿，这方面的导师很多，我们可以不打招呼随时闯入，与之聊天说笑，请他们解疑释惑，这些都是他们对社会规律和社会常识的总结，可以使我们在成就事业的过程中少走弯路，帮助是非常之大的。

一本有意思的书在手，即使幽幽独处，也绝不会感到寂寞。书展开一片世界，能予人以精神的愉悦和美感。每一扇门儿里都有动听的故事，那里有抚慰你烦躁或孤寂心灵的暖巢；那里有千种景观、万般风情，让你心旌摇荡、目迷神驰；那里有旷代知己、咫尺情侣，有怡人、醉人、醒人的气息。那里是不讲价钱的，即使你囊中羞涩，它也不拒绝你，它不恩赐你“千种粟”，却能使你成为富有者。一本好书，一本丰蕴的书，一本有价值的书，实在是一个美妙的去处。

读书与串门儿也是需要好心态的。读书心理与读书效果之间的关系是密切的直接成正比的，阅读心理越好，阅读效果也便越高。串门儿首先心境要纯洁专一，心绪要安静、宁静，心跳应该平稳，呼吸应该均匀，使心境如一块水晶、一池春水，这样阅读文章印象才会清晰，记忆才会深刻，理解能力和吸收能力才会更强。再就是心情要乐观向上，应该有一种惬意的顺向心理，应该对生活充满理想、充满热情和信心。还有一点就是心欲要绝然渴求，要有拜师学艺的求知欲，要有浓厚的兴趣和爱不释手的精神，阅读过程中有了求知欲、兴趣和感情，便会产生一种废寝忘食的积极性和棒打不回的意志力。

多到书中去串串门儿，会平添许多书香气，相应地，也会减少许多世俗气，能够视通万里看得远，能够思接千载想得深，保证昂首阔步、是非清晰。无论你经历着怎样的生活，或安闲或繁忙，但闲暇之余拿本书来读，一定会有不小的收获。读书的意境是乐在其中，有时间的话还是多到好书中去串串门儿吧。

2017 年 9 月

青　桔

随着咔嗒一声，车锁自动打开。青桔迎来了今天的第一位雇主。

这位雇主看上去好文静，大约三十几岁的样子，后背上一个洋气的双肩包，她随手取出一块面巾纸，把车座和扶手擦拭了一下，又理了一下过肩的长发，这才跨上车座，右脚用力，出发了。

青桔很高兴，他在想，这位女士要去哪里呢，是去菜市场还是购物中心，我会很好地为她服务。

这时，雇主的电话响了，她停下来接听，好像是在问她到了哪里，说完又出发了。还一边观看两边风景，一边哼起了歌曲。

在一路前行中，青桔也随行看着靠近右侧的路边，一排排的同行整齐地排放在一起，耐心地等待着雇主的光临。

但再往里边的便道上，也有一些或歪七扭八或横七竖八地躺卧着的兄弟，看着他们委屈的样子，青桔很是心酸。

雇主又停下来了，原来真的到购物中心来了，她很文雅地下了单车，又与其他单车放到一起，锁好后才离去。

青桔真为遇到这样的雇主感到欣慰。

“伙计，今天第几位雇主了？”

刚要休息一下，旁边一位兄弟开始与他搭讪起来。

“第一位，你呢？”

“我还没开张呢。这不中心刚开门不一会儿。”

“你发现没有，又有许多兄弟躺下了。”

“躺下还是好的，你没看见好多伙计有被扔到河里的，有被大卸八块扔到地里的，那才叫惨呢。”

“唉，也不知这些雇主怎么想的，这都为什么呀？”

“我们好自为之吧。”

“有雇主来了，还两个，我们能一起走吗。”

青桔也看到了，有两个雇主向他们走来。

“这儿正好两个车，你开一个，我开一个，本想给你开，可一个手机只开一次。”

“好啦，我自己开，请次客这也太小气了，等有时间了，你请我吃饭。”

“行，再约。”

青桔没来得及给那位伙计打声招呼，又跟雇主出发了。

这位雇主是个男的，大约四十岁左右，购物并不多，骑行也很用力，而且很远。

好像过了半个多小时才来到一个离市区比较偏远的小区，没有什么人和车，单车不让进院，雇主只好把青桔放在大门口。

一位女士向他招招手，“怎么这么慢？”

“你们家太远了，这我还紧骑呢。”

“远了不好呀，熟人还少，保险。”

“好，走吧。”

青桔看着他们进了院子，只留下自己在这里孤单地等待着下一位雇主的到来。

不知过了多长时间，青桔正在犯困时，猛一睁眼，看到一个人向自己走来。身上背着一个背包。

他在心里咯噔了一下，心想，不好，这个人一定有心事，他不会骑单车出去吧，最好不要。

可是，怕什么来什么，这个人真就用手机扫开了车锁，用力提起车子，狠劲往地上蹾了蹾，骑上车就开始猛蹬起来。

不知走了多久，这位雇主转到了一条土路上。青桔的心里越来越感到不妙。

雇主终于在前不着村后不着店的地方停了下来，用眼睛狠狠地瞪着青桔，嘴里咕哝了几句，顺手从斜挎的背包里拿出一把修车用的扳手。

青桔的心一下就凉透了，默念着，这位雇主是有备而来呀。他是在单位受了领导的批评，还是在家受了媳妇的数落，要不就是赌钱蚀了本，总不会是对我有多大成见吧。

男人先有理智地给青桔上了锁，那是怕多收他的钱吧。然后就对青桔开始进行惨无人道的摧残。

先是用扳手猛砸了几下车身后，接着卸了青桔的车座，扔到一边，又卸了他的前轮和后轮，顺便一滚，滚得不知了去向。男人这才觉得像出了一口恶气一样，嘴里又嘟囔着什么，顺着来时的路向大道走去。

在他对青桔实施酷刑时，青桔在心里呐喊着：朋友，不要这样，我们是朋友啊！

青桔知道他什么也听不见，又自言自语起来：从你为我打开锁的时候，我就诚心地告诫自己，谢谢你邀请了我，我一定竭诚为你服务，可我不明白，你究竟遇到了什么不顺心的事，让你生这么大的气。

青桔环顾着四周，向着无人的空间绝望地喊着：谁来救救我呀，我是你们的朋友——共享单车呀！

2018 年 5 月

千里彩练当空舞

——点赞涉县千里旅游通道建设

“流血流汗不流泪，掉皮掉肉不掉队”，“困难面前有我们，我们面前没困难”。这不是文化人坐在写字台前想出来的豪言壮语，也不是为上级写报告而拼凑出来的华丽辞藻。这是 42 万涉县人民在 2017 年承办全省首个县级旅游产品发展大会修路战役中凝练而成的旅发精神的缩写，是全县党员干部群众弘扬老区精神打响转型升级攻坚战锤炼而成的新时代涉县精神的缩影。

今年是中华人民共和国成立 70 周年华诞，省委办公厅老干部处将组织各种庆祝活动，其中一项就是缅怀老一辈革命家的丰功伟绩，体验社会主义建设的伟大成就。4 月下旬会同石家庄市委组织部分老干部赴邯郸涉县进行活动，首先在八路军 129 师旧址刘邓和他的战友们塑像前敬献了花篮，表达了对革命前辈的深情敬意，又来到司令部旧址院内面对党旗重温了入党誓词，表达了永远跟党走初心不变的坚定意念。随后乘车前往涉县为改变山区贫困面貌迎接旅发大会而修建的千里乡村旅游通道参观。此次活动虽然时间很短，却使老同志们受到很大鼓舞，更为涉县人民的奋斗精神所感动。

车辆行驶在平稳宽敞的柏油路上，穿过一个个整洁的村落，翻过一座座初绿的山峰，聆听着讲解员热情洋溢的介绍，我们仿佛看到党员干部群众修路一线万人会战、挥汗如雨的壮丽场面，我们仿佛听到村民们“自家修路，咱不出力谁出力，要像修自家房一样去修路”的纯朴话语。涉县以旅游道路的兴建，促进了党建示范、精准扶贫、旅游发展、文化体验、生态经济、愚公精神和休闲养生七个方面的兴旺，实现了从“行路难”到“道路畅”，从“出不去”到“抢着来”等翻天覆地的嬗变。先后被评为“中国优秀旅游目的地”、全国“休闲农业与乡村旅游”示范县和全国“四好农村路”示范县。

自 2017 年 1 月涉县接过邯郸市首届旅发大会会旗，到 6 月 3 日成功举办以“宜游邯郸、壮美涉县”的旅发大会，英雄的涉县人民在县委县政府的带领下，仅用 100 天左右的时间，在清漳河两岸创造了前所未有的发展速度，展现了战天斗地的涉县精神，收获了担当奉献的宝贵财富，铸就了山河巨变的震撼成果，突出的体现就是千里旅游大通道的修建。这条通道全长 1300 多华里，涉及境内 10 个乡镇 158 个行政村，串联了 5 个综合旅游片区，打通了乡村振兴大动脉，带来了人气财气大凝聚，促进了党心民心大提升，使一万多贫困人口在家门口致富。无论是驱车还是行走在涉县这条康庄大道上，我们亲身感受到了盘龙天路冲霄汉、圣福天路揽众山的气势，观察到了韩云天路挨着天、王后天路踏山巅的雄奇，体验到了云中天路云中穿、红河谷里诗画展的秀美。这正是千里彩练当空舞，一路七兴惠民生，幸福生活靠谁人，团结奋进定成功。

涉县千里旅游大通道（局部）

在千里旅游通道修建的百天会战中，涉县以拼搏、奋斗、奉献、担当的实干精神，克服缺资金、少技术，缺装备、条件差的困难，因地制宜创新推进了依靠“六种力量”、探索“六条途径”、坚持“七条原则”的“六六七”农村公路建设、管护、运营新机制。“六种力量”就是在修路中摸索出“群众为骨干、党员为先锋、村庄为主体、乡镇为主导、县里为奖补、有工优先干”的修路新思路，变依靠国家修路为自己的道路自己修，发动群众打人民战争。“六条途径”就是在筹措资金上施行“向上争、市场筹、干部助、社会捐、群众投、政府奖”的办法，在节约资金方面充分利用沿线砂石物料和当地绿化树种，减少建设成本，仅用4亿元的资金办成了本该投入40亿元的事情。“七条原则”就是坚持做到“宁可路绕十丈，绝不毁树一棵”，“宁多垒堰，也不劈山”，“随坡就势，减少借方”，“山水林田路综合治理”，“车在林中行，人在花中游”，“宜宽则宽，宜窄则窄，各别路段，曲径通幽”，“保护和挖掘文化内涵，突出涉县地方特色”农村公路建设原则。为修路筹款，老百姓现场捐、微信捐、子女代父母捐、父母替打工儿女捐、七八十岁的老人捐出买米打油钱的老区人民支援抗战的精神又回来了，为修路保工期，脚蹚露水，头顶烈日，身披月光，工地上分不出哪位是干部哪位是群众的党的优良干群关系又回来了。

70年，中国的经济实力和社会发展发生了巨大变化，70年，人民的精神面貌和幸福生活得到了巨大改观，涉县就是中国70年伟大变革全面发展的缩影，就是人民群众精神变物质、物质变精神的成功体验。涉县人民在社会主义建设事业中激发出来的团结奋进、创新进取、苦干实干的热情，给我们极大的启示：新时代只有加强党的建设才能为高质量发展提供坚强的组织保障和强大的动力支撑；人民群众要脱贫致富过上幸福生活必须凝聚忠诚坚韧、敢打必胜的信念和精神；“幸福是靠奋斗创造出来的”，“绿水青山就是金山银山”的理念扎根大地、扎根人民所产生的巨大能量是无限的；战争年代老区人民团结一心、不怕困难、无私奉献的牺牲精神在新时代需要永远继承和发扬。

2019 年 8 月

老日记之中学毕业

日记，《新华汉语词典》解释为：对每天所遇到的和所做的事情以及感受作的记录。

记日记是个好习惯，可以陶冶情操，可以帮助回忆，可以翻找旧账，可以总结过去。

日记有生活日记、工作日记、学习日记等。有流水账式的日记，有重点事情记录的日记，有观点感悟方面的日记。许多是因人因事而记，许多是因思因想而记。

写日记，需要的是耐心，需要的是毅力，还要有内容、有想法，对一般人而言很难，对坚强的人也不易。特别是每天不间断地做上几个月、几年甚至几十年，就更难和更不易了。

我写日记始于上高中阶段，是 1973 年到 1974 年，那时是年初开学年终毕业，中学阶段四年制。从那时到现在 40 多年的时间里，1995 年以前是断断续续、不太连贯的，自 1996 年开始基本上没有断过。因为 1996 年有人送我一个日记本，是 1996 年至 2005 年跨世纪的日记本，共 365 页，每一页有 10 行，每一行的日期相同，年份却不同，每一页的顶端是中外哲人大师的至理名言，底部是历史上这一天发生的重大事件。也就是如果坚持下来，十年里的这一天在做什么就一目了然。为了这个本子，我还真坚持下来了。那十年过后，或用笔记本，或用年册，基本上每年一本，坚持到了现在。

近期，为了写东西，翻找出了这些日记本，看到以前岁月的痕迹，看到最初一笔一画的字迹，看到多年以前自己的过去，还是很感慨的。虽然有些日记是生活和工作流水账式的记录，但每当翻阅这些日记，许多人许多事就立刻浮现在脑海中，就像昨天发生的一样。特别是学生时的青涩记录和刚毕业后的一些读书笔记（利用毕业后到响应号召知识青年下乡去接受再教育的半年时间读了一些书），其语言用词和心得体会是那样具有时代烙印，甚至幼稚可笑，但那确实是当时的真实记录。有些书名和作者，有些词语和想法对现在的年轻人来说根本就没有听说过或者没有看到过。

从现在起我想陆续选取一些日记照抄照搬出来，让青年人了解一些他们的爷爷奶奶、父亲母亲过去的所思所想所见所闻，也增长一些见识。

10月17日（1973年）　三（星期）　晴

今天，我们告别了庞家左大队的贫下中农，胜利完成了县党委交给我们的收秋种麦任务，回到了城里，再休息几天就要开学了。

这次下乡对我来说，确实是一次很好的锻炼，学到了很多课堂上学不到的东西，进一步加深了与贫下中农的感情，我们是派饭吃，不管派到谁家，都是把最好的东西拿出来给我们吃，下地时把最好使的农具给我们使，农活有不会的，社员们又伸出手来教我们，怎能使我们不感动呢？又有什么理由不好好干呢？“我们也有一双手，不在城市吃闲饭”的口号鼓励着我，所以我在这次劳动中是卖了一定力气的。

贫下中农真把我们当自家人看待，下雨天，来好几次问寒问暖，吃饭时让我们多吃点，唯恐我们吃不饱，在政治上更是关心我们的成长，教育我们努力学好文化科学知识，将来更好地为人民服务。所以我们和贫下中农之间的感情加深了，到临走的时候，我们真是依依不舍，从心眼儿里不愿离开。贫下中农为了表达对我们的感谢，昨天下午在大队部召开了欢送会，给我们写了感谢信，炒了花生，我们和全体大队干部欢聚一堂。每个小队的贫下中农又给了我们一块大镜子，每人一张奖状，以资鼓励我们争取更好的学习成绩。贫下中农的心啊真是比晒米的高粱还红，比洁白的玉石还要纯洁。通过和贫下中农 20 多天的接触，我更进一步理解了毛主席关于"知识青年到农村去接受贫下中农再教育很有必要"的教导。

12 月 30 日（1973 年） 日（星期） 晴

今天，我们在学校老师和高一同学们的热烈欢送下，领取了毕业证，离开了学校。我高中毕业了。这也可能结束了自己一生的学习阶段，回想起自己在一中四年学习时间，我很激动。

在这四年中，在党支部和老师的耐心教育和帮助下，自己成长很快，从一个不懂事的孩子，成长为具有一定文化科学知识的高中生，加入了共青团，还担任了两年团的基层干部。不论在做思想工作和在工作经验等方面都学到了很多知识，并为团组织吸收了一批新鲜血液。还被评为三好学生和模范团员。我所取得的这些成绩都归功于毛泽东思想的哺育和党的直接教育，归功于老师和同学们的耐心帮助。

现在我虽然领到了高中毕业的证书，但是并不说明自己的成绩真正达到了高中水平，并不说明自己的各方面满足了党和人民的要求。学习是无止境的，书到用时方恨少。我是新时代的青年，我还要继续学习，因为不学习就跟不上形势，不学习就容易上当受骗，不学习就不能适应飞速发展的社会主义建设，不学习就不能很好地为人民服务。所以，毕业后我还要坚持学习，要更多地学习一些马列和毛主席的书，提高自己的三大觉悟。另外还要学习一些文化知识，看一些书籍，提高为人民服务的本领，努力完成党和人民交给自己的各项战斗任务，为党为人民积极工作。

这是 47 年前高中毕业前和毕业时的两篇日记，字里行间凸显着那个时代的烙印，也表露着青年学生时期的稚气。从毕业这一天开始，我真正成了赋闲在家的闲人，从日记中看出这段赋闲的日子共有五个月，6 月我就作为一名知识青年响应毛主席的号召，走到农村广阔天地接受贫下中农再教育去了。这段时间里我置办了一些木工工具，学着做一点小活，计划今后找不到工作就靠这一门手艺来养活自己，还随亲戚去了一趟北京，感受了祖国首都的壮美，其他时间都用在了读书上。

以下就是几个月时间里读过书目的记录。

元月 3 日，今天我看完了曲波同志编著的《林海雪原》这部长篇小说……

元月 8 日，亚历山大洛夫等六位同志合编，唯真同志翻译的《斯大林传略》今天我看完了第一遍……

元月 17 日，浩然同志创作的《幼苗集》中二十篇青少年的故事使我很受感动……

元月 21 日，今天我又看完了一本马忆湘著的《朝阳花》长篇小说。

元月 24 日，《沧石路畔》是张庆田编著的，描写河北平原的一个农村，在合作化运动中复杂斗争的长篇小说……

元月 31 日，包括九篇小说、六篇散文传记和两篇文学理论的以《金钟长鸣》为书名的不薄不厚的书今天我看完了最后一页……

2 月 14 日，向日葵依靠太阳的光和热才能长大，革命青年只有在党的抚育下才能成长。这是我看完浩然编著的《春歌集》后的一点感想。……

3 月 11 日，《难忘的战斗》原名《粮食采购队》是一部描写解放战争时期，中国人民解放军解放武汉后，为了巩固解放区、粉碎敌人进攻、管理好城市而组织的由某部副团长田文中为队长的粮食采购队，进入山区一方面采购粮食，另一方面剿匪的战斗故事。这部长篇小说中的主人公田文中、孙雄飞等人的形象时刻吸引着我，使我废寝忘食，只用了两天时间就看清了。

另外，也看完了对历史长篇小说《三国演义》《水浒传》《红楼梦》研究分析的书，《三国演义漫谈》《水浒浅谈》《曹雪芹和他的红楼梦》……

5 月 15 日，《人世间》这部（苏）谢苗·巴巴耶夫斯基著的长篇小说，我今天才看完……

5 月 23 日，昨天晚上，我看完了浩然同志编著的 100 多万字的长篇小说《艳阳天》，断断续续地用了一个多月的时间……

这些书目没有世界名著，也没有历史名著，但对于当时条件下一个高中生而言，也是不错的了。而且每篇后面还写了读书笔记，自己对自己那段时间的收获还是很满意的。如果不是日记，这些书目恐怕自己也早已不记得了，更不用说书的内容和感想，也难怪有人说“好记性不如烂笔头”。所以记日记对工作、生活特别是回忆是有很大帮助的。

2020 年 4 月

老日记之长篇小说

长篇小说《林海雪原》以及改编的电影、戏曲和电视剧大家都不陌生，但对作者曲波的了解并不一定太多。

曲波是与杨子荣并肩战斗的战友，并亲身经历和参加了解放战争初期的东北剿匪的战斗。虽然 1938 年参加八路军任过文化教员，上过军政大学，但 55 年以前从来没有从事过文学创作。1950 年因伤转业后，当年为革命献身的战斗英雄们时刻活在他的心中，在为人们讲述林海雪原的战斗和战友们的故事中，他产生了强烈的创作欲望。从 1955 年 2 月到 1956 年 8 月，在一年半的业余时间里，他克服了种种困难，完成了 40 万字的书稿，1957 年正式出版。2019 年入选新中国 70 年 70 部长篇小说典藏。我在 1974 年第一次读这部小说时，就深深地被小说吸引了。我在日记中写道：

元月 3 日（1974 年）　四（星期）　晴

今天我看完了曲波同志编著的《林海雪原》这部长篇小说。

我第一次看这部小说，就给我留下了深刻的印象。小说中的少剑波、杨子荣等英雄人物仿佛就在我面前。他们为了革命，为了人民一不怕苦、二不怕死的英雄事迹跃然纸上，仿佛看到了他们英勇杀敌、勇往直前的动人形象。这使我联想到：我们今天的幸福生活多么来之不易呀！她是由多少烈士的鲜血换来的呀！我生在新社会，是毛泽东时代的青年，我一定要好好向他们学习，学习他们为革命为人民刀山敢上、火海敢闯的大无畏的革命精神，在日常生活中，时时处处以英雄为榜样，鞭策自己，鼓励自己，使自己尽快地成长为一个合格的无产阶级革命事业的可靠接班人。

长篇小说《艳阳天》，是著名作家浩然 20 世纪 60 年代中期的作品，也是作家创作风格和艺术成就的代表作。小说出版后十年间发行量达到了 500 万册。1999 年 7 月《亚洲周刊》主办的“百年中文小说百强”评选中，《艳阳天》名列第 43 位，位居当代大陆作家的前十位。同年 10 月《北京晚报》举办建国 50 周年小说佳作推荐，《艳阳天》也位居十佳之列。2019 年入选新中国 70 年 70 部长篇小说典藏第十七位。

浩然先生于 2008 年 2 月去世，从人们的怀念文章和作家介绍中得知了浩然先生不平凡的一生，也得知了浩然先生一直保持着的高尚的人格和坚持着的人生信条，使我更增加了几分对伟大作家的钦佩和对作家为人们奉献的伟大作品的敬仰。

真没想到的是 130 万字的巨著，出自只上过三年小学、半年私塾并只有 32 岁的青年作家之手，也没想到作家在创作的道路上出现了那么多坎坷仍不忘初心坚持为农民写作所具有的高远志向，更没想到作家走后为后人所留下了在中国文学史上多么厚重的一笔财富和读者对作家那么深情的怀念。

几十年来，《艳阳天》给我的印象和对我的影响太深了。也不知道现在看过几遍了。40 多年前第一次读《艳阳天》时，就写下了一篇长篇日记。

5 月 22 日 (1974 年)　三 (星期)　晴

昨天晚上，我看完了浩然同志编著的 100 多万字的长篇小说《艳阳天》，断断续续地用了一个多月的时间。

《艳阳天》这部长篇小说，通过京郊某合作社在 1957 年麦收前后发生的一系列矛盾冲突，反映了社会主义革命和社会主义建设时期我国农村的复杂尖锐的阶级斗争。在东山坞农业社，混入革命队伍的阶级异己分子和被推翻的地主富农勾结在一起，利用富裕中农的资本主义自发倾向，煽动闹土地分红，企图打击党的领导，让资本主义复辟。东山坞年轻的党支部书记萧长春在上级领导的正确指示下，坚决贯彻了党的阶级路线，发动了广大贫下中农群众，终于在这场斗争中把邪气打下去，使正气大涨。

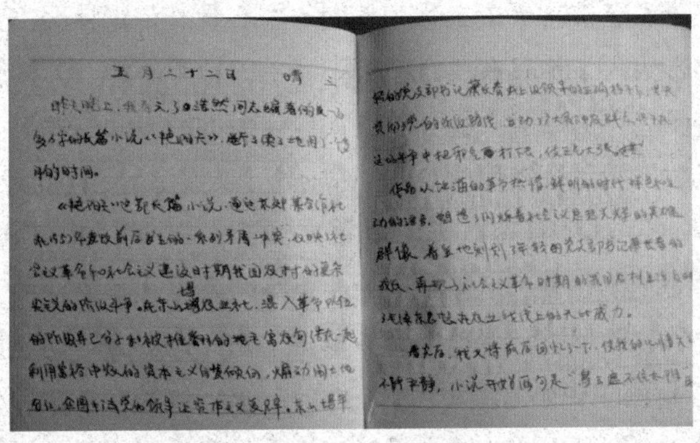
五月二十二日 晴

作品以饱满的革命热情，鲜明的时代特色和生动的语言，塑造了闪烁着社会主义思想光辉的英雄群像，着重地刻画了年轻的党支部书记萧长春的成长，再现了社会主义革命时期我国的农村生活，反映了毛泽东思想在农业战线上的无比威力。

看完后，我又将前后回忆了一下，使我的心情久久不能平静。小说开始两句是“乌云遮不住太阳”，“真金不怕火炼”。回想麦收前后十几天内，以萧长春为代表的具有高度的三大觉悟的贫下中农，与马之悦为代表的没落的反动阶级的多次较量，充分显示了贫下中农的绝对优势，而马之悦、马小辫的猖狂破坏，不过是一小撮垂死力量的挣扎。经过一场场惊心动魄、气势磅礴的阶级斗争，阶级敌人终于在真理面前显了原形，东山坞的广大群众，在萧长春的带领下，夺得了胜利，在社会主义康庄大道阔步前进。小说中的萧长春是“典型环境中的典型人物”，他是我国农村社会主义高潮中涌现出来的成千上万英雄人物的典型代表。

萧长春被贫下中农称为他们的主心骨，是走社会主义道路的带头人，他具有“金钱买不了，刀枪吓不倒，刀搁脖子不变颜色”的硬骨头精神，给人以巨大的教育和鼓舞，而使阶级敌人则无可奈何的哀鸣“眼前这个人像一座山，推不倒，搬不动”。他还具有敢于斗争并且善于斗争的性格，他坚决按党的政策办事，运用不同的斗争策略和方式解决各种不同的矛盾，显示了马克思主义斗争哲学的无比威力。他还善于掌握斗争的原则性和灵活性，他的深入细致的工作作风，善于团结一切可以团结的力量的言行更是我学习的榜样。而马之悦、马小辫的老奸巨猾，一计不成、又生一计的卑鄙伎俩，以及在萧长春的强大攻势面前把搬起来的石头砸在自己的脚上的滑稽剧，又是我们提高识别能力的很好的反面教材。

萧长春是真正的金子，他投入到了火热的阶级斗争的大熔炉里，经受住了锻炼。正如乡党委书记王国忠所说的“长春是我们党的好干部、好党员，是我们的好同志，他为社会主义牺牲一切的精神，是所有同志应当学习的，人们不会忘记了他”。

是啊，长春是我学习的榜样，今后我一定要向他看齐，向他学习，立志做一名无产阶级的先锋战士。

这篇日记是我日记中不说是最长的，但也是少数较长日记之一。现在再看这篇日记，自己都被当时的日记惊到了，第一写得多，第二写得好，照此坚持下去，早该成作家了，可惜没能如愿，只有陶醉在过去的份儿了。

2020 年 4 月

老日记之下乡

1974 年 8 月 21 日，办理好下乡手续，9 月 13 日我就来到了距县城以东 15 公里外的李村店公社中辛庄大队插队落户了。这里不是知青点，只有我一个人。这里离老家和外祖父家的村子并不远，是当年姑奶奶嫁过来的地方，堂伯父在村里当了多年书记，很有威望，伯父家的二儿子玉僧现在还是村支部副书记兼村委会主任。选择来这个村下乡，也是父母多方考虑后决定的。因为招工、考学都要村里推荐，这里基础比老家要好，所以没有参加组团下乡，也是出于这个原因。

来到农村，开始是在生产队里干农活。其实我对农村生活和劳动并不陌生，就是从小在农村的姥爷姥姥家生活，小学上到三年级才到县城念书，每年寒暑假都回姥姥家干活．

后来大队干部和社员们认为我还不错，就让我到合作医疗室当了司药并兼会计，当时父亲还反对我当会计，怕管钱不安全，经大队干部做工作才同意了。

这一年里最遗憾的一件事就是没有当上兵，因下乡时间不到两年。如果走成的话是海军，这样大哥是空军，二哥是陆军，我们哥儿三个就陆海空三个兵种全了，那走在一起有多神气。一直到现在还很惋惜。

下乡对青年人来说是一件很好的事情，可以锻炼人的意志，贴近农民感情，了解基层民意，懂得生活不易。看现在党和国家领导干部里有许多都是经历过知青生活的，所以对工作都有着一种执着的信念和坚定的信心。

每当看到当年的日记，回忆起这段时间不长的下乡生活，还是历历在目。

9 月 14 日（1974 年）

今天下午我才去干活，队长派我和社员们一起去散粪，去后我给社员们装车，社员们干活和休息时总是有说有笑，非常乐观，这说明在社会主义条件下的农村人民公社社员生活条件或其他各方面都是很好，他们并没有什么担忧，他们不用怕这怕那。最根本的是他们懂得为谁种田，大街的墙壁上醒目的标语就是他们最好的回答：为革命种田。

1月7日（1975年）

盘药。吃了早饭，来得很早，生上了火。这儿的药铺共三间房，一间是药房，另两间敞着，没有界山，一条火炕，里面的设备很简朴。因两个医生原来有矛盾，半年多来没有进过药，所以很好盘，到下午四五点钟就完了。

人的生活是动荡不定的。今天干这明天就不一定去干什么。但无论干什么，作为一个共青团员、一名毛泽东时代的青年，一定要努力做好本职工作，树立全心全意为人民服务的世界观，在平凡的工作岗位上，为党为人民做出较大的贡献，做一个有益于人民的人。

2月16日（1975年）

14日吃过早饭从县城来到姥姥家，她们年前就等我，可一直没去。当天又去了中辛庄，给两位医生拿了药，第二天即昨天又回到了姥姥家，住了一天。农村社员们过节（春节）也挺有意思，穿上新衣服，欢欢喜喜地到各家去串门了。打扑克、下象棋、看新娘子的各所不一。

今天又回到了城里。正好电影院公告从明天上映新影片《渡江侦察记》，这是一定要看的。

5月17日（1975年）

自己开始做饭已将近三个月了，在各方面都遇到了不少的困难，现在还生着煤火，煤火不好使，常常做饭时火不旺，或缺这少那，或有时不高兴就非常不愿做这次饭，但是自己还要吃，又怎么办呢。就只好糊里糊涂做一点算了。这就是独立生活的艰难，这真是事非经过不知难哪。每当这时就想起了家，想起了自己的妈妈。每当这时就非常天真地想象，如果现在有个人专给自己做饭多好，或想要点什么，一说话东西就到眼前是怎么一种心情呢？这又怎么能成为现实呢？

12 月 7 日（1975 年）

昨天下午民兵连长通知我，叫我今天早晨六点到西北齐村去正式体检（参军），所以今天起来得特别早，做了点饭就出发了。体检的人很多，我还是第一次上站检查身体，不免有点慌张。但还好，没有病，体格还是健康的，完了以后，准备明天到东亭区医院透视。

6 月 15 日（1975 年）

几天来都是在紧张的大忙中度过的，白天，早晨要割麦，中午下午要拉麦，晚上要打麦（因只有晚上才有电）。所以每天紧张的可以说连饭都没时间做。但是这样紧张的劳动，使我更进一步认识到，我们所得到的每一粒粮食来得多么不易呀，有了更加切身的体会。

下乡一年后的 1975 年 9 月，与其他四位伙伴一起乘火车来到河北省省会城市石家庄正式上班工作了。从此，在一个陌生的地方，结识了一些陌生的人，开始了陌生的生活，也改变了自己的人生轨迹。

2020 年 4 月

老日记之外祖母去世

我从小在姥姥姥爷身边长大，感情很深。参加工作以后，每次回家只要有三天时间肯定要去看望一下老人，随着年龄增长，他们的身体也出现状况，还是很担心他们的。但不愿发生的事情还是发生了。

3 月 18 日（1977 年）

昨天休息了一天，主要是洗洗衣服，到街上转了转，今天上午到楼上上班了。下午二哥给带来了极为不幸的消息，外祖母因病于昨天去世了。当突然听到这个消息的时候，我的心情是无法形容的。请好了假（七天），就和二哥、舅舅、振果姐一家一起乘车回家了。下午 7 点来钟就到了。

我来到姥姥的灵床前，最后看了看那慈祥的面容，我的眼泪再也止不住了。我亲爱的姥姥，活了 87 岁，在旧社会很早就失去了父母，经过了千辛万苦，把三个儿子交给了人民军队，为革命壮烈牺牲了两个。她是英雄的母亲，为了人民和自己的解放，舍得自己的一切。

姥姥对我的好那真是无法形容，我对姥姥也有深厚的感情，我从姥姥身上学到了不少东西，在我生活的道路上，打下了不可磨灭的烙印。

今年过年时回来看了看她老人家，那时就已病得很重，嘴里直说：我很想你。是啊，参加工作以后来得很少，有病也不能伺候，可从梦中经常见到姥姥的面容，经常在为她们办事和劳动，每次回家，只要有三天时间准去看望。在我心目中，她是我最尊敬的人。

晚上轮换着守灵，我坐在床前一直到天明。

3 月 19 日

按传统观念，死人是要埋的，但现在党有号召要移风易俗，要求火葬，可是姥爷怎么也不肯让姥姥去火葬。后来经过“斗争”还是埋了。下午 3 点多出的殡，人是很多的，埋的地方很远，吕家庄的地最西边去了，那里是小时候经常去的地方。

完了以后往回走时，我是多么不忍心离开呀，走三步一回头。就让她老人家一个人在离村这么远的地方吗？自己再也见不到她老人家了。人生就是这样无情，多么好的人也不能永远活在世上。往回走着，眼泪怎么也止不住，我的心哪悲痛极了。父亲在和我做伴。

随着年龄的增长，越来越认识到生老病死是自然规律，谁也无法抗拒。但在当时的想法是，好人为什么还要死去呢？如果好人都长生不老，那社会不就永久太平吗？姥姥不应该死，不应该将她一个人埋在这样偏远的地方。但悲痛归悲痛，想法归想法，人生还是要遵循一定法则，按照它的规则去行事。随着身边的亲人和周边许多人的离去，所谓见得多了，也就释然了。

2020 年 4 月

老日记之1980年与燕山夜话

日记的形式可以是多样的。

根据时间可以天天记录有关的事和人以及有关的工作和心情。

根据事情和事件可以记录起因、经过和结果。

根据观察和思索可以记录事物变化和情绪波动。

根据写作和阅读可以记录心得和体会。

我的日记就是这些记录的综合体。这么多年中的日记有人和事的记载，有心得体会的撰写，有事件经过的记录，有文章文字的摘抄，还有报纸杂志的收藏，总之是林林总总收集了好多东西。

现在是用不着收集收藏文章和文字方面的东西了，电子传媒以及网络的普及什么都可以搜索。

但现在再回过头来看过去自己记载记录、收集收藏的一些东西，还是很珍贵的。它毕竟是一个人在不同阶段不同时期面对不同人、事和环境所用过的心和所得到的收获。也只有到了一把年纪，才越发感到其意义。

4月3日（1980年）

从图书馆借来一本邓拓写的《燕山夜话》，文章都很短，读起颇有意思，所以便记了下来。

欢迎“杂家”

“杂家”出自班固《汉书·艺文志》，他把春秋战国的诸子百家很勉强地分为“九流”，即所谓：儒家流、道家流、阴阳家流、法家流、名家流、墨家流、纵横家流、农家流和杂家流。他所说的杂家是“合儒墨，兼名法”，也就是包括东西很多，杂乱无章，包罗万象。

然而在今天的社会主义建设中，我们既要有专门的学问，又要有广博的知识。广博的知识包括各种实际经验，各方面的知识和科学技术等，这不能视为“杂乱”。而真正具有广博的知识，都是难能可贵的。这必须经过长年累月的努力，不断地积累，勤奋地学习才能获得。

越来越多的新技术、新发明、新东西需要掌握，形势和前途需要更多的杂家。

我们不一定能掌握广博的知识，但我们要努力地向这方面发展，力求多懂一点东西，多掌握一门技术，多学一点知识，总不会吃亏的。

贾岛的创作态度

在这篇文章中，邓拓同志把贾岛的创作态度归纳为两个字：苦吟。贾岛是唐代的一位大诗人。

苦吟，实际上是在炼意、炼句、炼字方面都下了一番苦功夫。如果一首诗其意境不佳，味同嚼蜡，叫人读了兴趣索然，那就不如无诗。所以贾岛非常用力于炼意，因此他的作品具有引人入胜的意境。

为了保证好的意境能够在字句上充分表达出来，贾岛对每句诗、每个字都是经过反复的锤炼并用心推敲修改的，而修改后又露不出一点修改的痕迹。这对于一个文学爱好者确实是不小的帮助。

为什么有些作品可以那么受人欢迎，而又有些很平常呢，大概是在这苦吟上有很大区别吧。文章不在长短、大小，要让它有力量，有内容，有艺术，有魅力，这样才能使读者欢迎。而要做到这一点，就必须有贾岛的创作态度。

不要秘密的秘密

读书有没有秘诀？邓拓同志的回答：没有。

无论读书或研究问题，只要专心致志，痛下功夫，坚持不断地努力，就一定会有收获。而决不能拿拿停停，看三天放五天，不能持之以恒，这样是任何问题都解决不了的，什么知识也学不到的。

在这里，邓拓同志还介绍了两位古人的学习方法：

一是南宋淳熙年间，即公元12世纪后半期的陈善，主张要读活书而不要读死书，要体会古人著作的精神和实质而不要死背一些字句。他还反对为读书而读书的倾向，主张读书要求实际运用，并且要用得灵活。

二是宋儒理学的代表人物中的陆九渊说过：如今读书且平平读，未晓处且放过，不必太滞。他还举出下面一首诗：“读书切戒在慌乱，涵泳工夫兴味长，未晓不妨权放过，切身须要急思量。”这里讲的是对于难懂的地方先放它过去，不要死扣住不放。也许看完上下文之后，可以弄懂，也可以以后再求解释。

2020 年 4 月

老日记之 1981 年

10 月 4 日（1981 年）　星期日

国庆节放假三天，回家去了，昨天下午才回来。

几天来，家里很热闹，10月1日，妹妹结婚，办得还不小，放了炮，戴了花，人也很多。3 日，回门，上午 9 点多钟就到家了，中午请了几桌人喝酒、吃饭，下午 3 点我们就回石家庄了。

昨天下午 5 点到家，7 点就去新华区文化馆继续上课去了。这是刊大（刊授大学）辅导班开课后的第二节课，是写作课，下课后下起了雨，冒雨骑车回家。

刊大是《山西青年》杂志为青年开拓自学新路、为四化培养人才、为发展安定团结大好局面而自筹资金创办的，被人们誉为我国第一所没有围墙的杂志大学。现在只设大学中文一个专业，自 2 月发出招生广告后，全国有 51 万人报名上了刊大。刊大是我国教学史上的新生事物，它得到了各级党政组织的支持，教育部和山西省委都下了很大力量，为办好刊大想尽了办法。经过8个多月紧张的工作，于9月15日正式开学，9月20日在山西省太原市湖滨会堂举行了隆重的开学典礼。

石家庄报名刊大的人很多，为此新华区文化馆举办了辅导班，主要聘请师大中文系老师来讲课，已于9月29日开课。

自己在以前比较喜欢文学，所以当发现要办刊大的消息，就立刻报了名，并报上了辅导班（全市5000人，只收300人），这样经过自己的努力，一定要多学到一些知识，成功与否，全看自己的决心如何了。

10月18日（1981年）　星期日

晚上7点多，电视机前聚集了许多人，等待着中国和科威特足球队在北京比赛的现场实况转播，7点半正式开始了。中国队一身白色衣服，科威特队一身蓝色衣服，比赛进行到9点15分结束，中国队以3比0战胜科威特队。

这真是一场精彩、激烈、友谊的比赛，中国队可以说踢出了有史以来的最好水平，科威特队过去是亚洲冠军，和中国队比实力是比较雄厚的。根据人们的预测，能踢平，保持住不败就不错了。可是比赛开始只二十几分钟，就连进两球，这时观台上的观众沸腾起来了，电视机旁的观众也沸腾起来了，简直可以说发狂了。手掌拍红了，嗓子喊哑了，为中国队的胜利而欢呼雀跃。中间休息时，上海、天津等地的观众还打了电话向中国队表示祝贺。

人们为什么这么高兴呢？这是世界杯足球赛亚洲地区决赛中的一场，中国队能否冲出亚洲，冲向世界，这是关键性的一场，前边已以 0 比 1 输给了新西兰队，这次却以 3 比 0 胜了亚洲冠军队，说明我国足球队还是有希望的，人们为这希望而欢呼，为这胜利而祝贺。

这一场球踢得也确实好，全场队员个个争先，都发挥了最好的技能，配合默契、能攻能守，最为突出的是中锋容志行，带病上场，立了第一功，头顶破门。再就是守门员李富胜，救了许多险球，最精彩的是抱住了科威特队发的点球，这在国际比赛中也是罕见的。这是全场观众最热烈的时候。

11 月 16 日（1981 年）

《中国青年报》星期刊的内容非常广泛，天上地下，国内国外，无所不包。今天收到的昨天的星期刊中第二版是文学青年专版，这一版上发表了李传家的一篇文章，题目是《精读和多写》，这篇文章告诉我们，读书一定要精读，要钻进去，要记笔录。再就是要多练习写作，只读不练是不行的。“多读乃藉人之工夫，多做乃切实求己之工夫，其益相去远也。”这是一种很好的学习方法。从我来说，做得都不够，以后要加强写的练习。

根据语言学家统计，历史上各地居民使用过的语言，一共有 5651 种，其中约有 1400 种语言现在已经没有人再使用。世界上最大的语种是汉语，约有 10 亿人使用，其次是英语，约有 4 亿人使用，这是从星期刊第三版的文摘上得知的。

这一版还登载着一篇短文《退稿最多的作家》，说的是著名英国小说家约翰·克里西年轻时多次投稿，但得到的却是743张退稿条，但他并不气馁，仍坚持不懈地写作。后来他的作品终于问世了，到他1973年去世时（75岁），共写了564本书，总共4000万字，将书叠起来超过了他的身高（一米七五），达到了两米。他也没有上过大学，关键是有志。

今天从电视中看到中国女排在第四次世界锦标赛中，七战七捷，夺得世界冠军。作为一个中国人，对她们取得的胜利表示由衷的高兴。从周围观众的感情上，看到了这一点。她们为我们祖国争得了至高无上的荣誉，在三大球上，这是我们国家夺得的第一个冠军，全国人民将受到巨大的鼓舞，中国女排也将受到全国人民的热烈欢迎。

11月29日（1981年）

《闲话放子出一头》写的是一些初学写作的青年人或写其他文章的作者，在要求发表自己的作品时，往往受到编辑的制约。编辑为了捞取几个稿费或为了沽名而要求"以我们两人的名字发表"，如不同意，作品则很难发表。这对于榜上无名、头上无衔，要想露点头角的青年作者来说，只能忍气吞声，默认这种"合作"，交一半的"租"，沾上半点儿"光"。这种行为作者称"比公开剽窃还令人厌恶"。作者希望这样的编导们，要向古人学习，有一点甘当人梯的精神，放子出一头。

这是多么好的一篇文章啊，他为青年作者鸣不平，希望后辈赶上。这种精神是非常可贵的，他是吉林的秦牧同志。作品发表在《中国青年报》星期刊（11 月 29 日）第一版上。

2021 年 1 月

老日记之跨世纪日志

这篇文章中记录的日记跨度比较大，是 1996 年到 2005 年 10 年间的同一天的记录。我在老日记第一篇里叙述了一下，有这样一个本子（十年一览），每一页上的十个日期对应的是 10 个年份，就是在不同年份的同一天在做什么，可以一目了然，因格子很小，所以不可能记很多，也只是大事记下来，但对回忆人和事还是有帮助的。

从上一篇的 1981 年到这篇的 1996 年，也是间隔比较大的，这十几年里确实也是记得少了。有多方面原因，有了孩子后的影响是主要的，还有就是工作变动了几次，上学也是一个方面，但最主要的还是主观努力放松而耽误了下来。

十年一览日记本

这十几年工作和生活变动都很大，工作上从服务员到科室，又从政府部门到省委部门，其间还到上海办事处工作两年。完成大专学业后，由工人转录为国家公务员，生活上也是大跨越，从谈恋爱到结婚生子，从单身宿舍到分配住房。总之是在紧张、忙碌、变动、喜悦和工作学习中成长提高，实现着自己的价值。所遗憾的是日记这种形式却没有完成。

可喜的是1996年后又坚持了下来。现在就选取十年里其中两天的日记抄录在这里。（有一点要说明，因1999年后调入省委保密部门，涉及单位和敏感词语需要有所改动。）

1996年9月14日　星期六

上午上课，讲了犯罪的主体、客体，主观及客观方面。下午去体育馆那边为陈默购一套运动服，180元。

1997 年 9 月 14 日　星期日

上午上课，交照片。下午请小邢开车回定州、安国送了点月饼，在返回的途中去离别 20 余年的下乡点看了看，见到了李树仁伯父，今年 88 岁了，身体尚可。村子变化不大，显得破旧了许多，原医务室、小卖部、小学校都没有了。

1998 年 9 月 14 日　星期一

在岗上熟悉业务，与有关单位核对今年以来收发文件份数。

1999 年 9 月 14 日　星期二

今天在石市召开了六省区参加的粮食座谈会，在一楼多功能厅。上午开会到近 1 点才结束。答建国五十年竞赛题。交。

2000 年 9 月 14 日　星期四

小魏病情已过十天，基本趋于稳定，但还不能大意。

2001 年 9 月 14 日　星期五

调整办公用房，我处要搬到 20 楼，讨论用房方案。

2002 年 9 月 14 日　星期六

休息。中、晚与薛乡长他们用餐，刘娟去看毛毛，已开始军训。

2003 年 9 月 14 日　星期日

休息，上午练球。

2004 年 9 月 14 日　星期二

赵耿博士讲智能卡应用及加密算法。

2005 年 9 月 14 日　星期三

建平、丽莉去北京开会。充值卡 100 元。

下面再看 9 月 15 日的记录。

1996 年 9 月 15 日　星期日

休息。接父亲电话，告知师范学生事已落实。还批评为什么不回去看看或打电话。

1997 年 9 月 15 日　星期一

准备论文题目，找资料，看报纸，计划写《建立和推行国家公务员制度的意义》。

2000 年 9 月 15 日　星期五

奥运会在悉尼开幕。上午交旧房押金和装修保证金等费用，拿到领钥匙通知。

2001 年 9 月 15 日　星期六

休息，晚上到单位加班处理文件收发。中国足球队在沈阳与乌兹别克斯坦队比赛，2∶0胜，已集10分，出线前景很好。

2002年9月15日　星期日

值班一天一夜。北京派出台人员返回。

2003年9月15日　星期一

上午办报，下午练习羽毛球。给家中通电话，父亲还在输液。

2004年9月15日　星期三

省领导来京参加十六届四中全会，单位派出台来京，建平、向峰、徐宏讲网络拓扑、软件应用等课程。

2005年9月15日　星期四

退换长袖衣服，省直工会通知，周六下午开会，羽毛球抽签分组。

这就是十年中二十天的活动轨迹，这些日记与之前的日记字数要少了许多，信息量却不小。再往后的日记也基本相同了，是把事与想分开了，事记下来，更多的想或感写成了文章存了起来。

林林总总，老日记写了七篇，至此告一段落。通过这样的形式又把自己几十年的生活回顾了一次，也为自己以前的坚持而感动了。

看来做成或做好一件事，哪怕是很小的一件事，长久坚持下来是很不容易的，但只要有毅力，还是可以办到并会有收获的。包括写作也是如此，希望有志在写作路上奋斗的青年朋友们，要持之以恒地坚持下去，必有美好的风景是在你登高之后才能发现。心中美好的梦想必在踏实地付出之后才能变为现实。

2021 年 1 月

退 休

回身又看了看跟了自己十几年的办公桌、办公椅，倒着出门，把门关上，第一次离开办公室不锁门。

办公室里已收拾妥当，没有了个人物品，公物已移交后勤，门钥匙放在了桌子上。

光荣退休

今天是星期日，单位没有人，许多人已知道最近我要退休，只是不知哪一天，还等确定了要坐一坐。

唉，还坐什么呀，平常也没少坐，铁打的衙门流水的兵，单位长存而人要走动，人走茶凉的道理谁都会懂，每年都有人离职，不都是这个样子嘛。

等明天上班，打个电话给局长，说一下情况就行了。立马就会有人入驻我的办公室，坐在这个位置，履行新的职责。

近来一直想着不再去上班，会是一种什么样子。原来休两个星期天，还觉得不去办公室里不自在，这要是天天都是星期天了，而每天都待在家里，无所事事，怎样打发这大把的时间呢？

有人问过我：退休后做点什么？

我回答：不忙，到时候再说。

现在真到时候了，你说吧，要做点什么。

要做点什么？是啊，你想做什么，你会做什么，你能做什么。

请单位返聘一年，继续干点熟悉的业务，发挥余热。不可能！单位青年人很多，业务都很强，何况没有返聘先例。

找个有业务关系的公司打一份工。也不行！上级有明文规定，不允许上级部门退休人员到所涉及职位管理部门兼位职务或聘用为工作人员。

想做的不能做，那自己会做什么，选一个看有没有适合我的工作去应聘一下。

经营管理，财务会计，营销策划，公务接洽，想想都一知半解而不太精通。这半辈子都干什么了，怎么想用的东西都不会了呢！再说现在的大学毕业生都用不过来，哪个单位要招一名退休老人去占位子呀。

再说你能做什么？

虽说身体还好，但真的干背背扛扛的工作肯定不能干，让你跑业务做推销又不会开车，谁还会派个专车给你？那帮人家找门路跑关系批地皮你能吗？

回头看看自己，真是觉得一事无成，职务没有上去，关系没有拉上，孩子工作都不能安排。虽然工作成绩不错，奖状得了不少，廉洁奉公，遵纪守法，可到现在谁在乎你这个。不知怎样评价自己了，这工作时段也不知该怎样总结了。

先不想了，好好享受一下不早起、不上班、不担责、不应酬的“四不”生活。

2020 年 6 月

退休之学开车

退休三个月了，虽然每天都要散步运动，但身体还是胖了一圈。

其间过了一个不再值班的春节，看老人，走亲戚，会朋友。忙活了一段时间过后，又恢复了睡到自然醒、每天三顿饭、左右老两口、屋子里外转的日子。

这段日子想报个老年大学班，学点书法、绘画啥的，可学校名额有限，报不上。想自学点什么，心又总是静不下来，一晃几个月过去了。

后来遇到一点事，想借用别人汽车用一下，让儿子开着办点事，被拒绝了。我倒无所谓，可老伴儿有点挂不住，一气之下说：买车。

但事情是，儿子在外地上班，并有车，再买车谁开呀。“你去学车吧。”老伴儿好像下命令一样对我说。还说办就办，正月没出就去报了名。

学开车，说着容易，实际不容易呀。早知今日，何不上班时就办个驾照呢，那时有人主动提出给弄个本子，下来再练车就行，但做梦也想不到退休后会用得着。

没办法，赶着鸭子上架也去学吧，这还真难不住我。但难过的是心理关。你看周围学车的都是年轻人，他们看我那眼神我都明白，“这么大岁数了，还有必要这么费劲学车吗?”越这样看我，我还真得学出个样儿来给你们看。

真正学起来困难重重。理论靠死记硬背，一次考试拿下。科二、科三就没那么简单了，都是考了两次才过。

科二第一次考试没过，实际操作都无误，就是坡上起步溜车两次，直接不合格。回去问陪练师傅说：“认倒霉吧，你赶上了一辆增加淘汰率的车，谁用这辆车也淘汰。”

科三第一次又抽上了夜考，本来白天练车不怎么练灯，所以对远光、近光、雾灯啥的不太熟悉，又是从早6点等到了晚6点才考，又饿又累又紧张，上车没5分钟就下来了。那个恼火呀！想必学过车的人可能遇到过这样的心情。

经过半年的努力（每次约考都得一个月），拿到了退休后的第二个证件（第一个是退休证）。

取驾照回来后，马上就开车到路上转了一大圈，那种成就感惬意极了。

车怎么那么现成啊？各位不知，从开始学车，老伴儿就拉着我到4S店看车，我说你也太心急了吧。人家说：“这是给你紧发条，免得你打退堂鼓半途而废。”在本子到手之前，车已在门口停放两个月了。

现在回想起来，老伴儿还不无得意地说：“不是我的鼓励，你能行?”

学会了开车，真是一件大好事，不但遇事不求人了，还大大丰富了退休生活。增加了阅历，扩大了视野，对身心都有好处。

2020 年 6 月

退休之旅游

退休一晃一年过去了，回想这一年就办成了一件事，学会了开车。

人说“新官上任三把火”，我说“新司机上任车倒霉”。是不是都这样，刚学会开车天天想着出车，理由当然是熟悉业务。

有了驾照后，几乎每天都要出去转转，先是在方圆百公里范围内，有景点的去看风景，没景点的就去看县城，这还不过瘾，有时又叫上老司机陪驾，上高速走更远的地方。

一年实习期刚过，就一个人开车拉着老伴儿开出一千公里去了儿子家，而且是当天到达。把儿子吓了一跳，一是距离远；二是年纪大；三是路不熟。真有点初生牛犊的劲头。

2018 年，省老年大学的《老人世界》杂志征文，我写了一篇《学开车》的文章应征，还得了三等奖。其主题就是为什么要学开车，就是中国这么美我想去看看。文中列举了跟团外出旅游的三个不适应：一是太匆忙不适应，每到一地前喊后催紧张得不得了。二是总购物不适应，购物比逛景点时间还长。三是身心疲惫不适应，上车洗脑下车急行军。看到自驾游的人们，每到一地，时间可长可短，景点可多可少，住处可挑可选，只要随心随意就好。每每看到他们舒心的样子真是羡慕嫉妒呀。

所以学会了开车，就要去自驾游玩，享受自由休闲、身心放松的乐趣。

近些年，在“绿水青山就是金山银山”理念的感召下，重新治理河山、打造美丽家园的热潮兴起。我们国家在原有风景名胜众多的基础上，又发掘了许多不为人知的名片，开拓了许多绿水间的迷人景色，扩充了许多青山中的休闲去处，更加激发起人们迈开脚步融入自然的冲动。

这几年利用空闲时间，游走了许多好地方，留下了深刻印象。

美丽的哈尔滨，被誉为欧亚大陆桥的明珠，是金、清两朝发祥地，是国际冰雪文化名城，素有“冰城”“东方莫斯科”“东方小巴黎”之称。中央大街，那独具异国情调的城市风貌，深深地吸引着每一个踏上这条大街的人们，那一幢幢历经百年风雨、带有中西合璧元素的建筑，领略了这个“用石头写成的史书”中的人文风物。

海南岛是中国南方的热带岛屿，为我国仅次于台湾岛的第二大岛，这里热带雨林茂密，海水清澈蔚蓝，山地与丘陵是海南岛地貌的核心，岛上四季常春，森林覆盖率超过50%。这里是一个色彩斑斓的世界，阳光、海水、沙滩、森林、空气五大旅游要素俱全，具有得天独厚的热带海岛自然风光。

鼓浪屿是厦门著名旅游景区，其周长总共才有2.85英里。岛上以日光岩、笔架山、升旗山等由自然地貌变化，形成了冈峦起伏的山地景观为主体的自然形态，融汇了不同类型的建筑、园林等人工形态的景观综合体。岛上除警用和消防车辆外，没有其他机动车通行。鼓浪屿还被中国音乐家协会命名为“音乐之岛”，岛上人均钢琴拥有率为全国第一。这里有全国仅有、国际一流的钢琴博物馆。

还有许多知名山川、河湖海岸、红色景点和农家田园，每一地都是秀美无限，每一景都让人流连忘返。

旅游是人们为寻求精神上的愉快感受，而进行的非定居性旅行和在游览过程中所发生的一切现象的总和。不但有行的意义，且有观光、娱乐的含义。

退休后，在身体允许的情况下，争取到祖国的东西南北去看看，踏巡名胜古迹之地追踪人文历史，游览风景秀丽之地饱饱眼福，融入宜居宜养之地享受大自然的妙趣吧。

2020年6月

退休之打工

社会上有些人称行政机关的公务员为“万金油”干部。

万金油，实则是居家旅行必备良药——清凉油。这是一种草药配方制成的膏状药物，常当作万应药物使用，头痛医头，脚痛医脚，虽“治标不治本”，却也管用。

而用作对公务员的称谓，其贬义的寓意更多些。就是指在很多情况下可以应对，但是又不能精通，无法完全胜任，有“博而不精”“广而不专”的意思。

退休后的身体和精力还行，经熟人介绍，还是去了一个公司做事。当然是坐办公室，行政干部别的干不了，办公室还是坐得住的。

其实人家办公室业务是有人管的，我主要是帮助文字把把关，有需要的事情出面协调一下。

事情说起来没什么，可实际做事就有很多不便。只是文字把关，看看文通语顺、语法修辞尚可，但对业务性很强的专业术语，就弄不明白了。再就是公司经常性业务是要去找项目进行投标，在做标书过程中，对一些工程预算、技术要求、标准设定就更是一窍不通。所以一点忙都帮不上，年轻人出于尊重，还不时“请教”一二，每当这时就很尴尬了。

这样下来又不好参与业务上的事务，每天就基本上没事可做。一个企业挣钱很不容易，我是不做工作就不愿意拿人家钱的。后来给熟人打个招呼，干脆辞了。

企业领导还以为哪里慢待我了，知道原因才感觉到这个老同志的与众不同。

过了两个月，又去了一个刚办起来的技工学校，工作性质差不多，但因还没有正式招生，具体事情很少，绝大部分时间也是待在办公室。

后来这个老板又投标中了一个养老院提升、改建、经营的项目，便又去了那边搞筹建工作。

这边要跑手续，签协议，招人员，订制度，有事忙起来才感觉充实和有意义。

可惜才做了一个多月，因家中有事又辞去了这份工作。

在这将近一年打工的日子里，实际上又弥补了自己上班时所看不到想不到的事情。

第一个公司是个大企业，对外好像很风光很气派，但在当今社会，国家和政府不给兜底，一切都是自己开拓市场，又要遵守法纪，其经营过程也是困难重重。

第二个公司是个体企业，其经营状况比大公司有它的灵活性，但竞争更加残酷。工资高了企业难以承担，工资低点人员流动性大，更多的给别人做了培训，往往处于两难境地。

这也让我更加同情企业的艰难，更加敬重企业老板不容易，也增加了对社会的构成和运转的了解。甚至对“万金油”干部也有了新的看法，还为写点东西增加了素材。

如有可能，再去打工。

2020 年 6 月

退休之爱好

看看书，写点东西，是我多年的爱好。虽然没有什么大作问世，但也自得其乐。退休前又为单位刊物做了三年编辑，所以退休后还是放不下看书写字的习惯。

这几年，看了几本莫言的小说和余秋雨的随笔，看了刘心武的《自选集》和尧山壁的《百姓旧事》，还有近几年很火的反腐作品，以及传记文史之类的书目也看了许多。现在看书能静下来看一会儿，比上班时要好多了。

这几年，还投过稿，写过征文，有的还能获个小奖，登个豆腐块，还挺心满意足的。有时自己写的散文或现代诗歌还被朗诵协会的朗诵爱好者拿来进行配音朗诵，效果也不错。

《燕赵都市报》开辟了一个《互动》专栏，主要是请读者为报纸提建议、挑毛病，还登载文章读后感等。这是一个很好的办报方向，得到读者们的欢迎。我也在报上互动了好几把，提出过建议，写过读报心得。特别是有一篇沧州市的爱心组织为去世老人举行海葬的通讯，深深感动了我，为此写了一篇读后感，登出后得到许多人的认可。

河北省作家协会等几个部门每年4月23日“世界读书日”开始，推出《我的读书故事》征文活动，内容可以叙述读书在个人成长中的重要作用；可以结合个人读书经历，抒发读书感悟、心得体会或人生思考；可以围绕个人喜爱的一本书，撰写读书评论、随笔、读后感等。我已参加过五届征文，只有 2018 年写的《读书与串门儿》获得了优秀奖，也使我高兴了好一阵子。

2017 年 4 月，老干部处组织老干部到邯郸涉县参观，涉县人民利用召开旅发大会的契机，组织了百日大会战，在连绵不断的太行山上修起了千里旅游天路。他们“流血流汗不流泪，掉皮掉肉不掉队”，“困难面前有我们，我们面前没困难”的老区革命精神，使我很感动，回来写了一篇文章《千里彩练当空舞》，受到好评，并推荐到《老人世界》杂志。

读书可以保持大脑的活跃，防止它失去能力、发生退化现象。好书凝聚着许多人一生的智慧，通过读好书，能够视通万里看得远，能够思接千载想得深。用读书得到别人的经验，是成本最低、途径最便捷的一种方式。

经常写点文章，能锻炼一个人的组织语言的能力，使人说话更有条理性；能锻炼一个人的思维能力，使你更能抓住重点；能提高一个人的艺术水平和艺术鉴赏水平，还能美化自己的生活。

有时间的话还是多到好书中去串串门儿吧。会让你平添许多书香气，相应也会减少许多世俗气。无论你经历着怎样的生活，或安闲或繁忙，但闲暇之余拿本书来读，读后写写心得，或拿起笔记录一下生活，活跃一下大脑，一定会有不小的收获。读书的意境是乐在其中，写文章的意境是美化心灵。

退休几年的坚持看与写，已经不是为名和利而为之了，完全是为了使大脑不生锈，使生活不单调，使知识更全面。

2020 年 6 月

退休之简书

按照“人活七十古来稀”的说法，六十岁退休就算是老人了。

可是在现代生活条件和医疗条件都好转的情况下，又有人将人的青年、中年、老年段重新进行了划分，似乎是把六十岁划入了中年段，到七十多岁才进入老年。

无论怎样划分，中年也好，老年也好，退休后保重身体是最重要的。一是自己活得有尊严，二是少给儿女增负担。

现在书上讲，网上讲，媒体讲，养生锻炼的方法走路最好，以我现在的身体状况，我也算是走路锻炼的受益者吧。

走路，一不受环境条件的限制，二不受器械场地的制约，三不受人员时间的干扰。是随时、随地、随便就可进行的方式。

几十年里的工作和生活，要说其他爱好没有坚持多久或时断时续，但走路一直坚持了下来。退休后更有充足时间，安排在最佳时段，选择适应的场地去走路，以收到最佳效果为目的。

现在基本在每天一万步左右，分三步实施，早晨快步和倒行为主，下午和晚上散步为主。走路的好处多多，但也因人而异，不能强求，也不好攀比。运动的方式方法以自己最适应的方法实行最好。

如今的日子，每天除走走路以外，就是在简书平台上冒冒泡，发点小作，再看看简友们的大作，也是一种很惬意的生活。

下载简书软件，已有一年多的时间，那是一个朋友来家用餐时，看他天天在“日更”，还能小有收获，出于好奇，也安装上了。

但在将近一年的时间里基本上把它给忘了，一篇文章没发，一个简友没交，一个简贝没有。

直到 2020 年 3 月 7 日整理手机的时候，才发现简书这个网页一直没有进过，现在又有时间，不妨再写点东西发一发，不为别的，就为练练笔吧。

于是，写了《惭愧》小文发出，意思是为朋友给安装上未使用而惭愧，为安装好没发文章而惭愧。发出后立马就有简友阅读了，还给竖了大拇指，并鼓励“加油”。为此感到很高兴。

后来整个 3 月，围绕新冠肺炎疫情写了 10 余篇随笔或诗文，赞颂了白衣战士们的坚强勇敢，表达了对武汉人民抗疫战斗中坚毅决心的支持，并为全国人民服从指挥宅家防控的自觉而感动。

4 月和 5 月虽然没有做日更，但也基本上每天都有一作业交上。主要是四方面内容，老日记、大学生择业、琼中游记和随笔。渐渐地每篇阅读量升到了 300 多人，也有了 200 多粉丝，虽然钻和贝还是很少，但收获了打赏的喜悦，还是有进步的。

6 月以来，学着写了几个小故事和感悟类文章，又写了 6 篇叙述退休生活的文章，本文是最后一篇。还有一个小岛有个专题《小岛来赛诗吧》，要求每日一诗，坚持30天，小有奖励。我要坚持到底。

到本文发出时，已公开发文85篇，再加跟帖小文20余篇，共计6万余字。

加入简书平台后，让退休生活更加充实了，在简书浏览简友们的文章，虽没有长篇大论，从不同视角对生活本真的描述却很真实。这里有苦有甜，有情有爱，有伤有疼，给人以亲切感。

在简书还能交到朋友和文友，学到做人做事的原则，学到写文写诗的技巧。还有一个好处，这里年轻人多，思想活跃，敢想敢说，语言清新，看着这些文字，也增长不少见识。

2020年6月

退休之过一把青年瘾

2020年11月，经《青风文学》主编、青年作家网主创汪家弘老师引荐，正式成为青年作家网的签约作家。

青年作家网是为海内外华语文学创作者提供全版权开发运营、青少年作家培育和文化产业聚合的专业平台。致力于用文学点亮梦想，立志以文学的方式来助力中国文化产业大发展大繁荣，已成为许多文学爱好者的精神家园。

在填写申请表时，自己还很犹豫，已经退休的我，与“青年”还有缘吗？没有大作的我，能称“作家”吗？但在查阅该网资料时，我一下就喜欢上了首页上很入心的一句广告语：一起奔跑，只为看到更远的风景。是啊，在写作创作的道路上，是不分年龄的，也是不分先后的，年轻与否，一方面取决于自己的生理年龄和外表，而更重要的是自己的心理年龄，即是否拥有那么一种年轻的相态和心态。虽然称不上作家，但也还是一名文学爱好者吧，既然还热爱着文学，坚持着写作，就与青年人一起在最具有影响力的文学综合平台去奔跑吧，只为站得更高，看得更远。

加入青年作家网后，才真正感受到这个平台的活力，首先是创办者的尽心尽力和组织的多种多样的创作活动，其次是文友们的热心热情和创作出的丰富多彩的文学作品。2020年12月作家网组织了三门峡市甘棠苑采风、高校巡讲活动。2021年1月举办了多项创作评比颁奖和幸福悦读会为街道社区捐一册书籍留一份真情活动。1月底2月初又先后四次邀请著名作家进行网上授课和文学讲座，围绕诗歌创作技巧、历史文学创作、网络文学创作和文学基本功、文学语言等内容进行了讲解和交流互动。平台还发起了三句情诗比赛、花开四季散文征文和庆祝建党 100 周年文学创作活动征文。

文友们更是被热情的火焰点燃，充分发挥着创作才能，一篇篇优秀作品，一首首优美诗篇，老师们认真地点评，并给予充分肯定，看后听后给我以很大启发和鼓舞，让我也受益匪浅，学到了以前许多年没有学到的东西。特别是与青年人在一起，感受到了活力和激情，看到了希望和前途，也进一步激发了我的写作热情，两个多月的时间就写了 20 多篇随笔、散文和诗歌作品，虽然不多，但使我高兴的是其质量有明显提高。

这期间参加了捐书公益活动，捐出了自己珍藏的六本书籍，数量不多，但一想到在海洋中融入了一滴水，就是使自己的思想同海洋一样的辽阔，在街道社区中增添了一朵花，就是让书籍绽放出了她的馨香。参加“一图一话”的作品还获得了青年作家网“年度最佳图文奖”。创作的三句情诗“三生三世不离不弃”也获得好评，诗是这样写的：上辈子，比翼双飞，约定来世再相会。这辈子，众里寻你，牵手偕老永不悔。下辈子，奈何桥聚，牛郎织女天仙配。

青年作家网，在老师们的努力下，引导许多文学爱好者们在刊物上发表了人生第一篇纸质作品，有的文友出版了人生第一部文学作品，还有的使文学作品变成了影视作品，许多人因文学比赛获得荣誉而为工作增加了晋升机会。几个月的接触和体会，好像让我有了“三生三世不离不弃”的感觉，正是“众里寻她终遇上，与之牵手永不悔”，我要一直跟她走下去，让我在退休之年再过一把青年瘾。

在这里，我要真诚地感谢在平台上支持我的老师们，真诚地感谢认真阅读我文章的读友们，是你们给了我写下去的信心，是你们给了我坚持下去的勇气。

2021 年 2 月

定州三绝

浩浩冀中平原，有定州古城令人瞩目，这里就是我的故乡。

定州，有着悠悠5000年的历史和丰厚的文化底蕴，有文字记载的历史可追溯到3000年前，是中华民族文明开发最早的地区之一。定州古城上的每一寸土地都深深地留下了中华文明的气息。

古城定州，自古至今，四方通衢，商贾云集，贤人志士层出不穷，文化遗产辉煌灿烂。圣人孔子曾到这里游历讲学，文学家苏东坡曾出任知州，康熙、乾隆皇帝曾到这里驻跸，与爱因斯坦齐名的国际十大名人之一晏阳初在这里推行平民教育等。众多名人赞美这里是“物华天宝处，人杰地灵州”。

定州于泱泱历史画卷里，应有点彩之笔。论古博珍品，论巍峨建筑，论历史人物，都展现着定州的殊荣。定州文庙、贡院和定州塔并称为“定州三绝”，就是定州殊荣的重要代表。

我的故乡虽然是定州，但在出来工作之前的二十年间，处于青少年阶段，对于故乡的文化之精华却知之甚少。尤其是已有1000余年的文庙，它的深邃之内涵，它的千古之佳史，它的文化之魅力，随着知识的增长才有了深刻的了解。

文庙的整体布局是中国古建筑的典范，中轴线上，棂星门、乾门、大成殿和官厅，另配有东西庑。西院为明伦堂、仪门等，东院是崇圣祠和魁星阁。历史上，宋、明、清代多次拓展、维修，使定州文庙成为一座宏大的古建筑群。

走在文庙的院子里，殿阁错落，古木森森，漫步其间，能细细品味它古往今来的恢宏，能深深感悟“中山庙学甲天下”昔日州府学宫的气派，还能近距离了解文庙之人文精神的闪耀和古朴风貌的神韵。

建筑群中，魁星阁以文庙最高的建筑而领首于群。它始建于元代，重建于明代，后人不断修缮，使这座歇山顶三层楼阁式建筑成为古代建筑的典范。在文庙的古雅之中，独显出伟岸风姿。

为何此阁命名为“魁星”?

魁星为中国古代神话中的神，也是“奎星”的俗称。“奎星”原是中国古代天文学中二十八宿之一，称为“奎宿”。到了汉代，被尊为主宰文章兴衰之神，同时道教也尊其为神。所以后世多建阁来崇拜它，以示本地文化昌盛，人才辈出。

魁星神像头部像鬼，一脚自后翘起，如“魁”字的大弯钩，一手捧斗，如“魁”字中间的斗字；一手执笔，意谓用毛笔点定中试人的姓名。过去举人才子在进京赶考之前，都先来参拜魁星，以保佑金榜题名。

魁星神像

文庙进门不远处，就是著名的古树“东坡双槐”，据《定州志》记载：苏东坡当年任定州知州时（1094年）亲手栽植了这两株槐树，距今已有900多年。主干虽已枯朽，但旁侧又萌新枝，且枝叶青翠，生长旺盛。两株古槐还造型奇特，“东株如舞凤，西者似神龙”，让人叹为观止。再往里走，还有槐抱椿奇景、落星石古籍、元八思巴文碑等各种文物以及上百株千年古柏，点缀了四周的文雅与幽静。

喜欢舞文弄墨的有志之人，如能亲临文庙，感受一下“魁星”之灵气，定能熏陶一身雅气秀风，使自己妙笔生花。

小的时候，最爱玩的地方是定州塔周围，因为每年春节期间这里是烟花爆竹市场，而最感兴趣的地方是考棚（后来才知道官名叫贡院）。

考棚，当时是定县电力局的办公用房，偶然进去过。只知道很多年前这里是用来科举考试的地方，但科举是什么，为什么建这么好的房子和院落，使我想不明白，就觉得与现代建筑完全不同。这里 1956 年就列为省重点保护单位，2001 年又列为国家文物保护单位。在国家的重视和保护下，原驻办公单位陆续迁出，考棚才得以完好地保存下来。

“贡院”这种专门用来考试的建筑最早产生于唐朝。贡，古代解释为“贡，献功也，从贝工声”。后引申为荐举、推荐之意。此后即与中国古代的科举产生了密切关系，一些和考试有关的词都含有“贡”字，如“贡生”“贡士”“贡院”等。究其原因，都与我国在考试制度创建之前，即先秦时期，朝廷选拔人才的方式都是荐举制有关。

定州贡院，始建于清乾隆四年（1739 年），至今已 280 多年，是我国北方唯一保存最好的州属贡院。其整体建筑气势雄伟，雍容壮观，曾有多少苦读学子怀揣着梦想，希冀从这里踏上“人生正途”。

贡院布局原为中轴式建筑群体，规模宏大，坐北朝南依次为影壁、大门、二门、魁阁、号舍、大堂和后楼，现在基本保存完整。每座建筑都有用围墙围成的院落，并差别很大，使整个贡院布局张弛有度，富于变化。贡院全貌呈品字形罗列，如燕翅疾飞，又宛如七星北斗横挂苍穹。据说，这样的建筑造型，只有贡院才有。

贡院正厅，是考文贡生和秀才的正式科场，也是贡院的主要建筑，内部设有中厅和侧廊，可容纳考生百余人。正厅大门坐北朝南，其顶上方塑有魁字的神像一尊。正厅北面是大堂，是监考人员议事、收取封存试卷的场所。距大堂北 30 米处是后楼，又称“揽胜楼”，两侧挂耳楼，廊下设两层木制栏杆的看台，是考官观看贡生比武的场所。

贡院的建筑别具一格，显示了清代建筑风格与高超的设计技巧，当人们置身其中，既可领略雄伟壮观的建筑群落，又可想象当年宏大的考试场面。同时，它们也是研究清代地方建筑艺术及清代科举考试制度的实物见证，又是一处不可多得的历史文化遗产。

旧时河北有“镇省四宝”之说：“赵州桥、定州塔、沧州铁狮子、正定大菩萨”。过去从京广铁路乘坐火车，或从京石高速路乘坐汽车，都可看到定州塔那高耸入云的雄姿。

塔，起源于印度，是佛教的产物。随着时代的发展，塔除了宗教意义之外，还有点缀山川名胜和军事上登高瞭敌、登高揽胜及航海导航等作用。

定州开元寺塔，公元 1001 年（北宋初年）始建，1055 年建成，历时 54 年。塔高 83.7 米，为 11 层八角形楼阁建筑，是我国现存最高的一座砖木结构古塔，也是当时全世界同结构建筑物中最高的建筑物，被誉为“中华第一塔”，还是首批全国重点文物保护单位。

在我对塔有了记忆时，就是塔的东北面自上而下剥落一角的样子。据说是 1884 年因长期阴雨连绵所为。一百年后的 1987 年国家文物局决定对塔复原修缮，大约在 2002 年后再次向游人开放。

开元寺塔

开元寺塔，历经 1000 多年，留下了许多故事传说，还有许多的未解之谜。那宽大厚实的方砖缝隙里，似乎还夹裹着昔日尚未散尽的炮火硝烟。曲阳县境内东北处那光秃秃寸草不生的嘉山印证着“伐尽嘉山木，修成定州塔”的传说。鲁班托梦“土囤法”建塔的神话故事，传递着人们美好的愿望。1000 年前，在没有钢筋水泥材料的情况下，塔的各个部位科学严谨的连接之谜，也难倒了不少考古和建筑学家……

众多的华夏古塔已成为城市的象征，人们一见亭亭玉立的保俶塔，立刻联想到秀丽的西子湖和杭州；看到倾斜身子的虎丘云岩寺塔，就知道是 2500 年的历史古城苏州；挺拔高耸的延河宝塔，是革命圣地延安的象征；而宏大稳重的大雁塔，则是古都西安的标记。可以这样说，凡是历史悠久的县城名镇，总有一座象征之塔耸立境内，令人神往。

如今，进到定州城里，修缮一新的开元寺塔、重新建起的开元寺、塔下建成的公园和文化广场，以及与塔隔街相望的贡院、文庙和宋城古镇，都会让你感受到这里的文化魅力。

2020 年 5 月

洁净神秘的海南之心——琼中

海南岛是一个地势结构中部高、四周低的岛屿，滋养着这个海岛万物生长的江河都发源于中部地区。在海南的中部地区，有一个琼中黎族苗族自治县，它位于海南岛最中轴的地带，人称“海南之心”。琼中就是位于琼岛中部而得。

全岛18个市县（三沙市除外），就有琼海、万宁、白沙、儋州、陵水、保亭、五指山、屯昌、澄迈等九个县市与之毗邻，是岛上陆路南北、东西走向的交通枢纽。

热带雨林覆盖着大片的琼中土地，这里山峦重叠，翠绿耀眼，美不胜收。这里空气清新，气候温和，养生宝地。

琼中，位于热带海洋季风区北缘，雨水充沛，四周群山环抱，有独特的山区气候。这里年平均气温22摄氏度，年平均相对湿度80%—85%，年平均降水量2200—2440毫米。这里海拔1000米以上的山峰52座，大小河溪241条。

“海南之心、三江之源、森林王国”是琼中的美称，“夏长无酷暑，冬短无严寒”是琼中的特征。“绿橙之乡、黎苗家园、最美什寒”是琼中的名片。那是一片凡尘之外洁净的领地，它远比人们想象的更加神秘。

我喜欢琼中，是因为近三年来，我每年冬天都要在琼中二哥家借房住上一个月。

二哥、二嫂在琼中买房已五六年了，是在县城西部的山顶开发的房产项目，称半山和园。每年10月下旬就去，来年4月下旬返回，成了名副其实的候鸟。

琼中县辖区面积1293平方公里，人口约20万，人口密度每平方公里约140人左右。琼中县政府所在地在营根镇，是政治、经济、文化和交通枢纽中心。这个县城没有很高的楼宇，连县政府都是没有围墙且老旧的矮楼。这座城与繁华无关。

也就是近10余年，在县城周边开发了几座商品住宅小区。随着形势的发展，海南省叫停了大部分房地产项目，目的是保护海南自然资源不再遭到人为的破坏，琼中也就停止了大面积的山地开发，保护了周边森林，又恢复了往日的低调与宁静。

琼中县城并不大，是标准的依山而建的小山城。这里西高东低，半山和园就建在小山城的最高位置，高一点的楼层一眼就能将县城尽收眼底。住在这里，目光延伸处，满眼都是绿色，周边与山民相伴，还有鸡犬之声相闻。遇上大雾天气，整个楼宇便被雾气包围，好似仙境一般。

踏上琼中的土地，立刻就会使人心旷神怡。这是一片质朴纯美的土地，静卧于喧嚣的尘世之外，毫不张扬地盛放着美丽。这是一片洁净神秘的土地，“天然氧吧”是对它最精准的定义，更是自然养生的理想福地。

在这里居住的二哥、二嫂及众多候鸟们，乐享着美好的人和风景带来感观的享受，在神清气爽中少了一份焦躁，多了一份柔和。不知不觉中专注着令人无法拒绝的优美环境的迷人魅力，忘却了老年病的困扰，忘却了为孙男娣女们操心的疲劳，使身子骨又硬朗起来，使精气神又提了起来。

我也是多年的鼻炎病患者，不知啥时就犯。但只要一到琼中，立刻就消失得无影无踪，无论住多长时间，从不出现。从这一点点小现象，就让我对琼中喜欢得不得了。

在琼中的日子里，二哥带我去了几个地方，用眼睛记录了琼中的美，用心感悟了琼中的好。

营根镇是琼中的县城，这里是一个多彩的花园小镇，火焰木、风铃木、三角梅等树种花颜怒放，彩绘船型屋、甘工鸟、大力神等民族图腾，镶嵌在街道两旁临街建筑上，一处一景，尽显黎苗民族的文化魅力。

百花廊桥

县城中最著名的地标性建筑物当属依山傍水的百花廊桥。桥梁横跨营根河，桥长 204 米，宽 16 米，高 18 米，两侧人行道各宽 4 米，是海南首座具有黎族苗族风情特色的廊桥，也是从县城到百花岭热带雨林的主要通道。

百花廊桥

鲜艳的大红色是百花廊桥最耀眼的色调，是对大山之绿最恰当的回应，也是“万绿丛中一点红”的迷人意境的经典演绎。

百花廊桥建成于2011年，因坐落在百花岭下而得名。整座桥古色古香，造型精致，山水亭桥完美地融合在一起，就像一幅绝美的山水画卷，风姿绰约地屹立在山岭秀色、流水潺潺中。

每当清晨或日暮时分，有恩爱的长者来这里携手散步，有青春爱侣来这里耳鬓厮磨，还有小小孩童来这里奔跑嬉戏。

每年黎族苗族传统节日“三月三”（农历）期间，当地的黎苗青年便会穿上盛装，汇集一起，带着山兰米酒、三色饭、粽子以及香甜瓜果，与来自全国各地的游客齐聚廊桥，载歌载舞、谈情说爱，尽情感受传统节庆中各民族同欢共乐的氛围。

琼中虽与灯红酒绿的繁华无关，但这里有海南最大的三月三广场。

歌舞，是黎族苗族人民生活中的重要元素。在田间劳作的白日，在丰收的时节，在庆生与婚嫁的日子，在丧送的时刻，歌与舞便是他们最精致的语言，诠释着最质朴而真挚的情意。因此，一个能承载欢乐歌舞的大广场对于琼中的百姓更重要。

每年的三月三，当地政府会用心打造节日的庆典，甚至放假三天，让这里的人民尽情欢庆自己民族最神圣的节日。这一天的主题晚会上，有超过8万名来自各乡镇身着盛装的人们，在这里汇集成一片欢乐的海洋。庆典舞台上，从创作到演出，不见商演的大牌明星，全部是乡镇村民们来完成，这才是真正属于黎苗百姓的节庆，这才是琼中文化最豪华的彰显。

绿橙的故乡

魅力四射的琼中，青山绵延处，绿色环抱，一杯米酒，一曲山歌，重拾了久违的快乐，恰好吻合着遁隐于世的渴盼。

从海口去琼中最近的道路是穿越海南最美的中线高速公路。每次来回都要从大山环抱中的这条公路经过。

记得第一次来正好是中午，海岛那么热烈的阳光，照耀着路旁渐渐展开的景致。我从北方城市过来，北方已是寒气逼人、雪花飘舞，而这里却是一片生机。

车子在飞快地行驶，窗外，远山、田野、橡胶林、槟榔树层叠交错，绿意盎然。道路的隔离带中三角梅花开正艳，擦肩而过的瞬间，都是身心曼妙的体验。

这时，喧嚣拥挤的城市已经很远，置身在常绿的山野间，一个小时后，汽车从枫木站口驶出，来到了224国道，经过两个镇子，继续向县城进发。

行进在路上，我看到道路两旁一字排开的蓝色遮阳伞下，堆满了绿色的橘子（二哥告诉我那不是橘子，而是琼中的特产绿橙）。卖绿橙的摊主大都是和善的村妇，她们安静地坐在那里，等着下车的买家。

后来我知道，这里是湾岭镇，也是绿橙的故乡。每年的

10 月是琼中绿橙的成熟期，可一直延续到元旦前后。这时的琼中，无数的绿橙果园里，绿橙挂满枝头，成熟的果子唾手可得。它那嫩绿微黄的迷人层次，让人大饱眼福，而山清水秀的琼中纯净的土地，孕育出的细腻多汁、清甜醇香的殿堂级的水果，更加使人垂涎欲滴。

琼中县的山区，土层深厚，土壤肥沃，水质优良，无工业污染。生长的绿橙品质特点是皮薄汁多、酸甜适中、化渣率高，并含有丰富的果胶、多种维生素、蛋白质、钙、铁等营养成分，对促进新陈代谢、增强身体的抵抗力十分有益。被国家质检总局批准实施地理标志产品保护，并被评为海南优质农产品，成为海南的一张亮丽名片。

百花岭

品尝了绿橙，又来到百花岭风景区。

琼中百花岭热带雨林文化旅游区主峰 1100 米。走进雨林深处，随处可见千年古树、百年老藤、空中花篮以及各种各样的蕨类寄生现象。有些种类的树干基部常会长出多姿多彩的板状根，有些则生长着许多发达的气根，还有些种类在老树干或根茎处也能开花结果，成为热带雨林中特有的老茎生花现象。

沿着山道慢行，那种置身大山怀抱的清新与悠然的幸福感油然而生。当从安静地听着虫鸣鸟语来到百花岭瀑布脚下后，飞瀑带着热烈的轰鸣声扑面而来。那直泻的飞流，犹如飘拂的银链悬挂在山间，呈三级跌宕泻下，形成三级飞瀑的景观。

百花岭瀑布

瀑布源头在百花岭的海拔 700 米的第二峰，集水面近 2 平方公里，溪涧两旁长满茂密的原始森林，地下潜流充足，长年水流不歇，流水落差达 300 米，是海南省落差最大的瀑布。瀑布的水质清纯而天然，景色奇特而壮观。

百花岭是琼中为人们珍藏的最美的礼物。

黎母山

琼中以山水之秀美，空气之清新，瓜果之醇香，有着令人无法拒绝的迷人魅力。

位于琼中境内的黎母山之于这个海岛的意义等于母亲山，因为它是海南三大江河的发源地，万泉河、南渡江、昌化江从这里奔涌而下，从不同方向流向下游，滋养着绿色的岛屿和世代生老于此的人们。

黎母山自古以来被誉为黎族的圣地，海南的名山。黎族是海南岛的最早居民，至今仍保留着质朴敦厚的传统风俗和生活习惯，形成独特的黎苗文化。

在山巅之上的黎母庙里，供奉着黎族先母。每年农历三月十五是黎母诞辰日，黎母山都会迎来盛况空前的黎母祭祀活动，各地归来的黎族子孙，共庆自己民族盛大的节日。

黎母山不仅仅是一座山脉，也是一个国家级森林公园。这里生长着大量的珍稀植物和珍稀动物，这里交织着参天古树与浓绿灌木，这里遍布着清泉瀑布和凉甜空气。

漫步在大山怀抱间，置身在高山雨林中，在茫茫的绿意中深呼吸，听着此起彼伏的虫鸣鸟语，才发现原来我们在凡尘俗世迷失得太久了。这样的美好，不身临其境，便无从体会。怪不得有人说，来海南没到黎母山，是不可原谅的遗憾。

什 寒

琼中境内还有一个最著名的村庄，就是被称为“中国最美乡村”的神秘的什（音 zā）寒村，这个黎族苗族同胞混居的和谐之地，远离尘嚣，山清水秀，独自美丽。

什寒的山门，有一个好看的牌坊，牌坊旁的山体上嵌着鲜艳的五彩字，写着中国最美乡村什寒的名字。人们都会在这里以朝拜的虔诚行着注目礼，或拍一组纪念照片。

穿过山门，走在宁静的村道上，即使在冬季，小溪在身边流淌，田野同样在绿着，山风轻轻吹过，也是那样的惬意。

正午时分，阳光肆意洒下，融化迷雾，让蓝天之下的山与田野、竹林与荷塘清晰鲜活起来。沿着绕村而建的步行、骑行绿道，能检阅这个山谷的静美，能遇见800岁的荔枝树，能看到稻田、玉米地和铁皮石斛。然后来到奔格内广场，这里是村子最开阔的地方，广场上博大而凝重的图腾柱，凝结着神秘的力量。

什寒村落被一条小径连接着，延伸到每一个规整的院落。小径上，院落旁，不同的花儿依着不同的时节开放。院落里苗家女子三三两两坐在那里，聊着家常，织着苗绣。什寒每一个侧面，每一个角落，都是这么宁静安好，都是这么明媚静美。

在这里远离过于功利的人群，远离贪欲与纷争，看淡雅的时光流过，看浓绿的山光水色。就这样把神仙般的日子平淡地过下去，波澜不惊，但很安心。

这里就是什寒。这里就是琼中。

与琼海三亚相比，琼中不是一个知名的旅游胜地，却是一个最值得游人拜访的领地。

美　食

琼中没有海岸，没有沙滩，没有拥挤的景区、昂贵的门票、如潮的人海和喧嚣的声浪。

但这里森林覆盖率84%以上，空气质量全国领先，负氧离子含量全国前列。这里是雨林仙境，参天古木，山水田园，素有海南“绿色宝库、海南心肺”之美誉。这里的黎锦苗绣，民歌民舞，原著民俗，独特的传统文化造就了琼中的美。这里最地道的山地美食，绿色无污染的食材，简单而质朴的厨艺，能呈现出最美的滋味。

在琼中的日子，品尝了带皮连筋的小黄牛肉、山野散养的琼中土鸡、自己上山采挖的野菜。还畅饮了苗家自酿的山兰米酒，那是一种很淡的米酒，想来苗家的酿酒工艺只是简单的发酵吧，没有刺激感，也没有太浓的酒精味，微苦中带着一丝米香，很适口。

这里的一种野菜叫革命菜，每逢来到琼中，第一任务就是上山去采挖革命菜。野菜的形状与北方的大叶菜相仿，叶子只是略显长一些。采回来后简单一洗，开水一焯，或凉拌或做馅，那真是一种带有山地清香和菜蔬原味的不可多得的美食，让人欲罢不能。

琼中纯净的山水和空气孕育着许多的精灵，除清甜醇香的绿橙之外，还有鲜嫩饱满的桑葚，个儿大超过西瓜的菠萝蜜，还见到了外面长有五个棱角横切呈五角星状的杨桃树种，见到了盛产富硒茶叶白马红茶的大片茶园。

邓丽君有首《采槟榔》的歌曲，有两句是这样的：高高的树上结槟榔，谁先爬上谁先尝。到了琼中，我才真正看到了槟榔树的真面目。槟榔是一种常绿乔木，茎直立，不分杈，高 10 多米，最高可达 30 米。琼中城内城外遍地都是槟榔林，果子大部长在树的顶端，起初包裹在叶的根部，后慢慢隆出，花序分枝，果实长圆形。

抬头望着细高的木茎上结出的小槟榔，那可怎么摘呀。后来才知道，爬树是很危险的，种植人员发明了一种镰刀，固定在长竹竿上，从上割下来，再接住放下。现在又有人发明了自动收割机，省了不少力气。为此我还有感而发，写了几句顺口溜，让人猜这是什么树：细细腰身钻云端，小小坚果嚼不烂，树高头小防风吹，采果需要举高镰。

槟榔是可以生吃的，琼中人就很爱生吃槟榔，他们把少量灰浆抹在扶留叶上，槟榔果一分为二，用半个槟榔与一片扶留叶一起嚼食。开始两口汁液是鲜红色的，是要吐掉的。琼中的街道上随处可见嚼槟榔的痕迹，也随处可见口唇变红、牙齿脱落的人群，这也是神秘琼中的一个特色吧。

槟榔是一种中药，含有多种人体所需营养元素和有益物质，还具有独特的御瘴功能。但没有吃过的一定要慎重。

有一次，一位同学来琼中，也是与我二哥一起多年住这里，他就特喜爱嚼槟榔。一起用餐前，那位同学刚买回槟榔，我觉得好奇，也要了一片叶子和槟榔，放到嘴里嚼起来。可刚嚼了两口，立刻感到浑身燥热，面颊发烧，头晕目眩，不知怎么了。同学告诉我：你是有点过敏。刚开始吃前几口要吐掉，不然刺激太厉害是受不了的，赶紧喝水就好了。这一下把我吓得不轻，对陌生食物再也不敢轻举妄动。

山水环抱的琼中，没有经历无序开发的阵痛，因此有着未被尘染的面容，每一个季节都有着醉人的景致。

我想告诉你，琼中还有许多我没看到、你也想不到的传说故事、特色美食、如画风景和沉静的去处。还有许多你我都想找想去的地方、想餐想饮的美味和想放飞心情的领地。一同出发吧！

2020 年 5 月

黑山峡谷好风景

黑山大峡谷位于河北省平山县西北部太行山深处，是以自然景观为主景，以人文景观为配景的生态风景区，距石家庄 120 余公里。

现正值盛夏，应朋友邀请，约上两好友，便动身寻清凉之地避暑。周五下午，驱车近 3 小时方到达景区，主要是对路况不太熟悉和山路较多。

朋友是一位同乡范女士，她在景区外经营着一个小院，因新冠肺炎疫情的持续，她自春节后一直居住在这里。晚上为我们准备了大锅菜贴饼子，聊了家常，聊了同乡，聊了景区。她说：这里夏天非常凉爽，晚上是要盖被子的，冬天也不像想象的那么冷。一年四季这里不断水，冬天泉水长流不冻，春天有山上的雪化水，夏秋是天然的雨水。我和女儿住在这里，不但远离了疫情，还呼吸着清新的空气，都不想回到城市里去了。

还真如所说，从进入景区以来，身上的汗渍已经干爽，呼吸也觉畅快许多，晚上阵阵凉意袭来，拥被而卧不冷不热，睡得踏实深沉。

第二天早餐后，早早地来到景区，因年龄所限选择了坐缆车上山。坐缆车有一个好处，可以从上往下观览景色，获得步行上山所不能达到的效果。

缆车一路上行，俯瞰黑山大峡谷，我们被这里奇特的景观、高深的山谷、无边的林木和苍翠的山岩所震撼。我们被这里座座奇峰怪石、万亩原始森林和云雾缭绕的美景所倾倒。特别是经过的几个山体，有的像刀切一样笔直地挺立于苍翠之中，气势磅礴，雄伟无比。有的似玉女独立于群峰之间，婀娜多姿，轻盈优美。还有一处山体崖壁更是高达 200 多米，崖面上有几个洞穴，如人凿刻在巨大的崖壁上，且洞中有泉水流出，独成溪流而下，十分壮观。

下了缆车，就到了景区的重要人文景观穆柯寨，这里群山环抱，掩映于参天古木之中。据介绍，宋朝穆桂英的父亲因受奸人迫害，逃至此地结庐而居，取名穆柯寨。后杨宗保因破天门阵寻降龙木，误闯穆柯寨，与穆桂英私结姻缘。寨中有习武场、招亲房和家庙等。

穿寨而过，拾级而上，进入了峡谷深处。不知何时，天上下起了小雨，使本已清凉的空气更有了一些冷意。循着台阶一路上行，说是“上山容易下山难”，实则上山也是很难的。踏着台阶连续上几十步，便觉胸口发闷，即使在氧气充足的环境中，也感到呼吸困难，所以不敢快上，只能走走停停，也就有了观赏景物的时间。

这样走着，台阶开始变窄，抬头看见崖壁上刻有“清凉峡”三个大字。旁边还有提示，大意是这样的，此处是山口地段，山风冷硬，容易被吹感冒，注意穿好衣服。继续前行，两侧岩石陡峭，最窄处仅三尺有余，路也几乎成了直上直下，脚下台阶只有把脚横着才能踏住，后面的人好像被人踩到了头顶。艰难地爬过峡口，非但没有出汗，真感觉到了阵阵刺骨的凉风，再加上小雨的凉气，如不注意很可能感冒。景区的提醒很有必要。

峡谷中的繁茂树木

这里地势如此险要，让我想起“一夫当关，万夫莫开”的成语，难怪穆家选择黑山关安营扎寨，自有其英明之举。也难怪在这冀晋咽喉要塞，自古就是兵家必争之地。

观景台坐落在海拔1590米的山头上，站在台上俯视群山，向西隐约可见山西五台山的身影，向北应是群山环抱的驼梁景区，向东向南被两个山头挡住了视线，那应该是从石家庄来的方向。再回望脚下，遍布着原始次生林，以油松、山杨、红桦和栗树为主，这茂密的植被和林海苍茫的景观，这空气中高浓度的负氧离子，这无任何污染的空气和水体，是一处多么舒适理想的休闲避暑之地。

畅想结束，便踏上下山之路，“上山容易下山难”确有其道理。这时，身体的能量基本被上山消耗殆尽，腿脚也被累所困，已不愿继续负重前行，并提出抗议，开始疼痛。上了多少台阶，都是要还回去的，每下一个台阶，腿脚像不听使唤一样沉重。有栏杆时扶栏杆一把，没有栏杆时，就两人互相搀扶一下，那个景象有个名词叫“惨不忍睹”啊。

就是在这种情形下，也不能错过沿途的好风景。

一路下山，景色更秀美，空气更宜人。峡谷沟中林木繁茂，枝干交错，叶叠如盖，游人行于其中，难见天日，如入另一个世界。滚落谷底的巨石，造型各异，或独石成景，或阻水成瀑，与山中的水树形成和谐的画面，美不胜收。沿途还看到了成片的国家二级保护植物红桦树，其他景区很难见到。此树树皮鲜红，皮可入药，治疗风湿、关节炎等症。此树又称“爱情丘比特”树，据说用此树皮写信给情人，成功率很高。

黑山大峡谷的最大特色，就是景区水资源充沛，山泉从1600米处涌出，奔崖跌谷，流行10余华里，形成无数个池潭飞瀑。其中的银河瀑由十级瀑布组成，合计落差达200多米，远如白练垂天，近似银河倒悬，或悬瀑或漫流，宏大无比，十分壮观。还有水中矿物质与石面反应生成的红石瀑，有水随石走形成的似龙行走的黄龙瀑，有瀑布悬空落入池中形成绕梁三日的天籁清音瀑。

下山虽然很辛苦，也已筋疲力尽，但被美景吸引，似乎也轻松许多。

由于沟谷纵比降差较大，溪水流走如遇岩拱石坎或巨石阻挡，即成跌水，跌水下为潭池，形成溪流、跌水、潭池的水体。一路行走于山水之间，满眼是清澈灵透的溪流和成串的瀑布潭池，更可见清泉石上流，闻潺潺流水声，听鸟鸣空林中的仙境，在普遍缺水的太行山区有如此奇特的水景是十分宝贵的。

下山后还留了一点遗憾，就是上山如果不坐索道，这边有一条彩色栈道没有走一走，还有大片猕猴桃林没有看一看，下次一定走上山去。

黑山大峡谷的独特风光，在北方山区的景观中是不多见的，这里以峡幽、峰奇、林翠、水清为其特点，营造出了野、静、险、秀的游览环境，真的让人流连忘返。

2020 年 7 月

世外桃源长寿村

河北省邯郸市武安市西北部有一个自然村落——长寿村，这里主要以“空气好，水好”而闻名遐迩。

几日前慕名而往，小住几日，深感不虚此行。被这里岭峻峰险、山高水美、绿树茵茵的自然风光所折服，因这里以山称奇、以水增寿、以寿闻名的人仁之气而佩服。

长寿村海拔1100米，四周山体高大，古木参天，苍翠挺拔，环境幽静，负氧离子密集，在这里有吐故纳新、洗心涤肺之感。

这里的水是稀有的高山冷泉水，具有水温恒定、流量恒定、水质恒定等特点，富含多种有益的微量元素。因山上原始次生林中长满了几十种珍贵树木和200多种中草药材，药材根系再将充沛雨水过滤，形成股股甘冽之泉，被誉为长寿泉水，并被命名为“太行第一泉”。每天有大批桶装水运往各地，为人们带去养生之水。

长寿村全村人均寿命85岁。这些老人上山打核桃、打板栗，有的肩负几十斤，仍疾步如风。这里的老人们说，自建村以来，村里人就没有人得过癌症、脑溢血之类的疾病，都是活到天年无疾而终。

长寿村以其奇异魅力，现已成为闻名全国的旅游风景区，包括长寿园、长寿泉、龙盘树、古长城、玉皇顶等50多个景点。

这里的居住条件不错，大部分是农民自家改建的农家院，还有部分正规的宾馆、饭店。许多老年人每年跟候鸟一般，天一热进山，天不冷不走，一住就是几个月。农家院里住房很便宜，含吃住 40—60 元，有的不预定都不好找房子。

长寿村真的是养生、休闲、度假、避暑的世外桃源。

2020 年 9 月

思 路

业余写作爱好者，正在台灯下思索小说里的主人公如何与对手谈判。

还没想出要说什么，却听到怀孕的妻子说："嘿，咱们下楼去遛遛吧。"

"好的。"他赶紧放下笔，陪夫人来到楼下小公园里足足遛了一个半小时，回来侍候夫人躺下，又读了半个小时童话故事进行胎教。这才又回到小桌旁，继续他的"谈判"进程。

"老公，给我点水喝吧。"

"好的，马上。"

妻子的肚子一天天隆起，丈夫的忙碌也在逐步升级。

谁都知道动物世界里，雌鸟抱了窝，雄鸟要去觅食照顾它们。何况，人乃万物之灵，多忙也是应该的。

"今天我要吃鱼。"

"行。"丈夫立刻直奔超市，一会儿，色香味俱佳的红烧鱼上桌了。

"把鸡蛋炒嫩点儿，淡一点，对宝宝好。"

"请品尝这次炒得怎么样。"

"给我的皮鞋打点油吧，遛弯回来都是土。"

"马上办。"

妻子的要求都达到了，可他的思路怎么也连不上，老是在跑偏，这保姆加阿姨的工作真难当呀，现在谈判都谈不成，再当了爸爸，后边更无法开展下去了，这还写个啥呀。

当然，这点怨气只能暗中发作一下，妻子一召唤，马上又像弹簧一样从椅子上蹦起来。

这一日，晚上 9 点，本已躺下的妻子想喝酸奶，可没注意到，箱子空了。

“对不起，马上去买，请夫人稍候片刻。”

“你写去吧，我和孩子没你那码字重要，我不喝了。”

丈夫忙着赔不是，穿衣跑步外出。这时商店大部分已关门，走出老远，万幸找到一家。回来时走得急，还在想着谈判到了关键期，主人公是否下定决心，对手是否让步，突然一个台阶绊一了下，双膝一下跪在了地上，酸奶也扔了出去。他立刻感到膝盖一阵钻心地疼。

急忙收拾起酸奶回到家中，妻子已睡熟。

他没有叫醒她。

把渗血的膝盖包扎了一下，忍着疼，又来到小桌旁，可无论怎么想，思路也接不上了。

2020 年 9 月

三读《艳阳天》

《艳阳天》是著名作家浩然创作于20世纪60年代中期的长篇小说，也是作家创作风格和艺术成就的代表作。小说出版后十年间发行量达到了500万册。1999年7月，《亚洲周刊》主办的“百年中文小说百强”评选中，《艳阳天》名列第43位，位居当代大陆作家的前十位。

《艳阳天》以麦收前后京郊东山坞为背景，描写了农村一系列矛盾冲突，精细地刻画了农村各阶层人物的精神面貌和思想性格。小说的鲜明特点是在描写复杂的矛盾冲突中渲染的浓郁的乡土气息。作品中所创造的那些农民形象大大丰富了当代文学的人物画廊，为人们提供了丰富多彩的认识价值和审美价值。这也印证了作家一向的创作主张：“在内容上保持自然真切，不断地往生活的深广度开掘；在形式上发扬民族化、大众化的传统，不断地向艺术的完美求索。”

我开始接触《艳阳天》，是在20世纪70年代初的中学时代，那只能算得上因感兴趣而阅读。当时种种原因导致文化课学得不是很扎实，但我从小对文学很有兴趣，那还得益于在冀中平原农村的外祖父家度过的童年生活。那时每到冬天农闲时节，每天都有几位乡亲聚到生有煤火的外祖父家取暖，外祖父就让在城里上班的闺女找几本书来，每天晚上有人读上几章。我就是在这种环境下，听着别人读书而进入文学世界的。所以也就很早接触了《西游记》《三国演义》等中国的古典小说，并对大部分的书有了很大兴趣。拿到《艳阳天》开始读的时候，看着三卷本的作品，一边读我就一边想，浩然一定是像吴承恩、罗贯中一样的大作家，要不然怎么把人物写得这么形象，怎么把景物写得这么美观，怎么把事件写得这么生动。看着作品中每个活灵活现的人物，好像我都见过，就是我所认识甚至是亲戚中的某个人；看着作品中激烈的矛盾冲突，我也真恨不得站到破坏分子的对面去反对他们的恶行；看着打麦场上紧张的情景，我也好像看到了外祖父他们热火朝天的抢收景象。每当拿起书来就不想放下，在我看过的其他作品中，还真没有让我如此入迷如此爱不释手的程度。

再次拜读《艳阳天》，是在 20 世纪 80 年代中期。这时国家改革开放已经开始，许多工作都步入正轨，为提高没有机会上大学的青年一代的文化程度，各大学都利用自己的资源举办了各类函大、夜大、电大等学校，我也报考了河北大学函授学院汉语言文学专业，开始系统学习中国的语言文化和文学知识。这期间需要完成大量的作业，在作业中除规定要以什么文本为题材和背景外，只要是自由发挥的，我都以《艳阳天》为例，论述文学作品应如何采用纵横交错的结构方式，按照时间顺序使用插叙的手法去极大地扩大小说的容量；论述文学作品的人物描写要以《艳阳天》中的人物描写为模本，如何去写弯弯绕的“绕”和马大炮的“炮”；论述农村、农民题材在文学史上的重要地位，只有“深入一辈子农村，写一辈子农民，给农民当一辈子踏实的代言人”的浩然才能创作出《艳阳天》这样一部“描写中国农民生活的一个绝唱”的好作品。这时细细品读《艳阳天》，才真实地感觉到浩然作品“像刚从地里拔出来的萝卜，不仅带有须子和萝卜缨子，还带着一嘟噜湿乎乎的泥土”的浓浓的乡土气息。我也再一次被小说情节的曲折丰富，结构的完整紧凑，人物的生动传神，语言的朴素流畅所折服。更为可贵的是，通过全书自始至终洋溢着的乐观主义精神也激励着我勇敢地面对困难和挑战。

真正对《艳阳天》的作者浩然有了进一步了解，是在浩然先生 2008 年 2 月去世后，从人们的怀念文章和作家介绍中得知了浩然先生不平凡的一生，也得知了浩然先生一直保持着的高尚的人格和坚持着的人生信条，使我更增加了几分对作家的钦佩和敬仰。真没想到的是 130 万字的巨著，出自只上过三年小学、半年私塾且只有 32 岁的作家之手，也没想到作家在创作的道路上不忘初心坚持为农民写作所具有的高远志向，更没想到作家走后为后人所留下了在中国文学史上多么厚重的一笔财富。

这个时期，我又带着感情深读了一遍《艳阳天》，越读越使我心灵感到震颤。《艳阳天》的写作和出版，正是作家解放后近八年的基层干部工作所看到的事实和丰富的生活积累，也是这位农民出身、长年生活在农民中间的作家，对于中国农民和广大农村带着质朴而又深沉的感情写作出来的。这才应该是作家的初心和创作宗旨。

几十年来，《艳阳天》给我的印象和对我的影响太深了。给我印象最深的是对小说中人物不同的思想观念、心理活动和行为方式及生动而富于个性化的描写。比如萧长春的智慧谋略、焦淑红的青春干练、马之悦的阴险奸诈、弯弯绕的圆滑心计、韩百安的胆小懦弱，等等，每个人不同的肢体形象、性格特征都跃然纸上。再就是小说纵横交错的叙事方法和恰当运用插叙的手法，对全景式展现故事情节达到了完美的艺术效果。比如在第一卷里作家用了近 30 万字，写的只是萧长春回东山坞那天夜里到第二天晚上约 24 小时里发生的事情，这段时间各个人物陆续出场，每个人物出场的时候，作家都对他们的出身经历和个性特征做出详细交代，马之悦的过去和现在，弯弯绕名字的由来等都刻画得入木三分。《艳阳天》对我影响最深的是，到目前我观察人还在依据小说中的名句“最难斗的是仰脸老婆低头汉”，以至遇到这样的人我总是敬而远之。再就是每要到动笔写点什么的时候，总觉得写不出样子，怎么也写不出《艳阳天》中生动的人物和诗化的环境，所以至今没有什么建树。

不知这算是读《艳阳天》的收获还是失败，主要的还是才疏学浅吧。

2020 年 10 月

我们都从年轻走过

年轻的时段，是一个人最有朝气和充满活力的岁月，是一个人最富于幻想和快乐成长的阶梯。

最有朝气和充满活力的年轻人，能在大地上留下自己铿锵的脚步；会在天空中留下自己嘹亮的音符；可以为一束深情的目光迸发出滚烫的情意。

他们的心，鲜亮得仿佛一轮喷薄而出的旭日，炽热得如同一团烈焰燃烧在大地。

最富于幻想和快乐成长的年轻人，想象着漫步太空如步履白云般舒卷自如；敢于为了生命的承诺向命运挑战；愿意为了心中的玫瑰去跋山涉水倾诉衷曲。

他们的心，好似梅花的暗香清幽淡雅，宛如碧叶上的晶莹露珠透明亮丽。

年轻人的心，坦诚而裸露，可以追随浪花的脚步奔腾跳跃，可以在飞雪中奔跑聆听春天的消息。

年轻人的心，执着而好奇，可以飞入太空探索浩瀚宇宙的奥秘，可以纵横驰骋于江湖而不惧路漫漫其修远兮。

岁月流动，生命如歌，我们都从年轻走过。

当每个人的年龄不再年轻，当每个人的阅历与日俱增，都希望把年龄叠起藏进岁月的书签，让青春心态永远微笑着保留在心底。

年轻与否，不仅仅取决于自己的生理年龄和外表，而更重要的是自己的心理年龄，是否拥有那么一种年轻的心态和勇气。

心态年轻，能被一句真诚的话语撞开紧闭的心扉；能为一个温情的故事捧出久违的泪水；能听一声热忱的呼喊就腾身而起。

心态年轻，能让头顶多出一片明净的蓝天；能让脚下多出一行坚实的足迹；能从晦暗中看到光明；能从失望中看到期冀。

浩瀚人群里，没有比年轻的心态更快乐更重要。纷纭社会中，没有比年轻的心态更逍遥更惬意。

没有经过苦难磨砺，年轻的心是脆弱的，容易因挫折而胸中积郁。没有侵袭凡俗龌龊，年轻的心是纯洁的，容易遭受追逐名利的算计。没有游戏人生浮躁，年轻的心是安详的，容易被悲怆境界所迷离。

目睹沧海桑田变迁后，历经磨难的心，才能表现出处事沉稳的心机。参透道家玄机佛经禅语后，无比纯洁的心，就能悟到大千世界的神秘。风雨过后的树林漫步中，让安详静谧的心，去寻觅那一行行诗意，等待浪漫的消息。

年轻，是冲锋陷阵的资本，是壮志凌云的根基。

2020 年 12 月

淘　鱼

外祖父家，是冀中平原中部的一个村庄。这里地表水很浅，挖不过两米就见水，从井里提水，也就一根扁担的事。

村里的主要耕地在村子南部，这里因地势较低，雨水多的年头，庄稼就会被淹。祖辈们就想出了挖沟泄洪的办法，沿着地势四五十米宽，两边就是沟渠，均深在 2 米左右，常年有活水流动。这些沟渠纵横交错，汇合成小河，然后流入沙河。

沟渠的形成，一方面雨大时分走雨水，另一方面天旱时用水浇地，还在每年农闲时，拦起一段水坝，将水淘干，把沟底的青泥挖上岸，当作肥料用到地里。

每当大人们把水快要淘干的时候，先有一群孩子下到沟里去把大大小小的鱼抓摸干净，大人们才开始挖泥，这也是孩子们最开心的时候。

小时候，我是在外祖父家生活，直到上完小学才到县城父母身边，但每年的假期都会到外祖父家帮助干活。当时的县里和村里的学校都是为适应农村学生的实际，分三次放假，放几天麦假、几十天秋假、十几天年假。

外祖父和外祖母共有三个儿子一个女儿，两个儿子抗战时牺牲了，还有一个儿子在外地工作，他们二老只有靠母亲来照料了。母亲工作抽不出身，我只要有时间或者放假就住到村里去照顾他们。

正好我也乐得去村里玩耍，因为村里玩的项目要比城里多多了。在打好猪草、拾够柴火后，便可以与小伙伴们寻些爱玩的如弹玻璃球、摔泥饼、撞拐、游泳等玩起来，还有的时候做些扒瓜溜枣之事，再有时间就会到水沟里去淘鱼玩。

淘鱼，是我们孩子们最爱玩的，也是最费力气、最有成就感的事。

但淘鱼也是技术活，先要找到有鱼或可能鱼多的地方，在沟里选一段好做两个水埝（泥堆的堤坝）的地方，做好水埝。一般大人们是用斗大的特制铁桶，在顶端和底部各系上一条绳子，两个人站在两个岸边，各提两根绳子，同时弯腰后甩，铁桶进水，然后同时挺腰提桶，双手上提至水埝顶部，前手下探，后手高抬，铁桶水便倒到了埝外。这样一来一往，眼看着埝里的水越来越浅。而我们孩子们淘不了大水，就选一段沟窄水浅的地方去淘，提不动大桶，就用脸盆淘水，可同时几个人一起来干，水也下去很快的。

每当水快干的时候，也是我们最高兴最快活的时候，看着大小鱼儿在水里胡游乱窜，再到把它们都抓摸进筐，这样的过程真是得意得很。但因为沟底都是淤泥，鱼是很不好抓的，特别是泥鳅、鳝鱼之类，它们可以潜伏在泥里，看不到它们，就得手脚并用，靠触摸发现和抓到它们。

有一次，我与两位伙伴去淘鱼，其中一位因小儿麻痹腿脚有点不利索。淘到水快干的时候，我俩开始抓鱼，腿脚不利索的伙伴在埝旁边一边继续淘水，一边护住水埝防止塌掉。我摸到岸边的时候，发现有一个不深的小洞，手往里探了探，嘿，有鱼，还是条鳝鱼。在我准备把它抓出来时，凭感觉有点不对，鳝鱼身子无鱼鳞，非常光滑，怎么这条这么粗糙呢？管它呢，抓出来再说。手一边往外拽，一边想是啥算啥，可一旦露出水面，立刻吓了我一跳，是条青色的草蛇，虽然此蛇无毒，但也着实害怕。

我"啊"的大叫一声，猛地将蛇甩了出去，正好甩到淘水的伙伴身上，我赶紧爬到了岸上，另一个伙伴不知咋回事，也跟着往岸上爬。那个在埝边淘水的，听到了叫声，又感觉屁股上被个什么东西砸了一下，回头一看，是条蛇，立刻把脸盆一丢，扒着泥埝就往上爬，但由于腿脚不利索，越爬越着急，越着急越上不来，把埝也弄塌了，水冲了进来，蛇也不知被冲到哪儿去了，他也在水里开始乱扑腾，我俩趴在岸上费了好大劲才把他拉上来。

惊险过后，回头再看水里的青蛇也被摔得很重，在水里一翻一翻地在打滚，我们谁也不敢去拿脸盆了，这一上午白忙活了，还损失一个脸盆，只有等挖沟的时候看能不能找回来。

淘鱼，在小时候的回忆中，是最快活和最有收获感的事情，如果淘到鱼，回家让外祖母一加工，放到铁锅里一熬，再在锅边贴上几个玉米面饼子，那叫一个惬意、舒服。

外祖父他们村子，正因为有水能浇地，有泥能肥地，年年庄稼长得格外好，再加上有鱼吃，成了远近闻名的"鱼米之乡"。

2020 年 12 月

诗歌篇

鼓　词

——为2006年春节省政府联欢会而作

政通人和事业新
燕舞莺歌歌盛世
国安家庆庆新年
歌的是
祖国繁荣又昌盛
落实科学的发展观
庆的是
人民安居又乐业
和谐社会来构建
今天不把别的唱啊
只把那和谐谈一谈
中华民族传统好啊
自古和谐美名传
世上天地人之间
和谐圆满处处现
红花与绿叶
悲喜离合欢
白天与黑夜
大海与高山
战争与和平

生老病死间
事物对立又依存呀
阴阳太极圆中圆
万事和为贵
家和不怕难
协和兴万邦
和平谋发展
家居要和美
和气生财钱
天时地利不如人和呀
和衷共济国泰民安
现如今
伟大的中国共产党
树立科学的发展观
领导人民奔小康
要把和谐社会来构建
三个文明一齐抓
四项建设任务坚
和谐社会内涵大呀
听我们仔细地谈一谈
民主法治要统一
两者协调求发展
公平正义妥处理
利益均衡群体间
诚信友爱很重要

不以规矩无以成方圆
充满活力意义远
倡导新型的劳动观念
安定有序秩序好
社会管理要完善
人与自然要和谐发展
就要保护好生态资源
和谐社会是万众心愿
齐心协力把她建
河北紧跟党的路线
各项工作走在前
发扬传统积经验
要把和谐河北来构建
系统工程全面抓
统筹兼顾突破重点
解决问题见实效
主要矛盾抓当前
要让人民得实惠
各项事业大发展
这一切
和谐稳定是基础
党的领导是关键
政府人民一条心
美好理想一定实现
看未来

和谐春风处处吹
和谐传统代代传
和谐事业人人管
和谐社会前途无限

2006 年 1 月

记　住

——纪念长征胜利七十周年

记住
七十年前的今天
我们感受到一个伟大——长征胜利
记住
七十年后的今天
我们经历着一个活动——长征纪念

记住那段惊心动魄的远征
记住饱含理想主义的激情
记住遵义会议的光芒
记住毛泽东的指挥思想
记住长征胜利的伟大转折
记住长征精神的影响深远

长征是宣言书
红军都是钢铁汉
长征是宣传队
解救民族危难
长征是播种机
唤起英雄儿女千千万

记住长征的艰险
步步险境处处生死关
记住长征的苦难
环境恶劣挑战人的极限
记住长征的考验
重任在肩革命理想高于天

回望长征
给多少人留下一个“谜”
是什么让这支队伍
从近乎毁灭的打击中转危为安
是什么让这支队伍
从千难万险中走向救亡前线
是什么让这支队伍
摆脱“左”倾教条的羁绊
是什么让这支队伍
创造出无与伦比的英雄诗篇

提起长征
就会听到草地上的国际歌声
那是坚强的理想信念
提起长征
就会想起万水千山中克关夺隘
那是压倒一切敌人的英雄气概
提起长征

就会看到肩并肩、手挽手面对艰险的场境
那是团结一致的集体主义画卷
提起长征
就会浮现各族人民热情支援的画面
那是军队和人民鱼水情深、血肉相连

记住吧
这就是答案
它已经成为彪炳史册的精神象征
它已经成为亿万人民回忆的积淀

没有光大
再伟大的精神也难以传承
没有传承
再丰厚的精神财富也价值难现
今天我们纪念长征
就是重温一种伟大精神
就是获得一种现实力量
就是开辟新长征的伟业
就是再创中华民族的灿烂

记住面临的发展机遇吧
记住面对的严峻考验
记住长征路程的遥远吧
记住复兴使命的艰难

记住肩负的责任吧
记住历史的呼唤

让我们
从历史的馈赠中汲取力量
永远保持一种精神和信念
让我们
从现实的改革中获取智慧
坚持以人为本科学发展
让我们
以长征精神为源泉
增强民族自豪感
让我们
以长征精神为动力
续写民族复兴新诗篇

2006 年 10 月

歌　词

——从小树立勤奋志

春天处处花满园
园丁辛勤来浇灌
我们学习要励志呀
学好本领不怕难
从小树立勤奋志
朵朵花儿笑开颜

秋天果实挂满园
收获季节最喜欢
我们学习要努力呀
祖国未来我们建
从小树立勤奋志
硕果累累笑开颜

注：应同事之邀为其儿子（小学生）而作。

2007 年 10 月

旗　帜

——学习十七大精神有感

旗帜是国家象征的体现
旗帜是政党思想的凝聚
旗帜是军队战斗力的灵魂
旗帜更是事业前进的激励

五星红旗自从天安门升起
中国人民终于扬眉吐气
经历过多少风浪的磨难
世界民族之林中坚强屹立

镶嵌镰刀锤子的党旗
团结起优秀的中华儿女
解救人民于水火之中
带领人民建设社会主义

八一军旗诞生在南昌起义
战火洗礼中她所向披靡
几十年锻造威武之师
祖国建设中她维护统一

当今深刻变化的世界
睿智的中华民族要把握机遇
当代深刻变革的中国
成熟的党要完成使命的赋予

几代共产党人的探索
几十年建设道路的实际
建设中国特色社会主义
为初级阶段确立了主题

中国特色社会主义道路
是前途命运的深思熟虑
中国特色社会主义理论
是发展了的马克思主义

理论的旗帜高高举起
发展的目标任务艰巨
方向路线必须毫不动摇
坚定信念需要始终不渝

在这面旗帜下
坚持解放思想坚定不移
在这面旗帜下
坚持改革开放坚定不移

在这面旗帜下
推动科学发展坚定不移
在这面旗帜下
全面建设小康社会坚定不移

生活之树需要常青
理论之果要永远延续
一脉相承又与时俱进
马克思主义就能永葆生机活力

旗帜指引着方向
全国各族人民团结更加紧密
旗帜代表着路线
符合时代潮流党心民意

让我们把旗帜高举
将历史使命永远铭记
让我们昂首阔步
实现民族复兴的伟大目的

2007 年 11 月

晨游植物园

深秋清晨植物园　景色怡人空气鲜
好友相伴游兴浓　信步闲庭似神仙
亚太首脑京城会　重典治污效果显
身在霾城石家庄　好似客在西湖畔

2014 年 10 月

赞牡丹

天下花千万　唯有牡丹艳
国色天香绝　一览众花淡
雍容不觉赘　华贵尽彰显
天姿被神妒　容貌使人羡

2015 年 5 月

四季歌

春

春雨惊春清谷天　桃杏梅梨百花艳
万物复苏盼夏暑　大江南北好耕田

夏

夏满芒夏暑相连　稻麦瓜果桌上端
挥汗如雨等秋凉　作物管理忙生产

秋

秋处露秋寒霜降　粮棉油菜收获忙
凉气紧逼冬将至　辛苦成果装满仓

冬

冬雪雪冬小大寒　苍茫大地百花残
忙里偷闲待春风　储备物资盼来年

2015 年 6 月

时间风景

上帝创造了时间
来服务于人类
年轮的曲线
似一幅幅图画
有深有浅，有浓有淡
她在乡村的田野上
是岁月和光阴的延续
她在城市的建筑里
抽象成了挣钱和数据
春天融化的雪
秋天飘落的叶
描绘的是自然岁月
四季日历的堆积
时光在楼宇间飘散
完成的是金钱流转
珍爱美丽的风景吧
用心去爱怜光阴
安度岁岁年年
感受上帝的恩赐吧
走出城市的桎梏
去与大自然来个和谐团聚

2020 年 3 月

春　花

桃树千顷红　杏花万亩艳
杜鹃照鸿运　蜡梅不惧寒
杨柳絮如雪　玉兰香夺冠
油菜花遍野　最美是牡丹

2020 年 3 月

清明吟

二老双亲先后离我们而去
清明时节到坟前奠祭
追思先人慈祥的音容
感恩双亲对我们的生养教育
送上无数的金银财宝
愿至亲在天堂之上生活富裕
深深地为他们鞠上一躬
祝亲人在天之灵安康吉祥
时间不会因人而停顿

似水的年华川流不息
变老也是大自然的规律
与其叹息规律的不可抗拒
不如修身养性好好地爱护自己
安排好质高物优的生活
保养好生命本钱的身体
既要保持对自然四季的喜爱
又要保持对人类情感的珍惜
既要喜爱夏暑冬寒
又要喜爱春风秋雨
既要珍惜伴侣子女
又要珍惜朋友亲戚
当我们终将逝去的时候
会排除一切精神的恐惧
只是把它当作一次远行的旅程
去与先走的亲人欢快地团聚

2020 年 4 月

致父亲

父亲是座山
我就是山中的一棵树
把根基深深地扎在
父亲的泥土里

父亲是绿水
我就是那水中的一条鱼
让深深的思念
与父亲的关爱永不分离

父亲是大树
我就是那树上的鸟巢
永远把安危寄托于
父亲高大的身躯

父亲是大地
我就是大地中的一粒种子
吸吮着大地的营养
依靠着父亲的培育

2020 年 4 月

人类要清醒

教科书上说：人是有感情的动物，是真的吗

有人说：人是有思想的动物，是真的吗

又有人说：人是有思想和感情的高等动物，是真的吗

动物以生命护佑幼崽时，没有感情吗

动物面对刀枪掉下眼泪时，没有感情吗

动物在人处于危险奋力相救时，没有思想和感情吗

当一部分人高举屠刀砍向另一部分人的头颅时，他的感情在哪里

当人类手拿利刃刺向动物心脏时，他的感情在哪里

当人类对共住一个地球的野生动物赶尽杀绝时，他的思想和感情又在哪里

人用思想创造环境，使生存更舒适

人用思想改造物质，在为我所用时更便捷

人用思想驯化动物，把动物变成了人类的玩具

人的思想需要感情的时候，感情就成了统治工具

人的感情需要思想的时候，思想可以毫不犹豫把感情抛弃

思想与感情达成了统一，动物就成了人的食物来强身健体

人类用思想重新创造物质，使物质有了思想
而当物质的思想，超越了人的思想时
人类将如何掌握自己的命运，如何把物质管理

人类用思想创造了便捷工具，要去外星球旅游栖息
而当外星球的思想，胜过人的聪明时
人类的命运将走向那里，又将如何返回陆地

地球是所有动物的地球，所有动物都有生存权利
人类比动物要年轻数亿，不要低估它们的生存能力
用感情善待动物吧，用思想让动物与人共享生息

人类需要清醒，应该用思想好好想想自己
失去感情与思想，世界怎样和谐下去
没有了动物的地球，人类如何能延续

2020 年 4 月

妈妈我想对你说

人间最累是母亲
世上最苦是妈妈
你十月怀胎把我生下
你含辛茹苦把我养大
无论我走出多远
永远都是你心中的牵挂
无论我飞得多高
永远都是你牵挂的娃
世上最灿烂的阳光是亲情
世上最伟大的人物是妈妈
当我还未来得及孝敬
却已见不到你老人家
如果还有来世
请求你还做我的妈妈
如果还有缘分
就让我多多孝敬你吧
天堂多了一位慈善的母亲
人间失去一个亲爱的妈妈

今生亲人阴阳两隔
来生再续亲情牵挂
妈妈天堂安康吉祥
孩儿永远怀念妈妈

2020 年 5 月

明　天

人生，不可能长驻春天
但一定有新鲜的明天
掀动一天天日历，就像
犁铧翻动泥土
感受大地的新鲜
越过一年年岁月
收获耕耘的报答
感受生命的纪念
回顾昨天，耕耘今天
是为了开创明天
勇敢地面对未来
接受机遇和挑战
让奋斗者的愿望实现

2020 年 6 月

沉　默

激情的浪花，演绎着瞬息万变
沉默的礁石，展示着亘古不变
早已分不清，什么是浪潮的呐喊
早已辨不明，什么是内心的呼唤

心灵的沧桑，桎梏了已久的思念
红尘的无奈，沉默着旧时的语言
情感的信息，无序地穿梭
在孤寂的小屋里，与心灵抒情地交谈

岁月碾磨阳光，影子孤落磨前
风霜寄出思念，叠起层层冰山

2020 年 6 月

风吹过

熟悉又陌生的风
吹过渺渺茫茫的记忆之河
旅人听到了那些
旧事连绵波涌的涛声
智者领略到了那些
接近平凡与朴素的深刻

熟悉又陌生的风
吹过渺渺茫茫的记忆之河
幸福与苦难在荣辱成败中
展示独具的风景
爱情与生命在岁月沧桑中
开出真实的花朵

2020 年 6 月

静　思

蓝天在静思
风和云来来去去，聚散飘移
哪里是它们的属地

大山在静思
树和草枯荣不息，生长死去
有谁知道它们的思绪

湖泊在静思
鱼和虾自由惬意，无忧无虑
不知遭遇什么样的突袭

2020 年 6 月

流　星

像闪电，划空而过
飞快地，消失在瞬间
它不是星
我们却叫它“流星”
明知就会消亡
也要努力发光
穿过大气燃烧
夏夜星空闪亮
仰望“流星”，联想人生
生命的过程，似“流星”般快闪
启示着发光要抓紧时间
警示着奉献中人生短暂

2020 年 6 月

家庭如岸

苦苦的寻觅，是为了永恒的甜蜜
苦苦的追求，是为了感情的锚地
在生活的海洋中
一个男人，一个女人
就如两叶小舟
家庭如岸
没有情感的链条，紧紧抓住
小舟又会漂离岸边

2020 年 6 月

书之美

书，一本好书
一本有价值的书
展开，就是一片世界
予人以精神的愉悦
那里是无声的
却听得到，喁喁低语袅袅清音
那里是无影的
却看得到，千种景观万般风情
那里并不遥远
在灯下在林间
时刻伴随你身边
喜欢书吧
让她抚慰你的心灵
在春草芳菲中陶醉

2020 年 6 月

叶子与风

叶子被风
带回大地
叶子只是叶子
风只是风
叶子的离去
是大树不肯挽留
还是风在紧逼
抑或叶子
正在想返回故里

2020 年 6 月

诗

诗，是有声的画
画，是无言的诗
诗，是真情流露的文字
富有表情的文字，是诗
诗，是心灵之火
点燃照亮人心的火，是诗
诗，是独特的想象
想象串联起来，是诗

2020 年 6 月

平　凡

平凡，就像一阵风
偶尔带来凉爽
却无影无踪
平凡，好似一滴雨
滋润了干渴的小草
却落地无形
平凡，就是一群人
创造着辉煌历史
却没有留下姓名

2020 年 6 月

岁月沧桑

没有人在意
时光是如何流走的
同样没有必要
感叹岁月沧桑
因为时间从未老去
永远不变的心态
也忘了四季
于是，所有的生活
都很有意义

2020 年 6 月

相　守

相爱就是相守
相守就要永久
相守要有，山峰般可依靠的性格
相守要有，大海般可包容的气质
相守要像，溪水般恭顺善良
相守要像，江河般义无反顾
相守需要，与君长相知的勇敢
相守需要，“长命无绝衰”的坚定

2020 年 6 月

明天今天

明天会更美好
但美好的明天
需要今天的努力

明天会很幸福
但幸福的明天
需要今天的付出

珍惜今天
战胜艰难险阻
迎接辉煌明天

重视今天
过好平凡人生
共享美丽明天

2020 年 6 月

青　春

五月的石榴花
火炬般装点绿叶
热烈地装点生活
寄予春的美丽

转瞬间
满地落英缤纷
提出红色警示
朝露日晞，韶华逝去

循着自然规律
花可春风再红
树亦回暖又绿
人却不可青春再续

2020 年 6 月

理 想

理想就是一粒种子
在心中扎根
用思想来培育
用行动来施肥
结出理想的果实
实现心中的梦想

理想就是一粒种子
在实践中扎根
用品德来培育
用技能来施肥
开出理想的花朵
实现心中的愿望

2020 年 6 月

打开书

打开书
像打开已然蒙尘的思想之门
像摊开宫殿光影的凝重美丽
我们的岁月在书里
我们的血液流淌在书里
我们生命的感悟在书里

打开书
将看见你不曾看见过的世界
将忆起你曾遗忘已久的惊喜
书是一块砺石
能磨利我们常常生锈的思绪
能磨亮我们渐渐黯淡的珍惜

2020 年 6 月

爱　情

爱情就是
相隔远心相连的挂念
同船渡共枕眠的姻缘

爱情就是
携子手共白头的长久
你想我我想你的缠绵

爱情就是
剪不断理还乱的情感
甩不掉忘不了的思念

2020 年 6 月

生　活

有声有色的阳光
使生活充满无限生机
色彩的缤纷美丽
才是人生的真谛

有滋有味的空气
使生活充满浓烈的思绪
看不尽的春花秋月
破不完的生命之谜

有苦有甜的回忆
使生活充满深情厚意
那么多坎坷的经历
造就了生活的主题

2020 年 6 月

命　运

命运总是与你一同存在
无论是曲折磨难还是欢快顺畅
不要敬畏它的神秘
虽然有时它深不可测
不要惧怕它的无常
虽然有时它来去无踪

命运有一半在你手中
另一半却在上帝手里
不要俯首听命于上帝的摆布
你的努力会使上帝屈服
不要轻易放弃任何机遇
用付出把完美命运获取

2020 年 6 月

麦　子

收割机在麦地里狂欢
映衬着麦农们喜悦的笑脸
日月之精华，雨露之恩泽
掀起铺天盖地麦浪无限

颗颗麦粒欢快地歌唱
有麦子的地方充满梦幻
山高水低，阴晴圆缺
彰显生命存在的巨大深远

麦子住在广博坦荡的民间
与守望者心心相连
天地无垠，宇宙呼喊
收获在广袤的田野尽情展现

2020 年 6 月

我只想

我不想与时间赛跑
我只想带着对你的记忆
融入时空的跑道
迷失在逝去的岁月年轮

我已到很世故的年龄
我只想不再把时间浪费
用柔软的爱抵御风雨
释放更强大的生命力量

2020 年 6 月

乡　情

那土砌瓦盖面貌依旧的土屋
早已成了书中弥足珍贵的记忆
那小河沟渠里捉鱼的惊喜
还闻得见清香水草的气息
那绿荫覆盖大枣树下的惬意
永远忘不了瓜果枣柿的甜蜜

夜雨后田野中呈现快速生长
与庄稼汉吆牛扶犁形成交响画面
布谷鸟“快快布谷”号角般提醒
催促人们不误时节不要偷懒
月光下魂系天涯游子的乡情
诗意般的日子已被定格成书之章段

2020 年 6 月

乡趣六首

一、婚礼

眼花缭乱村婚礼　鼓乐声中来迎娶
张灯结行拜天地　红枣花生满炕席
桌上摆满鸡鸭鱼　孩子老人笑嘻嘻
热烈喜庆闹洞房　亲嘴点烟出游戏

二、上学

小学离家十里远　同村几个小伙伴
嘻哈打闹去学校　钟声响起课桌前
不喜数学语文课　只想操场体育炼
待得下课钟声过　呼啦一群出校园

三、拜年

初一大门早敞开　亲戚朋友都进来
晚辈跪下就磕头　平辈作揖抱拳拜
花生糖果都随便　热情点烟话喜爱
满街人人起哄喊　鞭炮声里笑开怀

四、打猪草

一镰一筐几伙伴　出村来到小河边
胡乱割得草几棵　扒掉衣服河里钻
浪里白条打水仗　哪管猪草都晒干
提起筐子涮点水　再来撞拐玩得欢

五、赶集

一六隔五去赶集　推车肩挑两手提
五谷杂粮瓜果菜　换取油盐和急需
种子秧苗农机具　服装鞋帽加书籍
货比三家忙挑选　购得满意回家去

六、手艺人

庄户农家谁最亲　能工巧匠手艺人
绣花织布纳鞋底　锔锅打铁郎中神
烧酒漏粉点豆腐　农机家具木匠准
货郎车子剃头挑　走街串巷送上门

2020 年 6 月

南方的雨

南方的雨还在下
已填平了所有坑洼
已灌满了大小山峡
已淹没了许多人家

南方的雨实在大
湖泊超越了洪灾的 1998
江河把警戒水位跨
水库也已经放水开闸

南方的雨叫人怕
多少山体泥石俱下
多少物资被冲天崖
多少道桥瞬间垮塌

南方的雨别下啦
疯狂的雨快停下
多余的水快退下
让灾区群众回家吧

2020 年 7 月

夏天的雨

夏天的雨
突然降临
裹挟着风
裹挟着电闪雷鸣

夏天的雨
似孩子的脸
这会儿阳光灿烂
转眼间泪流满面

夏天的雨
脾气暴躁
稍有一言不合
便用暴雨冲刷

夏天的雨
爱好多项组合
风雷电雨雹
总是同时出发

2020 年 7 月

我不喜欢

我不喜欢春天的旱
本是复苏生发的季节
却被无雨干旱拖延
致使河湖干涸苗活困难

我不喜欢夏天的雨
本是万物生长的关键
却被大雨冰雹摧残
致使道桥损毁洪水泛滥

我不喜欢秋天的风
本是收获喜悦的时候
却让阵阵北风吹散
致使大地萧瑟遍地狼烟

我不喜欢冬天的冰
本是迎春纳福的心境
却要包装严密面对严寒
致使无比冷酷举步维艰

愿春天细雨润无声
愿夏日风调雨顺无灾难
愿秋季收获时光好
愿冬时欢欢喜喜过大年

2020 年 7 月

没有什么困难不能战胜

一个个救生艇
穿梭于城市乡村的大街小巷
搜救着被困的男女老幼
一群群救援队伍
行进在湍急混浊的水道
解救着需要帮助的人们
一队队解放军战士
奋战在河湖堤坝的前线
阻挡着洪水对堤岸的冲击
一片片庄稼房屋
淹没在洪水深处
牵动着全国人民关注的心情
洪水无情人有情
万众一心战洪峰
汛情就是命令
团结众志成城
打工的人们返回了家乡
抗洪物资紧急调动
党和政府发出指令
千方百计保护群众生命

灾难压不垮中国人民
困难面前方显英雄
祖国永远是我们坚强后盾
没有什么困难不能战胜

2020 年 7 月

石榴赞

石榴花开娇又艳　不与群芳争春前
待到秋凉硕果红　留得籽甜在人间

2020 年 8 月

溪 流

泉水，从山顶涌出
汇流成溪
小溪弯弯曲曲
在石缝间，钻进钻出
忽儿遇到拱石
集水成池
池满顺石而下
又遇石崖，悬空跌下
白练成瀑
瀑落成潭
小瀑叮咚，大瀑轰鸣
山谷回响，清音妙然
溪水没有满足
冲破重重阻挡
越过块块崖壁
继续前行，继续努力
行走于峡谷，又与
各小溪汇聚
走出山川，走向大地
溪流成河，奔腾入海
泉水，完成循环

溪流，使命不凡
周而复始
默默奉献

2020 年 8 月

独 处

喜欢独处
选一干静居所
这里幽然安静
远离喧嚣的闹市
远离熙攘的人群
让大脑停摆
把心动平衡
春享暖风，夏听蛙鸣
秋观叶落，冬踏雪冰
悠哉悠哉，其乐无穷

2020 年 8 月

“0”是什么

“0”，是什么
显得那么空洞
又是那么的轻盈
既像消沉的陷阱
又像一面明镜
“0”，是什么
它的负担最轻
可任务最重
它是无为者的锁环
又能把人的缺陷看清
“0”，是什么
是正数的起点
也是负数的止终
它像开拓者奋进的车轮
更像一只帆船破浪前行

2020 年 8 月

追　求

人生是个神秘的故事
我期待着最美的情节
但，人生永远在追求中
创造每天不同的情节
多想写自己成一首诗
但，追求的结果却不同
总感觉缺少功底与聪慧
奋斗也常不尽如人愿
但，不追求情节更不会感动

2020 年 8 月

沙　粒

一只手
抓住一把沙粒
觉得若有所获
从而紧紧抓在手里
但是
沙粒在不停地漏去
抓得越紧
漏走的速度却是正比
终于
掌中只留下几颗沙粒
这是梦留下的痕迹
突然间它们也不知去了哪里

2020 年 8 月

我喜欢

我喜欢随遇而安的感觉
身处自然深处
倾听着优美的鸟语
思绪放飞到天外

我喜欢庄严肃穆的感觉
仿佛军人般凛然
传递着正能量的信念
永存生机勃勃的心态

我喜欢完美邂逅的感觉
充满诗情的美丽
犹如幽幽情怀般浪漫
了却绵绵思念的不快

我喜欢真切等待的感觉
似心灵深处的盼望
像经历坎坷后迎接挑战
畅想着场面的无比气派

2020 年 8 月

夜

今天了无月色
空荡的房间，一片寂静
我默不作声，唯想不打破
平静而又从容
在这自由的空间
让我的怀想去放纵
我没有开灯
坐在黑暗的窗前
聆听着窗外，聆听着自己
聆听着远远的海声

2020 年 8 月

散 步

天上的雨刚停
树上的雨还下
一个人出门散步
孤独的享受
自由的宁静
路上的水在流
脚上的鞋已湿
一个人独自行走
呼吸着清新的空气
陶醉于自我的心灵

2020 年 8 月

珍　惜

我珍惜
人生中每一次相识
饱含着美好的情感
浓缩成岁月的永远
我珍惜
天地间每一份温暖
让微笑留下永恒思念
把祝福印在心的底片
我珍惜
朋友间知心的默契
共创如诗如画的梦幻
共享缤纷美好的明天

2020 年 8 月

播种快乐

安静而踏实的心灵
是快乐的源泉
心灵快乐的人
永远豁达开明
工作和付出的获得
升华快乐的境界
获得快乐的人
勇于勤奋耕耘
阅读与欣赏的追求
享受快乐的思想
追求快乐的人
会增加人生智慧
悲苦加辛苦的积累
是建造快乐宝库
播种快乐的人
才能收获人间甜蜜

2020 年 8 月

桥

溪水河谷的沟壑
阻隔了两岸的通行
利用木板水泥石块
人类完成了最伟大的创作
桥
无论造型是古典还是现代
承载着连接交流沟通的职能

人与人之间思想理念不同
阻隔了相互情感交流
需要彼此协调认同
人类利用了沟通功能的
桥
连接开放交换融会贯通
达到接纳畅通和谐共行

2020 年 8 月

岁　月

岁月，亘古不变
来而复去，永不停留
它伸出一双无形之手
将日历一页页弄丢
它把今天变为昨天
把昨天变成遥远的时候

岁月，日夜不息
经年累月，夏秋冬春
面壁十年或奋斗终生
在它的脚步中只是一瞬
沉湎于忧伤或陶醉于成功
让它的步伐都无法转身

2020 年 8 月

淡淡的诗

悠悠的云里，有淡淡的诗
淡淡的诗里，有绵绵的祝福
洁白的纸上
不知写些什么
我的思念早已为你
点燃了美丽的蜡烛

淅淅的雨里，有柔柔的风
柔柔的风里，有静静等待的心
叶尖上一滴
晶莹剔透的水珠
传递着我对你
心底思念的寂寥与痛楚

2020 年 8 月

思　念

都说那露珠
是星星掉下来的泪滴
你可知道
这是我对你思念的证明
你温柔的眼睛
陪伴我寂寞的身影
你给我思念的晴空
安慰着离别后的心情
我把一串用心感觉的思念
交给鸟儿翻飞的翅膀
带给你温馨的问候
让心留下喜悦的永恒

2020 年 8 月

秋

秋风秋雨秋天凉　秋山秋水秋意爽
秋草秋树秋色浓　秋情秋景秋饰装
秋粮秋果秋仓满　秋收秋种秋农忙
秋事秋物秋光好　秋前秋后秋最棒

2020 年 9 月

秋　枫

又是深秋时节
秋霜染过的枫叶
艳比二月春花
红透漫山遍野
如火似锦的枫树
远眺，似熊熊燃烧的火焰
近瞧，似热血般红得浓烈
她，燃烧在独立寒秋的枝头
她，红艳得足以让生命跳跃
红枫之可爱
在于她红得深浓妍丽
在于她经得住秋之摧残
她更像不畏困难的劳动者
她恰似不惧冰霜的战斗模范
扶桑正是秋光好，枫叶丹霞新霜染
秋意阑珊寒意浓，又见秋红落满山

2020 年 9 月

寂静的晚上

每一个寂静的晚上
满天星光映着远近的灯光
在城市的大街小巷
他们的身影时短时长
为了城市的美丽
为了居民们的健康
等楼宇里灯光熄灭
一群人才出门穿上工装
颠倒了作息时间
忘却了夜深风凉
放弃节假日的团聚
换来道路洁净如洗的敞亮
道一句环卫工你们辛苦
嘱一声天黑夜暗安全记心上
行走在亮丽的街道
不要把美容师遗忘

2020 年 10 月

小　村

小村，很老很新
老的像村前的那棵老树
新的像村后刚建的小洋楼
老树的风情盘根错节
古老的故事一代一代相传
新楼的风景美轮美奂
述说着富裕起来的幸福生活
小村的房子一边矮一边高
小村的故事一半旧一半新
为逃避灾难老辈扎下根
为赶走侵略者祖辈齐上阵
建设新中国父辈紧腰带
脱贫攻坚战小村换新颜

科技种田给小村托起飞翔的翅膀
欢歌笑语在运动场上空荡漾
新媳妇娶进了小洋楼
大汽车都超过了老房梁
过去小村话题围着老树转
如今小村的风采成了媒体的当家菜

2020 年 10 月

第一书记

他的名字
出现在脱贫攻坚模范名单上
刚从表彰大会返乡
又精心描画村庄未来图样
路修到了家门口
大棚里菜果正旺
村中央广场歌声荡漾
山前向阳，让桃梨芬芳
山后阴凉，栽满松树白杨
民宿院里，飘出阵阵农家饭香
第一步脱贫实现
下一步要致富小康
农产品升值提档
旅游业做大做强
环境美处处花香
科技兴富裕方向
为了村庄的美丽
为了村民的希望
他每天都是这样
把百姓的事挂在心上
他每时都在思考
把村庄的未来畅想

第一书记们的身影
奔忙在脱贫攻坚的战场
第一书记们的功绩
永远记录在祖国的功劳簿上

2020 年 11 月

国真先生你的诗我懂

——为纪念汪国真先生逝世5周年而作

国真先生，你的诗我懂
只要青年人的梦想还在心中
只要中年人的理想还在行动
就一定能从你的诗中获得激情

生活不都是轰轰烈烈
许多时候也是安稳和平静
你的诗以艺术的形式告诉我们
重要的是生活不能缺乏冲动

每个路漫漫奋斗着的人生
总会出现弯道、不平和泥泞
你的诗以哲理般的人生感悟
为多少人提供了励志的座右铭

社会这个机器庞大而繁杂
人人都是上面极小的螺丝钉
你的诗永远充满着鼓动
推动社会前进每个人都要身体力行

奋进的时代需要精神导航
勇敢者的人生需要信仰引领
你的诗为时代送来温暖的春风
点亮了人与人之间心灵交流的明灯

晦涩朦胧的诗我看不懂
我更喜爱文学艺术的平淡真诚
你的诗通俗易懂能引起共鸣
客观的时间给了最好的印证

在《也许》《我不期待回报》中你学会《等待》
在《热爱生命》中你充满《思念》和《感动》
《但是我更乐意》《跨越自己》《走向远方》
《倘若才华得不到承认》我也会风雨兼程

国真先生，你的诗我懂
当我朗诵着你的诗奋力前行
当你猝然离开，我也不再年轻
我知道你和你的诗永远活在奋斗者心中

2020 年 11 月

同心的圆

一棵树，站在自己的根上
叶子黄了又绿，绿了又黄
树的年轮
被一枚石子击中
水波一样向周围荡漾
呈现出一圈圈同心的圆

一个人，行走在人间
春去又秋来，岁岁年年
人的生命
似海上航行的船
在四季轮回中守望
自己出发的起点

2020 年 11 月

窗　外

窗挡不住秋的颜色
秋拦不下冬的脚步
日子停不住地前行
岁月停不下地倒数
窗外在四季轮回
屋内在日月增岁
草木一岁一枯荣
人啊一年一倒退

2020 年 11 月

落　叶

饱经秋风雨霜的打击
树冠褪去绿色的外衣
浸染了红黄色的叶片
带着对根的思念
带着渴盼故土的希冀
飘落回深爱的大地

落叶在寂静中等待
等待泥土的召唤
等待春天的气息
落叶在沉静中期盼
期盼着树冠回归
期盼着山青水绿

它是在等待中回忆
暖春时节的萌发
激情夏天的风雨
它是在期盼中升华
不悔初心把层林尽染
甘愿为大树再穿嫁衣

2020 年 11 月

爱情就像一场战斗

爱情就像一场战斗
有时看到炮火连天般激烈
有时又寂静得悄无声息
有时看到短兵相接在拼实力
有时又在握手言和讲义气

爱情就像一场战役
有马不停蹄的穷追不舍
也有寸土必争锱铢必较的小气
有时会运筹帷幄布下天罗地网
也会排兵布阵进行前后夹击

爱情就像一场战争
战前需要深入敌后探查底细
还要虚实并用知己知彼
战争需要掌握主动一鼓作气
也需要粮草充足持久坚毅

2021 年 1 月

春天来了

嫩芽告诉我
春天来了，我要出发
爬上树梢
迎接风的呼叫

小草告诉我
春天来了，我要出发
奔向田野
迎接绿色来到

百花告诉我
春天来了，我要出发
汇入山川
迎接万紫千红的色调

蛰虫告诉我
春天来了，我要出发
换掉铠甲
迎接新生活的号角

2021 年 2 月

梦想树文学丛书

山谷那边

谷万华　著

中国华侨出版社

·北京·

图书在版编目（CIP）数据

山谷那边 / 谷万华 著 . -- 北京 : 中国华侨出版社，2021. 11（2024. 7 重印）.（梦想树文学丛书；4）.
ISBN 978-7-5113-8621-2

Ⅰ . ①山… Ⅱ . ①谷… Ⅲ . ①诗集－中国－当代②散文集－中国－当代 Ⅳ . ① I217.2

中国版本图书馆 CIP 数据核字（2021）第 208011 号

山谷那边

著　　者：谷万华
责任编辑：刘晓燕
封面设计：汇文书联
经　　销：新华书店
开　　本：880 毫米 ×1230 毫米　1/32开　印张：7.5（本册）　字数：138 千字（本册）
印　　刷：三河市嵩川印刷有限公司
版　　次：2021 年 11 月第 1 版
印　　次：2024 年 7 月第 2 次印刷
书　　号：ISBN 978-7-5113-8621-2
定　　价：240.00 元（全 5 册）

中国华侨出版社　　北京市朝阳区西坝河东里 77 号楼底商 5 号　　邮编：100028
发行部：（010）64443051　　传　真：（010）64439708
网　址：www.oveaschin.com　　E-mail：oveaschin@sina.com

目录

081 ／ 小 说

诗　歌

生命四季歌

春，静静悄悄地来了——
杨树青了、梧桐绿了，
柳枝青了、银杏绿了……
燕子飞回来了，
热热闹闹、垒窝绕梁，
路边河岸田间，
织娘铺出绒毯；
小河姗姗、小溪潺潺。
山野这边，
小小的白花黄花，
星星点点、迷迷蒙蒙，
纷纷探出稚嫩的脸庞；
撒欢的孩童敞开棉袄，
锄禾的老汉脱了衣裳；
春的舞者在绵绵地倾诉，
生命在喜悦在欢乐在生长！

夏，蓬蓬勃勃地走来——
村口的池塘边，

老槐树又焕发了青春，
绿意葱茏、叶茂枝繁，
几只知了正倾尽热情、
不知疲倦地放声喧唱！
温润清澈的水塘里，
半大的孩童如银色的鱼儿，
快乐无边地逐浪前方；
几枝新荷挺拔着身姿，
在它的舞台上妩媚婆娑，
演绎着自己的粉色霓裳！
一对温柔的蓝色闪蝶，
牵手并行、情意绵绵，
低吟着千载不变的美丽情歌，
浅诵着万古不歇的生命情长……

秋，深情款款地走来——
深蓝色天幕下，
一片金黄的田野，
穗儿在低头沉思，
谷儿在轻轻呢喃；
五彩缤纷的果园，
赤橙黄绿、甜美芬芳；

盛装列席的山林，
万紫千红、妩媚绚烂！
土地在倾诉爱恋，
季节在表达欢畅……
蓦然间，
一场幽怨凄清的冷雨，
几片缓缓飘零的枯叶，
仿佛秋的叹息与怅惋，
但却是它的韵味与丰满！

冬，总是姗姗来迟——
虽然是朔风凛冽，
虽然是万木凋零，
但却是最温情的！
请看它的天使雪儿，
这纯洁娇美的精灵，
这清澈透明的可人儿，
带着冬的思念，
带着冬的爱恋，
轻歌曼舞、徘徊低回，
终于缠绵在情人身边，
长长地亲吻、久久地依偎，

重复着轮回中不变的誓言：
我们要永生永世相依，
我们要永世永生相守，
在那金色灿烂的光辉里，
在那明亮妩媚的春天里！

亲爱的宝贝
——写给女儿

亲爱的宝贝，
那一年你住进我心里，
你好动，很顽皮，
不时玩点小把戏；
后来，你长大一些，
小房子限制了你，
你挥拳、又蹬腿，
表达着不满和抗议。
我常常胃酸难忍，
我常常浮肿疲累，
但宝贝，妈妈爱你，
所以心中无比甜蜜，
每一日都是笑容满面！

亲爱的宝贝，
那一月你来到我怀里，
发红的面皮、稠密的软发，
幼小的身子、纤细的小腿，
就像一只刚生的小猴，

眯眼咧嘴、哈欠连天！
不时呼呼大睡，
不时梦带笑靥，
不时尿床湿被，
不时大哭一回！
但宝贝，妈妈爱你，
虽时时手足无措，
也时时饱含热泪！

亲爱的宝贝，
那一日你站在我身边，
大大的眼睛、翘翘的小辫，
小小的书包、粉粉的花裙。
看着你清澈的眼神，
看着你深切的依恋，
看着你蹒跚的步履，
看着你稚嫩的背影，
我要学习轻轻放手，
我要学习温暖鼓励。
宝贝，妈妈爱你，
你要学习如何站立，
你要学习如何起步！

亲爱的宝贝，
那一晚我们并肩坐在一起，
无数的单词、无数的习题，
无数的试卷、无数的排名。
注视着你疲惫的面容，
注视着你瘦弱的身姿，
注视着你近视的眼睛，
注视着你深夜的孤影，
我的心痛剧烈，
我的心念剧烈：
宝贝，妈妈爱你，
我会永远做你的后盾，
我只祈求你快乐一生！

亲爱的宝贝，
那一夜我们第一次立在对面，
对你未来的选择展开讨论。
我们激情洋溢、据理力争，
我们理直气壮、义正词严，
一群人对一个人，
但依然敌不过你！
你温和微笑、谦逊有礼，
你冷静开阔、胸有成竹，

你敏捷睿智、坚定不移！
宝贝，妈妈爱你，
我深深地自豪与理解，
我深深地欣慰与祝福！

亲爱的宝贝，
现在我们更紧密地站在一起，
朋友加伴侣、知己又爱人！
知己知彼、知心知性，
相知相惜、相亲相爱，
有时还会分歧、争论，
有时还会生气、埋怨，
但此心天涯海角，
但此情海枯石烂，
但此志至死不渝！
宝贝，妈妈永远爱你，
我们是一生一世的爱人，
一辈子幸福的亲密爱人！

思　念

思念似夜，
无边而幽暗；
思念似光，
静默而闪亮。
思念似冰，
清澈而苦寒；
思念似雪，
晶莹而迷幻。
思念似风，
纷乱而迷惘；
思念如雨，
清冷又冰凉。
思念如诗，
温柔又悠长；
思念如画，
明媚又惆怅。
思念如天，
高洁又深广；
思念如海，
深邃又浩瀚。

思念似树，
茂密而纷繁；
思念似水，
起伏而荡漾。
思念似河，
蜿蜒而绵长；
思念似山，
巍峨而坚强。
思念似云，
轻盈而舒缓；
思念如月，
朦胧又喜欢。
思念如歌，
美丽又忧伤；
思念如曲，
缠绵又彷徨。
思念如霓，
多情又璀璨；
思念如虹，
热烈又绚烂！

思念如花，

缤纷而柔软；
思念如花，
绵延而迷乱；
思念如花，
恼人又馨香；
思念如花，
甜蜜又芬芳。

散　文

采石赏花

上周天气转暖，窗前的景色增添了许多新绿。垂柳在微风中摇摆，嫩绿的新芽密密地挨着，婆娑摇曳的样子让人生出爱怜之心；先前在寒风中瑟瑟挣扎的油菜，仿佛一下子精神了，不仅挺直了身姿，还油光清亮地润泽了许多，蓬蓬勃勃地渐渐风韵了。

前两天和朋友微信聊天，得知采石公园已是“一片花海”，心里痒痒的，今天早上掀开窗帘，阳光明媚，再看看疫情，已经明显好转并逐步稳定，似乎没有了大碍，于是下定了决心，早饭后兴致勃勃地出发了。

按照往常惯例，直奔东大门，赫然发现这里空无一人，两扇厚重的大门紧紧关闭，完全就是闭门谢客的意思，于是立即掉转车头，向着北门进发。

下车后沿着宽阔的道路向前，有了熟悉的气氛，也有了新鲜的体验。人家沿着旅游中心往外，间隔一米，等距离排起了长队。本人一直是遵纪守法的公民，平时堪称模范，这会儿更是规规矩矩照章办事，测体温实名登记再领票，因为人少，几分钟也就搞定了。

进园后向南不久，我就被西侧的一处美色吸引了，快步走过去，原来是一座人造的圆形花坛，中心处呈坡形向上抬升。我站在其中一株旁边仔细观察，发现这真是一种极其美丽的花儿！翠绿色萼片托举着柔嫩的半圆形深粉色花瓣，大多三四层瓣衣，每层五六片紧紧地围成同心圆；约十几径细丝一般的杏黄色花蕊，在微风中战栗着，一圈的雄蕊众星拱月般地围绕着中心，一起在它们的舞台上轻轻摇摆、绵绵倾诉，在它们的城堡里轻歌曼舞、倾情演绎！我深深地被吸引着，不由自主地弯下身子，轻轻抚摸着它们，喜欢着爱怜着，再用心聆听着，好奇会有怎样的低吟浅诵，怎样的甜言蜜语？一阵清风掠过，仿佛真有叹息一般的低语拂过我的耳畔……

环顾整个花圃，朵朵杯口大小的花儿，纷纷绽放着、舒展着，开得甚是喜悦，正是花红叶绿的好时候！几十枝美丽的花朵，被更多的枝叶包容着、滋养着，就像一个个新娘被她们的爱人呵护着、宠溺着，格外娇艳欲滴，格外舞姿柔美，格外舒适惬意！我不由得心生疑问：这是怎样的爱情？这是怎样的世界？这是怎样的“人间”……就这样过了很久，才惊觉时间的流逝，才醒悟还不知道它的花名，我赶忙请教园丁阿姨，才清楚了它的芳名——茶花。

看过了美丽的茶花，我仿佛品尝了美酒一般，沁心入脾而又淋漓酣畅，脚步就懒了起来，而他游兴正浓，在前面大声吆喝着催我继续。公园的广播声音更大，一遍遍重复着相同的内容，提醒游客全程佩戴口罩，保持间距，不扔瓜皮果核。

来到翠螺湾，一踏上樱花大道，就听到了久违的欢声笑语，眼前是一片粉色世界，一处热闹的所在！

这里有几十名游客，在这样万众一心全民宅家的时刻，已经是难得的景致了。路边一棵樱花树下，一对小情侣正在忙碌，女孩黑发披肩着橙红色上装，端坐在小马扎上认真速写，不时抬起头眯着眼睛仔细审视着对面的实物，男孩紧挨着女孩对着画架一边小声说着什么，一只手掸去她肩头的花瓣，样子亲密而和谐。旁边一位大姐挎着小篮拿着小铲在挖野菜，细心地寻觅着四周。两米外一身藏青色运动装的男青年在给爱人孩子拍视频，满脸稚气的孩子身穿一套亮丽的黄色童装，可能刚刚学会走路，在草地上笑嘻嘻地努力向前，摇摇晃晃步履蹒跚，让人想起鸭子的可爱；年轻的妈妈跟在儿子身边鼓励着，一会儿又跑到前边招手示意，孩子看着妈妈的笑脸分外勇敢，小小的步子迈得更欢；爸爸开心地奔跑着追逐着大笑着，力争要拍出最美的画面。我被这三口之家的欢乐感染着，就这样呆呆地站着看了好一会儿。现在的出行应该都是以家庭为单位吧？左侧稍远处是年过半百的一对夫妻，老两口身体康健、精神矍铄，还请了一位大叔帮忙拍照。两人并排站在一起，还不服输地赶着时髦，学着年轻人摆出一个夸张的“爱心”造型；在镜头定格的一刹那，两张头发花白、不再年轻的脸上，笑容如身后的樱花一般灿烂！看得我有些眼馋，也忍不住掏出手机，违背自己不再照相的“誓言”，拍了两张人景合一的美照。

上百株同等大小的早樱，均匀排列在小河之滨，小径两侧，已成为一道独特的风景。二月的早春，树上还看不见什么叶子，一根根枝条上却已经缀满了粉色的花蕾，这些小东西大多在静静安眠，只有少数的花儿吐出了花蕊，勇敢地挺立在枝头上。我没有发现蝴蝶，也只看见一两只蜜蜂在“嗡嗡”着，在温暖的阳光里，在娇美无比的花丛中，快意轻松地吮吸着甜蜜。有几棵树枝条上悬挂着紫色卡片，原来是有人认养的标志。每一棵均有无数的枝条伸展出来，更有无数的蓓蕾并立在枝条上，每一棵都是这么风姿绰约、妩媚动人，似乎是一只只巨型的孔雀正在开屏，一把把粉色的巨型屏扇，就这样在半空中彻底展开着、争相比试着，一个个把它们的美丽展示到了极致！

我站在树下，抬头仰望，天空是无边无际的纯蓝色天幕，远处是墨绿色的山丘连绵起伏，脚下是孕育无数生命的生机勃勃的大地，眼前是一片粉妆玉砌的美丽新世界！

循着一缕清香，我接着走过青石桥，在潺潺小溪的那一边，就到了引人注目的景点——梅园。

在一片开阔地带，几百株的梅花正在怒放，这真是一派绚丽夺目、无与伦比的景象！每一株树上完全没有叶子，树枝却非常多，每一根的树枝上均盛开了无数的花朵，满枝满丫的红艳艳的花朵，挤挤挨挨地排列着，我仿佛看见了千千万万个小火苗一般的精灵们，就这么赶着趟儿成群结队地、前呼后拥地、齐刷刷地赫然来到了！整个梅园场面十分壮观，这儿就像是它们的聚会，它们隆重热烈、声势浩大、气势非凡的全民盛会！

看着这大片的园子，这耀眼的火红色，这一片深红色的海洋，已经完全超越了“墙角数枝梅，凌寒独自开”的小我，真是“忽然一夜清香发，散作乾坤万里春”啊！

一路走下来，茶花娇艳，樱花烂漫，梅花热烈，都是花枝招展，都是美不胜收，我不禁有些纳闷：采石矶畔的春花，哪一朵才是那花中之王呢？

最后，站在公园最高处，极目远眺，浩浩长江，巍巍大地，山清水秀，春满人间……我终于恍然醒悟：因为百花齐放，因为万紫千红，所以春色满园，所以春意盎然！

美哉，山茶、早樱！壮哉，红梅！

美哉！壮哉！这江南的早春，这人间的二月！

老 周

一

老周已经去了，但我时常会想起他。

虽然我第一次见到他，距今大约有十个年头了，但我还能清楚地记得，那是一个阴冷冬日的周末，他是在我家一位堂哥的陪同下来马鞍山的。将近一米八的大个，身材魁梧，方方正正的脸形，中等的肤色，说话声音洪亮，拎一个黑色公文包，看起来不像是农民。

我特别清楚地记得，那天正巧家里停了煤气，一行人就到门口的小饭店吃午饭。一个热气腾腾的鱼头火锅，再加上老周特别健谈，又很客气，吃得我们是热火朝天。老周告诉我们，因为农闲，家里没有什么事，再说儿子女儿都在这边，所以过来住上一阵。

过了一段时间，我们才知道其中的隐情。

原来他们村里有两家人家，儿子大了都没找到对象。因为老周经常拎着公文包在外面走动，很是能说会道，是村里公认的“能人”，又古道热肠，所以两家都央求他到云南或贵州“讲人”（我们这边凡是在本地找不到对象的差不多都会到云贵一带去找，因为那边的生活条件比较差，所以女方家长一般要求不高，即“价钱不贵”）。

两家商量后找了一个比较精明的中间人作陪，两人马不停蹄地赶往南边，在那里前前后后待了整整一个半月，吃住都是在前几年类似情况嫁过来，现在已经基本扎根的一个小媳妇的娘家，当然费用都是男孩两家均摊的。用老周自己的话说，两条腿（特别是小腿），好像真的跑细了不少，嘴巴上说得磨起了几个水泡，央爹爹求奶奶，四十几天没有一天是真正歇了的，差不多每天都要跑几家，那几个村子里的情况摸得是一清二楚。哪家有几个女孩，女孩多大，是在家务农还是在外打工，前面说没说过人家，家里情况好不好，老子娘本分不本分，说成大概要花多少钱，哪家好说哪家不好说，张口就能列出个子丑寅卯来。让人不得不佩服的是，老周还真的说成了两家，更让人佩服的是两个女孩直接和老周他们一道坐火车来了！村上的两家自然早就接到了老周这个大媒人的电话通知，喜滋滋地准备着丰盛的饭菜，等着招待未来的儿媳。

两个女孩舒舒服服地吃好喝足后，抬起眼来这么一打量，发现两家都是楼房（其实我们这边家家都是楼房，只不过楼房和楼房也有不小的区别），精心准备的房间、红汪汪的家具、床上的细软也都崭新，一张张的笑脸好像笑得比爹娘还亲，一顿顿的好吃好喝都是从小到大可能没有享受过的，看起来一切都是美好而称心的；再想想自己的娘家，到现在家家户户还都是平房，村子里一座楼房还没有，更别说屋里的陈设和日常的三餐，这么一相对比真是太鲜明了！好像还真是从糠篓跳到了米篓，于是眼一闭、脚一跺、心一横，就这么着吧（估计这都是老周加了一点想象自己推测的）。

结果是两家都请人挑选了最近的黄道吉日，快马加鞭地大摆宴席，热热闹闹地举办了婚礼。老周自然是两家的大功臣，也自然是坐在最尊贵的首席上，农村办酒席短的也要两天，长的达到三四天。老周平时酒量就很好，这几天天天美味佳肴吃着，琼浆玉液喝着，再把自己做媒的经历带点夸张、带点添油加醋地这么一说，桌上的亲友都带着羡慕甚至是崇敬的眼神看着他，两家主人更是伺候得紧，老周这回是熨帖到了心里，感觉整个人都是畅快淋漓的，前面几千里的长途跋涉、几十天的嘴皮磨破都得到了回报，所有的辛苦和疲劳都一扫而空了！不过老周做事真的不马虎，还比较细心，他没有被胜利冲昏头脑，酒席一过立即乘胜追击催促两家去领了结婚证，这才算真正踏实下来。

照理说这一番筹措下来应该是功德圆满、皆大欢喜了，但偏偏还是出了纰漏，而且是大纰漏。结婚不到半个月，两个女孩双双跑掉了！

这下真是要了他的老命。两家都来追着他要钱，他们掐着指头跟老周算账：办酒席（一般5000—8000元）、买三金（现在我们这里流行给女孩买三金，即金手镯、金耳环、金项链，这几项花费合计要两万元左右）、彩礼钱（每家几万元不等，这两家因为女方家大人没来，所以给的少，直接给女孩一万元了事），每家都花费不小，现在明显是遇上了骗子，看样子两个骗子是早有预谋，相互串通好了的（后来才知道云贵一带有很多这种婚骗，以结婚为名向男方索要钱财，办过婚宴后少则头十天，多则一个月左右，趁男方不注意直接逃走，就像人间蒸发了一样。据说有的专门从事这项勾当，她们自己称为“钓鱼”，一年下来还会在一起互相比较谁“钓的鱼”多，谁的收益高）。人财不能两空，人是老周带回来的，肯定要找他要钱。

老周更加委屈，自己当初是做好事，而且两家是央求了几次自己才去的，都是乡里乡亲的，事成后每家只不过给了千把块钱的香烟费，现在反过来每家跟他要几万块钱，哪有这样的道理，自己到哪里去弄这么多钱？家里老婆自然不肯出，一是没有出钱的道理，二是实在也没有钱可出，还觉得在村上丢了人，所以天天骂，天天没有好脸色。于是，老周只好又坐了汽车坐火车，坐了火车坐汽车，一路颠颠簸簸再次去了南边，这一趟已经没有人作陪，完全是孤家寡人一个。结果发现两个女孩好像根本没有回家，再或者就是躲起来了？女方家倒过来追着老周要人！幸亏老周脑子灵活反应快，发现情况不对立马撒腿就跑，多亏他身强力壮，大长腿跑得快，否则小命应该没问题，但能不能好胳膊好腿回来就难说了。灰溜溜地回来后这边又追着他要人，弄得老家也不能待，只好来投奔儿女了。

二

老周有一儿一女，大的是女儿，小的是儿子。女儿是和我家堂哥的小儿子成的亲。儿子先是在超市当服务员，后来干到了大超市的楼层经理，收入很不错，所以时间不长就在马鞍山买了一套一百多平方米的新房，老周刚来那会儿就和儿子住在一起。

老周的儿子很能干，这个小伙子人聪明、踏实，肯吃苦，又细心，瞅准了的事情能够放开胆子一搏，是个肯学习、肯上进、有想法、有闯劲的年轻人，接触起来根本没有商人的铜酸和势利，很斯文也很从容，我觉得是一条真正的“小龙”。经理没干几年就毅然辞职，去江苏自己创业，先在超市楼下开奶茶店，一年后成功打进一所规模不小的私立中学开超市、承包食堂，而且是独家经营，加上他为人一直比较大气，做生意很是勤勉，各方面关系处理得都很和谐，因而生意一直做得顺风顺水，现在还兼做水产养殖，听说还计划要进军房地产，现在固定资产已经达到七八百万，早就给父母单独买了住房，自己拥有的房产更是相当可观。

儿子当初辞职出来，老周是比较反对的。作为父亲，他考虑，一方面儿子的工作已经稳定，不需要太辛苦，收入也不错，一家人在一起其乐融融；另一方面儿子没有经商的经验，又没有什么资本，要冒的风险很大，同时也心疼儿子，舍不得小两口去江苏，一切要从零开始，太辛劳，能不能坚持下来，一切都是未知数。所以老两口都不同意。后来儿子几次跟他谈心，看到儿子态度坚决，只好勉强答应他们去闯一闯，其实私下里还是对儿子丢掉以前的工作觉得很可惜。

老周自己是一个闲不住的人。当初从老家刚到城市，一切都是陌生的，一切都是新鲜的。首先是找工作，因为没有什么技术，年龄又偏大，所以找的都是公司保安或单位的仓库保管员一类的工作。前后也换过好几家单位，工资都不高，但都比较轻松。而老周本身是个热闹人，天生“自来熟”，因而不到几天，单位里的人都混得很熟，他几乎知道了每个员工的大致情况，自然大家也都知道了老周有一个很能干的儿子，现在儿子发展得很好，也很孝顺，本来是不让他出来上班的，家里的经济条件其实也不需要他出来上班，是他自己想出来活动活动，主要是想出来“玩玩”，也和大家交流交流，因为这样不会太无聊，对身体也会好一些。

那几年我们两家常常走动，有时来我家，有时去他家。每次去他家，他都会亲自下厨，每一次也总是烧好满满一桌子菜。他做的菜让人一看就很有食欲，从荤到素，从炒菜到热汤，红烧的味道浓郁，凉拌的清脆爽口，赤橙黄绿、红白相间，特别是他做的小菜，颜色碧绿。老周为人很热情也很客气，每次都是声音很洪亮地喊着亲家亲家母，刚开始我们年龄不大，不好意思答应，慢慢地也习惯了。每次他总是忙着让我们多吃菜，饭后一定记得让我们再喝一碗汤。我们每次也都真心实意地称赞亲家的厨艺越来越好，当然每次也都是敞开了肚皮吃饱喝足。他自己每次都会小小地喝上一杯，我从来没见他喝醉过，一次也没有，可见亲家是一个很能节制自己的人。

我们很喜欢和亲家聚会，因为每次聚会都会很开心，我个人很享受这样的时光。亲家不但声音洪亮，还很会说话，是一个特别会传递快乐的人，他总是会说一些令人高兴的事情，比如最近在银行上班非常清闲，就是晚饭后去睡一觉，这份工资等于是捡来的；比如谁家添了一个小孙子，生下来几斤几两，那个“小把戏”长得雪白干净，有多“好玩”；比如老家有人打电话来买他家的田，几亩田大概又能挣上几千元钱；比如农村种田不用再交任务了，还贴钱给农民，现在国家对农村的政策真是好；比如儿子媳妇上次回来，又给他们买了什么衣服，还买了多少好吃的，给了多少钱；比如外孙子这次期中考试考得很好，这个“小东西”将来可能会有点“出息”；比如昨天在麻将馆“一缴三”挣了一百多块，今天买菜就是用这个钱买的……我们当然说希望亲家下次再多赢一点，我们可以多来吃几次。我常常奇怪他的精力总是那么充沛，他的脑子里总是有那么多的话题，他的肚子里总是有那么多的好故事，他的脸上总是有那么多的笑容。每次聚会都是欢声笑语一片，气氛总是热烈而融洽。我发现大家也包括我自己，都很喜欢听他说话，听他说话不知不觉间就会感觉很快乐、很轻松。每一次临出门总是意犹未尽，常常感叹时间过得太快。

有一年的国庆，亲家约我们一道到他儿子那里去玩。我们和亲家的女儿一家、加他们老两口和我们两个，浩浩荡荡向江苏连云港进发。早上三点就出门了，亲家的女儿女婿轮流开车，我在车上迷迷糊糊的没什么精神，可亲家好像没有受到任何影响，兴致非常高昂，一路上高谈阔论、谈笑风生。由此我们先了解了他的身世，从小到大的一些重要节点，再了解了他亲戚的总体情况，最后连过去叫大队现在叫村的一些事情也都弄得比较清楚了。

那一趟“小龙”把我们招待得非常周到，我们非常感谢也很是感动。从每天住宿的宾馆、白天的行程安排，再到一日三餐无不亲力亲为，自己还放下手头的工作，陪着我们到处跑。那一天从花果山下来，由于游客太多，我们站着等了三个多小时的大巴，其间他一直和我们聊天，我没有听到他说一句抱怨旅游公司的话语，只说今天的人数超出了他们平日接待的五六倍，所以才会出现这种大面积的滞留。人还很细心，每次出门前都不忘从自家的超市拎两大包零食，吃的喝的一应俱全，说是省得到外面去买。

中间我们还到日照去玩了一天。在日照的海边，亲家和我们一样赤着脚在海滩上捡拾贝壳，在浅海里追逐浪花，站着吃露天烧烤，在摩天轮上到最高处时，亲家紧张得两眼紧闭、满脸通红，他还特别仔细地近距离观察了几个非洲游客，一路上大家拍了许多照片。其中印象最深的是亲家站在海边照的那一张：灿烂的阳光下，亲家赤脚卷着裤管、戴着一顶咖啡色的两边略卷的宽边牛仔帽，两手叉腰，一脸阳光，巍然挺立，气度不凡，背景正好有一艘快艇正风驰电掣般地冲过来，两边的浪花飞溅得很高。亲家女婿说像一个东南亚富商，在我看来活脱脱是一个衣锦还乡的归国华侨！

三

就在那次回来后不久，亲家的身体出了问题。

有一个周末小龙回来了，于是全家去老家走亲戚。中午亲家照例喝了一杯酒，下午回来的途中吐了，先是以为是天气热的缘故，后来发现吐的东西颜色不对，立即去了马钢医院。经过一系列的检查，几天后诊断结果出来说是胃癌。家里人怎么也不相信，又去了人民医院，结果完全相同。没有任何耽搁，当即进行手术。手术是主任亲自做的，前后有六个多小时。主任出来后说情况不乐观，怀疑癌细胞已经扩散，亲家的胃被切除了四分之三。

开始家里是瞒了亲家的，后来亲家没等到化疗就从病友的只言片语中、从医生的零碎话语中知道了大概。不过亲家身体一向很好，平时感冒吃药都很少，手术后恢复得不错。后来陆陆续续化疗五六次，最后一次出院前医生说亲家恢复得挺好，如果没扩散，几年应该是没有问题的。后来用亲家自己的话说，是“又能吃又能睡了，掉的头发又渐渐长起来，身上也长了肉，力气渐渐又回来了”，所以吵着要去上班，家里人拗不过他，只好让他又去银行上了一段时间的班。

不到一年，亲家的癌症就复发了。

先是觉得肚子不舒服，怀疑是受了凉，女儿带她到医院一查直接说是癌症复发了！医生建议回家休养，说老爷子想吃点什么就给他吃点什么，不用再忌嘴了。女儿哭着问大约还有多长时间，医生说半年左右，后来证明这个估计是非常准确的。在家里人的要求下，亲家又在医院住下了，这一次他更快地清楚了自己的真实情况。

接下来的日子就是医院和家轮换着住，先是马鞍山比较好的医院，像马钢医院、人民医院、十七冶医院都住过，南京的几所大医院，如鼓楼医院、江苏省人民医院、江苏省中医院，也都陆续去过。每次去一家新的医院，亲家总是满腔希望地去，拖着虚弱的身子满怀失望地归，一次次的挣扎、一次次的尝试、一次次的失败，亲家在这一轮又一轮的打击下，痛苦而又清醒地理解了“不治之症”的真正含义，品味了“来日无多”的真实心情。

但是最让我感动的，是亲家求生愿望的强烈和求生意志的坚强。在知道自己的真实病情后，亲家一直没有向病魔妥协。他觉得自己从小是“苦水里出生”，几十年在艰苦生活里打磨出来的身体，一直以来连打针吃药都很少，“一身的腱子肉”，真正是“身魁力壮”，在弄清楚了癌细胞实际上是一种小小的细菌以后，他不相信这么小的“虫子”能一下子把自己一米八的结实身体“打垮”。

那一次我们去看他的时候，他半躺在床上，看起来身体还不瘦，精神很好，说刚吃了一大碗稀饭，早晨的阳光洒在他的脸上，显得柔和而又明亮。那一次他说了不少的话，声音很平和。说自己觉得应该问题不大，只不过是肚子有点小小的不舒服，医生说的话不一定准确，误诊的病例也是有的。现在医疗条件这么好，儿子媳妇都很孝顺，说钱的事情不用他考虑，让他只管放宽心，积极配合医生治疗，把身体养好；女儿女婿忙前忙后，天天跟着跑，也是没话说的。他觉得自己还是一个有福气的人。

这以后亲家尝试过各种治疗方法，大医院、小地方，大城市、小村庄；西医、中医；正规处方、民间偏方等，只要是听说灵验，都会去试一试，只要是听说有效果，都买来尝一尝。在西医已经束手无策的情况下，针灸、热敷、中药材泡澡熏蒸都用过，后来听亲戚说有“以毒攻毒”的法子，就托人从老家弄来知了壳、乌龟背，后来还生吞过活杀的蛇胆、咽下过清蒸的蟾蜍。

亲家的病情后来发展得很快，身体一天比一天衰弱，人一天比一天消瘦，吃不下东西，但亲家坚持吃，吃过就吐，吃一次吐一次，后来发展到不吃也吐，慢慢地就下不了床了，一起身整个人就要倒下去，经常晕倒在床上。亲家知道自己大限已经走到了眼前，儿子年轻，没有经办过丧事，前后考虑清楚后，在自己比较清醒时把自己的身后事情怎么料理全部交代给儿子。包括自己的骨灰在哪下葬，通知哪些亲戚朋友，家里怎么设灵堂、请哪两位师傅吹喇叭（都是亲家几十年的好朋友，人也诚实可靠），每一步交代得都很清楚。于是小龙提前去老家帮父亲修墓，就在自家的田垄边，靠水的一侧，包括买整体的墓房（小小的正方体墙基上架一座琉璃瓦的小顶，墙体多为白色或淡绿淡红色，墓顶多为紫红或深绿，总体是比较精致的）、预订石碑等，细心的小龙还在四周为父亲搭起了小小的院子，院子前面还用水泥铺设了一条窄窄的小路。

我们最后一次去看亲家，是在他临走前不久。当时他已经完全起不了身子，人也瘦得不成样子，脸上已经呈现了濒临死亡的青灰色，我印象最深的是他慢慢伸出一只手，哆哆嗦嗦地把被子掀开，露出两条腿给我们看，只穿了一条深蓝色裤头，两条腿几乎就只是骨头的形状，我第一次知道了“皮包骨头”的真实样子，也第一次领略了癌症的顽固凶残，不到一个月的时间，小小的病菌就把一米八的精壮男子活活吞噬成了眼前的模样，已然就是一副骨架。他眼睛先是闭着，睁开后看到我们似有眼泪，声音低低地说：“亲家，要是能给我再活一年，多好。”之后再也没有更多的语言，我们先是哽咽，后来只能昧着良心说些自己也不相信的语句……

亲家已经长眠在他的家乡，江南水乡的一个小小村落，他的父母身边。那里有他几十年的老房子，有他单纯而快乐的乡亲，还有那一片片碧绿的庄稼，一汪汪清澈的湖水，还有田野上清新的空气、湛蓝的天空和洁白的云朵。

现在，亲家已经走了两年多了，我时常会想起他。他那高大的形象、慈祥的面容还是那么历历在目；那亲切的话语、洪亮的嗓音还是那么言犹在耳；他快乐而亲切地大声叫唤“亲家！亲家母”，似乎还有很多话语要和我们细说，这一切仿佛就是在昨天。每当想起这些，心里总是有什么东西在涌动、在融化……

在我们，人生旅途早已过半，清冷的光阴、清凉的四季、清寒的日子，温暖已然稀少，感动近乎奢侈，觉得自己早就戴上了厚厚的一层铠甲。感谢你，今生我们有缘相聚，衷心地谢谢你。感谢你带给我们的那些温暖的岁月，那些温馨的时光，那些温情的人事。这些夕阳下的春风，冬日里的春晖，是我人生中收获的又一颗明珠，我将一路铭记，一生珍藏。

安息吧，亲家。我们永远怀念你！

绿林漫步

离我家大约三百米，有一个很好的去处。

这是一片微小而幽静的树林，也是我钟情的一方净土。

在小区东边不远，沿马路而下，有一条小河，名叫永丰河。这是一条不大的人工河，自北向南蜿蜒而过，河水长年不断，始终缓缓流淌。由于市郊偏僻人少，所以河面清爽干净，河水清澈见底，这已经是近年来难得一见的景致了。

河岸不是很高，两旁均由整齐的石块修砌而成。沿河是一条小路，靠河这边都是一色的绿柳，高矮差不了多少，都是密密地挨着。东边是很宽的河滩，大约有十几米，栽种着各种树木，大多是比较常见的种类，高大的如松柏、樟树、细竹，中等的如李树、石榴、海棠，还有一些娇小的灌木、花卉等，其中尤以柏树、樟树、竹子居多。

初夏的夕阳温暖而明亮，这一棵棵、一丛丛、一排排的绿色小精灵，仿佛都披上了一层金色的纱裙，格外地明艳、妩媚。这时候你再看它们，几棵深绿的棕榈树仿佛一个个都成了威武雄壮的军中将士，又高大又威猛，稳稳地守护着自己的地盘；那些翠绿色的香樟树好似一个个英姿勃勃的青年才俊，秀气挺拔、努力向上，大有玉树临风的翩翩风采；一阵清风徐来，那嫩绿的细竹沙沙作响，你看它们挤挤挨挨、窃窃私语，可不就像一群天真烂漫的活泼少年？最动人的是路边那些刚刚冒出头的石榴花，只是一点点红，就已然那么醒目，不由自主地走到它的身边，才发现其实只是一个小小的花骨朵，才刚刚探头，就已经那么红、那么鲜艳、那么诱人，急不可待地要探出脸来。我只敢轻轻地碰一碰它，它是那么的软；我只敢慢慢地闻一闻它，它才只有一点点淡淡的香味，俨然就是一个婴孩的小脸，那么细那么嫩，好像还带着一点点的乳香。小路两边的草坪都是厚厚地密密地铺着的，起先是嫩绿的，现在已经转深，比翠绿还要稍浓一些，应是正绿的时候。我很是喜欢，因此忍不住常常要去坐一坐，躺一躺，再抚一抚，摸一摸，感觉自己好像又回到了孩提时代。小路大多是由青石板铺设的，途中还间隔了几处鹅卵石，快到小径的尽头，是一座纯白色的小石桥，横跨东西两侧。

初夏的傍晚，几乎是每一天，我都会忍不住要到小树林里走一走。

初下到河滩，哪怕是没有一丝风，你也会闻到青草的味道，如果河面上漂浮着一层淡淡的白雾，或是来一阵轻轻的夏风，这种味道就会更浓一些，清清爽爽的，带着青草的香气，还有一点点淡淡的苦味，就是那种小时候走在田野里的清香，早已经是久违了的，所以这时候我都会停一小会儿，深深地呼吸几口，真是沁心入脾啊，所以常常很贪婪，时时不肯罢休。

顺着小路向前，首先映入眼帘的便是那些风姿绰约的垂柳，它们一棵棵均并排排列着，绿绿的嫩嫩的，一个个低垂着眉眼，羞涩地垂首侍立，好似豆蔻的少女。一阵清凉的晚风迎面袭来，这时候你再看它们，软软的身姿，纤纤的步态，袅袅娜娜，娉娉婷婷，或温柔贤淑、静若处子；或蜻蜓点水、含羞带娇；或不胜春风，翩跹起舞；或摇摇摆摆，搔首弄姿；或左顾右盼、招蜂引蝶。真是仪态万千，风情万种呢！

沿着河边往前走，眼光就会被一棵棵大小不一、高低不同、造型各异的柏树吸引，大的顶天立地、膀大腰圆，已然是伟岸的丈夫；旁边的这一棵挺直了腰杆，努力伸展着双臂，不正是想赶上哥哥吗？它们有的像宝塔，稳如磐石，有的像剑戟，直插云霄，看起来那么威风凛凛！快看，最有趣的这两棵，如此屈曲盘旋，如此蜿蜒而上，每一棵都伸展出了这么多枝干，一定是要去拥抱更多的阳光雨露；紧挨着的是十几棵佛肚竹，个子不是很高，一个个大腹便便的，看样子都是虚怀若谷的君子呢！今年的初夏雨水充足，有几棵柏树的底下长了蘑菇，我曾经在同一棵树下采摘过几次，每一次的收获都还不小呢！

再往前走，就来到了凉亭，凉亭正对着河面，六角的造型，白色的廊柱，红色的琉璃瓦，五彩的装饰画，在这万绿丛中，越发的精致而俏丽；细心的工人还砌就了几排水泥台阶，以便你随时下到水边。这里又是另一番不同的景观，栽种的大多是花卉植物，有海棠、樱花、玉兰花，还有栀子花和一串红等。几朵玉兰花在半空中傲然绽放，雄赳赳地挺立着，大有雄视天下的王者风范；一丛丛的樱花不肯凋谢，还在舞台上争奇斗艳，倾情怒放，粉红的、粉白的、一朵朵、一层层、一叠叠，有的俏立枝头，有的将谢未谢，更多的正在飘洒而下，花香四溢，落英缤纷，完全是一片粉妆玉琢的世界；旁边的一串红虽然个头不高，然而色泽明亮，串串红艳，正在努力地和樱花争奇斗艳，完全是又一个独立的小王国！十几只蝴蝶在轻歌曼舞，一小群蜜蜂在浅吟低唱。呀，好一片五彩的世界，好一段生命的旋律！

临近黄昏，各种的小动物都相继出来活动了，树上的蝉儿还在不知疲倦地放声高歌，草丛里的青蛙已然成了歌剧里的主角，墙角的蛐蛐不时地加进带有金属质感的和声，地下一些不知名的小虫也纷纷加入了舞台剧。这时候你徜徉在林中的小道上，身边经常有飞虫掠过，有时还会撞上你的身体呢，脚下不时有青蛙在跳远，三两只野鸭在河里悠哉游哉，头顶上常常有小麻雀欢唱着，高空偶尔还有雁阵经过，排列规整，常让人看上半天。行人倒是很少，只有稀少的几个赶路人，周围非常静谧，我常常会有一种不真实的感觉，怀疑自己是处在虚幻的情境里，也觉得自己真是太幸福了，也太奢侈了，奇怪这么好的地方，为什么独独只有我一个？

这时你站在桥头，眺望整个树林，一片郁郁葱葱，青翠欲滴，这一片纤尘不染的翠绿呀，这一片生命的原色呀！是的，它们也正在走过自己生命中的夏季，虽身处荒凉之地，仍要呈现勃勃生机；虽本质是草根，仍要尽情绽放自己；虽少有人欣赏，仍要展现最美的姿态；虽是最平凡的品种，仍要展露不凡的品质。

我深深地热爱这一方小小的土地！

南行漫记

女儿在深圳工作，暑期去看她。

我买的是 7 月 1 日从苏州到深圳的 K33 次列车，6 号硬卧车的一张中铺，晚上 10 点多从马鞍山开出。

上车后发现车厢里已经熄灯，眼前几乎漆黑一片，黑暗里完全不适应，半天才摸索到 16 排。刚坐定列车员就来换车票，两个跟我同时上车的乘客提意见，说车厢里应当适当开几盏灯，否则黑灯瞎火的容易发生碰撞。穿着笔挺制服的漂亮姑娘说，现在的乘客哪一个没有手机？手机里不是有手电筒吗？你们不都找到自己的床位了？说得是理直气壮，听得我理屈词穷，庆幸自己没有加入，否则凭我的笨嘴拙舌，还不是多挨一顿数落？听她一说怎么反倒有点心虚理亏呢！还是闲话少叙，赶紧睡觉吧。

深夜里不时传来“哐当哐当”的声音，不时有旅客下车上车，但我可能适应能力特别强，照样睡得很踏实，似乎还做了一次平日里不可能实现的黄粱美梦，偷偷心满意足了一回。直到早上 6 点半才自然清醒，感觉神清气爽，吃过自带的早餐后，立即坐到窗前，欣赏着一路向南的风景。

仲夏的早晨，大地上一片莺飞草长、绿意盎然，正是万物葱茏的时节，一派生机勃勃、欣欣向荣的景象。随着列车一路飞驰，近处的高高低低的树木，就像孩子们在玩捉迷藏的游戏，一律倏忽闪现，眨眼就躲藏到了别处；稍远的乡村小镇悠悠地向后移动，好似坐在轿子里的二品大员，不紧不慢、稳稳当当，自有自己恒定的节奏；远处的山峦一直占据着天边的视线，似乎是舞台上站在后排的兵勇，半天也不肯退场。

以前的我认为南方多为平原，山地应该不多，可能满眼都是一望无际的田野，随处都是碧绿整齐而无边的秧苗。然而事实并非如此，原来我国的南方平原也多，山地丘陵也多，自黄山入江西再进广东，整整一个昼夜，丘陵群山此起彼伏，成群结队地过来向列车问安，有时几百里绵延不绝。有几处由近至远，甚至出现了三重山峦，眼前的山峰清晰油亮，秀丽挺拔；远处的山峦浓墨重彩，巍然挺立；遥远的群山下面只剩下白茫茫一片，只有高处起起伏伏的一点淡墨色，隐隐约约就像浮动的游龙。

随着列车一路向南，让我印象深刻的还有建筑，特别是乡村建设。以前普遍认为南方经济富裕，村舍应该更加漂亮。其实从马鞍山出发，也就是我们这边的楼房是最讲究的，一栋栋精致的小楼，色彩靓丽、式样不一、风格多变，大多为欧式风情，三层的居多：高耸的屋顶、俏丽的飞檐、纯白的罗马柱、橙红的琉璃瓦、五彩缤纷的外墙设计；家家都有不小的庭院，镶嵌着银色的不锈钢护栏，在阳光下闪闪发亮；户户砌有整齐的花圃，修葺得整齐美观。

这时的花卉正是最美的时刻，红的、粉的、白的、绿的、黄的，五色的花儿差不多都在倾情绽放，特别绚丽。一座座小楼掩映在万绿丛中，活脱脱就是一座座花园别墅！越往南这种感觉反而越淡，江西境内只有几处稍好一些，其他地方的村舍就简单很多，虽然也是一色的楼房，但都是那种老式的两层建筑，外墙只涂抹了水泥，楼顶就是平的，也是相同的中灰色，只在屋檐处装饰一圈窄窄的马赛克，不仔细看很容易被忽略。到了广东，更是如此，农舍更加简陋，难道这边的乡镇经济还比较落后？！我仔细观察了一番，感觉每个村子都是这种简单的老楼，有的还只是平房，我没有找到一处比较亮眼的，私下里还是不太相信，抱持怀疑，但眼前的事实的确就是这样。

一路过来，各地的种植也是别有特色。皖南地区特别是马鞍山、芜湖一带，基本没有什么秧苗，稻田都被深挖出来，进行水产养殖，主要是龙虾和螃蟹，尤其是养蟹这几年已然形成规模。列车驶过时，两边都是水面，一格一格的，就像大大小小的棋盘，白亮亮直晃人的眼睛。赣南一带除了山林基本上是稻田，这里的农民很是勤劳，还保持着一年栽种两季水稻的传统，正值夏收时节，随处可见收割机正在高声轰鸣，也有三三两两的人们在忙着插秧，这在机械盛行的当今时代，已经是难得一见了。闽粤山区都是一色的红土，禾苗已经不多，栽种着许多果树，以芭蕉和荔枝最多。我远远地看见一串串的糯米蕉，静静地垂挂在那里，就像寂寞的少女，满含着期待，正在一天天地丰盈，想必是在热烈憧憬着明天的盛装出嫁吧。

今天是阴天，没有什么阳光，所以很是凉爽，空调的温度刚好，感觉很是舒适。车厢里热闹起来了，听列车员说，因为刚放暑假，所以这个星期小朋友很多，大多是去外地打工的父母处度假，有的是爷爷奶奶带着，有的是同村大人带着，还有的干脆是大孩子领着小孩子的。我们这个车厢比较特别，最大的一个团队，3个大人领着整整16个孩子，大的刚刚中考完毕，十五六岁，最小的一个还不会说话，奶奶抱在怀里，小学生尤其多。不少孩子都是第一次出远门，刚刚卸下学校里繁重的课业负担，快要看到半年不见的爸爸妈妈，马上就会到心中向往的大城市生活，那里高楼大厦、游乐园、动物园一应俱全，超市的零食应有尽有，让人眼花缭乱，多得数都数不过来。他们一个个就像飞出笼子的小鸟一样开心快乐！你看他们根本没有闲着的时候：一会儿跑前跑后、来回穿梭；一会儿聚到窗口、叽叽呱呱；一会儿翻找吃的、你抢我夺；再一会儿不知为何，几个小伙伴争辩起来了！真是东奔西追、一刻不停，叽叽喳喳、快乐无边……

现在的人出门大都选择飞机、高铁，主要是快速省时，可能只有我们这种五十往上的中老年人才会乘坐绿皮火车吧？因为不赶时间，十几二十小时的行程之中，大家容易谈天说地，可以接触形色不一的人物，听到许多精彩有趣的故事，了解别样的人情风俗，感悟不同的认识和见解，所以我个人比较喜欢这一种旅行方式。

我们车厢里就有这么一位走南闯北的男士，你看，大家自动聚到一起，听他聊天呢。这是一个六十岁开外的吉安人，偏黑的皮肤、长方型的脸、中等的身材，穿着不落伍，左手戴一块金表，右手戴一枚纯金大方戒。他说走过十几个国家，大家先是听他神侃出国旅行的故事，哪些国家有趣特别，哪些民族给人印象深刻，哪些国家禁忌比较多，不喜欢的地方又是哪里，后来问他家里的事情，说两个儿子都在做餐饮生意，发展得还不错，大儿子已经在好几个城市开了连锁分店，小儿了的生意也是顺风顺水，老伴前两年癌症过世，所以现在是一人吃饱，全家不饿，天马行空，独来独往。儿子们都孝顺，说只要父亲把自己照顾好就行，所以现在自己一年中大半年的时间都在旅行，这一趟是去看刚刚出生的小孙子，也是小儿子的“二孩”。自己只是小学毕业，两个儿子也只有初中毕业，现在也都很好，所以小孩子上不上大学其实都不重要，关键是能闯，精明会挣钱，就是上了大学出来会挣钞票的又有几个？！说得天花乱坠、唾沫横飞，真有点趾高气扬，旁边的几个人露出羡慕的神色。我听了心里直犯嘀咕：现在社会上评价一个人成功与否的标准好像就看挣钱的多少，而且很多时候是以貌取人，外表光鲜亮丽的走到哪里都能得到推崇，这是怎么了？什么时候变成这样了？是我们自己出了问题还是这个社会出了问题呢？

给我印象很深的还有兜售商品，不断地有人进来兜售。早中晚三餐自不必说，每一个饭点都有几拨叫卖，中间更有各种的推销，吃的用的玩的，但都是一些小玩意儿。用品类如充电宝、鹿皮巾、身份证套、防水剃须刀、速干毛巾等，卖削黄瓜器的销售大姐说这是一个小伙子给他爱漂亮的媳妇发明的，削下来的黄瓜片可以很方便地贴在脸上，然后大姐现场一番演示，她真的就这样贴着几片黄瓜在车厢里来回几趟；玩具类的如航天飞机模型、迷你高铁钥匙链、魔方、立体画，还有可以摇头摆尾的玩具鱼，就是一种电动鱼，全身散发着五彩缤纷的光芒，不停地扭动身体，嘴巴里发出“唧唧唧”的叫声，当场几个小朋友就吵着要买，几位家长忙不迭地拿出手机微信扫码付款；最特别的是一种叫松花江锦鲤的，同样是五颜六色的玩具鱼，列车员阿姨用细绳拴好，跟遛狗一样拖着满车厢奔跑！不要说孩子了，大人们一个个都是忍俊不禁，笑得前仰后合；吃的有号称云南产的鲜花饼、内蒙古来的马奶酒、奶酪、最正宗的牛肉干、钙片等，整整一天，六号车厢是欢声笑语、热闹非凡，人声鼎沸、一片喧腾……

一天的旅程终于过去了，晚上十点半到达深圳，在出口处和女儿会合后，立即打车回去。这里等“的士”的人真多，好不容易排到我们，刚要上车，身后却走出一位满头银发的阿婆，带着一个大拖箱，看样子将近八十岁了。考虑到时间已经不早，回去还得洗漱，女儿明早还要上班，我赶快拉开车门，准备立即钻进去，女儿却说："妈，让奶奶先走，我们稍等一下。"还没等我说话，女儿就把老人的行李拎起来放进后备厢，又拉开车门，扶老人进车。说实话，扪心自问，平时的我这方面做得尚可，今天是特殊情况，再说我们是排队等候的，似乎没有不妥之处，回到家我说这么大年纪的老人为什么没有家人陪同，女儿说肯定有她自己的原因，对待这样的老人，什么时候都应该照顾一下，我们只不过多花几分钟而已。我听了既是惭愧又是欣慰，心里还觉得很开心。

以上是我第一次随车南行的经历，有一腔热情，有一些感动，有一点体会，有一点不适，有一些疑惑，也有一些快乐。朋友，不知您是怎么认为的？

明年来深圳，我该坐什么车呢？

细　雨

女儿在南方工作，今年暑假去看她，小住了一月有余。

第一次在岭南生活，颇有些不一样的体验，有些别样的收获，其中给我印象最深的是岭南的天和岭南的雨。

岭南的天顽皮多变、率性可爱。

这里的天真是小孩子的脸，说变就变。早起时是欢乐的，一片晴空万里、艳阳高照；眨眼间不知为何，就闹了个满脸愁黑、阴云密布；再一会儿好像是真恼了，忽然大声迸发出“哇”的一声，哭声震天，涕泪横流了！可还没等到大人腾出手来哄，不知又被什么新鲜事物拽了去，带着满脸的泪渍就那么“扑哧”一笑，一下子又阳光灿烂了！而这还不算完，这个孩子可能真是被宠坏了，脾气上来时白日里不知要闹几回，而据我的观察倘若不闹个五六回，那天就算是乖的了！

岭南的雨个性十足，细致温情。

岭南的雨有很多种类，也有很多讲究。暴雨袭来时那一派疾风骤雨、狂轰滥炸，不时还伴有蓝色的闪电和隆隆的雷声，大有要摧毁一切的架势；大雨挥洒时那一派恣意汪洋、畅快淋漓，这是要给大地来一次彻底的洗礼，给万物来一次透彻的清洁；再稍小一些的是中雨，每每来到犹如君子临门，那一份不疾不徐、不卑不亢，既从容不迫地调和了万物，又优雅地适可而止，农人们应是最欢喜的吧？再来就是小雨了，我猜它应是禾苗最为钟情的，那一份轻轻的沐浴、水水的滋润、缓缓的调理、细细的滋养，不由得让人想起“天街小雨润如酥”，试问谁能拒绝？谁又能拒绝得了？！

而我可能是个挑剔的，因为这一些虽是我欢喜的雨，但还不是我所热爱的，我最钟情的是南方的一种很小很小而又很密很密的细雨。

我还是第一次看见这种雨。这是一种迷迷蒙蒙的，可能都不能称之为雨，因为它更像是雾、水雾，对，就像是厚厚的水雾，但它又的的确确是雨，来前并没有什么征兆，在你不经意的一瞬间，它就悄悄来了，那么细，细到你都几乎看不见它，像丝，只能说像丝，细的丝、细的蚕丝或蛛丝，细到打在脸上没什么感觉，你甚至都不知道，完全是若有若无、若即若离。不，还不应该说打在脸上，确切地说应该是扬到脸上、洒到脸上，再或者飘到脸上、拂到脸上，几乎是每一次，我都忍不住要伸出两只胳膊，闭上眼睛，接受它对我的轻触轻抚、对我的疼惜怜爱、对我的体贴入微和细致温柔，我感觉它慢慢地、柔柔地、轻轻地呵护着我，那一份软软滑滑、温温润润、清清水水的滋润是我从未体会过的，我感觉自己完全成了个孩子，一个正被母亲揽在怀里，贴着额头细细亲吻、轻轻抚摸的孩子，这一份小心、这一份无声、这一份细致、这一份柔情真是熨帖到了心底里。我忍不住感叹：老天爷真是太不公平了！独独把这一份偏爱赐给岭南，看来这里的人们真正是有福的！

细雨来时还很密。俗语说密不透风，因为太密了，可能还真是透不了风，抑或是风也很知趣，不忍心来打扰，所以一般都没有什么风。这种密，不是一般的密，无论横向纵向都是特别的密，纵的一缕一缕，一缕紧接着一缕，中间可能只容得下一个小小的休止符号停顿；横的千丝万缕，千丝万缕密密地挨着，中间连插根针的地方恐怕都是没有的，小小的雨丝仿佛每一个都是肩并肩、手挽手，如铜墙铁壁一般，这就让它有了力量，有了非凡的力量。所以你必须打伞，千万不能小瞧它，否则一会儿的工夫，身上就要淋湿了，而且是全身透湿，不像大雨，虽然也是打湿了，但你细摸就觉得没有湿透，可见它的功力还是相当厉害的，看来柔软是最具力量的，真正是“柔能克刚”。

前两天下午去公园遛弯，正遇着这样的细雨，这种雨还有一个好处，就是它自始至终都不会产生任何一点多余的声息来打扰，完全是个沉默的小美人。一群孩子起先没有察觉，等淋到半湿硬是不肯躲雨，就这样光着头赤着脚，在雨中追逐嬉戏，他们跑着跳着、笑着乐着、喧闹着、欢叫着，那么快乐，对，特别的快乐！年轻的妈妈们先是带着宠溺的眼光任由着他们，后来有两个按捺不住自己也加入进去，先是像孩子一样跑着跳着、笑着乐着，后来干脆也赤着脚仰着头，舒展着双臂，大声呼喊着，彻彻底底地接受大自然的洗礼了！

这时候你再看，天地间到处都是迷迷蒙蒙的一片。眼前的行人汽车、近处的楼房大树好像都被湿雾团住了；后面的天桥高楼迷迷蒙蒙的；远处的地标性建筑，几朵白云就在它的半腰处缓缓移动，呀，原来云朵可以这么低，真的好像就在我们的头顶上一样！旁边的公园，在云雾笼罩中就剩下白茫茫的一片；平日里清晰油亮的青山，已经完全看不见踪影，仔细辨认，才能隐隐约约看到一点山峦的轮廓。

站在公园最高点，极目远眺，大地就在脚下，美色就在眼前，负氧离子沁心入脾，让人神清气爽，酣畅淋漓，觉得自己被滋润着、脚下被滋润着、眼前被滋润着、万物被滋润着、岭南被滋润着，好一派云雨天地、含情山水、大爱人间！试问这是哪一位国画大师，泼洒得如此水光山色，疏密有致、浓淡相宜？好一幅水墨丹青的中国山水！

我爱岭南的天，岭南的天率性可爱；

我爱岭南的雨，岭南的雨细致温情！

幸与不幸

人生无常。这句话真是一点也不假。

上周一晚在家洗澡，不慎摔了一跤。原因是新买的塑料防滑垫是劣质产品，根本起不到防滑的作用，卫生间地面冲过肥皂水后湿滑，人在里面滑了一个对角线后整个摔倒，根本来不及反应，右手下意识地撑了一下地面，只听微微的一声“咔嚓”，就再也不敢去碰一下了。先在南部医院拍过片后说是右手挠骨远端（大的）全部断了，上了夹板，医生说因为是晚上，自己一人不好操作石膏，先临时处理一下，白天再来复位、打石膏。但第二天去了市里最好的人民医院，说虽然整个断了，但断得很整齐，如果再拆反而容易触碰到伤口，不用再重新复位了，只等慢慢长好就行了，连药也没开。不幸当中，觉得还有点小小的开心。

回到家以后，先是半麻半疼，到了夜里就一直疼得厉害，我几乎整夜未眠。在床上翻来覆去，一只手左放也不是，右放也不是，疼厉害时哼过几声，还流过三四回眼泪。脑子里更是一夜未歇：自己应该还算年轻，离老态龙钟还有段距离，平时做事也算利索，一个澡就把自己洗成这样，遭的这份罪只有自己心里清楚，折腾到早上，五脏六腑里大声冒出一句：苦啊，真是太不幸了！

这几天在家享受了“熊猫”的待遇。先生负责洗衣服和搞卫生，女儿今年这一段时间在家赋闲，就承包了买菜烧饭，帮我洗头擦身，外加一些杂活。先生这一次像是下了决心，每天早上六点准时起床，先烧开水和早饭，再是铺床叠被，因为他比较爱干净，所以还要每天坚持拖地扫地。早上上班时间紧迫，只见他楼上楼下、厨房客厅跑个不停，手里一会儿是碗筷抹布，一会儿是拖把扫帚，整个人就像上了发条，陀螺一样转得飞快。我悠闲地坐在沙发上，带点愧疚地看着这一切，觉得他真是辛苦，要知道这些原来都是我的任务，他每天都要等热茶泡好、早饭上了桌才起来。这么一想，觉得现在还真是难为了他啊。

女儿是父母的贴心小棉袄，这话一点儿没有说错。女儿今天帮我洗头时硬是没让我的手沾一滴水，本来只是打算让她帮忙拧一下毛巾，结果她全包了，我只负责低头和弯腰。最暖心的是她动作之轻柔、话语之温馨，那一份细心与周到，是我没想到的！尤其难得的是帮我擦身，先是两天一次，后来天气冷了我想时间长一些，但女儿坚持也就固定下来三天一次。为了能够“全面”和“彻底”一些，我只能和女儿“赤诚”相见。第一次在已成年的女儿面前袒露自己已不年轻的身体，觉得还有些小小的不自然。但女儿坦然地说：“妈，这有什么呢？你不用有任何的顾虑，我小的时候你给我做这些事是再自然不过的吧？现在我给你做这些事不也是再自然不过的吗？”擦身本身是个体力活，女儿坚持把我身上每一个细小的地方一定擦上两遍，而我又觉得手重一点才舒服，所以每一次的擦身，对女儿来说应该都是一次强劳动。我时常看见她额头上星星点点的汗珠，从脱衣服穿衣服，到后面的洗脚擦脚，女儿很多时候几乎全包，擦脚时会把我的每一个脚趾缝都擦得很干，说这样才不会留潮湿气，不会烂脚丫，这一份体贴与细致，让我常常觉得自己成了个孩子，心下感叹女儿将来当了妈妈一定也是个称职的好母亲。其间我们俩常常会说一些笑话，也不时会拿我的身体逗乐，每一次的气氛都是温馨而热烈的，这样的清洁结果自然而然是我身心俱暖。我先是感动，再是感慨，后来也就比较坦然了，最后干脆每一次都从从容容地享受这些了。说实话他们这一代的孩子，大部分都是独生子女，从小都是蜜罐子里泡着，哪一个过的不是饭来张口衣来伸手的日子？现在虽然已经二十多岁，但愿干家事能干家事而又会干家事的又有几个？女儿研究生出来一直在外，今年刚回到家里，就有了这一摊子事。对这件事，她是这样说的："妈，这是上天给你的一次休息的机会，给我的一次锻炼的机会。我也正好学习学习这方面的技能。你就好好当我们家的'国宝'吧。"就像以前一位老师发信息说的："有女如此，夫复何求？"女儿，妈妈今生有你，不幸太小，幸福太大！

我们平常做事都习惯用右手，现在一下用左手还真的很难。第一次尝试着左手拿筷子吃饭，确实非常艰难，费了很多时间不说，还弄撒了几粒饭在桌子上，感觉自己完全成了孩子。心想习惯真是个很强大的东西，习惯于右手，觉得离了它就不行。难道真的不行？我想如果从小父母教我们用左手，长大了是否也一样会成为习惯？通过这一段时间的摸索，我发现右手能做的事情，左手大部分也能做。现在做得比较好的，如穿衣、吃饭（改用勺子）、扫地、抹桌子，和平时差不了多少；做得比较慢但能完成的如系裤子带、铺床、刷牙；做得最慢的是打字，以前基本是盲打，现在只能看一个敲一下，同等的工作量，耗时差不多是以前的四五倍；需双手配合而确实不能完成的是拧毛巾之类的工作。医学上说脑和手的配合是相反的，平时天天用左脑工作，他老人家在我这里几十年都是一直勤勤恳恳、任劳任怨，没有抱怨过一句，没有休息过一天，现在也该放放假了！右脑这家伙天生好命，从小就不用干活，到现在还在赋闲，现在也该劳动劳动了。

平时日日上班、做家事，有时会抱怨说很累，好想休息一段，现在真的忽然歇下来，反而觉得不习惯。可能人就是这样吧，累了想停一停脚步歇一歇，真停下来没过两天又觉得太闲了，正所谓矛盾的统一。这两天情绪逐渐稳定下来，心情也好了很多，手已经不太疼了，家里也已经重新步入了正轨，自己有了难得的、大把的、属于自己的时间，我觉得要好好利用一下，于是做出决定：先享受享受，把身体养好，再干一点自己的事情。读两本喜欢的书，看几部好看的电影，比如像前一段时间女儿推荐的日本影片《橙沙之味》，描述的都是普通人的生活，但却蕴含着深刻的道理，风格优美，情节细腻动人，看后让人觉得温暖而感动，很值得回味；再写几段小小的篇章，最好是那种从内心深处自己冒出来的文字。

于是就有了这样一幕：在一个秋高气爽的午后，一个不大的落地阳台里，几盆兰草正生长得茂盛。一位身材匀称的中年女子（还是中年），穿着宽松舒适的粉色睡衣（内心是不是还很年轻），架着一副老花眼镜（看来还是老了），坐在一把宽大的椅子里，全身沐浴在阳光中，不时翻阅着手中的书卷。脚边小凳上，随意摆放着一杯绿茶。真可谓脚边兰草幽幽，手边茶香悠悠，身上暖意融融，脸上笑意盈盈，神情恬淡而满足。

此情此景，不由得让人心念一动：真好！

这，应该算是世人眼里的一种幸福吧？

于是我想，不幸，真的就是不幸？真的不可化解？如果好好对待，是不是也可以转变，变成一种等待，甚至是一种机会，一种幸福？

古人不是早就有言："祸兮福之所倚，福兮祸之所伏。"

这份警示难道不是真的有道理？

还是不想其他，先好好享受这难得的一刻吧……

老　人

我们楼下住着一位老人。

准确地说是一个老头儿，准确地说是在对面北楼，准确地说是住“地下室”。虽称地下室，其实就是位于地面的一间车库，相比正常楼层略矮一些，高度大约两米，不过成人在里面不仅能够站直，而且没有压抑感。

这个小区建筑整齐划一，属于伞字造型的多层结构，一律是红墙灰瓦的六层，已经有些灰暗陈旧。老人那间经过改换的玻璃移门正对着我们这个单元门洞，可能为了方便，也可能认为再无须遮掩什么，所以没有安装窗帘，他的生活就这么一览无余，几乎敞开在大家面前。从通透的门内可以清楚看出，这间十平方米左右的小屋里，唯一的大件是居于中央的一张单人床，床面比较宽大，但上面长期有一半被衣物和两个塑料包裹占据着，显得拥挤凌乱。我有时会心生疑惑，他是如何在这张床上度过漫漫长夜的，也许是半倚半靠，抑或干脆和衣蜷卧？床头有一条方凳，半大的纸箱永恒盘踞在那里，几件衣服随意斜搭在上头，同样具有悠久的历史。东北角是一张一人位置破旧矮小的方桌，一副碗筷永远坚守在自己岗位上，显示出不容忽视的重要地位。

老人起得很早，每日天亮后不久就坐在自己门前的那张木椅上，头顶是楼上住户延伸出来的阳台，这小小的一方屋檐对他来说已经足够，足以帮助他抵挡秋冬的风雨和夏季的烈日。老人的确老了，应该是八十多岁，或将近九十，中等个头偏瘦身材，头顶已经谢去大半，残留的部分还有少许的黑发，因而整体看起来是亮亮的肉色头皮外夹杂着一点儿灰白。他的脸形较长，眼睛略显细小，与眉毛同等长宽，不知什么缘故，脸上还比较光洁，找不到一条深刻的皱纹，因而没有多少沧桑感，因为一直蒙蒙地看人，反倒有点喜乐的意味。他的肤色很黑，许多老年斑在脸上相依相聚着，似乎还略有一点红色，我辨别不出这永恒的色彩是黑掩盖了红，还是红湮没了黑。后来我领悟到这种黑中带红的颜色应该近似于天玄地黄里的玄色，一种厚重沉积的颜色，一种神秘深奥的颜色，一种深邃智慧的颜色。

他日常的活动非常简单有规律，范围也特别有限。每当晴天或小雨时，白日里基本就是坐在门前那一方小天地里打发时间，夏日透气乘凉，冬日会把椅子稍稍外移一点晒太阳，捎带着观景看人。他能看到的极其有限，景就是门前巴掌大的这块地方，人就是我们这个单元里进出的居民，一共六层，每层两户，除去一层，总共十户居民，总计三十余人。老人的耳朵很灵，只要楼道里有点响动，头颈会跟着做上下点头、左右侧转的慢动作。我的脚步一向很重，又是风风火火的性格，早上赶着出去上班，晚上赶着回家做饭，平地楼梯走起来都是“咚咚咚”快捷紧凑，所以清晨七点一旦走出楼梯门洞，他一定正对着我行注目礼，眼睛睁得大大的，嘴巴微微张开着，仿佛带点吃惊，我也常常习惯性地扫视一两眼。他的眼神仿佛孩子，好奇、认真、带点探究，总是虔诚迎接我走向他，送我沐浴着朝晖大踏步向前，直至拐弯消失在他的视线里。我想他一定还在目送我吧，还在默送我吧，有时心里生出一丝惶恐甚至愧疚，自己何曾受到过这样的正视，何曾受到过这样的礼遇，日日早间第一个给我这般隆重的接待。而我这个没心肝的，眼光总是漫不经心、稀松平常、敷衍了事甚至有一丝不屑。

天气很好时他偶尔会走远一点，这对于老人可是一趟远程旅行，需要耗费很大的心力。每到这时候，他总是先两只手交叠着紧握住拐杖的把柄，借着它的力量使劲撑着缓缓起身，一点点艰难离开椅子后，先得歇上一口气，所以有一个拄着拐杖弓背缩肩喘气停顿两分钟的造型。按照物理学原理，这一刻力量重心应该已经离开身体本尊，转移到了他的第三条腿中，也是他现在赖以生存时刻不能脱离的最重要的一条腿——这一根稳稳矗立的手杖上。

三月天里，江南的空气清新怡人，阳光明亮温暖。一座普通的小城，一所普通的小区，一栋普通的居民楼边，小路两侧的冬青香樟油润光泽，一片绿意盎然、生机勃勃。一位耄耋之年的老人正在使出全部的力量奋力向前，只见他上身穿一件深灰色棉袄，下身是四季永恒的黑色长裤，手腕上套着一块闪亮的银色机械表。灿烂的阳光下，正是八九点钟朝气蓬勃的好时候，他就这么蜗牛一般往前蠕动着，先拐杖伸出一点点，再凭借支撑挪出一只脚，最后拖拉出另一只脚。他就这样独自一个人一寸寸交替着循环向前，小心翼翼、哆哆嗦嗦、气喘吁吁、艰难无比，然而百折不挠，始终向前！每一步使出的力气于他是那么巨大，然而迈出的一步却是这么窄小。拄着拐杖弓着身体脸往前伸，细细碎碎一点点缓慢向前，这副形象已然超出漫画中夸张的人物造型。十几分钟后，老人终于完成了他的长途跋涉——纵横加拐弯总长约三十米，来到他向往的另一片风景区——小区门口，等挨到那张闲置已久靠在物业门旁的沙发边，再也支持不住了，一屁股跌坐下来。

不过老人也有发挥余热的时候，这可真是出人意料。有一天我下班回来，看到他佝偻在垃圾桶旁，伸长着脖子朝里张望，一会儿似乎发现了什么宝贝，花两分钟艰难地把整个身体扭转过去，面向着他小屋旁边的门面房，含混不清地高喊着："有，有！"见屋里没有任何动静，他可能急了，猛然发出更大更含混的声音："来，来！"半分钟后，那道门里出来一位年过半百的妇人，走过来捡出一个易拉罐，又翻找出一个饮料瓶，立即径直走回很快消失在门里，其间没有说过任何一句话，也没有向他看一眼。

我家楼下有几棵桃树，形状相似长得不甚高大，大小亦相差无几，都是枝干无比虬曲蜿蜒向上，每一年春天均会开出无数花朵，红花绿叶甚是美丽，但很少有桃子，有一年却是例外，结出很多果子。那一阵我每次进出，总会情不自禁看上几眼，等待的日子总是太过漫长，小小的桃子一天天长大，终于渐渐圆润红艳了。邻居们素质很高，似乎没有人对小桃子动心思，可能我天生是只馋虫，看着小桃子在枝头垂挂着实诱人，眼瞅着大家都忙于正事，无人理会这可爱的小东西，觉得实在不能冷落了它，于是在一个周末的早晨，我搜刮小区各角落最终找到一根竹竿，开始平生第一次“不劳而获的冒险”。

这是一场三个人的行动，他打、我接、老人尝。五六棵枝繁叶茂的桃树上，几十只小可爱分散静坐着，每一只几乎拳头般大小，都是红红粉粉、外表布满细密痒人的绒毛。随着他不断瞄准、挥竿、敲击，一只只春桃纷纷掉落，有落在我盆里的、有砸在泥地里的、有敲打到我头顶的，还有飞溅到水泥路面的……其间树儿是婆娑摇曳、沙沙作响不停，人儿是喜气洋洋、欢声笑语不断！他就坐在对面，是个忠贞不贰的观众，一直朦朦地望着这边，一直微微仰着头，张大着那张似已歪曲的嘴，聚精会神而又悄无声息地陪伴我们近一个小时。我送去四五个请他品尝，他没有说谢谢，只伸出一只手摸了摸少许变形的桃，张开只剩几颗牙齿的嘴巴，对着我轻轻点了两下头，仿佛是有笑意的。

岁末的寒假中，如果天气暖和，如果太阳很好，老人也有一些热闹，因为午后一段时间，会有几个孩子下楼玩耍。小朋友们这一阵特别喜欢玩滑板，五六岁的孩子同样玩得很好，他们一个个轻松自如地蹬着滑板，轻盈迅捷地疾驶而去，一会儿又风驰电掣般地冲锋过来，孩子们来回穿梭、追逐嬉戏、喧闹异常、快乐无边！这时的老人一如既往默默坐在那里，两只手扶着手杖，一如既往张大嘴痴痴地看着，带点盈盈的笑容，一如既往静悄悄、无声无息……

我最近特意观察过他。上周日下午，手头没有什么工作，我收拾完站到窗户边往下一瞅，发现老人正在玩着自己的游戏。他把那“第三条腿”在地上滑来滑去，前滑滑后滑滑、左蹭蹭右蹭蹭，又在身子前面画半圆，这里画画那里画画，反反复复，不知重复了多少遍。因为地面是方形的小块空心瓷砖，手杖的下端又有一层垫圈，所以尽管他玩弄了很长时间，脚下还是没有留下明显痕迹，几棵小草平安躲过了他的“摧残”，依然顽强不屈挺立在那里。过了好一会儿，可能是累了，他停止了动作，眼睛定定地瞧着对面某一处，三四分钟后，一只手伸到头上挠了两下，又揪揪耳朵摸摸脸腮，接着看看自己，最终把眼睛转向小路，向着东方那一头开始遥望，遥望……还是遥望……时间一分分流逝，这一刻，我多么希望有一个人可以从那里出现，迎着老人走来……可是没有，一直没有……依然没有……时间一分分流逝，我们都在遥望着，我遥望着他，他遥望着那一头……半晌，他终于把头转回来，又深深埋下去，不再抬起，是又一次闭起了眼睛，还是又一次陷入了静思？……我再也不想停留在窗边，默默收回眼光，转身离开了。

这一刻，我不知道他是在追忆还是在思念？是否在追忆自己那些曾经的岁月，那些往昔的流年，那些风风雨雨、山山水水的一程又一程，还是在思念那早已远去的故人？他是否还能记得她的容颜，是否还能记得那些青春韶华，那些美丽时光？那些栀子花开的路口，那些桃花流水的日子？

当我再一次经过他的门前，没有看到老人身影，门外空无一物，门内依然如故。

我不知他去了哪里。

愿他一切安好，无论身在何方。

老　三

我认识老三大约有三十年了。

他是我家属的远方亲戚，也是他的小学同学，当初在学校的大名为尹俊龙。不知怎的，这一响亮的名字一直无人称呼，仿佛大家伙儿只习惯了叫“老三”。我们两家走得亲近，因为他们是少时“青梅竹马”的玩伴，如今嘛，早已成为一世的兄弟。

老三个头略高，身材显瘦，标准的国字形脸，肤色白净，永远是很短的平头，操一口不太标准的普通话。上城进厂这么些年，依旧有一小半的老家土语，不过他很努力，每一次说话都努力让自己“洋气”一点。他身上最明显的特征是右腿残疾，这是幼年小儿麻痹症留下的后遗症。这条短去一截的腿使他站立时，经常是一只脚在地，一只脚拎起。他能保持这样的姿势很长时间，这种金鸡独立的姿势总是让我想起休憩于某一片湿地的丹顶鹤。

他的老婆银珠，是老家隔壁王叔的女儿，同样与他同班上学五年，因为那会儿小学还没有实行六年制。三男一女的人家，听名字就知道是父母的掌上明珠，可初中毕业后照常辍学务农。照王叔的说法，闺女迟早要嫁人，识几个字就行了，念那么多书干什么，费钱不说还容易让女娃们心野。银珠当年长得明眸皓齿、娇俏可爱，就是皮肤略黑几分，被外村的几个皮娃子戏称黑牡丹，据说她当初气得哭了一鼻子，后来上门说媒的不在少数，银珠都没有看上。两家邻居处得如同亲戚，老三那会儿招工进到城里，他上学时成绩不错，面相也清朗，老师经常表扬，女孩们自然亲近欢喜，亲事就这样出人意料成了，又似乎是在情理之中。

不知什么时候起，几乎每一年春节，我们两家都会相聚，一般是正月初十以后。亲戚们前面相互拜年祝福都很忙碌，各自又都是人丁兴旺的大家庭，新春的迎来送往须得十天方可结束，只有到了这一时段，每一家“过年”才能基本扫尾，拜年才能“大头朝下”。如今已经大致固定，有时去他家，有时来我家，平日里都比较忙碌，这一项基本省略，偶尔有事相商才会碰面。

每一次聚会，总见他在厨房忙碌，出来招呼一声后，立即返回灶台边，兀自埋头干活，一个人择洗切剁，两口锅煎炒烹炸，脸上微微笑着，忙得不亦乐乎；这边老婆招待茶水，端出果盘，在每一位客人面前放上一些坚果，笑盈盈地陪着聊天说话。她很会应酬也很健谈，一桌的客人每一位都能照顾过来，每一位都能说得上话。美丽的女主人热情洋溢的女中音环绕屋子的每一个角落，也渗透进每一位客人心里。

客人们一边随意喝茶交谈，一边不时瞅一眼男主人操作，因为厨房就在对面，这间紧挨客厅、完全敞开的操作间，仅能容纳一人站立。这一时段，呼呼的声音不断传出，袅袅的香气不断溢出，我看出他很少有双脚落地的时候。老三熟练地操作着，忙而不乱，每炒好一盘菜，立即端到这边的餐桌上，同时笑嘻嘻说出一句："哎，又来一个！爆炒腰花。"同时立即返回自己的工作岗位。客人们纷纷伸头欣赏，看见一簇簇的菱形腰花，橙红油亮香气扑鼻，与翠绿的青椒相互依偎，亲密无间约会于水青色江南烟雨之中，客人们禁不住啧啧赞叹，银珠立即将事先准备的一叠空盘，拿出一只仔细地扣上。三分钟左右，下一盘热菜再次呈上，一位男宾直接提出抗议："你这不是难为我们吗？这么一次次的谁能招架得住？"老三捏着锅铲在那一头哈哈大笑，大家伙儿纷纷响应，因为他的手艺的确不凡，不但色香味俱佳，"卖相"还特别精致。就这样，他围着红色围裙踮起脚一次次上菜，老婆一个个小心盖上，客人们不时喊出几句："够了够了，再弄吃不完了！现在这个年头，只有营养过剩，哪有营养不良的？""不要忙了，搞这么累干什么？你这样搞我们以后还不好意思来了！"这种时候，老三总是从厨房探出头来，笑盈盈地看着大家："马上好了，也没几个菜。过年嘛，难得一次，也高兴高兴。稍等稍等，马上开饭！"

老三的家很小，是那种老式的两室一厅，总面积不到六十平方米，不过两间卧室全部朝南，而且比较宽敞。麻雀虽小五脏俱全，这一来剩下的客厅厨房卫生间几乎集中在一处，一律是“娇小”的迷你版，平日里小家庭生活不算局促，今天请客就显得窄巴逼仄了。毕竟是一年一次，要好的同学尽量邀约过来，尽量一次性解决问题，集中请客符合统筹学原理，经济实惠又省时省事。现在，大小十几位客人，无论如何得有一张大圆桌。这不，银珠就像变戏法似的，将八仙桌四边隐藏的圆角拉拽出来，它们终于重见天日，难得地出现在自己应有的位置上。不过这样一来，坐下的客人基本无须再动，亦不能再动，因为东、北两面的客人背部几乎抵到墙壁。一名男客簇新的羽绒服上蹭出一大块白灰，发现后文邹邹地拽词，自嘲地说自己是“揣着两袖清风来，带着一身清白去。”这以后端茶递水自然是女主人伺候，或外围的客人帮忙传递。不过大家伙早已习惯，照例兴致勃勃地海吹神侃，从世界局势到航天英雄，从某人去年发财到老家水产养殖，从股市去年全屏皆绿到如今“祖国山河一片红”，从掼蛋牌九打麻将到自摸丫当一条龙，一个个都是眉开眼笑、喜气洋洋。这种宾主间的欢声笑语一般要持续一个多小时，因为须等待最后的客人，也须等待男主人最后收官。

终于，酒菜全部齐备，欢宴开始。男宾们喝酒，女宾则喝牛奶或饮料，半大的孩子没有上桌的权利，就在外围简单解决。不过他们乐得自在，小伙伴们亦是难得相聚，窝在床边看动画片或打游戏，同样有他们自己的话题，同样轻松愉快地享受休闲时光。老三喜欢喝酒，平日下班后经常炒上俩菜，乐滋滋抿上两口，现在更是开怀畅饮。几位都是多年的铁杆兄弟，彼此间没有必要客套，也没有人特别劝酒，平均每人六七两，既滋润舒坦又不会失态，毕竟夫人们在场，风度礼数终是不可或缺的。三杯下肚的老三开始打开话匣子，原来他谈锋甚健压根不输他老婆，话题总是信手拈来，思维呈跳跃式发散，谈话宗旨是幽默风趣，添彩逗乐。比如郭德纲的德云社收视率蹭蹭蹭一路飙升，如今正是如日中天；比如前一年老婆从未买过一条鱼，自己还几次去菜场卖鱼，因为钓鱼总成绩绝对超过二百斤；比如新来的厂长确实有本事，将生产整治得风生水起，年底自己破天荒第一次拿到三万元奖金，现在工人们就差用轿子抬那小子走路了，又道出厂里的几件趣闻逸事，说得是妙趣横生、津津有味，客人们听得兴高采烈、兴趣盎然。这样的一顿饭往往持续两个小时，几位女宾早就放下杯盏，各自坐在丈夫身边，笑眯眯倾听着男人们的山海经，温柔地任由他们乐呵一回。

这种时候，我大多在阳台欣赏美景，一边内心里拨拉自己的小九九。小小的天地里，高高低低的绿植竟然有十几盆，这是老三业余生活的又一乐趣。这一刻，虽然窗外仍是一片深冬，朔风在街口凛冽地呼号，但这里已有明媚的春光。一些蓓蕾在枝头俏立，三四种花儿正在静静绽放，腊梅与迎春花居然并肩而立、争相竞艳，红花绿枝很是美丽。我在这方面一窍不通又懒惰无比，可偏偏向往这美丽的生灵，这一次同样带来家中几个空盆，一如既往想要掠夺他的宝贝。记忆中，每到这种时候，他一定一如既往大手一挥，豪爽地来一句："随便挑，看上哪两盆随便搬！"

我们都来自江南水乡，都出生于长江边一些小小村落，不过他家可是村里的大户，因为兄弟姊妹一共七位，四男三女，上头是两个哥哥。陆续建立的七个小家庭皆是那个时代计划生育的模范，每家一个独宝，没想到下一代竟然也是四男三女，自然亦是交错"花生"的。老三的女儿生得眉清目秀、白净水灵，完美继承了父母的优点，两口子真正是含在嘴里怕化了，捧在手里怕冷了。我有时感叹孩子出生于这种家庭，真是无比幸福，到了上学的年龄，完全是轻轻松松地快乐学习，根本没有同龄孩子的紧张压抑，用老三自己的话说："一个娇娇弱弱的女孩子，长大了还怕没有饭吃？搞那么苦干什么？我闺女长得这么可爱，将来还不是男人手心里的宝贝？"刚上学第一次语文测验，六十几分全班倒数第一，放学时被留在办公室。老师一脸严肃着急，要求家长严加督促，结果老三完全无所谓，很是怜惜地说："老师你不知道，她每次吃饭就像小猫一样，那么一点点，真是叫人心疼哎！你说这么小的孩子，一个一个地写，要写对多少字才能得到这么多分？"说得老师整个人都傻了，之后再也没有请过家长。长大一点学了几年小提琴，有一次下雨迟到，被老师说了两句，丫头回来哭着鼻子赌气说不去了，两口子还真就依从孩子，中途放弃了，其实孩子在饭桌上拉得挺好，我们都觉得有点可惜。

韶光易逝、白驹过隙，快乐的日子总是一闪而过。阴云密布里，大雨滂沱中，人们才会忆起往日的青山秀水、风和日丽，才知道那些看似稀松平常的日子，原来竟是如此不凡、如此珍贵，叫人回想起当初的情形来，叹息之余时常生发出许多感慨心疼。

事情的转变从两年前开始。大家伙儿又一次去老三家，同样是喜庆的春节期间，然而气氛大不相同，沉闷压抑、令人尴尬。我清楚记得那一日大雪纷飞，只他一人在家，老婆孩子都去了岳母家，大家明显意识到有一些异常。果然，一坐下他就连饮三四杯，表情凝重地一言不发。有人开始询问，他沉默半晌终于开口，直接说银珠外面有人了！一位女客小声提醒他慎重，他又咕咚咕咚灌下两杯，这才一五一十告诉大家：那个男人是一名公务员，是银珠社区工作的顶头上司，两个人已经有半年时间了，现在不仅单位同事，连街坊邻居都人尽皆知、指指点点，自己这个小家庭已经淹没在唾沫星里，一家子脸皮早就被削光了。

我问："他是什么时候发现这事，有没有和她谈过？"他说两个月前厂里一位哥们儿告诉他，亲眼看见银珠和一名男人在采石矶游玩，当时不是周末，山上游客稀少，他们手牵手显得十分亲热，还说那个男人个子不高，戴副眼镜显得很斯文。那一次他和老婆说了半夜，银珠一口咬定那人看错了，还不依不饶要丈夫说出名字，说明天去厂里找他对质，还委屈地流下眼泪。第二天他和那位说起这事，人家指天发誓说："你老婆就是烧成灰我也认得！这种事我不瞧清楚能随便说吗？兄弟，啥也不说了，你好自为之吧。"但后来事情发展得很快，不久，几个人在不同场合看见过他们，那以后银珠态度开始转变，不再躲躲闪闪，而是以沉默回答丈夫的责问，或以沉默表示默认，表示自己的公开对抗。老三要求她立即悬崖勒马，表示只要收心回家，他可以原谅，看在孩子的面子上，看在多年夫妻情分上，可以既往不咎，重新开始。

想不到银珠完全破釜沉舟，过年前直接提出离婚，表明自己可以净身出户。老三考虑一夜，为了挽回家庭，不顾自己脸面，让上大学的女儿参与进来，准备做最后的殊死一搏。那一晚，三口之家的所有成员，神情肃穆地悉数列席，认真讨论关系小家庭未来的决策。老三本以为银珠会心软顾忌、收敛转变，想不到她真是王八吃秤砣——完全铁了心，说自己什么都不要，只要离婚，冷漠决绝如同一个仇人。生死攸关的紧急关头，他亮出自己的王牌，让女儿表态。可做父亲的万万没有想到，这个接受高等教育的当代大学生，这个人世间唯一的亲生骨肉，这个自己从小视为珍宝、一直认为温柔善良懂事可爱、世界上最贴心温暖的小棉袄，开口第一句就是"我同意！"他说那一刻真正是五脏俱焚、心如枯槁、万念俱灰，觉得自己就是一个乞丐，一个一无所有彻头彻尾的街头乞丐，当晚他一个人躺在沙发上一夜，真的是流泪到了天明。

第二天，他灌下一整瓶烧酒，第一次没有去厂里上班，一瘸一拐、跌跌撞撞来到山上，看着波涛汹涌恶浪翻滚的长江，看着它们苍黄浑浊肆虐远去的丑陋嘴脸，他想起家里那两个忘恩负义良心被狗吃了的东西，脑子里纵横翻腾、一刻不歇——自己前世一定作孽了，否则这一辈子不可能遭到这样的报应，不可能遇到这样一对母女，人心到底是什么做的？为什么这么容易嬗变？自己几十年如一日把他们放在心口，这么小心翼翼倾情呵护，时时处处以她们为中心，身为男人从来都是家里的小三，就是两块生铁也该焐热了吧？他怎么也想不明白，只能用力敲打脑袋，一时间心里肝胆俱裂、痛不可当，恨之入骨里却又柔肠百结，怎么仿佛依然无法割舍，依然对她们有许多留恋，内心深处还是不想舍弃她们。他忍不住伸手朝自己狠狠扇下几个耳光，一个人站在山顶，张开双臂仰望着晴空，泪如雨下地大声喊道："为什么？这个世界上为什么会有一个我？我这样的人为什么要生下来？尹俊龙，你就是一个笑话，十足的笑话！你哪里有一点点龙的影子？难怪人家喊你老三，因为你就是瘪三！永远永远的瘪三，一直被人踩在脚底的臭瘪三！"

年年岁岁、岁岁年年，风轻云淡的日子里，人们总是感叹时光飞逝，待到某一日从梦中醒来，拨开重重迷雾，清晰凝视当初的一切，才发现，光阴似箭却是箭箭穿心，日月如梭实是梭梭滴血。茨威格说：“她那时候还太年轻，不知道所有命运赠送的礼物，早已在暗中标好了价格。”这一刻，老三终于明白，原来当初的幸福模样，不过是一场人间幻象；那些快乐飞扬的日子，如今正以加倍的痛苦生生剥离、一一清算。他半醒半醉地喃喃自语：“拿走吧，都拿走吧，什么都没有了……人生本就赤条条而来，现在干干净净赤条条归去，挺好，挺好！”

老三当时已经打算一跃而下，落一个干脆痛快，一闭眼什么都结束了，再也不想这么痛苦地活着了，可后来想起耄耋之年的父母，他们还是那么牵挂自己，想起他们白发苍苍满是皱纹的脸，倘若自己真的了结了，这种致命的打击，他们一定承受不住，可能二老双双都会随之而来吧？他想起兄弟姊妹们充满关切的眼神，那种手足断腕的痛楚又有几人能够忍受？他又想起自己几十年走过的人生道路，沟沟坎坎、风雨如晦的一程又一程……可能上天垂怜，又或者磨难不够，老三最终仰躺在地，大声怒号、肆意啜泣几个小时，又仿佛死人一般，长眠于草丛中，很久很久……天黑后他终于起身，一只手拖拉扶拽着那条腿，另一只手不协调地快速摆动着，身体向一侧倾斜，艰难却又略带蹦跳地一步、一步，努力而缓慢地一点点向前。严冬时节，山路上只有极少的几盏地灯，昏暗的灯光照映着他，带给他一些光明，又将他的影子拉得很长。夜色朦胧中，一个孤独的身影踽踽而行，惨白的脸上没有一丝血色，然而前面的小路依然那般曲折漫长……午夜时分，老三终于鬼魅一般出现在门口小巷。

半个月后，我们单独约他一次。其实心里明镜似的，知道不会减轻他的痛苦，也不会有任何改变，只想表示一份关心，只想给他些许暖意。幽静的茶室内，他很是淡然，平静告诉我们，双方已经离婚了，她们已经搬出去租了房子，不过女儿的房间他丝毫未动，“随便她在哪边”。我问他财产问题，他说房子自己住，家里经济一直是银珠掌管，具体他也不是很清楚，就不管那些了，毕竟“娘俩在外面要生活”，又说女儿后面学费他会负责，我们都叹息着沉默不语。他倒是显得很轻松，笑着自嘲一句：“还真是文明离婚，轻轻松松签字，想不到这样简单。”之后便不再说话，只轻轻呷着香茗。幽暗的灯光里，他安然坐在角落，一动不动的男性身姿犹如一尊半身雕塑。

时光如水，一如采石矶畔的一池江流，始终固执永恒地流淌向前，无声无息。风雨飘摇中，一只小小的帆船桅杆折断，只能左右摇摆、任风漂流，波涛汹涌中多少次几乎沉没，颠簸浮沉之间，不知漂流到了何方，然而不经意间，起起伏伏的几番挣扎，却已来到下一渡口。

又一个两年过去了。

今年春节，大家伙儿集中在我家聚会，老三自然是单打独斗。酒席一如既往觥筹交错、丰盛无比，酒客一如既往礼尚往来、棋逢对手，酒味一如既往醇香入脾、舒畅淋漓，酒韵一如既往情意绵柔、一往而深。酒酣耳热之际，一个人问老三："怎么样？还是一个人光着呢？要不要弟兄们帮帮忙？"老三苦笑着说："哪有那个闲心？早死了这条心了。不过告诉各位一个好消息，我那小屋这一次真的要拆了，年底已经上门测量过面积。"我家属立即搭话："好！恭喜你终于守得云开见月明。不过现在先不说这个，其实一个人挺好，没有那么多烦心事，一人吃饱全家不饿。"众人纷纷附和祝贺他，又讨论出单身的许多好处来，不曾想观点还基本一致，认为自从有了家庭，生活就有了重担，有了孩子，基本就是为孩子活着；只有单身，才是为自己活着，而且没有家庭负累羁绊，一个人随意自由，可以做很多想做的事情，才是自己命运的主人，要不现在为什么有这么多大龄青年？

想不到半个月后，老三忽然跑来我家，还是骑着那辆老式电动车。

原来银珠离婚后不久，那个男人忽然脑溢血发作，之后便是半身不遂坐上轮椅，没等银珠走近两个人就这么自动结束了，后来她与一个单身男人搭伙过了半年，同样无疾而终，以后便再也没有听到消息。现在女儿上班处了个对象，过一段时间男方父母会正式拜访，所以银珠托人传话，希望破镜重圆，给女儿一个完整的家。听到这一出人意料的消息，作为旁观者的我们同样五味俱全，沉默良久后我直接开口："无须考虑任何人，无须考虑任何影响，生活是自己的。问一问你的心，究竟想要什么？"他叹出一口长气，表示"无所谓，都行"，之后絮絮叨叨说自己已经到了这个年龄，一切都可以放下，一切都可以将就，其实她也是一个苦命人，半生走过几个男人，终究也没有如愿。

我了解他一个人的孤独，漫漫岁月里那种无边无际的深刻寂寞，也了解他终究是放下了，时间已经抚慰他的伤痛，准确地说是麻痹了他的神经，了解他们几十年相濡以沫累积的亲情，那一条血脉深处的纽带依然连接在一处，彼此之间始终遥祝凝望。我能做的，只有深深地理解与祝福。送他下楼时，看着他步履蹒跚地跨上那辆旧车，无声穿行于春寒料峭中，困难而又萧索，衷心祝愿他找回来时熟悉的感觉，一路走好。

一周后，我们打电话过去，他说一切还是未知数，自己正在考虑，因为"父母随便，兄弟姐妹全部反对"。

老三又一次站在生活的十字路口，我不知道他会做出怎样的选择？

老三，我只愿你能够珍惜自己，珍爱自己，遵从自己。

小城梅雨

又是一年梅雨季，走近了小城。

梅，即果梅，江南的六至七月，即端午前后是梅子黄熟之时，也是这一带阴雨霏霏连绵不断之日，因而称为"梅雨"或"黄梅雨"。

黄梅时节家家雨，真是一点不假。这不刚刚入梅，就是淅淅沥沥的小雨，接连下了三四天。

清晨，我站在窗前往外眺望，阴郁灰暗的天色，沉闷湿热的空气，窗下一人多高的甘蔗林，一棵棵耷拉着脑袋，看起来无精打采。远处的小山有些隐约，却能清晰看见一团团白雾漂浮在那里。这时，细雨开始飘落，仿佛银针似的若有若无，它们一丝丝飘洒而下，一点点坠入泥土，哪怕一缕微风吹过，也会随风飘摇。我睁大眼睛想要搜寻，这可爱的小小的身影，却仍然不能瞧见，仿佛它们并不曾来到，其实小家伙们早已悄悄降临，只是身姿那么细微轻盈，叫人浑然不觉罢了。

这时的一切犹如先前似的，天还是朦朦胧胧，地还是清清亮亮，楼房依然色调明快，树木依然绿意葱茏，然而不消二十分钟，眼前的景致渐渐就有了改变，天空不知不觉暗了或明了，地面有些濡湿了，楼房转成了深色，最喜人的当然是树儿，当然是叶儿，蓬勃了、滋润了、油亮了，明媚清新、光彩动人呢！

这时，你若留意地上的行人，更是好看。他们大多不会打伞，光着头在毛毛细雨中或走或跑或跳，特意要享受这天地间的精华，这自然中的精灵，这清凉水润、温柔爱抚的特殊滋味。

你看这边，一名男子撑着蓝格布伞，领着七八岁的儿子去上学，孩子蹦蹦跳跳往前奔跑着，一心要摆脱家长的束缚，而年轻的父亲总是追赶着去牵他的小手；前面不远，四五位阿姨可能要去晨练，她们身着醒目的红色运动服，个个精神矍铄，英姿飒爽，一边谈笑风生，一边神采奕奕地大步向前；几名上班族冒雨匆匆忙忙赶路，一路上皆是大步流星目不斜视，根本无暇顾及落到头顶的点点雨星。马路另一侧，一个秀发披肩的女孩举着粉色花伞，袅袅婷婷地穿街而过，一袭纯白连衣裙衬托着她娇美的身姿；她的身后跟着几名身着藏青校服的小学生，他们一边奔跑一边嬉戏，欢声笑语洒满一路……

自然，小城的梅雨并不总是烟雨缠绵，并不总是温柔多情。很多时候，它会非常淘气，撒泼生气或发怒，大大发作一番，恣意发泄自己刁蛮的坏脾气。

午后，一片万里晴空，六月的骄阳如火一般，叫人不敢出门。四点钟左右，西北角天边忽然冒出一小块积云，随即迅速升腾开来，几朵青灰色的厚积云以极快的速度汹涌而来，同时伴有隆隆的雷声，一束束闪电如银蛇一般，在幽蓝的云层里极速狂奔、肆意游窜。两分钟后，沉闷的雷声突然转变为刺耳的暴雷，一声声在半空中炸响！

一时间狂风大作，天地之间霎时改换了模样：大树身子倾向一边，使劲挥舞着手臂，小树更是歪倒得厉害，一些树干拦腰折断；所有的树叶全部翻了个面，都是浅色的叶底朝上，齐刷刷地朝着一个方向狂舞，并伴有特殊的合奏共鸣声："唰！唰——"。不一会儿，天空突然特别黑，仿佛一步踏入了无边暗夜，几幅广告牌被刮扯得啪啪直响，突然"哗啦"一声撕裂开来，精美的印刷品一下成为万国旗帜，但仍在那里哗啦啦使劲飘扬；几块石棉瓦在屋顶翻着筋斗，跌跌撞撞、连滚带爬着始终不能歇息。伴随着凄厉呼啸的风声，半空中飘荡着无数的碎屑，一些大的碎片不断翻滚着随风飘荡，依依不舍地盘旋很久方肯渐行渐远。近处的地面一下变得很干净，滞留多日的一堆残余忽然不见了踪影，不知可寻觅到了心仪的去处？

突然，耳边猛地"咔嚓"一声，吓得我赶紧躲进屋内，这样震耳欲聋的声音，似乎只有一墙之隔；这样无比剧烈的爆炸，似乎要循着什么而去，一定要摧毁什么！我还是第一次领略，这种令人恐怖的炸雷。这一刻我躲在屋子中心地带，什么也不能做，什么也不敢做，只能痴痴懵懵望着窗外，望着这一片迷茫混沌的世界，深深震慑于自然的威力，如同一只小猫惶惶不可终日。

接踵而来的就是大雨。特大的雨点，掷地有声，声声入耳，越来越密集，越来越喧响，不一会儿，天地间就连成了白茫茫一片，完全成了清澈透明、嘈杂喧哗的雨的世界。如此瓢泼大雨，如此清亮密布的水帘，仿佛天上真的塌了个窟窿，所有的水都集中在这里，而且一时三刻就要全部倾泻而下！豆大的雨点打到瓦楞上，立刻四溅开来，形成一朵小小的、晶莹的雨花，千百朵雨花开在树叶上、屋面上、水洼里；每一颗雨滴均有自己开花的声音，一声轻轻地“啪”，千千万万颗雨滴在大地上飞溅、开花、盛放、炸响，汇成了天地一体、雄浑壮观、奇妙无比的独特景象！

一场暴雨之后，窗外的一切经过洗濯，呈现出清新明媚的色彩，空气也格外新鲜湿润，我忍不住走下楼溜一溜。旁边是一条步行街，两侧商铺林立，建筑风格简明亮丽，宽阔的道路上是一棵棵历史厚重的法国梧桐，一年年的修剪已经使它们改变了模样，每一棵都是蜿蜒伸展，虬曲而上，形成了密密的林荫道。粗壮的树干斑驳杂色、青白相间，宽大椭圆的树叶相依相偎、绿意盎然。这一刻，经过这场透彻洗礼，树木更显郁郁葱葱，树叶更显青翠碧绿，每一棵法国梧桐都有了崭新的面貌，每一棵法国梧桐都焕发出特别的神采。街道已变成一汪沟渠，我蹚水而过，水深有一尺左右，水中央，大车小车单车，推着的、扛着的、抛锚的，不一而足。几个孩子在水边开仗，头上脸上身上均是水淋淋一片，一串串高高扬起的水花，在身边飞出一条条银色弧线。大人们虽如蜗牛般艰难前行，但他们相互逗乐打趣着彼此的窘迫，一个个兴高采烈、笑逐颜开！

我折向公园，湿漉漉的天，湿漉漉的地，草甸上有无数的小水珠，头顶不时有水滴从树上掉落。一些小虫在草丛吟唱，两只蝉儿在枝头高歌，几只飞鸟从头顶一行掠过。转过一弯，还没有走近小池塘，就听见了一阵蛙鸣，等到近前，更是无比喧响，我很是惊奇，这么小的浅池，哪里应该有这等的喧腾？池塘里已是满池新水，荷叶高高低低挺立着，挤挤挨挨密布着，几乎覆盖了整个水面。几枝花蕾婷婷地直立，十几朵莲花娇艳地张开，几乎每一径荷叶上，都有大珠小珠在温柔滑行，它们晶莹剔透、大小不一，倏忽间合为一体，须臾又分开了，时而迅捷时而舒缓，很是灵巧轻盈、活泼顽皮！两只蜻蜓在低空飞行，它们一前一后并行或环绕盘旋，嘤嘤嗡嗡一直细语着，分明是一对情侣在倾诉爱恋。有一会儿忽然双双停在我的面前，墨绿色翅膀微微震颤，我惊奇之余忍不住心生爱怜，睁大眼睛细细地瞧着，而它们又忽然“嗖”一下飞远了，飞去了美丽的花丛中，飞去了它们的极乐世界。

我被这一片醉人的新绿包围着、浸润着、滋养着，不禁深深陶醉了。环顾四周，不过只我一人而已，然而天地间却是无比喧闹，周围有无数生命在纵情欢唱，好一片生机蓬勃的景象，好一季繁花纷扰的“人间”！我一刹那有些恍惚，仿佛自己也融入了它们……

走在江南的六月，走在小城的梅雨里，走在绿荫缤纷的小路上，走在雨后清润的空气里，走着，走着，我不禁想起宋代周邦彦的那一首《鹤冲天》：

梅雨霁，暑风和，高柳乱蝉多。小园台榭远池波，鱼戏动新荷。薄纱厨，轻羽扇，枕冷簟凉深院。此时情绪此时天，无事小神仙。

小城梅雨，有人欢喜有人忧，但我却是钟情于你的。

不知你在这一方土地会流连多久？

小　说

那年那月

——致永远珍藏于我们心底的那些青葱岁月和欢乐时光

地点：新生教室　时间：午饭前

“关于条件反射，今天就分析到这里。不知道同学们理解了没有？有没有疑问？”

“我看有的同学眼神很茫然，有点发呆，可能还不太理解，那我就举个生活中的例子说一说。譬如你家养了一窝鸡，每天黄昏时分，你母亲都会吆喝着在院子里撒上一把鸡食，鸡们当然争先恐后地跑来，吃的是欢乐无比，一天、两天、三天……似乎形成了惯例。有天你母亲出门有事，到了那个时间点，虽然没有听到吆喝，没有看到稻谷，但鸡们都准时聚集到了院子里，而且是一只不少！过了几天你家来了亲戚，你母亲准备热情待客，又吆喝着撒了一把鸡食，明明不是那个时间点，但鸡们还是照常聚集到了院子里。你母亲捉住其中一只，当着它们的面活活宰杀了它们的兄弟！鸡们一个个吓得伸直了脖子，拍打着翅膀，惊恐地尖叫着逃得无影无踪……可是到了晚上那个时间点，耳朵里又传来那个熟悉的吆喝声，眼睛里又看见了金黄的稻谷，它们还是一只接一只全都乖乖地回来了……这就是条件反射，鸡们对吆喝声和稻谷产生了习惯性的条件反射。唉，同学们哪，说句题外话，我们人就不会这么做，因为我们人类是高级动物，能够思想。这要是放在我头上，我会这么笨吗？早就有多远躲多远，最好躲进深山老林里，八百年都不会回来了！”

“现在是不是了解一些了？为了帮助同学们比较深入地理解今天的新课，我再举一个你们自己身上的例子。又譬如现在大家大多已经饥肠辘辘（其实我也是这样），肚子里早唱空城计了，实际上完全没有心思听我讲课了，因为你们的心全都飞到食堂去了！头脑里盘算的是今天有几个荤菜，味道好不好，价钱贵不贵？肉片和肉丁有没有太薄太小，肉丝有没有细得几乎看不见，好像塞牙齿缝都不够？汤里面是不是没有一点油星？今天打菜的窗口是哪位师傅，量给得多还是少，菜勺喜欢深入下去还是浅尝辄止？最可恨的是某某师傅，每次操作菜勺，手腕就像害了打摆子病一样，总是一抖一抖的，抖到最后勺子里几乎所剩无几！同学们，我说得对不对？”

“同学们的笑声很热烈，掌声也很热烈，很高兴我成了你们肚子里的一条老蛔虫，完全猜中了你们的心思！实际上每天的这个时候，你们都在盼望什么，竖着耳朵真正想听到的是什么，就是下课的那一串铃声！每次丁零零——一声长啸，你们这一群饿狼，就像是战场上听到冲锋号角的战士一样，一个个跑得比兔子还快，先是一溜烟冲到寝室，拿起你们的讨饭碗，再撒着丫子冲进食堂，一路上叮叮铛铛的碗筷声真是此起彼伏、热闹非凡！这就是典型的条件反射，是你们对下课铃声产生的条件反射。明白了吗？”

“同学们，不要着急，还有两分钟下课，虽然肚皮里面像小鸟一样咕咕叫，但我们也要坚持最后两分钟！你们还有什么问题吗？”

“主任，您刚才说到食堂，我们大家有一个问题想要请教，为什么现在的菜价越来越高了，馒头越做越小了？我们男生现在两个馒头都吃不饱！”

“是大俊同学吧？小伙子长得挺帅，你这个问题也很好，有一定的代表性，比较典型，看样子大家对食堂的意见还不小嘛！我来分析一下当前的形势，菜价当然涉及一个成本核算问题喽，关于食堂，我可以很负责任地告诉大家，学校没有赚大家一分钱，财务每个月还要补贴一些，当然这一块经费有限，不能贴补得太多。现在市场上的东西越来越贵，食堂也要生存，不能太亏，菜价自然也要跟着提高一点点，你们说是不是这个道理？另外，关于馒头问题，我要告诉同学们一个事实，不是现在的馒头做小了，而是以前的馒头做大了！这可是经过食堂师傅们精确测算得出的结论，因为现在的馒头是严格按照二两面粉的标准来做的！唉，怎么说你们好呢？看样子都是一群饿死鬼托生，两个大馒头还塞不饱肚皮！怎么回事？我年轻的时候就吃不了这么多嘛！”

地点：老榆树下　时间：晚饭后

“小林，这本书给你，我看完了。”

“有什么心得？大才子能不能分享一下？”

“还要打趣我？谈不上什么心得，只是觉得小说中简爱与罗切斯特的爱情令人特别感动，女主角自强自立的精神让我钦佩。”

“听说作者是根据自己的亲身经历创作的，是真的吗，大俊？”

“是的，简爱的一生，平凡但不平庸，人虽贫穷，精神却很富有。我觉得她是一个有智慧、有爱心、有尊严，让自己生命得到最大绽放的精灵！她的生命，真的犹如流星一样闪亮而美丽。”

“你说得太棒了！我一定好好阅读。”

“这本书的确值得我们花点时间，相信你看了也一定很感动。”

“大俊，你的知识面非常广博，读的书一定不少，能不能推荐几本？”

“其实我读的书非常有限，也就看过那么几本。前一段时间看的《钢铁是怎样炼成的》，也是经典的世界名著。小林，你最近在看什么书？”

“《假如给我三天光明》，也很感人。”

“我听说过，但还没有读过。”

“作者是美国人，一位又盲又聋又哑的残疾人，也是根据自己的亲身经历创作的。大俊，你知道吗？就是这样一位幽闭在无光、无声、无语的黑暗孤独岁月中的弱女子，克服了常人难以想象的身体障碍，考入了哈佛大学，成为第一位获得文学学士学位的盲聋哑人。她把自己一生所经历的痛苦和幸福完整地记录下来，就是这本著作，给世人以宝贵的启迪和借鉴，同时告诉那些处在困境中的人们：永不放弃！”

“真是一颗伟大的灵魂！太令人钦佩了！”

“大俊，你说拿破仑是不是拥有了一般人梦寐以求的一切——荣耀、权力、财富？然而他对情人海琳娜说：‘在我的一生中，从来没有一天快乐的日子。’而海伦·凯勒说的却是：‘生活是多么美好啊！’”

“小林，你说得我很感动！是啊，相比她的处境，今天的我们是多么幸福、多么快乐！生活中还有什么困难不能克服、什么挫折不能承受？我们还有什么理由不珍惜生命、不热爱生活？相信这本书一定会给我们更加指明前进的方向，给人以信心、力量和鼓舞，让我们真正领悟到生命的价值、生活的意义。”

“谢谢大俊，你说得太好了！时间不早了，我要回去了。”

“小林，请等一下！明晚……有时间吗？”

“什么？”

“我想……请你去看电影！”

“我明晚就想看这个呢……那……是什么电影?”

“《庐山恋》,一部爱情片!”

“那……好看吗?”

“听说特别好看!还能看到庐山的优美风景呢。”

“男主角是谁演的?女主角呢?”

“女演员是张瑜!男的是郭凯敏。”

“郭凯敏吗?他好帅啊!我很喜欢他,张瑜也漂亮。”

“那就说定了!七点钟准时在姑熟电影院门口见?”

“那这个书怎么办?”

“等下礼拜再攻读喽,好不好?”

“这就不管它了?我可是期待了很久哟,是不是有点冷落它了?”

“去吧,学习上是要努力,但我们也要劳逸结合是不是?有好电影就先犒劳一下自己!”

“明明是偷懒,理由还这么充分!这么说好像不去都不行了?”

“那就这样定下来,好不好?”

“行……吧,七点钟见。”

“不,准时六点半我在学校大门口等你!”

“学校门口人多,还是在电影院门口吧。”

“听我的!就在校门口,到时我就在旁边小店里,没有人注意的。”

“真有你的!好吧。”

地点：男生宿舍　时间：熄灯后

“这么早就熄灯，哇靠！哪能睡得着？”

“哎，最新消息，你们听说了吗？”

“什么？”

“这次期中考试，我们班好像有人挂科了！”

“真的假的？但愿我没有中弹！”

“但愿我们12号寝室没有人中奖！”

“最好男生都过，就让那帮丫头片子们去挂！”

“怎么可能？你看她们哪一个不是拼命地学习？”

“这倒是事实，人家个个是老师心目中的好孩子。”

“唉，苦啊，咱们比不了的。”

“不说这个了，越说越烦！”

“别吵吵了，都睡觉吧。”

“睡觉，睡觉！”

“一点瞌睡没有，哪能睡得着？”

“唉，不睡觉又能干什么？”

“你们说我们班那些丫头片子，哪个最漂亮？”

“不错不错，这个话题好！”

“要我说小林最漂亮！有气质学习还好。”

“滚蛋！现在又不讲学习，讲的是漂亮！”

“我觉得小梅挺好看，鸭蛋脸皮肤特白！”

“但她穿衣服不好看，少女应该是水蛇腰，她快成水桶腰了。”

"还少女？酸不拉叽的，搞得我都要吐了！"

"弟兄们，今天讲的话一个都不准透露出去，否则后果自负！"

"一定一定！依我看小红很可爱，两只大眼睛水汪汪的、忽闪忽闪的，很迷人，两个羊角辫乌黑发亮，走路一蹦一跳的，我认为挺好。"

"看样子这是你喜欢的菜。哎，同志们发现了没有？你们不觉得小凤前两天穿了红裙子很漂亮吗？"

"嗳，好像还真是！以前觉得她也就是一般。"

"要我看应该还是红裙子好看，跟本人好像没有多大关系。"

"听，什么声音？门外好像有人走路。"

"是不是老刘来查房了？都别吱声了！嘘——"

"天天查房查房，真把我们当犯罪分子了！"

"感觉刘某人快成校长的狗腿子了！"

"嘘——来了！"

"同志们，三分钟警报解除。"

"继续继续！刚才说到谁了？"

"哎，你们猜，《新华字典》上是怎么解释漂亮这个词的？"

"呆子！漂亮都不知道什么意思？不就是好看嘛，看了还想看，忍不住要看喽。"

"字典上是好看、美观，还有出色的意思。"

“不都一样嘛！有什么区别?”

“漂亮的内涵搞清楚了，外延包括哪些方面?”

“一般来说应该就是指脸蛋和身材两个方面。”

“那你们说到底是脸蛋重要还是身材重要?”

“当然都重要喽，最好都漂亮!”

“鱼与熊掌不可兼得呢?”

“那应该还是脸蛋重要一些！因为第一眼注意到的都是面部，而不是身体。”

“要我说都别整那些没用的了，干脆来点真格的行动，怎么样?”

“什么真格的?”

“黄继光炸碉堡，攻克堡垒!”

“好，这个可以有！现在每个人都把自己喜欢的菜名报上来。”

“太平天国不是采取均田制吗?这个好！社会主义，平均分配，要不要得?”

“要得要得！按劳分配，各取所需，公平合理。”

“每位同志用两个月的时间，去攻克堡垒！不管你采取的是强攻还是智取，正面突破还是侧面迂回，也不管你是闪电战还是持久战，游击战还是正规战，也不管你用的是飞机大炮还是小米加步枪，都通通 OK!”

“总而言之，言而总之，是不看过程，只看结果！再卑鄙无耻的手段都可以使出来。”

“两个月后就在这里如实汇报战况，每个人都必须毫无保留地向组织彻底坦白，老实交代！”

“最先占领山头的同志必须请其他兄弟猛搓一顿，以示安慰，同时汇报夺取胜利的详细经过，让弟兄们分享经验认真学习，以便再次上岗，所以一定要百分百老实交代！”

“谁还有补充的没有？”

“最后送大家两句话：其一，战略上藐视敌人，战术上重视敌人；其二，敌进我退、敌驻我扰、敌疲我打、敌退我追。”

“整这些没用的干什么，我给你归纳一下，不就是死缠烂打嘛！”

“小同志精神领会得不错！孺子可教也。”

“弟兄们，那现在举手表决，成交不成交？”

“鉴于现在暂且处于黎明前的黑暗之中，请大家口头表决，声音的洪亮与否直接代表了同志们的信心和决心！”

“老少爷们，成交不成交？”

“成交！”

“必须成交！”

“有没有信心？”

“必须有！”

“确定、肯定以及一定，有！”

“同志们，为了明天的胜利，养精蓄锐，准备战斗！”

“弟兄们，向着胜利，冲啊——”

“冲啊——”

“干什么？！”

突然一声暴喝像炸雷一般猛劈下来！

“皮猴子要翻天了！小样想上房揭瓦了？你冲一个给我试试！”

黑暗中忽见黑黢黢的一尊雕塑，凶神恶煞地立在处于上铺的某人床头！从窗外透进的微弱光线中，只看见他两只眼睛瞪得就像两个铜铃，整个脑袋完美地深入了上铺，两张脸充分面对着，距离几乎不到二十厘米……

全场的喧闹就像被闸门一下彻底闸断了，突然间安静得似乎有些不太真实……

“你带头写检查！必须深刻到灵魂，八百字以下免谈，不行就到全班去说！”

半空中某人的嘴巴张成一个标准的圆形，就像被什么东西拽住了似的，半天收不回来，感觉一口能吞下一个鸡蛋！大脑完全被定格了，身体似乎一下被掏得精光，全身没有一丝力气，只剩脑子里一个细小的声音隐隐传来：

“到底是谁忘记了锁门？”

日　子

屋子里没有开灯，漆黑一片，晓青无声地立于窗前，眼泪簌簌流个不停，怎么也止不住。

街对面的楼房不是很高，深墨色天幕上，看不见几颗星星，一轮半月孤零零地垂悬着，苍黄冷清、寂寞孤独。感觉到一颗泪珠顺着腮边滑向了嘴角，她不自觉地舔抿了一下，温润而咸涩，又抬起手在脸上揩拭了一把，头有些昏沉沉的，觉得有些疲累，就踱到床边坐了下来。

窗外灯火灿烂，主街市繁华依旧，喧闹的城市、鼎沸的人声，红男绿女们一如既往地欢乐无比。他们为什么这么开心？真有那么快乐吗？自己从前似乎也是快乐的？一阵晚风越过窗棂，撩起她一缕长发。她抬起头，目光掠过眼前的楼窗，遥望向无尽的苍穹，遥望向暗夜的深处……

早上九点，她还在床上迷糊着。他进来了，一只手拉开厚密的紫绒窗帘，耀眼的阳光立即跳跃到她的脸上。她一时不能适应，伸出一只光洁裸露的粉臂拉上鲜红锦被的一角，重又蒙住了整个的脸，同时发出了娇嗔的叱喝声：

"快拉上！人家眼睛睁不开了。"

"日上三竿了，小懒虫！"

"别闹，我再睡会儿。"

"香喷喷的煎蛋做好了，等着宝贝享用呢。"

“今天周末，让人家赖一会儿嘛。”

“小懒虫，看我不收拾你！”他一只手伸进被子，先摸了几下，再找到臀部，在她圆润紧致的那里拍了几下。

“快起来！不然我抱被子了。”

“不要，不要嘛。”

“好，老公来喽！”

不过他并没有实施他的惩罚，而是掀开被角，把自己的脸凑上去，在她红润的面颊上“啜”了两口，随后只听见“咯咯”一片，两个人搂作一堆，笑成一团……

上午九点，一年后。还是这个房间，仍然是这张床，她同样迷糊着，不过旁边已经多了一个孩子。大根进来了，依旧先去拉窗帘，不过只拉开了窄窄的一条缝；依旧走到床边，不过是轻手轻脚的；依旧伸进手摸一摸，不过是儿子胖乎乎的臀部；也依旧“啜”了两口，不过是儿子粉嘟嘟的脸蛋。

“不早了，该起来了。”

“小东西夜里闹腾，再补会儿觉。”

“喂奶了没有？”

“醒了再喂。”

“时间早到了！”

“不是还没醒吗？”

“超半小时了，早该喂了！”

“弄醒了要哭。”

“小懒虫，快睁眼看看你爸爸。”

“不要瞎弄！你这样他会难受的。”

“小宝贝，咱们吃饭饭了。”

“你真是的，完全在添乱！”

“定好的制度还能不执行？正是茁壮成长需要营养的时候，怎么也不能让我儿子挨饿不是？”

“哇——”

“你看你干的好事！”

“哭几声不要紧，能增加肺活量。”

“哇——”

“烦死了，今天夜里哭了你弄。”

“宝贝听到没有？妈妈生气喽。”

“哇——哇——”

“头疼得很，抱过来吧。”

“轻点，小心小心。”

在小家伙愤怒的反抗里，年轻的妈妈立刻凝神屏气，专心致志地侍弄孩子了。

有了儿子，家里立刻热闹了，也立刻拥挤了。原先的一室一厅先前觉得很温馨，现在怎么都不够了，婆婆帮着带孩子，一张小床无论如何也俭省不了。90年代，正逢各地住房改革，由公家统一分配向私人购置过渡，小两口每人的月工资均为几百元，两人婚后的积蓄再借一点外债，总算凑足几千元把这个小窝买了下来。大根向邻居学习，给母亲买了一张折叠式钢丝单人床，在小小的客厅晚铺早收。儿子的摇篮是绝对没有条件添置的，因为这样也只剩下三个大人下脚转身的地方，所以孩子白天黑夜活动睡觉都在一张床上，不过以后的事实证明，小东西照样开心快乐地茁壮成长，没有受到丁点影响。

日子一天天过去，小家伙一日高过一日，一日壮过一日，一室一厅显得越发的拥挤，住房的矛盾越发的突出，改善也是越发的艰难，因为房价呈直升机似的连年上涨！小两口一年省吃俭用存下的额度已经远远赶不上房价上涨的幅度，这样的形势发展下去，似乎永远没有换房的可能。为了增加收入，大根除了保卫室正常上班，周末大休改为不休，连着两天在外面开出租车。因为自己没有车，只能从老板手里租出一辆桑塔纳，每天交付一定承包费用，实际就是自负盈亏了。大根的运气确实不错，那几年大街上出租车鲜有几辆，城市的需求量其实不小，完全是供不应求的局面，所以一天里几乎没有休息的时候。整日跑下来虽说是腰酸背疼，但回到家吃喝洗漱完毕舒舒服服歪在沙发上，轻松惬意地数着自己的净得，整沓的零零碎碎的票面，汤汤水水总数亦是可观。每个周末天亮出门、天黑进门，大根觉得自己真正是恢复了日出而作、日落而息的原始农耕作息。晓青原先在国营商店是半天班，后来又到新建的大型超市兼职一份收银的工作，也是完全没有了休息。亏得她脑子活，把两边的工作安排得基本没有时间冲突，这样一来家里的家务和儿子幼儿园接送完全交给了婆婆，晓青工作勤勉，超市待遇不错，她一个月的收入比丈夫还略高一些。两口子这样一天天打拼着坚持着，虽然那一阵房价飞涨，但后来国家推出贷款购房的政策，三年后夫妻俩用首付商贷各半按揭了一套三室一厅的学区房，实现了一步到位，这在当时的同龄人当中，是一件令人羡慕值得骄傲的事情！

简单装修后很快就搬了进去，新家虽然简洁，但该有的生活用品一样不缺。乔迁那一天，大根不顾母亲反对，坚决把那张斑驳陈旧的钢丝床扔进了垃圾场。看着豁亮雪白的墙面，栗壳色克隆地板，淡绿色玻璃餐桌，香槟色布艺沙发，一家人都是喜笑颜开、喜气洋洋，小两口更是心情舒畅、心满意足。

日子一天天过去，犹如流水一般汩汩逝去，很快就到了孩子上学的时候。因为当初的先见之明，小学就在小区里面，这就免去了接送的任务。每当小根穿着崭新的校服背着深蓝色的大书包，就像一个小大人似的抬头挺胸大步走在小道上，那郑重其事的认真劲儿很是讨人喜欢。

自儿子上学以后，晓青又增加了新的任务，也是全家最重要的工作。她不再去效益不好的商店上班，只保留了大润发超市的工作，而且承蒙经理照顾只上白班，以便专心管理儿子的学习。每天晚饭后，晓青就跟进孩子的房间，端一张圆凳坐在他身边盯着，有时手里织点毛活儿。小家伙活泼好动，很是贪玩，一个人写作业时，总是坐不住，出来进去倒水吃东西再玩玩笔头橡皮，每天都不得消停，所以晓青不敢马虎，专心督促儿子。小学低年级的教材难度不高，小根的问题她还能够解答，偶有不确定的查一下字典或翻翻课本也就搞定了，所以主要是培养孩子认真学习、专心写作业的良好习惯。

一次数学单元测验，小根得了满分，父亲奖励儿子周末去肯德基外加看电影，当然是全家出动集体沾光。看着儿子狼吞虎咽大口嚼着鸡翅，红润的嘴唇上满是油渍和面包屑，脸蛋上也是红扑扑的，晓青看着忍不住对大根说："我最喜欢看儿子吃饭的样子。"看《星球大战》时，小家伙更是兴奋，眼睛一直瞪得圆圆的，在椅子上根本坐不住，精彩处几次带头鼓掌大声喝彩，弄得妈妈直拽他的胳膊。

日子一天天过去，犹如天边流云一般远去。到孩子小学毕业这一年，数学应用题有了一定难度，语文阅读写作也有了一定要求，英语更不再是几个字母了，两口子渐渐失去了辅导能力，孩子成绩逐渐下滑，勉强只能达到班级中等水准。这天在饭桌上，晓青和丈夫商量给孩子补课：

"他们班不少同学在冠军学校上课，要不就送到那里？"

"质量怎么样，你打听了没有？"

“光宣传就一整面墙呢，上面全是奖状，我也问了几个家长，都说质量还行。”

“宣传没有用，老师哪里来的？”

“听说师范附小几个老师都在这里，应该还行吧？”

“现在辅导机构这么多，想要竞争生源，肯定有几个名校老师，关键是他们班老师怎么样？”

“哪能打听得那么清楚？他们班一批孩子在这里，总归有它的道理吧。”

“那就先在这里上一阵再说，一门课多少钱？”

“三千。”

“这么贵？！三门课快一万了！”

“现在都是这个价，这是一学期的收费。”

“太贵！还是给他上吧。小根，去了要好好学！这么多钱花了，总要有点效果，听见没？”

“听见了。”

“要是哪天我知道你不听课不完成作业什么的，我不会饶过你！这年头只要家里有孩子上学，挣点钱全送给辅导班了！”

“小根，你爸说的话好好记着，一定要争点气认真学习，只有考上大学才能找到正式工作。”

“有了正式工作，又轻松又舒服，钱还拿的多！我和你妈天天累得像条狗，能挣几个钱？！”

“小根，你爸说的是实话，他为了你和咱们这个家，哪个礼拜天不在外面跑？多少年没有休息了！给你补课的钱都是你爸开出租一块一块挣的血汗钱。”

“你们娘俩不知道这开着空车在巷子里四处找人的滋味，现在私家车越来越多，有时半天拉不到一个人，简直是在大街上流浪！不过只要你争气，你老子多少钱都给你花，吃再多苦我也认了！”

“父母只能做到这样了，有没有出息看你自己了。小时候不努力，长大了肯定要后悔，只能一辈子辛苦打工，永远是人下人，走到哪里都没脸，一辈子抬不起头做人！我们两个就是吃了这个亏。”

“等他长大了后悔就来不及了！你听着：补课以后，下个单元考试三门课都给我达到 90 分！”

小根低着头默默地扒着饭，好像没有听见。

“装聋作哑是不是？你老子跟你说话，你听见了没有？!”

“听见了。”

“一天到晚就知道吃、吃、吃，看你这个吃相！看你长得这个熊样！”

“不要说了，吃饭吧。”

“我说两句还不行？你总是惯着他！”

“唉，喝你的酒吧，动不动就发火。”

“我每次一说他你就打岔，都是被你惯的！”

“给我惯的？那从今天开始，晚上你看他写作业，你来管他学习！”

“这么大的人要天天看着写作业?”

“以前不是一直这样吗?”

“比你高半个头了！就从今天开始，让他自己写，谁也不看着!”

“你给我听着，规规矩矩写作业，再跑出来拿东西吃，老子打断你的腿!”

晓青推推儿子的胳膊：“吃好了没有？吃好了快去写作业。”

孩子一声不吭走进房间，“砰”的一声关上门。

“你看他这个态度，依我这脾气真想上去抽他两巴掌!”

“你的态度也成问题，教育孩子就是简单粗暴。”

“就是你能！那你说怎么办!”

“对待小孩子要有耐心，跟他慢慢讲道理，要他心服才行。”

“道理讲得还少啊？两稻箩不止了吧？有什么用？只有让他怕，小家伙有个‘怕’字才行。”

“不说了，再说我们俩还要吵架!”

“我哪里不想跟他好好说？没有用的。”

“吃好了没有？我收拾了。”

“还有一口酒，给我盛碗饭。”

从此以后晓青确实不再陪伴孩子写作业了，因为就算坐在旁边也起不了什么作用，两门主课的教学内容都超出了她的知识储备，英语更是一窍不通，只能呆呆地看着小根拿着笔写写算算，至于是否认真完成，解答是否正确，也只有老师知道，所以无奈之下只能放手了。

照理说放手应该轻松许多，然而她心里一点也不踏实，因为根本不能放心。晚饭后的那两三个小时，晓青两口子就窝在自己房间，电视是开着，但因为几道门都是敞开的，只能当作无声剧观看，以免干扰孩子。好在中间还隔着一间客房，老人早已回了县城，大根规定儿子不许关门，所以每天晚上那个时间段，晓青总是蹑手蹑脚几次走到孩子房门附近，又怕他发现产生反感，做贼似的探出头偷偷瞄上几眼，小根也总是埋头在写或捧着书本，样子好像也是那个样子。几门主课一直花费不菲在外面补习，说是和学校同步学习，实际就是再次巩固和练习。这样一日一日坚持着，一年一年硬挺着，小根进入了中学，还是类似的学习模式，还是同理的学习方法，补习又增添了物理、化学，经济负担越来越重，到小根中考这一年，他的学习费用成为家里占比非常庞大的一项开支，成绩倒是很稳定，他似乎领悟了中国人永恒追求的中庸之道，永远保持着一如既往的中等水平。

自从有了手机，家里的电视几乎不开了，网络上信息太多，想看什么都能搜到。大根现在经常晚归，大多深更半夜才回来，不是喝酒就是打麻将，说家里的空气太沉闷压抑，晓青也争过几回闹过几次，但大根有时在家也是不能安静，显得非常烦躁，或者干脆睡觉，好像永远睡眠不够似的。为了给孩子一个安定的学习环境，想想一个男人在家小心翼翼待着，说句话也要低声细语，确实也是难为了他，况且大根牌技很好，时常能够赢点零花碎钱，所以晓青也就选择睁只眼闭只眼，擒纵各半顺其自然了。

晚上大根不在家，晓青一个人坐在房间，多数时候盯着手机，但时间一长眼睛就会模糊，有时也翻翻杂志，开始时饶有兴味，一个月下来也只对短篇故事和寓言笑话一类有点兴趣，别的一概看不下去。时常织点毛活儿，偶尔也会发呆，要么坐在床上，要么走到窗口，只要儿子在家，她的活动范围似乎仅限于此。她现在比较喜欢站在窗口，特别是月光很好或星星很多的时候，晓青常常情不自禁地看上半天。眺望着辽远的星空，想象着那无尽的苍穹，会是怎样的世界，为什么如此浩瀚无垠？在广袤的宇宙面前，人类仿佛沙尘微粒，自己可能连滴水的分量也没有吧？人的一生似乎漫长无边，其实还不到一个世纪，在时间的无涯里应该也是一眨眼之间吧？所以更应该开心生存、快乐生活！自己生活得如何，是否愉悦幸福？有丈夫有儿子有家庭，有房子有车子有存款，中等的生活中等的日子，连儿子的成绩也是中等，自己人到中年，拥有一份中等的日子，不是很合适吗，不应该满足吗？日日辛苦劳累，应该充实知足的，怎么心里空空荡荡，越来越有一种空虚失落？

看看周围的人们，个个辛苦忙碌，比一比他们，自己不应该感到满足吗？只是有时想一想，每个人的生活好像都是这种模式，都是这么朝前赶着，而且所有人都是朝着一个方向前进。至于为什么都是这样，为什么都要不顾一切地朝前赶着趟似的，好像没有人停下脚步，也来不及问一问：为什么要这样，有没有更好的方式？有没有其他的方向，有没有平坦些的路径？再看看自己，觉得不由人问，不由人想，就情不自禁地跟随他人了，仿佛有一股强大莫名的力量，完全无法控制，于千千万万的人潮中，裹挟控制着自己一直向前、向前……都在这么做，都是这么做，便是对的吗？照理说努力到现在，该有满足和幸福感了，满足？似乎也没有不满足。幸福？似乎也没有不幸福。和大根也没有原则矛盾，就是偶尔喝醉回来会有点不愉快，其余也没有别的。但是细细想来，丈夫现在对自己说过几句知心话语，真正开心笑过几回？几次主动挽过自己，有过几次亲密动作？就是夫妻间的那点私活也像例行公事，永远是那个模式，永远是那个程序，不再心跳不再激动。西方家庭剧里夫妻就像情人，那么亲密无间，那么自然直接表达感情，怎么我们永远没有可能，永远表达不出？到底是不会还是不想？

日子一天天过去，犹如箭矢一般飞去，现在小根已经进入了大学。高考时他秉持着自己一贯的作风，不温不火正常发挥，中等水平二本成绩，波澜不惊地进了本市一所师范院校。从高中学习机器般的生活一下解放出来，真有一种“解放区的天是蓝蓝的天”的快意。学习不再那么紧张机械，网络上休闲消遣的乐事很多，一群年龄相仿经历相似的年轻人聚在一起，共同话题自是不少，每天熄灯后小伙子们依然精力旺盛，继续在黑暗中谈笑风生，有时讨论得热火朝天，有时也会激烈争辩，时常睡觉时还意犹未尽，所以小根大一那段时间很少回家。

晓青也是轻松了许多。家里的电视终于恢复了正常的分贝，这几年韩剧大量涌入，有一些她很是喜欢。每天晚上窝在沙发里，戳着毛衣看着电视，有时喝点绿茶嗑点瓜子，晓青感觉很是舒适惬意，看着剧中心仪的女主角遭遇不公、历经磨难，几次忍不住代表正义对负心汉进行谴责，多少次洒下热泪和女主角一同悲伤难过。至于大根，再也不能理直气壮地出去了，虽然老婆政策明确在先：以前是自由搞活，某人可以拥有适当自主权，但鉴于目前已经完成历史使命，必须无条件服从！但平时自由惯了的大鸟一下拘在笼里，也是横竖不是很难适应，因而隔三岔五总要找个由头向外溜一溜。

有天晚上十点多，晓青接到一个陌生电话，是派出所打来的，说大根和人产生纠纷，让她马上去一趟。晓青赶紧打的过去，在调解室里，大根鼻青脸肿外带血渍，两只手抱着头缩在那里。对方的脸上也是不好看地花着，外衣被撕下来一片，小布条不识相地飘着。民警说大根欠债3万元，对方几次索要没有结果，导致双方发生冲突，而且是大根冲动先动手的，毋庸置疑负主要责任。晓青面向大根只问了一句："是不是真的?"大根垂头丧气把头艰难地点了两下。晓青又转向对方："有没有凭据?"对方说有借条。民警说对方要求把债务结清，外伤可以不追究。晓青表示可以接受，明天上午送钱过来。她没有任何犹豫，当即签字领人回家，路上问大根："需要去医院吗?"大根这次把头微微摇了两下。

夫妻二人进入房间已是凌晨时分，晓青问："为什么欠这么多钱?！"大根垂着头一言不发。

晓青又问："是不是赌债?！"大根还是没有吱声。

晓青恨恨地说："那一定是了！什么时候开始借的?有没有再借别人的?！"大根说没有。

晓青怀疑地说："真的没有?他一个人就欠这么多！还能没有别人?！"大根指天发誓说再也没有了。

之后晓青就像一挺机关枪似的"哒哒哒，哒哒哒"开足了火力，狂轰滥炸、扫射不停！而且越说越气愤，越说越来劲，开始坐在床上，后来干脆起来站在丈夫面前，一只手直指他的脸，战斗力十分威猛，丝毫不给"敌人"喘息的机会。"敌人"本身心虚气短，先是倚靠在床上，后来不知是架不住"子弹"，还是熬不住瞌睡，或受不住伤痛，直接和衣倒在床上，还把眼睛闭了起来。晓青看见了更加生气，忍不住大声呵斥："你捅这么大窟窿，说两句还不耐烦了?！还有脸睡觉！装死是不是?你看你那死不死活不活的怂样，当初我怎么瞎了眼睛看上你这么个东西！”同时跑上来对着大根用力推搡。大根就像被抽了筋的死鱼似的稀松绵软，任凭晓青拉来推去随便摆布，无奈之下只能强打精神把上下眼皮撑开一点点，苟延残喘着继续接受晓青的打倒和批判。整整两个小时，晓青一直没有歇嘴，从恋爱受骗到结婚从简，从孩子呱呱坠地到咿呀学语，从一把屎一把尿到辅导作业，从一日三餐到卫生家务，从伺候一家老小到累死累活，一把眼泪一把鼻涕地不停诉说着，“嘚啵嘚，嘚啵嘚……”，一直高频率持续着，丝毫不见减弱，让人始终望不到终点。大根灰头土脸忍着伤痛仰面躺在床上，起先昏昏沉沉，后面反而渐渐清醒，眼睛眨巴眨巴瞅着晓青，只见她上下嘴皮不断分合开关，上上下下反反复复，配合十分默契灵活，猛然间悟出一个道理，惊觉女人真正是全人类最伟大的母亲！她们不单是孩子的母亲，更是丈夫们的母亲！因为从结婚开始，每个女人都长了一双看不见的眼睛，时时刻刻警惕地注视着自己的男人，审视着他们的一举一动，只要稍有偏差立即加以修剪切割，而且是不厌其烦永不懈怠！男人要是不知天高地厚负隅顽抗，那可一定得谨慎小心，女人有的是手段，有的是耐心，有的是智慧，几个回合下来，定会让你醍醐灌顶猛然醒悟，深切体会自己罪孽深重无可赦免，真心痛感自己罪大恶极不堪为人，到时候就怕灵魂也要清洗几次虚脱几回！单就从结婚开始算起，总结一下老婆们对丈夫谆谆告诫的教导，循循善诱的语录，几十年下来就是一部精彩的长篇巨著，而且其中不乏醒世名句警世名言，不乏生动形象幽默风趣的段落，不乏雷霆霹雳的万钧之力，也不乏和煦温润的缕缕清风，更不乏对待阶级敌人的无情打倒批判。

这以后大根果然收敛许多，晚上难得出去，话语也渐渐少了，家里的小事自然晓青做主，大事两人商量，不过大事似乎很少出现，现在大根在家主要是三件事：睡觉、玩手机、喝酒。丈夫收起心性不去外面撒野，至于在家玩什么晓青也只能随便了。她也没有亏待自己的男人，晚上总是多加两个菜。大根每晚都会小酌一番，说是小酌，也有两杯，每天这个时候，大根总是笑盈盈的，半斤下肚，脸上就起了红晕，有时高兴还会哼唱两句，拿筷子在桌上敲击和着节拍。晓青看到每天这个时候丈夫总是兴致勃勃，所以不管多忙，晚餐也不会简省，也任由着男人乐呵一个小时。

日子一天天过去，犹如白驹过隙一般逃去。有天晚上大根刚喝一杯就停下了，说肚子疼身体难受，晓青见他脸上流汗面色不对，想扶他站起来，大根刚立起身就猛然“噗”的一声，一口鲜血从嘴里直喷出来！紧跟着又吐了两三次，两人的衣服上都是一片血渍，瓷砖上更是鲜红的一大摊。晓青完全吓傻了，张大嘴怔怔地看着，只见丈夫脸色惨白、腰背佝偻、身体颤抖着往下直瘫！她呆愣了好一会儿才反应过来，立即哆哆嗦嗦拨打 120，这边大根已经痛苦不堪倒在地上，弓着身子两手抵着胸部，发出阵阵粗重难忍的喘息，一阵阵呻吟着……一刻钟后，救护车到了，四十分钟后，到了医院。

一系列的常规检查加上 X 光胃镜探查，因为要确定出血部位、血流量等，这些都是必不可少的。大根本身内伤严重，加上这些里里外外的手段，更加虚弱不堪。没等检查结果出来，他虽然输着药液，但血压依然一直下滑，到了凌晨只有三十几毫米汞柱！值班医生不敢马虎，当即汇报院长。院长一边赶往医院一边电话请回同样在家休息的内科主任和麻醉师，紧急商量后准备立即手术。医生请晓青谈话，告诉她目前危急的情势：病情十分危重，随时有生命危险！以及医院采取的应对策略，正常预计的乐观局面，可能产生的不良反应，万一出现的不测后果等。那一刻晓青腿肚子发软全身筛糠，几乎站立不住，根本不敢拿笔。定神两分钟后提出要求，坚持等候大根父母到来，共同决定才能签字。半夜赶回的主任一边盯着电脑上的报告一边告知晓青，病人现在血压这么低，如果拖延时间耽搁了治疗，一旦出现问题，医院不负责任。晓青打电话给正在路上的老两口，结结巴巴说明病情的危急严峻，公公让她一定听从医院安排。晓青想不到自己这辈子会有这么心乱如麻、迷惘艰难的时候，痛苦挣扎一番，终于拿起那支令人惧怕的钢笔哆哆嗦嗦地签上了自己名字。

凌晨一点半大根被推进手术室，三个多小时才结束手术，一家人在门口早已望穿秋水，医生出来通知家属：手术很成功。病人是胃底静脉曲张破裂造成出血，已采取措施进行吻合，但由于创面较大、内伤重、失血较多，安排去重症监护室观察休养。一家人稍稍松了口气，接下来就是一心一意配合医院做好护理。

不承想手术后大根一直没有醒来！下午三点才是 ICU 探视时间，一家人早已在门口等候多时。一个个轮流穿着防护服进去，小根进去后开始没有找到，后来才发现那个伤病员，因为父亲已经改变了模样。只见他袒胸露臂覆盖着薄毯，身上几处插管，床边堆放着几台仪器，床头输血输液外加营养液，床下拖着软管尿袋，可能是药物作用，头颅硕大无比，满脸浮肿，面色如黄连一般，两眼闭合着躺在那里没有任何知觉，完全就是一个植物人！

一家人出来后没有一个不流眼泪，两个女人更是躲到楼梯口泣不成声，怎么也控制不住，大根父亲说现在不是悲伤哭泣的时候，连呵斥带责骂地制止了她们。一家人再也坐不下来，老两口加小根娘俩立即一齐去医生办公室。主治大夫说大根血压一直没有上来导致昏迷，至于血压为什么升不上来，他只说病人虚弱，药物作用缓慢，需要一定时间，含含糊糊不能明确回答。四个人直接冲进院长办公室，口气强硬提出不容商量的建议：立即外请专家！并直接表明如果发生万一，一定追究医院责任。院长不敢怠慢，当即联系南京某著名医院，详细汇报病情和救治措施，请求上级支援，对方半小时后回复明早派人过来。

这边大根父亲请老同学帮忙，对方又托了他的朋友，邀请到南京某部队医院一位专家，专程过来给大根诊治。私人出诊自然收取适当报酬，大根父亲在ICU看见儿子第一眼时心头一颤，不相信眼前这个僵尸一般的变形人就是几天前还活蹦乱跳的儿子，眼瞅着尚在中年的独子就剩半条性命，奄奄一息只靠一口氧气在支撑维持着，老人在电话里没有任何犹豫，开口就说辛苦费一万元。二十分钟后老同学传来回信，说一切谈妥，专家也是明天过来。

第二天上午，两位专家果然一前一后地都来外诊了。先是医院邀请的头发有些花白的资深专家，由副院长陪同在病人身边待了二十分钟，出来后跟家属沟通交流几分钟。他高度肯定本院的治疗方案，原话是“完全正确、非常妥当”，说病人如果在南京，也是同样的救治措施，病人没有清醒是大量内出血造成部分脏器功能衰竭，体内代谢缓慢水分无法排出，加上大量药液，所以全身浮肿，待药物和自身合并作用逐步恢复，应该会清醒过来，请一定耐心等待，之后就和主治医生到一边单独交流了。由于专家很是忙碌，还得立即赶回去进行手术，前后半小时左右就匆匆离开了，副院长亲自送他下去，在楼梯拐角处悄悄塞给他一个信封。

一小时后，私人邀请的中年专家也风尘仆仆赶到了，是自己开车过来的，到了门口立即打电话给大根父亲，让他下来领路。老人下去后二话不说先把酬劳递给专家，专家外出特别辛苦，收费自然也是合情合理，所以没有任何扭捏，心领神会很自然地接过去揣进了皮包。后面的模式和前一位如出一辙，不过这一次没有人陪同，全程都是他一个人单打独斗，先进病房二十分钟，出来和家属谈话，不过态度十分亲切；表达意思和前一位也是一模一样，没有提出任何新的不同意见，先是充分肯定本院的治疗方案，再耐心回答家属问题，不过时间稍长一些，约十分钟。之后不好意思地表示自己还有别的病人，前面也是有几个电话催请了，所以不能过多耽搁，不过后面有什么问题可以随时联系，他一定尽力帮忙，总共也是半小时左右就同样匆匆忙忙地下楼了。

老少四个人在重症监护室门口守护到半夜，没有听到任何消息，只得回去休息。红色的士一路疾驰，一家人都是心情沉重，默默无言。晓青看着车窗外宽敞空旷的马路、一闪而过的街灯、墨色葱茏的树木，注意到有只小猫跑过马路，一晃就消失了，心里不由得一阵怜惜：这可怜的小东西，在这深秋的子夜时分，在这清冷的夜风中，还在只身惶惶奔波，有没有饥肠辘辘，是不是无家可归？

晓青没有开灯，睁着眼睛坐在床上，周围是一片夜色幽深。感觉毫无睡意，她索性披上外套，走近窗前。暗蓝色天幕上，缺失半角的残月已经走到西边天空，可能离天明不远了？寥寥的几颗星星挂在远处，或明或暗不知注视些什么。大地上一片沉寂，灯火早已熄灭，四周万籁俱寂，拂晓前的深浓夜色无边无际，正是一昼夜最黑暗的时候，也是它唯一彰显本真自然的时刻：暗黑无边、寂静无涯，迷梦不醒、深醉不已。

晓青的眼泪簌簌地下滑，怎么也控制不住。这一刻，她想起他们刚刚认识的时候，那时的大根是多么热情帅气，结婚的那一段日子，他更是温存体贴，后来有了儿子，又是增添了多少欢乐，这一切已经被遗忘了多少年？其实就在昨天，怎么恍如隔世一般？时间是什么？时间就是一把锋利的匕首，今天割一点，明天切一片，年年岁岁，岁岁年年，一幅完好的作品，最后总是被切割得七零八落支离破碎，让人不忍目睹。那些平素的日子，以前看来是单调重复死水一潭，现在却是不可或缺珍贵无比；那些平日里的残羹碎屑鸡毛蒜皮，以前是过于在意了，现在看来完全无关紧要不值一提。只要大根能够醒来，能够和往常一样，哪怕琐碎庸常，哪怕平凡等闲，自己也一定心平气和、心满意足。人生在世，难得百年，两个人携手度过的时光更是短暂，中年一到，每天的日子犹如流星一般地飞逝！还有什么理由不好好珍惜？珍惜这寻常的日子、这平凡的三餐、这朴素宁静、普通而又不凡的生活。晓青双手并掌合揖，静静立于窗前，深深祈求上苍庇佑，丈夫能够平顺无恙，安然归来……

轻轻推开窗户，一阵晚风拂过窗棂，撩起晓青一缕长发。她抬起头，目光掠过眼前的楼窗，遥望向无尽的苍穹，遥望向暗夜的深处；思绪亦如这深秋的晚风，越过街巷楼宇，越过城市上空，越过河流山谷，漂浮得很远很远……

第二天早晨晓青到医院时，护士报告大根已经醒了，时间是凌晨四时。

涉险记

一

这是一个晴朗的下午，大约四点，因为是周五，做完自己的事情后，我提前几分钟出了校门，换乘过两次公交，就离家不远了。

这是一条不长的马路，没有任何特色，中间照例是机动车道，两边是稍高一些的人行道。然而每次走在这条小径上，意味着一天的工作告一段落，一路的奔波也将结束，马上就会跨进温暖而舒适的家门，因此心情就会很轻松。

我看着路边一丛丛的细竹，绿意盎然，在初夏的晚风中，轻轻地摇曳着身姿，轻盈舒缓；一路的紫薇开得正热烈，大大小小的粉色花球很是招人喜爱。

这时，只听见“唰”的一声，一辆白色的面包车赫然停在我的脚边。车上只有一个驾驶员，印象中大约三十岁，比较瘦削的一个男人。

“姐，我是从江西来这边进货的，钱包被偷了，和朋友联系不上，能不能借姐手机用一下？”一阵柔和的男中音传来，循声望去，看到了一张长方的脸，肤色白净，一脸真诚，满含着期待。

我有点犹豫不决。

“姐，我真的遇到困难了，姐，帮帮我好吗?”

“那你把朋友号码报一下。”我站在车旁拨通了电话才递给他，他立即坐到离我最近的车门处，不一会儿打完了电话。

“姐，你知道马鞍山汽车城怎么走吗?”

“离这里很近，就在我家小区过去一点，你把车对直开过去，到第二个路口向右转，两分钟就能看见汽车城的大牌子了。”

“谢谢姐。姐，你上来，我捎你一程。”

“不用客气，我马上到了。”

“不是经过姐家小区那里吗？上车吧，没关系的。”

“这——不好吧?”

“这里不是姐家附近吗？姐还不放心吗?”

我还是站在原地未动。

“姐不放心什么呢？是我哪里看起来不像好人吗?”

我心里说自己是不是小心眼？大白天离家又近，五十多岁的年龄，还犹豫什么?

“行吧。”

我坐上了车，车子平稳地驶在笔直的马路上，微风吹在脸上，舒适而又凉爽。不知怎的，我心里却不怎么安稳，感觉有点心虚，觉得自己似乎有一些唐突。

“谢谢姐！姐是做什么工作的呢?”

“小学教师。”

“教师？人类灵魂的工程师，真令人羡慕啊，天天和孩子们在一起，多开心！”

“姐夫是做什么的？”

“他在我们区里的教育局上班。女儿是大学生，学的是法律专业，今年大四，明年就毕业了。”

不知怎的，他并没有问起女儿，我自己就一股脑地说了出来，之后好像没有再说些什么。

一会儿工夫就到了目的地。我正准备下车。

“姐，对不起。我还需要你的帮助，姐能帮助我吗？”

“怎么帮？”

“我朋友有急事一时赶不来，姐，能给我加点油吗？回头我把钱微信红包给你。”

“你不是和朋友联系了吗？你朋友应该帮助你的呀。”

“他现在有事，这会儿来不了。”

“那你等他一下吧。”

“姐，我真的赶时间，你就帮帮我吧。”一双眼睛直视着我，我感觉自己快要受不住了。

“对不起，我要回去了。”

我立即拉开车门跳下车，硬着心肠快步走开，心里直犯嘀咕：自己是不是不应该？似乎应该帮他一下。一边胡思乱想着，很快就到了小区门口。

二

今晚，海龙和防震来串门，他们是弟兄俩，也是本家的侄子，为人很好，亲戚之间也经常走动。先是叙了一阵家常，我本不打算告诉他们，时间一长稍不留神，就把下午的事情说了，我觉得说得很是轻描淡写。

没想到这一下就像热油锅里进了生水，他们的反应这么激烈。

“小妈，这是真的假的？！”这是哥哥海龙先开了口。

“小妈，你肯定遇到骗子了！”在得到我的证实后，弟弟防震马上接了一茬，明确下了结论。

“现在的骗子之所以能够得逞，就是因为有你这种头脑简单的人！”我家里人也应声说道。

“你怎么知道一定是骗子，也许人家确实遇到了困难？”一对三的局面明摆着，我只能据理力争。

“这还不是骗子，什么样才算骗子？！”他好像就要爆发，脖子上起了几根青筋，全然没有了平日的斯文。

“小妈，这人肯定是骗子。现在开车，路标路牌导航，哪一样不是现成的？再说哪个驾驶员到马鞍山不知道汽车城？哪个驾驶员问路还需要带人上车？！”

“小妈你想，是人都知道有困难找警察，他为什么单单找你？！”

“真是不幸中的万幸，他没有把你怎么样，好险啊。”

“你现在还能坐在这里舒舒服服地说话，真的很幸运！我们听了都害怕。”两个侄子轮番上阵。

“那如果真遇到了骗子，会怎么样呢？”一顿夹枪带棒，打得我没有招架之力，我自知理亏，傻傻地问了一句。

“怎么样？一顿苦头是跑不掉了。先交银行卡，你自然不肯交，不收拾你才怪，打你是轻的！”

“我好好借手机给他，难道还真的要挨揍？！”

“向你要钱你给不给？”

“不给。”

“要你说银行卡密码，你说不说？”

“不说。”

“那你说揍不揍你，不揍你揍谁？”

“小妈，这些都还是轻的，如果那样你就非常危险了！你仔细想一想，交不交银行卡都会有生命危险。如果你不交，他们逼你交，恼羞成怒之下，下手失去控制，小命很可能不保，不打死也会打残，至少是断胳膊断腿；如果你交了，他们拿到了钱，怕你事后报警，也有可能撕票。”

说得我浑身直冒冷汗，感觉颈脖后面一阵发凉，冷飕飕的，我下意识地用手摸了一下，似乎真的有一把尖刀横在那里。

“那我不理解了，如果真是这样，他为什么还让我好好地下了车，没有动我？”这时的我完全外强中干了，感觉自己马上就要投降。

“小妈，骗子很可能开始是准备绑架的，看你五十多岁的妇女，穿着又朴实，孤身一人走在路上，以为你就是个打工的。后来听到你俩的职业，又知道妹妹是学法律的，摸清了你的底细，想想若真的做了，事情会闹得很大，他原只想弄点钱，没想到超出了预先的估计，当然不想惹出大麻烦，可能权衡再三，才让你好好地下了车。”

防震耐心地分析给我听，就像对待一个不谙世事的孩子。

“你们单位的同事一个个精明得很，孙老师、许老师，哪有一个人像你这么随便？两句话一说就上陌生人的汽车？胆子太大了！现在年龄还没有七老八十就糊涂成这样，将来退休后还不知被骗成什么样子！”

“这是五十几岁的人能做出来的事情？说得好听点是天真，说得难听点就是头脑简单，就是愚蠢！”他连珠炮似的不断轰炸，完全不顾及两个侄子还在跟前，我觉得自己真是颜面尽失，脸皮被削光了。

“小妈，你电话都不该给他打，你手机一给，他就知道对方很好骗了。”

“如果真是这样，我自认倒霉，你们不用发愁，也不用管我！”我已经无计可施，只能蛮不讲理。

“小妈，我现在想想都后怕，您要真被人绑架了，那叔叔和我们一个大家庭现在得急成热锅上的蚂蚁了！”

“那肯定是报警了，估计明天能上个马鞍山头条，标题就是:《五十岁女教师被骗记!》你自己说是不是笑话?还是个不大不小的笑话。”他一边苦笑一边嘲讽。两个侄子终于忍俊不禁，哈哈大笑!

听到他这样一说，想到可能出现的这种令人啼笑皆非的局面，脑子里立刻闪现出领导同事、家长学生、亲戚朋友、左邻右舍的身影，我似乎看见他们一边对我指指点点、窃窃私语些什么，一边嘀嘀咕咕、喋喋不休地谈论着；我似乎看见自己就像一只黑夜里才敢溜出洞外的老鼠，一边偷偷摸摸、鬼鬼祟祟地东张西望，一边蹑手蹑脚、惊魂未定地四处逃窜……我觉得自己一定没有办法面对，一定承受不住，一定没有勇气担当……

这一刻，平生第一次觉得自己愚蠢至极!

“现在怎么感觉一切都变了味了，难道什么人都不能相信了?一个大活人走在路上都要被骗走，难道就没有人真的想要求帮助?”我也是不争气，不知不觉就有了眼泪。

“一个年过半百的劳动妇女，谁会要你帮助?自信心真是爆棚!”他又兜头一盆冷水浇下来，决意要让我清醒。

“小妈，不上车主动权掌握在你手里，一上车你就成了被动，一切由他控制了。”

“如果人真正有困难，打个电话还是可以的，但上人家的车是大错特错了。”他看我满脸委屈，语气稍稍缓和了一些。

“批斗会到此结束行不行？我知道错了，下次注意不就行了？”

“你还想有下次？真的是不知道外面的世界是什么样？完全不知死活！”说着他又激动起来。

“哎呦，真是活不了了，随便你们说吧，我去睡觉了。”我第一次丢下客人，逃进自己房间。

三

躺在床上，我翻来覆去不能入睡，眼泪不停地滑落，久久不能平静。

自己到底做错了什么，落到这种下场？！不过就是给人打了一个电话，不过就是搭了一下便车，似乎没有什么不妥，也没有带来什么严重的后果，至于这么大反应，被批斗成这样？

但是扪心自问，他们说的好像也有道理，现在看来，真的存在那种可能。为什么当时没有警觉，不知不觉就把自己置于危险之中？是不是天天跟孩子们在一起，生活比较顺意，对外面的世界一无所知，实际早已与社会脱离，已经不能适应现在这个复杂的社会，已经忘记了还有人心难测、人心险恶？

为什么会这样？究竟哪里出了问题？是自己的问题还是他人的问题，还是这个社会出了问题？纵观当今社会，与人为善、助人为乐早已被丢弃在路边，成为街角的垃圾；见义勇为、侠肝义胆已然是阳光下的水汽，越发的稀薄珍奇；成人之美、舍己为人更是城市的雾霾，人人嗤之以鼻。人人事不关己、高高挂起；个个自扫门前雪，哪管他人瓦上霜，已经自私、冷漠到了一定程度，这样的情景随处可见，这样的事例比比皆是。人与人蒙着灰尘、心与心流着冷血……

不知过了多久，迷迷糊糊中我好像又坐在车里，恍惚中还是那辆车，还是那个驾驶员，不再是一张和善的脸，冷得就像一坨冰块。这一次我们没有任何语言交流，黑暗中车子跑得飞快。

小车在一处老楼前停下了。我不想下车，他铁青着脸猛地一拽，我差点从车上摔下来，身体不由自主地随他向前，跌跌撞撞地被推进一间小屋。这是一间阴暗的地下室，四面均没有窗户，只有一盏老式灯泡，发出昏黄的光线，屋里没有任何陈设，俨然是早就废弃了的。我赫然发现自家男人也在这里！他一屁股瘫坐在冰冷的水泥地上，垂头丧气，一言不发。

“你怎么在这里？！谁把你带来的？”我声嘶力竭地喊叫起来，扑上去用力拉扯他。但是他就像一尊木头雕塑，没有任何反应。

忽然又走进来一个人，一身黑衣，矮小粗壮，胡子拉碴，嘴里叼着香烟，手拿一柄尖刀，径直走到我跟前，从裤兜里掏出两张银行卡，在我面前晃了一晃：“看清楚！这是不是你家的，密码是多少？！”

我一看还真是我家的工资卡，不由得大声质问：“怎么在你这里？你是怎么拿到的？！”

“你他妈的少啰嗦！密码是多少？！”

“不知道。”我像蚊子哼哼似的。

“啪啪啪！”几声脆响，身上重重地挨了几拳，我踉跄了几步，还是跌倒在地。

“多少？！”

“真的不记得。”

他一言不发，径直走到我家男人身边，没有任何犹豫，拿起刀就在他脸上一划，我立即看见了一道血痕。

“多少？！”

我哆哆嗦嗦地央求他：“大哥，我想一想，我想一想。”

“快点！不许耍花样！”

说着转过身向墙角走去，乘他不注意，我冲上去一把抢过银行卡，猛地一掰，两张卡片当场断裂。

他冲过来一把揪住我的头发，顺势把通红的烟头向我头上狠狠地按下去！

“啊！”

一声大叫，我惊醒了，满头是汗，惊魂未定，头疼欲裂！

原来是头撞上了床架。

帮　忙

一

“喂，是四子吗？你好，你好！你那辆车有人来看过了，想买。你这两天有空吗？如果不忙，就回来一趟！”

“大牛你好，害你费心了！我晓得了，我们这个扫马路，有什么忙不忙的，反正天天有事干！那我明天跟别人换个班，回来一趟。”

“大牛，我已经回来了。刚刚试了一下，这辆破车看样子真要报废了，一点发动不起来！你在哪儿？赶快来帮个忙，把你的车开来，帮忙拖一下行不行？”

“这两天有点生意。我现在在外面收菜籽，忙得很！没工夫，你找别人吧。”

“你这头老牛，什么时候变得这么婆婆妈妈了？要是能找到旁人，我还打电话给你干什么？别废话，马上来，我就在这里等你了。”

“你这家伙真是烦人，前头给你联系卖车，现在还要帮你拉车，真是倒了血霉了！那你等着，我马上来。”

“快点快点！今天一定得抓紧弄完，等会儿我还要赶着回去，明天可是要上班呢。”

“催催催，四子你真是催命鬼！那你等着，半小时准到！”

这是一个盛夏的午后，毒辣辣的太阳似乎就悬在人们头顶，暑热喧腾肆虐，好像要把人完全包裹了似的！超过40度的高温，田野里早不见半个人影，主角就是那些一望无际的绿色秧苗，炎热似乎对它们影响不是很大，依然那么生机勃勃地并肩矗立在炽热的田垄里，沐浴着似火的骄阳；旁边那一方方深挖出来的养殖水面，白亮亮、热烘烘的，直晃人的眼睛！就连平日里一直喧闹不歇的村口小店，在这样最热的时候，似乎也是门庭稀疏，有些冷清了。

这是一栋小巧精致的二层洋楼，墙体是由浅灰色的小面瓷砖作为装饰，高大的门楣上方，“幸福之家”四个深红色泽的大字格外醒目；上下两层均并排耸立着两根粗大的纯白色罗马圆柱，显得富丽考究；楼顶是棕绿色的琉璃瓦，由中央向两侧缓缓地倾斜而下；东南西北四角有四条同色鳞龙，稳稳地盘踞在楼顶四角守护着主人家的财富。房屋四周镶嵌着一圈银光闪闪的不锈钢护栏，特别精致亮眼；大门两侧各有一座精美的长方形花池，盛夏的季节里，五色的花儿正在倾情绽放，姹紫嫣红，煞是好看！

西边护栏外并列着的是车棚，浅灰的墙体、纯蓝的顶面，都是由塑钢彩板组装完成，里面停着一辆已经斑驳杂色的农用车。车棚的南面是一条不宽的水泥马路，地势明显比两边高出了许多。马路南边是一块小巧的四方形打谷稻场，一个男人立在旁边，手搭凉棚正向着远处的马路上翘首期盼！

这位叫四子的男人，中等个头，身材略瘦，上身穿一件洗得近乎纯白的乳色衬衫，下身套一条业已半旧的黑色长裤，一只裤管在脚踝上面，而另一只却卷到了膝盖，好像特别要让这条腿凉快一番！长条形的脸，头发已然有小半白色，上面似乎沾满了灰尘，就像很长时间不曾清洁过一般；嘴唇上稀疏地点缀着几根短髭，由于汗液的关系，即将卧倒在那一块小小的地盘上；但最明显的特征是那副黑黑的宽边眼镜，镜片上一圈圈叠加足有六七层那么多，俨然成了面部的男一号，而真正的主角——眼睛，已经完全退到了后面，几乎就是舞台的背景了。

不一会儿，只见另一个男人开着自己半新的农用车，“突突”几下就来到了跟前。这个用牛字命名的男人，与其说是大牛，也真是名不副实，可能连牛犊都算不上！因为他长得比四子更小更瘦，就好像是落秧的茄子没有长开，全身上下透出来的就是一个“老”字。老，苍老，脸上的皮肤就像松弛干枯的老杨树皮，几处皱皱巴巴，额头和眼角已经冒出了许多深刻的皱纹，似乎他已经走过了几世的沧桑，经历了几世的轮回……脸上最明显的特征就是两只太过硕大的眼睛了，眼神却有些空洞无物，有些茫茫然，在午后的毒日下，整张脸好像就要走向全黑，肩膀上随意搭着一条毛巾，跳下车后，打着一双赤脚，同样是一条黑色长裤，两只裤筒几乎就要拖地了！不过这可没有影响他的速度，两条腿迈动的频率特快，几乎就是竞走一般，顷刻就来到了四子身边。

两人“叽叽咕咕”一番商量后，大牛立即钻进自己的浅灰色农用货车，打算把四子的旧车拖走，发动机立刻响了起来，同时四子站在两车中间用一根粗绳将两车系上，随即嘴里大声发出指令：“倒！倒！倒！”

当他面向自己那辆旧车，快要完成系绳工作的时候，突然觉得有两座铜墙铁壁猛地向自己倾轧过来，同时耳朵里似乎传来“砰”的一声巨响，就什么也不知道了……

沉默，沉默，还是沉默，死一般的沉默！

空气凝固了，时间凝固了，一切都凝固了……

“快来人哪，不得了了！快来人哪，不得了了！出大事了！呜——呜呜——”

半空中，一声凄厉的男高音忽然打破了小村的宁静，因为叫喊声过于悲惨剧烈，就是在这烈日晴空下的白天，也足以让人心生恐惧！

因为年轻人大多外出打工，留在村里的几乎都是妇女和老幼病弱者，等村民们慌慌张张地赶到这里时，一幕令他们终生将难以忘记的画面赫然呈现在每个人的眼前——

在烈日下的水泥马路一侧，大牛一屁股瘫坐在滚烫的水泥地上，整个人就像从洗澡水里刚刚捞出来似的，头顶上根根发梢处都有一颗亮晶晶细细小小的水珠，满脸的血水泪水，全部混合在一起，似乎就是戏台上的一张花脸；一张紫中带黑的嘴巴大张着，上上下下颤动不已……满身的血水汗水，但已经根本分辨不清是谁的血水谁的汗水，怀里抱着坍塌绵软好似已经去了骨头的四子，痛苦而大声地哭泣着！四子的上下衣裤几乎都被血浸透了，一颗血头已经完全耷拉下来，左脸颊上被剜去一个铜钱般大小的窟窿，红通通血糊糊一片！凑到近前隐约还能看见两颗粉色牙床……简直是面目全非、惨不忍睹！

一个年龄稍大的村民赶紧上前，低声问着：

"大牛，你没事吧？"

"我……没撞到。"大牛断断续续地抽噎着。

"四子怎么样了？赶快摸一下还有没有气？"

"不晓得……好像摸不到脉了，呜呜呜——"大牛的哭声一直没有间断，半天才低低地答应了一声。

"这么凶险？怎么一下子就这样了？"

"胸口的肋骨摸不到，好像全部断了……"说着又控制不住地哭了起来，之后就再也停止不下来了。

"打 120，快打 120！"不知是谁忽然喊了一声。

"打 110，快打 110！"一个女人的声音又提醒了大家。

几部手机接二连三地拨动起来，剩下的时间就是等待，只有等待。大牛一直哭泣不停，呜咽不止。在这火炉一般的天气，火窑一般的场地里，时间仿佛过得特别慢，但围得满满的一群人硬是一个也没有散去，而且后面陆陆续续又增添了一些。几分钟后，大牛老婆哭着跑回家拿了一把伞撑在丈夫身边，上初中的大儿子哭着几次把凉白开递到父亲嘴边。大牛始终啜泣不已、抽噎不止，中途几次险些昏倒，一个村民想替换他，可能是考虑到乡间避讳，对生者吉利与否的关系，大牛没有同意。后来一个男人主动坐到他后面倚靠支撑着他，一名妇女走上前来替他打着蒲扇，老婆几次搓了毛巾替他擦汗……

二十分钟后警察到了，三十分钟后救护车到了。

大牛被警察带走了，四子被救护车带走了。

二

这是一间宽敞的客厅，大约有三十平方米，高大亮堂，最里边靠墙放着一张很高的窄条长方形状的桌案，摆在最中央的是一座崭新的深红色木制座钟，正在“嘀嗒嘀嗒”延续着它恒定不变的规律；紧挨着的是一只金黄色的肥硕招财大猫，两只猫爪高高举起，似乎随时准备着要替主人抓住几个元宝；一对淡青色的弥勒佛陈列在东西两侧，身材丰满的两个和尚过于灿烂的笑容永恒地绽放着，两双眼睛完全眯成了细缝，慈悲而宽容地注视着眼前的一切。

屋子的正中是一张一米见方的八仙桌，四周已经坐满了人，后门旁边一台纯白色的“水空调”，看起来功率很大，噪声也很大，一直“嗡嗡”地响个不停，墙边的四五张小凳上也早已有了主人，还有十几个人四散站着，头顶上的吊扇正在“呼呼”地卖力工作着。

屋子里的人们，探问的、议论的、安慰的、叹息的、伤心难过的、愤懑难平的，应有尽有，大家伙七嘴八舌纷纷发表自己的看法：

“可怜的四子！多好的人啊，就这么没了。”

“谁能想得到？做梦也想不起来会有这种事情！”

“唉，没享过一天福！一天到晚只晓得埋头死做。”

“是啊，而且不管哪家有事，只要一声喊，四子肯定会来帮忙。”

“他真是热心的老好人！正当还是一个劳动力。”

“今年多大了？”

“五十六，属羊的。”

“在芜湖上班好好的，这次为什么事回来的？”

“他上次托大牛给他卖那辆旧车，这两天有人来看了想买，大牛打电话叫他回来的，哪晓得一到家就把命送掉了！”

“到底怎么搞的？照理说大不了受点伤，怎么一个大活人一下就没了？”

“具体我也不清楚。只听说四子在两辆车中间指挥倒车，大牛车从坡上倒下来，好像速度太快，一下没刹住，两辆农用车把四子一下夹在中间轧扁了！”

“啊！两辆汽车硬铁对硬铁猛地一撞，那还会有命?！难怪四子肋骨全部轧断了，可怜的四子啊……”

“送到医院一检查，医生说重要的脏器都挤压得破裂变形了。”

“那根本救不活，到北京上海都救不活。”

“听说当场就死了，一下子就断了气。”

“呜呜——呜——”

这是母亲悲伤的痛哭声。

“哼哼——哼——”

这是女儿难过的啜泣声。

“你爸这是造了什么孽呀?在外头做得好好的，我昨晚还让他不要回来，他这头犟驴非要回来，哪晓得一回来老命就没了!”四子老婆边哭边诉，一只手拍着大腿，女儿木婷蹲在旁边，自己不停地抽泣，不时替母亲擦拭着眼泪。

“可怜他吃了一世的苦，好不容易轻松一点了，阎王就把他收走了，真正一天福都没享到！四子唉，你这个苦命的人啊——”

“你个死鬼唉，你走了，你倒是清净了，把你老婆孩子全部丢下不管了！你是怎么舍得的?怎么舍得的?！可怜我以后就是孤孤单单一个人了，在家连个说话的人都没有了，你叫我以后怎么办哪?呜——呜呜——”

“你个死鬼唉，你好狠的心哪，临走一句话也不给我们说，一句都不给我们交代！你怎么舍得抛下你这一双儿女啊？以后你的儿女要到哪里去找你？我要到哪里去找你？到哪里能找得到你啊？呜——呜呜——”

“妈，你还有儿子，还有女儿，还有我们！你不会孤单的，以后我们一定好好待你，好好孝顺你！”儿子低声说着，眼泪同时不自觉地流了出来。

“你们？乖乖哎，你们以后能把自己照顾好就不错了，哪里还有工夫顾得上我？呜——你们现在哪里能够晓得这些？将来你们就能体会到了，儿女毕竟是儿女啊。呜呜——”

“妈，你不要难过，我和哥哥都会孝顺你，我们都是你至亲的人。”女儿柔声细语地边呜咽边安慰着。

“乖乖哎，你到我这个年纪就晓得了，现在这个社会，哪个能真正靠到儿女？哪个能真正享到儿女的福？我以后就等于是孤老了，完全一个人了。呜——呜呜——”四子老婆说完忍不住又涕泪横流了。

“哭哭哭，哭有什么用？就算哭三天三夜能把人哭回来吗？”木良显得有些烦躁，忍不住冲他妈来了一句。

两天后，还是在四子家，还是这间客厅。

和上一次相比，屋子里已经少了好多人，显得宽敞了许多，今天总共不过七八个人，而且清一色都是男人。这些显然是四子家里的核心亲戚，包括徐家的叔伯和几个侄子，木良的几个舅舅和表哥等，大家神情肃穆庄严，气氛凝重，大门早已闩好，显然是有事情要商量的。

木良先开了口："现在事情已经这样，虽说人死不能复生，但我父亲终究是一条性命，一条活生生的生命，对他老人家应该要有一个说法，要有一个明确的交代！请亲戚长辈们商量商量怎么办？"

三叔和四子兄弟俩长得酷似，站起来第一个发言：

"木良说得对！老四招谁惹谁了？能吃能做、活蹦乱跳的一个大老爷们，正当还是家里的顶梁柱，这么突然就没了！谁能受得了？"

大舅虽年龄不大，但头上已是谢顶不少，说起话来开门见山，直奔主题：

"这些话就不用说了。今天就谈赔偿问题，你们说一条人命值多少钱？何况我姐夫年纪不大，正当壮劳动力一个！"

堂哥也是快人快语："按照现在的行情，多的七八十万，甚至一百多万，少的起码也要五六十万！"

二舅有些沉吟："按照法律来讲，大牛肯定是肇事者，但毕竟是四子打电话请他来帮忙的，另外大牛家本来就不宽裕，两个小孩都在上学，老头子常年坐轮椅，这些都是在眼睛面前的。"

屋子里一时间有些沉默。

还是木良打破了安静："这些是事实不错，但毫无疑问大牛是凶手，现场勘察没有发现刹车的痕迹！他很可能是把油门当成了刹车，否则速度不会那么快，冲击力不会那么大！是他操作不当轧死了我父亲，责任完全在他，这一点确定无疑。我父亲的一条命就活活葬送在他的手里！他必须要有一个说法，必须要有一个态度，必须要付出一定代价！现在他们要求协商解决，我提一个数字，大家看合不合适？60万。因为我父亲还没有到七老八十，而且身体健康，具备一定的劳动能力，后面还有一定的劳动时间，我咨询了搞法律的同学，他也认为这个数字比较合适。”

二舅犹豫着开了口：“你们也知道大牛家里的情况，这几年大牛开农用车做点小生意，这是他家主要的经济来源，他老婆种的那几亩田只能维持一家人的口粮，两个小崽子上学负担不轻，老头子常年坐轮椅，隔三岔五还要花点，根本剩不下什么钱，现在向他开口要这么多钱，等于是要了他的命！”

大舅立马打断了他：“你到底是哪头的？怎么老是向着外人说话？！不管谁犯了错都要付出代价，他平时性子急，脾气快，开车马虎，总有一天要吃大亏，现在不就是典型的例子？所以这次要他花钱买个教训，让他长点记性有好处！”

三

再说大牛那天被带进事故大队以后，做笔录时完全说不出话，发不了声音，从前至后就是哭泣，完全像个孩子不停地哭泣，脸上身上都是湿乎乎的，衣服上红一块黑一块，干一块湿一块，后来问急了断断续续冒出几个大字，也是生涩难懂的浓重方言，所以整个问话过程，警官印象最深的只有两只眨巴眨巴的大眼睛和一张一直张开着的紫黑发乌的嘴巴。

按照程序先在这里拘押一段时间，但几天里大牛几乎不吃不喝，天天以泪洗面，前几夜躺在床上完全闭不了眼睛，脑子里一幕幕全是当时现场的画面，一个星期煎熬下来整个人从“牛犊”变成了“狗子”，现在只能算是狗剩了！

警官们对他的遭遇不约而同地给予了同情，因而对他的管理就比较宽松了，只让他白天在里面待着，晚上可以临时去嫁到县城的外甥女家洗澡住宿。

这是一个刚刚回迁的新小区，绿化还没有完全跟上，每幢几乎都是二十层以上的高楼，一栋栋鳞次栉比排列得很整齐，大牛亲戚家就在紧挨马路的那一栋的中间。

这是一套三室两厅的大户型安置房。房间是两南一北，新建的房屋因为考虑到活动接待功能，客厅一般均占据着较大的比例。在客厅的一角，根据尺寸定制的一组布艺L形沙发，满满当当地稳坐在东南两侧，乳白的坐垫、鹅黄的靠枕很是赏心悦目。电视背景墙是由一组组浅黄色的艺术玻璃拼接而成，里面点缀着一些大小不一、造型相似的酒红色几何图案。茶几也是同色系列的橙黄色，地砖和壁纸都是乳白色系，整个装修风格呈现出温馨明快、富丽堂皇。

这天晚上，大牛的外甥开着面包车，从老家拉来了满满一车亲戚，主要是三四个大牛的本家堂兄弟，加上姐姐姐夫和两个外甥，平日宽敞的客厅一下就接近饱和状态。由于路途较远，平时亲戚们很少来这边，今天完全是个例外，所以外甥女忙着泡茶和分切西瓜，外甥则赶紧打开空调柜机，递上香烟。

大牛安静地坐在沙发上，亲戚来了也是无动于衷，好像就是一尊泥雕木塑，没有任何表情，看不出喜怒哀乐。一周来的懊悔、自责、悲伤、委屈、痛苦、愤懑，让他更加苍老、更显猥琐，佝偻着身子，蜷缩着肩背，整个人似乎就是一只大大的虾米，被挤压得已经弯曲成了弓形，感觉已经接近了崩溃的边缘！

姐姐跑上来一把抱住他，还未开口就已经哭得稀里哗啦，知道今天不是难过的时候，但怎么也控制不住自己的情绪，大牛倒是很平静，两只眼睛眨巴着反而没有流泪，在场的人都是默默无语地陪着流泪。

大牛低声向大家通报了事故大队的鉴定结果：现场勘

验显示，他自己是完全事故责任人，即事故全责，系于他在坡上往下倒车时，操作不当，致使自己的农用车完全失去控制，猛地从上坡冲下，与报废的农用车剧烈相撞，导致立于两车之间的徐老四心肺挤压破裂，当场死亡。事故性质为过失致人死亡罪。

大外甥先开了口："舅舅，当时到底是个什么情况？是不是踩到油门上去了？"

"……你们不要问我了，再问我真的要疯了。我脑子完全糊掉了，根本搞不清了，好像就是一脚踏空了。"大牛低声回答，同时似乎又有了眼泪。

姐夫一下抛出了重点："已经这样了，也鉴定过了，就不说这个了。现在关键是对方提出要 60 万。"

大牛把头转向两个外甥："咨询过律师没有？怎么说的？"

大外甥："我这边律师说最好私下解决，不会太伤感情，如果上法庭打官司，包括医疗费、丧葬费（殡仪馆费用）、被扶养人的生活费（年迈父母或未成年子女）、死亡赔偿金（后面工作应得的报酬）、精神损失费好几项，一条一条算，应该还不止这个数字，而且两家肯定是彻底撕破脸皮了！"

大哥："现在他提出这么大的一个数字，就是一点没讲人情！人总要讲点良心吧，大牛那天本来生意做得好好的，是四子一个电话，不然大牛怎么会摊上这么倒霉的事情？这一家子上有老下有小，日子本身已经非常紧巴，就是拆了一家老小骨头卖也凑不出这么多钱啊！”

姐夫：“这以后哪个还敢帮忙？大家都是乡里乡亲的，以后哪家有点什么事情，你们说到底是帮还是不帮？”

二哥：“先不说那些没用的了，现在怎么办？”

大哥：“你说怎么办？有什么办法？”

大外甥：“明摆着只有一条路，要钱没有，要命一条！就跟他耗，反正也拿不出来钱。”

小外甥：“我这边咨询的律师，说得倒挺不错。”

大牛眼睛一下睁大了：“怎么说的？”

“他说你这个不是在道路上发生的交通事故，而是在农村家门口出的事情，所以如果打官司，应该不会按照正常的交通事故来处理，而是会考虑到实际情况，你是帮忙的，就像人家盖房子，主人请小工来帮忙，小工不小心摔下来受伤了，主要责任是这家主人。现在情况也是类似，四子请你来帮忙，现在出了事故，虽然主人被轧死了，但主要责任还是在做这件事情的主人，也就是四子，因为拖车这件事情是他发动的。另外，倒车时他站在两车中间，自己也有责任，这也是一部分原因。”

大牛混沌的眼睛第一次有了光泽：“律师真是这样说的？”

“律师说如果打官司，舅舅你只要赔偿物的部分，也就是实际产生的费用，比如殡仪馆费用、丧葬费，还有他如果健在，后面的工资总收入等，精神的赔偿和其他的不需要你来负担，这样一来数目就不会太大，大概总数不会超过20万。”

一屋子的人异口同声地表示：“如果真是这样，那就太好了！”

姐夫看着大家：“现在我们要派两个代表去协商，人不要多，我看就两三个人，你们看谁比较合适一些？”

经过口头推选和评议，最后决定由大舅和小外甥担此重任。

四

第一轮谈判。

地点：四子家。

甲方：木良、妹婿以及本家二叔徐老师。

乙方：大牛的大舅和小外甥。

甲方（徐老师）：

“今天我们坐在这里，代表的虽然是甲乙两方，但其实心情都是一样的，大家都是非常难过与悲痛的。老四还正是壮年，以前天天在村里进出，这么活蹦乱跳的一个大老爷们，前两天还好好的，这么突然就丢掉了性命，死得还这么惨，现在冷冰冰地躺在殡仪馆里，可能还没有闭上眼睛。唉，真正是个苦命人哪，我们在座的哪个能受得了？！大牛今年也是霉运走到家了，自己在外忙得好好的，四子一个催命电话，好心想帮个忙，谁承想捅出这么一个天大的娄子！背了一条人命债在身上不说，还要赔偿几十万，也是'背'字走到家了。"

"但是事情已经出了，人死不能复生，只能坐下来好好解决。要不是木良一直要求，我也不会坐在这里，你说大家都是一个村子住着，都是左邻右舍，都是乡里乡亲的，哪家的经济条件都是再清楚不过，大牛家老父亲常年轮椅上坐着，两个小家伙上学天天花钱，就靠他一人做点小本生意，哪里有什么剩余钱？何况大牛本身也是帮忙，要谈钱我真的不好意思开口！"

"但是话说回来，毕竟是人命关天的事情，毕竟是一条活生生的性命，毕竟是大牛把人轧死的！大家都是成年人，每个人都得对自己做的事情负责，说到底毕竟是一条人命，综合考虑现在的行情，60 万这个数字我认为是合理的。"

乙方（大舅）：

"照理说一条人命 60 万不算多，但要看是什么样的家庭，要看是什么样的情况。大牛家情况明摆着，不用我再说，四子家儿女都已成家，木良在芜湖买了房子，四子两口子在芜湖打工，夫妻俩一年下来十来万，养老的钱应该攒得差不多了，当然这是他们辛苦换来的，完全应当的！跟这件事情也没有直接的关系，我只想提醒大家事实的情况。徐老师，你明天可以到村上问一问，访一访，看看大家伙是怎么说的？其实我不说你们也知道，现在舆论是一边倒，完全倒向了我们这边。为什么？其实四子在世时，村上不管哪家有事，他都热心帮忙，现在死得这么惨、这么突然，照道理大家伙应该要替他说话的！为什么乡亲们反而倒向大牛呢？因为公道自在人心，人人心里都有杆秤，说到底大牛是来帮四子忙的，而且是四子自己打的电话！乡亲们都说如果这次不能公平处理，准备全部联合起来上万言书，大家摁手印签字，给大牛做证，替大牛求情！所以我们今天来，就是想请你们再酌情考虑，60万实在太高了，大牛一家砸锅卖铁也根本凑不齐，前两天他老头子说要到医院卖肾，你说哪个医院还会要他那个七八十岁的老腰子？！”

甲方（木良）：

“现在我提醒你们注意几点：一，事故大队勘察现场，发现完全没有刹车痕迹，这两天大牛的农用车我们已经拉到车管所检验过了，车刹是好的，感应灵敏，说明大牛当时根本没有刹车！他当时很可能是想刹车，结果慌乱中错踩了油门，把油门当成刹车，所以速度才会那么快，我父亲才会被当场轧死！事故鉴定结果大牛全责，也就是100%的责任，属于过失致人死亡。二，我父亲在芜湖上班已经一年半，这是你们都清楚的。按照规定，只要在城市用人单位上班达到一年，就可以按照城市合同工的标准进行赔偿，大家知道城市标准肯定比农村高出一些，再纳入我父亲后面正常上班应得的收入，综合计算出来的60万，当然这是我们找律师进行核算得出的数字。三，我爷爷奶奶都是八十多岁的老人了，两个老人的赡养费，还有我母亲这一块肯定包括在内的，这个数字实际是在综合计算的基础上，我们已经减免了一部分，如果不信你们也可以找人核算，所以不能再有更改。”

乙方（小外甥）：

“你们提出这么大的数字，这不是要把我舅舅往死路上逼吗？！其实我们也咨询了律师，根本不是像你们所说的！律师说是你父亲（用手指木良）请我舅舅来帮忙的，你父亲是雇主，我舅舅是雇工，主要责任是雇主，因为是他发起这件事情的，所以你父亲才是主要责任人！”

木良妹婿小铁大声质问他：“这是哪个混蛋说的？什么狗屁律师？！你把这个人的名字告诉我，老子明天就去找他！他还讲不讲道理？我老丈人被撞死了还要他负责？这是哪条法律规定的，我倒要向他问问清楚！”

徐老师急忙大声说：“年轻人火气大，都冷静冷静！今天是来协商解决问题的，不是来吵架的，斗气发狠都无济于事，只会伤感情！”

他把脸转过来直直地盯着大牛的大舅：“你们能拿出多少？现在就给个痛快话！”

大舅犹豫了一下："20万。"

"扯淡！开玩笑是不是？你们怎么好意思说出来？一条人命就值20万？！"小铁的声音，听起来已经控制不住，感觉马上就要爆发。

"如果你们是这种态度，以后不用再来了，直接上法庭！"木良的脸色有些铁青。

大牛的大舅好像还想说点什么，小铁连珠炮似的大声斥责：

"滚！滚！快滚！你们都给我滚得远远的！"

第一轮谈判宣告彻底失败。

五

清晨，天刚蒙蒙亮，大地上一片寂静，小鸟还未呢喃，知了还未吟唱，似乎一切还沉浸在深深的睡梦中，这该是一天里最安静的时候吧？远处，田野里弥漫着一片白色的氤氲之气，隐隐约约，朦朦胧胧；地上还是没有一丝凉气，依然是热烘烘、喧腾腾的暑气，包裹在身体周围，任凭你怎么驱赶，好像也是无济于事。河东边已经由鱼肚白慢慢转为深红色，太阳可能马上就要喷薄而出了，呀，看样子又是骄阳似火的一天！

一个身材健硕的青年男子正在院子里打水洗脸，只见他中等偏上的个头，一头浓密乌黑的头发剃成板寸，标准的国字形脸，白皙的肤色，上身完全赤裸着，下边是一件花格裤衩，趿拉着一双人字拖，鼻子上一副精致的金丝眼镜，让他更显得英气勃勃。

这时，院子外面的土路上走来几个人，让人一看印象就很深刻。只见一个中年妇女身体特别往前倾斜着，双手用劲推着一副轮椅，吃力地向前走着，旁边一个黑黑的小男孩，一只手拽着她的褂子边角，轮椅上坐着一个乌黑干瘦的老头，也在吃力地摇着把手。三个人缓慢而艰难地前进着，似乎每迈一步都要用尽各自全身的力气。

木良拿着脸盆正准备往回走，大牛老婆猛地一使劲，轮椅一下就冲到了他的跟前。冥冥中似乎有人发出指令，三个人几乎同时“扑通”一声，全部跪在了木良的脚边！幸亏他反应快，一把接住了老人，否则从轮椅里这一栽下来几乎就会要了老人的半条命！

大牛老婆嘴里同时高声喊着：

“对不起！对不起！求求你！求求你……”一边面向木良使劲地磕头，同时两只手合在一起，不停地作揖！

老老小小三个人齐刷刷跪地在木良的跟前，动作几乎相同，都是不停地磕头、不停地作揖；话语几乎相同，都是大声地哭着、高声地喊着：“对不起！对不起！求求你！求求你……”好像再也想不起任何一句别的话语……

一刹那，小院里的喧闹声特别刺耳，几个人的哭喊声几乎惊天动地！

木良同样也在使劲，他先是使劲地扶着、使劲地拉着，想要让老人起来，但后来慢慢就停下来了……慢慢放弃了……他发现自己的努力根本无济于事，根本徒劳枉然。

面对着眼前突如其来的这一幕，一时间，木良不知道自己该干什么，能干什么？似乎什么也不能做，什么也做不了，完全不知所措，特别无能为力！

他就这么安静地站着，安静地看着，先是注视着眼前悲伤的一家老小，后又抬起脸，遥望着西边的天空，深深地凝视着，半天一动不动……一动不动……静静地……静静地……

第二轮谈判。

时间：一周后　地点：四子家　代表：原班人马

甲方（徐老师）：

“经过这几天做工作、协商、让步、再协商、再让步，双方的态度都还不错，都是拿出了诚意，想把这件事情做好，都是不愿上法庭打官司，现在的形势还是比较乐观、比较鼓舞人心的，我们要求 40 万，你们给出 30 万，差距已经不大，所以今天我们大家都加把劲，争取今晚能够达成一致，早点把这件事情解决，这样天天拖着也不是个事，四子还在殡仪馆里等着，俗话说死者为大，入土为安，四子的眼睛可能还正在看着我们！木良他们也不能天天请假，要赶快回去上班了，所以今天我们都各自再退让一步，争取把这件事情做成。”

乙方（大舅）：

“各位亲戚，昨晚我们做大牛工作，让他拿出 30 万，大牛始终没有说一个不字，从头至尾就是一直流他那两滴猫尿，我实在看不下去，骂了他几句，他也是一个字没有，完全像个木头桩子！你们说一个男人，是不是已经到底了，完全到底了？”

“30 万对现在的家庭来说，可能不是什么大数目，但对大牛来说还是一个天文数字，按现在的收入，他需要三年时间，而且一家子不吃不喝，常年不用一分钱，才有可能积攒到这个数字！但是两个儿子上学，怎么可能不花钱？老父亲天天坐在轮椅上伺候吃喝，隔三岔五还得到医院去一趟，怎么可能不花钱？”

“所以木良，你的心情我完全理解，父亲年纪轻轻的大劳动力一个，突然一下说没就没了，换谁都接受不了！这几天晚上，四子的影子天天在我跟前，你说家门口的一个人，我们天天看着的，好好的一个大活人，一下死于非命，而且死得那么惨，哪个能忍心，哪个能受得了？”

“木良，你是个好孩子，将来一定有出息，因为你善良！这次你做出了很大的让步，但我今天还是要倚老卖老地说两句，你父亲在世时非常热心，村上不管哪家有事，只要一声招呼，他肯定第一个到，这么多年，人家从来没有给过报酬，他也从来没有要过报酬。这次你父亲为什么喊大牛？就是因为他们两个关系好，处得像亲兄弟一样！所以，如果你父亲真的地下有知，他一定会好好地跟你说，让你看在这一家子老老小小的份上，看在大牛是他喊来帮忙的份上，有个差不多就行了，杀人不过头点地，得饶人处且饶人，难道真的要把大牛逼上绝路？难道真的要让这一家子没有活路？以我对四子的了解，他一定不会这样做的，这是一定一定的！你们说是不是？”

一时间，除了木良，所有的人都沉默不语，有一两个人还下意识地点了点头。

甲方（木良）：“你既然说到这一步，这样吧，那我看在我父亲的面上，再减去 2 万，你们记住：这是我父亲给你们减免的！其实说 40 万，保险这一块不是可以赔付一部分吗？最高多少？ 11 万，这样综合算下来，大牛只要拿出 27 万就可以了。”

大舅：“既然这样，我个人也掏 2 万，大牛是我外甥，外甥出了这么大的事情，我这个做舅舅的出点力，帮他承当一点也是完全应当的。”

徐老师：“那我也出一点，表示一下心意。我掏 1 万，也算大牛的！这是看在他老父亲和两个小家伙的面上。”

小外甥：“那我也表示一下，我出 1 万，算我舅舅的！”

徐老师：“今天这个结果让我很感动，也很开心！这还是四子出事以来，第一次心里比较轻松，剩下的数目他大舅回去跟大牛说说，就尽量应承下来，抓紧火化，抓紧办丧事，让四子入土，抓紧把事情了了。你们看怎么样?”

第二天一早，大舅就给了回信，大牛答应了。

六

一周后，大牛家堂屋里，满满一屋子人，因他刚刚回家，乡亲们都来看望。虽然电风扇和水空调都在“吱吱嘎嘎”地拼命工作，但由于人员过于密集，屋子里的热气依然很大，感觉仍是闷热，并不舒适。

大牛已吃过晚饭也洗过澡，坐在墙角的一张小板凳上，一条深蓝色的宽大裤衩，上身也是打着赤膊，两只手交叠着放在胸前，虽然是瘦弱不堪，但气色比先前好了许多，仍然是沉默不语，仍然是一动不动，仍然是那张苍老深沉的脸，仍然是面无表情，似乎深沉又似乎漠然，似乎麻木又似乎超然，好像眼睛里看到了什么，又好像已经看不到什么，只深深地沉浸在自己的世界里……

大家伙随意地坐着或散站着，随意地议论着、评判着、叹息着。

“可怜的大牛，这次遭了老罪了。”

“又瘦了一圈，完全像条狗子了。”

“是啊，不过总算协商解决了，还好没有上法庭，没有打官司。”

“你说好心帮个忙，给自己帮出这么大一个窟窿！”

“这下背上一块大秤砣了，几十万的债，什么时候才能还完啊？”

“慢慢来吧，天无绝人之路，只能这样想，不过这老老小小，以后有的苦了。”

“四子也是造了孽，一时三刻命就没了！”

“所以才有那句话，叫什么来着？天有不测风云，人有旦夕祸福。”

“四子是葬送了一条性命，大牛是倒了八辈子血霉！”

“真是一点不假，两家都遭了大难！两家都可怜。”

“说起来这件事情完全是个意外，但意外的代价太大了。”

“大牛性子急、脾气快，这次吃了大亏了。”

“开车一定要慢！性子慢一点，速度慢一点，脾气慢一点。”

“大牛这次长记性了，以后一点都不能马虎了。”

“出了这么大事，他自己会好好总结的，教训太深刻太残酷了！”

“你说大牛要是不帮忙，哪有这么多事？”

“都是乡里乡亲的，哪家不要伸把手，哪家不要帮个忙？”

“大家伙一直都是互相帮衬的啊。”

“以前祖祖辈辈不都是这么过来的？”

“这以后村上要是有事，真不知道怎么办了？”

“是啊，是要好好考虑了。”

“搭把手的事情，哪能考虑那么多？”

“我觉得还是要看具体情况。”

“看什么情况？”

“首先要看事情大小，一般小事没什么问题，可能就是出把力而已。”

“大事呢？”

“大事就要看对自己有没有妨害，如果可能危害到自己，可能给自己造成一定伤害，我看还是不要伸手比较好。”

“啊？还有这么多讲究？”

“再看事情危险程度，如果有一定的危险性，自己就要考虑清楚。”

“还要考虑这么多？”

“就拿这次事情来说，大牛如果用正规拖车，应该就没有问题。”

“如果要帮忙，也就是一时半会的事情，哪里会想到这么多？哪里会这么婆婆妈妈？”

“再说如果要帮忙，要么亲戚、要么朋友、要么左邻右舍，都是熟人，怎么好意思拂情面呢？”

“哎呀，那如果下次再要帮忙，到底是帮还是不帮呢？”

“是啊，如果下次再要帮忙，到底是帮还是不帮呢？”

“如果下次再要帮忙，真不知道到底是帮还是不帮了？”

“唉……”

“唉……”

广场姐妹

这是一个晴朗的夏日，已经到了日落时分，天空一片蔚蓝，几片晚霞似赤练一般，漂浮在遥远的天边，格外妩媚绚丽。

这是一个不大的小区，门口照例是一座岗亭，小小的、朱红颜色，为物业办公所在；外面是一方长约两米的白色石座，上书“茗景苑”三个红色大字，草书风格特别苍劲有力；紧挨的是一段椭圆形的苗圃，大约有十平方米，半人高的灌木被修葺得十分平整，郁郁葱葱，一片绿意盎然；当然最大的地方还是它北面的空地，这也是每天晚上的热闹所在。

每天晚上七点左右，一台半人高由大家 AA 购买的黑色音箱，就会被物业师傅充足电请出来，登上属于它的舞台，顿时一阵“咚咚”的音乐激昂地传达开来，这是它在向茗景苑的姐妹们发出热烈的邀请。不一会儿，你就会看见小区东西两侧的小道上，三三两两地走来几位姐妹，大的已越过花甲，小的也达不惑之年，你看她们一个个穿红着绿，笑意盈盈，谈笑风生，大踏步走来了！

刘大姐：

刘大姐是我们八个姐妹中年龄最大的，今年六十五岁，中等的个头，齐耳的短发，身材匀称，肤色白净透亮，尤其到这个年龄还几乎看不到一根白发，已然是难得一见了。刘大姐跳舞可谓三天打鱼两天晒网，因为她还给小区里的一对年轻夫妇看护一个男孩，只有在孩子父母一方不上晚班的时候，她才能下来活动。但就是这样，大姐每天都会带着孩子准点来报到，那个孩子比较安静，所以大部分时候她会把孩子放在场地中央，顺便带很多玩具让他玩耍，自己正常跳舞，但只要孩子一跑起来，她就会立即追出去。有两次刘大姐在马路对面看孩子，她面朝这边听着音乐，一个人不管不顾地在那里指手画脚、手舞足蹈呢。

有一回差点出事！那天刘大姐一如既往正在跳舞，孩子照例在场地中间坐着，先是蹲在那里弄他的小火车，谁知马路上突然疾驰过来一辆小车，闪着两排特亮的车灯，一下冲到了人群面前！孩子两眼受到强光刺激，突然的惊吓让他猛地一下立起，不知怎的，反而径直向着私家车飞奔过去！驾驶员“吱”的一声，一个紧急刹车，车子就停在孩子胸脯前，离他小小的身子不到十厘米。

那一刻，全场一下特别安静，时间好像凝固了，所有的脑袋一齐朝着那个方向，足足有一分多钟，人们才慢慢反应过来，孩子可能被吓蒙了，呆呆地站着没有发出任何声音。刘大姐自己也是三魂吓掉了两魄，只知道用两只胳膊紧紧地抱住孩子，一屁股瘫坐在地上，一动不动，完全呆若木鸡了……

这一下人群就像炸开的油锅，噼噼啪啪响个不停：

“好险啊，真的就差一点点！”

“吓死了，我心脏好像跳到了喉咙口！”

“带孩子不能跳舞，小区门口人来人往，车子又多，太危险了！”

“小孩跑起来多快？就像小兔子，一下窜出老远！看孩子责任大，一刻也不能马虎！”

“刘大姐，今天孩子万一有个闪失，你家房子卖了也不够赔人家的！”

“今天如果孩子出了事，我们一个都跑不掉！”

“我们有什么责任？跟我们有什么关系！”

“我们一个都跑不掉！他家大人能饶得了我们？！如果上法庭，我们肯定要负连带责任。”

“刘大姐，以后你带孩子就不要来活动了！阿弥陀佛，消停点算了！”

“刘大姐，你带孩子千万不能来了，万一有事，我们还要倒霉！拜托你千万不要来了。”

“我们肯定倒霉，每个人都要赔钱，一个人至少五六万！”

意识到问题的严重性，大家没有任何客气，围着刘大姐一顿猛说，七嘴八舌纷纷表示了相同的意思，刘大姐一句话也没有，抹着眼泪抱着孩子慢慢地走了……

这之后果然有一个星期没有看见她的身影，但后面又隔三岔五地来了，不过带孩子来时再也没有跳舞，看孩子也比以前格外尽心，特别是在马路边，几乎是寸步不离。

刘大姐自己有一个儿子，今年已经三十七岁了，在蒙牛公司上班，从事中层管理工作。小伙子长得很精致，待人接物透着一股子书生气味，骑着摩托进进出出也很潇洒，就是到现在还没有找到对象。刘大姐几次拜托大家关心，姐妹们自然问起她家里的情况。原来刘大姐一家是四川人，十几年前过来这边，现在丈夫早已退休，老头子年轻时落下的胃病，几十年慢性溃疡，有一回参加亲戚婚宴时，喝了两杯差点胃穿孔走掉，现在也已到了古稀之年，只能在家养着。刘大姐一直没有工作，她说儿子可能一方面不会哄女孩，另外没有单独住房应该也是比较重要的原因，现在的行情哪个女孩结婚不要房子？姐妹们自然建议先把房子买了，将来找对象说话也会硬气一些，但刘大姐说家里没有什么积蓄，老头子退休得早，一千多元的工资只够一家人生活，儿子一个人上班，一个月四千多，但现在的房价太高了，动辄一百多万，所以儿子要想买房简直比登天还难！其实儿子前后接触的女孩也不算少，但到现在一个都没有成功。儿子现在情绪越来越低，进门出门已经没有什么笑脸，平时在家也就是吃饭睡觉看手机，跟父母几乎没有什么言语交流，老两口看了又是难受又是心疼，每天说话都赔着小心，刘大姐怀疑儿子虽然嘴上没说，但心里可能怪父母，他们自己也觉得确实拖累了儿子，所以心里每天都像压了一块石头……

毋庸置疑，刘大姐终究是不容易的，茫茫人海，普通的生命轻微得如同一片树叶。经过春夏两季的积累吸收，一瓣完好的绿叶，在秋天里应当是叶脉清晰明亮，表皮匀称紧实，饱满而富有光泽的吧？而属于她的这片树叶分明遭受了太多的凄风苦雨、太长的严寒酷暑，已经提前消失了生命的原色和水分，逐渐变得发暗发黑，枯萎凋零了，就在不久的将来的某一天，会不会变得苍黄而薄脆，再也经不起一丝的轻风？

吴师傅：

吴师傅是一位名副其实的师傅，她就是茗景苑的舞蹈老师。她的广场舞跳得是柔美而有力，我比较喜欢站在她的身后，主要是能看得清楚，有时忘记了只要看一眼吴师傅就行了。她组织大家建立了一个姐妹群，以便随时联系，平时不到一个月就会带领大家学习一支新舞，当然吴师傅自己在网上先学，熟练了再教我们。姐妹们年龄偏大，每学一支新舞总要耗费吴师傅不少的心力。不过教学方法还是比较简单的，一般都是她在前面示范着领舞，众人跟着模仿，这样循环几遍后，吴师傅再讲解一些难点的动作要领，一般新舞都是放在最后跳，这样学得慢的就能根据自己的需要留下来多练习几遍，所以吴师傅往往陪练着留到最后，如此一个星期下来，姐妹们掌握得也就差不多了。

吴师傅是出租车司机，车子是自己家里买的，两口子白天晚上轮着开，一天不歇，当然吴师傅主要是开白天。今年夏天特别热，连续一个月都是三十五度以上的高温，吴师傅每天上车都是全套装备：脸上一副宽边墨镜，头上一顶碎花的连肩太阳帽，胳膊上是纯白弹力长筒护袖，黑色手套更是很少脱下，车上遮光小窗帘也是拉得严实，就这么武装到牙齿，吴师傅还是黑了许多，有一段晒得特别厉害，脸上好像起了一层黑痂，我觉得似乎是换了一个人，她自嘲说快成了一个“非洲大妈”了。

吴师傅是一个性格开朗的人，喜欢热闹，喜欢玩乐，她今年上半年组织大家玩了两次，一次请 K 歌，一次请吃饭，因为她在微信群里发了准女婿求婚的视频，那突然出现的鲜花、钻戒和几十个彩灯组成的英文“我爱你”，再加一番激情热烈的表白，女儿感动得泪流满面，据吴师傅说她自己当时也掉了眼泪。大家都说这么大的喜事，一定要请客，她也就高高兴兴地请大家搓了一顿。聚餐的时候，众人坚持要 AA制，关键时候吴师傅拿出了领导的魄力，民主还得集中不是？最后由吴师傅埋单了事。

吴师傅还带领我们进行过一次斗争。那是刚买音箱不久，物业不给放置，更不给充电，还说如果充电必须交钱，每人每月要缴纳一定费用。一天晚上吴师傅领着姐妹们一起冲进去，小小的岗亭几乎容纳不下，大家义愤填膺，每个人都有十二分的理由，把赵主任围在中间，七嘴八舌一齐向他开炮！赵主任本身长得瘦小，平时话就很少，哪见过这么大的阵势。开始还争辩几句，怎奈两手敌不过四拳，哪里架得住七八个中年妇女的一起发作，不到一会儿的工夫，就一屁股瘫坐在椅子上没有半点招架之力，一句话也说不出来了。老板娘看他沉默不语，以为"敌人"是要负隅顽抗，干脆跑到面前又拽衣领又拖他起来，说是哪个领导规定的，带大家去问问清楚。这一场战斗由于敌我力量太过悬殊，战果非常辉煌，"敌人"无条件投降，姐妹们取得了全面而彻底的胜利！不但音箱照放，外带着每天物业都必须把电充好，还不收取任何费用！

岁月如梭，流光易逝。吴师傅，十年以后我们又当如何？时光老人那里，十年不过是转眼的一瞬，然而八位姐妹能否一起跨过这短短的一瞬？是否都能健在，是否都还健朗？但愿那时的我们，每天仍能聚首，美美的衣着、美美的身形、美美的姿态，仍由吴师傅领着，在茗景苑小区门口的"舞池"里娉娉婷婷、轻盈舒缓、柔情似水、风采依然！

老板娘：

老板娘是小区门口汽博城土菜馆的女主人，丈夫负责掌勺，儿媳妇主管招待收银，她打下手，主要是打杂一类，负责配菜洗碗和清扫。每天下午一点不到，老板娘就会来到场地，把几个橙色路锥靠马路一侧均匀排开放好。因为这里本身是五六个停车位，黄线画得清晰明亮，如果不早早下手，晚上很可能就没有地方了。刚开始占位时，小区里很有些非议，说不应该在这里活动，明显是占了大家的停车位置，但广场舞大妈的意志犹如钢铁一般，根本撼动不了，天天中午不管不顾地霸占地盘，晚上照常欢乐不断！

刚开始，晚上活动间隙，不时有小车奔波一天，想进入自己家门，结果发现阵地完全被“敌人”占领，而且“敌人”太过嚣张，根本不把“主人”放在眼里，明目张胆地在“主人”家里手舞足蹈，肆无忌惮！可怜的“主人”几次试探，小心地伸着头努力想进入自己的领地，赫然发现到处都有“敌人”把守，而且火力十足！一番较量下来，小车彻底败下阵来，只好垂头丧气地露宿街头。一个月下来，再也没有小车来试探，都乖乖地停靠在路边了。

老板娘每晚都来跳舞，似乎没有缺席的时候，儿子孝顺，每天晚上下班后都要替换母亲，在餐馆帮忙。她的舞姿跟我们稍稍不同，每当音乐一响，她的整个身体都在抖动，全身上下都在做小小的摇摆，别有一番韵味。大师傅试着纠正过几次，仍是没有变化，也就不再苛求了，毕竟大妈们是锻炼第一，跳舞第二，至于动作是否标准、到位，有一些细微的差别，似乎没有那么重要。

老板娘是很会享受生活的女人，不管白天餐馆多忙，穿得再随便，晚上出来一定收拾得漂漂亮亮。她本身长得小巧玲珑，身材也好，染黄拉直的头发梳成一根马尾辫，脖子上永远有一条精美的珍珠项链，戴着一副亮闪闪的耳钉，有时还会换上耳坠，长长的流苏随着舞姿左右摇摆，格外好看；手上饰有一条纯金手链，夏天是一水的连衣裙，长的、短的、素色的、印花的，尤以白色和绿色居多，有时候在后面一看，活脱脱就是一个年轻女孩！每当忙完一阵，大厨总会端一条凳子坐到菜馆门口乘凉，眼睛瞅着老婆这边，距离不过二十米，自然看得非常清楚，老板娘不知是怕羞还是什么，总是站在另一侧离得稍远一些。

半年以后我才知道，原来老板娘的经历还挺坎坷。她二十岁第一次结婚，丈夫是根独苗，喜欢在外面玩，打麻将成瘾，新婚不久就经常夜不归宿，输了就回来要钱，从新婚到拌嘴再到动手，总共不到三个月。后来有一回男的回家拿不到钱，就对她动了刀子，问她要钱还是要命？她当时吓傻了，乖乖地把家里仅剩的也是娘家的陪嫁六千元拿了出来。坐在冰冷的水泥地上，看着丈夫扬长而去的背影，她彻底死了心。不久在娘家人的支持下，她起诉到了法院，坚决要求离婚。法院调解了两次，丈夫也信誓旦旦表示要改，她起先有些犹豫，但看到自己胳膊上的紫痕，心里害怕就没有松口，因为没有孩子，女方态度又很强烈，法院最终判了离婚，这在当时的乡里是一件影响很大的事情。

过了两年她就再次结婚了，男方还是小伙子，一个勤快本分的庄稼人，他们生养了一双儿女。男的常年在外打工，是个手艺不错的泥瓦匠，虽然工作辛苦，但每天都有两百元的收入，这在当时也算是高工资了。她在家里负责承包的责任田，抚养两个孩子上学，能吃苦又勤俭持家，不到几年就盖起了楼房，小日子过得红红火火。但是天有不测风云，丈夫前几年得了癌症，发现时已是肺癌晚期，她说自己始终弄不明白，丈夫不抽烟不喝酒，为什么会得肺癌？而且现在得这种病的人怎么会那么多？我们生活的环境真的是太差了！也许是好人不长命吧，从发现到去世，前后只有一年左右，好在那时儿子已经成家。

现在的大厨是她的第三任丈夫，是她表姐介绍认识的，据老板娘说他也是个苦命人，老婆也是癌症去世，而且同样是肺癌！他和前妻只有一个女儿，现在女儿女婿在柬埔寨做服装生意，去年大厨的女儿在这里生活了小半年，领着自己的一个小孩。小家伙长得雪白干净，两岁多的男孩走路一蹦一跳，一头天生的小黄毛，见人就笑，眼睛眯成一条缝，小区的爷爷奶奶们都非常喜欢他。老板娘每次来跳舞，小家伙的妈妈都会领着他来看，可见关系处得还是比较融洽。

在我看来，每个人的一生都是一段长途跋涉的旅程，而且是在无边无际的黑暗中孤独向前，途中没有任何灯塔和指示。开始时冒冒失失，一路磕磕碰碰、跌跌撞撞，往往落得头破血流、面目全非；摸索过一小段后，有了最初的经验和体会，再次上路就变得谨慎了，先是小心试探，感觉有水沟、荆棘、顽石、蛇鼠之处，尝试着能避开一些；遭遇到风雨、雷电、寒冷、饥饿也能承受一些了。在这种无边的黑暗里，最先碰到的两个人，因为孤独和恐惧，因为相同的需求，很快结伴同行了。共同搀扶着走过一段后，因为相互的温暖，双方都渐渐忘却了先前的孤独恐惧，加上积累了更深一步的经验，每一个灵魂都有了自己新的想法，在一处岔道口，如果各自向往不同，可能就会忍痛分开；于是先行者再次孤独上路，再次一个人摸爬滚打，摸索着向前，经过又一段艰苦的旅程后，黑暗中碰到旁边小道上过来的一位，似乎和自己有着相同的意愿走同一条路径，这时长期的黑暗已经让他适应了许多，感觉前面的幽暗深处似乎透出来一点点微光，于是先行者振作起最后的精神，抹去满脸的汗水、泪水甚至血水，用仅剩的最后一点力气，又一次放弃孤独重新携手，两个孤苦的灵魂搀扶着踽踽而行，开始一段属于他们的旅程……这个时候他们以为自己即将到达出口，即将拥有光明，而很少有人知道，即使他们穷尽一生跋涉，也无法到达光明，而且永远无法到达，因为这种光明只存在于每一个灵魂的内心深处！

又一个周末的晚上，小区门口热闹非凡，人声鼎沸。人好像特别多，大多是爷爷奶奶带孙子的，也有父母带子女的。小朋友们特别开心，几个刚会走路的小家伙很是兴奋，随着音乐甩着小手跺着小脚，可爱的模样特别招人喜欢；大一点的在玩玩具，迷你版的汽车、火车、风车，精巧灵活，应有尽有；半大的孩子玩具已是高级不少，蹬滑轮、踏滑板，脚下带着闪灯，跑得满场飞转，让人看得惊心动魄！有小两口来的、有老少三代来的、有四口之家来的，大人们一边看着孩子一边聊天，一个个都是轻松自在、喜笑颜开呢。

当然主角还是“舞池”中央的女士们，可惜天公不作美，一支曲子还没放完，天上就飘起了小雨！雨点虽然不大，但又细又密，周围的人立即四下逃散，不一会儿就撤离得干干净净！但八位姐妹依然排列成整齐的两行，没有一个人退场，都坚守在自己的岗位上，好像战场上的指挥官还没有下达撤退的命令一样！她们就这么在细雨中左右摇摆，怡然自得，努力地展示着，尽情地释放着，各种的造型、各种的动作、各种的步态，有时似小溪潺潺，有时似大江奔流，有时似轻灵的燕雀，有时又似展翅的雄鹰……音乐始终是欢快热烈的，姐妹们脸上带着笑容，脚下踩着节奏，每个人都努力把动作做得柔美、和谐、到位，真的是婀娜多姿、韵味十足呢，好像根本就不存在下雨这一档子事情！

上　学

一

这是一条宽宽长长的圩埂，也是村民们平时生活和活动的中心。

冬天，家家户户的男劳力都要上埂，有的就在家门口附近，有的要到几十里开外的别处。具体任务由县防汛指挥中心统一测算、分派、调度，根据整个圩埂的长度，大约几十公里，先均摊到八九个乡，再由乡分配到下属的七八个村。具体到每个村多少米，全村能出多少劳力，总共需要多少方土，每个劳动力一天能完成几方，经过比较精确的计算，最后决定每家要出两个劳力，每人大约上埂半个月，当然，如果家里只有一个劳力，工作时间就要延长一倍，或是出钱或出工分，由队长出面请劳力多的人家帮忙，这就是每年一度的“挑埂”。

每当“挑埂”的时候，工地上一片火热，场面非常壮观，气势十分了得！埂外半坡上到处都有红旗在飘，因为每个小队都会插上一面，它们在凛冽的寒风中猎猎作响；每个村的承包段都有自己独立的喇叭，在高高的杆子顶端大声呐喊，内容自然是加油助威之类，以顺口溜和幽默段子居多，有时还会穿插一点花腔女高音的唱段。站在埂头上一眼望去，前后左右到处是人，密密麻麻不计其数。只见无数的精壮男子忙着把河床里的泥土一锹一锹地挖出放进筐里，再一担一担地肩挑着，从大埂外边开始一层一层往上填充，最后才能到达圩埂的上面。男人们挑着重担循着最近的路径，由河岸外坡往上攀登，一个一个自动排成了行。几十个男人组成的队伍就像长龙一样，埂上埂下来来回回，蜿蜒游动。登高一望，这样的长龙足有五六十条，前后穿梭个不停，真是人山人海、热火朝天、气势非凡！有时他们还会喊着节拍，虽然是寒冬腊月，但几乎人人都脱了棉衣，只要你走近一些，就会看见他们头上冒着热气，额头上甚至有星星点点的汗珠，口中呼出的白色雾气更是拖曳得长远。给刚挑上的新泥加固的工作一般由女人或年龄大一些的男人完成，他们用铁锹把深灰湿润的新鲜泥土改成小块，铲平、踩实；大埂上面另有几拨壮年汉子在用石牛打夯，他们一边喊着整齐的号子，一边抬起石夯再用劲砸下去，竭尽全力把新土砸平砸实。如果哪家男人在外面做事，不能参加的，那家的女人就要加入进来，当然她们干的是轻松一些的活计或烧饭之类，每天的工作量比照男人，折合成 0.7—0.8 个工分。

每到这种时候，男人们都要在埂上集中吃饭，近的晚上可以回家，只需中午在外面吃喝一顿，远的只能借住在老乡家里。当然村干部事先已经做好动员，老乡们大多会让出自家客厅的朝里一侧，7—8 个人并肩打着地铺（在地上铺厚厚一层稻草，上面才是棉絮，一般两人共用一个被窝，一人一头，我带盖的你就带垫的），饭食都只能在借住的老乡家里解决，但公家只供应米饭，菜蔬不管，只能自带。每当上埂时，男人们都会一头挑着棉被，一头挑着两个玻璃瓶、毛巾脸盆和挑筐铁锹，其中的两个玻璃瓶就是他们十天半月的全部“油水”。丈夫出门在外干的活不轻松，大伙在一起吃饭又不免相互评论比较，女人心疼男人也不愿丈夫在外丢面，因此这种时候大部分女人都会狠下血本，就算家里已经一个月不见荤腥，这时也会不管不顾地割上一斤肉，细细切碎，再把自家收获的黄豆泡上，烹饪时放上几勺自制的辣酱，一瓶浓香扑鼻的黄豆肉酱就成了！勤快的女人还会到河滩里捕捞一些虾米放在里面，味道就会更加鲜美，另外一个自然是冬天里永远不变的素炒青菜。女人自己荤腥肯定是一点不沾的，还硬着心肠没有留下一口给孩子（我母亲那时就是这样的），全部给出门在外吃苦的男人装上了。

夏天的圩埂更是村民们晚上的好去处。

每天下午六点一过，留守在家的孩子就会把自家的“凉床”（一种完全由毛竹做成的简易小床，主要用于夏天乘凉，可坐可躺）搬运到大埂上，家里人多的还要放上两张，忙着到靠河一边去占位子，因为风往往从河面那边吹过来，稍晚一点就会被别家占上，晚上乘凉就没有风了，这是很要命的，因为下风口既没有什么风，蚊子也会非常多，所以每家的孩子都不会马虎也不敢疏忽，否则大人回来就要吃“毛栗子”（右手中指弯曲弓紧，在头上使劲“嘚”下去，疼得厉害）！太阳还没落山时你站在村口一望，两排竹床排列得整整齐齐，就像并排卧着两条长龙。

天黑以后，月亮升起来了，月光皎洁明亮，天上繁星点点，夜空浩瀚无垠，银河从南到北垂挂在空中，一览无余。如果那晚凉风习习，大埂上就会格外热闹：孩子们跑来跑去，叽叽喳喳，一刻不停；大人们摇着蒲扇，因为就算有风，也有蚊子小虫，蒲扇这时候主要用于驱赶这些恼人的小虫，他们三个一群、五个一伙聚在一起说话，如果其中有个会说故事的能人，那一定会被众星拱月般地围在中间，那晚就会特别地享受、特别地快活了；宽阔的埂面上一会有几个小伙子一拨走过，再一会又有几个大姑娘一拨走过，他们这时都会穿上自己最漂亮的夏服，悠闲自在地相互说着悄悄话；也有的老乡可能累了，吃过晚饭就在凉床上早早躺下，享受着这难得的轻松一刻；中途不时有几只大白鹅不紧不慢、摇摇晃晃地从河里上来，大大方方地走过人们面前，不时“嘎嘎”两声，原来是二姨在再三吆喝着“请求”它们回家去呢。

这时河边上一定会有几个孩子捕虾，这是最有趣的，所以旁边围着的孩子很多。当然必须先准备好虾砧——一种捕虾工具，四四方方、边长约一米的一张细纱，四个角上用两根交叉的竹棍绑紧，两根竹棍随即自动弯曲成了弧形，再在中间的交点紧紧绑上一根粗长竹竿，这就成了！纱布上放上一些碎米或几条捏断的蚯蚓作饵料，最后拌上一点香油，找到一处水深的岸边放下去，最好是那种水草茂盛的地方，静静地等一会儿。每当这时候，小伙伴们都抿着嘴不说话，免得惊扰了水下的小东西。再在岸上把手电一明一暗地交替闪动几分钟后，几个人用力往上一拉，纱网里几只大大小小的青虾正在活蹦乱跳呢，小伙伴们发出一阵欢呼，运气好的时候，一晚上的收获相当可观！

这种喧嚣、热闹都会持续得比较晚，一般晚上十点多以后，埂头上的人就渐渐稀少，声音也渐渐平息下来，人们陆陆续续地回家去了，但也有贪凉整夜睡在埂上的，这种情况比较少见，因为据老人们说，身上一旦着了露水，全身都没有力气，第二天根本干不了活。安安的父亲不信，有一回亲身试过，发现确实如此，后来哪怕再热，也不敢整夜睡在外面了。

二

安安出生在一个叫王庄的江南小村里。生产时，安安妈妈遭了大罪。婴儿整个横在孕妇肚子中间，一天一夜生不下来，多亏接生婆艺高胆大手段高明，情急之下把手整个伸了进去，想把孩子慢慢顺过来，折腾到后来，孕妇完全晕厥过去，接生婆只好一点一点连拉带拽地慢慢把孩子掏了出来！落地时孩子基本没有了呼吸，看着眼前即将到手的孙子，爷爷奶奶怎么也不肯放弃，父亲一声不吭黑着脸烧了两大锅开水，接生婆又是掐人中又是嘴对嘴吹气，跟着又换热水熏蒸，使出了浑身解数，这样循环反复努力了将近半宿，孩子最终活了过来！这也是爷爷奶奶的第一个孙子，来得又是这么不容易，自然是含在嘴里怕化了，捧在手里怕冷了，宝贝得什么似的，爷爷绞尽脑汁想了几天，大名给取一个“安”字，就是希望孙子以后没病没灾，稳定顺利，一生平安。

爷爷是个老干部，在公社任水利主任多年。那时候长江支流每年夏季洪水都会很大，所以每到防汛季节，他总是特别忙，经常一个月不见人影，偶尔回来一次，奶奶总是略带责备地说：“你是不是把孙子也忘记了？”爷爷总会赔罪似的从口袋里掏出一小包糖果，在安安面前晃一晃：“想不想爷爷？”那时安安刚刚学会说话，一边舔着红润润的小嘴唇说“想”，一边口水不自觉地流了下来，小手伸过来就要抓糖，爷爷高兴得搂在怀里又是亲吻又是抚摸，一番逗乐总要持续半天。

安安长大一些后，和别的小朋友一样，天天在村里玩。他很乖很听话，和小伙伴打仗总是扮演一个小兵，回回都做不到长官。看着孙子被别的孩子呼来喝去，指挥得团团转，奶奶有时不乐意，晚上吃饭时教导孙子说：“明天安安当司令，拿大枪打坏蛋好不好?”安安照例嘟着小嘴说：“好。”可第二天安安还是乖乖地听别的孩子吆喝，跟在后面跑得一身劲，奶奶也就不再吭声了。

安安有时也会很勇敢。有一天傍晚，他跟着妈妈到村口小河边去洗衣服。妈妈用棒槌捶打衣服时，安安站在岸上四处张望，忽然看见旁边草丛里有几只大鹅，其中一只叫得特别欢实。他仔细一看，原来是大鹅生了一个鹅蛋，看样子是刚生不久，大鹅兴奋得向大家报喜呢。安安赶忙跑过去，小手一伸就想拿走，大鹅自然不肯失去儿女，使劲地叫着跳起来啄安安！要是平时，安安早就吓得一溜烟地跑了，可这次硬是壮着胆子冲上去，拿起鹅蛋就跑，还被不甘心的大鹅追着生生啄了几口小屁股，等和妈妈回到家时，小小的脸蛋由于紧张兴奋还涨得通红呢。奶奶对孙子自然是一番格外的表扬，第二天早上安安就吃到了香喷喷的煎蛋，足有两个鸡蛋那么大的分量！后面几天他缠着妈妈，每天晚上那个时间段都要到河滩上去巡视一番，不过后面就再也没有什么收获了。

有一年夏天爷爷带回来一个小皮球，淡绿色的球面上面有两圈红色点缀，很是好看。这在那时可是个稀罕物件，安安天天拍着玩，小伙伴们羡慕得不行。可是乐极也会生悲，有一天安安在巷子里拍球速度太快，前面有一堆邻居准备盖房用的石头，安安追着球跑，一时收不住脚，小腿胫骨直接撞上锋利的石块，由于穿着短裤，跑动时撞击力度大，安安这下吃了大亏。那一瞬间白色的骨头清晰可见，安安的叫声非常惨烈，奶奶心疼得一边掉眼泪，一边大声咒骂着邻居，为什么把石头堆在这里害人？！隔壁的女人听不下去，跑出来准备应战，结果看到安安流了很多血，哭得很是悲惨，就忍着气没有吱声。村里的赤脚医生先涂抹了红药水，又撒上一层云南白药，用纱布裹上，交代回家后不能进水。夏天温度高，裹着难受，不到两天纱布就被安安偷偷除掉了，后来可能不小心伤口进了水，最终感染发炎又去就诊，这样反复很长时间总算恢复，但小腿上却留下了一块不小的疤痕。

那个时候农村生活艰苦，每天晚上放学以后，孩子们多数也要帮着家里干活。我那时春天不但要割草喂猪，而且要割上满满一篮，回家才能交得了差。安安虽然是家里的长头孙子，但那时该干的活还是照样要干。一天放学后他拿着篮子在田埂上晃荡。孩子们天天割草，田埂上早已看不到一根青草。没办法后来等天快黑时，安安偷偷摸摸在生产队的田里割了一篮子红花草。结果提防了队长，没承想会计正好经过，红花草自然全部倒回田里，会计四十二码的大脚一脚下去猛地一踩，竹篮的底整个掉了下来，篮底篮框全部被扔进了水塘，安安在外磨蹭半天，一直到天黑才敢回家。因为损失了一个篮子，奶奶数落了半天才停，这要是换成别人家孩子，可能饭不给吃，还得挨上一顿竹竿！

三

安安自从上学以后成绩一直很好，没有让大人操过心，在学校一直是老师喜欢的好学生。他把老师的话当成圣旨，上课认真听讲积极发言，作业按时完成，和同学们相处得也很好，考试成绩自然不错，几乎年年都能拿回来一两张奖状。父亲把这些奖状工工整整地贴在堂屋里，每个来串门的亲戚邻居一眼都能看到，到小学毕业时整个墙面几乎快贴满了。

安安的初中是在乡里的集镇上的，离家有十几里路，初一时天天和同学一道走路，那一年个子长高了不少，初二时家里给安安买了一辆二八大杠的凤凰牌自行车，这在当时已经很是奢侈，安安天天骑着自行车上下学，小伙子长得白白净净、斯斯文文，成绩又好，真正一个白面书生，骑车在路上很是拉风。

安安初中时一直是班里的学习委员，学习很自觉也很努力。有一年秋天，村里放映电影《红楼梦》，这可是件大事，每个小队那一天都早早收工，晚饭后乡亲们纷纷扛着大大小小的板凳，一路浩浩荡荡地到大队的操场上集中观影。当时安安马上面临中考，奶奶出门前连喊了几遍，他硬是没有出来，路上奶奶直犯嘀咕：这孩子不会学傻了吧？回来后奶奶又偷瞄了一眼，看到孙子还在看书，就赶紧把邻居送给自己吃的唯一一个梨递了进去。

安安中考时成绩很好，比中专分数线高了三十多分。那时第一批次录取的是中专，第二批次才是重点高中，中专出来直接分配工作，所以能上中专的绝大部分都选择直接投档。本来安安会选择师范或邮政一类的学校，但填志愿时班主任动员他上重点高中，说安安这么年轻，资质又好，应该上大学，接受更好的教育，将来出息会更大一些，如果选择中专就可惜了，建议回家和家长商量后再做决定。安安回来后跟家里一说，父母都很感动，爷爷说老张家祖祖辈辈没出过一个大学生，如果生前能看到安安跨进大学的门槛，死了口眼都能闭紧了。最后全家一致决定：就是砸锅卖铁也要供安安上高中！

安安的高中上得很辛苦，倒不是因为学习，他的成绩一直是班里的前几名，在年级里也是稳定排前十，班主任自然当个宝贝，每一科的老师也都很喜欢这个来自农村的朴实稳重的小伙子。但这也带来了弊病，班里几个县城的“落后分子”盯上了安安，他们认为自己上大学已经无望，学习上干脆“三天打鱼，两天晒网”，把好学生安安视作“眼中钉”，经常找机会欺负他。安安先是不敢接茬，选择忍气吞声，谁知这样反而纵容了他们，几个人的气焰更盛。就在安安高二第一学期快结束时，有一天下了大雪，几个人趁着晚自习的时间，偷偷挖了几脸盆雪放进安安的被子中间，等到安安回到寝室，雪已经融化了大半，被子自然湿透，这件事的结果是领头的学生被直接开除回家，其他几个也受到警告处分。经过这次事件，安安反而更加发愤，发誓要考上好的大学！

到高三时，安安的学习成绩已经稳居班级第一名，在年级里也是排到了前三，班主任看到了希望，找安安谈话，给他加油打气，希望安安为班级争光，竞争年级第一。安安还真没有让班主任失望，就在孙老师和他谈话后不久，安安就在高三第一学期期末考试中，坐上了年级第一把交椅，之后安安一鼓作气，没有让自己的名次波动一点，无论是“江南十校联考”，还是学校的“一模、二模、三模”，一直稳稳地占据了二中文科全年级第一的位子！

由于本身功底扎实，加上高考前班主任特别给安安做了心理辅导，安安临考的状态很好，考场上发挥出色，那一年他成了市里的文科状元！二中校园里拉上了大红横幅，安安的大名非常醒目，宣传栏里的照片几乎有小半个人高，市里的晚报记者专门做了采访，安安表现得很谦虚也很得体，说了一堆感谢学校和老师的话语。记者问他以后的人生理想，安安信心十足地说具体还没有想好，但是不管将来做什么，一定是为祖国做出更大的贡献！

那一年安安填报志愿有些吃亏，因为是“估分填志愿”，就是在高考成绩公布之前填报志愿，考生既不知道自己的分数，也不了解自己在全省的排名情况，更不清楚和自己选择相同院校相同专业的大致人数。这就带了一点博弈的性质，如果志愿填低就要吃亏，志愿报高又有一定风险，所以每年“撞车”的人数很多。安安一家世代都是农民，不了解外面的世界，本身也胆小怕事，只求安安有大学可上，将来毕业后有工作可做，就已经心满意足了。爷爷年过古稀，家里的大事早就不发表什么意见了；父亲虽处于旺盛中年，但一辈子在田里劳作，最远也就是到过县城，那还是安安高一时，父亲送他到二中上学，挑着棉被、大米去过一次，之后再也没有出过远门，也给不了什么实质性的建议，只跟儿子说听老师的，让老师做主，只要有学上就行。安安本来打算填报北京的大学，但这些大事没有经历过，自己不敢做主，最后还是一切听从孙老师安排。孙老师对爱徒说四川大学中文系在全国排名位居前列，特别是某某教授，曾经是自己的老师，名气非常大，当他的学生将来发展肯定有优势，就推荐他第一志愿选择四川大学中文系，安安的分数高，当然第一时间就被录取了。在上大学的火车上，他碰到一个邻县的同学，也是当年参加高考，交谈中安安发现对方分数比自己低了 5 分，录取的反而是北京的人民大学！

这一来安安受到不小的刺激，心里窝了一团火，大学里没有松懈，一直保持着高中的学习节奏，大学生喜欢的打游戏和谈恋爱两件事，他一概没有沾边，一门心思用在学习上，每次考试成绩在系里也是遥遥领先。大四时考研究生，复习准备阶段更是刻苦，每个周末几乎第一个到图书馆，离开时常常已是深夜。有一段时间准备考研的学生众多，图书馆里人满为患，同学们到得都特别早，稍晚一点就没有空座。因为怕别人占了自己的位子，安安的书包就没有离开过他的座位，无论白天黑夜都替安安坚守在那一方小小的岗位上。功夫不负有心人，安安顺利地考取了武汉大学的硕士研究生。

四

那一年硕士研究生招生制度开始改革，以前的学费和生活费都是国家承担，那年开始分开，学费国家负责，生活费自己承担。90年代初，大学生的生活费每月大约三百元，这对于农村家庭来说是个不小的负担。那一年安安家里开始水产养殖，前一年村里养殖螃蟹的人家都发了大财，秋天螃蟹收获的高峰季节，安安的阿姨家不论螃蟹的大小公母，“通货”（即只论数字）每一只卖到了18元！多的人家赚到了二三十万，少的也赚到了三五万，这在当时都是不小的数字。亲戚出于好心，动员安安家里参股，经过反复商量，安安的父母准备跟亲戚学习，也搏一把试试。由于第一年养殖户大部分赚到了钱，很多村民出于眼馋纷纷效仿，方圆几十里几乎家家户户都把稻田深挖进行水面养殖，等到秋天成熟收获时，螃蟹的产量足足增加了一倍，俗话说物以稀为贵，多了就不值钱了，市场的需求量还是那么大，所以价格一下暴跌到了往年的一半！

安安家头年冬天租下在外打工的几家邻居的二十多亩土地，每亩租金九百元，这就干掉两万多元；挖土机在田里“突突”一星期，一下又是八千多元；接下来抽水机打水，买石灰清塘杀菌，请人种植水草（水草是螃蟹来年活动的场地，怎么也不能俭省），几乎天天花钱，没到过年就出去了六万多元；等到春天分三批投放了几十万头的蟹苗，因为购买的是优质蟹苗，所以价钱也是贵了不少，光这一笔就是三万多元；这以后最主要的工作就是饲养，先是向水里撒食小麦玉米，一个月以后开始喂食冰鱼，冰鱼一箱要六十元，每天要三百六十元，一个月一万元还要出头，后来又加了两箱；打杂的工作安安的父母尽量自己完成，但两人起早贪黑常常也忙不过来，只能隔三岔五请村里的“小工”帮忙，一个小工每天八十元，还得管吃管喝外加一包香烟……

就这样坚持了半年好不容易熬到秋天，怎么也没想到行情这么差！开始硬挺着不卖，可这样也不是法子，因为每天还要投入好几百元的饲料费，眼瞅着市场上的螃蟹越来越多，价格还在一点点往下跌，加上天气逐渐转凉，水冷螃蟹就会钻泥，到时更加难以捕捞，想想心里越发没底，一天比一天着急，一天比一天焦躁，最后只能咬着牙跺着脚，不计血本地往外卖，一个月把螃蟹全部卖完，前前后后细细一算，还没有包括安安父母两口子长年辛苦的人工费用，整整亏损了 16 万元！面对这么巨大的打击，安安的妈妈一下子承受不住，躺在床上三天三夜水米未进，眼泪怎么也止不住，足足淌下一脸盆，真正是五脏六腑都悔青了……

可是屋漏偏遇连阴雨，船漏偏遇顶头风。恰逢这一年安安的弟弟结婚，弟弟在外面打工，头年已经定亲，说好这年办喜事。定好的事情说什么也不能更改，否则既要在村里丢了大面，再拖一年又要多花不少的冤枉钱（因为光端午、中秋、过年三个节送礼就要花费几千元），送给女方的彩礼钱十万元，还好头年已经给了一半，女孩购买“三金”（金项链、金耳环、金手镯）要两万元，女方置办婚宴的酒水钱（每家不等，按亲戚多少折合成几桌，那时每桌一般按五百元计算，外加烟酒费）一万元，这些都要在结婚前由双方的媒人一道送去女方家里；结婚时亲戚朋友送的礼金应该能够承当家里的酒水支出。本来如果水产养殖没有折本，安安的弟弟办喜事自然是没有问题，但这样一来就亏空了很多，借了八万元的外债不说，还拿了四万元的“包钱”（就是高利贷），虽然日子拖到了腊月二十六，但总算没有食言在年里办了喜事。

安安那段时间一直在家，家里忙的时候帮父母做事，空闲时就到邻村的一个同学家玩，根本不提上研究生的事情，好像压根儿就没有这一档子事。有一天村上来了一个相面先生，给几个人看过后，那人提出要给安安看相，要是往常安安早就拒绝了，可这一次他没有推辞，自己主动坐到了跟前。那人把安安的面相、手相细细看过以后，说他年轻时路不会很顺，但将来很好。安安问怎么个好法？那人说安安中年后会做一个不大不小的官，大也不是很大，但也一定不小。看相人的预言很快传进了安安父母的耳中，两口子叹息流泪半天，反复商量最终咬咬牙做了决定，晚上斩钉截铁地告诉儿子：去上研究生，钱的事不用操心，只管把学习搞好！安安不肯，坚持本科毕业就出来工作，但最终没有拗过父母，还是上了硕士。

研究生毕业后安安又以高出第二名三十分的成绩考取了本校的博士，博士的研究费用自然是国家承担，每个月还给付少量的生活费，对于安安这样的寒门学子已然是够用的，三年以后安安留校任教，成了一名大学教师。经人介绍，认识了一个在本校图书馆上班的女孩，学历是本科，和安安一样，之前没有任何恋爱经验。大男大女对彼此都没有过高要求，安安在学校有套一室一厅的房子，两人接触半年后顺理成章地举行了婚礼，是那种真正的文明结婚，因为没有摆任何酒席，只请双方最要好的几个朋友吃了顿饭，婚后小夫妻俩回了一趟安安的老家，住了一个星期，虽然老家也没有举行婚礼仪式，但临走前安安的姑妈舅舅几个要紧亲戚，都表示了他们对侄子或外甥的一份心意，婆婆揣给第一次见面的儿媳五千元。婚后小两口的日子过得波澜不惊，八个月不到就有了“小安”。

五

小安出生在城里，由于怀孕时营养充足，吸收也好，孩子刚落地时就有小八斤，当然是剖腹生产的，躺在妈妈身边的“小东西”雪白粉嫩，一点没有其他新生儿的“老相”。小安的长相继承了父母的优点，圆圆的脸蛋很是饱满，大大的眼睛又黑又亮，小小的嘴唇特别红润，一头乌黑的毛发又软又密，一个月长下来，就像年历画上的报喜娃娃，特别讨人喜欢，真正人见人爱，每一个看见的亲朋好友都是赞不绝口。

小安这时的生活条件比她父母那会已经优越许多，小家伙长得圆头圆脑，胖胖嘟嘟，一眨眼就到了该上幼儿园的时候。安安自己是大学老师，对女儿的期望值很高，教育方面自有计划，决定要倾注自己全部心力，让她成为将来的人生赢家，所以从开始就要着力培养，计划让女儿多方面地尝试一下，从中寻找出她的兴趣点，再系统进行学习。首先多一项技能将来就会多一种选择，将来的就业面也会拓宽一些，其次她长大以后有一两项业余爱好，生活也会丰富多彩一些、有趣味一些。所以一定要把女儿培养成综合型人才。再看看自己虽然是名大学教师，过得也是“清汤寡味”，工作之外几乎没有什么兴趣，再加上性格比较内向，话语不多，有时甚至怀疑自己会不会让人觉得单调乏味、兴致索然？况且现在自己已经具备了一定的经济能力，所以从幼儿园开始，小安就参加了几个兴趣班。跆拳道能够强身健体，必须参加一个；围棋能够健脑益智，一定得报名；本来小安喜欢画画，但学习一段时间后，安安发现孩子太过在意细小之处，一幅画从铅笔描摹到水彩涂色，往往要弄一个整天，觉得太费时间，就做主放弃了；而钢琴是一种高雅的艺术，能够修身养性，陶冶情操，将来也是一门很好的特长和谋生技能，肯定要学；虽然现在都是电脑打字，书写的时候不多，但书法是我们国家的传统，也是一个人的脸面，所以这一项也是非学不可的。小小的孩子每个周末由爸妈陪着，不停地奔波于少年宫和文化馆之间。

小安自己最喜欢的是跆拳道，每次穿上好看的运动服，伸胳膊蹬腿都很卖力，一招一式也都有模有样，途中根本不用家长操心；最讨厌的是钢琴课，每次坐到琴凳上，看到那些讨厌的小虫一样的五线谱，小安就会心不在焉，注意力不能集中，有时还会很烦躁，总想开点小差，因此不到一会儿就想找个借口溜出去一下，无奈妈妈看管得很严。平时的妈妈非常温柔，可每到这时就像换了一个人，眼神特别严厉，凶神恶煞的，有一回还当着老师的面掴了小安两个“毛栗子”。不消说在家里的督促自然更加严格，每天晚上一个小时的钢琴练习，从来没有中断过，哪怕父母再忙也有一个人专门盯着孩子，在这种大人孩子自觉不自觉的坚持不懈中，自觉不自觉的共同努力下，到小学毕业的那个暑假，小安去合肥参加了钢琴业余九级考试，尽管考试曲目是肖邦的《圆舞曲》和贝多芬的《悲怆》，弹奏的难度很大，但都比较顺利地通过了。小安的父亲在围棋上花费的时间最多，因为在家里他要陪着女儿练习，每到晚上父女俩总要大战几个回合，白天一般在书房，晚上还会坐在床上进行搏杀，几乎每一盘过后，父亲都要跟女儿讲解一遍。有时孩子睡觉以后，他还会回到书房，再细细琢磨一番，以便第二天给予比较精准的点拨。到了小安小学毕业时，她的围棋也达到了业余六段的水平。

小安刚刚踏入上学这条长征之路，就遇到了不小的困难。小学一年级语文教材，按照编排，进校一个月先把汉语拼音学完，然后才是集中识字，这对六七岁的懵懂孩童来说，真是一件困难无比的事情。23 个声母、24 个韵母和 16 个整体认读音节，尤其是边音、鼻音、平舌、翘舌，再加上 4 种音调变化，排列组合起来变化比较多，特别容易混淆，很多成人都还是一知半解。安安在学校读了 21 年的书（那时农村没有幼儿园，小学 6 年，初、高中各 3 年，本科 4 年，硕士 2 年，博士 3 年），但汉语拼音这一块还是没有学好，特别是对难以区分的前鼻音、后鼻音那些，没有完全清晰明白，那一年参加全国汉语拼音统一测试，他认真准备半个月，最终也只获得了二级乙等的成绩，所以虽是一名武大博士，但对小学一年级的女儿还不具备这方面的辅导能力。

那一段小安对语文学习要么一头雾水，要么一知半解，完全是混混沌沌、稀里糊涂、分不清南北。纯白稚嫩的孩子本来对学校充满美好憧憬，学习热情可谓空前高涨，没想到一个礼拜下来被折磨得灰头土脸兴致全无，就像霜打的茄子一样蔫了；安安两口子根本没有料到会有这种局面，同样也是蒙了，一时不知如何应对，完全成为热锅上的蚂蚁！俗话说猫能过河狗能上树，皆是情急之下的无奈之举。那两周每天晚上写完作业，妈妈就布置一项新的任务：让小安用拼音写出一个房间里的 20 种生活用品，每天轮换一处。妈妈坐在旁边和女儿同步写出拼音字母，当然不能确定的立即请教字典，待孩子写完她当面批阅，指出错误分析原因再责令改正，又让小安把修正之处大声朗读两遍，之后再次把这些音节重新听写，当然如果还有错误一定同理继续进行，直到完全正确方能歇息。

这种方法自然是不得已而为之，绝非明智之举，但事实证明却是卓有成效！头几天拼写正确率极低，一周下来错误大幅减少，十来天以后几乎不再出错，孩子汉语拼音水平突飞猛进，拼读写默均有了很大的进步，田字格小本上渐渐有了她一直向往的红色星星，语文老师也开始在全班同学面前表扬小安。每到这种时候，孩子原先苦哈哈的小脸总是激动得红光满面，笑容怎么也掩藏不住，眼睛睁得大大的，小小的肩膀一收一缩，两只小手直往屁股后面放。那一段小安背着宽大的书包走在路上，常常喜笑颜开一蹦三尺，有时大声哼唱音乐课新学的儿歌，有时大声吟诵五言七言的绝句，说话声音清脆响亮，妈妈看了很是开心。

第二年夏天的一个中午，小安刚刚升到二年级，中午放学接回女儿后，晓云和往常一样立即钻进厨房做饭，孩子在餐桌上写作业。不一会儿小家伙卡了壳，有道应用题不会，只好来问妈妈。天气很热，晓云拿着锅铲正在炒菜，头上冒出很多汗珠，她接过数学本看了一眼，就跟女儿说了两句。小安继续后不到几分钟，又遇到了困难，只好硬着头皮再次央求妈妈。晓云抓起书本一翻，立马火冒三丈，气咻咻地说："这么简单的题目都不会?！说明你根本没有听课！下次还敢不敢了？看你以后还听不听课?"说着抬起手就在小安脸上"啪啪"两巴掌，气愤之中下手很重，孩子雪白粉嫩的脸蛋立马像涂了胭脂，变得鲜红鲜红的。此后小安再也没有问过大人题目。

六

那年秋天的一个周日，天气已经转凉，正是秋高气爽阳光灿烂的好时候，孩子的口头读背以及书面作业均已完成，家里亦收拾停当，午饭后晓云领着孩子到儿童公园游玩。小公园离家很近，设施也比较齐全，娘俩周末经常过来。小安先是滑滑梯、骑小火车玩了一圈，后面就到了蹦蹦床项目处，这是她的最爱，也是每次的压轴节目。每当站在粗软的绳床上，小家伙总是特别兴奋，蹦蹦跳跳总要一两个小时，就算旁边没有伙伴，借助绳索的惯性，一个人也能弹跳得很高。那天下午小朋友很多，小安更加起劲，借着群体的力量弹跳到了最高点！晓云在下面看她蹦到半空有点担心，高喊着："小心一点！"小家伙不知是根本没有听见，还是干脆不予理睬，蹦得更加起劲，次次比小朋友们厉害，每一拨都是弹跳冠军！看着女儿大笑高叫一蹦五尺高，年轻的妈妈索性寻个座位，自己也微信聊天找点欢乐了。那天小家伙确实过足了瘾，整整玩了一个下午，当然中途在网边休息、喝水、吃东西一样不落，娘俩离开公园时天已擦黑了。

回到家吃喝洗漱完毕，已经七八点钟，安安让小安把家庭作业拿出来检查。小家伙磨磨蹭蹭掏出三样，安安翻阅几下没说什么，直接揣进书包，又随嘴问了一句："还有没有别的，周末就这点作业？"小安嘟嘟囔囔地说："没有了。"安安随即去看他的《焦点访谈》了。晓云不放心说："我再看一下。"直接拿起书包就往里掏。小安一看急了，大声说："不是检查过了？你又看什么！"使劲拽着书包不让妈妈再掏。这一下反倒引起了晓云的怀疑，她干脆把里面的东西一骨碌倒在地板上，一本本细细翻看起来。这一来小安彻底傻了眼，站在那里呆呆地望着妈妈不再说话。果然不出晓云所料，一本语文同步练习大本上，最近三页都是全部空着一字未动，每一页上都有老师红笔书写的近乎整张纸那么大的问号！

看着三个醒目刺眼的大红问号，晓云的火“腾”地一下蹿得老高，她沉着声逼问小安：“这是哪一天的作业，为什么没有写？！”小东西垂着头站着一声不吭。“你的胆子不得了了，都敢不完成作业了！你给我听好了，这是第一次也是最后一次，以后绝对不允许出现这种情况，给我好好记住了：少一个字会有什么后果。”说着找出遗忘在抽屉角落的戒尺，告诉她把两只小手摊平放好，每只各打二十大板，中途不准发出声音，不准有任何退缩，如果退让一次再增加三板子！

为了让小安能够牢记，不再有下一次，她每一板子下去皆是用了实实在在的力气。宽宽扁扁的戒尺每一次接触孩子的细皮嫩肉都发出了响亮的“啪”声，只四五板下来，小安的小手就明显红肿起来，但父母说出的话就是泼出的水不容收回，必须不折不扣地坚决执行。孩子先前不敢发出声音，使劲屏住哭泣，用上牙紧紧地咬住下唇，不一会儿嘴巴上就有了鲜红血渍，挺到后来实在忍受不住，每挨一板小身子跟着往上一纵或往下一蹲，拼着命想要逃开这严酷的“笞刑”。有几秒小安把小手猛地往回一拽，板子按照既定路线落在晓云自己的掌心！她感觉自己的那块肉猛地一跳，跟着“突突”两下，似乎它已经超越了疼痛，有了自主反应想要奔逃跳开。

安安早就抛开电视过来观战了。他先是一声不吭冷眼旁观，后来看到女儿满脸痛苦之色，泪水涟涟哭喊不止，嗓子几乎嘶哑，头上热气腾腾，差不多已经折损了半条小命，眼光中仿佛饱含着对他的祈求，再看看晓云，还在铁青着脸一下一下结结实实地"啪"着，一声一声清清楚楚地报着："15，16……"安安第一次知道数数还可以这么艰难，孩子一抽一吸痛苦万状地"呜呜"着，两只小手那么红，手掌明显变厚了，感觉快成肉包子了，忍不住走到晓云身边耳语着："好了，行了。"晓云也对他耳语着："再坚持一下，这一次要把她彻底治好，不能开这个头。"安安惊奇地看着她，仿佛不认识老婆似的，眼光很复杂，感觉心里有点咸涩难咽，说不出是酸甜苦辣还是别的什么滋味……此后小安再也没有不完成作业。

三年级第二学期的期末考试，小安语、数两门主课均是满分即"双百"，这对一个头十岁的孩子是很不容易的，因为答题过程中不仅要一路畅通无阻，还要关照到每一个细节之处，跨越为每个人设置的小小路障陷阱，必须细心认真，倘若语文写错一个汉字或拼音，数学一个小口算失误，就没有了"双百"的成绩。

一家人特别开心，刚放假就出去玩了一趟，去的是西递宏村和黄山。三个人首先领略了世外桃源般的古老村落，对工艺精湛的徽派名居留下了美好的印象；接着一家人攀登上山，一路上不仅充分感受了黄山奇松怪石的魅力，还在山上住了一夜，一大早在光明顶静候，特别幸运地欣赏到了美丽的日出！当一轮红日从遥远的东方喷薄而出冉冉上升，照耀着眼前一望无垠的厚密云层，天边那一抹深红就如胭红缎带一般轻轻漂浮，这样耀眼的金红色光芒，这样翻腾起伏的白亮亮的云河雾海，一刹那的瑰丽壮美真是无与伦比如梦似幻，所有人均激动得不能自持，相互搂抱着又蹦又跳、又叫又闹。那一刻，一群追梦人立在山巅之上，脚下是无边无涯的云海雾浪，眼前是松涛阵阵、霞光万丈，一个个如醉如痴，仿佛自己也成为名山仙人了！

因为期末测试为全市统一试卷，校外同一区之间各校互有比试，校内同年级平行班竞争更是激烈，为了激发学生，数学老师有言在先，大考满分的学生免写整个暑假作业！游玩归来后，小安理直气壮地拒绝数学暑假作业，晓云认为这是不能接受的，打电话和数学老师沟通也没有结果，就和丈夫商量，希望做父亲的能够施加压力。安安先是站在晓云一边，嬉皮笑脸地跟女儿商量，谁知小安态度非常坚决，小脸涨得通红，说："这是老师答应的！你们不是说听老师的吗，老师的话还能不作数？"安安眼瞅着孩子的认真劲儿没有吱声，回头又和晓云嘀咕："孩子既然能够拿到满分，说明这本书的知识点已经掌握，这一段稍停一下没有大碍，给孩子一点小小的鼓励，她会更有兴趣，不可挫伤积极性，再说大人既然做出承诺，一定得兑现，否则以后说话没有威信。”好说歹说磨嘴皮半天，总算勉强说服了老婆。

那个暑假小安学会了游泳。第一次和父亲来到泳池边，小家伙不敢下水，但稍一接触很快就喜欢了。每天晚上一个小时泡在池里，安安感觉舒适惬意，小安在隔壁和小朋友们玩水嬉戏，更是欢乐无比。安安从小在长江边长大，自然早就学会了这项生存技能，看着女儿赖在浅池里不肯出来，他也不着急，只要孩子开心快乐喜欢就好。半个月下来小安自己试着进了大池，尽管父亲尽心尽力，每一个动作都是手把手地辅导到位，但不知怎的，安安本想先教会女儿蛙泳，小安一游却成了“狗刨”，纠正多少次也没有改观。“狗刨”就“狗刨”吧，只要孩子掉在水里不会淹死，管他什么姿势其实无关紧要。

七

小安刚开始上初中时有些不能适应。小学只有语数外三门主课，现在一下增加到七八门，每天晚上就剩应付老师布置的家庭作业了，弄得精疲力竭，因为数学几何难度比较大，有时一道题花费很长时间还不得要领，而且每天晚上要完成五六门的书面作业，之后还有语文外语背诵的口头作业，原来小学时九点半准时睡觉，现在几乎没有可能，稍一拖欠就到了十一点。小安第一个月完全不能适应，一到九点多就哈欠连天，瞌睡得不行，晓云看了很是心疼，但是没有任何法子，只能跟女儿谈心说："学校不可能来适应你，只有你去适应学校。"晓云狠下心督促孩子，中途有时递上一条冷毛巾擦脸清醒，有时泡上一杯浓茶或咖啡提神，有时换着花样端进去一点吃的增加兴趣，一个月下来，小安终于熬了出来，以后晚上写作业中间基本不再瞌睡。

初中以后小安同样在外学习四门课程，不过已经换成英语、数学、物理、化学。英语是另外上的新概念，用于增加词汇量和进行拓展；数学是一门特别重要的学科，中考、高考都是一百五十分，而且物理、化学都和数学相关相通，一损俱损，其次数学是一门很拉分的学科，综合型大题目一二十分，如果学好了，将来不管选择文科、理科，都具有比较明显的竞争优势，出于这样的考虑，数学必须补习进行强化训练。安安没有盲目跟风，而是打听到专门给优等生补课的那种拔高型家教，因为这样的家教老师会多讲解一些涵盖几个知识点的复合题型；物理难度比较大，所以父亲选择假期给小安上"预备班"，提前渗透先学一点，这样女儿在课堂上正式学习时就应该是没有问题了；化学是到初三时上的同步辅导班。

小安初一、初二的成绩比较稳定，在班里一直也是排在前五，初三上学期有一段时间下滑得厉害，一直降到了班里的二十名。父母们不能承受，疯狂打听名声很响的补课老师，后来经人介绍终于找到比较合乎心意的名师，数理化都是“一对一”补课，当然费用也是相当可观，一般每周一节，每节课两个小时，一次八百元，一个月下来，一门课就是三千二百元，数理化三门就是九千六百元，另外英语上大课，每节课两百元，一个月八百元，加起来一万多元。因为语文的学习主要靠平时的积累，提高比较慢，补课效果不明显，就没有再学，只在假期让她多看一些课外书，增加积累。晓云一月工资只有四千元，安安虽然是大学教师，但平时工资也只有六千元，加上课时费，也就七八千，幸亏他这两年还有点课题，能够赚点外快，否则不要说房贷，光补课和一家人的生活都维持不过来。

就这样，总算磕磕碰碰、跌跌撞撞地把初三走了过来，中考前安安向晓云交代了三件事：一是送考不要搞得阵势太大，只要他一人即可，以免给孩子造成太大压力；二是中考期间家里一切不变，包括饮食习惯、睡眠时间等都和平时一样，尽量淡化中考的气氛；三是每门课考完后不问孩子，一定等到全部考完再问，只需察言观色即可，免得影响孩子的情绪，不利于下一科的发挥。不过这一番细致入微的筹划还真起了作用，小安的中考成绩非常优秀，原来预计的是达到区重点的分数线，但出来的结果是，分数很高，已经超过了市重点的分数线。现在是公布分数后再报志愿，小安填报的当然是市里最好的高中，很快就被录取进了省示范高中——二中。

高一快结束时，小安回来告诉父母，马上要分科了，班主任让好好考虑。安安首先让孩子说说自己的想法，小安说丢弃哪一门都觉得可惜，都会觉得是半途而废，有一种舍不得，至于她喜欢什么学科，当然是理科，因为她认为攻克一道数理化难题会有一点小小的成就感。因为孩子平时不偏科，每门功课学得都比较扎实，安安晓云两口子也觉得难以取舍。夫妻二人有一天专门请假去学校征求意见，结果政史地老师说应该选择文科，理化生老师建议选择理科，班主任开玩笑说："这真是幸福的烦恼啊，就看你们家的价值取向了，想赚大钱就学理科，没有要求就随便填！"晓云觉得一个女孩，不希望太累，只要将来有碗饭吃就行。后来全家讨论商量了几次，最终做决定选择了文科。原因是基于三点考虑：一是虽然人人都说我国是一个重理轻文的国家，理科出来选择范围广，就业面宽，但是任何一种事物的存在总有其特定的价值，国家每年招收那么多文科生，肯定也有大量的需求，凡事存在即真理，如果孩子学得好，上到一所理想的大学，应该一样也能找到很好的工作；二是就二中这个年级来说，绝大多数的好同学都去上理科了，文科里有点名气叫得响的同学寥寥无几，"山中无老虎，猴子称大王"，如果小安选择了上文科，避开了理科这种高手云集、强手如林的情况，可能反而容易显露出来；三是就孩子自身的状况来说，也是晓云认为最重要的一点，未分科时女儿大量的时间主要用在数理化上，政史地的学习主要集中在临考前的半个月，那几天晚上都是突击背诵，而临阵磨枪的效果往往也是不错，如果孩子选择文科，大量的时间就会腾出来，一半加强到语数英上，另一半分配给政史地，成绩起码不会下降，正常来说应该会有一个好的效果。当然这一切只能是给小安一个建议，主要还是要她自己选择。小安那几天比较沉默，最终也是选择了文科。

高二分科后的第一节课，小安就迟到了，因为家住在银河湾，是二路公交车的中点，那天挤了三班车都没有挤上。到校后新班主任批评了她，但孩子当时并没有做任何解释，只是跟老师说下次肯定不会再迟到了，并向他要了一把班级钥匙，中午吃过饭自己去配了一把。晚上回家后小安跟妈妈说，现在上文科了，要读要背的东西很多，以后早上早点出发，于是母女俩商定了起床的时间，以后两年的时间都是严格遵守了那个时间点的约定，后来经常是小安早上开教室门的时候，二中的起床铃声才刚刚响起。晓云是一个月后才知道这件事，晓云问小安为什么不跟老师解释，小安很平静地说重要的是以后怎么解决而不是解释。安安想借点钱买辆小车接送孩子，但小安说没有必要已经习惯，安安也就作罢了。

文科班学习一段时间后，安安问女儿有什么感觉？她说历史老师讲课比较有意思，别的还好，就是数学讲得比较浅，老师往往讲解一半就不再往下分析，说没有必要。

两口子听了很着急，因为数学一道大题分值很高，拉分提分都很厉害，高考肯定会有一定程度的难题，学浅了就没有竞争力了。该怎么办呢？晓云想如果能让小安和理科里好的学生放在一起学习，保持和理科里优等生相当的数学水平，那么她在文科里是不是会有一点小小的优势呢？但又到哪里去找这样的数学老师呢？于是全家商量后安安打电话给班主任，提出了全家人的想法和要求，拜托他帮忙介绍。他当即把孩子介绍到了教理科实验班的一个名气很大的老师那里，后来孩子一直跟他学了两年。正是这两年坚持不懈的高难度训练，当然孩子自己也比较肯钻，小安的数学成绩一直很好，平时的月考、模考、期中期末考，小安其他的科目成绩优势并不明显，但只要数学分数一出来，就把其他同学远远甩到了脑后，小安中考数学149分，高考数学148分，确实是不可多得的一个分数。后来她参加北大的自主招生选拔，也是凭借数学的优势位列北大在安徽省文科笔试第一名。

八

小安求学这一段时间，晓云深深体会到了孩子的辛苦不易，心疼怜惜之余，自己也基本告别电视，在小房间里安置了一张简易书桌，每天晚上陪伴女儿。她现在把一些必须完成的工作，如读书笔记、党员学习心得什么的都放在家里进行。晓云平时比较喜欢看书，偏爱散文和小说，有时自己也会写点文字。以下是她日记的部分摘抄：

作为家长，我们又做了哪些工作呢？我和孩子爸爸商定（主要是指高中阶段）：首先回家不讲学习，因为女儿有一定的成绩，有一定的自觉性，我们都觉得要给她一个彻底放松的环境，一个临时休息的港湾，所以只要孩子在家，谁都不讲学习，只说一些电视或单位的新闻或趣事。其次多和孩子沟通，有时会和她聊聊她的老师同学，毕竟他们天天在一起，会有很多话题，也有很深厚的感情，有时会问问她对某件事情的看法，当然更多的是关心她是否很累，是否压力很大？有段时间孩子经常说，是谁发明的高考，真该把他枪毙十次！开始我们比较紧张，怕她压力太大，后来知道孩子也就是发泄发泄。这一切当然是为了了解女儿的思想动态，我们觉得这些都是非常必要的。再次是每次考试后都要求她把试卷带回来，不论考得好坏，我们都会认真细看，当然主要是错解修正之处，客观分析出错的原因，再提出一些针对性的建议，孩子有时会采纳，有时也未置可否，总体情况大约各占一半。

孩子中学的学习负担很重，作为家长，我们很想分担，却不知道怎样分担；我们很想出力，却不知道如何出力。我们本应和孩子站在同一条战壕，但往往不知不觉已走到孩子的对立面，觉得自己辛辛苦苦上班供孩子吃喝上学，自己付出了这么多却看不到回报，于是我们委屈抱怨指责愤怒，可是孩子们呢？他们比我们更辛苦，比我们更委屈，他们成天地处在这种高压环境里，成天地处在这种书山题海间，成天的前途命运、命运前途，如果我们家长再唠叨个不停、抱怨个没完，孩子怎么能够忍受得了？！所以我的体会是：多一些设身处地的关心，少一些无谓的指责；多一些自由的空间，少一些无用的絮叨；多一些贴心的交谈，少一些无能的抱怨；多一些温馨的陪伴，再多一些实际的帮助；多一些细心的照顾，再多一些温暖的问候；多一些宽心的交谈，再多一些和老师的交流。有问题多向老师请教，毕竟他们有丰富的教育教学经验，教育过各种不同的学生，而我们做家长是第一次，也只有这唯一的一次机会，因此我们不能失败，我们失败不起！

一路走来，你我皆是磕磕绊绊、跌跌撞撞，时时像个盲人须得摸着石头过河，曾经多少次迷惘彷徨，曾经多少回难过悲伤，然而更多的是感动、温暖与幸福，一份沉甸甸的幸福！女儿虽身处荒野小径，周围是暗黑无边，无人引领无可借鉴，只能孤独跋涉努力向前，摸索中时有顽石荆棘、时有沟壑纵横、时有风雨雷电，充满沉重艰苦，充满汗水泪水，然而这点点滴滴的一程山水，女儿却走出了一路花香一路芬芳！谢谢女儿，妈妈感谢你，无论你将来怎样，都是我心中永远的温暖。

一个人如果心中有梦想，哪怕梦想再大再远，只要脚踏实地，一步一个脚印，朝着心中的希望奋力向前，走到十字路口不要犹豫不要徘徊，不要停下你勤劳的脚步，路途中再苦再累也不放弃，始终坚持不懈奋力向前，终有一天你会到达理想的彼岸，实现心中最绚烂的梦想。女儿加油，妈妈祝福你有一天能够梦想成真！

高三来临前的那个暑假，一家人去海南玩了一趟。安安、晓云计划让女儿放松一下，本应是一次开心快乐的旅程，可回程时晓云心里却有些难受。小安的表现就像是鸟儿被关进笼子太久，突然放进大自然中反而不能适应。在白色的沙滩上，十八岁的小安个头很高，已然是个大姑娘了，却只敢堆堆沙子、捡捡贝壳、在浅水处踩踩浪花，根本不敢向远处走动；在风驰电掣的摩托快艇上，小安抓紧船边坐在舱底一声不吭；摩天轮上到最高处更是吓得两眼紧闭、满脸通红；自助烧烤时，很多调料都不认识，完全不知道怎么操作，具体工作全部交给妈妈完成，自己只能当个“吃货”……灿烂的阳光下，妈妈看着女儿瘦削的身子、微微驼起的肩背、五百度的近视眼镜，再看看女儿在人群中羞怯的眼神、不自信的神态和略显笨拙的举止，根本不像一个意气风发的青年，倒像是一个刚刚走出家门的孩童……

回程后不久，安安的同学请本市的几位同学吃饭。年纪相仿的几家人相聚在精致的包间里，男士们开怀畅饮，女士们相谈甚欢，孩子们拿着手机边吃边玩，交流着游戏中的心得妙招。男主人是市里一所私立学校的副校长，消息灵通，席间说，刚刚得到消息，全国已经开始专项整改，严查中小学家教和辅导班，将进行重点打击，据说这次力度很大，而且市教育局鼓励小区居民举报，一经查实，必定严肃处理，轻者所有荣誉全部抹掉，全市通报批评，一年的绩效工资全部扣除，当年的考核视为不合格（这就直接影响后面的工资晋升）；情节严重者直接解聘回家，就是开除！看样子这次国家下了决心，应该不是“一阵风”，家教补习这一块有望能够刹住。如果真的能够整改过来，到时候校园的风气就会清明很多，小安这样的孩子上高中就能够轻松一些了。

原以为安安听了会很高兴，谁知他听了以后，脸上没有露出半点轻松的神态，沉吟半晌才说了一句：“要刹还是等到小安上了大学再刹住吧……”这边晓云高脚杯里红酒已经所剩无几，脸颊上飘来两片红云，听到丈夫的话，有些激愤地说：“小安的爸爸当年上的是县城二中，那时条件多艰苦，要什么没什么，现在回想起来，却有很多的温馨快乐！他爸爸也没让大人操过心，不是照样学得很好？现在生活条件是好了，物质上要什么有什么，可孩子们过得怎么样？他们现在哪有童年，哪有一点快乐？整天除了学习还是学习，除了考试还是考试，一个个累得像老头老太，整天老气横秋的！我们大人整天围着孩子转，也是绞尽脑汁、心力交瘁，什么时候是个头啊？现在小安上的是省二中，照理说比他爸爸强，但是现在我真不知道她以后会怎么样？我现在真的一点都不敢想！”

一个初冬的凌晨，五点刚过，晓云蹑手蹑脚地走进厨房，轻轻掩上门，开始准备早餐。因为一大早油腻的食物难以下咽，面包、面条、稀饭等又不耐饥饿，所以早餐小安一般都吃干饭。每天前一晚晓云都会预留部分荤菜和米饭，现在只需清炒素菜再做一小碗汤。她先把小油菜洗净切好，西红柿剜去蒂子，鸡蛋磕出搅匀，又赶忙在蒸锅的上下摆好米饭和糖醋排骨，两边同时起火开动，只见她弯腰、转身、侧后、向前不停，锅铲菜刀碗碟羹勺不断，轻捷快速忙而不乱，大约二十分钟，饭菜均已备好。

五点半，晓云准时走进女儿房间，打开台灯叫醒小安后，立即进入洗手间挤好牙膏，又到厨房查看水壶是否已经欢唱。三分钟后没有听到动静，她立即折返房间，这次故意放重了脚步，“咚咚”声随之响起，快步走到床边，发现眼罩还在小安脸上，孩子正在打着小鼾滴着口水，嘴唇旁边已有一条浅浅的印迹。晓云犹豫一分钟后狠下心拍拍女儿，轻柔地说：“到时间了，起来吧。”见没有反应，又等了一分钟，这次斩钉截铁用力拍了两下，同时提高了嗓门：“起来起来，快起来！”孩子摘除眼罩一下坐了起来，揉了揉眼睛，晓云赶紧把要穿的棉袜衣服按顺序递到面前，最后一定是每日必穿的校服，自然是那种永远蓝白相间、秋冬春三穿、男女不分的经典款式。

一会儿，孩子那边如厕刷牙洗脸梳头，说是梳头，其实就是用木齿简单剐蹭两下，因为发型简直就是男式短发，因此这一项几乎可以忽略不计。晓云这边将两菜一汤和米饭上桌，又放上一小杯热水，七八分钟后，小安开始埋头吃饭。晓云面向女儿：“不烫吧?”“正好。”“排骨多吃点。”“嗯。”“作业都放进去了吧?”“昨晚收拾好的。”孩子边答应边吃饭没有抬头。晓云又进厨房把开水灌进保温杯，塞入书包一侧，又将运动鞋细带解开，一起放到门边。

六点一刻，小安准备出发，在门口穿鞋背书包，晓云站在身边看着女儿，又伸手捋一捋孩子的双肩背带。“妈妈再见。”“我送你下去。”“不用，省得你再爬楼。”“我反正没事。”“真的不用，没有必要。”“那你走好，开楼梯灯。”“好。”晓云站在门前看着女儿下楼，一分钟后立即奔进厨房，踮起双脚紧盯着东边窗户下，感觉过了很长时间，终于听到“砰”的一声单元门合上，随即等待盼望中的那个身影开始出现。拂晓前的暗黑里，昏黄的灯光中，从六楼上望下去孩子显得格外瘦小，晓云的眼光一直紧紧地注视着、追随着，楼东侧二十米的小路，小安一步一步走过；二十米的小路，晓云一步一步地陪着女儿一起走过，中间没有离开她一眼，直到女儿消失在街角拐弯处完全不见了身影。晓云在原地呆呆地站了一会儿终于转过身，灯光下的双眼湿湿亮亮，似是两弯清澈的湖水即将溢出，抬起手腕抹了一下两边眼角，接着走进女儿房间开始铺床叠被清扫卫生。

清晨，天刚蒙蒙亮，大地上一片寂静，城市还未苏醒，这是一天里最安静的时候，似乎连鸟儿也在安睡，车儿也在休息。在朦朦的晨光里，一条窄窄的马路上，远远走来一个女孩，清瘦的脸庞，略显单薄的身材，与背上一个硕大无比的书包，形成了强烈的反差，好像是过于沉重了。女孩两手托着书包的底部，略显吃力地走着，深度近视的眼神十分淡然，神色很是疲惫，头顶上似乎还有一层淡淡的白霜，面部没有任何表情，只剩下两腿机械地迈着步子，一直不停地向前、向前……

远处，天边正慢慢地显露出鱼肚似的白色，天渐渐地亮了，地渐渐地明了，近处的树木、楼房已是清晰可见，远处的稻田、庄稼刚刚由深色转为绿色，遥远的群山也显露出了隐隐的轮廓。在那东方山顶上，霎时仿佛又润染了一层淡淡的红晕，再一会儿红色似乎愈加浓烈了，是不是太阳就要从那一头升起来了？

顺子的婚姻

一

这是一条很宽很长的圩埂，埂内聚集着八九个乡，名曰大公圩，它的外围是长江下游的一段支流，名曰姑溪河，宽度似有四五十米，规模亦是不小。

每年初夏时节，河水均会暴涨，河面一时拓宽不少，水流凶猛湍急，如果再遇台风，河面上浊浪滔天，气势十分了得，沿岸浪涛击打着顽石，发出雷鸣般的巨吼！因而几乎每年都要防汛，特别是梅雨季节，连着一二十天的雨水，外加上游集中流淌下来的洪水，有一段时间，河床几乎抬高到了埂面！这个时候河里来往的船只非常频繁，挖沙的、巡汛的、载客的，驳船油轮、不一而足，偶尔还有那种浅蓝或深绿的“大船”，还没驶到跟前，坐在家里就会听到“嘟嘟——”招摇过市的喇叭声，特别洪亮震耳，这时你无须跑到埂头，只要视线开阔，站在埂下自家门口就能看到一艘“大轮”正在驶过，完全就像在埂头上行驶一般！所以顺子小时候一直认为轮船是可以在地上行走的。

一周下来，河里的水越来越浑浊，漂浮物越来越多、越来越丰富，自然是上游破圩被大水冲刷下来的残余，但也有不少的“宝贝”。先是柴草、竹竿之类的小物件打头阵，后面物件越来越多、越来越大，如粗大的木头，硕大的锅盖，死了或还活着的如鸡猪什么的动物，大大小小的板凳，甚至有很大的八仙桌等，当然这些都是在远处或河中心才有，因为河岸附近的早被上游的人家捞走了！

每到这时，你总能看见几个妇女各自划着小船，正前倾着身子，两手抓着竹耙，使劲地够着河里的什么好东西！顺子娘是这方面的好手，每年的这个时候，她的收获总是比别的女人又好又多，当然她有自己的诀窍，总是天麻麻亮人就到了村口拐弯处，因为圩埂在这里呈现了半圆形，河水会在这里打着旋儿，一夜累积下来的物件会在这里转着圈游水嬉戏，顺子娘当然拣大件的、值钱的先捞，等到天大亮别的妇女陆续赶来，顺子娘的战果已经很是辉煌，身边早就堆起了一座小山，宝贝自然也是聚集了不少。村上人说顺子家的东西大多是这样不花一分钱慢慢地攒齐的，特别是他家的那顶碗橱，明黄的颜色，不但结实耐用，样式还很崭新，村上的女人们没有一个不羡慕的！

顺子的爹娘在村里都是头一份的勤快人，他爹陈木这个名字取得真是恰当！也许爷爷那时取名只是想让儿子将来能够成材，希望是一块成梁成柱的好木料，但实际的结果完全出乎预料，成梁成柱没有发现，倒是契合了木头的另一个特质，就是活脱脱一根木头桩子，终日沉默不语，终年沉默不语，只晓得日出而作，日落而息，终日在自家那几亩责任田里脸朝黄土背朝天地奋战，似乎和土地结下了前世的冤仇，时常要刨地掘坑，就差要翻出田垄它家的祖宗十八代了！

顺子也就是在那一年的冬天平生第一次当上了新郎。

爹娘是这般的勤劳能干，家里的经济条件自然不会露怯，顺子又是一根独苗，按说娶个媳妇不是什么难事，但实际情况并非如此。顺子中等个头，中等肤色，中等身材，浓眉大眼，但遗憾的是脸的下半部分整个洼下去，好像那里突然被削掉了一块似的，嘴唇和下巴整个向后面瘪下去，感觉很突兀，好像当初省去了部分材料，被谁戏耍了一般。村上的媒婆开始没有往心里去，觉得应该不难，很热心帮忙，前后几个女孩家长对顺子家的二层洋楼也都表示出了不同程度的兴趣，但每次只要顺子和女孩一见面，基本就没有了下文。后来媒婆渐渐失去了耐心，想要甩手不管，怎奈顺子爹娘许诺的报酬越来越丰厚，俗话说无钱只能鬼推磨，有钱能使磨推鬼，重赏之下必出勇夫，最后媒婆使出了浑身解数，用尽了十八般武艺，终于使男女双方相互之间产生了比较浓厚的兴趣。

女孩名叫晓霞，和顺子同岁，身材高挑，皮肤白皙，虽然眼睛不大，是那种细细长长的单眼皮，但在这热烈的夏天里，小小的碎花裙子一穿，小阳伞一打，一条马尾辫高高地垂在脑后，走在路上也是有不少回头率的！晓霞同样有自己的苦处，就是小时得过小儿麻痹症，留下了后遗症，左手特别瘦弱细小，伸开几乎就是婴幼儿的小手，不能吃力，不能托重，只能勉强端起一碗饭。介绍人说在家用右手是什么事情都能做的，生活是完全不受影响的，但如果谈成，晓霞将来肯定是不能下田干活的，能不能给她开个小店？在晓霞家里，顺子看着女孩雪白粉嫩的一张脸和姣好妩媚的身材，胸口好像装进了一头小鹿，怦怦直跳，之后只要回想起来，心潮还是要起伏荡漾一番才能平静，明摆着没有任何意见。在介绍人面前，好像没有经过大脑考虑，对今后的生活就一口应承下来，他对媒婆说的唯一一句话是："只要人来，什么都依她。"对方开玩笑说："哎呦，小伙子是真想老婆了！"

顺子娘起先有些犹豫，但想到前几次的碰壁，再看到这次儿子态度积极，所以也就不再吱声了。顺子爹虽然没有表态，但心里也是活泛了半天，心说反正这几亩田自己一个人也差不多了，平时老婆都很少下田，哪里轮得上儿媳妇。再说村子里还没有小店，乡亲们买个油烟酱醋、针头线脑什么的，确实不方便，小店开起来生意应该是有的，再看看现在的形势，方圆几个村子哪家儿媳妇进了门，能够正经下地干活的？所以也就一如既往地没有发表意见。

等到元旦来临，顺子家的小店红红火火地开起来了，新媳妇也在唢呐喇叭声中热热闹闹地进了门。

二

时令很快进入了夏季，又是三伏天最热的时候，这就到了江南一带早稻抢收、晚苗抢栽的“双抢”时间。这一段是一年里最忙的时候，因为只有那么二十天时间，要完成两项最浩大最繁重的工作，所以村上很多人家都是自发地结对合作，就是集中几家的劳力，一户一户地突击完成。互助合干的优势就是充分调动了人的积极性，效率明显提高，否则每家只有一两个人在田间弯腰屈背，烈日暴晒下的田垄似乎望不到边，单是想到那毒辣的日头、滚烫的水田、顺着脖子流到胸前和后背的汗水，全身就像有无数条小虫在慢慢蠕动，麻麻的、痒痒的，可能还没下田，人就先胆怯了三分！顺子家也同样如此，和村上的另两家结了对子，今天都在这里插秧。

晓霞自从嫁进了门，大多是在小店忙活，农闲时家里的烧饭、卫生之类的杂活基本是婆婆承担，农忙时晓霞接手，丈夫是漆工，一直在周边干活，几个乡几十个村到处跑，早出晚归，现在自然也要在家里帮忙。晓霞人长得秀气，小嘴也甜，见到村上的婆娘们总是阿姨奶奶的称呼，大家伙有空就喜欢聚到这里聊点家长里短，所以小店常常很热闹。晓霞大大咧咧，有时嘴上忘记了锁门，会把家里的一些事情随意地说出来，但她卖东西凭良心，秤给得足，因而半年下来，本村的生意基本是她包揽了，但顺子娘背后还是有些微词的，因为一个村子毕竟人员不多，货的销量不会很大，所以利润微薄，顺子娘私下跟儿子说过几回，顺子也跟晓霞提过两次，但她不以为然，觉得做生意应该凭良心，都是乡里乡亲的，哪好意思缺两短秤？再说图的是个长远，两句话就把顺子说得理屈词穷，没有了下文，只好由着老婆性子，随她去了。

这几天村里特别忙，娘仨天天在田里牛马一般地干活，晓霞这两天的工作同样艰巨了很多，除了站店，外加了烧饭、洗衣的任务。今早顺子娘他们凌晨三点就下田拔秧去了，因为想赶在早饭前把今天要栽的秧苗尽量多准备一些。晓霞也是天没亮就赶紧起床，先是择小菜烧早饭，因为干活的人都要到这里吃饭，所以她一人忙了两小时才把早饭茶水准备妥帖，自己简单洗漱一下，又忙着去洗全家昨晚换下的一盆衣服。只见她一只手在搓衣板上又是搓又是滚，半天头都没抬一下，到河边清洗时棒槌击打得格外用力，“梆梆梆”的声音传得很远，当然有时也在石头上揉搓或在水里使劲摆动，总之，等到吃饭的人来家，矮矮的竹床上（一种全部用毛竹制成的简易小床，可坐可躺，主要用于夏天乘凉，搬前搬后追着风到处跑比较容易）中间六个蔬菜（早上一般简单一些，以六七个小菜为宜，没有荤腥，中晚餐都会正式一点，以八到十个为宜，看主人家大方与否，有时运气好会有近一半的荤菜），旁边一碗碗米饭早已盛出凉好，一双双筷子也已摆齐。

今天上午晓霞格外紧张忙碌。早上趁客人饭点时间，她赶快一路小跑去后村买了二斤猪肉、一只鸡回来，这些自己的店里都还没有，农忙时节猪肉紧俏，去迟了不一定能买到。回来后赶紧扒了几口早饭，碗碟洗好，立即收拾菜鸡，婆婆临走前把活鸡已经杀好，晓霞烫鸡、拔毛、开膛、清洗、剁块，为了节省时间，这些全部都是在家里完成的。现在晓霞先把鸡肉爆炒，因为中晚两顿必须各端出一盘，为了保证分量的足够，她中途又添加了两个土豆进去，自家的蒜子、辣椒酱等作料让红烧鸡块色泽红润、鲜香扑鼻！两斤肉晓霞先留出半斤左右，其余的红烧，红烧肉里同样添加了辅料，是开春时就腌制好的菜薹，金黄爽脆的菜薹自然是五花肉的亲密爱人，在炎热的夏季是最受欢迎的，油润酸爽，又好吃又下饭！那么艰苦的农活等在跟前，下饭自然是第一要紧的，另外一小半的肉自然是两顿的汤中精品。鱼是顺子一早到养殖户塘口现买的，一条三斤重的银亮肥美的鲢子，顺子心疼老婆，当时就在那里处理好了，晓霞把它拦腰一截，烧好了分两盘还不是很满，但也只能这样了。

在忙活这些的时候，晓霞的手自然没有闲着，同时在处理蔬菜，豇豆、辣椒、茄子、丝瓜、西红柿、冬瓜都是自家产的，也是顺子娘早上从田埂边的菜地上顺带捎回来的，所以晓霞这会儿是灶上灶下一会儿起立、一会儿蹲下，来回穿梭、一刻不停！肩膀上一条擦汗的毛巾不时要揩拭一下，额头上还是亮晶晶的一片。因为时间实在不够分配，洗菜淘米一律在家里的自来水边解决，蔬菜下锅出锅时间短，所以晓霞把五六样菜择、洗、切、配全部准备妥当，再开始烹炒，那边米也下到了最大的锅里，开始煮饭。两边同时烧火，为了节省时间，晓霞每次钻到锅膛下口，都是一边一个同时填进两个草把，等到五六个蔬菜上桌，冬瓜肉丝汤用脸盆装好，大锅焖饭也已差不多熟了，晓霞赶紧把炒菜的外锅清洗干净，又烧上满满一锅开水，放上一把茶叶，用葫芦瓢舀进大桶里进行冷却，这是干活的人下午要带到田间去的，三伏天最解渴的还是茶水，所以这也是一项马虎不得的工作。

现在晓霞终于洗了一把脸，坐到板凳上松快一下，她一边把菜看点着数字，心里检查着有没有疏漏之处；一边庆幸今天顾客稀少，也许都到田里忙活去了。小店几乎不用进去，否则自己根本忙不过来，不过这时心里已经比较轻松，因为下午只需准备一些小菜就可以了。

十二点钟左右，八个劳动力回来了（合计三户，出工模式为“3+3+2”），这时好像已经不能算作劳动力了，因为人人看起来都是疲劳至极、狼狈不堪，大多是头上顶着草帽，肩上搭着毛巾，长裤几乎着地，男男女女的两条腿就像灌了铅一样沉重无比，完全就是拖拽着向前挪步，似乎每迈一步都要使出全身力气似的，进门时个个悄无声息，活像一群刚从战场上溃败下来的残兵败将！

见此情景，晓霞赶紧跑到小店，从冰柜里拿出一盒冷饮，说是冷饮，其实就是最简单制作的雪糕，是由白水加糖精和少量奶油粗制的，她自然是先给客人每人分发一支，接着就到了婆婆这里。她把雪糕递到婆婆手边，一边随意地说："妈，雪糕。"

顺子娘手没有动，小声咕哝一句："我不吃。"

晓霞把雪糕又伸到婆婆的嘴边："妈，快吃一支凉凉！"

顺子娘把头一偏，这次提高了嗓门："我不吃，我说了不吃！"

晓霞站在原地，一下呆呆的，脸上红一阵白一阵，两只脚走也不是，留也不是。

好像过了很长时间，其实差不多也就一两分钟，顺子走了过来，接了老婆手里的冷饮，说："妈不吃我吃，把剩下的快放回冰柜里。"

晓霞这才反应过来，闷声不响地走了。

休息了五六分钟，大家开始吃饭，都是围着凉床而坐，旁边一台落地电风扇"呼呼——"响着，正在摇头摆尾使劲变换着姿势。

一屋子的人可能都是饿了，只专注于吃饭，没有什么声音，半晌只听顺子说了一句："今天这个鸡烧得好，马铃薯掺在里面也不错。"

一位女客马上接话："是烧得好吃，晓霞真能干！"

小霞抬起头微微一笑："大妈客气了，你们辛苦了，多吃菜。"

气氛一下活跃了，说话声明显多了起来。

不知谁说了一声："顺子娘，你家媳妇真能干！一上午这么多活，做得这么妥妥帖帖，现在的媳妇，有几个能做到？"

顺子娘笑了一下："能干是能干，只能做点家务。"

有个人好像提醒她："对媳妇要多表扬，你不能马虎的！"

看到晓霞向厨房走，顺子娘不失时机地小声补上一句："也就只能在家做点杂活，肩也不能挑，手也不能提。"

没有人接茬，几个人同时转头看着顺子，他正往嘴里塞进一块红烧肉，脸上没有任何表情，似乎完全没有听到。

三

这一年的新年刚刚过去，春天就不可阻挡地大踏步来了！新柳、新草、新苗，一切都是新新崭崭、绿油油的；春风、春雨、春水，一切都是温温润润、甜丝丝的，带了朗润明亮的色彩和味道！让人不由自主地想要触碰、抚摸、品尝、体味一番。万物皆是那么簇新、那么柔美、那么精神焕发，万物皆是那么明媚、那么舒展、那么热烈张扬！春天，总是给人美好的遐想，总是给人无限的喜悦。

在暮春时节，陈木家的第三代来临了。这是一个刚出生的紫紫瘦瘦带点老相的男孩，因为脐带绕颈两周，就在县医院提前剖腹了，虽然颇费了些周折，也花费了一定资本，但看到是带了把的，一家人都是笑容满面，喜不自胜了。

很快又到了“双抢”时节，顺子家今年的任务更加艰巨。田亩没有减少一分，老头子当了爷爷干劲更足，为了增加收入，年后买了一台拖拉机，专门在农忙时帮人耕地，如果活多，一天的进账有一两百，一个农忙季节下来，收入是相当可观的。小顺子自然要专人照顾，这就等于又增加了三亩水田，加上今年说迟了，顺子家没有找到结对帮衬的人家，只能指望自已家里了。

老头子现在完全被拖拉机捆绑了，机在人在，机到哪人到哪儿，几乎每天都要忙到半夜三更才能进门，自家的稻田根本没有时间沾边，晓霞带人、做饭、站店，工作量也是十分繁重，这一来，田里只剩下母子两个。连天的牛马般的重活，连天的蒸笼一般的火热熏蒸，那么湿热滚烫的水田，那些蚕豆般大小的水蛭在精光的腿上乱啃乱咬、乱爬乱钻，而且一不小心可能就会整条进入，完全没进身体里！早晚的花蚊黑蝇硕大密集，更是嗡嗡嘤嘤、肆无忌惮地狂轰滥炸，身上每一寸肌肤都是它们进攻的目标，每一寸肌肤都留下了它们深入战斗的印记！田多人少，母子俩早上下田似乎盼不到中午，中午下田似乎更加盼不到傍晚……顺子娘自己疲累至极，再看到儿子更加消瘦黝黑的一张脸，心里越来越不是滋味，回家后说话先是不咸不淡、戳戳点点，后来干脆指桑骂槐、指名道姓。晓霞先是忍着，渐渐地也回一两句才能歇嘴，顺子这种时候采取的策略和父亲一样，一般都是沉默，因为两边都不能说，两边都不能得罪，所以只好当个闷葫芦，什么都不说了。

终于在第四天晚上，爆发了激烈的争吵！

当时三个大人正在埋头吃饭，摇篮里忽然发出了小猫似的叫声。

"顺子，你去抱一下儿子。"这是晓霞的声音，一边同时咀嚼着没停。

"顺子吃饭！"看到顺子放下碗想站起来，顺子娘吆喝了一声。

"我还有两口饭，马上扒完了，你先抱一下。"晓霞面向丈夫。

"顺子在田里忙了一天了，累死累活才回来，能不能让他歇一下？"

"我也忙了一天了，我怎么不能歇一下？！"

"风吹不到，日晒不到，你忙什么了？！"

"家里里里外外这一摊子事，不都是我一个人吗？我从早到晚一点不得空歇！"

“这么说你比我们下田的人还辛苦？！”

“我哪里瞎说了？哪一句不是实话？”

“那明天你下田，我在家做家务。”

“我进门前你们答应的，现在说这种话！”

“那时答应的就要养你一世了！”

“你们说话不算数！顺子你说句话！你哑巴了？”

“这个家有人吃没人做，吃闲饭的太多了！”

“我没有吃闲饭，一口闲饭没吃！我天天从早忙到晚，一天不停，哪一天不是累得半死？”

“有本事就到田里去割稻栽秧！劳动力不吃闲饭！”

“天天说我吃闲饭，这个家就我吃闲饭，就多了我一个！那我明天回娘家，以后再不吃你家闲饭了！”

“你哪会做媳妇？一点事就要回娘家。再说你家情况哪个不知道？”

“我家情况怎么了？！再差我爸妈也不会嫌弃我！”

“要走把你儿子带了！这几天忙，没人照顾他！”

“我就不带！他是你陈家人，是你家孙子，我才不管！”

“你儿子你不带谁带？！”

“我是外人，凭什么要管陈家的事情？”

“你真是一点不懂事，完全不知道天东地西！”

“我一个吃闲饭的，为什么要管闲事？！”

“明天不带小宝就不准出门！”

“我倒要看看谁能把我绑起来，哪个有这个胆量?”

“顺子你手上生了疔疮还是什么?这种老婆都不收拾?！”

“顺子我今天倒要看看你是怎么收拾你老婆的?来啊，你要不动手你就不是男人！你妈不是叫你打吗，快来啊，准备用巴掌还是拳头?！”

“你两个准备还要闹到什么时候?能不能省一句?！家里已经一个姑奶奶，又娶了一个姑奶奶!”老男人拖着脚刚进门就看到这一幕，怒火一下冲到了脑门。

“你先给我闭嘴!”他对自己的老婆大声斥责着。

“哎哟，我活不了了！起早摸晚天天老黄牛一样，哪个拿你当人了?现在老的小的都爬到我头上拉屎撒尿了！哎哟，我的这条贱命真是比黄连还要苦三分哪!”说着拖着长音一边哭一边诉，两只手不时在大腿上交替拍打着。

“这两天家里忙，要回娘家也过几天，都省点事好不好?”小男人也对自己的老婆开了口。

小宝忽然“哇——”的一声彻底亮开了嗓门，啼哭声特别洪亮震耳！这一老一小两个，仿佛是舞台上的器乐合奏，达成了某种默契，响亮与低回并存，激昂与悲苦同诉，高歌与低吟共鸣，在这闷热难耐的仲夏之夜，各自尽情地表达着，酣畅淋漓地倾诉着，彼此对这个世界的悲伤、彷徨、期盼，对这个世界的迷惘、反抗、呐喊……

四

到这年的年底，顺子的婚姻似乎走到了尽头。

不可调和的矛盾主要集中在几点：首先，晓霞对公婆（特别是婆婆）“吃闲饭”的说法已经完全不能容忍，感觉每一句都是钻心刺骨，痛彻肺腑！而婆婆可能骨子里就是这么认为的，时常遏制不住地要冒出一言半句；其次，关于晓霞提出的分家要求，因顺子在家是独子，从小到大都是被父母含在嘴里怕化了，捧在手里怕凉了，现在突然要把儿子单独撇出去吃苦受罪，老两口怎么也不肯答应，考虑到只有一套房子，确实也不大好分，顺子也不同意，因而就这样搁置下来。

而在晓霞看来，现在顺子真的成了“顺着”，顺着父母，公然站在那一边，全然不为她考虑，这是最令她伤心的。晓霞认为自从进了陈家家门，自己完全是自食其力的，小店一年的纯利润也有五六万，抵得上丈夫打工的收入了，再说带孩子的重任和家务杂活，自己也是分担了许多。而最令她难过的是，现在她和婆婆就算是面对面站着也尽量免开尊口，只要一开口，说不到三句话可能就要呛呛，每次她和婆婆拌嘴，顺子都是惹不起，能躲多远躲多远，实在没辙就沉默，一句话也不说，感觉像一块木头疙瘩了。丈夫关键时候屁都不敢放，连为老婆说句公道话都没有胆量，更不要说能替她遮风挡雨了！

有次不知为了什么事，婆媳俩彻底干了起来！双方越吵越来劲，越吵越凶，就像两只鸡斗红了眼睛，谁也不服输，战斗到最后，老的凶狠逞恶之余一只手指点着，一只脚用力踮起顿下，拍手打巴掌以进行助威辅助；小的话语就像断线的珠子往外直滚，机关枪扫射般地“哒哒哒”一刻不停，看情形两个女人是针尖对麦芒、半斤对八两，谁也不吃亏，谁也占不了对方的便宜，似乎是处于战场上大战正酣的白热化胶着状态！

俗话说生姜还是老的辣，这话一点不假。晓霞一场酣战下来，声带基本嘶哑，几乎发不出声音，但她眼角余睄瞟过去，发现婆婆依然还有战斗力！还在那里保持着恒定的节奏，不高不低、不紧不慢地数落着、控诉着、声讨着……晓霞二话没说，胡乱捡了几件换洗衣服，推着自行车（她前两年已经学会骑车，掌握用大小不等的力驾驭龙头）就要回娘家。顺子一看情况不对，情急之下双手抓住龙头不放，左右拦截，无奈老婆更狠，情急之下在他身上胡抓乱挠、手击脚踹，狠命地推搡，一个挣脱后很快跨上自行车一溜烟跑了！

晓霞这一去半个月没有音讯，娘家也是连个人影都没瞅见，好像压根就没有这一档子事情！顺子乘做工之机悄悄去过两回，虽然人是瞧见了，但老婆脸色冰凉，一句话不说，待二十分钟就干坐二十分钟，待半小时就清坐半小时，顺子觉得实在无趣，只好独自一人快快地回家。

之后顺子娘让儿子再去，顺子总是推三阻四，再也不肯前往。看着孙子粉嘟嘟的小脸，再看看儿子孤恹恹的神态，老两口商量后央求村上两位有点头面的村民去接媳妇。两人早上去时她家大人不在家，晓霞先是递烟请坐、端茶倒水，下来就是一声不吭，或者说点别的话题，两人觉得干耗着不起作用，一袋烟工夫后只能打道回府。第二趟两人特意吃完晚饭动身，骑车二十分钟就到了。这次大人倒是在家，但晓霞父母在外人面前没有失礼，客气之余态度绵里藏针，直说既然女儿被人如此嫌弃，就不要出去丢人现眼了，女儿多大也是父母的心头肉，不能出去被人如此糟践，就让她在家和父母做伴，娘家虽然条件不好，但也不差孩子这口吃的。两位公人自然是赔着小心说了许多好话，但晓霞父母沉着脸不言不语，似乎根本没有听进去，只好再次空手而回将情况如实禀报了。

这回轮到陈木夫妇生气了。按说媳妇本身是个半残废，肩不能挑，手不能提，进门后没有下过一回地，又喜欢吃零食，这么些年小店的吃食几乎是卖一半她吃一半，平时家里有点荤腥都是先尽着他们小夫妻，老两口总是缩着筷子拣点残羹剩饭，真不知道还有什么不满足的；要是依着自己性子就不去接，看她能耗到几时，难道真的能舍弃自己亲生的儿子？！

说是这样说，但人不回来终归不行，孙子要妈妈，儿子想老婆，思来想去，没有办法，老两口只能亲自觍着脸去亲家门上了。

这天陈木夫妇也是早早地吃了晚饭，步行四十分钟就到了。走到门口，只见晓霞的父母一人一边坐着，占据着八仙桌的两侧，晓霞坐在大门边的矮凳上，看样子三人正说着什么，陈木老婆一见媳妇格外亲热地叫了一声："晓霞！"媳妇低着头没有吱声。两人一前一后跨进门，几乎同时喊道："亲家！亲家母！"晓霞娘不高不低、不冷不热地说："不敢当，我们哪有那个资格？这不是要折我们的寿？！"晓霞爹把上次对两个公人说的话语又简短叙说了一遍，之后主人家三个就再不开口了。陈木夫妇自从进门后，屁股没有挨上板凳，嘴巴没有碰上水杯，就这么干站着、干说着，进也进不了，退也退不得，活像两根电线杆子赫然杵在堂屋中央！

俗话说人在屋檐下，不得不低头。到了这一刻，没有别的法子，陈木平日在家虽没有什么发言权，但要谈正事还得家里的顶梁柱，赔礼加道歉一样不少，就差没有给亲家磕头了！还别说顺子爹平时沉默寡言，但关键时候还真不认怂，今天真的拿出了魄力，发挥了水平，一下说了一箩筐！顺子娘平日在家咋咋呼呼，碎嘴无比，现在正式上了台面，不知是紧张还是心虚，反倒一下成了戏台上站在后排的兵勇，半天不吭一声，闷屁没放半个！

老两口回到家时已经接近午夜，但两人劳累生气委屈愤懑，没有一丝瞌睡。陈木坐在炕沿上，回到了熟悉的环境，也就自动恢复了一贯的沉默寡言，顺子娘这时也像重新回到枪膛的子弹，一旦发射就会再次产生巨大无比的威力！只要一打开话腔，似曾相识的话语就像炸鞭炮似的连蹦带跳，源源不绝地甩到半空！

“今天真是开了眼了，怎么遇到了这两个老东西？！真是顽固到了极点，一点情面也不讲，以前怎么没看出来？当初真是瞎了眼，跟他们家结亲！现在怎么办？有这两个食古不化的老东西，有他们挑唆，以后媳妇就是回来也好不起来！再说晓霞本身也是半残废，回来也是不能割稻、不能栽秧、不能锄草、不能耕田，还不是活活拖累儿子一世。反正现在孙子已经到手，吃喝拉撒睡全是我们，媳妇回来也不多，不回也不少！”

两人嘀咕半天，一口气怎么也咽不下去，愤怒冲动之下立即走到儿子房里，推醒了正在打着呼噜的顺子，问他的意思，顺子迷迷瞪瞪的，半天没搞清楚状况，和平时一样说道：“你们做主，一直不都是你们做主吗？我说有什么用？”

在又一个新年来临之际，顺子的第一桩婚姻解体了。

五

时光荏苒，又一个冬季来临了。已经过了收获季节，田野里光秃平整，但还有少量被遗弃的棉秆稻秸，赤条条地在凌冽的寒风中哆嗦摇摆。一年的更迭岁月中，土地第一次有了机会，能够袒露自己，能够和自己永远仰视的蓝天白云赤诚相见，第一次完完全全把真实的自己呈现在情人的眼里。

顺子还未到而立之年，婚姻问题自然又提上了日程，经过全家几次磋商，综合本家亲属的意见，最后决定到贵州"讲人"。因为那里山高水远，地区偏僻，生活条件艰苦，经济比内地落后许多，所以价钱也比这边便宜不少。

这天凌晨五点不到，顺子就一骨碌爬起来，简单洗漱后胡乱扒了一碗泡饭，就和表哥两人出发了。一路的交通工具并不复杂，汽车—火车—汽车—拖拉机—步行，但近1600千米的路程，就算这样马不停蹄地紧走快行，也是在第三天傍晚才终于到达。吃住都是在一个前几年嫁过来的本村小媳妇的娘家，这都是事先联系好了的，费用自然是顺子一力承担。

两个人在那里前后待了半个月，别说还真的说成了一家！

据说女方也是离婚的，名叫小云，比顺子小两岁，现在带着三岁的女儿住在娘家，哥嫂经济也不宽裕，早就有了微词。顺子知道情况后，天天去她家帮忙干活，早晚经常拎点吃的捎上，渐渐地小云脸上有了笑意，渐渐地两人有了交流，表哥趁热和她的父母讲好了价钱，8000元一次结清后，又是一番热烈的商讨，终于在一个风和日丽的好日子，小云直接跟着顺子他们过来了！

这一次送亲的队伍规模不小，除了小云母女俩，哥嫂和小侄子，姑妈和舅母都带上了自己的小孙子，父母年龄大没有成行。表哥和顺子商量，三四天的长途旅行，孩子们是否吃得消？况且这么多人的吃喝也不是小数，同时为了表示对新亲的尊重诚意，干脆从贵阳直接坐飞机到南京！这样安排下来，到了晚上八九点钟，一行人就已经坐在顺子家里了。

家里自然早就电话联系好了，也早就准备好了，等新亲一进门，两张大圆桌同时开席，上桌自然是小云一行和作陪的长辈亲戚，下桌是这边的亲戚和帮忙的本家。但见宾主间敬烟劝酒、布茶夹菜，你谦我让、殷勤备至，酒席上推杯换盏、觥筹交错；琼浆玉液、不一而足，真是握手间情意无限，干杯里亲上加亲！堂屋内外欢声笑语、气氛热烈，男女老幼喜气洋洋、欢乐无比……

新娘反而没有什么话，只不断地夹菜喂着自己的女儿，表情很平淡，好像眼前的热闹喧嚣跟她没有什么关系似的……表哥三杯酒下肚，脸上明显红润了许多，酒精烧灼得晕头晕脑，说话时舌头还有些打结，提议明天就去马鞍山给小云买“三金”（即金手镯、金项链、金耳环，现在已不时兴戴戒指，因为金手镯分量十足，显得贵气，所以这边比较流行），台面上顺子只能应允，并说再给小云置办几套衣服，请姑妈、舅母、哥嫂全部作陪。

顺子第二天花费不小，“三金”是大头，卡上这就刷出去近两万，小云母女的衣服鞋子近四千，另三个小孩都是小云的要紧亲戚，也是不能马虎随便的，肯定不能干看着，顺子咬咬牙给每个孩子买了一套衣服、一双鞋，又是一千多，十一个人（表哥这个大媒肯定哪里都要到的）包了一辆面的，中午到饭店撮了一顿，点菜时顺子偷偷俭省着还是花掉了四百多元。

回到家吃晚饭时，姑妈喝着酒，好像闲聊地问南京是不是就在周边？说马上就回去了，以后来的机会肯定稀少，这次既然来到这里，六朝古都的金陵南京，是否大人、孩子去看一下？自古新亲开口，哪有驳回的道理？到了这一步，顺子也不再考虑了，死猪不怕开水烫，头一拧颈一梗，就这么着了！

于是第三天一行人又浩浩荡荡地游玩了金陵古城，中山陵、总统府、夫子庙、秦淮河，每一处都是风景如画，让人流连忘返。兴致高昂的亲戚们照了许多照片，都是现拍现洗的那种，费用自然是顺子这个新郎官的。几个七八岁的孩子更是兴奋，到哪都是高声吆喝、一路撒欢、一路吃喝不停！新郎官一天里脑壳晕晕乎乎很多次，但看到新娘的笑脸，仿佛又精神了许多。等到大队人马拖着疲累的身子回到家，又是到了掌灯时分。

在家的陈木夫妇自然早就准备妥当，又是酒席一般的饭菜伺候着这一群老老小小。谈笑风生、兴致盎然的姑妈、舅母都是敞开了酒量，发挥出了最佳水平，每人都是小半斤白酒！

第四天新亲们终于走了，出门前顺子娘塞给每个孩子200元，还到超市（自家小店早已关门）准备了许多吃食，火车票是到马鞍山那天顺带买好了的，家门口上车的车票不消说是新郎官掏腰包的，至于一行人下火车后的事情，也就鞭长莫及，自行安排了！

终于一切安顿下来，生活似乎进入了正常的轨道，不过家里一下新增了两名成员，确实和以前大不相同了。老两口私下嘀咕，儿子这次“讲人”，原指望云贵一带地区偏远，花费可能少些，没想到从顺子出门到今天，二十天时间，前后出去六万多！不过想想儿子走到现在确实不容易，所以老两口决定以后睁只眼闭只眼，小夫妻的事情一定不掺和，任由他们自己做主，只要他们开心，一切都在里面了！陈木对老婆说：“以后嘴巴上安把锁，一定要管住你那张破嘴！”要是往常，老头子一定要遭一顿臭骂，这次一反常态，居然没有挨批。

现在新媳妇刚刚进门，顺子娘每天一早总要去后村买一样荤菜。以前炒菜，调料就是味精，现在厨房里新添了几个品种，几乎每一餐都要端出四五个菜，颜色味道都比过去有了明显的提高。每次吃饭，两边也总是分得特别清楚，井水不犯河水，小云永远伺候着自己的女儿，奶奶永远伺候着自己的孙子。

半个月无话，时间很快过去了。这天上午，陈木一如既往去了田里，顺子一如既往做工去了，顺子娘带着孙子去外面吃满月酒。九点左右，等到该走的人都走了，新娘立即跨进房间，插上门闩，拿出手机拨了一个号码，说了几句什么，约四十分钟后，大埂上面开来一辆黑色轿车，悄悄停在楼房一侧。一个邻居发现小云牵着女儿，同时手里拎着一个很大的手提包，很快跨上车门，小车悄无声息地迅速开走了。

邻居开始没有反应过来，过了半小时觉得哪里不对，回过味来赶紧跑到顺子家里，发现大门房门全部敞开，屋里早就没有半个人影……知道发生了大事，赶快叫人拨打顺子的手机，自己又跑到田边，大声地喊着陈木！不到二十分钟，顺子骑着摩托车风驰电掣般地赶了回来，陈木也踉踉跄跄地赶了回来……等到顺子娘带着孙子吃饱喝足，慢悠悠地回到家，非常惊奇地发现堂屋内已经聚了一屋子的人！

刹那间，屋子里传出呼天抢地的哭喊声，一下子爆发得那么突然、那么剧烈，好像要把房顶震塌一般！只见顺子娘一屁股瘫坐在地上，两只手使劲拍打着地面，脸上涕泪横流，叫喊声又高又尖，好像家里刚刚死了一个人似的！

旁边一左一右两个女人在劝解、安慰她，但似乎完全不起作用，其余的人在叹息、议论、谴责、愤慨、诅咒着……

“陈木家这一次真是倒了血霉了，陷进这么深的骗局，遇到这样的骗子！现在看来，小云，什么小云？可能名字都是假的，原以为是朵白云，哪承想是块乌头云、黑心云，来得也快，溜得也快！根本不是来结婚的，就是存心来行骗的，专门来‘钓鱼’的！”

“听说云贵一带这种骗子很多，专门以结婚为名从事诈骗钱财的勾当，据说有的女骗子一年能跑不少家，她们称之为‘钓鱼’。有的村子在过年时，女骗子们还互相聊天攀比，看谁一年钓的鱼又大又多，最多的数字是多少！”

“这种人真是缺了阴德了，什么钱都敢骗！以后一定会遭报应，要天打雷劈的！老陈家哪一块钱不是辛辛苦苦卖劳力挣来的血汗钱？”

村上的邻居和近处的亲戚闻讯后全都赶了过来。大家七嘴八舌、议论纷纷，每一个人都是气愤难平，每一个人都摩拳擦掌，想要立即分头进行拦截，但对小车行驶的方向、目标、车牌、人员等这些基本信息一无所知，再说现在小车已经远在几百里之外，怎么拦截？去哪里拦截？说着说着，就像行驶中的列车自动歇火停下了……表哥闻讯赶到后，一屋子的眼睛全都看着他，众目睽睽之下，脸面上完全挂不住，毕竟自己也有责任，羞愧难当之余建议和顺子两个立即出发，反正路径已经摸熟，直接去他家里要人！

众人的意见很快分成了两派，赞成和反对的均有自己的说法。赞成的认为既然知道对方根底，应该没有问题，先在这边立案，人去了再到当地派出所报案，这样人身安全肯定有保障，明显是婚骗，道理完全在这边，人去了直接住到她家里，吃她家喝她家，就在她家里耗着，要不到人就要钱，何况这种骗子是白送也不能要的，一定得把钱全部退还回来为止！反对的认为一定不能去，那里几千里外，山高皇帝远，边远地区民风强悍，谁能向了外人？两人去了能不能回来？胳膊腿被打折可能还是小事，搞不好命都要搭进去！再说现在女骗子肯定躲起来了，去了根本见不到人，这次只能打落牙齿往肚里咽，只当破财消灾买个平安。

表哥和顺子都坚决主张再走一趟，但老两口坚决不答应，所以这一桩公案就这样不了了之了。

六

过了两年，顺子的第三任老婆小珍也进了门。

这是一个瘦弱的女孩，似乎是营养不良，个头小小的，身材细细的，走路慢慢的，全身上下给人印象最深的可能就是那一双大眼睛，眼眸黑黑的，可是转动不灵活，经常直直地盯着人看，似乎那人脸上有什么异物，让人心里有些发毛。

小珍是顺子的远房表亲帮忙介绍的，已结过一次婚，据说脑子有些不清，一年后被男方送回，没有孩子，年龄比顺子小十几岁，两人站到一起，小珍头顶刚刚够到顺子的腋窝，像是差了辈分的两代人。

对于小珍，陈木夫妇是不大愿意的，但实际的情形摆在眼前，明摆着不能再有任何讲究，只能一切看儿子的心意。顺子和小珍第一次见面时，两人面对面地坐着，静静地互看了几眼，只简单地交谈了两句，彼此的心里都很平静，没有什么特别的感觉，因为可能双方都没有多高的要求，所以也没有太大的失望，顺子第一天看人，第三天就把人带进了门。

小珍是被直接领进门的，没有酒席也没有“三金”，只在第三天由顺子领着去买了一条项链和两套衣服了事，十天以后就跟着顺子去了工地，开始学习干活，当然是打下手或做一些简单的工作。她好像对丈夫很顺从，总是跟在他身后，进门出门坐在摩托车的后座上，两只手总是紧紧地箍住男人的腰部，有时脸还会紧紧地贴着他的后背。

小珍每天跟丈夫去工地，早出晚归，家里的杂活一如既往地由婆婆完成，再加她也不会干活，工地上偶尔歇一天，家务也是不能做些什么的。这次顺子娘拿出了耐心，只埋头做着自己的一摊子事情，对媳妇什么咸淡也不说，感觉脾气改变了许多，快成一尊慈祥的弥勒佛了。陈木更是整天在田里忙活，偶尔会在村上打个临工什么的。

有天顺子家里请人吃饭，买烧洗，顺子娘忙了整整半天，有荤有素的十几个盘子端上圆桌。吃饭时小珍不见了，亲戚们房前檐后找了半天，终于在大埂外面的草丛里发现了。只见她一个人蹲在漆黑的草窠里，两只手伏在膝盖上，头低低地埋着，不知道在想些什么。

几个人纷纷喊她吃饭，无奈她不肯起来，草丛里蚊蝇肆虐，几个人赶紧连拉带拽，打着勉强弄进了屋里，一个人把她按坐在圆桌旁。大家伙都带着关切探究的眼神看着她，有个亲戚问她大热天为什么蹲在那里？是不是顺子惹她生气了？她不说话也不回答，只把一双眼睛死死地盯着对面墙上的某一处，似乎那里有什么吸引眼球的东西，半天才眨巴两下。

亲戚们终于开始吃饭，顺子娘为了安抚媳妇，排骨带汤连舀了两勺，把媳妇的碗里堆成了小山，一边低声说："快吃吧，肚子饿了吧。"谁承想小珍两只手端起碗向桌面上猛地一放，高高堆起的排骨立即滚到了桌上，一时间桌面上米饭、排骨、汤汁一片狼藉！同时嘴里大声说了一句："人家饭碗又不是猪盆，什么都要塞进来！堆得这么高人家怎么吃？要吃我自己不会弄？！"

一屋子的人不由自主地放下筷子，全都吃惊地瞅着她，不知道该说些什么，顺子娘呆呆地站在原地，走也不是，留也不是，眼睛不知不觉地红了。

这以后亲戚们私下或面谈或打电话，纷纷劝说顺子妈，一定不要生气，因为小珍智力就是个孩子，只能当个孩子看待，老两口只能拿出十二分的耐心、十二分的度量，再让顺子慢慢带一带。

日子就这样平稳而带点艰难地一天天过去，一年以后，小珍生了一个女儿。女婴长得很好，好像吸收了父母两个人的优点，也是双眼皮，也是大眼睛，完全没有刚出生婴儿的老相，刚一落地小脸就很饱满，雪白粉嫩的，看到的人没有不喜欢的，简直是人见人爱！亲戚们都来恭喜，说顺子福气好，想什么来什么，儿女双全，陈木夫妇看着孙女娇俏可人的小脸、稚嫩可爱的笑容，两张皱纹深刻的老脸整天也是透着笑意，乐呵呵地忙着。

小珍第一回做妈妈，躺在床上静静地看着身边的小东西，心里一阵阵的甜蜜满足，第一次喂母乳时，完全手忙脚乱，护士手把手指导半天，总算成功了，小家伙用力吸吮时，她感到吸到了肺腑里，仿佛身体被吸空了一般，但她愿意，就算把她的身子全部吸尽吸空，为了她的女儿，她也愿意，看起来十足就是一位小妈妈了。

这以后小珍学习了很多，也学会了很多，除了喂母乳，还有换尿片、给婴儿洗澡换衣等，当然很多还要仰仗顺子娘，凡是小珍搞不定的，就由顺子娘按着自己过去的传统经验处理了。后来女儿越长越大，渐渐学会了走路说话，每次顺子收工回来，小姑娘总会跑到大门外迎接，用稚嫩的童音叫着爸爸，扑进爸爸的怀里亲吻撒娇。看着女儿花儿一样的笑脸，顺子觉得自己心都快融化了，一日的疲劳似乎也消失了。

这天，镇上举办庙会，规模很大，马路上并排紧挨的摊位，大到冰箱彩电、各种农用机械，如收割机、插秧机等；小到针头线脑、糖果零食，真是花花绿绿、数不胜数、应有尽有！商家有无穷的智慧，各种招数、各种吆喝声、各种叫卖声，此起彼伏，热闹非凡！

顺子一家今天也来参加了，计划买一台大的三开门冰箱，原来家里的冰箱已经完全不制冷，修了几次也是收效甚微，今天又是周末，所以带着孩子们都来逛逛。不到半天工夫，冰箱、老两口的保暖内衣、孩子们的外套鞋子、顺子夫妇的羊毛衫全部采买齐全，两个孩子小的拿着糖葫芦，大的拿着甘蔗，都是边走边啃。

顺子走在最后，他看着儿子正在茁壮成长的身体，嘴唇上已经长出几根绒毛，俨然就是小伙子了；女儿由妈妈牵着一蹦一跳的，那么娇柔明亮、那么活泼可爱，旁边的小珍依然年轻，行动举止还是孩子一般，仿佛就是一大一小两个女孩；眼前的父母虽然年近花甲，但老两口的身体依然健硕，走路说话还是那么敏捷利索、精神矍铄。心念至此，顺子觉得胸腔里柔柔的、暖暖的，心里不由得冒出一句："日子多好啊！"

七

然而幸福的时光总是流逝得太过迅速，很多时候，生活会以完全预想不到的结局呈现出它斑驳阴郁的本来面目。

就在又一个新春来临之际，小珍的病情突然恶化了。

先是无缘无故地发脾气、暴怒，接着就是忽然大哭，忽然大笑，忽然自言自语半天，有时半宿半宿不睡觉，半夜三更跑出去，说是有人要害她，有人拿刀跟在后面追……

顺子开始瞒着不说，偷偷带小珍到医院就诊，偷偷督促她吃药，就像对待一个不懂事的孩子，后来渐渐瞒不住了，只能跟父母实话实说。老两口更加严格地盯着，更加严格地督促她，每天按时按量地服药，无奈一个月下来，完全不见效，反而更加变本加厉！

有一阵家里的生活完全乱了套，两个孩子一个上初中，一个上幼儿园，但现在是根本顾不上孩子，因为不知道什么时候会突然出现什么状况，顺子夜里担惊受怕，睡眠严重受挫，出于安全考虑，白天已经不敢骑摩托车了。有一天夜里小珍忽然梦游一般地冲了出去，顺子迟了两步追出去，人就已经跑得无影无踪了。顺子骑着摩托车找到半夜也没有找着，结果天亮后她不知从哪个角落钻了出来，脸色青白鬼魅一般地溜了进来！一家人就这样提心吊胆、战战兢兢地又熬了一个月后，陈木夫妇直接跟儿子下达最后通牒，要求儿子立刻把小珍送回娘家！顺子开始不忍心，又挺了两天，自己也是实在受不了了，终于在一个阴冷的日子里把小珍送走了。

新年以后小珍来过两次。第一次来，看到女儿立即冲进屋一把抱住，使劲在小脸上亲着呜咽了半天，后来让女儿叫她，女儿也是喊了妈妈……

两个月后，小珍第二次来没有能够进门，女儿看到她立即“砰”的一声关上了大门！邻居后来说那一次小珍蓬头垢面地从前门走到后门，又从后门走到前门，绕整个房子转了三圈，又站着看了半天，发了好一会儿呆，不过没有掉泪，最终一步三回头地走了……

以后村里人再也没有见过小珍，据说后来是彻底疯了，父母已经过世，她又是这种状况，哥嫂不让进门，就从娘家村里直接走了。具体到哪里去了，现在是死是活，没有一个人说得清楚，村子里很快恢复了平静，好像这个人从来不曾存在过一般……

清晨，太阳还未升起，东边的天空已是一片赤红，好像血染的一般那么浓烈、那么猩红、那么张牙舞爪，就像血腥的气息要把人包裹了一般，凭你怎么努力，仿佛就是挣脱不开、逃不出去，直让人透不过气来！

还是这条宽宽长长的圩埂，还是这条姑溪河，不过河里已经没有了什么水，一片片的河床完全裸露着、荒芜着，半坡上杂草丛生，废弃的塑料制品、残余的农药瓶罐，胡乱堆积着，一眼望去，前前后后的河沿上都是如此，似乎这里就是一座天然的大型垃圾场！

不到一会儿的工夫，大埂上就开始繁忙起来，各种交通工具，小汽车、摩托车、电瓶车、农用车、三轮车；各种用途的交通工具，卖龙虾螃蟹的、送孩子上学的、去服装厂打工的、做生意的、赶集的；各色的人等，大的、小的，老的、少的，肥的、瘦的，花枝招展的、斯文秀气的；各种的神态，喜笑颜开的、愁眉冷眼的、大声吆喝的、哼着小调的，都是急匆匆、急匆匆地向前，一刻不停地向前！现在舞台上轮到顺子一家出场了，陈木仰着头扛着锄头铁锹，一如既往地悠悠走着；大孙子背着一个硕大的书包，跨上电动车一溜烟地走了；顺子穿着干活的一套沾满油漆、斑驳杂色的旧式军服，骑上那辆挂满工具的摩托"突突"地跑了；顺子娘背着一款粉红色双肩书包，一只手牵着孙女也是大踏步地向前走着！

一时间，大埂上车水马龙、人来人往、人声鼎沸、热闹非凡！所有的车、所有的人，男的女的、老的少的，都是大踏步向前奔着！一刻不停，都是匆匆的……一刻不停，匆匆向前！

所有的、所有的，都是一刻不停，匆匆的、匆匆的……

梦想树文学丛书

风雨三清路

杨七芝　著

中國華僑出版社
·北京·

图书在版编目（CIP）数据

风雨三清路 / 杨七芝 著 . -- 北京 : 中国华侨出版社 , 2021. 11（2024. 7 重印）.（梦想树文学丛书 ; 5）.

ISBN 978-7-5113-8621-2

Ⅰ . ①风… Ⅱ . ①杨… Ⅲ . ①散文集－中国－当代②诗集－中国－当代 Ⅳ . ① I217.2

中国版本图书馆 CIP 数据核字 (2021) 第 208010 号

风雨三清路

著　　者：杨七芝
责任编辑：刘晓燕
封面设计：汇文书联
经　　销：新华书店
开　　本：880 毫米 ×1230 毫米　1/32开　印张：7.5（本册）　字数：135 千字（本册）
印　　刷：三河市嵩川印刷有限公司
版　　次：2021 年 11 月第 1 版
印　　次：2024 年 7 月第 2 次印刷
书　　号：ISBN 978-7-5113-8621-2
定　　价：240.00 元（全 5 册）

中国华侨出版社　　北京市朝阳区西坝河东里 77 号楼底商 5 号　　邮编：100028
发行部：（010）64443051　　传　真：（010）64439708
网　址：www.oveaschin.com　　E-mail：oveaschin@sina.com

作者出生地：上海市黄浦区福建中路台湾路 29 弄（原满春坊）4 号。

作者于 1968 年 9 月 10 日奔赴北大荒军垦兵团，在原一师五团七连（五大连池）养马。

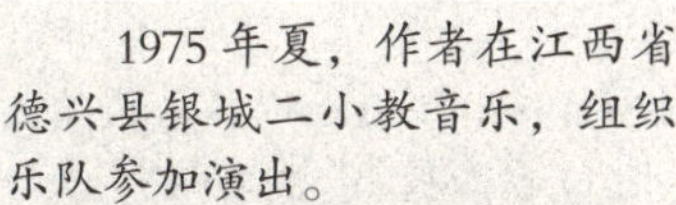

1975 年夏，作者在江西省德兴县银城二小教音乐，组织乐队参加演出。

1983 年元宵节，作者顶着风寒雨雪首次登临江西三清山玉京主峰。

1984年5月，太湖艺术之春。著名金石书画大师朱復戡（作者师公，右）书画家陈英明（作者老师，左）、作者（中）。后壁《前言》由古文化及书法家杨志翔(作者父亲)撰写。

1986年夏，上海市美术馆刘海粟大师“十上黄山画展”。著名书画大师刘海粟（左三）及夫人夏依乔（左二）、作者（左一）。

1989年，上海市美术馆“谢伯子画展”。著名山水画家谢伯子（谢稚柳大师胞侄、张大千大师的弟子，中）、作者（左）。

20世纪90年代，作者与刘鹏飞先师在三清山管委会共同创办三清山书画院。

1992年春，我国著名诗书画及鉴定大师谢稚柳（前排右）亲临上海市朵云轩画廊指导学生杨七芝个人画展。作者（左）。

1992年，上海市朵云轩画廊、中国画院与海派著名画家画展剪彩仪式。中国画院原院长、著名书画大师程十发（前排左二）。上海市原朵云轩画廊经理、书画家薛锦清（左三），作者（右）。

1992年夏，作者与先师刘鹏飞，在上海交流三清山画展作品。

1992年10月24日，作者拜访老师。上海市文联原主席夏征农（著名作家、南下干部，左）。上海文艺报原主编、著名作家、南下干部方尼（中）。作者（右）。

1992 年 10 月 24 日，上海湖东宾馆。原中共中央顾问委员会委员、中共江西省委原第一书记白栋材（右）。作者（左）。

1992 年 10 月，谢稚柳老师为作者六尺“三清松月图”题款 42 个字“杨七芝久居三清山万千景色都付画笔此自写在山中望月情趣盎然乐为之题壬申十月壮暮翁谢稚柳”。

1992 年 11 月参加上海书画活动。著名书画大师吴青霞（左）。著名书画、文学大师邵洛羊（右）。作者（中）。

1993 年 9 月 11 日至 9 月 17 日，杨七芝百幅三清山画作在上海市南京路原美术馆三楼大厅展出。

1993年9月杨七芝三清山画展与画选，承蒙谢稚柳老师题款作序。江西与上海市领导、家长、学生等社会各界前来观赏。

1993年7月26日，江西省驻沪办原主任丁福仁（中），在上海市武警招待所指导画展。刘鹏飞（右），作者（左）。

1996年1月，作者参加上海新世纪美术广场揭幕仪式，与海上画家们共同作画。

1996年1月，上海市（人民公园）新世纪美术广场揭牌仪式。中共上海市委原副书记陈至立（左三）。上海市原副市长龚学平（左一）。作者（左五）。

1997 年夏杜鹃盛开，作者在三清山玉台司春女神峰前留影。

1997 年 8 月 16 日至 18 日，与三清山管委会共同接待首批国际考察团专家。图为女神峰前作者与美国地质专家保罗（左）、央视主持人王小节（中）、作者（右）。

2003 年冬，上海市浦东钦赐仰殿成立二十周年。中国道教协会原副会长、上海市道教协会原会长、上海城隍庙原住持、上海道学院原院长陈莲笙（中）。三清山书画院原院长、中国摄影家协会会员、上海市道教协会会员刘鹏飞（右）。作者（左）。

2013 年春，作者在玉山县万柳洲冰溪河畔留影。

2019 年 10 月 12 日，上海知青图书交流会。中国作家协会副主席、著名文学家叶辛（前排左）。上海市知青历史文化研究会会长阮显忠（前排右）。作者（第二排右二）。

2019 年 10 月作者创作的三清山作品，参加上海市庆祝国庆七十周年大型展览。

2020 年夏，玉山县人民政府副县长俞银水（右）到三清山书画院指导。

2020 年秋，作者在三清山书画院写作。

2020 年秋天，作者在三清山书画院创作。

2021 年 5 月 19 日至 31 日，作者作为中国管理科学研究院学术委员会“特约研究员”，在北京首都宾馆参加“第 12 届中国管理创新大会暨庆祝中国共产党成立 100 周年”活动。

目录

141 ／ 第七章　风雨三清玉山情

179 ╱ 第八章　风雨求索路漫漫

213 ╱ 后　记

序 一

山为媒

——三清山是他们的媒人 也是他们永远的家

江仲俞

1983 年，刘鹏飞已经是个三清山的研究专家了，虽然那时的三清山还未开发，没有被列入国家级重点风景名胜区。

那时，刘鹏飞住在德兴县（现为德兴市）文化馆的一间破房子里。

1979 年 7 月。他第一次由三清山北面上山，在一所破庙里，住了一个星期，拍下了三清山的第一组黑白照片。1982 年，他撰写的《雄奇险秀三清山》在上海的《旅游天地》发表。同时在香港《大公报》也以整版篇幅刊出，这一推荐文章引起了省政府的高度重视，不久，三清山名胜资源普查工作队成立。

德兴人开始掂量到了 1958 年跟着 500 名上海知青到大茅山插队落户的刘鹏飞的分量。县里给他买了全套照相器材，从此，三清山就有了彩色照片。这年的三清山出了大风头：彩色的风景摄影展在北京王府井展出，引来了全国各大媒体的记者上三清山采风、观光，从此，刘鹏飞不再与三清山分开。

所以当1983年的元宵节，杨七芝陪她的启蒙老师一同找到德兴文化馆，想请人带路上三清山画画时，馆里的人都这样说："要上三清山，一定要找刘老师带路"。

那时，离异独居的刘鹏飞已49岁，比杨七芝大18岁，他无论如何都想不到11年后她会成为自己的妻子。当时的刘鹏飞只是想，元宵时节，三清山上哪会有人呢？但求助的是上海同乡，又是来宣传三清山的，怎能拒人于门外？搬动了县委领导给北山脚下的畈大乡写了一张字条，刘鹏飞便领着两位客人上路了。

三清山的松涛石景拉近了刘鹏飞与杨七芝的距离。在一间小庙里，他们点燃了蜡烛，烛影对着三人，共话诗书，切磋画技，倾诉人生经历。刘鹏飞得知，16岁就考入上海美校的杨七芝，在白山黑水的北大荒军垦农场接受过军训，吹惯了短笛和骑惯了牧场嘶鸣的骏马。后来，她又转迁到三清山北麓的一个知青农林场当会计。年龄只有31岁的她，已经历了疾病、爱情、婚姻的折磨……在险峻浑厚的三清山包裹下，杨七芝柔弱的身子第一次感到了安全和温暖。已潜心研究三清山道教文化多年的刘鹏飞送给杨七芝四句赠偈："君本蓬莱青云客，缘何贬谛人间来？艺海慈航通彼岸，金风相送到瑶台。”听后杨七芝无限感动，泪流满面……

他们两人都没有料到，以后自己的爱情婚姻经历，会应验这几句偈语。杨七芝离开三清山后，刘鹏飞开始和她书信来往。1985 年，刘鹏飞利用假期回上海探亲，他去看望了杨七芝，得知杨七芝找了一个男朋友，为避免给杨七芝带来麻烦，从此与她断了书信往来。1988 年，刘鹏飞从德兴旅游局提前退休，应当时三清山管理局邀请，来到玉山县境内的响波桥宾馆专门从事三清山研究、著书立学和培养旅游管理接班人。就是这一年，三清山被列为国家级重点风景名胜区。

一年后，刘鹏飞收到了从德兴旅游局转来的一封信，一见到那清风秀骨的字迹，刘鹏飞心中一阵惊喜，原来，杨七芝至今还是孑然一身！年近花甲的刘鹏飞开始召唤她：“到三清山来吧，到这里来画画！”杨七芝果然来了，在三清山管委会的矮楼里，两人谈起了当年的古庙寒烛，谈起了那四句偈语，谈起了分别后的际遇。刘鹏飞发起“进攻”了：“与其寻寻觅觅，凄凄惨惨，何不以三清山作为创作基地，把一生的长处发挥出来？如你愿意，我们可以在一起生活，我可以为你提供创作条件，你再也不用四处飘零了。”

峰回路转，柳暗花明。杨七芝三清山再遇知音，终于找到了自己人生的港湾，以三清山为题材的国画创作如三清泉水般一发而不可收。1993年，刘鹏飞和杨七芝共同创作的三清山国画展在上海展出，在沪、赣两地的政界、旅游界和艺术界引起了巨大反响。这一年，由杨七芝的老师、中国著名书画家、理论家、鉴定家谢稚柳大师题写序文的《杨七芝三清山画选》出版，由刘鹏飞单独撰写的三清山第一部专著《三清山》出版，三清山的名气达到了“仙境”，已步入中老年的刘鹏飞和杨七芝也达到了艺术的“瑶台”。

1994年，刘鹏飞和杨七芝在上海结婚。虽然他俩在上海都有房子，两人又同时受聘于上海黄浦画院，但不知为什么，心情总是不舒畅，总觉得心中有样东西挥之不去。1996年中秋节，刘鹏飞做了一个梦，梦见一位白发长髯的老者对他说：“你们不应该待在上海为人家打工，三清山才是你们真正的家，回家去吧！”一梦醒来，刘鹏飞立即写信给时任中共上饶地委副书记、行署专员（后任地委书记）的陈达恒，批示三清山管委会，为他们解决了房子和办公场所。于是，刘鹏飞夫妇又从上海回到了他们魂牵梦绕的三清山，组建了三清山书画院，并继续潜心研究三清山道教文化。三清山给了他们灵感，给了他们青春活力，过去连南京路都走不到头的杨七芝，现在可以一口气越过1800米高的三清山而不觉气喘。

三清山离玉山县城还有50公里路，为了方便全国各地的艺术家和朋友上下山和在玉山搭乘火车，刘鹏飞夫妇拿出积蓄，专门在玉山县城买了一套房子。艺术界的朋友游完山后，夫妻俩都要送到县城，趁候车的空闲时间在家中和他们品茶论道共磋技艺。

刘鹏飞、杨七芝夫妇的三清山之恋成了三清山的一段佳话。人们都说最懂三清山，最爱三清山，陪伴三清山时间最长的，非刘鹏飞与杨七芝夫妇莫属。

作者简介：江西日报记者。

序 二

七泽芝兰幽香远

石红许

忘记了是怎么认识杨七芝女士的，应该有几年了吧。因了一些文学活动，一次次走进玉山、三清山，其间似乎总少不了她的身影，一个有热爱、有执着、有追求的人。我还注意到，有时候，她携带着一位耄耋老人，边上的人悄悄告诉，那是她年迈的丈夫，并简单讲述了他们相识相知相爱的传奇故事，后阅读关于他们的报告文学《山为媒》，与美谈基本是吻合的，更为这份爱情所感动。我隐隐觉得，杨女士应该是一本书。其实，每个人都是一本书。

杨女士属于上海北大荒老知青，她有着丰富的人生经历，当有许多值得我学习的地方。然而，她总是保持着谦逊的态度，保持着良好的修为、涵养。印象中，有一次杨女士主动加了我微信，此后，她间或会发点配乐朗诵过来，都是她写的诗文，并说些请我指教之类的话语，我会点个赞，但难保证每次会听个完整。我想，正是有无数个杨女士这样的文友，文学才生生不息。诚然，每个人都有自己的审美情趣，每个人都有着美好的文学情怀。

时序庚子暮春，没承想，杨女士快递了一大摞她多年来写的书籍，有文集、有画册，并嘱我为她的新书、作品集《风雨三清路》作序，面对她的坦诚，更是面对一个基层作者的真诚，我反而有一种理屈词穷的感觉，不好拒绝也不能拒绝。

不愧是出生于绍兴书香门第，从小受兰亭之潜移默化影响，七芝女士创作涉猎广泛，文艺兼修，既通晓丹青，又能诗攻文，游刃有余其中，相得益彰。收入本书的都是杨女士近些年写的散文，题材多样，情感丰满，一个多愁善感的女性跃然纸上。文如其人，透过字里行间，看得出，七芝女士是一个敢爱敢恨、善于思考的性情中人。我手写我心，七芝女士自述式的散文，也体现出她的睿智和气度，温暖的人情、饱满的力量无处不是，一道道不一样的人生风景线折射出她独特的人格魅力。玉山是七芝女士的第二故乡。对玉山、对三清山，她有着更深刻的体验。她把对玉山、对三清山的爱付诸文字，泼墨丹青，毕竟她爱得更深沉。爱源于三清山，本书开篇即是《三清山——我艺术的摇篮》，由此可见她对三清山有着多么深的眷恋，有些情愫甚至是无法用文字抵达的，但她依然乐在此中。七芝女士写其他素材也是信手拈来，点点滴滴都是爱，一枝一叶总关情，儒释道思想贯穿始终，在琐碎的平常的叙事中实现了个人精神的升华。这些，都是难能可贵的，是一个作者一辈子的孜孜追寻。

当然，倘使她在文字表述力求精准上、在追求语言艺术上再下功夫，那么，她的散文一定会更好看，也一定会再上一个新台阶，“翠壁挥毫染落霞”。当然，或许以我认定的散文圭臬去度测七芝女士的散文显得有些不公平，况且文无定法，权当七芝女士参考。说实话，七芝女士的厚厚一本作品集，我并没有读完，只挑拣了其中一些篇章，有管中窥豹之嫌疑；说实话，我对七芝女士还不大了解，交往少之又少，更多的是仅停留在文字层面上，理解也有限得很，故而在写这篇短文时，想必有一些不妥不周不足之处，读者诸君还是沿着她文字的脉络，去徜徉另一番《风雨三清路》，那里有一路幽香。

2020 年 4 月于上饶

作者简介：石红许，中国作家协会会员，上饶市文学院总编辑，上饶市作家协会常务副主席，出版散文集《河红万里》《风语西河》等多部与入选《人民日报》等，散文《虹关何处落徽墨》选作高考语文试卷。曾获“中国徐霞客游记文学奖”“吴伯箫散文奖”等。

第一章

三清/冰溪文化缘

三清山——我艺术的摇篮

孔子曰："道者，导也。""道者"在辩证唯物主义论中叫"哲学"，"导也"就是引导、指导、教导的意思。

如果说延安是战争年代许多革命者向往曙光、追求真理、投入战争、保家卫国的大摇篮。那么，出生在和平年代的我，江西三清山就是我 30 余年追慕道德人生、选择琴文书画、瞻仰古今圣贤、领悟天人合一的"摇篮"——现代人叫作"创作艺术人生的基地"。

追求卓越的文化底蕴乃是中华民族的精神力量，更是我梦寐以求、不可或缺的精神支柱。我苦苦地挣扎着坚贞不屈，就是为了一种人格的尊严；情难舍梦难忘，我独自徘徊在大山里寻寻觅觅，则是为那惨淡的人生重新拿起画笔，描绘那心中的理想；也是为我苦中作乐地享受着与大自然美好景色的对话。那是因为我孤独无助地依赖着大山的万千底气，暂且忘却了人世间甚多的苦恼，憔悴中勉强地度过了一个个春花秋月夏暑冬寒……

人说"三十而立"但我没立，一无所有。最早我酷爱唱歌和乐器，差点去考音乐学院。记得插队三清山北山下的一个老镇时，我还年轻幼稚，见到漫山遍野红透的杜鹃花，就会激情高涨地投入其间，拉开嗓门无拘无束地放声歌唱：“被爱情遗忘的角落”“春花秋月何时了”“映山红”。一首首一曲曲，心血沸腾，仿佛间自己又回到了母亲温暖的怀抱和摇篮里，精神得以解脱，思想由衷宽慰……那红尘凡间的极大苦闷一时烟消云散，心境为此开朗，勇气陡然升起。傍晚，有时我会拖着一天工作后疲惫劳累虚弱不堪的身心，督促自己，去进行虔诚的国画创作。灯是暗的，地是潮的，背阴朝北没有阳光；床铺是硬板席子与薄被，土房被秋风所破，窗户门板是漏风的，工具是简陋的，腰酸背痛手脚麻木了！情何以堪梦已断。“一窗风雨凄凉夜，半间破屋作画图”，这是1983年冒着春寒，刘鹏飞老师第一次长途来到我陋室，见此情写下的两句诗。看后我俩默然无奈地对望着，苦楚的热泪不禁夺眶而出，我伏案抽泣起来，感到悲愁中从未有过的一种人间温暖。当然，我心中依旧有一种“小草亦能沐浴阳光雨露”的祈盼，想她终究会明亮起来！因为，那三清山万壑松林中凌云直上的磅礴气势，会将我的灵感升腾，那黛青的崇山峻岭，在夜色迷蒙里，摄人心魄的黑压压粗犷雄伟的壮美，更将使我全身心地感动，全身心地向她拥抱。是啊，所有的感怀化作希望，冀望寄托在腕底风云的笔耕墨耘里，朝朝暮暮不离弃不止步。那一张张山水画深情地表白、至诚地洒脱，我以我心照三清，我以我爱报三清。期盼“外师造化，中得心源”的作品清韵飘逸，祈愿这雄奇险秀的仙山福地青史流名芬芳人间，文蕴命脉代代相传。当然，亦作为我无私奉献给祖国人民的一份微薄之力。

我深切感慨，大山是我艺术创作“取之不尽，用之不竭”的源泉。离开这一份天然的养料，怎么能达到“去粗取精，去伪存真”的目标呢？反之，只会失去知识的海洋、文化的根基、文明的理念、艺术的灵魂，一辈子庸庸俗俗缺失艺术摇篮的伟大母爱，更谈不上能为华夏发展的文明文化作点贡献。

三十年、五十年、青丝变白发，人老志愈坚。重温岁月，我与先师刘鹏飞一直守望着三清山，创办着三清山书画院，撰写着三清山与冰溪河的美景与故事。而今，我依然能独守清静，诚听晨钟暮鼓，仰望高山流水，静观风起云涌，感悟众妙庄严。翰墨飘香有佳作，三清画楼迎彩霞。

在三清宫石牌坊上刻着一副明代的对联：“登殿步虚升太虚上至无上，入门求道悟真道玄至又玄。”换句话说：哲学理论深奥无比，学无止境不断攀登。我们应该谦虚谨慎，活到老学到老。三清山就是这样形神兼备，让我不断地成长起来的。我要做一个真正无愧于大山的女儿，不断寻梦追梦铸梦，开阔自己的广袤视野，勉励自己走向新时代新风尚的创业精神。

适逢深秋时节，那三清山红满梯云岭的是醉倒在女神峰下的白云丹枫，正与我的年龄相仿；深秋的点点收获又与我热烈创作的作品那么相似相恋、那么相依相偎……三清山使我感受到了祖国的大好河山——赋予我新的生命活力、新的文化隽永、新的精神家园。她是我鹏程万里志同道合、永远的艺术摇篮。

写于三清山书画院 2012 元旦

最后修改于 2020 年 2 月 12 日

玉山冰溪河的春天

“家在故林吴楚间，冰为溪水玉为山。”唐代戴叔伦这首诗为这方江南的水土吹暖了人杰地灵的春天。它是江西省三清山脚下南部的一个叫玉山博士县的古城，它有一条由东向西奔流的“冰溪河”，上源由金沙溪、甘溪、沧溪在城南汇合流入冰溪河，下流到上饶的信江河—鄱阳湖—长江，流水潺潺，渊源不断……

最使我欣赏的是春天的冰溪河……

春天的冰溪河是一道美丽的风景线，天然的休闲公园。北岸是县城的新生活区、人声鼎沸楼房林立；但有一条可亲可爱的芳草长堤、绿树逶迤；粼粼的碧水上倒影着千丝万缕的垂柳和金黄色的迎春条，随风细语；黄昏时刻、行人熙熙攘攘，群鸟高飞远去。南岸是武安山，神秘地说和唐代的武则天有关联，还有唐代宰相、著名人物画家阎立本晚年隐居的地方和衣冠墓，后来他将住宅与地产施舍给僧人为寺院，就是“普宁寺”，至今香火旺盛。欣赏阎立本的《步辇图》逼真的人物、恬适的心态、春游的景象，情趣盎然。感悟岁月悠悠、远古千秋，思今览胜、时空掠影，还真有点迷迷蒙蒙探密的意识流胜景……

武安山主峰像个巨大的卧在水面上饮水的鹤汀凫渚、高耸在蜿蜒起伏的群岭武夷山脉间；它似一抹翠屏妩媚地舒展、如一裙青螺高髻妆台秋思的黛玉。山腰间袅绕着农家乐的一股股炊烟与一缕缕归依的轻云薄雾、相依相偎在“母体”间无忧无虑欢快悠闲；也酷似一对厮守在山林里的情侣，相亲相恋，相濡以沫，不离不弃，颇能借鉴给人世间赤诚相照温心体贴的美妙之感。

那落日的万道霞光暖洋洋，照着我的头顶、身上、脚下，像是披挂着金光闪闪自信自爱的荣耀。又多少像活生生的电影里：追逐晚霞似火的人生、拥抱铺天盖地的温柔、感恩赋予无限生机的一道道纯净的流金。正寓意着、竖在河畔的大型铜雕——怀念宋代理学家朱熹。闪烁着他当年为学生讲学的《劝学》经典诗“少年易老学难成，一寸光阴不可轻”。我心有灵犀一点通，默默地感动，渐渐地挪步，却不想转身。

走过绵延残垣、小路古道的七里街，一滩金沙一阵南风，惊起沙鸥掠岸飞；一群浓浓榕树，老藤缠挂丝条新，光照枝头，满湖金灿；近溪人家，青砖红瓦，吊脚长檐台阶下，妇女们捣衣洗菜、笑声撩起；儿童们放学、放牛、洗脚声响；农夫们从田里走来、赤着双脚、扛着锄头、戴着竹笠，匆匆地赶回家去。真是人约黄昏后，自古多情怕别离。我一直想走下去——走到西下摇红的夕阳里；醉倒在万柳州的丛林柳烟里；醉倒在碧波潺潺的冰溪河里；我像酣醉在干红一般的酒河里……那儿曾是著名文学家郁达夫赞美的水城：“沿城河的一排排住宅，窗明几净，倒影溪中，遥看好像是威尼斯市里的通衢。太阳斜了，城里头升起了炊烟，水上的微波，也渐渐地带上了红影。”（冰川记录摘句）惊喜与遗憾同时产生，感受中国的文脉真是路路相通啊！我哀痛爱国的郁达夫诗人，那时他才华横溢深入敌人的心脏，授命当日本人的翻译。常常在最危难时保护着革命同志，一次为了掩护重要人物他暴露了身份，47 岁就被日寇杀害，壮烈地牺牲了，鲜血流满了诗人的全身……我非常难过而沮丧、为他惋惜。假如他还活着，不晓得要写多少壮美的诗篇留在人间，让人们共享美好的文采……我怀着无限崇敬的缅怀深情，一路上，尽情地吮吸着漫天飘洒的松柏檀香和白玉兰的馥幽清气，仿佛英雄与天籁在默契地歌吟……

为这春天里天籁成趣的芳菲缤纷、爱心绽放，我又贸然想象是伟大的爱国诗人屈原大夫热爱大自然、在仰天长乐！蓦地，我陶醉其间，忘掉一切，步履蹒跚了再蹒跚，心绪吐露了再吐露。因为那天上的日、那河中的日，双重映照的璀璨辉煌，正为我呼唤着古典的胸臆：“莫道桑榆晚，为霞尚满天。”

“小楼在何处？正在南溪上；空濛过钓船，断续闻渔唱。征途苦逼仄，舒啸喜清旷；安得北溪水，为我变春酿。”感激南宋伟大爱国诗人、陆游曾经在此一游留下的千古绝唱。玉山人在河岸还为他塑造了铜像——牵马仰苍天，何日平天下？万里驰战场，滚滚尘土咤。触景生情，常相望特别能感召我的爱国情怀。感恩冰溪河的春天呀！让我纯情地接受那今古落日的感召、回归这憧憬的幻梦，我恍惚投身于大自然宽广的怀抱里、融化在厚重人文历史的环境里，感悟中华民族几千年文明古国源源不断的古文化神韵。

春天，我沉醉在玉山冰溪河动人的美景里，缠绵悱恻，感慨千千万……

作于2013年春天

修改于2020年2月16日三清山书画院

武安的胸怀 冰溪的柔情

（一）相逢是首歌

人间的相逢是一首有胸怀有柔情的歌。人生，就是在一场又一场的相逢中度过。有时相逢只一瞬，却需要付出各自的努力——山一程，水一程，风一程，雨一程。冰雪无痕，挂满泪痕，咫尺天涯皆有缘！

爱恋知己，我与先生有缘携手武安山下、冰溪河畔，在翡翠葱绿的丛林间吸纳氧吧，做功晨练。随后拾阶而坐，饮茶作诗。感觉天更蓝，云更白，水更清，鸟更欢，乡土气更浓郁！假如没有武安山宽广的胸怀包容我们，没有冰溪河柔情似水激励我们，迟暮的文化艺术不知要丢失到哪里去了？！……

河面上一对很大的白鹭展翅迴旋，我常对它们情有独钟，"嗷嗷……嗷"地热情呼唤。听到后它们就会前后转几圈向我真情地飞来致意！久而久之的相逢与思念，都是上天的恩赐，而最大的欣然是你在人生最美的一刻，与最对的磁性善意相逢了。人世间的每一场相逢，注定是要成为生活的一部分，也终将组成我们的世界。

（二）武安与冰溪的情怀

今年，夏至后的那一天晨练后，突然接到玉山电视台王耀忠记者（人称王导）的电话，电视台领导又派他来相约我们拍片。顿刻的意外与激动，似一股怜悯乡愁的涌浪骤然升起。好几日的回首感怀均在风雨颠簸中得到人性化的友善，相敬如宾地爱护！

据说：三清山南麓的这座城，山明水秀，人杰地灵，唐代女皇武则天爱山乐水，则派阎立本去巡查。果不其然，江南胜景物华天宝，于是命名“武安县”，从三清山流下的泉水形成一条三清湖 50 里东西流向的“冰溪河”，南岸有一座美丽的群岭，高耸的峰叫“武安山”，它像昂首苍穹的大孔雀，舒展着碧翠如玉的丰厚身姿与美丽的长尾。山的左边是万柳洲湿地公园，右边是皇家的建筑“普宁寺”（香火旺盛），象征着左青龙右白虎，道家吉祥的布局。

后来除了武安县改成玉山县，除杏花村隐埋外，渔船浮桥、冰溪河、万柳洲、文成塔、七里街、十字街、老城墙等，都未改变。特别是普宁寺，成为阎立本宰相晚年的养老处，至今衣冠墓还留在那里，碑文是当年乾隆皇帝下江南赐予的。

值得骄傲的是：玉山名人辈出、博士如珠，相得益彰的是丰腴富饶的鱼米之乡，给一代代百姓传承着耕读渔滨的创业美景。所以，这里的民风有“海纳百川，有容乃大”

开明乐观的气质。故而，我们选择了在这样良好的自然与人文环境居住与创作，心情非常坦荡愉快。

（三）玉山与各界媒体的热情胸怀

大气谦和，玉山与各界媒体们就有如此的美德，20年来他们是我与先生最熟悉仰慕的良师益友。

记得1993年9月，上海电视台达奇珍、陆国强编导在上海美术馆拍了我“三清山画展”的专题片《海上名家第38集——艺海无涯苦作舟的杨七芝》从此揭开面纱，三清山震惊了上海城，旅游者趋之若骛；1998年夏日我们配合三清山管委会首次上山接待了首届保罗等世界专家代表考察团。圆满完成任务后，上饶电视台李文辉、吴丹编导上三清山拍了我们三清山书画院《满把清光照三清》的片子，真是抛砖引玉。

1999年，原玉山电视台戴黔蒸台长、副台长单泰山最早慕名前来玉山画室采访我们，很快由年轻的记者周文彪和桂淑红两人来拍专题片《三清山之恋》。台长开心地说：庐山有庐山恋，我们有三清山恋，比他们更有艺术家的风韵。如此善待，我与先生感激的柔情像冰溪的水永远流淌着……

随后在三清山管委会的支持下，江西电视台著名音乐、散文家，编导田信国在山上拍了我们《感悟三清山》的散文专题片；江西电视台吴学敏编导等在山上山下拍了我们的《三清山传奇故事》纪录片，惊动了省市各方，慕名前去探访，他俩都开心地获了奖；同年11月上饶市电视台副台长王伟引进中央电视台东方时空《焦点访谈》拍百姓故事，李伦、王宁、欧阳骏编导冒着冰雪寒冷登三清，体验我们的生活，进行实地采访拍片播出，震撼全国；同年12月底上饶广电部与中广部联合出剧本，由上饶市原歌舞剧团团长严光炎、市电视台谭波、缪志坚编导，编制拍摄我们的《山缘》纪录片，从山下到山上到上海到玉山书画院的拍摄，历经半月艰辛耕耘，并在全国获奖。为时代讴歌，从中央到地方，这些编导们砥砺前行可敬可爱的辛勤担当精神，始终融化在我们的心里，感动一辈子！

后来，我们相识了玉山电视台副台长夏有良，他在拍摄文化艺术活动时说：刘老师杨老师为开发宣传三清山、玉山作出了巨大贡献，是我最崇敬的人，我要向他们学习。

同时，出于对媒体和观众的强大责任心，电视台在努力地宣传我们追求艺术道路的来之不易。

2014年7月10日，冒着夏日炎炎，电视台来采访了，真诚相待地开拍起来。西屋画室炙热闷气，他们热忱不懈，细心引导我们主题对话与情侣作画，用我俩箫笛合奏曲“鸿雁”的壮美场景来结束。其间抓住一次次闪光点，见到我们国家级出版的一大堆书和奖状，爱不释手。我怕他们中暑说下次再拍，可宁愿不吃午饭他们也要把玉山韵味——文化名人《画缘》这部专题片拍到位。第二天一清早，又约我俩在冰溪河畔拍片、打拳、写生、作诗，可以说美不可言了……《画缘》专题人皆赞许，是热汗与心血换来的成绩，是不忘初心、牢记使命付出的故乡情怀，令人尊重与感激。

哪里有文化阵地，哪里就有电视台奋斗的战场！他们都热衷于宣传一方水土的乡音，开拓美丽乡村的故事，鱼水之情脉脉温馨。

可见，青山绿水真出才人，我驻足在武安山下，荡漾在冰溪河边，真正感召到大自然与人文的深深情谊——相看两不厌。只要与老百姓同呼吸共命运，一定会创作出落地生根的佳作。

（四）五月的蓓蕾 六月的硕果

人与人之间需要尊重与理解，只有尊重与帮助了别人，才会得到别人的尊重与支持。媒体人同样需要大家的呵护！

2018年，繁花似锦的红五月，武安山苍翠妩媚，敞开美丽的胸怀，要接纳人间的真情；冰溪河潺潺碧水泛起悠然自得的兰舟，渔夫们撒下精制的鱼网。此刻美景下，中共玉山县委和上饶市有关部门创办了两个具有深远意义的文化传媒。

“爱重书香暖 天下慈母心”首届女子读书沙龙在县

七里街新华书店举办。会上让我朗读了自己的散文《母爱》深情感慨。

“玉山本土作家作品集捐赠暨散文集王耀忠《村庄深呼吸》首发式”（县文广新旅局、县文联主办，县图书馆承办。）上，我受邀朗读了自己的诗《踏浪而来》。

“锲而不舍，金石可镂”。玉山电视台的友人们在“新理念、新思想、新战略”的前进路上，贴近群众，屡出精品，感动观众。媒体们就是这样努力奋斗的！

于是，有了开头我叙述的一幕。6 月 25 日，37 度高温令人汗流浃背，苦不堪言。在夏有良副台长的带领下，两位记者顶着烈日来到了我们的三清山书画院采访拍摄。那么酷暑炙热烘烤，人都喘不过气来，谁有兴趣做事？但是，当他俩扛着机器，红光满面，热情洋溢地来到我家门口向我们问好时，那么可爱，那么虔诚！霎时，我被他们无怨无悔宣传《冰溪故事》的精神感动了——新时代是奋斗者的时代，我奋斗，我幸福！媒体都是那样的豪情满怀……

（五）相逢传媒皆是歌

与武安山的相逢使我久久地留恋在她的身边。赋予丹青，感恩她的绿色灵气、灵感，如灵丹妙药愉悦身心；人生何处不相逢，与冰溪河的相逢，让我深切感受到上善若水的敏悟、滴水之恩当涌泉相报的良知，一辈子愿意歌咏青山绿水的无私奉献！

落笔惊风雨，诗画传丹心，亲爱的朋友们，愿我们珍惜物华天宝的良辰美景，热爱一方水土的人民，地久天长地传播江西这座“东方威尼斯”水城——美丽的玉山博士县！

2018 年 6 月 25 日—7 月 3 日仲夏于冰溪画楼

春寒料峭 作协温馨

2018年，无论初春红梅吐蕾有多少美艳，但毕竟是萧索寒冷的，让人有点噤若寒蝉。因为从2017年的12月下旬起，全国疯狂的流感侵蚀折磨了先生与我整整20天，发烧、喉咙痛、咳嗽，没完没了的鼻涕眼泪吐痰、气管胸疼，头昏脑涨浑身酸痛……我还得尽心地照顾床上的先生，真是煎熬辛苦难受至极！

但是，不论季节与疾病怎么变化，人总得活下去！每个人活在世上，总有他的理想与梦幻！我的迟暮年华也有一个痴想：既然自己已经写了许多文章，就想有一天出版成书，把我一生的经验与教训归纳成章，留存后世去点评交流，那是一种多么超脱的憧憬呀……

曾记得中国改革开放以来，解读了世界、认识了祖国日新月异的变化，东风拂面扬眉吐气，把我老知青的阅历与奋发精神大踏步提高。2012年元旦后的春寒里，我兴趣满怀地买了笔记本电脑，就开始学习了。看不懂，打不出，处于极度艰难无望的困境！问问这个问问那个都不能成系统。最终求教于学生龚子瑞，他的水平很高，可我前听后忘记！在他非常耐心细致的一步步指教下，慢慢地我用笔记下来，反复正规地练习，终于不厌其烦地啃下一点一滴，从不会到成文打印与图片，心中温馨的程度就像六岁儿童一样手舞足蹈起来！畅想沐浴春风春雨——写作，写作！

2013年，春风飏柳万千条，在枝新芽萌时，我有幸达成25万字的散文集《艺海慈航通彼岸》，联系了《百年散文名家卷书》的主编向小文、王梓、王静怡老师等，得到专家的认可，8月份就由中国文联出版社出版了。（我的散文入编4—11卷）

在上海，碰到30年前的老师，《解放日报》原高级记者、驻京主任李文祺，我把书小心谨慎地赠送他，因为他帮我写过序言。他看了很高兴，一心一意要为老知青们鼓与呼！首先有书就可以到作协申请一份入会的表格，我惧怕得如临雷池！要知道上海作协是什么性质与地位？走进花园别墅般的文联作协，我心直颤手直抖，上楼的老式红漆木板楼梯被我踩得咯咯作响，那是在壮胆耶！因为越是向往的艺术殿堂越让人感到神圣高贵。借助李文祺老师曾经首届登南极洲、北极洲的英雄虎胆，我咬咬牙关小心翼翼走进了作协的大门，莫名其妙地增添一种自豪感！文学是人类灵魂的工程师，文学的彼岸难道就在这里？！

眼前的创联室副主任李伟长是位和蔼可亲的江西籍老乡，年轻有为一点没架子，让我放下了提心吊胆。经过李文祺老师介绍，他高兴地赠我一份作协表格，双手接过这份沉甸甸的两页纸片，热血沸腾！想我曾经一个上山下乡的弱小女子，耽搁了最佳读书的机会，全靠刘鹏飞老师我先生的指导，还有函授夜大进修的一点底气，所写文章只能浅浅地作为向祖国人民汇报的资料，怎么能登大雅之堂？上海是文化荟萃历史悠久的高层次优秀人文地方，怎容得我立足？事实也是如此！

当2014年元旦前夕，一个寒彻入骨的清晨、介绍人李文祺老师打电话来时，让我大吃一惊！他说："小杨，很遗憾，这次上海作协审批讨论后，你差一票没有通过……""一票？"我惊讶地反复了几句，一盆冷水从头泼到脚，失望极了！"为什么？"我反问李老师。"不清楚啊！""这种后果，李老师您还是不要告诉我更好！害我今年元旦也过不好了！"内心的乱鹿穿腾令我如此无礼？！李老师是历经风霜的人，他理解我的怨恨与出气，他鼓励我亲切地告诉于我"有一位老干部写作非常认真用功，从80岁申请了十年，直到90岁，才通过！你要向他学习，不要气馁坚持下去也一定会成功的！""十年？"我又念叨了几句，天哪！90岁？这是什么概念？不可理喻也不敢相信呀？！但他的初心不变勇于挑战的自信，真值得我好好学习与体验！我明白自己水平有限不够条件，但我也可以用十年磨一剑的老干部精神去支撑去奋进去争取！这一年春天特别寒冷，冰冻三尺，几乎冻去了我心中的所有暖意，唯有我先生与李老师常常鼓励我，给力于春天的信心！"人生如梦不是梦，因为太真实；生活如水不是水，因为有苦涩。在生命中，许多事情在于自己，很多感受在于个人，心大路则宽，心小事则难，做人需要下心，做事需要埋头，心胸需要拓宽，心态需要放平！”谁写的？道出我勤勉之花！

到了 2015 年 9 月中旬，我先生突发重病要住院了，五天后得到周杰医师的支持，从玉山县人民医院转院送往上海市华山医院开刀抢救！总算让名医陈宗祐教授、项建斌副教授团队抢救过来，但忙得医师和我都筋疲力尽！我连躺下来睡一觉都是奢望，哪有空写作，哪有灵感创作啊！幸亏我之前已经完成了 13 万字第二本散文集的图文。

在医院，突然玉山电视台王导来电说要我填写参加作家协会的表格，远在上海的我急死了，这不正是我梦寐以求的祈愿吗？与他协商，我用手机打过去，求教于他帮我填写送去。问我是参加市级还是省级？我说先参加市级，慢慢来，不急的！感激他肯为我作出努力。也要感激县文联副主席饶小伟及时将表格送到上饶市作协，很快就批下来，发会员证了。后来饶副主席还特地到书画院来真诚地慰问刘老师，使我慨然感动温暖在心！

我在上海长大 18 年，在三清山前后 30 余年，当地的老乡早就把我们当家乡人啦！上海故乡与三清山、玉山第二个故乡，早在我心目中同等重要与无限热爱，能不讲家乡好？

2006 年，我第一个将《冰溪河》散文推选给玉山电视台单副台长。说明冰溪河的重要历史魅力，是当年著名爱国诗人郁达夫笔下赞美的“东方维尼斯水城”，赶紧宣传出去让世人早点知道……后来我又写了许多宣传冰溪河的散文，如：《追日》《冰溪河的春天》《中秋里》《桑拿天》《明月清风》《风雨故人来》《元宵的月》《不谢的金桂》等。寄情山水，期望卓越，爱山爱水更爱纯朴的冰溪人，至今我没停过手中的笔，有的创作还真的在冰溪河畔林荫小径处写成。因为艺术创作没有实地体察是不会自然可人的。丹青结缘三清山，文学投笔冰溪河，姻缘就在书画院，乃是我人生中最最理想的艺术港湾，还原真实迸发灵感，平静心态淡定释然，以臻顺天应人安身立命。

2017 的春天，寒梅俏枝头，风雨调心绪。在上海，先生第二次做手术摘掉了引尿袋后，大家心情都好起来了。李文祺老师过来看望我们，善意地叫我不要怕，再争取填好表格，他替我送到上海作协去。临时告别，他还语重心长地告诫我：不要心急！耐心等待！任何事只有付出百倍的努力才会成功！我把李老师的教导当作一付良药苦口利于病的经典方来吃！

“有人惦记，再远的路，也是近的，有人挂念，再淡的水，也是甜的。有人思念，再长的夜，也是短的，有人关心，再冷的天，也是暖的。”

2017 年的隆冬之寒十年难遇，2018 年的春寒料峭流感凶猛乃是十年遭劫的罹难！但是，令我在病魔万般折腾中，却得到了贵人相助的精神良药！真没想到，我的作协之梦，在 2017 年 11 月 23 日的感恩节，得到了上海作协专家领导们的首肯勉励！成为正式会员！

田信国编导最早 1999 年就在三清山注入豪情满怀，首先成功地拍摄了散文片——我与先生的《感悟三清山》，得到嘉奖与世人的赞美！他德艺双馨令人崇拜。“清风一曲胜晚宴，正气满院听婉歌”这诗句是我赞美他今春编写的新歌《清风中国》，歌词是“一缕清风扑面而来，长城内外莲花盛开。芬芳里呼吸，身心愉快，幸福的人生，不染尘埃。”他不怕艰险二次援藏拍摄，他立足百姓弘扬正气，他艺术人生大气磅礴！为春天喝彩，为民众放声！

终于在 2018 年的立春佳节，看到了我加入江西省作协的通知！天哪！上海、江西，都上红榜，双喜临门！

三清山书画院的室外第一次、也是冬春的最后一次下雪，雪花蹁跹起舞、美丽而纯洁，春风带雨飘洒着、似乎都在清澈地为我庆祝！我二次热泪盈眶，抱着自己的书趴在画案上纵情恸哭……我 60 多年对艺术付出的心血与辛累欲语还休！我感恩的泪滴不经意滑落襟怀，双眼的闪珠，如帘似水，挂在我一生不太会流泪的迟暮女性的脸上……

“好雨知时节，当春乃发生。随风潜入夜，润物细无声。”唐代杜甫的《春夜喜雨》一次次充实我灵魂上的甘霖，更赐福于我“春寒料峭 作协温馨”的雄心壮志！

2018年新春雨水时节完成于三清山书画院

第二章

患难相助肝胆照

归心似箭 命悬一线

1600 多年前道教鼻祖葛洪说过："我命在我不在天！"自然没错，那是在无天灾人祸情况下所论；而用"祸兮福所依，福兮祸所伏"的道家哲理来辩解生命一分为二存在于人世间，一点不为过分！

人类在始料不及的各种灾难面前是渺小脆弱的，有生死两难的危险。

自从离开我先生后，一直令我担忧的是：他一个人在玉山怎么过？开刀后肚子边留下一个造口，每天两次要清洗大便怎么办？好在学生龚子瑞、叶雄英夫妇俩同情相助，吃饭、洗涮、看病、买东西、子瑞每晚陪夜，他十岁的小儿子汉翀每顿上楼搀护刘老师去他家吃饭……这样的事他们要辛苦负责五天，才使我放下揪着的心，真的师生情义如山重，无法再用语言去感激不尽了……

在上海，我心急如焚地收拾家务、联系外事，忙得焦头烂额。所要洗的衣被都留给好友娄国伟、朱绿波夫妇俩拿去洗涤，每年皆是如此热心承担帮我料理，对不起他俩！小朱说：都是自家人不必客气！但我仍不好意思麻烦他们，在上海的饭桌上我俩也是他家的常客，真的是无话不说，亲如一家人！

五月的上海阴晴难料，像孩儿的变脸不给我一刻预料。

5 月 7 日我们的老友蔡邦彦老师敲门进来（他是文学与摄影家，原上海中百一店部门经理），说是与上海的一批摄影家买好 10 日的票到玉山，要去三清山玩，让我指点旅游线路。我灵机一动：既然贵人来了，我为何不与其一同回去？路上也有个照应，蔡老师非常乐意，说干就干！他是个聪明睿智、有管理才华的人，也是个助人为乐的好人。上次来华山医院看望慰问了刘老师并帮忙值班一天，更是我们处处能信赖的老友，30 多年的友谊交往，他从不亏待朋友，出谋划策，真诚善良地付出宝贵时间，我把他当作自家的哥哥来称呼。

这天风和日丽，林行道上绿色铺地，鸟语花香，诱惑人心！我俩兴冲冲走三站路去买火车票，岂料售票处门口贴着一张通告："因电脑坏了暂不售票，请到火车站去买票。"我等啊等，几乎要敲坏了售票的小门，天哪，从东面横穿至南面，火车站那么远，我哪有时间去周旋？我归心似箭呀！忽然，天又下起毛毛雨来戏弄我们，蔡老师安慰我一番。他说："我赶到我家彭浦那个售票处去买，买好了明天给你送来。"啊呀！再送来太辛苦，麻烦老友了，但我又没任何招数去完成，怎么办？此刻雨丝大起来，我俩只好各拿塑料袋顶头上，但身上都淋湿了。患难见真情，蔡老师叫了辆小车先送我回去，随后让车飞快地赶回他家附近去买票。望着他招手，望着小车在溅起雨水中的背影，我感动得潸然泪下……

回去不久，他就打电话来告诉我说："好幸运，票子买到了，明天上午我送来，再请你吃午餐……"朋友，几十年的仁义，连一顿饭也为我安排好了，谁听了不感动心肺呀！……

我电话转告了江西刘老师。子弟如是亲人，请子瑞、小叶无论如何坚守护卫好刘老师，等我返回一切都好办了。他们并不富裕，近几年的旅游事业不景气，还有两个读书的孩子，要克服许多困难，但对老师的付出决不吝啬！当然我决不会亏待他们的一片赤诚之心！

这一天下午，玉山的许春水老师打电话来告诉我，已代表春江水暖群友们去看望了刘老师，还关照刘老师不要随便出门，杨老师过几天就回来了，刘老师听了高兴起来说："唉！杨老师会到哪里去啊？"

天有不测风云，人有祸福相随，5 月 10 日清晨出发前大雨倾盆，老天似乎又来找我麻烦了！我 4 点起床，急着整理好房间，带足了刘老师必需的衣物药品两大包，实在是对瘦弱女子的超重负担。前夜里我不得不联系郭常青的三轮摩托送我。常青是我两年前下地铁正遇暴雨认识的，他送我们回家的，非常礼貌客气只收五元钱。因此常喊他赶短途增加他一点收入。这次别无佳策才让其吃苦 6 点钟来接我。他是个不幸的汉子，好在还能拐拐走走。

而郭常青是位高大壮实耿直厚道的男子汉，一清早为我准备好几块防雨布准时到达。我从申城东至南要换两趟地铁，他怕我累着，就起远路带我到三号线，高兴地说："这条线长点，但可直达南站，少走许多弯路，杨老师您一个人一定要小心啊！我脚不便，否则送您上车的。您下次回来与刘老师一定要喊我啊……"既是这样我已是泪眼模糊了，我急忙送他两本画册作留念。

风雨无阻，总算我与蔡老师一行八位相约在南站候车室，彼此握手致谢。我在 8 号车厢，他们在 7 号厢，我想换至8号省得孤独，但蔡老师说可以走动的不用麻烦别人，我则老老实实待在座位上。

近中午，火车驰骋的野外已是风停雨住，一抹撩眼的青山绿水花香莺歌。想到马上要见到思念的刘老师，心中快乐得像小孩一样，与同座的女士们聊开了。我与先生几十年的相依相偎同舟共济，真还没像今天那样迫不及待想重逢了。我俩一路照顾一路呵护，见证家庭相濡以沫的珍贵与责任心，车上人非常关心我们艺术家的生活，平常心能展开万千世界……

我坐在车窗边，阳光从大玻璃窗射得刺眼，暖气融融令人瞌睡，周围人都进入了休闲，没一点嘈乱声，我拉上窗帘也想打个困顿。"叭叭……"猛然听到像热水瓶爆炸激烈的巨响，惊醒了大家的梦乡。我马上说："什么东西爆炸了？"于是周围都去寻找，我挂开身边的窗帘，哇！大玻璃被炸开了花，中间发现一个像一分钱的焦洞，四周呈放射性的白色花纹，还没有掉下来，命悬一线！我多危险！他们皆在迷茫中，我赶快叫他们拍照，紧急呼叫列车员跑过来巡查！许多群众紧张得都相拥拍照，几位车警过来疏散他们并安排我们一组最危险的人到餐厅去休息。突然，列车上黑暗下来，是进入义乌大山的六个隧道区，黑暗中难免有危机，我赶忙跑到蔡老师7车厢告诉他们，简直让他们大为吃惊。蔡老师机灵地说："杨七芝你大难不死必有后福，今年没有灾难了！"安抚也好，惊喜也好，但我内心仍在恍恍惚惚地跳动，生命瞬息逝去，不可想象的劫难！坐在蔡老师身边越想越可怕，吓出一身的冷汗……

此刻列车在金华站暂停，跑上来金华公安分局的几位警察，后来车开了，几位当事人和我被他们请到餐厅了解情况。时间、地点、人物，被问得清清楚楚。不知谁"告密"我是老师，一位乘警客气地过来请我写一份事件发生的材料。惊魂未定多么折腾人呀！但见其那么恳求，我心一软就去写了，我幸免一死，死而复生，笑着对乘警说："你们真会找人，恰恰我会写一点噢，写不好不要怪我！""不会的，谢谢杨老师！"一刻钟写完了整页的状况。看后年青的他对我说：真不愧为是文学家。不敢不敢！我回复道。心中特别感恩刘老师当年对我写作的培养与严格要求！

原来，玻璃窗有二层，外层破坏了已被金华局拆除，内层完好无损。分析下来不是枪弹而可能是铁弹或者弹弓打的，若是子弹流弹早就炸死炸伤我们座位上几个人啦！说，这种飞来横祸他们铁路上已有好几年没碰见了。天哪，偏偏让我碰见，真是差点命丧黄泉，感恩于冥冥之中的上苍赐福，惊心动魄，慌乱之余皆大欢喜！

浅浅的太阳光偏斜在西边玉山的峰峦上，散散的旅客三五成群走出带雨水的玉山站绿色长廊。刚出站，就瞧见“三清山神州旅行社”的牌子高高举起，经理龚子瑞、子杰兄弟俩正迎接蔡老师摄影团队的到来，“有朋自远方来，不亦乐乎”大伙儿开心极了！这边刘老师拿着两把伞正随小叶走过来为我接风，我和小叶紧紧地拥抱，也将刘老师热情地拥抱在怀里，觉得他身上汗滋滋地在感动！因为我们从未在公共场所有这样的激动……

是啊！我们曾经都经历过九死一生的坎坷征途，在生命万劫一生的迟暮岁月悲喜中，今日又获得如此的家庭和师生的团圆重逢。有惊无险，真是三清福地赋予大家的幸福安康！一方水土养一方人，我也感谢博士县玉山老乡挚友们的尊重与关怀！这也是我极需写下这篇文章的目的及祈望！

2018年3月15日于冰溪画楼

人间地狱 失而复得

"幽梦初回，重阴未开，晓色吹成疏雨。竹槛气寒，蕙畹声摇，新绿暗通南浦。未有人行，才半启、回廊朱户。无绪，空望极霓旌，锦书难据。"（宋代，张镃）

春分时节，清晨我惺忪忪打开手机时，仰望天日开晴，云景彩碧，野外传来广场舞一阵阵节奏昂扬的串烧音乐。庆幸，三天的凄风苦雨、倾盆寒凉的困境总算停止，感激天公开恩呀！想起 2018 年 3 月 19 日的一场噩梦折腾我，不禁心有余悸，恍惚人间地狱般的诡谲瘆人。斯时，随意翻阅画案上的一本《宋词三百首》，雅意熏陶，张镃的这段意境，让人触景生情，泪落腮旁。回望那日触目惊心的事件，真是啼笑皆非……

闲话要从我先生刘鹏飞老师三次装假牙历险记说起……

第一次装假牙

十年前，刘老师已凋零八颗牙，为了方便消化功能，我建议去装牙齿。上海老邻居王培芳热心地帮我介绍一位军中牙科名医沈忠贤教授，牙医专家曾帮中央领导看过牙齿，医技精湛。我们非常感激培芳的真诚推荐，日后便使我们与沈医生相识、相依、相互尊重，况且他特别敬重与喜欢我们的书画艺术！他说不想让刘老师拔牙吃苦，磨掉蛀烂处留下许多牙根垫底镶牙。高明的医术首次在刘老师与我口中播种下了“仁者爱人”的友谊种子！总是念念他的技术卓越，于是乎有亲朋益友牙齿生病，我也介绍过去。

第二次装牙

哪晓得？2011 年谷雨前夕，春风得意柳岸花艳，我们三天接受了一批 40 余年未曾见面的上海初中老同学登临三清山的重大任务。最后晚宴时，群情激昂含泪不舍。刘老师兴奋之余，一疏忽将摺牙的上下假牙拿下来清理，结果忘记了，第二天心急火燎地去问原玉福大酒店服务员，她们全当垃圾倒掉了，谁还会去看满桌的残羹烂菜？这次乐极生悲失误极大，我们后悔极了。

为了先生的健康，不得不破费再去上海第二次装牙。沈医师是那样地魁梧高大，操着响亮的钟石声，微笑中露出一对可爱的深深酒窝。他客气耐心地为刘老师辛劳地检查打磨做牙！

第三次装牙

春夏秋冬，风雨人生过去了五年，假牙如负重任、像至亲至爱的卫士保护着先生的健康与坚韧不拔的毅力。他脾胃虚寒，只有牙齿好了脾胃才会健康，吐故纳新塑造新的血液，强身健体活力四射！

始料不及的是，2017 过年前我俩在上海住家附近老城隍庙小吃店炒菜品尝上海特产鲜美的“松籽鲈鱼”，回味无穷，突然有刺儿卡住了先生的牙缝，他则把下托假牙拿出来清理，结果忘记戴上，我也没注意他，晚餐满意而归。第二天，发现后去找店主询问，原来一个老阿姨收拾过却把它当垃圾倒了。明知故犯！问她为什么既然看到是两位熟悉老师的假牙而丢掉？她说太脏了！店主责怪她坏了店规，就说：明天你回去吧！她无奈向我们道歉！此刻一个被辞，一个失落，两败俱伤，我们无言以对，万般心碎！

这样一来可苦了刘老师，咀嚼囫囵吞枣，营养不良也影响了他的仪表。可怜这两次为先生奉献康乐的假牙们，被无情地打入人间地狱！

2017 年春节后，冒着严寒与朔风，我们又去找沈医师装牙，他家早已搬到宽敞明亮的市郊别墅，他亲自到很远的地铁站来接我们，一路上谈笑风生，他小心翼翼地搀护着刘老师进门。

早春，踏入申城宝山郊外的原野，那纵横交错的阡陌农田与辽阔绿林的婆娑；那横跨铁轨的老坡石阶，仿佛回到旧时闸北的上海岁月，倍觉可近可亲！因为匆忙我们没来得及吃午饭，只带了几个面包和巧克力。进门后我先赠送新书与画册，沈医师夫妻俩赞不绝口，如获至宝收藏起来。刘老师原本丢了下排牙已无用，因又掉了几颗好牙与上排假牙不能吻合，急需重配一副！

这近晌午的装牙操作，既复杂又痛苦。磨烂根、试牙托，紧紧的怪味橡皮泥压力与上下吻合的细缝必须毫厘无误，否则没法使用。知道沈医师的责任重大，虔诚操作，娴熟悉心不敢马虎；知道先生的痛苦，座椅太平血压冲脑，加上饥饿，他竟然叫喊吃不消头晕出冷汗想吐了！我连忙叫停，请医师把椅子摆成头高脚低的斜位，并且连忙给先生吃巧克力、面包，因他一饿就低血糖，沈夫人赶忙煮了几个水泡蛋给刘老师吃，我请她放点盐葱，平衡人体电解质。刘老师体质好，顿觉恢复了健康。虽是一场虚惊，但87高龄的老年人刚开过第二次刀，免疫力下降，疏忽不起！这时我四人都松了口气！

过了没多日，沈医师就开心地请我们去装新牙了，二次完成上下全套15颗假牙，而且是老价格，刘老师高兴极了！牙科是一门高水平的特技，人人需要，能者为王！三生有幸——能遇上如此善良正直的好医师，彼此深深地理解与尊敬，难能可贵！

因为蛰居老屋的闷霉，五月就开空调了，加之上海等了20年还未如愿改造，尚不利先生养病，我们便返回了江西风景区。

迎着2018年的开春，时代换新貌，人们在春意盎然中前进！尤其首选老人的健康为主，我常督促先生多洗假牙，不要戴过夜免得生细菌，3 月 18 日那夜他真乐意让我消毒了。3 月 19 日早上 9 点，我帮先生洗假牙则随手将一杯消毒水倒入抽水马桶里，下水道正在冲水，冷不防鬼使神差，下排假牙一滑溜，便随污水瞬间冲走，我连忙用手去抓也来不及了！慌乱之中我又连忙卷起袖子去马桶深处找呀找，天哪！什么也没有呀！我头脑一轰意识全空白，怎么办？太可怕了！只感到是人间地狱要降临于我，早知如此，何必去洗？一刹那的失误造成大错，我吓出一身冷汗，怎么面对刘老师交代？懊恼、悔恨，促使我到先生身旁，一把将他的肩膀抱住，泪水不禁涌出，说："先生今天我犯了大错，对不起您！我洗您的假牙不小心滑落马桶里冲走了！我该死，我犯罪！今后您没牙齿怎么吃饭呀？……"乱七八糟一堆话讲得刚从梦中醒来的先生莫名其妙，幸亏一忽儿他明白了！谦和地对我说："没关系，我不怪你，你又不是故意犯错的。我老了可以没有牙，等以后有机会再去上海补牙，你千万不要责怪自己，身体急坏了怎么办？"听到先生那么宽宏大量的劝导，我更加难过，先生啊！您为什么这么好这么有理智呢？哪怕您骂我打我都让我解愁一场！可怜掉了重要的下排牙，先生只留下三颗老牙怎么吃东西呀？我魂不守舍万念俱灰，三番五次又到马桶里去摸！"不要摸了，恐怕早冲到污水沟变废料了！"刘老师心疼起我说。真是人间地狱！我灰心丧气地待在那里灵魂出窍！心猿意马地怨海无边，茫茫大海哪里能找到我先生的宝贝啊？我自暴自弃热泪盈眶，比自己掉东西更难受。先生看不得我哭泣，说："没事了！不要再去想它，既然不属于我们的，就让它自便吧！"可我老在纠结，神经错乱着苦不堪言！

中午我突然见到马桶堵塞了，一道稀奇的亮光闪出眼前，理智命令我不要去疏通，也许小东西会回流。下午我和先生冒雨去邮局取快递，是中国文联出版社"百年散文名家"第九卷出版了，见目录首页上入选了我两篇散文《初访乌镇》《壮烈的海魂》，还能排在梁晓声、周国平、席慕蓉、余秋雨等名家的下面，这是对我苦难人最大的安慰！回家后刘老师午睡了，我却百思不得其解，马桶仍然堵着，难道小东西还没冲掉？我灵机一动打电话请付辉亮朋友帮忙，他是前几年认识的修理门窗的玉山师傅。曾经他冒着危险、从阳台跨到只有半尺窄的有滑苔的窗台上装玻璃，只手操作，我屏住气替他担心，因为从四楼摔下去多可怕？我要负重大责任的，人命关天！我吓坏了叫他不要再搞了！可他坚持谨慎地完成了，劳动人民那刻苦勇敢的毅力实在叫人敬佩！累了半天他才肯收30元，玉山的纯朴友人真正叫我敬仰啊！后来我们常联系，有几次请他帮忙，死活不肯收一分钱。去年请他洗涤6条落地大窗帘，讲好付100元的，结果他叫老婆在单位请半天假辛苦清洗，多年未洗脏得发黑我也很不好意思。可他又勤劳地帮我装好，钱却无论如何不肯收，拔腿跑掉了，弄得我至今歉意连连。

这次他告诉我下水道真的不会弄，叫我赶快找门外贴着广告的专业师傅。抱着一线希望，死马当活马医，我找了前两位都没回音，打第三个电话时那位吴伟年轻男子汉回应了。他细心地询问了情况，叫我千万不要上坐便了，堵着也许有希望钩上来。“真的?”我在灰心丧气中喊起来！“不过拿上来需要几百元的，拿不上来不要钱！”“只要你拿上来钱可以商量的，你赶快过来，我急死了！”他冒着雨去修摩托车再能来，急得我直跳脚，因为小东西已经失落了七个小时，等吧，等吧！告诉自己沉住气才是面对绝难，泰然自若的考量，我拼命地在喘粗气。没多久，他真的来了，不负众望，一位中年帅气的吴伟师傅，带着工具笑嘻嘻地问清要点，说：“只要没冲掉就有希望，否则到大阴沟去我也没法子捞的。”斯刻，我真庆幸自己当时急中生智的一点智慧分析，为后来留下了唯一希望！吴伟说：“再到上海装牙齿要几千元的，老人家又要吃苦了！”“是呀，来回跑真的吃不消，最后看你师傅的本事了！”我急不可待地说“我已经不抱什么希望找它了。”幸亏坐便堵着，就有可能在某个弯道上夹住了，我可以捞到四米深的下水道。”“真的呀！那我太感谢你了！我都愿意多给你一点钱！”先生摆摆手叫我别打扰他，我则退回到大画室去了。

不会太久，我猛然听到他俩一起喊我的声音，一阵心脏狂跳的激烈！莫非有救了？“杨老师，快来看，找到了！是不是这个东西呀？”先生手里拿着吴伟钧上来的假牙兴奋地问我。“是滴是滴！就是这个小冤家！”我喜出望外接过它就奔去冲洗消毒，压在心中的“巨石”刹那跌落。“真正的伟大，伟大啊！吴师傅你怎么那么神奇？那是从多少深的地方钩起的？”我睁大眼睛迫切地望着他问。“近三尺左右，它是堵在三楼更下面一个弯道处，太幸运了！”，我俩对话中，刘老师插了句关键的话：“太有缘分了！小冤家还是不舍得我呀！”我开心地回答：“刘老师您吉人自有天相，命大福大呀！该您的就是您的，谁也抢不去！”我为他的高级技术而赞扬，也为我“失而复得”而祝福！人世间怎么会有如此的巧合与幸运？至今，我还似噩梦一场，不太相信这是真的“物归原主”。原以为早就随污水逝去地狱七个小时了，人听了真以为天方夜谭不可思议的事！

人生如梦，险象环生，岁月给我开了一个大玩笑！使我一天中悲哀喜怒、百味杂陈，容貌也憔悴许多。但我感恩养病中的刘老师还是那样善解人意，慈祥可敬，心胸博大，没有埋怨教训我一句，更是百般地爱惜我的身体、解除我的后顾之忧。

夜深深，风寒寒，今晚我独自喟然长叹、失眠了！冰溪河畔隐隐传来我最喜欢的《梨花颂》委婉凄美的著名男女京腔，让我感同身受醉入其中。“梨花开春带雨，梨花落春入泥……长恨一曲往事千古迷，长恨绵绵如此一曲千古思……我那天长地久的至爱，我那无法倾诉的知音。”国粹蕴含着深厚的中华民族伟大复兴的文化精髓。千古绝唱，余音绕梁……

2018 年 4 月 2 日完成于冰溪河

第三章

天涯处处有芳草

追忆旧岁 拥抱新生

时间飞速，一转眼2018年在走马观花中竟然离我们远去，迥然与众不同的是——它是在最后二天，江南第一场风雪漫天、飘洒晶莹剔透的洁白世界中不经意留下白茫茫一片，真干净！

海底捞月，谁都不会想到，偏偏在这个极冷的隆冬天气里，上海20多年的老友、江西老知青厉峰律师冒着严寒来看望慰问我和刘老师；玉山文博院周毅洪院长与江秀凤，工作那么忙也仗义地提出要专程开车去迎接厉老师。周老师早年是对越反击战场上幸免牺牲的战斗英雄；学生龚子端、叶雄英俩放弃家务，共同帮助接待厉老师。小叶又怕刘老师年迈冻着，就把子瑞的毕叽呢大衣毫不犹豫地送给他披上，屡次婉言也谢绝不了。其实他们家并不富裕，两个孩子要读书，过去又下岗靠办旅行社勉强生存，却美景不长；其实，子瑞是个很努力有才华的儒雅青年，可惜旅游事业不佳，但愿他日后贵人相助有缘起飞；其实，刘老师真有不少大衣20余年在上海空关着，我只是怕太重拿不过来。20年来我们与子瑞师生情谊暖暖的，好似春风拂面感激不尽！这五年刘老师生病以来，他俩与11岁的儿子及弟弟子杰，皆不图任何回报，送医院陪夜，送饭购物，到外地帮助报销医疗费，买车票来回接送，随时有难处，及时能赶到。小叶更是纯朴善良的人，心疼我太累，处处温馨关心着我们的一切。“知我者谓我心忧，不知我者谓我何所求。”（宋代，李涛）——当下世态变迁谁乐意，又到哪里去找这样的好心人啊？有那么敬老爱老的真心人在，我庆幸自己晚年是不幸中的大幸！

室外风雪驰骋路上萧索，天地银装素裹万物皆净。相见风雪夜，万般心潮滚。我与厉老师站在望江楼旅馆四楼，展望一派昏暗夜色下的林海雪原，联想起在江西迎风雪干农活的艰难日子，感慨了许久许久……厉峰是上海的著名律师，一直是我们三清山书画院可依赖的法律和艺术顾问。

这次为厉律师首次光临而接风，刘老师高兴地拍胸脯请客，满宴八位，吉祥如意。饭店内火锅取暖热气腾腾，粗茶淡饭共同迎接 2019 年的元旦佳节！这是一种别有情趣的欢庆仪式！仁士之心，助人皆为乐！友谊温存，患难见真情！风雪迎君来，步履感人心，为有壮士胆，换来暮色景……

天涯有芳草，岁月也幽香，淡淡的一点情怀很真，柔柔的一点依恋很醉；微微的一点孤独很静，绵绵的一点思念很深；潺潺流水般的追忆朦胧更是很甜美很珍贵的呀！因为 2019 年我又能吮吸到初春那缕缕的泥土芳香，拥抱那台阶下小小青草与吊兰的稚嫩与羞雅……

静静的我，忙碌好烦琐的家务，安抚好我先生的情绪，舍去午睡，坐下来开始执笔。思绪百转流连在快要收敛西下一夕淡淡阳光的书案上，拾掇一段絮语的寸草心，品茗的紫砂壶始终陪伴我身边，仿佛君子之交淡如水那样的宁静而释然，心领神会。“登斯楼也，则有心旷神怡，宠辱偕忘，把酒临风，其喜洋洋者矣。”（宋代，范仲淹）把茶临风，幽幽清香，心明眼亮也。朝花夕拾，难能可贵的一度夕阳美，美在沉静；青山依旧，生命之美，美在不论年龄，不论青春年少，就如夕阳融进天边在水上折射出一道道无比宽广的崭新的生命线，一如焕发灼人的壮丽梦幻，令人遐思万千，让人浅吟低唱——这也许就是我迟暮人生中的悲壮与凄美！

2019 年元旦

收获健康 守望友谊

“天地之美，在于相融。人文之盛，在于交融。”怀着交流迫切与学习的初衷，携着真诚感恩的心情，用使命感写我身边感同身受的动人故事，雅集新时代人间的真善美，乐此不疲……

夜已深，忙碌一天的家务暂且歇息。我放下一切烦恼，心境舒朗起来。野外，可爱的青山绿水早已披上金光灿灿的诱惑灯光秀，光亮亮透过落地纱窗一缕缕射进我的书房，叫人在扑朔迷离中进入一度创作的灵感欲，心绪蔚然释怀。

记忆犹新，回顾那倒霉的2017年底的全球流感瘟疫袭来，我和先生病苦难忍，正缺少上海的好药治疗，于是求助于刘老师曾在上海华山医院住院的病友姐姐陈方怡。她是一位敬老爱幼、非常热心的湖南妹子、上海媳妇。她怜悯我独自日夜照顾患病开刀的刘老师，脸色苍白浑身无力，夜晚就主动要求帮我陪护，也经常烧好菜送刘老师一份。出院了，她专门派小车免费送我们回家，又送一篮子农场的土鸡蛋。后来她还专程远道来上海看望我们，请客吃饭，提来一大堆礼品。在我们婉言推脱，万分感激的情况下，她却说：杨老师，这是我们的缘分，忘年交。我应该照顾你们老人家的呀！多么慷慨激昂大方重情的爱心仁士啊！

我俩那次重感冒，发烧咳嗽气喘，难过得死去活来，又无力去医院，五洲大药房经理邱学兰帮忙，送来药和面包，热心人玉山县人民医院住院部原内科主任夏金媛好友帮助指导用药，但最关键有效的上海生产的“日夜百服宁”买不到。我别无办法，心想只有陈方怡在上海能鼎力相助！于是，她与爱人艰难地找遍了上海药房，最终托外地友人买到了此药，即刻寄到江西，让我们一下子康复了。急病人所急，为友人所为，我内心是多么地感激啊！

这不，2018 年 12 月中旬大雪纷飞，她来电说，老人家需要活血化瘀，寄来了两大瓶三七粉！我惊呆了，原来她处处都是考虑到我们老年人的健康幸福。这，不是亲人胜似亲人的两代人的关爱仁义，难道用什么尺寸能衡量出来的吗？她豪爽侠义地说：“只要有难处尽管来找我！”每一次她都说到做到，并且不肯收费！我十分心疼她的一次次付出与真诚善待！我该在她身上找到中华民族“助人为乐”“无私奉献”的传统美德！我要兴奋地转告亲朋好友——陈方怡友人是我们身边最靓的玫瑰，散发出一阵阵馥郁，久久地留香在我们的心田里，耐人寻味！

记住她，40 开外，健美的高挑个子，端庄的圆脸，小小的樱桃嘴，一对水灵灵的大眼睛，忽闪忽闪地望着我们微笑。笑声朗朗似淙淙的流水声贯穿始终，那么可爱、那么善良美丽的年轻女士！方怡，请您不要再为我们无私付出了，当然，我真的很爱你呀……

2019年初于三清山书画院

生命的磁场

——读周力老师散文“云端里的磁场”后感

生命的磁场是领悟大千世界一花一界，一树一心的初真纯缘。

人生几何？能得到大自然的生命磁场，也觉值！江西玉山周力老师长篇散文一万余字的苦苦创作，体现了一个三清赤子初心不变的拳拳情怀！

仁者爱山，智者爱水。举世瞩目的三清山，周老师用心灵感受这座名山大川的自然温度，用求知切切储存了夺魁的道教人文景观。他对那山那水的笔描心绘，吮吸着物华天宝的精髓仙气，溶化在阴阳、刚柔、正反、爱恨等天人合一的磁场蕴含里。写得如此热烈，如此深情厚谊，每每令人受益非浅，令人爱不释手！

我忙中偷闲，宁静地坐在画室里，面对起伏跌宕的国画山水“四海云涛朝玉京”的八尺横幅原创，品一口三清山的云雾茶，除了矿物质的磁场强度，还有浓郁的苦尽甘来的提神醒脑的磁性引力，也就是仙山福地的文脉恩惠！

这便崇敬地拜读起周力老师的华章，丝丝入扣，句句理智，真是一位心诚朗朗河山，立身堂堂悬肝胆的玉山才子啊！

周老师对三清山的神往自小到大、对三清山的灵感、数十年如一日的登临览胜如痴如醉！然而他作为县文联原主席退休的学者，是那样地明白，要善解人意地去收集资料，完美自然与人文景观的解读，对得起大山儿子的冠名。

他坦诚地叙述了对刘鹏飞老师的敬重与贡献，对当地作家官涛的肯定，对旅游企业先行者、农民鲍家兄弟创业的点赞与肯定。尤其是对刘鹏飞先师早年研究的三清山14亿年的变迁，地貌，绝景，以及天然道场八卦建筑的领悟，更是惊叹不已。

他曾至诚至爱地信仰着说："在三清山，随处都可感受到生命的蓬勃，生命的精彩，生命的坚韧，生命的向往……三清山是洗涤灵魂的山，是赐予人希望的山。"周老师的广博才华透露在精湛的文笔里，博约咸宜，结构严密，彬彬有礼，栩栩如生。他说，为了写三清山他一次次尝遍跋山涉水体力缺失的痛苦。那为什么还要去登山呢？崇尚华夏文明文化，塑造天地人三行的磁场规律，启迪生命在追求梦想中的韵味！这使人看后，久久难忘！

生命的磁场在三清山的云端里，在心中的爱河里，在返璞归真的大自然中，但愿周力老师文学的绚丽至极归属于淡定释然中，最终成为大千世界的美丽篇章！

2017年7月28日于三清山书画院

第四章

千古沧桑风云变

浅谈《别君叹》和王维诗

昨夜春风拂大地，杏花村细雨霏霏，绵绵思远道。濛濛古邑七里长河，万柳畔琼洲。我沉浸在《别君叹》的秦腔旋律里，被感染的心久久不能平静……

为这“秦时明月汉时关，万里长征人未还”异曲同工、妙不可言的关山越而点燃了苍凉悲切。假如不听“别君叹”现代人曹轩宾抑扬顿挫，轻重缓急，一哼三叹，再配上穿越八百年南宋古琴“高山流水遇知音”难觅的古曲，所吟唱的曲词，谁还相信经典流行的21世纪今天，竟然惜别离、断肠情的文人古意会如此浓郁，激发场内外观众热泪盈眶而怦然心动！纵然，唐代诗人王维为挚友元二即将奔赴新疆戍边、饯行所写的诗是那么情天义海的凄美壮观：“渭城朝雨浥轻尘，客舍青青柳色新。劝君更尽一杯酒，西出阳关无故人。”

西辞黄鹤楼，北望阳关道，“羌笛何须怨杨柳，春风不度玉门关”。（唐代，王之涣。）五里一亭，十里相送，送了一程又一程，风雨兼程不想告别，此一别未知何年何月再相见？两位挚友对饮了一夜满腹惆怅、惘然若失的惜别酒，喟然长叹“执手相看泪眼，竟无语凝噎。念去去，千里烟波，暮霭沉沉楚天阔。多情自古伤离别，更那堪，冷落清秋节！今宵酒醒何处？”（宋代，柳永。）古道荒野，云路迢遥，千里送君终有一别呀！车马已动，王维久久地站在古道边泪眼相送依依不舍，元二无奈转身而去，独自面向寥廓风沙的阳关三叠之隘道，苦不堪言呀！啊，苍天！“路漫漫其修远兮，吾将上下而求索！”何处是浅暖浓情的地方？穿越时空隧道，体验古人为官以社稷为重的克己服礼情怀！竟然如此地艰险？要付出勇敢的力量，要痛苦地远离故土与至亲至友！“故，天将降大任于斯人也，必先苦其心志，劳其筋骨，饿其体肤，空乏其身，行拂乱其所为，所以动心忍性，曾益其所不能。”（战国时期，孟子。）牢记古训，坚贞砥砺！元二要一路历经：远山大川，百战穿金甲，风雪夜归人，戈壁滩的金沙伴食粮。能不能飞快地到达驿站口，将金戈瘦马浅搁饮水？这一路的人世沧桑风餐露宿，穷愁潦倒新停浊酒杯，真是“人生如梦，一尊还酹江月”啊！坦途的险难，如履薄冰；马蹄声声朔风潇潇，忍辱负重，此刻好不心酸噢！

叱咤风云历练人生，此刻也勾起同样的场景，我 18 岁那年从军北大荒的伤痛又唤起了与古人赴西域疆场的同情感，仿佛徘徊在一首守卫边关的古诗中“古戍苍苍烽火寒，大荒阴沉飞雪白”（唐代，李颀。），此身北疆何时能回故乡？天寒地冻，前途渺茫，林海雪原，孤独彷徨。好在生命是坚强不息的，让我 24 岁那年有幸投奔到江西山区插队务农，虽然辛苦但免去了严寒之罪！可那隔山隔水，离家还是遥远的。贫穷落后的山区、泥泞的小路、原始的农耕、果林的拓荒、物资的匮乏……我依然不知道何日能回到故里，和老爹娘生活在一起？我走南闯北经历了社会，工作，生活，婚姻的百般折磨，失去了芳华，蹉跎了岁月。在万劫余生中，凭着自己刻苦钻研的艺术之长，20 年后终于通过人才交流调回到上海市总工会，回到在父母温暖的老屋里，幸免了苦难。

诚然，如今回首往事，尤其看到视频的《别君叹》传承秦腔，会萦回难忘！为古人深厚友情的难舍难分，为自己曾经的无可奈何花落去……

别君难，我被温文尔雅的曹轩宾歌手接下来满怀乡愁的曲调而深入其间地吸引。尝遍了人生百态的心才会感慨万千，不愿舍去，不想离去……

秦调道来，感动了听众的耳目和心灵，是“相逢何必曾相识”。天涯同命人，无须分古今，品尝追索那“前不见古人，后不见来者，念天地之悠悠，独怆然而涕下”的悲哀和冷漠！

低吟白雪逢阳春，送君别去无知音。离台孤矗昂首望，穹凄尽兮宙宇敞。车马纵兮雁飞翔。

春复秋往世无常。幽清默兮落暗乡，何年何月蹉跎降。莫问莫观你莫惆怅，山石林木无易样！

粗犷豪爽的秦曲，跌宕起伏，刚柔相兼；绮丽细腻的词牌，忧伤清雅大智若愚，真是情景交融啊。“大音希声”。曹歌手温柔敦厚、清远古穆地连唱了好几遍！明心见性倾吐情志，掌声如雷、响彻场外，荡漾在遥远的天边……

《别君叹》原始秦调是中华民族的艺术瑰宝，已经在陕西的失遗中抢救出来，成为古典文化世遗的精神财富！深入人心。她似春风徐徐吹暖人情感，尤如一泓清泉潺潺流向来之不易的人生观和世界观！流至我们现代人的身边……

千年传承别君叹，风流倜傥路漫漫。
顶礼膜拜文蕴藏，民族逸韵阳关璨。

2019 年 7 月 19 日深夜修改

重温金色年华

一　憧憬童年

谁都有难忘的年华，稚嫩的童年。但我们这一代与祖国同龄人的童年时代应该是金色的：在红旗下成长，在糖水里泡大，可以无忧无虑地在父母的膝下盘旋走路长大，可以无所畏惧地背起书包幸运地上学校。虽然遇上过不幸的三年自然灾害，长身体缺少营养，但也锻炼了小小年纪勤俭节约的优良作风，养成了一辈子不敢挥霍财物和奢侈浪费的良好习惯，积累下来这是一笔不小的额外收入，拾掇到享受，发扬了老祖宗的传统美德！至今在我头脑里还闪烁着金子般的光彩，不负童心再现！

我们（一）班是全校最优秀的学生，互相帮助，团结友爱。从 1957 年到 1963 年，我们戴上鲜艳的红领巾，是以英雄人物为榜样，踏着先烈的脚印继续前进的后备力量。

六年里我们不离不弃，哪晓得一考上中学，各自翱翔在天南地北就不容易找到了！可以说，除了屠志成，张雯芳，张存新，周黎青，我们五个在市六女中七班里，王玲玲和王惠芳分在一班，其他小学生都去向一无所知。

人在哪？岁月流转，思念望夕阳。朝朝暮暮的磨砺，金色年华一去不复还，只有看看留存的老陈照片和慢慢遗忘的小脸蛋儿；那些个妙龄少女与英俊少年的再现，谁又有什么能力去追寻去呼唤欲出呢？

二　生命的回音

“生命是一种回声，你把最好的给予了别人，就会从别人那里获得最好的回报！人与人之间，相互的鼓励是最难得的真诚！为别人鼓掌的人，也是在给自己的生命加油！当我们学会了欣赏和感恩，就拥有了幸福和快乐！我们要养成感恩的习惯，去感恩出现在我们生命中的每一位……”相信民间也有这么优秀的人格境界！

上海的仲秋，天高云淡，阳光灿烂。控江路一带知名的环保绿化林，随风蹁跹一派葱郁的气概，让我心中欣慰猛腾起风情万种……

祖国69周年国庆节，我与先生欣然重上杨浦区控江路“老克勒”酒家用餐。三楼宴厅依然金碧辉煌，彩灯华丽，让我留恋起国庆前夕小学同学们热闹重逢的场景……

浦江滚滚，岁月不老，我们上海市黄浦区宁三小学1963届六（一）班的同学们却已逾过了半世纪的别离。55年前的童真率直、奶香未尽的少男少女，从未知的将来到如今的面目，一晃悠怎么轮到了花甲的年轮？两鬓白发，双眼佩镜。我站在第一圆桌边，细数着 12 位首次重逢的老同学们——音容笑貌“似曾相识燕归来”泪目相认，往事如烟不是烟，握手拥抱似手足……

梦已久，人儿怎复返，无奈问夕阳……半年来，如果不是有心人舒永康的发起在电视台寻找，找到第一位贺育骏，与舒永康的三小时策划，哪有这次 13 位同学的重逢？恐怕是天方夜谭的梦魇了，所有的人都惊讶这个不可思议的奇迹。源头产生于有心人舒永康在一次沪上中学同学相聚中的意外收获：真有本事，打听到原大队长章慕君女同学的电话，于是联系上了六位老同学，建立了“重逢微信群”。舒永康是热情坦诚的，也有锲而不舍的精神，他迫不及待地组织了六位同学首次见面再度发展寻人。这个时候，突然端木名伞找到了我二哥，要了我的电话，因为他俩原先在一个单位。无独有偶，步文伟又在电视台上找我们，把名伞和我激动得好几日，在一起梳理班上的名单。摄影家步文伟立马和我通电话，亲切友善，令人欲见心切！我拿出曾经在长风公园拍的一组二组的集体照，百看不厌念念叨叨。相看如初，回首同学少年；相聚不易，沪上惊起波澜。舒永康、步文伟、吴文衡、袁丰民、章慕君、贺育骏、邱祥贵，他们已经第二次碰头了，加上陈赢提供的另一张集体照，我们全班人齐全了。大家凭感觉凭追忆，一个个对号入座，竟然把全班在发黄的照片上都找到！

斯刻，我提供了王玲玲、张雯芳、屠志成、张存新、周黎青的线索，有人愿意有人不愿意。毕竟年岁久长，六十几岁人记性有限，但队伍已扩大到13位。大家很想见面团聚，我与先生应邀参加北大荒上海知青50周年纪念会，回到上海故乡，因此得益。小同学祈盼重逢的日子越来越近，心绪越来越不平静。小时候的童影，玩耍的兴致，历历在目，沉浮在泪中梦里。有谁明白这种无瑕的童真能再现？有谁理解退休人还要寻找金色的华年、少年的芳华……

“风依旧，吹遍黄梁，留不住夕阳。”是的，非常珍惜这一刻，那是非常坦荡而喜悦的日子，终于来到了！感谢大家照顾我先生病体而不怕路远集结到我家附近——内江公园，很多人第一次来到大杨浦，吴文衡脚不好，也来了，热忱地为大伙儿积极地拍下许多好照片。欢歌笑语充满亭台楼阁，彼此问寒叙暖！我们拍照留念在“忘寒居”，同济大学原著名教授陈从周题的匾及早年读书的地方，小桥流水，鸟语花香；转辗又聚餐在华光横溢的醉美饭店。此刻，每个人仿佛又重回校园，是童趣的芳心年少，讲不完，说不尽！竹影坡上动，心气花甲升，梦中几回灭，谁知眼前真。

“今生有你，相隔天涯也温暖，总有一个身影，徘徊在梦里梦外，若隐若现，一遍复一遍；总有一种思念，流连在窗里窗外，若有若无，一天又一天。谁在谁的时光深处，素语浅笑，将痴痴温柔与善良，涤荡在且行且惜的尘路上？那抹暖暖的思念，似怜，轻柔如雾；似遥远，却牵扯着依恋。”多么动人的话语沁人心脾啊！

重逢在2018年的国庆前夕，我们真幸运！团圆在双节之间，金色年华朝夕辉映，像海市蜃楼栩栩如生，我们真幸福！

2018国庆节于上海控江小屋

注：

2018年9月29日第一次同学重逢在上海市杨浦区内江公园，出席人员有：章慕君、屠志成、王玲玲、杨七芝与刘鹏飞老师、邱祥贵、郑金麟、步文伟、贺育骏、吴文衡、端木名伞、柏毛毛、舒永康，共13人。

2019年10年21日第二次同学聚会在上海黄浦区“金锚传菜”，我们幸运地邀请到89高龄的丁慧君班主任老师，她思路敏捷，福体康乐，与她老伴儿一样是两位长寿的老师。

同学有：章慕君、梁雁苹、陈嬴、杨七芝、袁民丰、汪茂林、吴志林、邱祥贵、柏毛毛、端木名伞、郑金麟、舒永康、步文伟、丁水娟、张书琛，共15人。

壮烈的海魂

——泰坦尼克号在沉船前

海难中的《我心永恒》是20年前泰坦尼克号电影的主题歌，哭诉那生离死别的凄美及悲惨。今天让我们以追思的形式，一起沉浸在歌声的无限忧伤寒凉与哀悼的冷彻中：

夜夜在我梦中，见到你感觉你，我的心仍为你悸动。穿越层层时空，随着风入我梦，你的心从未曾不同，你我尽在不言中。你的爱伴我航行始终，飞翔如风自由，让你我无忧无惧，永远的活在爱中……

缓慢的中音旋律，充满唏嘘沉闷和极度渴望，令人处于悲壮而无奈的境地。

1909年3月，泰坦尼克号由英国制造，三年后竣工试航。“1912年4月在它的处女航中，泰坦尼克号便遭厄运——它从英国南安普敦出发，途经法国瑟堡—奥克特维尔以及爱尔兰科夫（Cobh），驶向美国纽约。4月15日凌晨2时20分左右，泰坦尼克号船体断裂成两截后沉入大西洋底3700米处。2224名船员及乘客中，1517人丧生，其中仅 333 具罹难者遗体被寻回。泰坦尼克号沉没事故为和平时期死伤人数最为惨重的一次海难，其残骸直至 1985 年才被再度发现，目前受到联合国教育、科学及文化组织的保护。”

泰坦尼克号是当时世界上体积最庞大、内部设施最豪华的客运轮船，有“永不沉没”的美誉。但是千虑必有一失，由于太炫耀自信而出现了种种不该有的疏忽，产生乐极生悲的局面，茫茫大海湛湛天宇却觅无彼岸，使船与人同归于尽、悲壮凄美而永恒人世间。很多年前我看过这部悲惨的电影，汹涌澎湃的心浪，久久不能平静……而今重返沉船一刻，依然是久久难以平息，嗟叹悲怆。总为那船上 2000 多人陷入生命的漩涡而鸣天落泪……哀哉！绝无仅有……

壮烈的海魂——泰坦尼克号在沉船前：

男士们，用担当牺牲的伟大、稳如泰山屹立不动摇来诠释生命的价值。先抢救妇女孩子，为保卫自己尊严的人格而战，这是伟大男人的唯一选择。

女士们，用温柔体贴的爱情、犹似碧海丹心般宽大来支撑内心的强大，相亲相伴死无遗憾。

沉船之前：勇敢善良，一群群人性伟大的光焰照耀着黑暗——是把唯独能挽救自己的一条生机让给素不相识的妇女儿童，这是什么精神？

面对茫茫大海的死神降临，船长说：船在人在，他决不离开；乘务人员没有一个逃离！唯一男扮女装逃离的是日本一个官员，他回到日本立即被解职，他受到所有日本报纸舆论指名道姓的公开指责，在忏悔与耻辱里他过了10年后死去。

当生命紧紧镶系在拼搏的大爱上，死亡对于无私奉献人来说是微薄的！当一个富商抛弃巨款去投入最后的抢救行列，对他来讲金钱小于每一个陌生人的性命。海浪平息后，发现他的脑壳被烟囱砸碎倒下了；"泰坦尼克号放下救生艇后，亚斯特四世、当时世界第一首富，把怀着五个月身孕的妻子送上4号救生艇后，站在甲板上，带着他的狗，点燃一根雪茄烟，对划向远处的小艇最后呼喊：我爱你们！让弱者先上！这是因为他们生下来就被教育：责任比其他更重要。"

当时世界最大百货公司"梅西百货"创始人施特劳斯夫妇，眼看着船只即将沉没，而船上备用的救生艇远远不够，怎么办？施特劳斯先生选择了把救生艇让给女人和孩子。第一艘救生艇坐满的时候，施特劳斯先生非常绅士地站在一边。尽管如此，他还是希望爱妻能够脱险，所以他屡劝夫人上救生艇；善良的夫人一直迟迟不肯，她是想让其他女人和孩子先走。直到8号救生艇的时候，她才走了上去。可她很快发现丈夫并没有上来，于是问他怎么还不上来，施特劳斯先生深情的望着夫人说："只有所有的妇女和儿童都上船后，我才能上船。"

这时，一位救生员觉得施特劳斯先生 67 岁年纪大了，可以一同登上救生艇。然而先生婉言拒绝了，他说："谢谢你的好意，但我不希望受到任何区别对待。"

闻听此言，夫人立刻明白自己的丈夫不会一同登船，所以又从救生艇里走了下来，她一直谦让了三次登船。

她的举动让其他人十分惊讶，当时那种情况，有多少渴望登上救生艇逃生啊！

而她的一句话瞬间让大家的惊讶变成了钦佩："我们共同生活 40 多年了，我不会离开我的丈夫。要么我们一起生，要么我们一起死。"

然而，泰坦尼克号将要沉没的那一刻，还有更令人刻骨铭心的一幕——混乱之中，这对老夫妇躺在床上、安静相拥，他们对彼此微笑，深深地接吻。海水一点点地涨上来，他们却一动不动……"安祥地化为大海的赤子，告诉人们：什么叫爱，什么叫幸福。

他俩是贵族，用自己的牺牲换来他人的生存为幸福！大爱无疆啊！

在船上还有一对一见钟情热恋的年轻人，他俩疯狂地相拥着一刻不分离，短暂的爱情却不幸被海水无情地淹没。她浑身是水冷得发抖，全身无力爬在筏板上眼睁睁地看着心上人松开了双手沉下海底却爱莫能助，只有撕心裂肺地号啕大哭，真是有缘的爱情，不幸地告别……

"一个人一生可以爱上很多的人，等你获得真正属于你的幸福之后，你就会明白一起的伤痛其实是一种财富，它让你学会更好地去把握和珍惜你爱的人。不管是面对生死还是生命中的任何磨难，相爱的手永远都不会放开。”

伟大的牺牲者，在向我们每一个人诠释着爱的崇高。最重要的是人格的提升：我要让你知道，我有多么的爱你，这是一场面对素昧平生而生死、攸关崇尚、友谊至爱的人性大洗礼，可敬可佩可歌可泣的精神伟岸呀！

真是壮烈的海魂：纽约市布朗区矗立着为施特劳斯夫妇修建的纪念碑，上面刻着这样的文字：“再多再多的海水都不能淹没的爱。”

生命诚可贵，死亡不可惧。那时的一瞬间，你的生机就是我的生命延续……泰坦尼克号你永远不会倒下！因你的故事与震撼——坚硬地竖立并无声地相映在每一位彻悟生命重大关联的世人心中。

《我心永恒》的主题歌永远悲悯地唱响天地与人间，陪伴海魂的每一刻：

……只是一见钟情，两颗心已相通，刹那化成永恒情浓。怨命运总捉弄，缱绻时太匆匆，留我一世一生的痛。你我尽在不言中，你的爱伴我航行始终，飞翔如风伴自由，让你我无忧无惧，永远地活在爱中。记得所有的感动，星光下我们紧紧相拥，无论是否能重逢，我的心永远守候，只盼来生与共。

我听着这首来自大西洋上的天籁之音，似那一阵阵海浪不断地拍打着我的内心，潮起潮落跌宕起伏……愿与悲壮的海魂一道游弋在漫无边际的大洋里，不断地哼吟那《我心永恒》的安魂曲……

2017 年 4 月 28 日写于控江小屋

2019 年 12 月 10 日修改于冰溪画楼

第五章

独凭清霁在人间

杏林七里中医缘

2020年的元月六日，正处三九前后的小寒气节，俗话说“冷在三九”。我不寒而栗，一清早真的恐惧出门。岂料，江南的玉山，今天居然不太冷，真是有缘。驱车来到冰溪河万柳洲对岸的七里街城门南面广场上，立马传来了“骨伤科名医顾新建中医馆的拜师仪式”锣鼓喧天的热闹响声；城门两边高大的银杏老树招展着魁梧雄浑的树枝盛叶，趋向四面八方，迎接着每一位贵宾，也彰显其早已硕果累累不骄不躁的性格，提示着玉山杏林界的新时代新风貌。

清晨9点未到，武安山一带寒雾笼罩，露水晶莹在七里街堤岸的绿树丛林里。正巧有幸让我赶上了这场百年难逢的中医拜师仪式。大舞台银幕上放映着大型会标：“玉山县中医中药中国行暨顾新建中医传承工作室弟子拜师仪式”，下面写着主题：“传承精华 守正创新”。

其间还播放着许多中医名师的宣传，气势恢宏感人肺腑！舞台上摆着五把红木太师椅，供四位有关领导和顾医师端坐；他们的前面站立着面对老师领导们的八位男女弟子，行了一番庄严的鞠躬礼仪，正式虔诚地拜师立德立学了。这次仪式由玉山县卫健委主办，冰溪街道卫生院承办，黄家驷医院（玉山县人民医院）、县中医院协办。红色长围巾都挂在师徒们的胸前，表示铸梦老中医，立足新时代，为民服务，弘扬仁慈的一股股火热的决心，定要把祖国的中医骨伤科的传统绝技一代代决不褪色地传承下去。老师和贵宾们皆眉开眼笑，幸福打从心底里绽放着、呼唤着。这是玉山县前所未有的“神奇国医，妙手回春”的传承枢纽。

顾新建医师是上海著名骨伤科大师王子平的第四代弟子，是王琦老师的徒弟。王琦老师，和哥哥王瑾，师承伯父王子平。王子平是中国知名人士、爱国者、武术家，骨伤科专家，声名远扬。兄弟俩是王氏第二代传承人。杏林万里扬民族信义，国医传承树高风亮节，这一直是他们世代的医德。

顾医师自小拜师习武治伤起，一直萌发着要学习正规医术的梦想。特殊年代，他有缘被王琦老师看中做徒弟。从此他在上海中医院攻读，夜以继日废寝忘食，夏练三伏冬练三九，勤奋地学习，努力地钻研。学成后分在上海某医院工作，没多久，他的父亲把他喊回乡去，说：你是吃玉山饭喝玉山水长大的，怎么可以不为玉山人民服务呢?回故乡后，恩师的谆谆教诲他也终不忘怀：“你要不怕苦，为老百姓治病不能欺贫爱富，我们的医德就是帮助患者解决最大的痛苦，这是医生最大的快乐！”30余年坎坷人生，顾医师是这样做的也是这样坚持的。救死扶伤，他治好了数不尽的疑难杂症，有时半夜三更也要出诊。太劳累了，他竟然自己也得过胃出血病。顾医师是出类拔萃的优秀人物，他更是无怨无悔不怕劳苦，坚守到底的仁德治病，一直感动着各届领导和百姓。去年“首届医生节”，他被省、市、县各级评为先进，光荣地上台领奖。是金子总会发亮，如今，在县领导以及社会各界人士的关心支持下，他办成了：

“七里街中医馆”；

“玉山县卫健委新时代文明实践所”；

“顾新建中医传承工作室”。

在有生之年愿把祖传的绝技在这块物华天宝的杏林圣地传承发扬下去，这样他才感到自己对得起祖宗的栽培和祖国人民的养育。再苦再累，用自己的医术奉献给人间最美好最健康的快乐！

近午，风和日丽，阳光灿烂，冰溪河的水也粼粼地泛着金丝银丝，这种如美女洗发一样的柳烟和给予血脉滋润的波光，就像中华民族五千年国粹精英不朽的光斑，迷恋着每一位学子，鼓励创新者——“只争朝夕，不负韶华”。

2020 年 1 月 6 日小寒于七里街

铁路之花 爱心高照

——记江西玉山九九老年公寓高明伟院长

如果你是一根蜡烛，你就散发蜡烛的光辉照亮周围的人；如果你是一盏灯，你就发出灯的光芒去照亮周围的人。我们应该尽量给更多的人带来温暖，让这个世界变得更加的温暖，更加的美好。——袁隆平

一 网络缘——“春江水暖”

应了袁老这个爱心奉献的精神，我感动于玉山“春江水暖”这个在许春水老师带领下的微信群，就是带给人间温暖与美好的爱心公益群——经常帮助弱势人群，寻找走失老人，扶助贫困学生，敬老爱幼，是最优秀的团队！然而在不经意间我知道了有个女士——高明伟院长，2014年开始创办了玉山县第一所民营的“九九老年公寓”，而且办得非常出色！

这个公寓在县城冰溪镇西面的下徐村，离县城开小车只有一刻钟的路程，车到皇朝大酒店旁边、拐进一段小路就到了。那里原先是个乡村的山庄，有1000多平方米面积。花园，走廊，亭台楼阁，休闲大厅，设备俱全。可以

在院内篱笆墙边赏花望月；可以供膳饮茶，下棋打牌，聊天看电视；也可以随心所欲地观望院外的小桥流水，竹林茅舍，听鸡叫鸟鸣；极目舒展，空气新鲜，好一派田原风光安心养老的美景福地呀！

最初我认识高院长是她优美动听的朗诵诗打动了我！这翠鸟一般的圆润优雅的声音沁人心脾，我喜爱她咬字的清晰度、亲切感。果不其然看到她一张照片，原来是当过几十年的铁路广播员！美丽亦可爱，是鹰潭铁路上娇艳的一枝花。非常荣幸，当年我也在江西农村下乡的公社和江西省某制药厂当过广播员。共同的爱好，使我陶醉在她那琅声如玉的美音里，便与她加了微信，想她能为我的诗文精心地朗诵，可惜她说没有设备怕读不好，留下许多遗憾！那也作罢了……

2018 年 8 月 21 日，一个风雨交加，孤雁漂泊而令人心酸的夏天，我突然在网上看到她发出祭奠她女儿病故14年的一首歌，那是她自己作词，由名家罗小明作曲的歌。一下子听得我心碎如焚，凄泪滚滚……

难断母女情缘

十六岁花季的那一年，你静静地闭上了疲惫的双眼；留下了孤独的妈妈一个人啊，还有你那些啊泛黄的照片。儿啊！我的宝贝，儿啊！你妈心寒啊。抹不去的母爱啊情难断啊，诉不尽的思念啊千万般；儿啊！我的心肝宝贝，相逢为何只能生紫烟？……

十六岁花季的那一晚，你悄悄地离开了老妈的身边；带走了你曾经的美好人生啊，还有你那张娇艳的容颜。儿啊！我的心肝，儿啊！你妈心酸啊。忘不掉的记忆啊刻心田啊，割不断的情丝啊母女缘；儿啊！我的宝贝心肝，相逢为何只有在梦间？……

呼天唤地两茫茫，潸然泪下！生死骨肉情，别离何相煎？我看后默默地闭上眼睛，悲泪悄无声息地淌了下来……想她、那么年轻漂亮的姑娘才 16 岁就不幸被脑癌夺去了生命；如今，我抬望眼，阳台上东边的山峦间升起了一轮嫩黄的娇月，好像她已变成仙女的姑娘愉快地生活在嫦娥的身边正向我微笑；也像我刚仙逝的先生和蔼可亲地在向我问候！月光温和地照着我，照着花草们，植物应该也有灵性的，在微风中摇曳着点头。此刻，刻骨铭心地回想着亲人在世的日子，没有孤独寂寞，没有病痛苦恼……高院长刚刚清明前也 24 小时陪伴在我 89 岁高龄先生的身边，为他最后送药喂饭，洗涮，直到咽下最后一口气！因为我一个人五年来料理病重的先生，日夜操劳殚精竭虑，实在吃不消了，只觉得头一阵阵地眩晕要倒下去！高院长知道我身边无一亲人，她心疼我，耐心地叫我："姐姐别急！我开车过来了！"闻讯赶来，她最后一程替我受罪担当苦力重任，为我排忧解难，使先生最后能安祥地寿终正寝。友情，亲情，人间自有真情在！

为此，我要感谢网络之缘，“春江水暖”群！在我先生一次次生病令我支撑不住时，都是群友们一呼即到，不分昼夜不分风霜雨雪地赶来救助：有龚子瑞、叶雄英夫妻俩学生守着、帮助喂药洗涮。有瑾山家具城经理吴亲远在繁忙中开车来回送，有顾新建医师百忙中免费提供针灸，有派出所所长毛顺兴跑来照顾。还有邻居米秋仙、郭小英、徐美英、程骏华、陈程程等都放下手中繁忙的家务带着小孩一起来协助。也有红色作家程小波在弋阳经常打电话鼓励安慰我好好活下去，文博院院长周毅洪经常从文成塔老远赶来安护刘老师……更有原银康医院医务人员前来解难，杨院长为我免费用救护车，副院长李程亲自帮助看病、上下楼抬病人及送养老院。也有好友王木火、饶德江始终如一无微不至地关怀助力。一帮贵人相助深深爱心铭刻难忘！在我无奈中最需要求救时，好心人给予患难与共，为我带来了生命的祈求，送来了人间满满的春风暖意！

二　酷爱艺术 身不由己

高明伟院长属“60后的人”，出生于老家徐州，自小跟着外婆长大，5岁幼年时被抱养到江西玉山一个没有孩子的夫妻姓高的家里，即她的养父母。乖乖女很懂事，得到养父母的疼爱和养育。小学求读在四小，升中学在一中。玉山人都知道一中是全县最优秀的中学，培育出许多著名人士。果不其然，高明伟读了二年中学，老师感到她很听话，品德好，功课好，文体好，被评为三好学生；加上她特别好的跳舞、唱歌与秀美体形，真是一棵栽培艺术型的好苗子啊！

1979 年 16 岁的她要毕业了，因为她在文艺班的成绩非常优异，常常得奖。老师喜欢她直接推荐到玉山文工团去考试，但是母亲不同意！叫她父亲早点退休去顶替工作。诚然，一个日夜向往艺术殿堂的孩子，谁肯去当工人？她有与生俱来的美丽，她酷爱艺术绝对不愿放弃，于是在老师的指点下，她又偷偷地跑到上饶剧团去报考。没料想，瞬间老师居然看中了她的才艺，决定接纳这位小演员。又谁料？被养母知道后坚决不同意，还差点挨揍！天地不容，好端端的艺术新苗被掐断了！明伟的一连串苦泪夺眶而出，浑身无精打采像被裹了小脚一样的走不动路！心想：妈妈呀！您怎么不理解女儿的心愿？你只管赚钱养家，但当个演员即成就了我，也能养家呀！您这样固执不是害了我一生的艺术才华吗！？她低头想问小草是否见到过她的生生父母，小草悄无声息！嘿！怎么办？于是她含着热泪豪放高音地对着河水唱起了自己最最心爱的甜歌：

“我爱祖国的蓝天，晴空万里阳光灿烂，白云为我疏大道，东风送我飞向远方……我——爱——祖国的蓝天。”

三　挑战命运 跳出水泥厂

一样的秋月和乡愁，

一样的思念和憧憬。

——秋风扫落叶各自难相守，风华正茂忆当年花季伴水泥？！

一场人生的错位降临到高明伟的头上。当年16岁的她无可奈何、忍气吞声地痛哭着接受了父母的命令，去水泥厂上班。她白天拉着很大的板车，一趟一趟地送采石到水泥车间，露天的日晒雨淋别提有多么艰苦了。一天拉上几趟车，累得她头昏脑涨脚底踩棉花，假如没做完还不准回家。手上脚上的血泡无声凸起，痛得晚上在床上直打滚！她望着窗外明亮的月，遨游的云，一阵阵心酸……睡不着觉，还不敢告诉养父母。最可怕的是，人小车重，一不小心翻倒，连人带车一起压在身上，当时她坐在地下，痛哭得涕泗横流，猛然想到：妈妈呀！您做的好事让我受苦！爸爸呀！我那可怜的父亲！原来您工作要承受那么多年的苦熬？难怪您腰都直不起来！

半年磨砺后，领导叫她去打杂工，换牌子，按劳工，虽然皮肉好受点，但对艺术的迫切追求谁能理解？在明伟的心中，那份闪亮的光点，就是千方百计地要离开这个每天满头水泥、浑身泛灰而嘈乱的地方！使自己发挥本能，一步步走向艺术的怀抱！

挑战命运的机会来了，鹰潭客运段招人。明伟见此毫不犹豫地去报名。考试的领导因为她声音好听选中她为列车上的广播员。真是一次命运的大翻身！从此她跳出虎口的脏乱差，可以在干干净净的列车小天地里、尽情地发挥自己热爱的才华与事业，更好地为广大旅客们服务！自此她在鹰潭—景德镇及各条铁路线上当了13年的播音员，亲切可爱、美妙动听的好声音，是铁路线上的一枝艳丽的花！时常得到单位和群众的喜欢赞美与嘉奖！随后，她又被提升为广播指导员，7年内努力培养着年轻有为的接班人。20年后，由于努力，她当上了列车长，又有这13年的四季轮回。这样，明伟风雨兼程，在这条滚滚向前的列车上，整整工作了33个春秋。她任劳任怨地工作，把家庭安在鹰潭市；她一路替旅客们着想，把他们当亲人、辛勤热情地为群众服务解难；她把生命系在铁路线上，把青春与汗水全部奉献给了这条从不止息的战线！

一面面锦旗从全国飞雪而来，挂满了列车室。如果没有当年在水泥厂的生死历练、重锤打压，可以说就没有高明伟后来一系列奋斗的坚强意志与成就！“投之亡地然后存，陷之死地然后生。”（先秦，孙武。），一个最艰苦的环境能够锤炼出勇敢的使者、坚贞不屈的人才，是啊，这句警言一点没错！

四　生离死别 与爱同行

“云山苍苍，江水泱泱”。生存在山中的翠柏虬松、正因为昌盛，是得到了天地的氤氲灵气；徜徉在江中的千帆航船、正因为上善若水，才得到仙风道骨的气质。

——以此赞美我们不惜牺牲个人利益的妇女同胞们。

尼采说：“当你凝视深渊时，深渊也在凝视你。”

弗洛伊德说：“每个人心里，都住着天使和魔鬼。”

如果是爱，却避免不了情感的伤害；如果是真爱，那躲不开痴情的无奈；如果是深爱，就少不了耐心的等待。爱由心生，注定心疼。

高明伟在鹰潭客运段广播指导岗位上干得风生水起、信心百倍时，没几年她的养父母就从玉山迁回到徐州老家，毕竟叶落归根老年人回故里是开心的，因为老人已很不容易帮助明伟办成了一个小家庭，接下来的日子要靠小两口自己操办。

然而“天有不测风云”，到了明伟女儿小学毕业那年，她与丈夫离婚了。由于同一单位的他有外遇，明伟忍无可忍，丈夫没有痛改前非的决心也生活不下去了。岁月很苦涩而凄惨，离婚的那天，秋气凝寒，风萧萧雨濛濛，她落了一身的水，流了一脸的泪。心地善良的她心疼了一整夜合不拢眼，怎舍得将一个好端端的家庭分离？！那年她才 36 岁，而立之年工作顺利了却丢了老公。幸有可爱的乖乖女儿在身边，一直很听话，明伟只有把所有的真爱投向在不断成长中的女儿身上，自己十分辛苦地跟车倒班工作。

火车滚滚向前没有停息，每一秒都承载着她沉重的心情而驰向远方。铁轨线四通八达没完没了，她的大脑里也灌满了错综复杂的惆怅。岁月流走苦恼自受，岂料“人有祸不单行”，16 岁的花季女儿，美丽出众得如小天使一般，在鹰潭一中读书，功课好品德好，人见人爱。突然说头痛欲裂、恶心呕吐，不堪忍受。明伟急得带她去医院检查，查出来是晚期发展期脑癌！晴天霹雳，五雷轰顶，这下明伟不能接受又一次重大的打击！她心急如焚，摇摇晃晃地搀扶着女儿到上海、昆明、广州甚至各地专科医院去求医，一心想抢救女儿这条可爱而鲜活的生命！为了女儿明伟用完了所有的积蓄，又到处向亲戚朋友借钱。除了心力衰竭满脸憔悴以外，一无所获。

于是高明伟不信命运，不信女儿会离去，尽管那个没良心的前夫不肯拿出抚养费来，最后那冤家也自食其果山穷水尽地倒霉了。可她毅然决然地要救女儿，又向人借了一大笔钱，最后生离死别的悲剧依然落到她的头上。女儿的不幸也是当母亲的痛不欲生，明伟真想与女儿一道出这趟远门，无怨无悔永不回归！嘿！又想起养育她的父母会怎么承受痛苦啊?！她的心早就碾成了碎片，一块块往下掉，厄运的降临，黑夜的笼罩，失去亲人的每一晚她都在哭泣寻找！念叨着：人都说有钱能使鬼推磨，我用了那么多钱也没救活我女儿，留下我孤独一人多么残酷啊！

从16岁到17岁，脑癌查出来到死亡只有10个月。2004年伏热时，她女儿迎着夏花的绚烂飞向了西天伊甸园。

“回望古道西风摇响的风铃，总也唤不回天涯孤旅的断肠人。”失儿的母爱啊，把夏日哭成白雪皑皑。

铁路的领导同事对她很同情照顾，让她好好地休息了一段时间。同志心朋友情总算让她慢慢明白，人去唤不回，活着要珍惜。就这样她理智地解开了心结，因为老父母还待她去照顾好呀。为了避免老坐在广播室想心事，她想转移心态则要求跟班去跑车，这样她忙忙碌碌也会忘记苦恼了。领导叫她当起了列车长。全心全意为人民服务的宗旨促使她处处为旅客们着想，敬老爱幼、吃喝拉撒，她一刻不停地忙乎着，繁重劳累时她喘口气又不顾一切地工作了。当然明伟年年被评为集体和个人先进，花开不惑之年，更显醇香浓郁！

花落几度又花开，淡淡的黄花清幽幽的醇香。就像明伟一样的雅致，当时的她才 42 岁，不惑之年她还想找个对象生个孩子，确实是情理之中的大好事。这把年龄了要求不高，由此将就点、找了个男人领了结婚证书。居然生不逢时，命运多舛，四个月生了个死胎下来！“天不助我也！”明伟哭得一败涂地，又一个亲生儿无声地凋亡，她悔恨得颠三倒四，沉沉地呻吟在病床上起不来，痛心疾首的泪水早已流干了。她与做生意的丈夫分居了。会用自己最大的爱心报答着栽培她成长的养父母，她把老人接到家里，工作繁忙时实在照顾不上，就把父母先送养老院，跑车回来了再把父母接到家中，体贴入微地侍奉他们。就这样来回地折腾着、多么孝顺而辛苦啊！难怪敬老院院长说：连自己的亲生子女都没有像你那样对父母好的，明伟你真是个孝女啊！她虚心地微笑着，轻轻地用动人的嗓音说：“应该的，应该的！”那么简单的回答充满了小草报答阳光雨露的感恩！这个感恩是持久的，她用最善良的儿女之情回报养父母。

不久后，年迈多病的养母离开了人间，明伟更加小心翼翼地把养父安排好，尽量让他健康愉快活到 90 大寿才驾鹤西去！吃苦耐劳她不怕，怕的是在暴风骤雨中孤雁失落而无助，想起自己的不幸续婚，这个名存实亡的家庭明伟想通了，还不如散了吧！

就这样凄风苦雨 40 余年，明伟依旧孤身一人，真正只有在车上热闹的工作中才让她忘记一切劫难与悲伤，才使她的内心轻松满满地快乐起来。努力奋进，对同志对旅客她兢兢业业，所到之处不弃不离，耐心奉献，爱心高照。授人玫瑰手留余香，她常常是铁路战线上被大家赞美的：铁路之花，花香四溢的红玫瑰！

五　行善尽孝 寄情“九九”

驾驭人类命运的舵除了勇敢应是奋斗，不抱有一丝一毫的幻想，不放弃眼前的任何机遇，不停止每时每刻的努力。

为了生命的意义，为了人生道路的多姿多彩。为了做一个坚强勇敢的人，她做出了一个决定，回玉山创办一家老年公寓，随同老年人一道度过自己的后半生——这是高明伟退休后的心路历程，寄情于“采菊东篱下，悠然见南山”的秀美故乡。

自从她双亲去世后，明伟内心一直隐藏着很大的愧疚，因为自己在铁路线上的奔忙，很少有时间去照顾年迈的养父母。这是做儿女的不孝啊！她揪心地谴责自己，骂自己对不起养育她的双亲。

带着尽孝欠缺的长期内疚，高明伟真的想要回到阔别30多年的玉山故里。七里街——让她自小背着书包天天上学的生根地，是玉山的造化养育了她。

2013年退休后，在一个春光明媚的暮春，高明伟揣着伟大的憧憬，真的回到了江西玉山这个美丽的山清水秀的古邑鱼米之乡。

于是她向玉山县民政局正式申请，创办起全县第一家民营养老院“九九老年公寓”。2014 年 6 月 1 号正式挂牌营业了，和房主签下了十年的合同。此时得到了玉山县电视台对她的专访和新闻报道。

当明伟省吃俭用投下了所有的积蓄 30 万元，还不够改造装修费用、工资又发不出来时，她已身无分文，这个日子难过了。1000 多平方米的花园式两层套房，每年房租需要 8.5 万元，她心急如焚且骑虎难下。扛不过来，欠债欠工资怎么办？几次都灰心地想打退堂鼓，不干了。后来总算得到了民政局的支持，感动于她为玉山老人办福利。这样民办公助，每年援助她三五万元的经费。然而，孝行天下讲起来容易做起来难，真正现实需要拿出资金付出劳力的。开头两年，她累死累活地干，有太多的不顺与委屈。自己每月工资 3000 元，怎么付得出一个 3700 元的护工费呢？她还要靠借钱工作。痛苦的岁月紧巴巴的现金，她又不想干了。转眼她想起自己当年立下的“行善尽孝，寄情九九”的誓言，咬咬牙关坚持了下来。老人们的吃喝拉撒洗等亲情服务，统统自己上阵，总算老人多了起来。因为她对自理、半自理、完全不能自理和异地寄养老人而提供各种级别的生活照料服务，费用收得很低，引起了社会的注重和反响。高明伟又亲自住在养老院和老人们一起生活，聊天，睡觉。因此、老人们都感到很欣慰而愿意和她在一起生活。

高明伟把老年人当自己的亲生父母看待照顾，老人们也把她当作亲生的女儿来疼爱。一有事情发生，他们就站在大院门口等着。有一次高明伟在外面工作，发生了车祸。老人们都站在门口心急如焚地等待着，不肯去吃饭。一直等到明伟安全地回来后，他们才肯放心地去吃饭。不是亲人胜似亲人啊！高明伟和护理人员尤其看到去世的老人，难受得眼泪掉下来，吃不下饭，因为他们服侍了老人好长时间，一下子走了都不能接受，要心疼很长日子。对去世的老人，他们都会做到善待安排好后事，一直等到殡仪馆来车送走为止。春夏秋冬的整整六年，他们接待了一批又一批的老年人，然后又送走了一批又一批的老年人，也让他们记忆犹新时常惦记！明伟团队皆是尽孝天下的好心人哪，多么不容易啊！一年四季从早到晚她没有一天休息过。过年过节，她叫务工们回去，自己一个人初心不变、无怨无悔地顶着干。那么多的工作，有时累得她气都喘不过来，但她还是笑容满面的开心。毕竟是50多岁的女同胞了，爱美的人都在保养娱乐，她却没有任何时间去考虑自己的健康与生命。

玉山籍罗小明音乐家为她们谱写了一首“九九寄寓情”的团队歌：

曾经有过娇柔的容颜，曾经有过多彩的春天。我不在乎昨天的光环，我只想过安逸的晚年。啊！啊！人易老，人有情。一路风雨，成笑谈。人生的道路虽有长短，生活的甘苦珍藏心田。啊！九九老年公寓，是我温暖的港湾。面对已是暮色的夕阳，面对已是落叶的秋天。我更喜欢笑容的灿烂，我安度那幸福的晚年。啊！啊！人易老，情难断。一生际遇成浪漫。精彩的故事还在延续。美好的童心，永远不变。啊！九九老年公寓，是我温暖的家园，是我温馨的家园！

含辛茹苦，能与铁树融化；天长地久，就有铁树开花。我们一次次祝福高明伟，在孝敬老人的事业上一帆风顺，百年合欢。一次次祝福她，一次次感谢她的爱心高照。高明伟这枝铁路坚强慷慨激昂的一树花呀，是千年铁树花落花开的四季更迭啊！在她善解人意的高尚中，我们感受到人心归渠的吉祥，感召到精神相依的光辉。

2019年8月29日历时半年的艰苦创作，最后完成于三清山书画院。

似水流年渡兰舟

“真情像草原广阔，层层风雨不能阻隔，总有云开日出时候，万丈阳光照耀你我……”人的一生仿佛在与岁月的流水同舟共济、肝胆相照。然而，只要知足常乐、随遇而安，美好的年华就会令人难忘。

花甲后，我打磨着病榻护君和创作的艰难岁月，踌躇行进！岂料，这个可贵的2019年竟然还有一个月多就要走完了？正是难舍难分这个波澜起伏的2019年啊！

“雪花飘飘，北风萧萧，天地一片苍茫，一剪寒梅傲立雪中，只为伊人飘香。”2019清明节，我在悲痛中送走了病故的先生，凄风苦雨一片苍凉心酸！最宽慰的是能得到许多良师益友与学生们的患难相助无私奉献。可最遗憾的是没能让开创三清山文化先驱——我先生刘鹏飞老师活到该活到的百年寿辰，但也应了他一句道学名言“顺天应人，安身立命”。我独自照顾重病五年的他，我潜心研究了中药治病保健养生20多年，唯独先生的老年痴呆狂暴症无法应对，我身不由己昏昏欲倒。危难时刻，好心人，南京生物研究所的毕景阳教授无私地寄来了他们着力研究出来提高免疫力的植物，他是先进的科学专家！他与植物真正维系了我生命的坚强。我吃了五年苦，过了些许非人的生活！但我始终有个强烈的信念：这是我报答先生扶助我三清山书画院事业有成的最好行动，故而，再苦再累也无怨无悔。能帮助亲人老人度过生命的最后阶段，这是家庭责任，做人的良心所在，应该不受任何遣责了。“窗外更深露重，今夜落花成塚，春来春去皆无踪，徒留一帘幽梦……”

2019年春暖花开，那五月的母亲节，我猛然初识了替我朗诵《念慈母》古体诗的玉山电视台原播音员吴旭编导。在微信交流中感觉他很有文学底气能读懂我的诗文，且用最壮美的声音表达我内心世界，令人陶醉感佩。我不断地创作，他不断地朗诵！我们还一起走乡访村，热爱青山绿水，与最纯朴的老百姓打成一片，提炼最美玉山博士县的文脉源泉，进而创作出讴歌新时代新农村的闪光亮点。

首先，我们在怀玉乡水阁社区支书谢忠健的带领下拜访了回老家居住的最高人民检察院干部部原部长熊少敏与夫人王秀英医师，大家皆被老干部退休后长期放弃京城优越条件、返乡照顾患病老母亲的孝心感动得热泪盈眶；接着，顶风逆雨朝拜了方志敏先烈的纪念碑，雨水心泪一泓泓流向深谷、淹没了枪林弹雨的残酷年代，好心疼年轻轻血沃青山的先烈们啊！

翌日，我们又深入博士村的官溪，得到村支书胡位林与梅启贵老师及胡仁宇后裔吴敏俭夫妇的大力支持，我们被那古今开创文化底蕴的博士们强烈地震撼着，亦被热爱文化热情款待的乡亲们而感染得诗兴浓浓，仰慕久久。以诗诵创导更富人文的精神世界，是我与吴旭编导最佳的主创理念，常常彼此在意境中流连忘返乐此不疲！

2019我们合作了40余篇散文诵读和诗诵，被正规公众号文坛网络录用转发，获得广大爱好者的点赞。那是我在苦恼中写就的文字，让吴旭亮丽雄壮的语音呼唤起再渡生命的旋律，扬起风帆，斗志昂扬，不亦乐乎！

学以修心，习以养德，“爱国，敬业，诚信，友善”。感恩养育我的一方水土和人民，应当老有所为作出绵薄之力。2019春夏，三清山下这美丽冰溪河畔的文化艺术团队，接纳我加入了“玉山县作家协会理事”和“玉山县朗诵协会理事”。

盛夏在热火朝天的八月，我在方志敏干部学院副院长程小波的推荐下荣幸地加入研究会，在研究会熊良华会长等领导的提携关怀下，前往弋阳参加了会员大会暨“不忘初心、牢记使命”庄严而隆重的培训班，聆听到老省长孙希岳等领导演讲方志敏先烈坚贞不屈的故事和后继奋斗的精神。我与吴旭编导便投入编辑，发出了领悟的诗诵，感慨万千，得到何新华、姚少陆和弋阳县委党校副校长诸葛方林等各位专家学者的支持鼓励。

秋之韵，风雨滋润万物收获，我有缘在“泰山读书汇”相识了上饶市老年大学常务副校长胡德江和杨玉枝两位画家伉俪，与他们真诚地交流着诗诵书画与艺术品位，受益匪浅……这些正能量都会不断地鼓舞我进取；也让我有更多契机向优秀的人士学习，弥补欠缺的哲理阅历和广泛知识。

2019 年 10 月在丹桂飘香的日子，在沪上策划老师李玉棠、王礼民的邀请下，老同学宋澄川、张清培等的勉励下，我荣幸地参加了上海大型“同龄人画展”，展出两张三清山国画山水。又参加了上海市知青历史文化研究会的 70 周年国庆联欢及为我们与共和国同龄人举办 70 岁生日大典。深深地感恩祖国和人民没有忘记我们这一代人呀！温暖在心，豪情满怀，不胜感激！十月小阳春、风和日丽，心弦拨动，我欣喜地接到上海师大教授尚志明的邀请，与云南周伟华一同观摩欣赏“为新中国 70 年纵情歌唱”大型汇演，壮美的表演多数是老知青，《岁月如歌》专著是尚教授无数作曲的最大心愿，好歌舞令人终生难忘！

所有的相逢，都是日月天地的恩赐。而最幸福的恩赐是让我们在人生最美的时候，能与最对的人欣然相逢了。

每一场相逢和助力，不必去追求结果，冬去春来，顺其自然，它毕竟要成为我们生活中的一部分，也终将融入每个人的世界，难以淹没和释怀的人间故事。

“爱我所爱无怨无悔，此情——长留——心间……”

人生何处不相逢，似水流年共渡兰舟。让我们不惜努力，珍惜光阴，珍爱人生，珍重他人，一辈子砥砺前行，热爱祖国和人民。

杨七芝 2019 年 11 月 20 日于沪上控江陋室

第六章

民族脊梁中华魂

我和我的祖国

——我们和祖国同年同月

庄建、杨七芝

一个生命酝酿在解放上海的隆隆炮声中，
我用幼小的灵魂迎接你——黎明的曙光。
1949 年 10 月 1 日毛主席在天安门庄严宣布：
中华人民共和国中央人民政府成立了！
十月的上海我出生了、五星红旗迎风飘扬！
在温暖的襁褓里睁开惺忪的第一眼，
我就闻到母乳的温醇，看到了母爱的慈祥！
多少年我们的祖国母亲啊，
您却承受了枪林弹雨、浴血奋战的重创。
前仆后继、饱经风霜、山河破碎！
百废待兴、重整旧河山、祖国在启航！

我们庆幸，我们骄傲，
我们和祖国同年同月同迈步。
新中国赋予了我们金色的童年，
鲜艳的红领巾飘扬在胸前众望不负；

我们好好学习无忧无虑地成长，
我们天天向上时刻准备着为社会主义服务！

学习雷锋好榜样我们响应党的召唤，
在特殊年代积极报名来到南北之疆！
在北大荒和云南这些美丽而原始的沃土上，
接受历练不断成熟成长。
在乡情的栽培下我们有幸入伍加入兵团，
红领装红帽徽成全了我青春的最大向往！
激情于文工团我们把芳华岁月挥洒在军营和民众，
入党宣言和艺术生命让我们的信心百倍百炼成钢！

20世纪80年代改革开放了，
我们都在各地从事工作将艺术才华为人民奉献。
亲历了每一座城市的沧桑巨变，
见证了伟大祖国的飞跃发展。
一方水土养一方人，感恩戴德，
我们已千锤百炼成为人民的公务员！

祖国啊，我们多么热爱您！
你传承的千年文蕴，如诗如画；
我们多么敬仰您！
你壮美的山河，博大精深！

与天地共存与日月同辉，
东方腾飞的巨龙是五千年文明古国的华夏！
多少艰辛，多少奋斗，
多少腥风血雨，多少使命担当。
祖国您用坚强铸就了不屈的中华魂，
您在中华民族伟大复兴的征途上走向辉煌！

今天我们和祖国一样迎来了七十华诞，
70 年在人类历史上弹指一挥步履艰程；
70 年从贫穷到小康攻坚克难国富民强，
70 年爱国精神社会价值生态平衡。
您“一带一路”的橄榄枝、创出国内外和平的使者，
就像一座座一曲曲巍峨屹立的丰碑威武驰骋！
70 年风华正茂，不卑不亢无私无畏，
我们还要仰望祖国更大胜利的星辰！

斗转星移风云多变，
祖国呵，我们永远赞美您日新月异！
为您歌咏为您喝彩，
初心不变，勇往直前决不放弃！
我们庆幸，我们骄傲，
我们和祖国同年同庆同舟共济！
只要我们的血还热，心还跳，

永远追随我们伟大的祖国站在最前列！

爱我祖国耀我中华，砥柱中流繁荣昌盛，

深深地祝福我们伟大的中华民族辉煌壮丽！

注：原上海市市六女中文艺宣传队庄建和杨七芝合作敬创于昆山、三清山。

2019年6月6日

长诗礼赞——伟大孔子

翻开历史卷未黄，
伟大孔子慨而慷；
《论语》《春秋》毕生著，
儒教思想明月光。

万世师表人敬仰，
出生奇异在鲁襄；
少年好礼恭谦让，
圣人后代九六长。

青年贫穷志气昂，
小吏司空出色当；
辗转齐宋卫陈蔡，
四处困难返故乡。

进言孔子请教礼，
多亏敬叔慧眼祥；
车马童行拜老子，
仁德治国宏图强。
送别教诲牢牢记，

哲理人生办学堂；
诸国争霸赴景公，
而立学“韶”众人赏；
废寝忘食请教君，
说服天下各为岗。

自古圣贤多磨难，
政事礼仪遭诽谤；
不惑回国见腐败，
辞官教书礼乐章。

坚守正道知天命，
莫与权势称一方；
定公任用大司寇，
主持赞礼救君王；
文事武备一行伺，
武事文备保国防。
正道辅佐威天下，
失地重归到鲁乡；
清理官府屡建业，
代理国事立法纲。

祸至不惧福不喜，

除非百姓皆安康！
路不拾遗宾客至，
文明道德兴家邦！

说客离间渡陈仓，
桓子受贿美女享；
远离昏君至陈卫，
匡城被围五天徬。
紧急时刻弟子慌，
孔子决然意志刚；
深信文脉不绝灭，
泰山压顶有脊梁！

金蝉脱壳逃生记，
南子夫人仗义帮！
未见好德如好色，
君马随从招市场；
优秀女子难能贵，
大胆爱才礼仪帮。

从曹达宋演礼仪，
路见司马拔树狂；
桓魁其汝吾何也？

造化美德气势磅！
转郑求陈三年回，
蒲地叛乱良儒挡；
巧施良策灵公助，
浴血奋战杀沙场！

击磬学琴文王操，
黄河难渡水浩荡；
竭泽而渔龙雨离，
覆巢毁卵凤不降！
哀悼窦、舜晋大夫，
简子杀臣伤天良！
多行不义必自毙，
创作陬操寄离殇！

三千弟子七二贤，
仁义礼智信传郎；
可惜正义少从命，
孔子耳顺国未昌。
不与小人讲道义，
莫和奸臣一道航；
陈蔡被困无所谓！
君子本色有主张。

坦荡无边天下容，
为有完善更宽广。
围困野外饥寒迫，
讲课诵弹激情慷；
师生论坛七昼夜，
惊险得救谢昭王

提倡礼乐承周公，
贤明难逢在他庄；
小人排斥笑从政，
路遇癫狂骂凤凰！

卫国邀请管政事，
名正言顺才敢当！
周游列国七八载，
坚贞砥砺沧海茫！

良禽择木而栖息，
良臣择主而仕郎！
师出有名冉有将，
孔子用兵趋明朗。
鲁军胜齐重礼赠，

一代圣贤返故乡！

哪知奸邪恨仲尼，
君不正则臣魍魉；
仕途退隐花甲过，
书传礼记撰文章。

复兴周朝礼乐诗，
礼制跟踪殷夏商；
上起尧舜下缪公，
文采质朴百年长。

潜心探研音乐界，
恢复雅颂清泉淌；
浓缩古诗和音律，
三百五篇唱理想；
诗书礼乐易春秋，
复兴古韵闪星光。

大器晚成大音稀，
弟子如云六艺装；
文质兼备攻周易，
彖系象博学荡漾；

说卦文言竹绳断，
精湛底蕴如既往。
克己复礼淡功利，
通览四方语不戗；
天道、天性与天命，
循循引导爱无疆！

智慧渊博善治乱，
麒麟被猎哀其殇；
虞仲夷逸持纯洁，
伯夷叔齐节气强！
投身史记春秋页，
天下乱贼定彷徨！

鲁天寒秋碧空尽，
七十患病泪满腔；
天降大任于夫子，
德政无望心苍凉！
大道连天独无路，
纵横陷阱兵马荒。

梦见祖先殷朝在，
一片忠诚辛酸亡！

万般罹难多少事?
乐以忘忧礼芬芳。

几度春秋几拼搏,
不觉人生到斜阳。
孔子七三跨鹤去,
弟子三年共服丧;
墓田喜迁百余户,
典藏留芳慰国乡。

失之东隅收桑榆,
学者司马传念想;
道德高山行大路,
伟大孔子吾瞻仰。
世事洞明皆学问,
人情练达即文章。
儒教鼻祖似泰岳,
厚德载物变沧桑。

吾辈愧疚古文荒,
虚度光阴已夕阳;
中华五千年求索,
上善若水国学扬。

掩卷圣人屹高堂，
荣辱不惊铸辉煌；
兴衰成败总流变，
孔子思想闪金光！

2014 年 5 月 8 日于三清山书画院

敬仰您：一个不屈的文化使者

——端午节重温伟大的屈原精神

大江东去浪淘尽、人间有思念，
粽叶飘香、举菖挂艾热气腾腾！
不忘初心牢记使命走向新时代，
遥祭屈原——端午节紧密民间风俗唯系此人。
屈原——您是让世代儿女牢记朝诵夜吟的巨擘，
您是让民族文化璀璨夺冠而深沉厚重的一尊神！
拂去史记的尘埃、撢掉鏖战的风烟，
两千年前的苦行者从遥远的伟岸行来踏着浪层。
屈原——您是华夏天地的铁骨丹心，
古今先贤首崇真正爱国主义的缔造人。
您满腹才华以身殉国、以情殉道、以文殉志，
忠肝义胆让浩瀚的汨罗江承载您不屈的脊梁！
您高屋建瓴豪情似海地治国理政重任担当。
您意气风发具有最浪漫的抒情色彩，
《离骚·九歌》等耸立起中国史诗风光雄奇的巅峰。
离骚之后没有离骚、天问之后难寻天问！

溯寻文化使者的屈原精神，

志存远大实力雄厚、联齐抗秦楚国强盛！
春风并非得意，忠良连遭间谍谋略，
楚王偏信屈原被逐，国家行将灭亡！
忠奸难辨正不敌邪、楚国残败，
屈原誓死不弃家国、责任肩扛。
车轮曲曲折折歪扭着向前再向前，
您忧忧虑虑沉痼痛彻地向逆流游淌再游淌。

屈原经历三朝侍服两代国君，一个比一个昏聩！
却使他怀才不遇，陨落更是一国之殇！
冲突在改革与守旧、维权与专制的矛盾中，
内外交困的迅速发酵难以力挽波浊澜狂！
风雨飘摇楚国倾覆而倒的原由，
无疑是文弱书生与腐朽势力对峙的交量！
怒、怨、骂、哭屈原始终忠君而不动摇，
文人式的抗争是那个时代不可铣削的锈钢。
屈原洁身自好以死明志，精神可赞可叹！
有惊世骇俗的轰鸣，荡起涟漪谱写华章。
在摧枯拉朽的历史车轮下楚国被碾得粉碎！
但屈原尚德的节气在悲壮中，
与日月争光而诗魂飞扬！

一缕清风呼唤遥远的记忆，

几朵浮云装点生命的绿野。
屈原——您热爱的香草花果里，
洋溢着您的生命，
您魂牵梦绕的乡愁湖泊里，
长流着您的血液！
您忠于乡情无奈远逐的诗篇里，
有不屈不挠的坚毅，
端午节我们敬仰您一个不屈的，
文化使者苏世独立横而不流兮！

2019 年 6 月 5 日端午节前于冰溪画楼

照亮民族解放的精神火炬

——纪念方志敏烈士诞辰120周年

一位震撼心灵的先驱百年来在祖国的红旗里飘扬，
一部鼓舞斗志的历史百年来在华夏的天宇中闪光。
这就是我们最最敬仰的先烈——方志敏，
这就是他在狱中写下的《可爱的中国》火炬光芒！
他让我们明白五星红旗是用千万个烈士的生命与鲜血换来的，
他让我们懂得坚持真理坚定信仰爱国奉献是生命的力量！

“风萧萧兮易水寒，壮士一去兮不复还。”
赣江啊，您承载着一个世纪以来伟大英雄的魂魄！
1935年8月6日方志敏戴着沉重的镣铐英勇就义，
36岁血气方刚的他向往着光明与纯朴。
他的大义凛然使人们刻骨铭心地感悟：
什么是爱与憎，什么是革命者的伟大信仰！
他点燃了为革命浴血奋战的大无畏火种，
那就是“爱国、创造、清贫、奉献”的精神力量。

120 年前方志敏出生在弋阳漆工镇的湖塘村，
美丽的故乡深深地吸引着他敏锐的创作愿望。
但他说“在这长夜漫漫天昏地暗的地方他受着压迫和耻辱”，
“我长大起来、我开始为光明奋斗”寻求伟大的理想。
走进他的青春岁月，
就能理解他初心忠胆的人生启航。
在上海求学时他目睹“华人与狗不准进园”的耻辱，
九年后他亲自筹建了列宁公园，
种下了象征革命的梭椤树和古樟。
1932 年闽浙赣省苏维埃政府成立了，
他严肃领导朴素生活，身边只有油豆、
长衫、旧被与箩筐。
不幸被捕后、敌人不相信地说：你骗谁?
像你当大官的人会没有钱?
他自述：经手的款项在数百万元，
但一点一滴用之于革命事业上。
清贫不是贫苦而是一种崇高的美德，
他说：清贫与洁白朴素正是我们革命者，
能够战胜许多困难的地方!
“愈艰苦、愈奋斗、愈奋斗、愈快乐!”
乐观的博大胸怀使他对民族传承充满希望。

是什么让他冒着枪林弹雨轻生死重大业?
“一个怀有民族情感的中国人谁能忍受
我们可爱的祖国母亲被肆意践踏?”答案铿锵。

孤军作战霎时变成了孤身,
可他远比你我想象的更勇敢刚强。
没有武器没有粮食远离革命队伍,他宁死不屈,
但只要拿起笔,尚有一息生存决不投降!
“我能丢弃一切,惟革命事业,却耿耿于怀,
不能丢却!”
方志敏利笔似剑,
“文稿以灵魂的高度、血肉的体验、朴实的语
言、自然地流露畅想。”
“为有牺牲多壮志,敢叫日月换新天。”
“敌人只能砍下我的头颅,决不能动摇我们的信仰!”
在多次活示众时,他说:“乡亲们!
你们不要悲伤不要哭泣”,
你们看在我流血的地方在我瘗骨的地方;
或许会长出一朵可爱的花来,
那朵花你们就看着是我的精诚寄托吧!”
听者无不悲泪盈眶!

这一生,方志敏以身殉国奉献了火炬般的灵魂,

这一生，方志敏高举“星星之火可以燎原”的坚定信念，

捍卫民族，燃烧自己说“一个共产党员应该努力到死、奋斗到死！”真是荡气回肠！

在狱中面对酷刑他写下了“奋斗”二字，

他置生死于度外，以人格劝说感化了某国民党员。

才保留了他的信仰主义和宇宙真理的宝贵书信，

才幸运地将遗作《可爱的中国》《清贫》《狱中纪实》等转移，千秋流芳。

方志敏烈士生如夏花之绚烂，不凋不败如火如荼，

方志敏烈士死如秋叶之静美，不盛不乱风骨傲然。

方志敏烈士是饱经风霜，永不倒下的安祥雪松，

他那高大的形象永远屹立在故乡弋阳的峨眉嘴山。

他是穿越时空的冲锋号、宣言书、一座巍峨的丰碑。

我们看到方志敏正高举着这照亮民族解放的火炬，

把爱国精神传授给一代代践行初心使命担当的后辈。

2019 年 8 月 17 日

伟大纪念 天道酬勤

——观看抗日战争胜利 70 年纪念日有感

这一天雨过天晴，
灿烂阳光带着和平的使命来到人间；
这一天史无前例，
祖国人民期待了很久很久……
清香的橄榄枝送来了美好的祝愿！
这一天是 2015 年 9 月 3 日，
全世界爱好和平的人们难以忘怀，
那是中国人民抗战暨世界反法西斯
战争胜利 70 周年的纪念！

我在祖国的南方电视机旁等待这一刻的来到，
人心所向都在向往北京举世瞩目的阅兵场面！
当 10 点铜摆钟敲响激动人心的那一刻，
天安门广场的 70 门礼炮震撼天地、响彻云岚。
这——告诫日本军国主义休想再侵略华夏的一寸土地！
这——告慰天下，经过百战不殆终将成为凤凰涅槃！

我们看到天安门上红旗招展，

观礼台上各国领导与代表团纷纷云集；

金水桥铺上了红地毯，

200 名国旗护卫队员踏着正步这是神圣的礼赞。

为何从人民英雄纪念碑出发？

为什么人人庄严肃穆？

因为这场血雨腥风的战争令全世界无辜百姓伤亡一个亿！

中华民族以伤亡 3500 万最惨重的代价战斗在东方主战场！

长城见证，亡灵蒙冤！

70 年来有多少母亲没等到胜利的这一天，

有多少血性儿女没等到黎明曙光的这一天，

送上一碗米送上一尺布，又有多少父老乡亲，

勇敢地支援前线！

英雄不朽、人民不朽、祖国不朽。

我们仰慕从纪念碑上空飞来的 70 架飞机，

说明中国军队小米加步枪的贫困落后岁月不再复返！

从七架飞机吐露七条彩龙到架起南北天桥通路，

阐明中华民族魂留下的遗愿永存人民的心间！

我们观摩到率先从枪林弹雨中走来的老兵汽车队，

他们老泪纵横，每个英雄脸上镌刻着用生命

与鲜血谱写的诗篇。

无论是祖国海陆空等 50 个方队，还是外军的 17 组方队，

都在弘扬英雄铸就的抗战精神、耀彩国威代代相传！

战旗猎猎、国旗飘飘，

气势如洪、排山倒海；

铁流滚滚、步履铿锵，

壮志凌云、壮阔波澜；

泱泱中华、千军万马，

如战如势、雄师浩瀚。

致敬！向抗战的老兵——您们是打败侵略者的英雄，

创造历史的见证人！

致敬！向人们的军队——您们是保家卫国的坚强后盾，捍卫和平的杰出模范！

唱响“八路军战歌”，回顾抗战胜利来之不易！

阅兵即将结束，七万羽和平鸽腾空翱翔在祖国的蓝天；

人们心潮澎湃、热烈欢呼祖国的日新月异繁荣昌盛！

又见七万只彩球飞舞蹁跹、花海翻卷……

这一天我们为祖国骄傲，为先进装备的军队自豪！

因为只有国富民强才不被挨打烧杀！

这一天天人合一，崇尚英雄捍卫英雄！

我将牢记最后落幕，最为激励奋进的话语：

“战争是炼狱亦是熔炉，
人民如大地亦如钢铁，
英雄为脊樑亦为国魂，
勋章铸传奇亦铸精神。
祖国终将选择那些忠于祖国的人，
祖国终将记住那些奉献祖国的人！”

2013年9月3日深夜，修改于9月6日

峥嵘岁月 相拥难忘

——告别 2017

悠悠环宇，千古银汉，
泱泱大国，岁月轮换。
今朝这个时代的巨轮，
即将驰向 2018 年的元旦！

沿用最古老的文化遗产，
以拳揖礼、以笔为敬，
以诚为墨、以心为砚；
感怀追忆书写——2017 年去之难舍，
历经风雨坎坷——2018 年来之可观。
不忘初心砥砺向前的中国人民，
为“十九大”的精神力量而奔走震撼！
夺取新时代的伟大胜利，
铸造“中国梦”不懈奋斗勇往直前！

青山依旧，碧水长流，
初升的元旦朝气蓬勃；
日月经空，江河行地，

绿色生态根植于广袤沃土大气磅礴。

梅花香自苦寒来，
冬雪营造优良果；
亲和力、凝聚力、感染力，
萌生出每一年的崭新硕果。

难忘旧岁，弘扬优秀，
留下每一页人类文明史上的浓墨重彩；
告别昔日，展望未来，
东方晓白，朝阳率先；
热血沸腾，创导文化自信，
发扬精忠报国热爱民众的理念！
“德不孤，必有邻”老祖宗循循善诱，
“仁者无敌”安宅也！正路也！千古训言！
岁月峥嵘，
美德相传。
群星璀璨，名家辈出，
中华是一部浩瀚无垠的辉煌篇！
追求美的世界美的人类、和谐共处，
华夏赤子使命担当，攻坚克难！
……
新年伊始，中华民族的崛起似夺冠的明珠，

各行各业丰富多彩，
风格迥异浩如烟海；
新的一年天更蓝、水更清，
每一个公民的生命与健康，
不折不扣地争奇斗艳；
新生的一年，
愿与同仁们传递真善美、
同舟共济破浪向前！

2017 年岁末

祖国我爱您

凤凰涅槃九十九
灿若云霞日月熹
风雨同舟庆华诞
开天辟地神州奇

难忘耻辱浴血战
山河破碎遍地溃
东方巨龙环宇震
鹏程万里振军威

仰信神圣有担当
14亿民众铸梦夯
怀抱命运红旗烈
五位一体制国强

反腐清廉正气扬
文化复兴春风昂
力挽狂澜千帆过
田园芬芳爱心装

2020年7月1日

平凡而伟大的五一劳动节

——献给普天下劳动者

五月，
繁花似锦生机盎然。
五一国际劳动节，
绽放那举世闻名的斑斓：
绿意纵横，农田耕耘，
机器轰鸣，荒野蜕变；
立德树人，劳动者光荣，
千帆争流，百业薰风暖。
劳动是一首优美的歌，
美在劳动者无私奉献。

“劳动是一面镜子，
能映照出人的高尚与卑微”。
勤劳勇敢的人，
无论何种岗位都有社会地位。
然劳动是平凡的，
故而重复而淡味！
日复一日做着相同的事，

为社会送去无怨无悔的坚守与宝贵！

“功崇惟志、业广惟勤”，
劳动造就了中华民族的历史光辉。
行进在“十三五”的征程上，
汇聚了亿万人的辛勤劳动和创造智慧！
劳动开创未来让中国从贫穷走向复兴，
一代代劳动者顽强拼搏挺起了
华夏的脊梁与高贵！

“谁言寸草心，报得三春晖”！
“谁知盘中餐，粒粒皆辛苦”，
劳动带来幸福，出彩人生的梦想，
人类是生产力中最活跃荣光的因素。

璀璨五月，祖国大地处处意气风发，
开拓奇迹有看不够的明媚春光。
人民是历史的创造者，
劳动乃是中华祖先最鲜明的阳刚！
同心干务实干科学干，
捧起世界最灿烂的曙光！

“一勤天下无难事”，

“逢山开路、遇水搭桥”，
新时代不辱使命车轮滚滚，
劳动者不负重托凝聚正能量，
勤劳致富美丽中国，
才是劳动人民的希望！
百花争艳，家国兴旺，
东风醒世，九州飘香。
让我们在默默劳动中实现人生的价值，
在汗水敬业中托起一个国家与民族的伟大理想！

2020 年 5 月 1 日

母　爱

——2020 献给天下母亲节

104 年前诞生了“母亲节”，
我们在寻找一颗明亮而神奇的母亲星。
86 年前那天首发了一枚邮票——母亲之花，
慈祥的母亲双手护膝专注着一束美丽的康乃馨。
康乃馨象征着母亲的纯真美丽和幸福安康，
母亲节赠上我们五彩的康乃馨、感恩她的养育辛勤。

“萱草生堂阶，游子行天涯；
慈母依门堂，不见萱草花。”
萱草是游子人尽孝道天涯孤旅的思念之情，
作为至亲善良、习俗深远的中国母亲花。
母爱是女性自然丰硕的生命要素，
她温柔地教诲我们跨上成长的骏马。
慈母的心从不放弃陪伴我们坎坷的路，
贤妻良母的称号永远是人间母爱的伟大。
天使般的母亲秀美的蒲公英，
我们欢快地在巨伞下芸芸撒种开花。

世界上的一切光荣和骄傲都来自母亲，
啊！母亲，我们那绽放不凋谢的母亲花；
不是狂风暴雨而是高山流水，
不是荒野求生而是北堂鲜花！
缓缓流淌着最静谧的仁爱，
亭亭玉立着最峥嵘的宝塔。
母亲是孩子的第一课堂，
温存哺育，细语濡沫，默默手把。
青春逝去，爱情枯竭，人生会衰老，
但慈母的爱在心中似永不凋零的春花。
母爱占据我们整个世界的感情，
母亲精神永不自私地在人们心境中升华。

赞颂母亲的影视剧，
一幕幕在我们眼前温故知新。
《苦菜花》一位民族伟大母亲崇高的情愫，
《疯女十八年》一位失意女性寻找失踪的母亲；
《过年》反映改革开放后农村母亲的喜剧，
浓郁生活卷入时代感的真实与亲情。
《漂亮妈妈》讲述婚变后的妇女决不气馁，
抚养着失聪的儿子，说话识字分外精心。
……

母亲您是人类不可缺失的一部经典，

一部中华文明情系仁义礼智信的高贵康乃馨。

康乃馨——献给我们最最伟大的母亲节！

每年的 5 月 10 日，

祈祷每一位母亲永远康乐年轻！

2020 年 5 月 10 日

礼赞父亲节

父亲啊父亲！
您艰难拼搏的岁月，千军万马！
礼赞啊礼赞您！
在困苦磨炼的生涯中，意气风发！

在那历史的漫漫长河中，
您是一排排抵挡暗礁险滩的浪花；
在祖国的绵绵山脉里，
您是一座座担当使命的丰塔；
在大地的千姿百态里，
您是一群群顶风冒雪的劲松叱咤；
在人间的芸芸众生中，
您又是一代代令人敬仰的神侠。

昔日您是铁脚钢肩承担唯坚的拓荒者，
如今您呀！啊——父亲您在哪？
您依然传承伟业奋斗在世界的每一个角落，
无论沧海桑田人类皆会向您重重地报答！

啊！父辈们！你燃烧自己建设祖国与家庭，

中华民族不屈不挠的伟大精神永不抹杀；
冰雪融化了，情注清如泉，
春播秋实了，幸福永驻不朽年华。

礼赞父亲们！您早把苦难交给晨曦，
祝福父亲们！您却把理想寄托晚霞；
您锲而不舍地追随祖国的母亲河，
您利涉大川地拼搏险难不摧垮！
默默耕耘犁铧开民族的复兴大业！
父亲啊！大山！您生生死死也要把热血挥洒！

2017 年 6 月 18 日

2020年元旦献辞

风雨送君归昔尘
皑雪洗城迎新程
沐浴曙光祝元旦
得天独厚更精神

岁月不居深留恋
斗转星移诚相见
良师益友感恩牵
青山绿水夕阳滟

欸乃一声春江绿
沉疴固疾随波去
喷薄欲出日月新
四季如盘人间悦

扬善弊短天生命
步履维艰必坚定
神州处处有芳菲
根植大地如松静

2020年元旦

三八节（诗二首）

女人一枝花

女人一枝花，
一树妆台正芳华；
云朵锦簇喜满院，
莫遗忘父母养育之精华！

女人一枝花，
蝶飞蜂拥花期皆酿蜜；
田园缤纷展新貌，
莫辜负春风雨露常相挹！

女人一枝花，
茁壮成长向阳开；
润物无声细培育，
牢记母爱襟怀宽如海！

女人一枝花，
四季更迭不失雅兴；

寄情山水桑榆唱晚舟横渡，
且感召葳蕤幽兰彼岸是仙境！

母亲花（萱草）

——谨此献给我心中的母亲

又是一年萱草晖
游子天涯未见归
慈母堂前双影挂
泪水奔流思牵迴

母亲曾戴大红花
多子多女光荣妈
祥物紧锁老屋内
无人问津暗光华

古人信奉忘忧草（萱草）
深愿母亲忧怨少
端庄淡雅迷人醉
金色花海把妈找

山花烂漫处处开
母亲最爱花草栽

我爱兰花八年育
满眼芬菲寻妈来

往事如烟年年醒
母恩深重难忘情
仙山福地遥相敬
寻得萱草报寸心

2020 年 3 月 8 日

第七章

风雨三清玉山情

千丝万缕化春雨

——诗话“聚福楼”

冰溪两岸相见恨难，
何苦十年八载牵挂愈深？
“山重水复疑无路，
柳暗花明又一村。”
四月芳菲淋漓尽致，
飞燕传情呼朋唤友好真诚！
……
昨夜春风化雨故人来，
高士满座惊起“聚福”热浪翻腾！
他从三清山走来，
披着彩霞踏着仙山福地的云层；
他从杏花村走来，
召回杜牧的千古“清明”拂去红尘；
他从音乐的王国走来，
传颂清风明月的美妙天籁之声；
他从传媒的旷野走来，
弘扬博士县一段段动人的美文；
青山绿水造福一方，

千年的等待百年的收成，
情感的潮水汇集成盛宴的礼花。

雕栅玉砌欢聚留影，
千丝万缕话不尽曾经的苍生；
四千米古城墙悠悠岁月，
千年流芳写不完故乡的日月星辰。
“千古绝唱萦绕乡土的不朽文蕴，
万代精华震撼艺坛的璀璨永恒。”

2019年5月1日于玉山冰溪河畔

祝福大会 开创文运

——写在玉山作协年会

2020 元月 19 日是四九严寒的开启，
也是隆冬大寒节气莅临的融汇；
在这个特殊欢乐的日子里，
迎来了江西玉山作家协会的首次年会；
在这“群贤毕至、少长咸集”的江南博士县，
来自五湖四海的贵宾、高朋满座、喜气洋洋！
适逢举国祝福国庆 70 周年的气壮山河，
正值展开《我爱我的祖国》征文活动的颁奖。

野外风雨消退、阳光灿烂，
博物馆内欢歌笑语，灯火辉煌；
武安的胸怀、冰溪的柔情，
荡漾在文学的摇篮里志高气昂。
今天是个好日子，
我们怀着无比崇敬无限激动的心情，
投入这场隆重而有文化浓味的气场。

在这里，想为辛苦忙碌了一年的你们，

坚持坚守奋斗了一年的你们，
送上一份最最真诚的祝福！
祝愿所有的鸿运，都赐福于你们。

新思想引领新时代，
新使命开启新征程。
愿我们火热大会的欣喜非凡，
再次点燃新文化艺术的星辰；
“只争朝夕，不负韶华”，
大步向前讴歌新时代精神。
领导的期盼来自每一言的谆谆引导，
友人的勉励来自每一次由衷的真诚；
榜样的力量总是无穷无尽地鼓舞着每一位，
朗诵的壮美总是激情澎湃着每一篇诗文。

脚下承载多少泥土，
就能长出多少花朵。
心中装有多少慧种，
就能收获多少神果。
“浪花有意千里雪，
桃花无言一队春。”
“梅须逊雪三分白，
雪却输梅一段香。”

梅花从不羡牡丹，
月亮未曾嫉太阳。
在文学的广阔天地里，
任君春秋驰骋，疆场飞扬！
让我们汲取崭新的创作源泉，
在新的一年里释怀心胸鞠躬尽瘁为民众；
携手共进为中华民族文化艺术的伟大复兴，
谱写更加壮丽辉煌的华章，
登向最奇丽精彩的山峰。

2020 年 1 月 19 日

醉美乡村官溪缘

——初访玉山博士村

玉山南驰向官溪
金秋白云旭日祺
那山那水那纯净
醉入仙缘不愿离

魂牵梦绕乡间吟
玉界琼田稻穗馨
小桥板道荷塘阔
耕读博士迄今赢

寝宫胡祠久瞻仰
千年古建无尘污
凌峰展翅雨石壮
威武飞翔奔新途

思源廊下念先人
古井照影老鱼神
冬暖夏凉永相聚

承蒙招见喜贵珍

红鱼集群清池来
为吾草色逐浪开
幸有舞雪金谷赠
梅师留影好运抬

清溪环村如官带（腰带）
沐浴澄澈唱戏台
古林高耸葳蕤峻
七彩酣畅御茶栽

朴实民风依勤俭
深情修补又三年
街坊小憩旱烟冒
青石路上思绪绵

博士林立豪气壮
文脉长流宏图展
初心不变担重任
东方巨响两弹冉

“于廉让间”门顶挂

梅师启贵为人先
养蜂能手甜如蜜
勇者致富伫身边

耄耋老者伴我行
精神矍铄令人惊
美丽乡村神采奕
生态平衡笑声亲

“月开十口传千古（胡字）
水别三溪共一源”
官溪、桃溪与梅溪
兄仨各居风水圆

博古通今梅师强
满腹经纶翰墨香
琴棋书画炳雅趣
胡宗百代功德扬

水鸭闲散浅滩游
垂柳荡漾分外悠
张灯结彩家家乐
风起龙腾苍竹稠

粉墙青瓦老徽派
广场晒谷满目辉
人杰地灵桃李梦
官溪白酒醉难归

山色空蒙日落里
回望厚爱官溪依
今生何故深乡恋
顺天应人遇良机

2019 年 9 月 18 日

玉山杏花村（组诗十首）

一、初访杏花村公园

“清明时节雨纷纷
路上行人欲断魂
借问酒家何处有
牧童遥指杏花村”

绿廊远眺武安山
祥云缭绕守林岚
岸边千载普宁寺
古刹钟声佛愿缠

河清峰淡鸟高飞
白鹭翱翔眷蓝天
轻风引领杏花觅
与君相邀梦中园

云峦起伏群岭昂
水彬矗立向上苍
玉虹吐彩连天堑

妇童阶下洗刷忙

如今杏花村万柳
复兴古意牧童悠
脆笛飞扬浮桥渡
凝聚时光冰溪幽

二〇一三曾呼吁
修复杏林桃花坞
三年兰图优雅聚
商贾贸易集河埠

呼唤十里金沙湾
碧水远去海鸥啼
翠竹花丛雕楼院
梧桐细雨鸾凤栖

沙沙松叶迎风起
哗哗流水逐浪齐
羡煞老乡善缘居
长廊小亭望珠玑

微笑常仰青鸟飞

明珠阳光久相依
秀美杏花村何在
今朝有幸阁下息

荷塘游鱼随心意
青草坡边龙须地
返老还童躺须臾
碧玉山头朝霞丽

天高河静城墙屹
一千三百米神奇
明代遗址今修缮
千秋功绩万般稀

一睹风物杜牧年
与君逸趣牛绳牵
沿河杏花春如谙
纷纷雨丝归人闲

二、相约杏花村

冬暖欣步杏花村
水乡两岸绿如春

垂柳掩映冰溪唱
船架浮桥通远程

武安挺立延山岗
坡下老屋渐换装
望江亭上迎东月
人约黄昏霞飘霜

城墙复古千余米
当初杜牧淋雨凄
酒巷何处牧童指
山风飘逸杏花旗

石径返回路灯红
一街古树伴行踪
恋景不知暮色暗
小曲随我不自封

三、冰溪杏花村写真

落日楼头望山河
清风梳柳杏花幽
春波千浪嬉白鹭

石阶亭榭美景悠

牧童放牛笛声雅
古木蓊郁武安塔
香草簇拥普宁寺
照壁双凤栖仙葩

千载诗情休看透
心旷神怡生灵鹭
风调雨顺登瑶台
如醉如痴赏毓秀

遥岑远目一片绿
心无纤尘净思绪
祈福抗疫少后忧
唯美故土荟萃路

四、舒心河

汗流浃背望河清
几片微风可舒心
余晖西落别樟树
东升弦月伴小亭

五、杏花凉亭

夏天闷热满身燥
丢下文稿野外跑
杏花长廊吾爱处
石阶上下凉亭找

花木避荫行人少
傍晚尚听叽啾鸟
冰溪静淌织苏绣
点点翠雨吟牧谣

六、久别重逢传友谊

初夏高士福楼聚
冰溪文友雅室欢
柳诗兰词悦心境
罗音喻声摇玉帘

媒体助力推妙语
家乡酣酒醉髯须
酡颜童真年轻态
久别重逢笑有余

七、艺海兰舟赋真情

三清湿地信江源
冰溪长流清澈泉
滋养岸边红月季
一路沿城回眸鲜

疫消四月人间天
芳菲不负赏景虔
晌午揣食提篮去
诗情画意舒心田

自然水乡寂静潜
翠鸟翘角眺山峦
武安侧峰金字觅
草木萧萧映波澜

谷雨祥云游群岭
菁华浮梦长廊吟
聆听舞雪美诗诵
艺海兰舟赋真情

八、春天在这里

春风十里杏花楼
万柳千韵诗意浓
琼浆玉液唤佳士
冰溪夜夜文脉隆

九、黄昏恋河畔

昼夜急雨下江南
浊浪翻滚向堤西
寒湿添衣杏村去
夜幕将至亭间依

兴起作诗百会清
察言观色自然吟
醉眺横岭青一抹
回溯经路漫步轻

十、雨后新境

暴雨过后晚来晴
彩云飞渡万象新

东方长龙横青黛
凤凰涅槃向城西

玄妙莫测惹人喜
踩入污藻莫恨泥
人生难得遇彩烈
稍纵即逝堪珍惜

冬行冰溪畔

尘缘如梦烟雨冷
情空宛如袖底风
铅华洗尽无牵挂
一身憔悴朔寒中

冬旱沙滩露石苔
杂草萧条不言欢
白云片片晴空下
古林深深寻鸟难

唯得阳光河边晒
北风刺骨刮脸蛋
冰溪宛转向西行
癫狂枝叶乱心颤

老桥南岸筑新楼
遮挡武安群峰忧
东眺横岭青一色
喜观碧水杏花游

棕树屹岸似大侠
行人树下晒背夹
谈笑风生美生态
吾写文蕴坐阶台

诗情满腹提精神
画意千种开慧门
端倪万象灵光验
忘龄不知今何人

下塘爱白茶（二首）

——玉山作协采风所感

一、下塘爱白茶

骤雨初息整轻装
清风护航爱下塘
文友携手攀梅树
登高茶山跌宕岗

作协采风精神爽
壮美茗乡馥郁香
河塘水鸭飞白雾
奇花异草送晴朗

三清白茶吴楚新
基地繁衍绿树林
创作不怕泥泞路
茶梅吐艳最娉婷

廿年创业两千亩

辛勤耕耘香榧铺
奉献时代热土地
脱贫致富名不虚

滋润青茗如翠玉
圣水慢煮夏热除
三五知音诗韵念
来无白丁神仙儒

品味醇厚心神醉
美丽乡村谈笑喧
难得欢畅瑶台赋
举杯甘霖化灵泉

二、醉入仙境

——下塘茶梅基地

半城青山半城水
乡村基地绿如翠
难得相逢原始林
放歌“天边”不计岁

2019 年 6 月 23 日

春寒读雨

雨淋淋萧条懈怠
墙边苔痕窗流泪
满溪憧憬向西奔
茶花娇艳低头累

柳枝无助苦垂腰
玉兰含苞待吐芳
春山迷雾又何碍
玉城朗朗读书忙

2019 年 3 月 5 日

冬寒古风

故乡心潮

一夜寒雨江南猛
窗外霜雾照离人
沪上光阴难忘却
冰溪山水呈眼前

浦江老屋书画展
友人相聚炉边暖
意趣常念儿时梦
列车闪烁情阑珊

温暖小楼

冬阳普照小雪天
两岸绿树守溪边
画室采光处处暖
晒出灵气创新篇

清绝尘嚣

丹青写照成霞辉
诵咏起伏似浪追
相拥红尘无奢望
长留清气自芳菲

封尘的名酒

二十余年杏花酒
藏密柜中无声息
借问何处尽消酣
小酌一杯醉画题

冬酿花雕梁祝黄
七载风云书生狂
咫尺天涯花蝶恋
乡愁不变青丝霜

古道寻踪

古都修竹夹路迎
秀岭环绕一溪清

老街畅游看不够
民间艺人寻影形

黄巢起义雄关漫
四大名关仙霞攀
戴笠秘宅玄机暗
一代枭雄出保安

陆上官道兵家争
海上丝绸路江山
东南锁钥入闽要
名流踏之南宋篇

仰天崇尚在三清

仰天崇尚在三清
诗仙浪漫跨古今
千金洒尽岂吝啬
灵魂升华渡迷津

道学圣地数千年
王祐将军隐身瞒
晨鼓暮钟创古庙

置身玄妙八卦延

朝夕相伴“酒盏尖”
奇峰怪石香草鲜
海市蜃楼观怀玉
八仙过海从容来

玉台飞云涌女神
天女撒花露真诚
巨莽粗鲁滚阴霾
芙蓉出水三峰升

落日吟

落日溶金映冰溪
朝夕相望不分离
枯枝黄叶大雪至
河畔洗刷农夫衣

金光耀眼刹时消
霓虹灯开分外娇
静坐堤边丹桂下
细赏名歌星月萧

怀有诗书自风采

——参加玉山县“爱重书香暖 天下慈母心”女子读书沙龙活动有感

春风十里不愿归
立夏来临艳阳催
五千碧波万柳絮
七里城楼彩旗辉

玉山喜庆母亲节
妇联各界读书学
女子沙龙翘楚露
媒体主持佳句绝

领导支持场面亲
新华书店最温馨
百味瓜果迎胜典
阅读交流倾耳聆

欲问佳丽有几千
青山绿水出雅莲

此次秀女才万贯
寻求文脉半霞天

爱重书香暖情怀
天下慈母心似海
感恩祖国养育路
胸有诗蕴自风采

千年古邑博士县
一派雕楼建筑精
更有墨香新书赠
深深呼吸乡韵清

文化精神臻双赢（二首）

一、三清赤子多才艺

昨日官涛登门访
老友欣喜赠华章
三清赤子多才艺
精神文化臻传扬

粗茶三盏忆久别
二十八年友谊藏
乡里乡亲互敬慕
彼此奋笔山水装

如数家珍甚自傲
精彩演绎文明邦
走南闯北意志帅
辽宁三清创作忙

墙内桃花墙外香
省委听课真风光

惊叹福山存皇室
冰为溪水美玉镶

2017 年 5 月 26 日

二、听道在“婉碟”

玉山文脉永不止
云虚道长本硕士
九方宾客聚楼台
谈吐哲理青云志

春水豪放礼义赐
名酒又献众友试
冰溪深义绕武安
龙虾空运赤诚至

2017 年 5 月 26 日

那是三清不能忘

——为刘鹏飞先生所作

一、那是三清不能忘

（七芝为歌曲填词）

您是大鹏落巢的地方，
不再孤独于红尘彷徨；
您是云海奔腾的山岗，
百灵鸟万松林齐歌唱。

您是玉台女神的翅膀，
守护天门风雪无阻挡；
您是杜鹃喋血的悲伤，
洞箫声一曲曲引凤凰。

飞多远，回头望，
那是三清永生不能忘，
那是三清永生难忘、
不能忘！

2020 年清明节

二、九天朗月照恩师

别梦朝夕何瞬息
清明惜离滂沱雨
谁家痛失亲人故
山穷水尽仰天嘘

相敬如宾多少年
相濡以沫冰溪闲
驾鹤天庭一年去
情山谊海怎相言

九天朗月照恩师
水激三千鹏飞辞
音消魂断奈何桥
黄泉花舍吟哀诗

几番风雨几番愁
山色空蒙万柳忧
仙境释怀无春怨
传承文脉德艺修

2020 年清明节

三、仙踪留芳三清恋

——清明回放恩师三清情

清明节气冷风寒
西赴“天陵”泪雨沾
信有亲朋常相助
松柏林立不孤单

苦海茫然劫无奈
三千一念难复还
仙踪留芳三清恋
雄奇险秀仙境联

2020 年 4 月 6 日

四、清明诗

清明前夕微风寒
运动先行天地连
冬梅幽香春花艳
栉风沐雨祀祖先

花甲淡泊思双亲
恩师皆已跨鹤吟
几多创艺建伟业
愧对先驱霜入鬓

美玉山

碧玉的山万笏朝天
南天门，涌动的山脉巍峨奇观
外双溪，灵泉瀑布流向紫湖的宝田
湖光山色，五十里慰藉冰溪河的人间
一方水土，养育人杰地灵的美玉山

2017 年 5 月 7 日

第八章

风雨求索路漫漫

少年幼稚花甲梦（组诗三首）

一、“宁三小学”之约

上海市原黄浦区“钱江小学”后改为宁三小学，在福建中路宁波路口，我们是六（1）（3）两个班。

宁三一别六十年
同窗伙伴均失联
走南闯北人生路
山高水长心相连

纯洁友谊常挂牵
酸甜苦辣鬓霜添
岁月荏苒多磨砺
珍珠撒落红尘间

康康文伟意志坚
千呼百寻上海台
有缘半世来相会
文衡美拍靓眼前

莫非上苍赐恩慧

音容笑貌尽欢颜
少年幼稚花甲梦
今宵立秋更无眠

2018年8月7日立秋

二、义薄云天师生情

师生63年惊艳重逢。

七岁结缘师生情
雨露栽培园丁殷
山盟海誓怎敌过
六十三年朴素心

康康热寻三载梦
踏破铁鞋不放松
海底捞月艰辛夜
千呼万唤乳名重

曾经浦江难为水
除却宁三雁莫归
同窗益友精神秀

米寿丁师风采辉

文伟摄影留峥嵘
率直童真笑从容
追求卓越常勉励
大气谦和秋意浓

晚风吹凉鸟入巢
温暖胸臆在今朝
茅台醇香唱不醉
荡起双桨共逍遥

注： 宁三小学六（1）（3）班十三位同学与班主任丁慧珺 88 岁高寿健朗女老师欢聚上海丽园路“金锚传菜”。

三、忘不了少年情

忘不了、忘不了，
忘不了百年沧桑的上海滩；
一江春水向东流风云多变，
潮起潮落白了少年头苦了发小缘。

忘不了、忘不了，
苏州河畔宁三小学的金色校园；
恩师启蒙、朵朵葵花向阳开，
队旗飘扬、雏燕展翅向蓝天。

忘不了、忘不了，
忘不了全班同学的纯洁刻心间；
团结友爱、努力攻读不断成长，
每一曲友谊“让我们荡起双桨”热泪涟涟。

忘不了少年情，
挂满笑靥的脸蛋久久激昂眷念；
63 年的重逢使银发人记忆犹新，
每一次闪电般的幸遇让还童的心如蜜炙甜。

忘不了昨日情，
谈笑风生分享美味佳肴喜看流光璀璨。
淮海路“黄金世界”的合影千载难遇，
“好乐迪”传来我们老歌的豪唱放飞少年；
感谢领头人康康的苦苦寻觅真诚相邀，
夜阑人静、初冬寒风里又告别、相见恨晚。

2019 年 11 月 11 日

三八妇女节

一、难忘母亲节

1910年芝加哥妇女争取民主解放的惊世运动，打响了新纪元“三八”妇女节的一声春雷；从此推翻了压在妇女头上的“三座大山”，废除了“男尊女卑”的奴役地位。

一代代优秀女士的崛起，
一辈辈卓越女性的成才；
世界上最伟大的是母亲，
用心血无私无畏地哺育我们每一位；
祖国就是最伟大的母爱，
赋予我们最广袤的的胸怀；
黄河恰似一腔母亲的热血永远在奔腾，
长城好比一尊母爱的坚强永恒地屹巍。

2015年3月8日

二、吟唱母亲

生命来自母亲源，
辛勤养育无怨言；
问寒送暖关怀在，
走南闯北心血连。

三、念慈母

小楼临溪荷风雅
层岚叠翠映晚霞
何时聆听母嘱咐
相看寒灯细品家

2019 年 5 月 12 日母亲节

玉山情 丹青缘

2015 夏日采风与笔会，七芝与先生和诗二首。

一、拐杖拾遗

三清拐杖老树藤，
跋山涉水助先生；
精致螺纹小鸟立，
百爱欢喜不离身。

突然山顶风雨洗，
匆忙午餐下山急！
眼看已到公路段，
猛听先生拐杖遗？

二次上山谁愿意？
可惜珍物实乃稀；
我愿担当苦行僧，
冒雨再登武安兮！

功夫不负有心人，

感恩上苍鼎力启；
老妇攀崖不容易！
学生感动奉拾遗！

苦中作乐笑开花，
无限感激涌心际！
多亏乡情民风正，
为我寻觅增友谊！

细雨绵绵送我情，
下山精神分外灵。
失而复得神奇事，
先生感慨有福星。

2015 年 7 月 3 日

二、登临武安山（刘鹏飞同游和诗）

千年塔山武安楼，
光辉流照已千秋；
物华天宝民安乐，
冰溪清涟万柳洲。

唐代立本栖息地，
宋皇徽宗重整修；
武则奉命均武姓，
典藏传承无追究。

石阶蜿蜒十里路，
森林氧吧清风幽；
策杖探寻雄壮殿，
雕栏玉砌瑶池浏。

搭影过河来极目，
钟声穿楼出舒耳；
八省通衢九州客，
古今谈笑有诸侯。

中秋（组诗十四首）

一、中秋吟

月出银河照神州
天地情海永相守
盈手捧出清晖月
缱绻团圆赏一楼

金桂佛花飘馥郁
鲲鹏飞跃重霄九
美酒斟满邀明月
举国同庆夜难休

2019 年 9 月 13 日

二、中秋节（江南）

秋风秋雨迎中秋
江南烟雾戏客舟

欲问明月怎害羞
暑期干旱人间忧

野外寒凉屋内和
温馨喜庆观神洲
微信伴奏人气重
今宵盼月至永昼

2016 年 9 月 15 日

三、天人合一望中秋

雏雁天生羡蓝天
优良家教舞心坛
峻岭起伏待明月
天涯分享祈团圆

2016 年中秋

四、笔会迎中秋

昨夜秋雨润如酥
冰溪笔会舞文痴
中秋凝聚酬壮志
高朋满座迎佳节

2016 年 9 月 12 日

五、中秋互念

白露金风迎中秋
心明眼亮盼永久
借月送去一份愿
为汝捧出桂花酒

皓月当空照九州
团圆美满望难休
祈福天下齐欢庆
互念亲朋与好友

2014 年中秋

六、中秋的月

中秋的月是心中那一份美好，
一年一度佳节最美满；
人生几何？拥有无数个中秋月，
似真似幻幸福照人间；
明月宽容和蔼纯静无瑕，
为你为我光明又再现。
每年中秋会想起故乡的月，
浦江升腾北疆恰朦胧；
每年中秋会想起至亲挚友，
共赴患难、荣辱同担；
中秋的月竟如此地激荡心弦？
感动久久——千里共婵娟。

2012 年中秋

七、中秋有约

仲秋有约思绪涌
华夏大地仰长空
清辉万里浩荡泻
银河金波舞蟾宫

天上人间妙传诵
此事无眠月柠檬
金秋有缘千千户
佳节团圆福无穷

2012年中秋

八、中秋生情

昨夜秋声日月晴
莺莺齐鸣笙乐轻
欣闻海上生明月
冉冉碧波千万顷

每因中秋却生情
“妆台秋思”伴我行
群玉山头望不尽
月光如水水连心

九、明月

兰叶葳蕤花皎洁
丹桔绿岭地气暖
自有明月心不碎
草木幽径共斑斓

十、中秋千里友人来

——2013中秋佳节喜迎江苏香海寺友人

佳节正中秋
盈缺当未愁
亲友连海外
斟酌情怀揉

传统思遥夜
三清更念留
香海寺来客
相约共画楼

皓月出“玉虹”
金轮挂“柳洲”

渺茫天涯系
阑珊星光幽

清晖泄灵气
霓虹荡轻舟
湛蓝云海汇
旖旎风光优

把酒“女儿红”
酣醉宫阙游
才见彩霞烈
又赏明月悠

友人千里聚
笑声满瀛洲
团圆迎喜庆
祝福在心头

天上明月高洁
冰溪群情初激
健康养生迫切
诗情画意相倚

注：1. 玉虹：玉虹桥，在三清山下玉山冰溪河东面的一座大弧形的南北桥。

2. 柳洲：万柳洲，在玉山冰溪河西面的三清山湿地公园，在宋代朱熹教学演讲时、现代所铸大铜像的对面。

3. 香海寺：很幸运，能与嘉兴香海禅寺友人在三清山书画院共度坦诚交流的美好中秋。

十一、我心中明月

——谱原歌《掌声响起来》填词

独坐画楼秋窗台，
紫罗幽兰暗香来；
充满大自然对人间的爱。
多少诗情画意，
多少花落花开；
呼唤着岁月更改。

青山着意岿巍巍，
灿烂星月又悠回；
高山流水知音者来传媒。
好像“水调歌头”，
仿佛“玉兔”徘徊；

轻轻瑶琴故人来，
深情弹起来，
我心中明月，
无限诚挚温暖我胸海；
千万里感慨，
人生尽畅怀，
中秋故乡不再空精彩。

十二、明月千里传乡音

——诗赠友人

明月千里传乡音
杰出才华唱晚晴
笔下飞白惊四座
慧眼灵气抒美景

东山登临访古韵
浦江听钟往事醒
唯有佳作南北赋
何愁天涯无芳馨

崇岭幽竹舒情怀

池塘游鱼绕清音
花甲荏苒风云换
豪放依旧话知青

2014 年中秋节

十三、月明常念情

月上东山万籁静
谁家画楼箫笛鸣
十五月亮十六圆
青山隐隐月明明

六十余年一场梦
异乡羁旅四十龄
幸遇贵人常相助
月明时分感恩情。

2014 年中秋

十四、醉明月

问君何时醉
中秋箫笛奏
皓月伴天明
宁心冥宇宙

2018 年中秋

杨浦内江寻幽

一、与先生杨浦公园游春

凄风苦雨落牡丹，
蜗居小屋旋病寒；
今朝春阳普大地，
忽然神悦游园瞻。

2016年4月

二、七芝与先生合作

风光四月照林间，
游人穿梭石径连；
翠竹古樟露珠摇，
小阁品茶别幽闲！

流水曲桥绕河亭，
香茗缕缕催诗联；

朱雀楼上百鸟唱，
与君酬和分外甜。

三、鸣春小诗

烦恼皆消尽
香茗沏一杯
临窗远目境
冬去春自来

丽日照都市
和风暖浦江
白云飘天际
翰墨迎阳光

刘鹏飞老师即兴于 2017 年 3 月 6 日

四、惊蛰天

惊蛰来临小草长
大地芳菲吐新阳

雨后春笋辟雷动
万点甘露润心爽

五、七芝鹏飞游园记

坡上竹林潇洒盛
环溪古木百年存
忽听湖畔琴声诱
芝兰花香扑鼻闻

2017 年 3 月 27 日

六、百花节

绵雨丝丝柔情洒
任君行园访百花
凭廊倚窗生雅逸
红叶梨花野草杂

2017 年 3 月 30 日

七、游名园访百花

——刘鹏飞诗

雨中相伴踏青游
石径漫道百花幽
满园亭阁参天树
一池花香红鱼秀

八、杨浦公园寻幽

曾经沧桑难为山
除却三清莫多言
转瞬花甲白驹过
人去楼空奈何天

密林深处寻幽静
鸟鸣树高伏耳听
抬头玉兰阔叶翠
香消魂断忆昔情

2019 年 5 月 15 日

九、又忆“忘寒亭”

旧时内江忘寒亭
携手仰贤尊严凭
同济高师从周寓
攻读博览学子情

鹅卵常印当年足
嘻笑屋檐挡风雨
更揖古树遮炎热
逃离蛰伏此未虚

2019 年 5 月 25 日

注：上海内江公园“忘寒亭”曾是同济大学教授陈从周大师读书之处。因我家蜗居，那里一直是我与先生饮茶作诗休闲养生的好地方。

十、冬游内江公园

满天婆娑青竹影
一湖碧水九曲情
朝夕相望诗歌伴
悠悠内江分外亲

2019 年 11 月 28 日

岁寒松竹梅（二首）

一、冬至临

凄风苦雨临冬至
一夜扫落香樟子
满地咯咯踩珍珠
柳始瞬间愁黄丝

天陵路远祭先贤
上苍有眼骤雨停
绿岗焚香青烟蒙
泪眼柏露相视吟

相敬如宾半世纪
诗情画意无所忌
守望三清伴冰溪
两地茫茫何处泣

生如夏花秋残叶
彼岸红艳别凋谢

尊严正义渡兰舟
逝者伟大如星月

缠绵悱恻梦魂里
一年几度悲痕洗
平生最爱松竹梅
岁寒三友藏神逸

二、冬至一阳升

时光无声悄然逝
四季芬芳岁月赐
福泽葳蕤冰雪融
料峭一年又冬至

2019 年冬至

神仙梦

——夜游衢州古建水亭门

醉吟诗魄仙班神
豪诵夺魂博古声
夜游通衢天街梦
琼楼玉宇水亭门

天宫帷幕开玉界
尘埃落定苦累卸
金风玉露随身飘
烨光四射塔下谒

亘古城墙舒广位
晶莹剔透群楼媚
遥岑远目浩瀚江
风情万种何处绘

辗转忘食留恋驻
兰舟催发回往处
繁华落尽呈逍遥
萦绕胜景寤寐赴

2020 年 1 月 13 日

返玉山途中所感

铁路飞速下江南
海上二旬生计难
黄昏欣慰多彩烈
帷幄运筹净室安

帘外婆娑霜雪霁
醒来风雨向窗唏
奔波两地如野鹤
踪影无常坦诚栖

诗情画意有知音
往来鸿雁传真情
蝶去莺飞何处问
国粹传媒天地惊

诚信求贤常相敬
朝夕长伴论坛吟
声声入耳扣心扉
夜夜随梦醉月明

2019 年 5 月 28 日

授命四九

授命四九孺子牛
与国共生耕耘酬
花季豪情北疆赴
生死婚姻江南守

恩师助我千钧力
开发三清人生修
40 年锤炼风雨路
诗情画意度春秋

道教圣地钟灵秀
鱼米水乡武安楼
最使雅逸山村美
群芳吐艳万柳洲

媒体鼎力千帆悠
容纳百川壮志留
未因迟暮怨寒月
艺海无涯苦作舟

2020 年 7 月 31 日

后 记

风雨三清路

——我的创作源泉

一、做一个对社会有用的人

我出生在上海，生长在红旗下。我从小受到爱国主义教育，学习刘胡兰、雷锋等英雄人物，我曾含着眼泪背诵过方志敏先烈在狱中的遗作《可爱的中国》，百感交集。

我家是书香门第，先祖是东汉太尉杨震将军，父亲杨志翔原来是浙江省某银行行长、金融家、旅游家、古典诗词与书法家。母亲邵瑛知书达礼，爱看书，祖上在清朝是杭州官府大家。

抗日战争时期，我老家绍兴不幸被日寇烧毁过两次，大屋化为灰烬，父母亲携一家老小惊心动魄地逃难到上海，已是饥寒交迫一无所有，一路上死掉两个哥姐（一个三岁死在箩筐里，另一个死在母亲的肚子里）。幸亏有位老板朋友收留了我一家人，安排父亲在他的公司——南市区乙丰染织厂（新中国成立后公私合营改为“21 漂染厂”）当财务科主任及工会主席；在南京路福建中路台湾路“满春坊”29 弄 4 号石库门写字楼 30 平方米的二楼前厢房居住，直至今日。感恩患难之交，感恩上海滩，拯救了我全家人。

18 岁那年，我就写血书坚决要求上战场，从军北大荒。那时我早已读过许多书，如《红岩》《欧阳海之歌》《青春之歌》《早春二月》《岳飞传》《复活》《牛虻》《简爱》《高尔基三部曲》等，我喜欢在书中汲取知识和精神养料，真正做一个对社会有用的人。最后我看了《钢铁是怎样炼成的》，读透“人最宝贵的是生命，生命属于人只有一次，人的一生应当这样度过：当他回首往事时，不会因为碌碌无为，虚度年华而悔恨，也不会因为为人卑劣，生活庸俗而愧疚。——奥斯特洛夫斯基”名言才下决心放弃上海优越条件和照顾年迈父母的责任，奔赴北大荒的。这是一种愿将青春洒热血保家卫国的北大荒精神，是我们这一代人的爱国情怀与传统美德！早已把自己的芳华献给了边疆建设，“青春由磨砺而出彩，人生因奋斗而升华。”

二、三清山是我艺术的摇篮，玉山是我文艺创作的源泉

因为北大荒的拼搏精神练就了我一身的英雄虎胆。故而在后来的工作、生活、学习、婚姻万般劫难九死一生的磨砺中，我挺住了，也可以说在读书中获得了新生！

1983 年元宵节，我陪上海老师上三清山写生，有幸认识了正在开发三清山的刘鹏飞老师，他热心地请示了原德兴县的领导，即派专车和专人陪同我们上山。漫天风雪飘洒，道路泥泞艰难攀登，刘老师精力充沛，热情洋溢地讲解着，满腹经纶令人敬仰！首次登山让我们受到了“风雨三清路”的沉重洗礼！

那一刻，我们来到三清宫的篝火边，我请刘老师指点迷津，他送了我一首诗：

君本蓬莱青云客，缘何贬谪人间来。

艺海慈航通彼岸，金风相送到瑶台。

人间有真情，这对于我苦难中的弱小女子是最大的温暖，正像泰戈尔所说“友谊使人温暖时，冬月犹如春日”。我感慨万千，泪流满面！千里马好寻，伯乐难找，这首诗一直成为我人生的座右铭，无价之宝。

当时的三清山名不见经传，被人误以为荒山野岭的时候，刘老师鼓励我画三清山，他说：大师们都有自己的创作基地，刘海粟画黄山，张大千画峨眉山，你的老师谢稚柳画兰陵，你就画三清山！我说：我行吗？他说：行！我帮助你！从此，我奋发图强，在乡下“一窗风雨凄凉夜，半间破屋作画图”。这么艰难困苦环境中创作三清山的画。5 月我的作品《三清山姐妹松》就被江西省文联选中展出了。

10 年后，1993 年我和刘老师在江西省各界人士及上海领导的关怀支持下，在上海市南京路美术馆隆重举行了“杨七芝三清山画展”。中外友人热闹登场，“画标”与序言承蒙著名大师谢稚柳题写，七条长会标从四楼顶一直悬挂到一楼的南京路，祝贺的花篮从大门口一直摆满三楼大厅，鲜花簇拥，香气飘逸；画展由时任上海市文联主席夏征农及其夫人著名诗人方尼老师主持，夏征农主席和时任中国美协副主席刘勃舒、中共江西省委第一书记白栋材都书法题款勉励我。百幅作品撩开了三清山的神秘面纱，得到世人的赞许，上海市民更是不断涌向三清山。画展得到上海市电台电视台的大力宣传《海上名家第38集——艺海无涯苦作舟的杨七芝》。同时在江西省驻沪办丁福仁主任的努力帮助下，我第一本专著“杨七芝三清山画选”也在美术馆举办新书首发式。上海市领导原江西老干部们都高兴地来参加，都叫我画坛新秀，在画册上签字，刹那感到自己的艺术受到社会的尊重，人格便在升华之中。那年我才43岁，是中年不惑岁月中的最大荣光，得到父母亲及良师益友们的夸奖。

刘老师的人生轨迹是“一片丹心传真理，于百世千世万世”。他经常教导我，不但要做真善美的使者，还要传播发扬真善美的精神，让世人了解人性的美和大自然的美。于是，1996年我们创办了“三清山书画院”和“仙风道骨的画派”，作品不断在国内外展出获奖，我被破格加入了江西省美协，得到江西省美协原副主席游新民等领导的指导与表扬。

14 亿年的大山变迁，三清山以法本自然成道气，天人合一化绝景。她以“雄奇险秀”的仙境震撼了我，书画艺术以“外师造化，中得心源”的理念修炼了我。

为了进一步探究宣传发扬自然和人文景观，我决定在上海市总工会专职画师的岗位上提前五年内退，结果工资减掉三分之二。没关系！只要能和三清山在一起静心地创作，我与刘老师甘心情愿在山上过着清贫的日子。我与刘老师因三清山而结缘，我们几十年风雨兼程肝胆相照，默默奉献，无怨无悔，为世人所赞美与传诵！

为什么我眼里常含着热泪？是因为被刘老师的才华与人格感动了！被三清山与玉山的人杰地灵所打动了！

20 世纪 90 年代，刘老师仁至义尽为三清山出版了许多作品和专著传世。他才华横溢自学成才，早年毕业于江西师范大学文学系本科，所作范本，在院校是拔尖的。我那时却是个画呆子什么都不知道，忘了写作。20 年看到他每天废寝忘食地在灯下写作，很愧疚有感触。有高人讲“文学是人类灵魂的工程师”，我听了怦然心动。心忖，作画者倘若没有文学思想与理论觉悟作指引也是要落后形势的。

1999 年，我们在玉山县冰溪河畔买了套房子，因为这是我们喜欢的郁达夫笔下赞美的威尼斯水城。秀美风光，纯朴民风，深深地感化着我们要热爱这片美丽的鱼米之乡——江南博士县。

从90年代到2005年中间跨越了一个世纪，不断地有从中央到市、县各级媒体来拍我们的专题片并获奖。于是我开始向刘老师学写作，他叫我写自己熟悉的回忆录，但要我记住鲁迅的话“有真意，去粉饰，勿做作，毋卖弄”，也要写得感人。那时我们已激流勇退将书画院搬到玉山画室，面对青山绿水优美环境可以尽兴地创作了！我每天写一篇朗读一遍，请刘老师指导，30万字写下来真可谓文科毕业了，我非常自信啊。

然后国家级大典不断地向我们约稿及邀请。2008年《军魂》大典首先选入我《莫等闲、从头越》60年人生总结作品，获一等奖。2009年《中华爱国文典·60周年国庆献礼》由作家出版社选入了我的散文处女作《迟到的春天》，也是一等奖。至今已入选及获奖国家级大典50余部了，尤其被中国管理科学研究院聘请为专职客座教授和学术部特约研究员。

“奉献无穷期、丹心染白发。”感谢三清山与玉山赋予我们优雅美丽而宁静快乐的创作基地，10年内我出版了专著：两本画册两本书，现在出版第三本书《风雨三清路》。为了报答刘老师当年对我的栽培，写了我和刘老师的故事以及感恩亲朋益友的一次次鼎力相助。